지압 장구을 찾아서

지압 장군을 찾아서

안정효 지음

들녘

| 차 례

제3부
■ ■ ■ ■ ■ ■

꾸뇽(Quy Nhơn)

제4부
■ ■ ■ ■ ■ ■

후에(Huế)

제5부

■ ■ ■ ■ ■ ■ ■ 비무장지대

제6부

■ ■ ■ ■ ■ ■ ▨ 하노이(Hà Nội, 河內)

시각(視覺)과 화법(話法)

읽는 이가 도입부에서 겪게 될지 모르는 혼란을 해소하기 위해서, 조금 복잡하다고 여겨질 이 책의 말하기 방법과 내용에 대해 몇 마디 미리 일러두고자 한다. 『지압 장군을 찾아서』에서는 작가 안정효가 2002년, 한국과 베트남의 수교 10주년을 맞아, KBS-TV의 「일요 스페셜」 제작진과 함께 호치민(사이공)에서부터 하노이까지 '통일열차'로 종단하는 기행(紀行)이 겉줄거리를 이룬다. 그러나 이것은 베트남의 현재를 돌아보는 단순한 기행문이 아니라, 작가의 과거 베트남전 경험을 되돌이켜 보면서 세계의 국지적인 여러 분쟁에 얽힌 미래를 조망해 보려는 시도를 하나의 큰 속줄거리로 삼았다. 물론 여기에서는 조지 부시 정권이 추구하는 패권주의에 따라 달라진 미국의 새로운 정체성이라든가, 한국과 베트남의 정치적 공통점뿐 아니라 이라크전과 베트남전의 유사성(analogy), 그리고 "제3차 식민지 세계대전"이 유발하는 현상들도 작가의 개인적인 시각으로 살펴보려고 했다.

전반부의 많은 부분, 특히 제1부에서는 종군기자와 세계 언론, 그리고 전쟁을 취재하는 한국 기자들의 과거와 현재 행태도 크게 다루었다. 목숨을 걸고 전쟁터로 찾아가는 외국 기자들의 활약상과 아직 미흡한 면이 많은 한국 언론의 전쟁보도에 관해서 40년 동안 느껴온 바가 워낙 많았던 터라, 전쟁 자체를 얘기하기 전에 그 '사실'부터 정리해 보았다.

후반부로 접어들면서는 베트남 전쟁을 적의 관점에서 보려는 노력도 나름대로 기울였다. 애국심으로 인해서 필연적으로 편파적인 양상을 보여왔던 과거의 일반적 시각으로부터 벗어나, 읽는 이로 하여금 전쟁에 대한 입체적인 이해를 접하게끔 도모하고자 하려는 의도에서였다. 특히 제5부의 경우, 작가의 직접적인 체험이 모자라 여러 문헌과 간접 경험을 활용해야 했기 때문에, 이 책에서는 화자(話者, narrator)를 작가(안정효)가 아닌 한기주(소설『하얀 전쟁』의 주인공)로 내세웠다. 단순한 기행문의 한계를 넘어 소설적 해석과 상상력까지 동원하도록 필자 자신을 해방시켜주기 위한 하나의 장치였다.

소설의 주인공 한기주를 화자로 내세웠을 뿐 아니라, 베트남 종단이 이루어졌던 시점(時點)이 2002년임에도 불구하고, 집필 당시인 2005년의 사건까지 언급하는 여유를 필자가 자신에게 스스로 용납했던 까닭은, 계속해서 진행되는 역사적인 사건들, 예를 들어 미국의 이라크 침공과 한국군 파병 따위의 중대한 문제를 시한적인 제약 때문에 억지로 무시해서는 안 되겠다는 생각에서였다.

이 책에 사용한 사진들은 대부분 필자가 1966~8년 베트남에서 종군을 하며 직접 찍은 것들이다. 수백 점의 사진 자료를 지금까지 필자가 소중하게 간직해온 까닭은, 소설『하얀 전쟁』말고도 진짜 체험담을 담은 글, 그러니까 참전 당시에 여기저기 한국·베트남·미국의 신문이나 잡지에 발표했던 글들을 사진 자료와 함께 엮어 책으로 만들어 보려는 욕심을 수십 년 동안 버리지 못했었기 때문인데, 결국 여기에서 선을 보이게 되었다.

전쟁 당시의 생생한 사진을 읽는 이에게 보여주는 일이 가능했던 까닭은, 토막토막 잘라진 낡은 필름들을 가지고 힘든 작업을 해서 좋은 작품을 만들어준 배재대학교 김익환 교수의 힘이 컸다.

2005년 여름

제1부
사이공(Sài Gòn, 世坤)

1966~7년 전시의 사이공

전쟁 당시 거리에는 베트콩의 활동을 차단하기 위해 여기저기 철
조망이 깔려 있었다(아래 왼쪽). 총을 들고 돌진하는 군인의 동상
은 국회의사당으로 총부리를 겨누고 있어서 어떤 외신기자들은
군부의 야심을 상징한다고 믿기도 했다(아래 오른쪽). 길거리의
땜장이는 서울 거리를 연상시켰고(위 왼쪽) 담배를 피우는 어린
아이들(위 오른쪽)도 전시 사이공 풍경의 일부였다.

하나 다시 만난 하이꾸안

여권과 입국신고서를 손에 들고 줄에 서서 순서를 기다리며, 한기주는 장식이 별로 없는 떤선녓(Tân Sơn Nhất) 공항 내부의 하얗게 통일된 벽을 멍하니 쳐다보고는, 1966년 12월 6일 밤에도 이곳 대합실 벽이 저렇게 하얀 빛깔이었으리라고 믿었다. 그것은 확실한 기억이 아니었다. 상하(常夏)의 기후 때문에 어디를 가도 모두 열기를 뱉도록 벽을 하얗게 발라놓은 나라였으므로, 그것은 그냥 하나의 무턱댄 확신이었다.

한기주는 36년 전 그날 밤, 비단구렁이와 왕도마뱀과 함께 그가 이곳에서 밤샘을 하다가, 베트콩의 박격포 공격을 받았던 미군 전용 여객 대합실 (passenger terminal)이 어디쯤이었는지 전혀 짐작이 가지 않았다. 워낙 작은 공항이니까 분명히 이곳에서 멀지 않은 곳이었겠지만, 겨우 하룻밤을 지낸 장소에 대한 기억의 조각은 너무나 작아서, 회귀추적(homing)을 위한 종합적인 정보를 좀처럼 내밀지 않았다. 목책으로 격리시킨 저쪽 자리에 따로 앉아, 입국자들의 대열을 자꾸만 노려보던 하얀 제복의 관리에게 물어보면 혹시 알까 잠시 생각했지만, 옛날옛적에 적군 아메리카인들이 사용했던 시설의 위치를 '공산군'과 한편인 그가 알 턱이 없겠기에, 그만두었다.

한기주는 지금으로부터 11년 전인 1991~2년 겨울, 그가 쓴 소설 『하얀 전쟁』의 영화 제작진과 함께 25년 만에 베트남으로 돌아와 다시 이곳 사이공의 떤선녓 공항에 도착했을 때도, 목책 너머 저 관리와 똑같은 제복에 똑같은 몸집의 자그마하고 야윈 관리를 눈여겨보았었다. 그의 하얀 모자에 박힌 '하이꾸안(Hai Quan)'이라는 말이 무슨 뜻인지 궁금해서였다.

그날 한기주는 얼핏 짐작하기를, 프랑스의 식민지였던 한자문화권(漢字文化圈)의 베트남이고 보니, '하이꾸안'이라는 프랑스식 표기를 한자로 되적으면 '하이꾸안'→'하이꽌'→'해꽌'→'세꽌'을 거쳐, 필시 '세관(稅關)'이 되겠거니 하고 막연히 짐작했었다. 그리고 영화 촬영을 끝내고 귀국한 다음 그는, 베트남어-영어 사전을 찾아보고는, '하이꾸안'이 '해군(海軍)'이라는 말임을 확인하고 참으로 이상하다는 생각이 들었다. 공항이라면 당연히 해군이 아니라 '공군(không quân, 空軍)'이 관리해야 옳다고 생각했기 때문이었다.

공항을 점령한 해군의 정체에 대한 궁금증은 그 이후에도 좀처럼 그의 머리를 떠나지 않았고, 그러다가 베트남어에서는 아무리 서로 똑같아 보이는 단어라고 해도 6성이 붙으면 발음과 의미가 크게 달라진다는 설명을 듣고 다시 확인했더니, 공항의 하얀 모자에 적힌 '하이꾸안'은 '하이꾸언(hải quân, 해군)'이 아니라 항구에 설치된 세관을 뜻하는 '해관(海關, hải quan)'이었다.

똑같아 보이면서도 서로 다른 단어 하나를 확인하는 데 걸린 시간이 이렇게 10여 년이었다면, 인간이 순간순간 모르면서 지나가는 진실은 세상에 얼마나 많으려나 한기주는 생각했다. 그리고, 적과 아군의 대칭구조 속에서, 똑같은 내용을 필연적으로 그리고 의도적으로 양쪽에서 정반대로 왜곡하고 과장하는 전쟁의 생리를 잘 알지 못했던 그가, 베트남의 양면적(兩面的) 진실을 찾아내기까지는 또 얼마나 많은 세월의 흐름이 필요했던가.

*

똑같은 복장에 똑같은 모습이었던 11년 전 이곳의 하이꾸안도 그날 입국자들을 저렇게 못마땅한 표정으로 노려보았다.

아니, 가만히 생각해 보니, 그날의 하이꾸안은 모든 입국자를 그렇게 불만스러워하지는 않았을지도 모른다. 떼를 지어 몰려와서 마치 정복자라도 된 듯 잘난 체하며 떠들어대는 몰상식한 따이한들이 불쾌했을 따름이지……

당시에는 베트남과 한국 사이에 아직 정규 항공 노선이 개설되지 않아 「하얀 전쟁」 일행 2백여 명은 전세기를 타고 시끄럽게 들이닥쳤다. 김포에서 출국할 때도 그들은 공항 한쪽을 독차지하고 요란하게 탑승수속을 밟았으며, 떤선넛에 와서도 그들의 왁자지껄한 군중 분위기는 그대로였다. 아마도 하이꾸안은 영화를 찍겠다며 그렇게 들이닥쳐 설치는 한국인들을 퍽 못마땅하게 생각했으리라.

그리고는 참을성이 없는 몇몇 한국인들이 짜증을 부리기 시작했다. M-16 소총과 조명탄까지 포함하여, 작전에 동원되는 군수물자만큼이나 엄청나게 많은 촬영 장비를 일일이 점검하느라고 세관원들이 몇 시간이나 지체하며, 해가 지고 날이 저문 다음에까지도 통관을 시켜주지 않으니까, 화가 난 어느 제작부원이 참다못해 "전쟁 때 도와주러 와서 목숨을 걸고 싸운 우리들"한테 왜 이렇게까지 까다롭게 구느냐고 발끈 항의했다.

그랬더니 진작부터 눈초리가 매서웠던 하이꾸안은, 적대적 냉소의 반응조차 보이지 않으며, 무표정하게 한마디했다.

"당신들이 여기 와서 전쟁을 했던 건 우리를 도와주기 위해서가 아니라 돈을 벌기 위해서였잖아요."

*

"전쟁 때 도와주러 와서 목숨을 걸고 싸운 우리들한테 왜 이러느냐"고 하이꾸안에게 항의를 했던 제작부원은 파월 장병들이 출국을 앞두고 서울 길거리에서 행진을 벌일 때, 태극기를 흔들어 주라고 동원되었던 초등학교 아이였을 만한 나이였다. 그는 아마도 투철한 반공교육을 받으며 자랐겠고, 베트남전에 대해서는 친구의 형이나 이웃 아저씨가 들려준 영웅담의 테두리 안에서만 이해했으리라고 한기주는 믿었다. 그런 사람들이 워낙 많았으니까 말이다.

그래서 그는 자연스럽게 베트남 참전 한국군 장병 사이에 만연했던 제국주의적 얕잡아보기에 전염되었으리라는 것이 한기주의 판단이었다. 봉급과 무기는 물론이요, 식량과 속옷에 이르기까지, 몸에 걸치거나 지닌 모든 것을 미국 정부로부터 지급받아가며, 그야말로 '알몸'으로 참전했던 한국인들은, 그들 자신의 위상을 상대적으로 그리고 객관적으로 가늠해 보려는 엄두조차 내지 않으면서, 전쟁 당시 베트남인들을 마치 그들이 다스리던 식민지 사람들처럼 대했었다. 그것은 한국인들이 그들 자신을 미국인이라고 동일시했으며, 미국인과 더불어 베트남을 도우러 왔으니, 베트남은 당연히 한국을 우러러봐야 한다는 고정관념의 소산이었다.

이러한 착각은 대를 이어 전해져서, 전쟁이 끝난 다음 현지에 와서 베트남인들을 고용한 초기 한국인 사업가들의 사고방식 또한 "우리들은 잘 사는 나라 한국에서 왔노라"면서 나름대로의 우월주의 편견을 키워왔다. 하지만 이러한 전후 한국인 사업가들 가운데 많은 사람들이 보여주었던 졸부 정신은 착각이었다. 그리고 그런 착각은, 나름대로의 전통문화는 물론이요 프랑스 식민지 시절에 타의적으로 개화해서 뛰어난 차원에 이른 문화를 자랑하고, 프랑스뿐 아니라 미국과 싸워 전쟁에서 이긴 유일한 동양 국가이기도 한 베트남 국민으로부터 자칫하면 혐오감을 자극한다는 사실을 각성하고 반성해야 한다고 한기주는 생각했다.

영화를 찍으러 다시 찾아왔을 때 보니, 21세기 베트남인 근로자들은 현지로 진출한 한국 회사에서 한 달에 평균 40달러의 봉급을 받았다. 그리고 20세기의 한국인 한기주는 목숨을 걸고 "베트남을 위해" 싸운 대가로 미국 정부로부터 비슷한 액수의 전투수당을 받았었다. 전쟁 때 이곳 남 베트남의 수도 사이공에서는 창녀도 나라별로 등급이 정해져서, '프렌치 꽁가이'는 하룻밤에 100달러, '따이한 꽁가이'는 50달러, '베트나미 꽁가이'는 20달러였다. 그러니까 따이한 군인 한기주 일병이 목숨을 내놓고 벌어들인 외화는 한국에서 돈벌이를 위해 원정을 나온 창녀들의 하룻밤 몸값에도 미치지를 못했다.

*

목숨까지 내놓고 전쟁을 하면서도 창녀보다 너무나도 적은 돈을 받아야 했던 정의의 십자군 용사 한기주 일등병으로 하여금 뼈가 저리게 했던 그때의 서러움을 잊지 않기 위해서 그는 봉급으로 받았던 1달러짜리 군표*한 장을 쓰지 않고 경험의 증거물로서 몸에 지니고 귀국하여, 지금도 그의 책상 유리 밑에 베트남 피아스터 화폐와 나란히 넣어두고, 글을 쓰다가 가끔 내려다보면서 우울해지고는 한다. 베트남인들에 대해서 그토록 우월감을 느꼈던 한국인들의 이런 '참된' 모습은 한국인들 자신보다 베트남인들이 더 잘 알았다.

오만한 한국인들에 대한 베트남인들의 혐오감은 한국에서 전혀 적극적으로 홍보되지 않았던 진실이었다. 하이꾸안으로부터 "돈을 벌러 왔던 나라"라며 냉담한 대답을 들은 제작부원이 과거의 현실에 대해서 무지했던 까닭은 과거의 진실뿐 아니라 1991년 당시의 현실조차도 잘 몰랐기 때문이었다.

"정의의 십자군"과 "무적의 따이한" 얘기를 「대한늬우스」의 "베트남 소식"을 통해 극장에서 보고, 이웃 아저씨에게서 "베트콩과 꽁가이" 영웅담을 전설처럼 듣고 그대로 믿었던 아이들은 지금까지도 그런 모든 전설이 진실이라고 생각했다. 그때는 모든 국내 언론이 일치단결하여, 경로회와 태권도 시범과 대민 봉사로 한국군이 마치 인기배우라도 되는 듯 모든 베트남인들의 사랑을 독차지했다고 날이면 날마다 극장과 언론을 통해 대대적으로 홍보했다.

1967년 한기주는 사이공에서 발간되는 일간 영자신문에 실린 충격적인 기사를 보고는, 어째서 그런 사건이 발생했는지 도저히 믿어지지가 않았었다. 여느 병사나 마찬가지로 미국인의 눈으로 베트남인을 판단하는 습성을 아직 벗지 못했던 그로서는, 사이공 운동장(Saigon Stadium)에서 열린 국제 축구대회에 한국 선수들이 출전했을 때, 베트남 관중이 한국의 상대편 오스트레일리아를 왜 그토록 열심히 응원했는지 이해가 가지 않았다. 그리고 〈사이공 포스트〉를 읽어보면, 거기에서 끝난 상황도 아니었다. 베트남인 관중들이 한국의 응원석으로 빈 병을 집어던지며 야유를 했다는 내용까지 나왔다.

사이공 운동장에서 개최된 축구시합에 관해서는 한국의 어느 신문이나 방

---

* 軍票, military payment certificate, 군대 안에서만 통용되는 화폐. 312쪽 사진 참조.

송에서도 단 한마디의 언급조차 하지 않았다. 그래서 따이한 사람들은 그런 반한(反韓) 사건이 일어났었다는 사실조차도 알지 못했고, 사람들은 전쟁에 대해서, 베트남에 대해서 그토록 알지 못했고, 과거의 진실을 잘 알지 못하기는 지금도 마찬가지였다.

21세기로 넘어온 지금도, 한국인들은 베트남에서나 마찬가지로, 미국을 돕고 우리들 자신의 돈벌이를 위해 가면서도, "이라크의 재건을 도우러 간다"는 기만적인 논리의 유효성을 일방적으로 자신만만하게 증명한다.

착각의 전성시대.

둘 파충류와 함께 지낸 밤

여기저기 어디를 봐도 하얀 벽과, 기둥에 붙여놓은 황금빛 별과, 허름한 표지판과, 호찌밍 초상과, '나이규(內規)' 경고판, 그리고 세관 바깥 대합실에 늘어진 현수막에서는 새해를 축하한다는 내용의 글이 눈에 띄었다 ― "쭉멍 남머이(chúc mừng năm mới)."

그리고 낯선 사람들. 어느 대도시를 가 봐도 언제나 붐비고, 그래서 시각적으로 피곤한 공항은 오늘도 떤선녓에서 붐볐다. 비행기 안에서 겨울 속옷을 벗어버린 기회를 놓쳐버린 채로 아열대에 도착한 탓으로, 온몸이 땀으로 끈끈해져서 더욱 피곤하게 느낀 한기주는 그의 앞에 길게 줄지어 늘어선 사람들의 뒤통수와 어깨를 지루하게 헤아렸다. 그들은 대부분이 베트남인이었고, 드문드문 서양인이 눈에 띄었으며, 한국인이라고는 한기주와 동행한 KBS-TV 취재진 세 명뿐이었다.

하이꾸안이 통관 수속 절차를 틀어막고 버티었던 11년 전 그날도, 오랜 전쟁과 미국의 경제봉쇄로 구겨진 휴지처럼 피폐한 인상의 떤선녓 공항은 혼란스럽게 붐볐고, 오히려 지금보다 훨씬 더 북적거렸다. 베트남 공산당 정권이 도이머이(đổi mới) 개혁개방정책을 본격적으로 추진하는 틈을 타서, 외국으로 도망갔던 난민들이 한참 쏟아져 들어오던 무렵이어서였다.

남 베트남의 패망에 뒤따른 공산군의 폭력이 두려워, '공산화'의 공포에 쫓겨, 패배자의 무리는 너도나도 통일된 나라로부터 필사적으로 탈출했다. 좋은 시절에 축재했던 달러화와 황금덩어리[金塊]를 몸에 품고 그들은 망망대해를 표류하다가 풍랑을 만나 죽고, 굶주림에 시달렸으며, 여자들은 해적에게 강간을 당했다. 악착같이 살아남은 난민들은 인도네시아와 홍콩과 한국과 미국으로 흘러가서, 서러운 종신 피난살이를 시작했다.

'해상 난민(boat people)'은 현재 사이공 인구 550만의 25퍼센트가 넘는 150만 명에 이르렀다.

유민(流民).

옛날옛적 일제의 탄압과 굶주림을 피해 북간도로 도망갔던 우리나라 사람들.

그리고 베트남 해상 난민 가운데 소수의 사람들은 낯선 땅에 정착하여, 고향에 남아 재교육을 받으며 온갖 고생을 한 동포들보다 훨씬 부자가 되어 금의환향을 했다. 넉넉해진 서양 옷차림으로 돌아오던 11년 전의 귀향민들. 어디에서부터인가 거꾸로 뒤집힌 역사.

*

36년 전, 끈끈할 만큼 무더웠던 아열대의 한겨울 밤, 두 마리의 파충류를 이끌고 떤선녓 비행장을 난생처음 찾아왔을 때, 한기주는 이곳에서 양장이나 아오자이 차림의 여자들을 저렇게 많이 보았던 기억이 없었다. 하기야 미군 시설이어서 그랬는지는 몰라도, 베트남 민간인이라고는 여자건 남자건 여객 대합실에서 본 기억이 나지 않았다.

분명히 베트남 사람들의 땅이면서도 베트남인들에게 출입이 용납되지 않는 치외법권 구역 ― 우리나라에도 그런 식의 '미국' 영토는 많았다.

그날 밤 미군 전용 여객 대합실은 사방에 온통 군인, 군인들뿐이었다. 어디를 봐도 우람한 미국 군인들이 여기저기 의자에 큼직하게 앉아서 버티었다.

말끔한 카키복 차림의 귀국 장병이거나, 전투복 차림에 철모에는 플라스틱 모기약통을 꽂고 탄띠에 수통을 찬 그들은 태국의 R&R 휴양지*나 미국의 고향이나 베트남 전국 각지의 전투지로 그들을 실어갈 항공기를 기다렸다. 한쪽 벽 전체가 유리창이었던 대합실 창밖 시커먼 타르막 활주로에는 C-130 수송기 허큘리스와 UH-1D 휴이 헬리콥터와 CH-37 시누크와 온갖 음산한 형체의 군용기가 육중하게 줄지어 상황이 벌어지기를 기다렸다.

베트남 군인도 한두 명 대합실에서 그와 함께 밤을 새웠는지 어쨌는지는 기억이 나지 않지만, 어쨌든 한국인이라고는 한기주 혼자뿐이었다. 다른 한국인이 없었다고 그가 확실히 기억하는 까닭은 그날 밤 그는 뱀에 대해서 어느 누구하고도 대화를 나누지 않았기 때문이었다. 한국인이 눈에 띄었다면 한기주는 분명히 지루한 밤샘을 위해 그를 말동무로 삼았겠고, 그가 한국으로 돌아가는 이유를 설명하기 위해 틀림없이 뱀과 '창경원' 얘기도 했을 터였다.

그날 한기주는 백마부대 장병들이 밀림에서 잡은 비단구렁이와 왕도마뱀을 혼자 한국으로 끌고 가던 중이었다. 청룡과 맹호 장병들도 그랬듯이, 베트남에 가장 늦게 와서 주월한국군에 합류한 백마부대 역시, 밀림에서 전투병들이 포획한 이국적인 동물을 창경궁 동물원에 기증하는 활동에 동참했다. 이것은 물론, 적이 아니라 본국의 동포를 대상으로 벌였던 하나의 선무공작 차원에서, "멋진 백마부대 용사들"이라는 인상을 심어주려고 추진된 작전이었고, 그래서 이왕이면 성탄절에 맞춰 전달하도록 시간표를 짰다. 그리고 두 마리의 거대한 파충류를 호송하느라고 때아닌 본국 휴가를 다녀오게 된 이 특이한 전쟁임무를 수행하는 행운이 한기주에게 돌아간 데는 그럴만한 이유가 따로 있었다.

＊

한기주가 떤선넛 대합실에서 밤샘을 했던 까닭은 사이공 시내로 나가 호텔에서 편히 밤을 보내면 내일 아침 한국행 미군 군용기가 이륙하는 시간에

---

* rest & recuperation center

맞춰 돌아올 수가 없기 때문이었다.

그가 운반 중인 두 마리의 파충류는, 한쪽만 철망으로 막아 바람이 잘 통하게 만든 두 개의 커다란 우리에 하나씩 따로 담고는, 남들이 안을 들여다보지 못하도록 겉포장을 해서 궤짝을 통째로 덮은 범포(帆布)를 못으로 박아 놓았다. 하지만 그가 자리를 비우면 대합실 한쪽 구석에 들여놓은 궤짝을 보고 누군가 의심이 가거나 궁금증이 생겨 혹시 포장을 뜯어보고, 그래서 안에 뱀을 숨겨 놓았다는 사실이 발각되기라도 했다가는 어떤 난처한 소동이 벌어질지 알 길이 없었고, 그러면 그의 귀국 휴가도 보나마나 취소되고 말 노릇이었다.

한기주가 뱀을 담은 두 개의 궤짝을 냐짱(牙城, Nha Trang)에서 떤선넛까지 무사히 공수에 성공했던 까닭은, 이미 몇 주일의 감금 생활에 익숙해졌거나 아니면 지쳐버린 파충류 한 쌍이 어둠 속에서 아무런 소리도 내지 않고 얌전히 굴었던 덕택도 컸지만, 미 공군에서 어느 누구도 속에 무엇이 담겼는지를 구태여 확인하거나 물어보려고 하지 않았기 때문이었다. 일부러 영어가 서투른 척하면서 한기주가 그냥 짐(cargo)이라고만 밝히면, 공항 근무 미 콩꾸언(空軍) 병사들은 귀국 궤짝(box)이려니 생각해서인지 더 이상 묻지도 않고 고개를 끄덕이며 통과시켜 주었다.

베트남 내에서 모든 군사 항공편을 주관하던 아메리카합중국 원정군(U. S. Expeditionary Forces)의 '묻지 마' 관행은 주월한국군 장병들의 '귀국 궤짝'이 베트남전 풍경에서 그만큼 흔한 하나의 소도구가 되어 버렸기 때문에 생겨났다. 베트남에서 1년 동안 전쟁을 치르고 나서 배를 타고 부산 제3 부두로 돌아오는 한국 병사들에게는 그들이 가지고 돌아오는 모든 물건에 대해서 정부로부터 면세의 혜택이 주어졌다. 그래서 한국군 기지와 부대에 상설된 PX에서 면세로 구입한 미제 냉장고와 텔레비전과 일제 '아카이' 녹음기 따위를 한국으로 가져다 동대문시장에 내다 팔기만 하면 큰 돈이 되어, 제대 후 사회생활을 시작하는 웬만한 밑천이 되기도 했다.

그러다 보니 귀국을 얼마 앞둔 병사들은, 미군들에게 인기가 높았으며 역시 면세품으로 PX에 싸게 나오던 한국의 크라운 맥주를 한 상자 갖다 주고 얻어온 목재로, 이삿짐 궤짝만큼이나 커다란 나무 상자를 너도나도 짜놓고는, 이것저것 물건을 사모아 차곡차곡 넣어두었다. 먹다 남은 C-레이션 깡통도 고향에 가면 별미로 좋은 선물이 되었기 때문에 역시 부지런히 모았다.

한기주보다 1년 반 후에 파월 명령을 받아 출라이 청룡부대에서 복무한 그의 동생 한기정은 포탄피를 두 궤짝이나 귀국선에 싣고 돌아와서 서울의 암시장에 내다 팔아 목돈을 만들기도 했다. 한기정 상병의 부대에서는 귀국을 앞둔 고참들을 위해 계를 하듯 '쫄자'들이 돈을 모아 포대에서 포탄피를 싸게 사다가, 분량이 나가지 않도록 두들겨 납작하게 만들어 귀국 궤짝에 차곡차곡 담아 선물하는 행사까지 생겨났다고 했다. 놋쇠로 만든 포탄피가 비싸게 팔린다고 해서 만들어진 하나의 관행이었다.

*

북한보다 남한의 GNP가 훨씬 낮았던 시절, 산업화 과정에 겨우 들어서서 아직도 가난하기만 했던 나라에서 생겨난 슬픈 관행에 따라, 대한민국에는 한때 시골 마을마다 띄엄띄엄 "베트남에서 돌아온 새까만 김상사"의 집 마당에 껍질만 남은 귀국 궤짝이 영원히 버티고 앉아 있고는 했었다. 그것은 베트남 참전의 개인적인 기념비 노릇을 했다. 타향 사람이라고 해도 시골길을 가다가, 어느 집 마당에서 죽은 바다거북처럼, 키리코의 괴이한 담벼락 그림처럼 버려진 빈 궤짝을 보면, 아, 저 집에서도 누군가 베트남을 다녀왔구나 하고 경건한 마음이 들었으니까 말이다.

병사들이 점점 더 귀국 궤짝을 크게 만들고 숫자도 자꾸 늘이려는 바람에, 주월한국군 당국에서는 급기야 미 하이꾸언 수송선에 적재하기 좋도록 상자의 크기를 규정하고 통일하여, 예하 부대에 모범 설계도면을 시달하는 사태까지 벌어졌다. 그래서 "지붕 개량" 이전의 옛날, 초가집들이 옹기종기 모인 고향 농촌 마을에 전쟁의 유물로 남았던 귀국 궤짝 표면에서는, 역시 규격에 맞춰 검정색으로 적어넣은 주인의 이름이, "맹호부대 몇 연대 몇 대대 몇 중대 병장 홍길동"이나 "청룡부대 상병 한기정" 그리고 "백마부대 29연대 3대대 10중대 소위 아무개"라는 이름이, 전쟁터에서 살아 돌아온 장병들의 관등성명이, 비문(碑文)처럼 세월의 비바람에 삭아내리고는 했다.

　도시에 위치한 사령부에서 근무하던 어떤 장병들은, 봉급으로 받은 군표를 훨씬 비싸게 계산해 주던 진짜 달러화(greenback)로 바꾼 다음, 다시 베트남 피아스타로 바꾸고, 피아스타를 달러화와 같은 액수로 통용되는 군표로 또다시 바꾸는 식으로, 돌리고 돌려서 얻은 차액으로 '환치기' 수입을 올리거나, PX에서 산 면세품 가운데 수량을 제한하지 않는 품목들을 암시장에 내다 팔아 벌어들인 돈으로 귀국 궤짝에 담아갈 품목을 늘여나가기도 했다. 하지만 그런 요령을 알지도 못하고, 그럴 만한 연줄이나 길도 없는 대부분의 병사들은, 미군보다 3분의 1이나 4분의 1밖에 안 되는 헐값으로 미국 정부로부터 받은 봉급을 절반 이상 강제로 고향에 송금하여 대한민국의 외화 획득에 기여했고, 그러고도 남은 얼마 안 되는 돈을 푼푼이 모아, 가전제품과 선물을 근근이 마련해서 전리품처럼 가지고 귀향했다.

　뿐만 아니라, 이웃들과 일가친척은 귀국하는 파월장병들로부터 선물을 받는 것을 당연한 예절로 간주했다. 해외 여행이라도 즐기고 금의환향하여 돌아오듯 선물을 꼼꼼히 챙겨서 돌아와야 했던 정의의 십자군.

　목숨 걸고 베트남의 밀림에서 미국을 위해 싸운 대가로, 자유민주주의를 수호하고 국위를 선양한 대가로, 국가 경제를 일으키는 데 기여한 대가로, 한국의 세관에서 치외법권적인 존재가 되었던 한기주 역시 귀국할 때는, 비록 가족 이외에는 누구에게도 따로 선물을 챙기지 못했어도, 한 가지 빛나는 전리품을 가지고 돌아왔다. 영어로 소설을 쓰려는 야심이 만만했던 그에게 필수적인 장비였던 스미드-코로나(Smith-Corona) 영문 타자기를 장만하기 위해, 강제 송금을 하고 남은 돈을 푼푼이 모아서, 별로 돈이 되지 않는 품목이어서인지 아무도 사 가지 않아 PX 선반에서 몇 달 동안 기다려 준 기계를 마침내 구입하여, 그것을 더플백에 담아 짊어지고 의기양양하게 그는 귀국선을 탔다.

　컴퓨터 시대가 되었어도 그 타자기를 한기주가 버리지 못하고, 1달러짜리 군표를 유리 밑에 넣어둔 책상 밑에 추억의 유물로 간직하는 까닭은, 그것이 여러 가지 의미로 그에게 생명을 상징하기 때문이었다.

*

이렇듯 귀국 궤짝으로 위장한 두 마리의 파충류와 함께 한기주가 대합실에서 밤을 지새려는데, 자정이 조금 지나서 갑자기 공항 활주로에 박격포탄이 쏟아지기 시작했다. 미군이나 한국군의 거점에 대한 베트콩의 공격은 거의 언제나 한국의 통행금지 시간인 자정부터 새벽 네시 사이에 이루어졌다.

천장에 매달린 형광등이 모조리 떨어져 시멘트 바닥에서 박살이 났고, 방콕으로 휴가를 떠나려고 비행기 탑승 수속을 기다리던 몇 명의 미군 장병과 대합실 근무자들이 재빨리 바닥에 엎드려 여기저기 엄폐물을 찾아 꿈틀거리며 코모도 도마뱀처럼 흩어져 숨어버렸다.

한기주는 몸을 숨기기 전에 우선 포격의 탄착점을 확인하기 위해 창문으로 갔다. 전후방이 없고 전투지역도 따로 설정되지 않은 베트남에서는 이렇게 도시에서 전투가 벌어지면, 베트콩은 적지 한가운데서 잠깐 동안 치고 재빨리 빠지는 유격전술을 구사했다. 그래서 한 곳에 박격포 몇 대만 거치해 놓고는 위치를 바꾸지 않고 짧은 시간 동안 연속 공격을 가했으므로, 일정한 방향으로 탄착점이 조금씩 규칙적으로 이동했고, 그래서 다음 포탄이 어디쯤 떨어질지를 눈으로 보고 예측하기가 어렵지 않았다. 몇 차례 박격포 공격을 받아본 경험에 따라 이러한 사실을 알았던 한기주는 어디로 피해야 할지를 알기 위해서는 우선 눈으로 확인해야 한다고 믿어서 그렇게 행동했는데, 지금 생각해 보면 그가 창가로 갔던 행동은 그러한 논리적인 계산에 의해서만 이루어진 것은 아니었다.

하얗게 찢어지는 불꽃이 암흑 속의 활주로에서 여기저기 터졌고, 잠시 후에 저마다 두 줄의 탄약대(bandolier)를 X자로 가슴에 두르고 종이처럼 얇은 얼룩모자를 쓴 베트남 특전단원들이 어디선가 무장하고 나타나, 약진 앞으로 대형을 지어 거대한 비행기들 사이로, 포탄이 날아오는 방향을 향해, 민첩하게 전진해 나아가는 뒷모습이 보였다.

머리만 잠망경처럼 반쯤 치켜들고 활주로를 한참 내다보는 한기주에게, 대기자 승객을 관리하던 미 공군 병사가 카운터 밑에 엎드린 채로, "어서 숨지 않고 너 거기서 뭐 하느냐"고 소리를 질렀다. 한기주가 박격포의 규칙적인 탄착점에 대한 설명을 하고, "이곳은 위험하지 않으니 걱정하지 말라"고 했더니, 공군 병사는 엉금엉금 창가로 기어와서 한 일병의 옆에 달라붙어 함께 바깥을 내다보았다. 방콕 휴가길의 미군 장병 두 명도 창가로 와서, 네 사람은 예배를 보듯 나란히 무릎을 꿇고 몸을 일으켜, 창녀의 음란한 방을 몰래 훔쳐보는 관음증 환자처럼, 창문을 통해 활주로의 전쟁을 관객으로서 구경했다.

창문으로 내다보는 전쟁.

창틀로 편집한 영화.

한기주는 그날 밤 자신이 어서 숨지 않고 창문으로 가서 바깥을 내다보았던 까닭이, 정말로 탄착점을 보고 도망칠 방향을 계산하기 위해서가 아니었는지도 모르겠고, 그렇다고 해서 미국인들보다 그가 용감하거나 겁이 없어서도 아니었고, 아마도 호기심이 생겨 단순히 전투를 구경하고 싶어서 그러지 않았을까 하는 생각이 나중에, 여러 해가 지나 베트남전 소설을 쓸 때가 되어서야 들었다. 많은 병사들이 그랬듯이, 그는 진지하게 전쟁을 하러 베트남으로 가지를 않았고, 그냥 구경하거나 놀러가는 기분으로, 모험을 경험하고는 무용담을 만들기 위해, 바닷가의 야자수가 이국적인 풍경을 이루는 나라로 찾아갔었는지도 모른다.

그리고 오늘, 세 번째로 떤선녓 공항을 찾아온 그는, 파충류의 밤에 세 명의 미군 병사와 함께 활주로 전쟁을 내다보았던 창문이 어디였는지, 아무리 둘러보아도 알 길이 없었다.

셋 씨클로(cyclo)

떤선녓 공항을 벗어나 시내 소피텔 플라자(Sofitel Plaza) 호텔로 가는 사이공 거리 풍경은 낯익었고, 낯설었다. 사랑했다가 헤어진 여인을 10년이나 20년 만에 우연히 길거리에서 마주치면, 변한 곳이 얼른 눈에 띄지는 않아도 다른 사람의 여자가 되었다는 서먹함이 느껴지게 마련이었다. 그렇지만 옛 사랑은 여기저기 조금씩 달라지지 않는 곳이 없으면서도 옛 모습이 곱게도 고스란히 그대로인 여인처럼, 낯이 익으면서도 낯선 모습의 도시. 이름조차도 사이공이 아니라 통일 이후 벌써부터 호치민이라고 바뀌었지만, 한기주의 입에는 그래서 아직도 새 이름이 어색했다.

호치민 거리에서는 후줄근한 헝겊 모자를 쓴 한낮의 야윈 남자들이 1966년부터 지금까지 한가한 씨클로에 그대로 앉아 신문을 읽었다. 갖가지 모양의 조그만 수레에 손수건만한 지붕을 얹고 국자를 주렁주렁 매단 노점상의 때묻은 음식 상자와 찌그러진 그릇들도 30여 년 전과 변함이 없었다. 내다 팔 닭을 물지게처럼 생긴 장대 끝 광주리에 담고 휘적휘적 지나가는 할머니, 담양의 죽시장처럼 대나무로 엮은 온갖 세공품이 차곡차곡 가득한 가게, 자전거 앞뒤로 수북하게 묶어 쌓아올린 바구니, 부채장수와 국수장수와 풍선장수와 구두닦이와 어린 거지와 아기를 안은 여자 거지와 복권을 파는 아이들과 잡지장수와 꽃장수와 인형장수와 갖가지 남방 과일을 쌓아놓은 함지박들은 10년 전에도, 20년 전에도, 30년 전에도, 그리고 지금도 똑같은 모습이었다.

숙소로 가는 길에 짜투리 장면을 몇 가지 찍기 위해 KBS 촬영반이 승합차로 앞장서서 이동하는 동안 한기주만 홀로 씨클로를 타고 뒤따라갔다. 찌거덕 찌거덕 힘 빠진 바퀴 소리에, 체중이 가벼운 베트남인들을 위해서 만든 엉성한 씨클로가 혹시 그의 체중 68킬로그램이 힘겹다고 망가져 주저앉지나 않을지 한기주는 터무니없는 걱정이 얼핏 들었다. 하지만 연약해 보이던 씨클로는 베트남 국민 못지않게 질겼고, 그러자 한기주는 따이한 병사였던 시절 "동양의 진주"라는 아름다운 별명이 붙은 사이공에서 그가 씨클로를 탈 때면 사로잡히고는 했던 훨씬 더 진지한 불안감이 생각났다.

전후방이 없는 전쟁터 베트남이었던지라, 전시의 사이공 쩔런(Chợ Lớn) 지역에는 씨클로꾼으로 위장한 베트콩이 워낙 많았다. 그래서 '붐붐'을 하려고 꽁가이를 찾아가는 미군이나 한국군 병사들을 씨클로에 태우고 가다가, 으슥한 골목으로 갑자기 꺾어져 들어가 뒤에서 쇠몽둥이로 치거나 칼로 찔러 죽이는 사건이 빈발한다는 소문이 자자했고, 한기주는 시내에서 가까운 거리를 이동하려고 씨클로를 탈 때마다 걱정스럽게 힐끔힐끔 뒷눈질을 했었다. 그러나 이제 베트남은 '베트콩(越共)'의 나라가 되었고, 그래서 오히려 그런 걱정은 없어졌다.

또다시 거꾸로 뒤집어진 역사.

*

두리번두리번 옛 풍경을 더듬거리며 한기주의 씨클로가 어느 학교 앞을 지나려니까, 방금 수업이 끝난 모양이었다. 노란 농*과 새하얀 아오자이 차림의 여학생들이 낮공부를 끝내고 줄지어 교실에서 나오더니, 차마 운동장이라고 부르기에는 너무나 좁은 마당을 하얗게 나비 날개로 가득 채웠다. 새하얀 나비 소녀들은 녹푸른 나무들이 시원하게 깔아준 그늘을 지나 지저분하고 비좁은 길거리로 뿔뿔이 쏟아지더니, 담을 따라 책장의 책처럼 차곡차곡 꽂아놓았던 자전거를 하나씩 뽑아서 타거나, 골목에서 대기하던 자가용으로 머리를 숙이고 들어가거나, 몇몇은 시에스타(siesta)에 빠진 씨클로꾼을 깨워서, 뜨겁기는 해도 습도가 적어 서울에서처럼은 불쾌하지 않은 열기 속으로 저마다 흩어졌다.

여학생들의 짚색 농과 새하얀 아오자이— 전쟁이 벌어지던 동해안 중부 도시 닝화(Ninh Hóa, 寧和)에서 아침마다 저렇게 하얀 아오자이 자락을 순결의 깃발처럼 휘날리며 자전거를 타고 학교로 가던 가냘픈 소녀들의 모습을 보고 일병 한기주는 언제나 마음이 설레고는 했었다. 하지만 "적화통일(赤化統一)"이 이루어진 다음에는 한때, 비능률적이요 비생산적이라는 논리에 따라, 전통 의상 아오자이의 착용이 금지되었다.

애국과 전통과 민족. 그리고 또 수많은 고리타분한 관념들.

---

* nón. 고깔모자.

오늘날 호치민시의 초상

◀

베트남 참전병들에게 깊은 인상을 주었던 여고생들의 하얀 아오자이가 돌아왔다.

▶ '포장마차'는 이동식 구멍가게 노릇을 한다.

◀

1960년대 사이공의 렉스 호텔 앞에서 겹으로 줄을 지었던 일본 스쿠터들의 행렬.

영화 「하얀 전쟁」을 만드는 사람들을 따라 다시 한기주가 사이공을 찾아왔을 때는 의상의 자유가 행정적으로 이루어져서, 새하얗고 아름다운 여고생 아오자이의 전통이 실리적인 생산정책을 이겨내는 듯싶었다. 그러나 한기주 일행이 오늘 한국으로부터 타고 온 베트남 여객기가 액정화면에 틀어준 텔레비전 프로그램에서 사랑의 노래를 부르던 베트남 여가수들은 아무도 아오자이를 입지 않았다. 감각적인 유행과 발전의 첨단을 가는 여가수들이 아오자이의 과거를 되찾아 입지 않았던 까닭은, 한번 무너진 전통은 좀처럼 되살아나지 않는다는 세상의 생리 때문이었을까?

아니리라. 젊은 베트남 여가수들은 27년 전에 끝난 전쟁을 삶으로 살지를 않았고, 전시에는 아예 태어나지도 않았다. 그들은 군인과 군가와 베트콩과 '양갈보'의 시대를 기억하지 못했다. 그래서 동족상잔과 백년전쟁의 고통을 모르는 젊은이들은 축축한 눈으로 기운 빠진 시선을 주고받으며, 한국의 모든 젊은 가수들처럼, 서양의 동작과 용모를 흉내내기에 바빴다.

그러면서도 사이공의 전통적인 모양은 쉽게 달라지지 않아서, 서울의 길거리에서는 오래전에 사라진 재봉틀 같은 빙수 기계가 거리 여기저기 서걱거리며 눈에 띄고, 시골 장터 혁필화가(革筆畵家)도 사이공 길가에서는 한국 시골 장터에서와 똑같은 크기의 화선지를 펼쳐놓고 한가하게 손님을 불렀으며, 영화를 촬영하러 갔던 롱하이(龍海) 마을에서는 견우직녀와 왕자 호동과 낙랑공주가 주인공으로 등장하는 옛날얘기를 들으며 자란다는 아이들이 자치기를 했다.

그리고 감방이나, 화장터의 화구(火口)나, 커다란 서랍처럼 직방체(直方體)인 주택들은, 똑같은 모양에 똑같은 빛깔에 똑같은 구조로, 비슷비슷한 프랑스 철자법 간판을 내걸고 촘촘히 줄지어 앉아 세월을 버티었다. 입구가 작아도 속으로 깊숙하게 파고 들어간 사이공 주택을 보면 한기주는 방공호가 생각나고는 했다. 가게나 거실 같은 공동의 공간을 거친 다음에야 개인의 생활공간이 나오는 구조에서, 무엇인가 숨기려는 간단하고도 은근한 의도가 엿보여서였다.

저만치 앞서 가던 승합차에서 이상희 연출자가 창밖으로 머리를 내밀고 돌아다보고는, 한기주를 태우고 가던 씨클로꾼에게 우회전 손짓 신호를 보냈고, 이어서 박기홍 차장이 옆문을 열고 상반신을 내밀고는 카메라를 겨누었다.

한국과 베트남의 국교정상화 10주년을 계기로, 「KBS 일요스페셜」 프로그램을 위해 기획한 "변혁의 땅 베트남, 통일열차를 타다"에서, 한기주는 호치민에서부터 하노이까지 남북종단 1,726킬로미터의 기나긴 기차 여행의 길잡이 역을 맡았다. 그리고 이제 그 공식적인 여행이 막 시작되는 참이었다.

무릎에 펼쳐놓았던 대본을 확인해 보니, 전쟁의 회상에 잠겨 사이공 시내를 둘러보던 한기주가, 보응웬지압(Võ Nguyên Giáp) 장군이 역사적인 승리를 거둔 디엔비엔푸(Điện Biên Phủ)의 이름을 붙인 거리를 지나가는 모습을 화면에 내보내면서, 지압 장군의 투쟁사(鬪爭史)를 짤막하게 소개할 계획이었다. 하지만 그들이 두 주일에 걸친 이번 여행에서 지압 장군을 만나는 데 실패하면, 해설은 내보내지 않고 그림만 보여줄 생각이라고 이상희 연출이 비행기에서 설명을 보충했었다.

촬영은 이미 시작되었고, 한기주는 자세와 표정을 가다듬었다. 이렇게 그는 전쟁 후일담(後日譚)의 배우 노릇을 했지만, 대본이 원하는 대로 전쟁이나 지압 장군을 생각하지는 않았다. 차도에 나설 때마다 사이공 시대와 호치민 시대에 무언가 달라진 듯싶으면서도 항상 변함이 없다고 느껴지는 이유가 무엇인지, 그는 그것이 먼저 궁금해졌다.

통일이 되기 이전이나 마찬가지로, 사이공 사람들은 지금도 무수한 모또[*]를 타고 거대한 무리를 이루어, 공항의 이동보행로(moving walk)나 공장의 운반장치(conveyer belt)처럼, 모두가 함께 움직였다. 수많은 씨클로들이 모또의 물결 속에서, 서로 앞서거니 뒤서거니, 코를 내밀었다 뒤로 물러나고

---

* môtô, 스쿠터.

그리고는 다시 코를 내밀면서, 함께 섞여 나아갔다. 딸딸이*와 택시 그리고 모터사이클은 통일 이후에 훨씬 숫자가 줄어서, 공산주의적 하향 평준화가 시각적으로 이루어진 듯싶었고, 부패와 창녀로 넘쳐나던 과거의 사이공보다 현재의 호치민은 어딘가 분명히 훨씬 가난해 보였다.

그러나, 서울과 평양의 공기가 다르듯, 가난해진 호치민의 거리에서는 희뿌연 매연의 안개가 사이공 시절보다 맑아져, 이제는 숨쉬기가 훨씬 편했다.

넷 편린(片鱗)이 엮는 무늬

베트남의 오전 5시는 새벽이 아니라 아침이다. 덥고 피곤해서 한낮에는 일을 하기가 어려워 시에스타(siesta, 午睡)를 취하는 대신, 베트남인들은 어둑어둑한 새벽에 장터로 나가 하루를 시작하고, 학교도 새벽에 간다. 그래서 한기주 일행은 레반땀 공원(Công viên Le Van Tâm)으로 아침운동을 하러 나오는 시민들을 취재하러 이튿날 일찍감치 호텔을 나섰다.

박 차장이 열심히 쫓아오며 등뒤에서 카메라를 바싹 붙이고 촬영을 하는 동안 한기주는 대본에 적힌 대로 움직이고 행동했다. 자동인형이 된 기분을 느끼면서, 손뼉을 치며 빙 둘러서서 체조를 하는 아주머니들 가운데 아무에게나 그는 "Chào Bà"** 인사를 건네기도 하고, 반바지 차림에 배드민턴을 치는 남자들에게는 "Tên ong là gi"*** 정도의 기초회화급 질문을 하고, "할아버지 요즈음 세상살이가 어떻습니까?" 같은 본격적인 질문은 하노이 대학교 대학원 유학생인 구형석이 옆에서 따라다니며 통역해 주었다.

그러면 사이공 시민들은 미소를 지으며, "도이머이 덕택에 괄목할 만한 경

---

* lambretta, 소형 버스.
** 안녕하세요, 아주머니.
*** 선생님 성함은 무엇입니까?

제발전이 이루어졌다"거나, "이제는 아이들 교육도 제대로 시키고 생활수준이 높아졌다"거나, "나라가 진보해서 걱정할 일이 하나도 없어졌다"거나, "먹고사는 데 부족함이 없다"는 식의 모범답안이 나왔다. 사상교육 선전문의 암송한 결과였다.

아침 공원에서 화면에 내보낼 몇 장면을 대충 뜨고 난 다음 한기주는 뒤로 빠졌고, 시민들에 대한 본격적인 취재는 이상희 연출과 이번 여행에서 통역과 안내를 맡기로 한 구형석이 대신 나서서 처리했다. 한기주는 편안히 벤치에 앉아, 통일을 쟁취한 공산주의자들의 행복한 삶을 취재하는 방송국 사람들을 구경하며, 승리자들의 숨겨진 정체를 상상해 보았다.

구령에 따라 느릿느릿 태극권을 하는 노인들, 무리를 지어 부지런히 걷는 중년층, 눈꺼풀과 관자놀이에 지압(指壓)을 주는 아줌마들, 그물을 치고 즐겁게 다 꺼우*를 차는 청년들, 목검(木劍)과 창을 돌리고 율동하며 검권을 하는 여인들―지금 평화로운 아침의 풍경을 누리며 행복한 삶을 구가하는 저 사람들은 대부분 북에서 내려온 정복자들이리라고 한기주는 생각했다.

사이공은 정복을 당한 패배의 도시였고, 이 공원의 본디 주인들은 통일 이후에 붙잡혀 가 재교육을 받고 하층민이 되어 어디론가 뿔뿔이 흩어졌다. 좋은 일자리는 모두 북쪽 공산주의자들에게 빼앗겨서, 사이공 원주민들은 아직도 기껏해야 씨클로꾼 따위의 직업밖에는 얻지를 못한다고 했다.

한기주는 공원 입구에서 바퀴의자에 앉아 구걸하는 중년 남자를 보았고, 필시 어디선가 지뢰를 밟아 다리가 잘린 남쪽 사람이리라고 생각했다. 불구의 패배자를 물끄러미 지켜보면서, 나는 정복자만 칭송하기 위해 베트남으로 돌아오지는 않았다는 생각을 한기주는 자신에게 상기시켰다.

그는 이번 여행에서 정복을 당한 패배자들이 겪은 고통의 나날에 대해서도 누군가 얘기해 주기를 바랐으며, 그래서 그는 응웬밍타오(Nguyên Minh Thảo)를 꼭 만나고 싶었다.

---

* đá cau, 족구.

결국은 자본주의가 사회주의를 굴복시키고 "자유진영(Free Bloc)"이 이념 대결에서 궁극적인 승리를 거둔다는 역사의 증후군(症候群)을 열심히 찾아내어 시청자들에게 보여주기 위해, 취재진은 아침식사를 마치고 서울의 남대문시장과 별로 다를 바가 없는 벤타잉 시장(Chợ Bến Thành)으로 갔다. 그곳에서 꽃가게와, 신발가게와, 생선 노점상과, 상점마다 주렁주렁 매달린 큼직하고 불룩한 봉투들과, 앉은뱅이 저울을 시장경제의 작은 예증들로 삼기 위해 일일이 촬영한 다음, 일행은 한국증권거래소의 지원을 받아 2000년 7월에 개장했다는 호치민 증권거래소로 이동했다.

19개의 상장기업만이 전광판에 이름을 올리고, 오전 9시부터 한 시간 동안 개장하여 8만 주를 거래한다는 객장에서 한기주는 돈에 눈뜨는 젊은 사회주의 투자자들과 몇 마디 얘기를 나누었다. 졸부가 귀족으로 신분상승을 했던 대한민국에서처럼, 투자 여력을 보유한 사람들의 위험한 오만함이 서서히 싹트는 초기 현상을 한기주는 그곳에서 목격했다.

투자자들과 대화를 나누며 다시 잠깐 얼굴 촬영을 끝낸 다음, 오스트레일리아에서 경제학을 공부하고 왔다는 여성 부소장 판티투옹을 전산화한 현대식 사무실에 세워놓고 연출자가 본격적인 인터뷰를 대신 계속하는 동안, 한기주는 마당으로 나가 잠시 서성거리면서, 국가 발전과 경제성 증진을 위해 여기저기 개축하는 길거리 건물들을 물끄러미 둘러보았다. 그는 과거의 거리에서 사람들과 차량들이 딸딸거리며 격류처럼 미래로 흘러가는 모습을 지켜보았고, 낯선 낯익음 속에서 생겨나고 사라지는 변화를 생각했다.

낯익은 풍경의 낯선 인상.

한기주는 증권거래소가 위치한 이곳이 어디쯤인지, 그리고 주월한국군 통합사령부의 위치가 어디였는지도 궁금했다. 한국군 장병들의 숙소인 판탄장은 또 어디였는지 궁금했고, 통합사령부 근처 그가 몇 차례 묵었던 호텔이 어디였는지도 궁금했고, 호텔 방에서 밤이면 붉은 불빛 속에서 저만치 내려다보이던 절의 이름이 무엇인지 역시 궁금했지만, 그의 삶에서 가장 치열했

▲ 지금은 이름조차 기억나지 않는 사이공의 호텔 객실에서 저 멀리 우뚝 솟은
　주월한국군 사령부 건물(화살표)이 빤히 보이고는 했다.

▼ 주월한국군 사령부는 전쟁 동안 이런 모습이었다.

던 전쟁시간들은 기억의 울타리 너머로 숨어버리고 좀처럼 모습을 드러내지 않았다.

파충류를 호송하던 병사로서 토막토막 겪었던 여러 가지 상황은, 흙탕물에 방울져 떠다니는 석유처럼, 기억의 어두운 공간에서 날아다니는 투명한 낮나방들처럼, 저마다 따로 찢어진 얼룩이 되어 여기저기 갈라지고 흩어져 남았지만, 수많은 기억 조각들은 잘라진 끈처럼 밑으로 늘어지기만 하고 옆으로 좀처럼 이어지지를 않았다. 그래서 사이공이라는 도시가 호치민에서는, 조각조각 따로 보이기는 해도 전체적인 하나의 그림을 이루지 못하고, 유기적인 덩어리로는 기억이 나지를 않았다.

*

얼마 전 한기주는 집에서 슬라이드를 정리하다가, 요코하마에서 찍은 사진 한 뭉치를 발견하고는 깜짝 놀랐다. 그는 갖가지 이유로 세 차례 일본에 갔었지만, 세 번의 여행 중에 요코하마를 들렀던 기억이 전혀 없기 때문이었다. 외국 여행이라고는 별로 나가지도 않았던 그가 어떻게 도시 하나를 몽땅 기억에서 누락시키기에 이르렀을까? 도저히 납득이 가지 않았다.

사이공의 식물원도 마찬가지였다. 그곳에서 찍은 서너 장의 독사진이 남았기에 그는 식물원에 갔었다는 하나의 사실을 강제로 기억할 따름이지, 한참 전쟁에 바쁘던 시절 그가 누구하고 무엇 하러 그곳에 갔었으며, 무엇을 보았는지 전혀 생각이 나지 않았다. 그러면서도 그는 그곳에서 사진으로 찍어둔 어느 소년*에 대한 기억만큼은 파충류의 밤만큼이나 생생하게 기억했다. 개비담배를 파는 수레에 손님들이 라이터로 사용하라고 피워놓은 향불에서 담뱃불을 붙이기 위해서, 소년은 그가 팔던 사탕수수 쟁반을 머리에 잠깐 이었다. 그 소년의 모습이 너무나 인상적이었고, 열 살도 안 되는 베트남 아이들이 아무렇지도 않게 길거리에서 흡연하던 모습이 퍽 신기했기 때문에, 기억은 아마도 그 특정한 하나의 순간을 잊지 않기로 결정했는지도 모른다.

---

*12쪽의 위 오른쪽 사진.

하지만 그는 지금 그 식물원이 어느 방향 어디쯤인지 전혀 알지 못했고, 이제는 나이가 50이 다 되었을 그 아이가, 성장하여 ARVN군과 베트콩 어느 쪽에서 전쟁을 치렀는지, 지금은 살았는지 죽었는지, 그리고 살았다면 어디에서 무엇을 하며 지내는지, 역시 알 길이 없었다.

인간은 삶을 한 권의 책처럼 질서정연하게 살아나가지도 않고, 하나의 선(線)으로 다듬어서 기억 속에 엮어 넣지도 않아서, 갖가지 장소와 갖가지 순간과 갖가지 사람을 스쳐 지나가는 사이에 수많은 기름방울의 집합을 만들었다. 추억은 소화가 덜 된 경험이어서 배설이 안 되는 경우가 많았고, 그래서 부분은 존재하되 전체는 존재하지 않는 현상이라고 한기주는 생각했다.

인간은 세월이 갈수록, 그리고 오래 살면 살수록 그만큼 더 때를 입어 더러워지고, 인간의 허물은 뱀의 허물처럼 벗어버리지 못하고 그냥 남는 것이어서, 좋거나 나쁜 인연은 한번 맺으면 좀처럼 지워지지를 않게 마련이었다. 그래서 나이를 먹으면 먹을수록, 몸에 여기저기 크고 작은 상처가 늘어나듯, 기억에도 크고 작은 흠집이 생겨나 그대로 남고, 과거는 아픔과 슬픔으로 기억에 흠집을 내고, 그렇게 상처난 기억은 굳어져 마음의 병을 화석으로 만들었다.

용서는 기만이요 속죄는 불가능해서, 인간의 마음에 얼룩진 더러움은 지워지지를 않지만, 그래도 세월이 지나면 망각에 마모되어 증오의 칼날은 저절로 무디어진다. 전쟁에서 번득이던 증오의 칼날도 마찬가지였다. 인생이 거의 다 흘러가 과거의 흠집을 수정하기가 불가능한 곳에 이르렀어도, 덧없고 부질없는 미움은 그리하여 사라지고, 조금씩 남은 추억의 조각들은 하나의 틀 속에서 논리적인 종합을 이루는 대신, 모서리가 닳아 둥글게 둥글게 무의미로 녹으며 아름다워지는지도 모를 일이었다. 추억이란 그래서 오물에서도 향기가 나게 만든다.

추억은 아플수록 소중하고, 아마도 그래서 그리움이라는 병을 만들어 내는 모양이라고 한기주는 생각했다. 그러다 보니 전쟁까지도 아름다운 추억이 되고……

쟈롱(Gia Long, 嘉隆) 황제의 동상이 버티고 선 교차로 길가의 허름한 간이
식당에서 점심식사를 하며 앞으로의 취재 일정을 의논하는 동안, 명월이는
내내 즐거운 표정이었다.

'명월'은 하노이 외무부에서 KBS 취재진의 안내를 위해 파견한 외신기자
전담 공보관(chuyên viên, 傳員) 응웬밍응우엣(Nguyễn T. Minh Nguyệt)의 한
자 이름이었다. 처음 그녀가 자신의 이름이 "밝은 달(bright moon, 明月)"이라
는 뜻이라고 어제 저녁식사를 하는 자리에서 밝혔을 때, "비단이장수 왕서방
밍월이한테 반해서" 노래가 생각나 네 명의 한국인이 한꺼번에 폭소를 터뜨
렸지만, 의아해하는 그녀에게 무안을 주지 않기 위해서 한기주가 "지나치게
시적인 이름"이기 때문에 웃었다고 얼버무리며 넘어가기는 했어도, 그때부
터 한국인들끼리는 그녀를 편의상 그냥 '명월이'로 명칭을 굳혀 놓았다.

사회주의 국가에서도 인맥은 어쩔 도리가 없는 듯, 큰아버지가 외무부 고
위층이어서 좋은 일자리를 얻었다던 응우엣은 아오자이처럼 연약한 전형적
베트남 여인과는 크게 인상이 달라서, 나이는 서른이 다 되었지만 왕성한 활
동을 하느라고 아직 미혼이었고, 흑단(黑檀)처럼 새까맣고 치렁치렁한 생머
리와 도전적으로 꿰뚫어보는 시선에는 자신만만함이 넘쳤다. 자부심이 강하
고 적극적인 북부 공산주의자의 강렬한 표정이 한기주를 거북하게 했던 그
녀의 첫인상*은 영락없는 꽁안(công-an, 公安)이었다.

하지만 이틀 동안 무엇인가 쉴새없이 수첩에 기록하며 사나울 정도로 맹
렬한 태도를 보였던 응우엣은 오늘 아침 하노이 사무실로 전화를 걸어본 다
음부터 표정이 갑자기 환해졌는데, 무슨 일이냐고 물어도 "곧 알려주겠다"면
서 자꾸만 대답을 피했다. 그리고는 촬영기사 박창이 장난삼아 일러준 대로
명월이는 그를 한국말로 "옵빠"라고 불러가며 어느새 웃기까지 했다.

응우엣이 즐거워진 까닭은 베트남의 여성 부주석 쭈엉미호이가 인터뷰에

---

*589쪽의 사진 참조.

응하겠다는 고무적인 회답을 보내주었기 때문만은 아니었다. 부주석보다 한 기주가 훨씬 더 만나고 싶어하는 보응웬지압 장군과의 만남은 아직 성사가 되지 않았으므로, 부주석 회견은 절반의 성공에 불과했다. 질문서를 한국에서 미리 보냈고, 며칠 전 하노이 외무부에서도 명월이가 다시 사본을 발송했다지만, 아직도 지압 장군은 만나주겠다는 확실한 회답이 없었다. 응우엣의 큰아버지가 어제 오후 장군의 관저에 전화를 걸었을 때도, 일단 KBS 일행이 하노이에 도착한 다음 그때 각하의 건강이 어떤지에 따라 회견 여부를 결정할 테니까, 다음 주일에 다시 한 번 연락해 달라는 정도의 대답이 고작이었다. 그래서, 지압 장군이 90을 넘긴 고령인데다가 건강이 좋지 않아 3년 전 CNN 취재진을 만난 다음 지금까지 어떤 인터뷰에도 응한 적이 없다는 응우엣의 설명을 듣고, 이상희 연출은 이렇게 차일피일 미루는 눈치가 아무래도 힘들고 귀찮아서 완곡히 거절하려는 뜻인 모양이라며 사실상 지압 장군의 회견을 포기한 상태였다.

그러나 타오를 만나고 싶다는 한기주의 개인적인 소망은 구형석 통역이 용케도 해결해 놓아서, 호치민을 떠나기 전 어느 날 저녁에 시간을 잡아 응우엣 몰래 두 사람의 재회를 성사시키기로 약속이 되었다. 한기주는 생각했던 것보다 타오와 연락하기가 쉽다는 말을 듣고는, 구형석이 알려준 번호로 안부 전화라도 우선 걸어보고 싶었지만, 혹시 감청을 당해 옛 친구에게 불이익이라도 갈까 봐 조심하기로 했다. 하기야 타오가 간이식당의 주인이 되어 편히 살아간다고 했으니, 안부는 걱정할 필요도 없는 일이었지만 말이다.

한기주가 AP통신의 '끄나풀'* 노릇을 할 때 미국 AFP를 위해 똑같은 일을 했던 남부인 타오는, 공산통일이 되고 난 다음 틀림없이 미제국주의자들 밑에서 근무한 경력 때문에 재교육에도 끌려 다니고 고생을 많이 했으리라고 한기주는 생각했었다. 하지만 레반땀 아침공원 앞에서 바퀴의자에 앉아 구걸하는 거지의 신세가 되지 않고 어떻게 작은 간이식당이나마 주인까지 되

---

* stringer. 봉급을 받는 정식 특파원이 아니라, 현지에서 임시 채용한 통신원.

었는지 신기한 일이었지만, 하기야 타오는 전쟁 중에도 워낙 요령이 뛰어난 인물이었다.

*

한기주는 로터리에 우뚝 세워놓은 옛 베트남 황제의 동상을 내다보며, 응우엣이 단체로 주문한 포*를 모처럼 맛있게 먹었다. 그가 만나고 싶어하는 타오도 쌀국수집 주인이라고 했지…….

전쟁을 하러 처음 베트남에 왔을 때 한기주는 1년 이상의 복무기간 동안에 포를 한두 번밖에는 먹은 기억이 없었다. 쌀국수에 넣는 향초(香草) 꾸에가 목구멍에 역해서였다.

대부분의 한국군 장병들은 맛을 내느라고 베트남 국수에 넣는 꾸에를 싫어했을 뿐 아니라, 모든 꽁가이**에게서 똑같이 나던 묘한 체취도 악취라고 생각해서 처음에는 무척 역겨워했었다. 하지만 그 체취가 베트남 세숫비누의 깨끗한 냄새라는 얘기를 듣고 난 다음부터는 악취가 갑자기 얼마나 향기로워졌던가. 오락가락하는 인간의 관념. 착각이라는 일시적인 진리.

아무리 C-레이션 고기를 많이 먹어도 밥 한 그릇을 곁들이지 않으면 '식사'를 끝내지 못한 듯 뱃속이 허전한 기분을 느끼던 '박마(白馬)' 부대 한국군 병사들은, 파월 복무 초기에 닝화나 냐짱으로 나가는 길이 생기기만 하면, 식당에 들러 쌀국수가 아니라 쌀밥을 한 그릇 꼭 사 먹어야 했다. 하지만 그들이 식당에 들어가 항상 주문했던 '앙꼼(ăn cơm)'은 사실 '밥'이 아니라 "밥을 먹다"라는 동사형(動詞形)이었지만, 한국전쟁 당시 대한민국의 처녀(색시)를 '쌕시(sexy)'라고 불러대던 미군들이나 마찬가지로, '꽁가이'를 보면 열심히 미소를 지으며 아무렇지도 않게 '꽁까이'***라고 불러대던 따이한 남자들이었으니, 문법 따위를 따져봤자 아무 소용이 없는 일이었다.

한기주가 베트남에 도착한 다음 얼마 후에 군인들에게 쌀이 지급되기는 했

---

* phở, 쌀국수.
** con gái, 아가씨.
*** con cái는 "아이"라는 뜻이기도 하지만, con cáo cái는 "개 같은 년"이라는 말이 된다.

어도, 그것은 절대적으로 식량이 부족하던 한국전쟁 당시, 미군부대에서 나온 음식 쓰레기를 끓여서 만든 꿀꿀이죽과 재강(술찌끼)을 별미로 사서 먹었던 구슬픈 세대의 입에도 밀기울이나 납작보리와 더불어 정말로 맛이 없다고 여겨졌던 푸석푸석한 '알랑미(安南米)'*였다. 그래서 고향의 이팝이 그리운 병사들은 "앙꼼"을 조금이라도 더 맛있게 누리기 위해, 고향에서 보내주는 마늘이나 고추장을 신주단지처럼 아껴가며 곁들여 먹었고, 한기주는 냐짱에다 따이한 여가수 송민도가 차려놓은 냉면집을 열심히 찾아가 겨자맛을 탐하고, 사이공에서는 생배추에 고춧가루만 바른 날김치를 내놓는 베트남 식당이 어디에 있는지를 통합사 병사들에게 물어 수소문해서 찾아다녔다.

*

한기주가 베트남으로 가게 된 상황이 워낙 특이했기 때문에, 사단사령부에서는 서너 명을 제외한 모든 장교가 귀국할 때까지 1년 동안 그가 일반 병사라는 사실을 알지 못했다. 부산의 제3 부두에서 미 해군 함정을 얻어타고 한 주일의 항해 끝에 베트남 땅을 밟은 대부분의 장병들과는 달리, 그는 사단장 및 소수의 참모진과 함께 김포공항에서 비행기편으로 냐짱까지 날아갔으며, 그곳에서 곧장 주둔지 닝화로 들어가서는 참모용 천막에서 몇 달 동안 기거했다. 식사도 물론, 비록 황우도강탕(黃牛渡江湯)과 더불어 한국군 식단(食單)에 가장 자주 올랐던 비리고 비린 갈치미역국보다도 맛이 없고 느끼한 C-레이션 국과 알랑미 밥이 고작이기는 했어도, 그가 안내를 맡은 외신 기자들과 함께 참모식당에서 했다.

정훈대의 병사들도 처음 얼마동안은 한기주의 정체를 알지 못했고, 그래서 파월 초기 어느 날 가위와 사진첩을 사러 처음 닝화로 나갔을 때, 그와 동행했던 사단 정훈부 파견 운전병 김재석 일병도 한기주가 자기와 같은 계급이라는 사실을 까맣게 몰랐다. 비록 의도적으로 속이지는 않았어도 한기주는 그를 장교처럼 대우하던 운전병에게 미안하다는 생각이 들었고, 그래서

---

*安南은 베트남의 옛 이름.

길가 간이식당에 들어가 그에게 볶음밥을 사 주었다.

본디 음식을 가려먹거나 고추와 마늘을 다른 일반 병사들처럼 과히 탐하던 편은 아니었지만, 그래도 김 일병은 닝화 식당에서 접시밥과 함께 종발에 담아 내놓은 땡비*를 보고는 너무나 반가운 나머지, 한 숟가락 듬뿍 떠서 입에 넣고는 호쾌하게 왈칵 씹었다. 베트남 고추는 한국의 청양고추보다도 매웠고, 뱃속이 뒤집힌 김 일병은 씹던 고추를 식탁에 왈칵 뱉어 놓았다.

부대로 돌아간 다음에도 한참동안 매워서 헉헉거리고, 찬물을 마셔대며 쩔쩔매고, 눈물을 비오듯 흘려 "땡비 눈물비"라는 별명이 붙었던 정훈부 운전병 김재석 일병은 그러나 어떤 음식에 대해서도 불평을 하지 않았고, 오히려 베트남이야말로 지상의 천국이라고 생각했었다. 사실상 그에게는 입대 영장을 받아들고 고향을 떠날 때 이미 천국의 문이 활짝 열린 셈이었다.

지리산 두메 산골 출신이었던 그는 훈련소로 가기 위해 난생처음 기차를 탔으며, 옷을 입혀주고 밥도 먹여주는가 하면 담배까지 꼬박꼬박 챙겨주는 데다가 매달 봉급까지 덤으로 붙이는 군대가 그토록 좋을 수가 없었다. 그래서 김 일병은 고기 한 점 구경하기 힘들던 황우도강탕도 감지덕지였고, 식기에서 묘하게 속으로 깎아 들고가 퍼주던 야박한 밥을 받아먹어도 고향에서보다는 배가 훨씬 덜 고팠다.

베트남에 와서는 알랑미 꽁이나마 늘 배불리 먹게 되자, 땡비 일병은 이제 이팝이나 마늘이나 고추장 타령은 아예 하지를 않았다. 병사들이 야자수나 파초 그늘에 둘러앉아 서울의 국일관 냉면 따위의 음식을 그리워하는 동안, 그는 미국 정부에서 보급해 주는 신기한 전투식량 C-레이션을 정신없이 찬양했다. 우선 가장 큰 깡통을 따면 갖가지로 요리한 쇠고기와 육즙(gravy)과 달콤한 콩이 나오고, 썰어넣은 파인애플과 앵두 따위의 여러 가지 다채로운 과일도 나오고, 중간 크기의 깡통을 따면 닭고기에 국수와 칠면조 고기 같은 먹을거리도 나오고, 작은 깡통에서는 잼과 땅콩버터와 다른 희한한 군것질거

---

*아주 작고 새빨간 베트남 고추.

리가 줄줄이 나왔으니, 끼마다 전투식량 한 통(carton)을 앞에 펼쳐놓고 앉으면 땡비 일병은 소꿉놀이 잔칫상을 받기라도 한 듯 신이 나고 재미도 났다.

그렇게 깡통 잔치가 끝난 다음에는 싸구려 화랑담배가 아니라 이름도 멋진 체스터필드나 말보로나 럭키 스트라이크나 팍스톤 따위의 각종 양담배가 여섯 개비씩 담긴 갑을 꺼내 거드름을 피웠으며, 갈색 빤닥 포장을 뜯어 국방색 작은 봉투에 담긴 커피와 가루우유와 설탕이 쏟아지면, 구태여 물에 타지도 않고 그냥 통째로 입에 털어넣던 땡비 일병은 바둑껌도 한 통을 모두 한꺼번에 우둑우둑 씹어 먹고는 했다.

C-레이션이나 마찬가지로 미국은 한때 평균치 한국인들의 눈에 그토록 부럽고 경이로운 환상일 따름이었다.

다섯 바바바 바에서 이루어진 재회

사연이 얽히고 인연을 맺어 정이 깃든 곳, 어떤 사람의 삶에서 중요한 한 부분을 살았던 모든 곳이 한기주에게는 사랑하는 여인과 같았다. 살아가면서 사랑했던 모든 여인을 다 옆에 두고 함께 살기가 불가능하듯, 사람이란 정들었던 모든 곳에서 동시에 살기는 불가능하다. 그래서 오랜 세월이 흐른 다음 인간은 가끔 한 번씩 과거를 심어놓은 땅을 찾아간다.

그렇게 다시 찾아온 사이공은, 내가 죽어 없어지더라도 세상은 그냥 존재하고 다른 사람들은 모두 계속해서 살아가듯, 오랜 세월 한기주가 찾아오지 못했던 동안에도 역사를 만들며 계속해서 살아왔다.

죽고, 사라지고, 잊혀진 과거의 사람들. 과거는 현재에 존재하면서도 자꾸 멀어진다. 과거는 없어지지도 않고 그대로도 아니며, 아무리 버리려고 해도 과거는 망각하기가 불가능하다. 그렇다고 해서 과거로 되돌아가 다시 옛날을 살기 또한 불가능하고, 버린 것을 되찾아봐도 지금은 모습이 달라졌다.

나 또한 기나긴 세월을 지나는 동안 다른 사람이 되었고, 현실 속에서는 과거가 틀림없이 엄청나게 달라졌을 텐데 — 달라진 그것은 무엇일까?

그리고 시간은 어디로 갔을까?

한기주는 오늘밤, 사라진 시간을 거슬러 올라가 과거로 돌아가기 위해 씨클로를 타고 사이공 서쪽 중국인 지역 쩔런으로 응웬밍타오를 만나러 가는 길이었다. 타오가 기다리겠다고 약속한 곳이라며 구형석이 전해준 쪽지에 적힌 술집 이름은 "바바바 바"였다. '한퀵(韓國)'이 '따이한(大韓)'이라는 이름으로 알려졌던 시절에는 그 술집의 이름이 "바바 바"였다. 한기주가 사이공으로 나올 때마다 타오를 만나고는 했던 "바바 바"는 베트남의 유명한 맥주 바무이바(33)*의 이름을 따서 붙였는데, 통일과 더불어 33 상표에 '3'이 하나 더 붙어 바짬바무이바(333)로 바뀌자 세 개의 '바(3)'에다 '바(Bar)'를 덧붙여 지금은 "바바바 바(333 Bar)"로 개명했다는 설명이었다.

타오는 전쟁 당시 영어뿐 아니라 유창한 프랑스어 실력에 힘입어 AFP 통신에서 '끄나풀' 노릇을 했으며, 프랑스인 특파원과 함께 백마부대로 작전 취재를 들어왔다가 한기주와 각별한 사이가 되었다. 그리고 한기주를 〈더 사이공 포스트〉의 편집국장에게 적극적으로 소개해준 다음부터 두 사람의 사이는 더욱 가까워졌다.

*

사이공 시내의 밤거리는 영화를 찍으러 왔던 10년 전보다 훨씬 조용해졌다는 느낌이 들었다. 아마도 한때 유행했던 '짜이롱롱(chay long long)' 폭주족이 사라졌기 때문인 듯싶었다. '짜이롱롱'이 무슨 뜻이냐고 한기주가 물어보았을 때, 구형석은 처음 들어보는 말이라고 했다. 잠깐만 존재했다가 사라진 어휘. 잠깐만 존재했다가 망각 속으로 사라지는 개념.

도시의 소리와 냄새. 사이공의 소리와 냄새를 기억해내는 사이에 한기주는 잊어버렸던 베트남 단어들을 하나 둘 망각의 껍질 밑에서 찾아냈고, 기분

---

* 줄여서 '바바'라고도 했다.

이 좋을 때면 작달막한 타오가 둥글고 납작한 얼굴에 환히 미소를 지으며 외치던 "쪼이오이!"* 소리가 귓전에 들려오는 듯싶었다. '쪼이오이'는 미군들의 입버릇이기도 했었고, 한기주와는 참으로 기묘한 삶의 인연을 맺었던 백마부대 정훈참모부 보좌관 김승준 소령 역시 베트남의 갖가지 특이한 현상에 대해서 걸핏하면 "쪼이오이"라고 외쳤었다.

몇몇 대형 건물의 원색 니온(neon) 간판이 점멸할 뿐, 사이공은 옛날이나 지금이나 조명이 시원치 않아 무척 어두운 도시여서, 검은 하늘 아래 어두운 거리를 따라 거대한 반딧불이들처럼 전조등을 밝힌 스쿠터와 모터사이클이 엇갈리며, 활기차게 서로 코를 내밀면서, 물결을 이루며 흘러다녔다. 시원한 바람을 쐬러 나온 가족들이 분수대에 둘러앉았고, 아이들은 서울에서의 소년시절 오래전에 자취를 감춘 팔랑개비를 돌리며 뛰어다녔다.

한기주는 과거의 사이공 거리에서 사라진 것들도 찾아보았다. 여기저기 길바닥에 깔렸던 철조망은 전쟁과 함께 사라졌다. 모래주머니를 쌓아올려 방어벽을 둘러친 초소들도 사라졌다. 까라벨 호텔 앞 주차장에 줄지어 세워두었던 수많은 값비싼 고급 모터사이클은 허름한 씨클로 군단으로 바뀌었고, 국회를 향해 돌진하는 자세를 취했던 군인 동상**은, 줄지어 일어나던 군부 쿠데타와 무기력한 국회를 절묘하게 상징한다던 외신기자들의 빈정거림 때문이 아니라, '국군(國軍)'의 제복이 달라졌기 때문에 철거되었다. 빈랑(檳榔, betel)을 씹어 흉측하게 시커멓던 여자들의 입도 모습을 감추었고, 싸구려 호텔 방에서는 늘 자연스러운 풍경의 한 부분을 이루었던 도마뱀들도 최고급 관광호텔의 벽과 천장에서 모습을 감추었다. 오다가다 보았던 복권을 파는 계집아이들과 땜장이와 떨이 옷장수들은 사라진 시간 속에서 도대체 어디로 갔을까 한기주는 궁금했다.

* trời ơi, 놀라움이나 아쉬움을 나타내는 입버릇 같은 감탄사로서, "어렵쇼"나 "맙소사" 정도의 의미다. 전쟁 당시 미군들은 베트남어의 'tr'이 'ㅉ'으로 발음되는 특성에 익숙하지 않아서 영어로는 "choy oy"나 "choi oi"라고 표기했다.

** 12쪽 아래 오른쪽 사진.

타오는 서양 통신사에서 일했다는 과거의 경력으로 인해 통일 후 공산치하에서 얼마나 어려운 나날을 보냈을까 한기주는 그것도 궁금했다. 그는 언젠가 다시 베트남에 대한 소설이나 회고록을 쓰게 될 경우, 파란만장하게 살았을 타오의 얘기를 필시 인용하게 되리라는 생각에, 잠시 후에 그를 만나면 무슨 질문을 해야 할지를, 마치 취재를 나갈 때 인터뷰 내용을 미리 준비하듯, 머릿속에서 차근차근 정리했다.

*

간판에 줄지어 늘어선 3이라는 숫자의 글씨체만 그대로일 뿐, 바바바 바 골목은 낯이 설었고, 눈에 익은 건물도 보이지 않았다. 미군이 주요 고객이었던 서양식 33 술집은 한국인 사업가와 관광객 손님이 많아져서인지, 내부도 몽땅 낯설게 333 가라오케 노래방으로 개조해 놓았다.

입구에서 여종원의 안내를 받아 끝 방으로 가서 만난 응웬밍타오는 한기주보다 일곱 살 위여서, 이제는 70이 가까운 나이였다. 펑퍼짐한 중국인 얼굴에 깊은 주름이 앉았지만, 옛모습의 흔적은 변함없이 반가웠다.

프랑스식으로 김정일 위원장 포옹을 나눈 두 사람은 마주앉아 한참 서로를 뜯어보았고, 안부를 묻는 전형적인 의례를 거쳤으며, 타오의 얼굴에 기름진 여유가 제법 보여 한기주는 그래도 통일 이후에 고생을 별로 하지 않은 모양이라고 조금은 안심이 되었다. 술값은 한기주가 내기로 작정하고 왔지만, 열심히 안주를 주문하는 품이 타오는 주머니 사정도 넉넉해서 오늘밤 재회에서는 접대를 적극적으로 부담하려는 듯한 눈치였다.

비록 그들의 옛 단골집이기는 했어도 어쨌든 이렇게 밀실을 갖춘 곳에서 만나자고 한 타오의 의도가, 아무래도 남들이 들으면 곤란한 무슨 얘기를 들려주려는 모양이라고 한기주는 잠시 추측했다. 하지만 예상이 빗나갈 정도로 지나치게 여유만만한 타오의 태도를 보고 한기주는 자신의 계산이 어디선가 착오를 일으켰으리라는 의혹에 불현듯 사로잡혔고, 그래서 그는 미리 순서까지 정해놓았던 질문들은 주춤주춤 뒤로 미루고, 이해를 위한 공동의 터전을 우선 마련하려는 탐색전을 벌이듯, 개인적인 경험과 삶의 영역으로 접근하기에 앞서서 한국과 베트남의 정치와 경제에 대한 피상적이고도 객관적인 정보부터 주고받았다. 그리고는 그들 두 사람이 잘 알았던 종군기자들에 대한 회고담으로 침착하게 대화의 흐름을 가닥지어 나갔다.

그들의 화제에 가장 먼저 떠오른 인물은 미 CBS-TV 사이공 지국에서 카메라맨으로 맹활약을 벌였던 보탄손(Võ Thanh Sơn)이었다. 한기주가 사이공으로 나왔다가 역시 타오의 소개를 받아 백마부대로 데리고 들어가 함께 종군할 기회를 가졌던 손은, 중부 고원지대에서 미군 작전을 종군하다가 전투 중에 파편을 맞아 렌즈 가리개가 찌그러진 촬영기를, "죽다 살아난 경험을 기념하기 위해" 수리조차 하지 않고 훈장처럼 그냥 들고 다녔으며, '아내'가 넷이었다.

*

보탄손에게 아내가 넷이었다는 사실은 조금도 이상하거나 놀라운 일이 아니었다. 베트남에서는 오랫동안 전쟁을 거치는 사이에, 남자들이 산으로 들어가 베트콩이 되거나 남 베트남 정규군(ARVN)으로 징집되어 나가 계속해서 서로 죽이는 바람에, 남자의 수가 여자에 비해 절대적으로 부족했으며, 이슬람 세계에서 남자들이 십자군 전쟁 때 마찬가지 이유로 혼자 살아가야 하는 과부들과 고아들을 거두어 보살피게 하기 위해 네 명까지 아내를 얻는 일부다처제를 허락했듯이, 베트남에서도 생활력을 갖춘 남자라면 여러 아내를 두더라도 허물이 되기는커녕 묘하게도 자선행위처럼 여겨지기까지 했었다. 백마부대 사령부가 주둔했던 닝화에서는 경찰관도 여러 아내를 거느리기가 보통이었고, 심지어는 민병대가 이동하면 여자들이 살림보따리를 싸들고 군부대 철새족(camp followers)처럼 줄지어 부대를 따라다닌다는 소문까지 나돌았다. 그래서 손은 어디로 취재를 가더라도 '아내'와 함께 지내기 위해, 사이공과 냐짱과 달랏과 후에, 이 네 곳의 전략요충지에 현지처를 하나씩 마련해 놓고는 조금도 죄의식을 느끼지 않았으며, 오히려 나이가 스물다섯 살이나 된 한기주가 아직 아내를 하나도 거느리지 않았다는 사실을 신기하게 생각했다.

전투병 못지않게 많은 숫자가 베트남으로 진출했던 한국 민간인 기술자들도 손과 비슷한 사고방식에 따라, 너도나도 '현지처'를 얻어 살림을 차리고는 '라이 따이한(한국인 2세)'을 낳은 다음, 돈벌이가 끝나면 아무런 죄의식을 느끼지 않으면서 베트남 처자식을 버리고 한국의 처자식에게 돌아가고는 했다. "이왕 혼자 살며 고생하는 여자들 먹여살렸으면 그만이지, 책임은 무슨 책임이냐"며 불쌍한 여자들을 구제해 주었다는 논리로 당당했던 따이한 남자들. 그들은 텔레비전에 나와서도 거침없이 말했다. "미국놈들은 귀국할 때 집안살림을 몽땅 팔아치워 돈으로 만들어 가지고 갔지만, 우린 그래도 냉장고 같은 거 다 그냥 주고 왔어요." 그리고 현지에서 취재한 텔레비전 프로그램에 나온 베트남 여자들은 따이한 남자들이 혹시 "돌아와서 친자 확인이라도 해주면 고맙겠지만, 자식을 찾아주지 않더라도 원망하지는 않는다"고 말했다.

아름다움과 단물이 빠진 늙은 모습의 '꽁가이'는 한국인들이 주고 온 냉장고에 대해서 그토록 고마워했다.

*

13개월 17일간의 파월복무를 마치고 귀국한 한기주가 보탄손에 관한 소식을 다시 듣게 된 것은 겨우 2개월 후, 그가 1년 동안 매주 일요일 「베트남 통신(Viet Vignettes)」 칼럼을 연재했던 서울의 영자신문 〈더 코리아 타임스〉에 정식으로 입사하여 사회부 기자로 한 달 가량 근무했을 무렵, 1968년 구정을 기해 베트남 전역에서 베트남전 최대 규모의 베트공 총공세가 벌어졌을 때였다.

어느날 한기주는 타임스 에 실린 AP통신의 외신 기사를 보고 깜짝 놀랐다. 이런 내용이었다.

【사이공 발, 2월 8일, AP】 베트남인 프리랜스(free-lance) 카메라맨 한 사람이 베트콩에게 포로로 붙잡혔다가, 심한 충격을 받고 만신창이의 모습으로 목요일에 돌아와서는, 두 명의 한국인과 세 명의 베트남군 장교가 공산

군에게 사이공에서 처형되었다고 밝혔다.

그는 베트콩들이 자기를 세 차례나 처형하려고 했지만 실패했다고 말했다.

33세의 보탄손은 상처를 입지는 않았다. 그는 수요일 오전 10시 30분경 포로로 붙잡혔을 당시, 사이공의 중국인 지역 쩔런에 위치한 쪼라이(Cho Ray) 병원 근처에서 콜럼비아 방송국(Columbia Broadcasting System, CBS)을 위해 텔레비전 뉴스를 촬영 중이었다.

손은 처형된 사람들의 이름을 알지 못했다. 한국대사관 관리들은 한국인 기자 한 명과 공보관이 실종되었다는 사실은 알았지만, 처형에 대해서는 확인해 줄 길이 없다고 말했다.

2 Koreans Executed, Says Viet Returnee

SAIGON, Feb. 8 (AP) — A Vietnamese free-lance cameraman returned filthy and shaken Thursday after being captured by the Vietcong and said the Communists had executed two south Koreans and three South Vietnamese army officers in Saigon.

He said the Vietcong tried unsuccessfully three times to execute him.

Vo Thanh Son, 33, was not injured. He was taking televised news film for the Columbia Broadcasting System (CBS) around the Cho Ray Hospital in Cholon, Saigon's Chinese section, when he was captured at 10:30 a.m. Wednesday.

Son did not know the names of the persons who were executed. Korean embassy officials said they knew of a Korean newsman and press attache who were missing, but they could not confirm the report of the slayings.

Son, married and the father of a son, said he was stopped near the hospital by a group of armed Vietcong dressed in civilian clothes who asked if he was a policeman.

"They took me to their command post and robbed me of everything," Son said. "They tied my hands and they led me away after blindfolding me.

"About three o'clock (in the afternoon) one guy came and asked me if I worked for the Americans. I said I was a journalist and a cameraman and carried American accreditation. The answer from the guy was that I was an American spy. They said I would be pardoned if I signed a confession that I was an American spy.

"At four o'clock they told me they had orders to execute me."

As he spoke, Son still showed signs of his night-long ordeal. He wore no shoes, and had on only a dirty shirt and pants. His face, arms and legs were covered with black grime.

▲ 보탄손의 얘기가 실린 기사 내용.

결혼하여 아들 하나를 둔 손은 민간인 복장을 한 무장 베트콩들에게 병원 근처에서 붙잡혔으며, 그의 신분이 경찰관이냐는 질문을 받았다고 했다.

"그들은 나를 작전지휘소로 끌고 가서 소지한 물건을 모두 빼앗았습니다." 손이 말했다. "그들은 두 손을 묶고 눈을 가린 다음 나를 다시 어디론가 끌고 갔습니다. (오후) 3시쯤 되자 한 남자가 와서 나더러 미국인들 밑에서 일하느냐고 물었어요. 나는 기자이고 카메라맨이며, 미국의 신임장*을 발부받았다고 밝혔어요. 남자는 내가 미국의 첩자라고 반박했습니다. 그들은 내가 미국의 첩자라는 자백서에 서명하면 사면을 시켜주겠다고도 했어요.

4시가 되자 그들은 나를 처형하라는 명령이 하달되었다고 그러더군요."

이렇게 얘기하던 손은 밤새도록 시달린 징후들이 아직도 역력했다. 그는 신발도 신지 못한 맨발이었고, 더러운 셔츠와 바지만 걸친 차림이었다. 그의 얼굴과 팔다리는 시커먼 구정물로 뒤덮인 상태였다.

신분이 밝혀지지 않은 두 한국인의 '처형'에 대한 이 기사는 아군의 피해나 패배에 관한 내용은, 보도를 철저히 통제했던 박정희 정부의 언론정책에 따라 국내 신문에는 한 줄도 실리지 않았고, 그래서 보탄손과 더불어 베트콩의 포로로 잡혔다가 죽었다는 두 한국인이 누구였는지도 끝내 확인되지 않았다. 하지만 영자신문이어서 공보부와 중앙정보부의 감시가 국내지보다 상대적으로 덜 심했던 〈더 코리아 타임스〉에는 이 글이 2단으로 자세히 게재되었다.

*

이렇게 베트남 전쟁은 한국으로까지 한기주를 집요하게 쫓아다녔다.

전쟁터에서 그토록 가까이 지냈던 외국인에 관한 기사를, 혼자 전쟁터를 벗어나 귀국한 다음, 한국의 영자신문에서 활자로 읽는 기분은 참으로 착잡했지만, 한기주는 보탄손의 필사적인 탈출 소식을 접하고 한 달쯤 지난 다음

---

* American accreditation. 기자의 신분을 밝히는 증명서. credential이라고도 한다.

인 3월 5일에 다시 비슷한 경험을 했다.

서울에서 발간되는 또 다른 영자 일간지 〈더 코리아 헤럴드〉에 실린 사이공 발(發) UPI 외신의 한 토막 짧은 기사에서, 미네 히로미찌(峯弘道)가 죽었다는 소식을 접한 충격은 그가 전쟁터에서조차도 실감하지 못했던 죽음의 두려움으로 한기주를 사로잡았다. 끔찍한 교통사고의 경험을 사건 당시보다 어느 정도 시간이 지난 다음에야 훨씬 더 강렬하게 느껴지듯이, 전쟁의 죽음은 전투지 현상에서보다 지리적인 완충거리가 확보된 상황에서 훨씬 실감하게 되기 때문이었다.

그리고 미네의 죽음은 한기주 자신의 죽음을 잠재했던 가능성이었다.

나이도 한기주와 비슷했는데 아직 결혼조차 하지 않았던 사진기자 미네 히로미찌는 일본의 상지대학교(上智大學校, Sophia University)를 졸업했고, 한기주의 모교인 서강대학교와 마찬가지로 예수회(Jesuit) 계열이었다. 그래서 두 사람은 몇 차례 동반 취재를 다니는 동안 급속히 가까워졌다.

1964년 도쿄 올림픽을 계기로 UPI에 입사한 미네는, 한국의 강운구(姜運求)처럼 사진 못지않게 글솜씨도 뛰어난 작가여서, 운동경기 사진을 멋진 사진설명(caption)으로 빛나게 하여 크게 주목을 받았다고 했으며, 한기주나 마찬가지로 어니 파일(Ernie Pyle)의 기자정신을 무척 존경했고, 한기주가 여기저기 기고한 글을 보고는 퍽 호감을 갖게 되었다.

미네는 1967년 8월 초 콘툼 성(Kon Tum 省)의 닥또 북방에서 미군 수송기가 기지 상공을 통과하다가 우군의 포를 맞고 두 동강이 나서 추락하는 기막힌 순간을 찍은 작품 「추락」으로 세계보도사진전에서 2등상을 수상했다. 「추락」을 찍은 직후인 늦여름, UPI 도쿄 지국으로 일시 귀환하게 되었을 때, 미네는 한기주에게 솔깃한 제안을 내놓았다. 10월쯤이면 한기주도 귀국하여 제대를 할 테니까, 미네의 추천으로 일본 UPI에 입사하여 내년 1월에 함께 다시 베트남으로 와서 정식 특파원으로 본격적인 활동을 해보지 않겠느냐는 얘기였다. 한기주가 기사에서 표방하던 인본주의적 시각에 자신의 사진을 곁들인다면 무엇인가 좋은 기획작품이 나오리라는 농담도 했었다.

▲ 미네 히로미찌의 대표적인 전쟁보도 사진 「추락」.
지상에서 일상적인 일을 계속하는 병사들의 모습이 인상적이다.

하지만 이 계획은 정훈참모 박 중령의 개인사정 때문에 무산되었다.

*

한기주는 대학을 다니는 동안 3학년 때 첫 탈고를 했던 『은마는 오지 않는
다』를 위시하여 일곱 편의 장편소설을 영어로 썼고, 이런 글쓰기에 얽힌 소
문과 인연으로 4학년 때부터 영자신문 〈더 코리언 리퍼블릭〉*에서 문화부 기
자로 활동하다가 뒤늦게 군에 입대했다.

얼마동안의 최전방 생활 끝에 육군본부 참모총장실에서 타자병으로 복무
하던 그는 파월복무를 자원하여 백마부대 제1진으로 베트남에 왔다. 그는 백
마부대 정훈부와의 기묘한 타협을 거쳐, 외신기자들을 안내하고 동행취재를
할 뿐 아니라, 여건이 허락하는 한 단독 취재 활동을 겸하기 위해 계급장을

---

* *The Korea Herald*의 전신.

떼고 민간인 기자처럼 활동한다는 합의하에, 〈리퍼블릭〉으로부터 특파원 증명서까지 정식으로 발부받았다.

한기주가 계급장을 달지 않고 베트남 전선에서 복무했던 까닭은, 통신병과의 정사진병(靜寫眞兵)과 "아이모" 동사진병(動寫眞兵)들을 포함한 보도병들의 경우, 병사로서의 관등성명을 밝혀가며 장교들에게 취재와 촬영 협조를 받기가 지나치게 번거로운데다가, '언론 매체'로서의 특수 신분도 고려하여, 베트남에서는 '바오찌(báo chí, 報道)' 인식표를 붙이거나, 사실은 장교들만 착용이 용납되는 PIO* 배지를 계급장 대신 착용했었다. 더구나 외신기자가 취재를 들어와 사단장과 인터뷰라도 하게 되면, 한기주가 일등병 계급장을 달고 통역을 해줄 수도 없는 입장이었다.

그리고 한기주가 자유롭게 활동하며 기고한 글이 베트남과 미국의 여러 신문과 잡지에 실리게 되자, 그것이 "백마부대의 활약상을 선전하는 효과"를 창출하는 데 두드러진 도움이 되었기 때문에, 결국 그는 사단장의 표창장을 받기도 하고, 창경궁으로 두 마리의 파충류를 수송한다는 희극적인 작전임무를 핑계로 한 달짜리 본국 휴가까지 누렸다.

하지만, 훗날 『하얀 전쟁』이라는 소설의 기초를 이루게 될 경험과 자료를 한기주가 이렇게 축적해 나가는 사이에, 12개월의 파월복무뿐 아니라 30개월의 군복무 기간도 다 채웠지만, 귀국만큼은 뜻대로 때맞춰 이루어지지를 않았다. 정훈참모 박 중령이 경력쌓기와 전투수당과 다른 개인적인 이익들을 계산하여 자꾸만 귀국일자를 뒤로 미루면서, "귀국하고 싶으면 너하고 똑같은 후임자를 구해놓고 가라"는 무리한 요구를 내걸고 좀처럼 그를 귀국시키지 않았다. 웬만한 장교도 하기 힘든 여러 가지 기능을 도맡았던 한기주는 후임자를 구할 길이 없어서, 병장이 되어 2개월이나 전쟁터에서 초과 복무를 했지만, 현지에서는 제대가 되지 않는 상황에서, 군대라는 계급사회에 손발이 묶인 채 외국 땅에서 아군에게 포로가 된 신세로, 참담한 나날을 보내야 했다.

---

*Public Information Officer, 정훈공보장교.

마침내 12월이 되어서야 겨우 명을 받아 귀국하여 1월 13일에 그는 군복을 벗고 〈리퍼블릭〉에서 〈타임스〉로 적을 옮겨 '언론인' 신분으로 되돌아갔다. 그리고는 한 주일도 안 되어 1월 19일에 김신조와 북한군 124 특수부대가 "박정희의 모가지를 따러" 내려와 21일 효자동에서 교전을 벌였고, 이때부터 대한민국의 모든 병사는 복무기간이 6개월이나 연장되었다. 귀국이 며칠만 더 늦었더라면 한기주는 2개월 초과 복무 후에 다시 반 년이나 더 군대생활을 덤으로 계속할 뻔했다.

이렇게 뒤숭숭하고 정신없는 와중에서 한기주는 UPI 도쿄 지국으로 미네에게 귀국을 알리는 편지 한 통을 낼 만한 정신적인 여유가 없었고, 그러던어느 날 이미 베트남으로 다시 돌아간 미네 히로미찌가 중부 고원지대에서벌어진 미군의 작전을 취재하러 들어갔다가 그가 탔던 APC 장갑차가 베트콩의 로케트포 공격을 받아 온몸에 화상을 입고 사망했다는 기사를 접하게되었다.*

여섯 발가벗은 이유

바바바 바에서 이루어진 재회는 기나긴 대화를 주고받는 사이에 이렇게 미네 히로미찌로부터 김신조로 이어졌다. 한기주는 만일 그때 정훈참모의 개인사정 때문에 귀국이 늦어지는 우발적인 사건이 끼어들지 않았다면, 이듬해미네와 함께 베트남으로 돌아와 같이 어울려 다니다가, 어쩌면 장갑차에서그와 함께 죽음을 맞았을지도 모르는 일이었다. 결국 따지고 보면 박 중령은한기주의 인생을 방해하여 결과적으로 그의 생명을 구해준 은인이 되고 말았

---

* 한기주가 신문에서 읽었다고 기억하는 내용과 달리, 일본의 베트남전쟁 기록편집위원회가 펴낸 『ベトナム戦争の記録』에서는 장갑차가 지뢰로 폭파되면서 입은 부상으로 미네 기자가 사망했다고 밝혔다.

다. 인생이란 모름지기 그런 식인 모양이라며 한기주는 피식 웃고, "당시의 내 삶은 진짜 아슬아슬한 줄타기 같았다"고 응웬밍타오에게 말했다.

타오는 "인생이란 다 그런 것(C'est la vie)"이라면서, 역사나 전쟁에서와 마찬가지로 인생을 구성하는 운명의 함수(函數)에서도 상황이 달라진다는 가정(假定, hypothesis)이 용납되지 않으니까 쓸데없이 "신파조로 과장은 하지 말자(Don't dramatize)"고 조금쯤은 냉정하게 말했다. 한기주가 만일 제대한 다음 다시 특파원이 되어 돌아왔다면, 운명의 1968년 3월 5일에 두 사람은 함께 중부 고원지대가 아니라 북쪽의 후에나 꽝찌로 취재를 갔을지도 모르고, 만일 같은 전투지로 갔다고 하더라도 같은 APC를 타지 않았을 확률은 무한이기 때문이었다.

타오는 미네의 죽음을 주월미군 홍보처인 JUSPAO 게시판에서 처음 알았다고 하면서, 워낙 오래전 일이어서인지 별로 슬픔을 느끼지 않는 눈치였다. 그렇지만 한기주가 『하얀 전쟁』이 일본에서 번역되어 출판되었을 때 그 책을 미네에게 헌납했다는 얘기를 하자 타오는 그의 한국인 친구가 소설을 쓴다는 사실에 갑자기 큰 관심을 보였다.

한기주는 보탄손의 냐짱 아내 하이를 소설에서 한국인 주인공과 사랑을 나누는 베트남 여인으로 등장시켰다는 얘기를 했고, 그러자 타오는 소설보다 보탄손에 대해서 더 큰 관심을 보이며, 사이공이 공산군에 함락될 무렵에 행방이 묘연해진 손이 살았는지 죽었는지 궁금하다고 말했다.

한기주는 손이 지금 버몬트의 어느 한적한 소도시에서 사는데, 그가 미국으로 건너갈 때 네 여자 가운데 어느 아내를 데리고 갔는지 궁금하다며 웃었다.

손의 소식을 어떻게 알았느냐고 타오가 물었다.

한기주는 1999년 11월 서울에서 "죽음으로 남긴 20세기의 증언, 퓰리처상 사진 전시회"가 열렸을 때, KBS-TV에서 「카메라가 포착한 20세기」라는 제목으로 만든 퓰리처상 특집에서 해설을 맡았다가, 그때 행사에 참석하기 위해 한국을 방문한 후잉꽁우트(Huynh Cong Ut)를 만나게 되었고, 그래서 그에게 혹시 손에 대한 소식을 아느냐고 물었더니, 베트남전 당시부터 지금까지 보탄손과 가까운 사이로 지내왔다는 우트가 근황을 알려 주었다.

현재 AP 통신사 로스앤젤레스 지국 소속으로 일하는 사진기자 우트는 AP 사이공 지국에서 사진기자로 일하던 형이 1965년 작전 취재를 하다가 목숨을 잃은 다음 같은 통신사에 사진기자로 입사한 베트남인이었다. 그는 1972년 6월 베트남의 1번 도로를 따라 이동하던 중에, 베트남 공군의 폭격기가 양민들에게 네이팜탄을 오폭(誤爆)하는 현장을 목격했고, 목숨을 건지기 위해 갈팡질팡 도망치는 마을사람들을 정신없이 촬영하다가 자신도 3도의 화상을 입었지만, 알몸으로 울며 달아나는 아홉 살 소녀의 역사적인 모습을 카메라에 담았다. 「전쟁의 공포(The Terror of War)」라는 제목으로 알려진 이 유명한 사진은, 퓰리처상을 받은 다음, 전쟁의 무고한 희생자들이 겪어야 하는 참혹한 고통의 모습을 세상에 알리며 미국의 반전운동을 고조시킨 요인이 되기도 했다.

*

「전쟁의 공포」에서 겁에 질려 울부짖으며 도망치던 소녀 팡티킴푹(Phan Thi Kim Phuc)이 우트 기자와 함께 서울을 찾아와 만찬에서 그녀를 처음 만날 기회가 생긴 한기주는, 30년 동안 그가 궁금하게 생각했던 한 가지 사실을 그녀에게 직접 물어보았다. 우트의 사진에 찍힌 다른 아이들은, 뭉크(Edvard Munch)의 석판화 「절규」를 연상시키는 일그러진 표정으로 앞에서 달려가던 그녀의 오빠를 포함하여, 모두 옷을 제대로 입었는데, 도대체 그녀는 어디서 무엇을 하다가 뛰쳐 나왔기에, 마치 근처 개울에서 목욕이라도 하다가 도망치듯, 그렇게 홀랑 벗은 채 길로 나왔을까?

푹은 폭격이 시작되기 직전에 사실은 정상적인 차림이었지만, 얇은 옷이 네이팜탄*을 맞아 그렇게 홀랑 타버렸다고 했다.

하지만 옷이 다 불길에 타버렸다면서도, 그날 밤 한기주가 만찬에서 만난 푹에게서는 화상의 흔적이 전혀 보이지를 않았다. 그래서 한기주는 얼마나

---

* napalm, 강렬한 유지(油脂) 소이탄(燒夷彈)이어서 폭발하며 불길이 일어난다.

▲ 가장 유명한 전쟁 사진 가운데 하나인 「전쟁의 공포」.
밑에다 니크 우트와 팡티킴푹은 "사랑과 평화"라는 '부제(副題)'를 달아 주었다.

얇은 옷을 입었기에 이렇게 피부가 무사하냐고 다시 물었다.

그녀는 지금 노출된 부분은 그때도 옷을 걸치지 않아서 불에 타지 않고 무사했지만, 긴 소매를 걷어올리면 속살의 상태가 "어떨지 상상해 보라"고 했다.

미국으로 건너가 결혼해서 지금은 행복하게 살아간다며 미소를 짓는 그녀에게, 한기주는 옷으로 가린 전쟁의 흔적에 대해서는 더 이상 질문을 하지 않았다.

*

사이공 종군기자들 사이에서 니크(Nick)라는 미국 이름으로 널리 알려진 우트와 사이가 퍽 가까웠던 응웬밍타오는, 우트와 같은 시기에 AP 통신에서 눈부시게 활동한 피터 아네트 특파원의 베트남인 아내 얘기를 꺼냈다. 한기주는 당시 아네트 기자의 심층적인 분석기사(news features)가 얼마나 훌륭했는지를 맞장구 회고했으며, 두 사람은 이어서 CNN 소속으로 제1차 이라크 전쟁을 취재하러 들어간 아네트가 『천일야화(千一夜話)』의 도시 바그다드에서 비디오 게임을 중계하듯 야간 전황을 위성 접시로 세상에 뿌렸던 무용담을 되새겼다.

한기주는 AP 통신사의 '끄나풀' 노릇을 하던 짧은 기간 동안 우트와 아네트를 직접 만난 적이 한 번도 없었다.

그리고 AP에서의 경험 가운데 한기주가 가장 생생하게 기억하는 대목은 피트리(Petrie)의 초라함이었다.

그를 AP에 소개해 준 비스뉴스(Visnews)의 한국인 특파원에 대해서도 한기주는 얼굴이나 이름, 아무것도 기억이 나지 않았고, 작전 취재에도 동행한 적이 한 번도 없는데 어떻게 애초에 그와 아는 사이가 되었는지조차도 생각이 나지 않았다.

AP에서 그를 필요로 했던 까닭은 한기주라는 특정 인물이나, 그가 지닌 어떤 능력과 실력을 높이 샀기 때문이 아니었다. 전쟁의 다른 소모품이나 마찬가지로, 우연히 '사건' 현장에 자주 위치한다는 지극히 단순한 기능을 확보하기 위해, AP뿐 아니라 거의 모든 세계적인 매체의 사이공 지국은 최대한의 인력을 필요로 했다. 그들은 미군과 베트남군을 취재하는 기자나 통신원은 충분히 갖추었지만, 언어와 의사소통의 어려움 때문에 한국군은 취재의 사각지대였고, 그래서 불편을 겪던 터에 우발적으로 AP에서는 한기주의 존재에 관한 정보를 비스뉴스로부터 알아낸 모양이었다.

이미 미군이 평정한 '후방'에 해당되는 TAOR(tactical area of responsibility, 작전책임지역)을 맡은 주월한국군 전투병들은 한 주일이나 한 달쯤 작전을 치르고 나면 비슷한 기간 동안 휴식을 취했던 반면에, 한기주는 한 곳의 작전을 취재한 다음 사령부로 돌아가 며칠 동안 영어로 기사를 몇 편 만들어 〈더 코리아 타임스〉의 「베트남 통신」 칼럼과 다른 신문이나 잡지에 발송한 다음, 곧 다른 작전 지역을 찾아들어가고는 했다. 어떤 한국 전투병보다도 현장에서 생활을 많이 한다는 점이 아마도 AP가 탐냈을 만한 우선적인 조건이었으리라고 한기주는 짐작했다.

사진기자라면 물론 촬영 감각과 다른 모든 기술적인 여건을 기본적으로 갖추고, 구성과 구도와 편집의 예술성도 어느 정도는 재능으로 타고나야 되겠지만, 보도사진의 결정적인 첫째 요건은 현장성이라고 한기주는 믿었다.

그는 전쟁터에서 돌아와 〈타임스〉 사회부 기자로 일하던 무렵, 함께 취재를 나갔던 〈한국일보〉 사진기자*로부터, 판문점에서 찍은 사진을 마감 시간에 늦지 않도록 '배달'하기 위해 30분 만에 통일로를 질주하여 안국동까지 들어오던 경험담을 참으로 실감나게 들었다. "취재기자는 사건이 끝난 다음에 늦게 도착하더라도, 목격자들을 찾아내어 자초지종을 물어봐서 기사를 써도 되지만, 사진기자는 현장에 없으면 그걸로 쫑"이라고 했다. 사건 현장은 재생이 불가능하기 때문에 "사진 취재에는 나중이 없다"는 뜻이었다.

보도사진의 현장성이 얼마나 중요한지를 보여주는 가장 대표적인 예로서는 에스파냐 내전에서 참호로부터 뛰쳐나오다 총탄을 맞고 쓰러지는 병사를 찍은 로버트 카파(Robert Capa)의 작품이 첫손에 꼽히지만, 미네 히로미찌의 「추락」도 마찬가지 경우였고, 한국전쟁 당시 중공군으로부터 도망치는 피난민들이 폭격맞은 대동강 다리를 건너느라고 처참한 공중곡예를 부리는 장면을 촬영한 AP 특파원 맥스 데스포(Max Desfor)의 퓰리처상 수상작도 사진기자가 현장에 위치했다는 우연성이 최우선 조건이었다.

그리고 우연히 어디에 위치하기 위해서는 모든 곳에서 항상 누군가 대기해야 하고, 다채로운 어휘로 공을 들여 감동을 자극하는 글과 달리 한 조각의 순간을 포착하고 고정하여 세계를 경각시키는 위대한 사진 작품을 얻기 위해서 통신사들은 카메라로 무장한 수많은 '병력'을 여기저기 투입해야 했으며, 그래서 AP에서는 무인지경의 한국군 전선에 추가로 배치하기 위해 한기주를 만나자고 했었다.

---

* 당시 〈한국일보〉사의 자매지들은 따로 사진부가 없었기 때문에, '본지' 사진부 소속의 기자를 취재에 동행했다.

그러한 사연으로 AP 사무실을 처음 찾아간 한기주에게 사진 담당자는 어떤 카메라를 사용하느냐고 물었다.

한기주가 "피트리"라고 하자 미국인이 고개를 갸우뚱했다.

먼 훗날 생각해 보니 한기주가 '피트리(Petrie)'를, 당시 대부분의 한국 사람들이 글자가 눈에 보이는 대로 잘못 발음했듯이, '페트리'라고 말하여 미국인이 무슨 카메라인지 잘 몰라서 그랬던 듯싶지만, 어쨌든 그날 그는 1960년대에 우리나라에 야시카만큼이나 많이 보급된 싸구려 사진기 하나만 달랑 개인적인 장비로 한국에서 가지고 갔다는 사실에 제 발이 저려졌다. 고등학교 소풍에나 들고 다닐 만큼 그렇게 초라한 장비로 무슨 전쟁 사진을 찍으려고 덤비는지 이해가 안 간 미국인이 당연히 의아한 표정을 지었으리라는 짐작 때문이었다.

*

한기주는 외국 종군사진기자들을 현장에서 만날 때마다 자신의 초라함을 새삼스럽게 느끼고는 했다. 퀴농의 맹호부대와 닝화의 백마부대가 전개한 합동작전을 취재하러 들어온 ABC-TV 취재진의 안내를 맡았을 때도 그는 그들의 엄청난 장비에 놀랐다.

그들이 도착하기를 헬리콥터 착륙장에 나가서 기다리던 한기주 상병은 미국인 취재진이 "장비가 너무 많고 무거워 헬리콥터가 뜨지 못하기 때문에" 세 대의 지프로 육상 이동을 한다는 연락을 받았다. 나중에 보니 맹호부대 정훈부에서 누가 농담으로 그런 말을 했던 모양이어서, 헬리콥터가 뜨지 못할 정도로 장비가 많지는 않았지만, 그래도 그들은 개인화기는 물론이요 수류탄까지 완전하게 갖추고 도착했다. 취재를 하다가 보탄손처럼 적과 조우하게 되는 경우 미국의 전쟁기자들은 스스로 전투에 적극적으로 임할 각오로 완전 무장을 하고 그림을 찍으러 다닌다는 사실에 한기주는 대단히 감탄했다.

그래서 피트리 한 대로 세계적인 통신사 AP를 위한 취재를 나가겠다는 무모함에 자격지심을 느낀 한기주는, "그리고 아사히 펜탁스도 한 대 있다"고 했는데, 이것은 통신대 장비로서 그가 작전에 나갈 때 가끔 휴대했기 때문

◀
그가 목에 걸고 다니던 아사히 펜탁스
카메라는 통신대 장비였다.

에, 전적으로 거짓말은 아니었다. 적어도 두 대의 카메라가 필수조건이라고
그가 생각했던 까닭은 모든 사진기자가 흑백과 컬러 필름을 다른 사진기에
따로 넣어 함께 가지고 다니기 때문이었다.

그랬더니 미국인 사진 담당자는 조금 안심하는 표정을 지었고, 필름은 몇
통이나 가지고 가겠는지를 물었다.

한기주는 컬러 한 통에 흑백 두 통을 달라고 했다. 물론 그 수량은 당시 한
국 언론계의 실정에 입각하면 지극히 합리적이고도 당연한 요구였다.

*

한기주가 〈한국일보〉사에서 〈주간여성〉 부로 자리를 옮겨 취재기자로 일
하던 무렵(1969~72)의 어느 날, 한국을 방문한 음악인 정경화를 인터뷰하러
나갔을 때, 사진기자는 늘 그렇듯이 대여섯 장의 사진을 찍고는 일이 끝났다
는 생각에 뒤로 물러나 앉았다. 그러자 벌써 사진을 다 찍었느냐고 정경화가

놀라서 물었다. 외국 기자들은 한 번 인터뷰에서 수십 장이나 수백 장의 사진을 찍기가 보통이니, 정경화로서는 놀랄 만도 한 일이었다.

1989년 『하얀 전쟁』이 미국에서 출판된 다음, 기자로서 묻는 자였다가 작가로서 답하는 자로 입장이 바뀐 다음에, 뉴욕에서 한기주는 20년 전 정경화의 놀란 표정이 불현듯 머리에 떠올라야만 했던 상황을 체험했다. 그날 한기주는 전두환 시절의 혼란기에 서울 특파원을 지낸 〈더 뉴욕 타임스〉의 한국통 여기자 수잔 시라(Susan Chira)에게 인터뷰를 당하러 신문사로 찾아갔다.

시라 기자와의 문답 취재가 끝난 다음, 사진기자 프레드 콘래드(Fred R. Conrad)는 한기주더러 따라오라면서, 손수레에 잔뜩 장비를 싣고 타임스 광장으로 그를 끌고 나갔다. 그리고는 한 시간 동안이나 한기주를 이리저리 데리고 돌아다니며 이런 자세 저런 모습으로 작가의 사진을 수없이 찍어대기에, 도대체 기사에다 몇 장이나 사진을 쓰려나 은근히 궁금해질 지경이었다. 그러나 이튿날 아침에 한기주가 부랴부랴 신문을 사서 펼쳐 봤더니, 겨우 1단짜리 사진이 달랑 한 장뿐이었다.

부자 나라 미국에서는 사진기자들이 그런 식으로 일을 했지만, 정경화가 한국을 찾아왔던 당시 한국의 사진기자들은 사정이 크게 달랐다. 취재를 나갔다 오면 그들은 촬영한 부분만 암실에서 잘라 현상하고, 나머지 필름은 그냥 사진기에 남긴 채로 다시 감아 두었다가, 다음 취재에 나가서 사용하고는 했다. 그러니 AP 지국에서 필름을 얼마나 가지고 가면 되겠느냐고 물었을 때, 빈곤한 나라의 한기주는 흑백 두 통과 컬러 한 통이라면 어떤 취재에도 충분한 양이리라고 당연히 판단했다.

AP 미국인은 다시 의아한 표정으로 한기주를 잠시 물끄러미 쳐다보더니, 가방은 가져왔느냐고 물었다. 가방이 없다니까 미국인은 어디선가 여행용 어깨걸이 헝겊 가방을 하나 찾아서 가져다주고는, 벽에 붙은 캐비넷 문을 열었다. 땅바닥에서부터 천장까지 캐비넷 안에 빼곡하게 들어찬 필름들을 손으로 가리키며 그가 말했다. 가방에 들어갈 만큼 가져가라고.

그래서 닝화 사령부로 돌아간 한기주는, 두 대의 카메라를 목에 걸고, 칼빈

총을 메고, 혼혜오 산에서 벌어진 한 달짜리 사단규모 작전을 따라 들어갔지만, 강남 땅을 팔아 떼부자가 되어 어떻게 돈을 주체해야 할지 모르겠는 영감님처럼 그는 배낭에 가득 담긴 필름 때문에 갑작스러운 풍요가 부담스러워졌다.

필름을 받은 만큼 사진을 찍어야 된다는 의무감을 충족시킬 만한 극적인 상황들은 혼혜오에서 많이 벌어지지를 않았다. 백마1호 작전을 끝내고 사이 공으로 나가서 가방째 쏟아놓은 한기주의 사진 중에는 쓸 만한 '작품'이 별로 없어서, 【사이공 발(發) AP 전송】이라는 꼬리를 달고 전세계로 풀려나간 그의 사진들 가운데, 그가 실제로 본 것이라고는 한국의 〈경향신문〉에 실렸던 두 장뿐이었다.

한기주 상병은 정식으로 사진기자 노릇을 할 만큼 시간과 여건이 넉넉하지를 않았고, 준비와 경험도 모자랐다. 전쟁 전문가들의 세계는 금단의 성채나 마찬가지였으며, 자신의 행동반경을 점검한 한기주는 너무 욕심을 부리지 말고, 로버트 카파의 사진이 아니라 어니 파일의 글을 흉내내는 차원에서 종군기자 흉내를 그치기로 작정했다.

*

전쟁시대의 종군기자 얘기는 꼬리에 꼬리를 물어, 응웬밍타오와 한기주 두 사람의 대화는 화제가 저절로 바뀔 기미가 좀처럼 보이지를 않았다. 하지만 한기주로서는 과음을 하면 얼굴이 망가져 촬영에 지장을 줄 터여서 술도 그만 마셔야 옳을 듯싶은데다가, 내일은 아침 7시부터 다시 장터로 취재를 나갈 예정이어서 자정 전에 호텔로 돌아가 잠을 자 둬야 했기 때문에, 준비해 온 질문을 더 이상 지체해서는 안 되었다.

그가 물어보고 싶은 내용도 많았지만, 타오로부터 듣게 될 극적인 얘기도 퍽 많으리라 싶어서, 한기주는 시간을 절약하려면 계획했던 대로 차근차근 조리있게 질문을 해야 했지만, 베트남의 공산화 과정이나 체제 비판이 필요한 부분은 타오가 말을 하기 부담스러울 테니 어떤 대답은 아예 기대하지를 말아야 한다는 배려도 필요했다. 그리고 이렇게 전쟁 회고담만 계속하며 좀처럼 해방 이후의 얘기는 꺼내지를 않는 눈치로 미루어 보면, 그에게는 분명히 무엇인가 입 밖에 꺼내고 싶지 않은 부분도 많으리라는 짐작이 가능했지만, 그래도 거리낌없이 재회에 응한 타오였으니, 무슨 질문에 대해서도 준비가 되어 있음이 분명했다.

이렇게 판단하기가 까다로운 상황에서는 차라리 정면돌파가 최선이리라는 판단을 내린 한기주는 입에서 튀어나오는 대로 단도직입적인 질문부터 해야 되겠다고 작정했다. 한기주는 그래서 타오더러 "통일된 이후 고생은 많이 하지 않았느냐"고 물었다.

타오는 멋쩍은 미소를 지으며 "별로 고생하지 않았다"고 말했다.

남부인으로 살아온 그의 사고방식을 공산주의로 개조하는 "사상 재교육을 받는 과정에서 적잖게 시달렸을 텐데, 별 어려움은 없었느냐"고 한기주가 다시 물었다.

타오는 약간 표정이 굳어지더니, 재교육은 아예 "받지 않았다"고 말했다.

한기주는 좀 놀랐고, 그래서 "왜 받지 않았느냐"고 물었다.

타오는 전쟁 당시 자신이 베트콩에게 정보를 제공하던 첩자였었노라고 말했다.

일곱 전쟁에 관한 향수(鄕愁)

이튿날 아침 일찍 그들은 쩐싱 '군용품' 시장(Chợ Dân Sing)으로 나갔다. 취재 목적은 명백했다. 전쟁이라면 너도나도 어서 잊고 싶을 텐데, 마치 골동품처럼 실탄이나 수통이나 탄띠 같은 전쟁의 소품을 모아놓고는 '기념품'이랍시고 장사를 하는 풍경이 신기했고, 그래서 한 폭의 "재미있는" 삽화가 되리라고 이상희 연출은 판단했다.

연출자의 지시에 따라 한기주는 소형 전쟁 박물관이나 기념관 노릇을 하는 그런 길거리 상점을 하나 골라잡아 들어가서, 이것저것 물건을 집어 살펴보았고, 전쟁 당시를 회상하는 표정을 짓고 또 지었다. 그는 군인들이 몸에 지녔던 나침이들과 시계들을 뒤적거리면서, 전쟁의 낭만적인 향수를 자극하려는 장삿속이 신성모독적이고 부도덕한 행위처럼 여겨져서, 속으로 은근히 얄밉다는 생각도 들었다. 전쟁의 찌꺼기를 장난감으로 섬기는 행위란 한기주 자신이 시청자를 위해서 가짜로 연기하는 낭만적 향수와 비슷하다고 그는 생각했다.

사람들이 전쟁에 대해서 혐오감이 아니라 아름다운 향수를 느끼는 이유, 실제로 많은 사람들이 전쟁을 추억하기 위한 어떤 주물적(呪物的) 소품을 필요로 하는 이유가 무엇일까?

제2차 세계대전 당시 헐리우드에서 애국심을 고취하기 위해 양산한 전쟁영화들을 보면, 총질을 하다 말고 미군 병사들이 죽은 일본군 병사의 몸을 뒤져 일장기(日章旗)를 찾아내거나, 일본도(日本刀)를 기념품으로 챙기는 장면이 심심치 않게 자주 나오고는 했다. 그들이 '참가했던 사건'을 기념하고 '극적인 경험'을 회상할 물적 증거를 확보하기 위해서 미군 병사들은 그런 짓을 했다.

그리고 베트남전에서는, 영화 「플러툰」에도 그런 장면이 나오지만, 미군 병사들의 이런 습성을 활용하자는 전략을 채택한 공산 게릴라가, 죽은 베트콩의 몸에서 '적'이 탐낼 만한 전리품에다가 눈에 보이지 않는 낚싯줄로 '바보덫(booby trap)'이라는 폭발장치를 연결해 놓고는 했다.

전리품에 대한 욕심은 한국인들이라고 해서 예외는 아니었다. 한기주는 혼헤오 산에서 29연대 9중대의 작전을 따라 들어갔다가, 베트콩 85B연대 본부를 때려부수고 나서 노획한 화기 가운데, 자그마한 폴란드제 권총을 보고는 예쁘다면서 어느 소대장이 전과보고에 올리지 않고 자신이 기념품으로 가지고 귀국하겠다며 챙기는 현장도 목격했다. 그래서 한기주는 소설 『하얀 전쟁』에서 주인공이 변진수를 사살하는 상황을 설정하면서, 총기를 손에 넣기 어려운 한국의 현실을 감안하여, 그 폴란드 권총을 소품으로 편리하게 등장시키기도 했다.

한기주는 서울의 인사동에서도 한국전쟁의 유산이 거래되는지, 그리고 만일 거래가 이루어진다면 수통이나 철모 하나에 얼마나 나갈지 궁금했다. 한국전쟁 직후 시골 농촌에 가면, 이 집 저 집 녹슬은 해골처럼 굴러다니던 철모에 길다랗게 막대기로 손잡이를 달아 똥바가지로 사용했고, 질긴 군복이 좋아서 검게 염색해 입고 다니기는 했지만, 아무도 전쟁 용품을 이렇게 문화재 취급까지 하지는 않았는데……

*

한기주는 깡통따개와 계급장 따위 온갖 보급품을 뒤적거리면서, 아까부터 어딘가 이상하다는 찜찜한 기분을 느꼈는데, 무엇이 어째서 잘못되었는지는 분명히 꼬집어 밝히기가 어려웠다. 전쟁이 끝난 지가 언제인데 사이공에는 전쟁 기념품 가게가 왜 이렇게 많으며, 상점마다 물건은 또 어떻게 이토록 넘쳐나는가 하는 궁금증에 생각이 미치기는 했지만, 허름해 보이는 지포(Zippo)와 론슨(Ronson) 라이터를 앞뒤로 살펴보고, 군용 호주머니칼과 숟가락과 소형 쌍안경과 실탄으로 만든 목걸이를 만지작거리면서도, 왜 이렇게 꺼림칙한 마음이 드는지 아직 확실히 알 길이 없었다.

그리고는 주월 미군과 한국군 전사자들의 소유였다고 추정됨직한 인식표(dog tag) 한 묶음을 집어들고, 하나씩 거기에 찍힌 이름과 군번과 혈액형을 읽어보다가, 한기주는 아직 글자를 찍어넣지 않은 군번을 몇 개 발견했다. 그제야 그는 깨달았다.

가짜였다.

모두가 가짜였다.

시장 깊숙한 곳으로 자리를 옮겨, 차근차근 둘러본 어두컴컴한 골목의 가게들도 마찬가지였다. 월맹군 모자의 빨간 외별 배지와 방독면, 그리고 미군의 명찰을 붙여놓은 군복은 물론이요, 미군과 한국군이 신었던 정글화는 하나같이 가짜였다. 그리고 심지어 전시에 밀림에서 베트콩들이 신고 다녔던 허름한 호찌밍 샌들까지도, 모두가 관광객을 위해서 대량으로 만들어낸 가짜였다. 한 번이나마 입어보거나 신어보지 않은 신품도 많았다. 대한민국이 관광명소로 자랑삼는 부끄러운 이태원 가짜시장이나 마찬가지로, 이곳에서는 사라진 역사를 모조품으로 만들어 산업화했다.

전쟁의 상품화. M-16 소총과 수류탄 따위의 살상 무기를 장난감으로 만드는 기업체. 가짜 전쟁을 팔아먹는 사람들. 가짜를 만들어 가면서까지 이곳에서 전쟁 기념품을 거래하게 만들 정도로 인간을 매료시키는 전쟁의 본질이 무엇일까 한기주는 궁금했다.

유행하는 군복을 걸치고 돌아다니는 멋진 여자들. 커서 어른이 되면 장군이 되겠다고 하던 수많은 아이들. 가짜 전쟁 산업이라는 현상과 더불어, 군복과 장군을 주물화하는 그들 인간 집단이 생겨나는 까닭은, 통치자들이 국가를 수호한다는 절체절명의 필요성 때문에 전쟁을 종교화했기 때문이라고 한기주는 믿었다. 나라를 위해서 목숨을 바치는 젊은이들의 위대한 희생을 극화하며, 전쟁을 숭배하고 무사를 영웅화하는 전통은 필연적으로 폭력을 숭상하기에 이르렀다.

그러나 정복이란, 당하는 편의 시각에서 보면, 침략과 살육과 핍박일 따름인데, 역사는 침략자와 정복자를 영웅화하고, 로마와 마케도니아와 몽골의 대량학살자를 칭송했다. 초등학교 교과서는 나뽈레옹을 어린이들이 귀감으로 삼도록 부추기기까지 했다.

*

집단 살인 행위를 미화하고 살육에 참여한 개인들을 영웅화하는 현상은 전쟁이 '진짜 사나이'를 만들어낸다는 미신에서 파생된 후유증인지도 모를 일이었다. 그리고 그러한 영웅 만들기는 한기주도 이곳 사이공에서 젊은 시절에 열심히 거들었다. 베트콩을 위한 첩자였던 타오의 소개를 받아 찾아간 〈더 사이공 포스트〉에서 게재해 준 한기주의 첫 번째 글이 이런 내용이었으니 말이다.

전쟁은 비극과 영웅을 탄생시킨다

한국의 강원도 삼척군 원덕면 바닷가에 사는 어느 마을 사람들에게는 베

Korean Story
War Breeds Misery And Men Of Fibre

By AHN JUNG-HYO

SAMCHOK, Korea — For the villagers of Wondok - myon, Samchok-kus, Kangwon-do, the war in Vietnam used to be nothing more than a remote badpening devoid of convincing images of death and danger, peril and pain. It seemed like an unbelievable incident going on in too distant a country for them. To care about it.

Suddenly last summer, all this changed. The war in the «always - summer» country became undeniable reality when Cpl. Yun Sok-u of the Tiger Division went to war.

When Yun wrote his parents that he was going to Vietnam, there was instant emotion and commotion. All the villagers trooped to Yun's house with worried looks and pityingly inquired how come the poor boy had volunteered for such a dangerous mission.

They also wanted to know how it felt to have a son sent to fight in a far country. They sympathized with the parents.

(The author who is with the Public Information Office, TI & E, 9th ROK Infantry Division, White Horse Unit, was in Korea on a one-month leave last December. While there he heard the Koreans tell how they feel about their soldiers currently fighting in this country. In one village he came across this story.—Ed).

But Yun's father, who works at the local branch office of an agricultural association was calm. Don't pity me, please. I don't resent my son's going to battle. He volunteered. He knows what he's doing. He is grown up.

«This was a mission he had to do. He knew what he had to do for self and country. I am proud I have a son of judgment and courage. My son is of that rare breed who live up to their ideals».

The villagers returned home, convinced and nodding their heads. They spoke in praise of the boy's great determination.» They all agreed Yun was the first in the village in the recent tens of years who could make a serious decision in the fashion of really. They were pound of him and gradually the villagers came to regard him a hero.

A week before his departure to the foreign land, after completion of a three-month training course the village hero visited his parents the village elders during a week-long special leave to bid farewell.

Invoking the name of the mountain spirits, the villagers blessed and encouraged the boy's one-year stint at war—a hard, nerve-straining, and heavy burden for so young a boy.

On the last day of his special leave, the villagers held a party for the soldier going to a remote country of strange people and strange customs. The boy pledged to fight as brave and fierce as a tiger so that the villagers

(Continued on page 8)

▲ 〈더 사이공 포스트〉에 실린 영웅 만들기 기사의 내용.

트남에서 벌어지는 전쟁이란 죽음이나 위험, 고통이나 모험(death and danger, peril and pain) 따위의 구체적인 개념이 배제된 남들의 얘기요, 하나의 아득한 사건에 지나지 않았었다. 그것은 너무나 머나먼 나라에서 일어나는 상황이어서, 신문에 나는 베트콩 기사들이 정말인지 아닌지조차 판단하거나 믿기가 어려운 일이었다. 실제로 그런지 어떤지 신경을 쓰는 사람조차 없었다.

지난 여름 갑자기, 이 모두가 달라졌다.

맹호부대의 윤석우 상병이 전쟁터로 떠나게 되자, '상하(常夏)의 나라'에서 벌어지던 전쟁은 거부하지 못할 하나의 현실이 되어 그들의 마을로 찾아왔다.

동네 총각 윤 상병이 베트남으로 가게 되었다는 편지를 부모님이 받았다는 소식이 전해지자, 당장 감정의 술렁임(instant emotion and commotion)이 뒤따랐다. 마을사람들은 너도나도 걱정스러운 표정을 지으며 윤씨네 집으로 몰려가서, 정말 안되었다는 듯 혀를 차며, 어쩌다가 아들 녀석이 그토록 위험한 임무를 맡겠다고 자원하게 되었는지 자초지종을 물었다.

그들은 또한 머나먼 나라의 전쟁터로 아들을 보내게 된 심정이 어떨지 그것도 궁금했다. 그리고 그들은 윤씨 내외를 참 불쌍하다고 동정했다.

하지만 농협에서 근무하던 아버지는 마음의 동요를 보이지 않았다. "나더러 불쌍하다고 그러지들 말아요." 윤씨가 말했다. "난 아들이 전쟁터로 간다고 해도 전혀 속이 상하지 않으니까요. 아들은 파월복무를 스스로 자원했어요. 다 뭔가 생각이 있어서, 나름대로 알아서 그런 결정을 내렸겠죠. 우리 아들도 이제는 클 만큼 컸으니까요."

윤씨는 이런 말도 했다. "석우 녀석은 그것이 옳은 일이라고 분명히 판단했을 거예요. 자신을 위해서, 그리고 나라를 위해서, 무엇을 해야 할지를 그 애는 잘 알겠죠. 어떤 일을 왜 해야 하는지를 스스로 판단하고 결정할 줄 아는 아들을 두었다는 사실이 나는 자랑스러워요. 그리고 용기있는 아들을 두었다는 것도 자랑스럽고요."

맞는 얘기라고 고개를 끄덕이며 마을사람들은 집으로 돌아갔다. 그로부터 며칠 동안 그들은 윤 상병의 대단한 결단을 침이 마르도록 앞다투어 칭찬했다. 그들은 이 마을에서 지난 수십 년 사이에 삶과 죽음의 갈림길에서 자신이 나아가야 할 길을 스스로 용감하게 선택한 첫 번째 이웃이 윤석우 총각이라는 사실에 모두들 의견이 일치했다.

그들은 윤 상병을 마을의 자랑이라고 치켜세웠으며, 시간이 흐르는 사이에 그를 버젓한 영웅이라고 생각하기에 이르렀다.

양평에서 3개월의 특수훈련을 마치고 나서, 낯선 나라로 떠나기 전에, 마을의 영웅은 한 주일의 특별 휴가를 받아서는 부모님과 마을 어른들께 작별의 인사를 드리기 위해 고향 마을로 찾아왔다.

마을사람들은 그토록 젊은 총각에게는 너무나 무겁고 힘겨운 부담이라고 여겨지는 1년간의 전쟁을 윤 상병이 무사히 이겨내기를 산신령님에게 빌었고, 그에게 직접 격려의 말도 아끼지 않았다.

휴가의 마지막 날 저녁, 마을에서는 사람들도 낯설고 풍습도 낯선 머나먼 나라로 떠날 병사를 위해 잔치를 열어주었다. 어르신들의 술잔을 받아든 윤 상병은, 비록 전투를 하다가 목숨을 잃는 한이 있더라도, 맹호부대 용사라는 이름을 더럽히지 않고 사나운 호랑이처럼 용감하게 싸워, 마을에서 모두들 그를 자랑스럽게 여기도록 노력하겠다고 맹세했다.

억지로 눈물을 감추며 슬픈 이별의 장면들이 한참 이어진 다음에, 병사는 시골 버스를 잡아타고 부대로 돌아갔다.

얼마 후 그가 베트남에 도착했다고 알리는 편지가 부모님에게 도착했다. 그리고는 하루가 멀다 하고 계속해서 윤 상병의 편지가 고향으로 날아왔다. 마을사람들은 윤씨 집 앞마당에 모여서, 군인 아들의 편지를 읽어주는 늙은 아버지의 목소리에 귀를 기울였다.

그들은 베트남에서 벌어지는 온갖 얘기를 윤 상병의 편지에서 들었다. 야자수가 얼마나 아름다운지, 12월 한겨울에도 그곳 날씨가 얼마나 더운지, 그리고 극악무도한 베트콩 공비들을 상대로 그가 얼마나 용감하게 싸웠는지에 대해서도 소식을 들었는데 ─ 아직은 베트콩을 그의 손으로 하나도 직접 죽이지 못했다는 솔직한 얘기도 윤 상병은 빼놓지를 않았다.

병사가 편지에 적은 내용들 가운데 얼마쯤은 과장하거나 지어낸 얘기라는 사실을 마을사람들은 알지 못했다. 그가 직접 겪은 전투를 묘사하는 내용이 앞뒤가 맞지 않더라도 사실 마을사람들은 따지려고 하지도 않았고, 개의치도 않았다. 그들은 전쟁에 간 이웃집 아들에게서 소식을 듣게 되었다는 것만으로도 흐뭇했다. 그리고 그들은 머나먼 외국 땅에서 누군가 그들에게 편지를 보낸다는 사실 자체가 그렇게 자랑스러울 수가 없었다.

이렇게 해서 윤씨 집 아들은 전설이 되어갔다. 그리고 마을사람들은 마치 윤 상병과 나란히 전투를 치르기라도 한 듯, 그가 얼마나 용감하게 싸웠는지를 생생하게 묘사하는 장면들을 지어내어 전설에 보태기 시작했다. 아들이 편지에서 한 번도 한 적이 없는 내용의 얘기를 윤씨가 가끔 이웃들에게서 듣게 된 까닭은 바로 그런 이유 때문이었다.

여덟 울지 않고 죽는 해병

「전쟁은 비극과 영웅을 탄생시킨다」는 한기주가 처음부터 사이공의 영자신문을 위해서 쓴 글은 아니었다.

〈더 사이공 포스트〉에서 지면이 모자라서였는지 끝을 조금 잘라버리고 게재한 이 글은, 한기주가 존 스타인벡의 중편소설 『진주(The Pearl)』에서 분위기를 빌려오고, 시처럼 운(韻, rhyme, "emotion and commotion")을 맞추고 두운법(頭韻法, alliteration, "death and danger, peril and pain") 따위의 문학적 장치를 동원한데다가, 영화제목(「지난 여름 갑자기」)까지 훔쳐다 끼워넣어 유치하게 말장난을 벌인 '작품'이었다. 하기야 40년 전 한기주는 스물다섯 살, 아직도 한참 유치한 감성의 나이였다. 그리고 그는 이런 방식의 글쓰기가 진정한 어니 파일식 전쟁보도라고 굳게 믿었다.

나중에 자세한 얘기를 들으면 기가 막혀 웃어버릴 사람도 꽤 많겠지만, 젊은 시절의 한기주는 파리를 잡다가 갑작스러운 심경의 변화를 일으켜, 손쉬운 병역 기피의 기회를 박차 버리고 즉석에서 군에 입대해 버릴 만큼, 분별력이나 신중함이 모자라는 청년이었다. 그리고 느닷없이 입대하는 바람에 예고도 없이 휴직하게 된 서울의 신문사 〈리퍼블릭〉을 1년도 더 지난 다음에 찾아가서, 한기주는 문화부장과 편집국장을 만나, 내가 만일 베트남에 가서 어니 파일식의 글을 써 보내면 신문에 실어주겠느냐고 의사를 타진했다. 신문사에서는 그의 엉뚱한 제의를 받아들였고, 정식으로 특파원 신임장까지 발부해 주겠다고 약속했다. 그래서 그는 파월복무를 정식으로 지원했는데, 물론 이때 그는 백마부대와 '계급장 문제'를 해결해 놓은 다음이었다.

하지만 〈리퍼블릭〉에서는 "어니 파일의 글"에 대해서 아는 바가 없었음이 곧 분명해졌다.

한기주는 나름대로 목숨을 걸고 부지런히 작전을 찾아다니며 처음 몇 달 동안 수십 편의 글을 써서 신문사로 보냈지만, 〈리퍼블릭〉에서는 그 가운데 10분의 1도 실어주지를 않았다. 〈리퍼블릭〉에서는 주월한국군의 혁혁한 전과를 신속히 알리는 〈전우신문〉적이고 전형적인 '특파원'의 활동을 그에게서 바라고 기대했었기 때문이었다. 그러나 한기주는 AP나 UPI나 AFP의 외신을 베껴내거나, 또는 국방부 기자실에서 쉽게 구할 수 있는 그런 내용의 글은 쓰고 싶지 않았다. 더구나 일개 병사였던 그는 일반적인 개념의 특파원 노릇을 하기가 불가능한 입장이었다. 그래서 한기주가 저마다 작은 하나의 주제를 담아 「C-레이션과 한국군」이라든가, 「편지를 기다리는 병사들」이라든가, 「변심한 여인의 마지막 편지」라든가, 「땡비 눈물비 사건」 따위의 제목을 붙여 보낸 글을 신문사에서는 '전쟁다운 기삿감'이 아니라고 판단했던 모양이었다.

결국 그는 〈리퍼블릭〉에서 게재하기를 거부한 기사들 가운데 그냥 사장해 버리기에는 너무나 억울하고 아깝게 여기던 글을 두세 편 골라 군사우편을 통해 〈더 코리아 타임스〉로 발송했다. 동봉한 편지에서는 이 글들이 〈타임스〉의 경쟁지 〈리퍼블릭〉에서 이미 버림받은 원고인데, 혹시 마음에 든다면 앞으로 계속해서 이런 글을 보내주겠다는 뜻을 밝혔다.

*

한기주의 편지와 동봉한 글을 받은 〈타임스〉의 당시 편집국장은 훗날 초대 해외공보관장을 거쳐 주(駐) 캐나다 대사와 문공부장관을 역임하게 될 이규현(李揆現)이었다. 한기주는 당시 편집국장이 누구인지 이름도 모르면서 편지를 냈지만, 이 국장은 〈리퍼블릭〉에 어쩌다 가끔 속지 한 귀퉁이에 실리는 '꽁트'를 보고는 벌써부터 한기주의 "아까운 글을 왜 이렇게 구석에 처박아

놓는지 모르겠다"며 아까워했다고 그랬다. 그러다가 뜻밖에 날아온 편지를 보고 이 국장은 당장 그에게 "베트남 삽화"라는 고정란을 만들어 주고, 〈주간한국〉에도 한기주의 글을 연재하면 좋지 않겠느냐고 적극적으로 권했다.

물론 〈주간한국〉에서는 한기주의 어니 파일식 글쓰기를 탐탁하게 생각하지 않았다. 그런가 하면, "베트남 삽화"의 첫회 얘기가 나가자마자, 〈리퍼블릭〉의 편집국장은 노발대발하여 한기주더러 "자네가 무슨 syndicated columnist*인 줄 아느냐"면서 당장 사표를 제출하라는 편지를 영어로 써서 보냈다. 한기주는 그래서 사표도 군사우편으로 보냈고, 훗날 군복무를 마친 다음 아예 〈타임스〉로 적을 옮기게 되었다.

보다 많은 지면을 얻기 위해 이렇게 〈타임스〉의 의사를 타진하던 무렵, 한기주는 자유기고(free-lancing)의 세계도 기웃거리기 시작했다. 언론계에서 널리 쓰이는 영어 표현 'free lance'는 본디, 살인 청부를 직업으로 삼던 서부의 총잡이나 마찬가지로, 어느 누구에게도 소속되지 않은 자유로운 몸으로 창(槍, lance) 하나 달랑 들고 돌아다니며, 아무나 돈을 내는 사람을 위해 싸움을 대신 해주던 '용병(傭兵)'을 뜻하는 말이었다.

한기주는 이미 〈리퍼블릭〉에서 버림받고 죽은 '작품'들을 들고 다니며 '찔러대기(lancing)'를 개시했으며, 그때는 알지 못했지만 베트콩의 첩자였다고 이제서야 고백한 타오의 소개로, 〈포스트〉의 편집국장을 찾아가 「영웅 만들기」와 다른 몇 편의 글을 견본으로 내놓았다.

〈포스트〉의 편집국장 로드리게스를 만나던 날 한기주는 AP의 사진 담당자를 처음 만날 때보다는 훨씬 마음이 편했다. 국장은 베트남인이 아니라 중년의 필리핀 남자였는데, 한기주나 마찬가지로 얼마쯤은 미국 때문에 주눅이 든 사람인 듯싶었고, 그래서 두 사람이 쉽게 가까워졌는지도 모를 일이었다.

일본의 식민지였던 한국에서 온 청년 한기주는 프랑스의 식민지였던 베트남에 가서 에스파냐의 식민지였던 필리핀으로부터 온 미겔 로드리게스를 만

---

* 여러 신문과 잡지에 동시 연재를 하는 인기 언론인.

났는데, 그들 세 곳 식민지 중에서도 필리핀은 나라 이름*조차도 변변하지가 못했다.

제2차 세계대전을 거치며 미국 장군 더글라스 맥아더가 "나 돌아오리라(I shall return)"는 약속을 지키고 나서 전쟁이 끝난 다음, 필리핀은 미국의 주요 군사기지가 되었고, 더글라스 맥아더 장군이 서울 탈환을 위해 인천 상륙작전을 성공시킨 나라 대한민국 역시 미국의 주요 전초기지가 되었으니, 로드리게스와 한기주는 여러 면에서 간접적인 동병상련을 겪는 처지였고, 그래서 로드리게스는 한기주와의 첫 만남에서 최근에 그가 미국인에게 당한 일을 서슴지 않고 털어놓기도 했다.

한기주가 찾아가기 며칠 전, 〈포스트〉에서는 호이안(Hội An) 전투가 끝난 다음, 폐허의 한쪽 구석에 웅크리고 앉아 흐느껴 우는 미 해병의 AP 사진을 실었는데, 미군 공보관이 당장 신문사로 달려와서 한바탕 법석을 부리며 항의를 벌였다고 로드리게스 국장이 말했다.

미군 장교는 이렇게 따졌다. "U. S. marines never cry!"**

그래서 로드리게스는, 운(韻)까지 맞춰 가면서, 이렇게 반박했다고 한다. "Sure, they don't cry. But they die."***

*

쩐싱과 벤타잉 시장에서 무엇인가 헛일을 하는 듯한 기분을 느끼며 가짜 전쟁 기념품 취재를 끝낸 다음, 한기주는 별로 할 일이 없어졌다.

사이공 한복판 독립궁 부근에 5층짜리 상가를 개점한 한국 기업체에 대한 배경취재를 이상희 연출이 대충 정리하고 나서, 그들 일행은 한식집에서 한가하게 얼큰한 점심식사를 했다. 오늘은 어찌나 한가한지 그들은 호텔로 돌아가 잠시 시에스타 휴식까지 취했다.

---

* 'the Philippines'라면 '필리핀 제도'라는 뜻으로도 통할지 모르겠지만, 어원을 따지자면 에스파냐 '펠리페 대왕의 백성들'이라는 뜻이다.
** 미 해병은 절대로 울지 않아요!
*** 물론 울지야 않겠죠. 죽기는 하지만요.

오후에는 '한류 열풍'에 관한 정보를 점검하기 위해 한국 연속극을 방영한다는 텔레비전 방송국을 찾아갔다. 2층 중역회의실에서 호치민 방송국 편성 간부들과 KBS 취재진이 잡담처럼 한가한 얘기를 나누는 동안에도 한기주는 할 일이 따로 없었다.

무료하게 창가에 앉아서, 한기주는 여섯 대의 취재 차량을 줄지어 담을 따라 세워놓은 좁다란 앞마당을 내려다보았다. 종이꽃(Hoa Giay, 花紙)나무 밑에 마주 선 베트남 소년과 러시아 소녀가 눈에 띄었다. 두 아이는 정답게 마주 서서, 빨간 잎꽃*을 하나씩 하나씩 나뭇가지에서 따서는, 손바닥에 차곡차곡 모으는 중이었다.

까만 머리에 건강한 몸집의 베트남 소년은, 짧은 소매의 하얀 저고리에 검정 반바지 차림으로, 북한에서도 공산당 소년들의 깃발 노릇을 하는 빨간 스카프를 목에 둘렀다. 몸집이 자그마한 단발머리 러시아 소녀는 단호박 속처럼 호박(琥珀)빛이 도는 짙은 금발이었다. 나이는 둘 다 아직 열 살이 안 되어 보였다.

한기주는 소년이 목에 두른 빨간 깃발을 보고는, 프롤레타리아 혁명에 성공하여 권력을 잡고 나서 부패한 부르주아적 맛을 탐하며 신분 전환을 하던 10년 전 도이머이 신부유층(neo-bourgeoisie)을 생각했다. 그들은 대한민국에서 수구 세력을 물리친 모든 새로운 힘이 권력에 도취되어 변함없이 스스로 수구화하던 군사정권시대의 역사를 그대로 되풀이하는 듯 보였다.

한기주는 빨간 종이꽃 밑에 나란히 선 까만 머리 아이와 노란 머리 아이를 함께 보고는, 외세에 협력하며 의존하는 약소국가 권력층의 상징을 관람하는 듯한 생각이 들기도 했다. 저 까만 머리의 아버지는 저 노란 머리의 아버지와 어떤 관계인지를 그는 상상해 보았다.

하나는 금발이고 하나는 흑발인 방송국 마당의 두 아이가 갑자기 길거리로 달려나가면서, 통일 베트남의 혁명과 해방을 환희하듯, 종이꽃을 하늘로 뿌려대었다.

---

* 종이꽃은 따로 봉오리를 지어 피어나지를 않고, 나뭇가지 끝의 초록빛 잎이 빨갛게 변해서 꽃처럼 보인다.

종이꽃과 함께 두 아이가 사라진 마당을 물끄러미 내려다보면서, 한기주는 응웬밍타오의 정체를 생각했다. 그는 타오에게 전쟁동안 새까맣게 속았었지만, 그러나 이상하게도 분노나 배반감은 별로 느껴지지 않았다. 타오에게는 베트콩과의 내통이 애국심과 민족정신의 자연스러운 발로였으리라고 수긍이 갔기 때문일까? 아니면 너무 오래전 일이라서 이제는 현실적인 감각이나 의미가 삭아버렸기 때문일까?

나도 모르는 사이에, 친구였던 적에게, 한기주는 어떤 정보를 얼마나 많이 주었을까 슬그머니 궁금한 생각도 들었다. 베트콩의 첩자였다는 타오의 갑작스러운 고백에 한기주는 어젯밤 순간적으로 너무나 놀란 나머지, 언제부터 어떻게 왜 어떤 방식으로 첩자활동을 했는지를 6하원칙에 입각하여 질문하고 확인할 엄두도 내지 못했다. 호텔로 돌아가서도 술이 취해서였는지 그는 곧 편히 잠들었고, 타오에 관해서는 아무런 꿈도 꾸지 않았다.

오늘 아침 약간의 숙취에 시달리며 잠에서 깨어났을 때는, 타오의 그런 고백을 혹시 나도 모르는 사이에 내가 벌써부터 예상하고 기대하지는 않았었나 하는 생각까지 들었다.

타오의 고백이 튀어나오기 전, 바바바 바에서 맥주를 마시며, 한기주가 그의 글을 실어주고는 했던 사이공의 두 영자신문 〈더 사이공 데일리 뉴스(The Saigon Daily News)〉와 〈더 사이공 포스트〉의 위치가 어디쯤이었는지를 물었을 때, 타오가 자세히 설명을 해주기에, 계속 이곳에서 살아왔으니 호치민 지리를 잘 아는 것이 당연하다고 그는 생각했었다. 주월한국군 사령부와 장병 숙소 판탄장의 위치도 그래서 잘 기억하겠거니 한기주는 역시 대수롭지 않게 넘겨버렸다.

타오에게는 한국군의 시설에 대한 정보도 항상 필요했었다. 그리고 그런 정보는 아마도 한기주가 상당히 많이 제공했으리라. 타오가 외신 바오찌 활동을 했던 이유도 어쩌면 나름대로의 애국적인 목적을 위해서였으리라.

전쟁과 우정에 관한 낭만적인 상상 그리고 살벌한 체험적 현실 — 그 사이에 도사리고 숨었던 칼날.

대한민국이 통일되고 나면, 한기주의 주변에서는 누가 타오였다는 고백을 하려는가?

아홉 아이젠하워와 케네디

호치민 방송국 녹음실에서 한국 연속극을 덧녹음(dubbing)하는 과정을 KBS 사람들과 함께 구경한 다음, 한기주는 사이공 강(Sông Sài Gòn)으로 가는 길에 통넛회관(Hội Trường Thống Nhất, 統一會館) 앞을 지나가면서, 취재용 승합차의 창밖을 내다보고는 마음이 너그러워졌다. 도심지이면서도 길거리에 싱싱하고 푸른 가로수가 드높이 하늘을 가리우며 시야(視野)에 넉넉해서였다. 프랑스 식민시대 백인들의 영광을 상기시키는 나무들. 유럽 양식의 식민지 건물들과 새로 지은 현대식 고층 건물들이 우거진 녹음(綠陰) 속에서 옆으로 나란히 줄을 지어선 풍경이 서울의 옹색하고 숨막히는 거리보다 훨씬 부러웠다.

사이공 강의 부두에서 수출 화물을 선적하는 배들을 촬영하고, 하역장의 십장을 붙잡아 세워놓고 산업화하는 베트남의 맥동(脈動)에 관한 대화를 강제로 나누던 한기주는, 그가 한 말을 구형석이 베트남인에게 통역해 주는 동안 강 건너편에 세워놓은 한국 기업의 거대한 입간판을 보고는, 미국 뉴저지 주의 도로변과 뉴욕의 타임스 스퀘어와 파키스탄의 이슬라마바드와 모스크바 공항으로 가는 황량한 겨울 도로에서도 눈에 띄었던 씩씩한 한국 간판들이 기억났다.

사이공 강에서의 촬영이 끝나고 베트남전 동안 월맹군의 활약을 소개하는 영상자료를 구하기 위해 전쟁박물관으로 가는 길에 다시 통넛회관 앞을 지나게 되자, 널찍한 거리 끝에서 철책 사이로 마주 보이는 잔디밭 너머 하얗고 아름다운 건물이 왜 눈에 익은가 했는데, 다시 생각해 보니 통일 전에는 저곳이 남부 베트남 정부의 대통령궁(大統領宮)이었다.

전쟁박물관에서 일을 마친 다음, 소피텔 플라자 호텔의 예약기간이 끝나 새로운 숙소로 정한 고향(Quê Hương, 故鄉) 호텔로 이동하는 길에 관광명소가 된 대통령궁 앞을 다시 지나가게 되자, 한기주는 통일회관의 이름이 통일 이전에는 '독립궁'이었다는 사실이 기억났다. 그러나 아무리 대통령의 거처가 독립궁이라고 호칭을 우겼어도, 한기주는 응오딩지엠(Ngô Đinh Diêm) 행정부가 프랑스 식민통치로부터 벗어났다고 해서 진정으로 해방된 독립국가였다고는 믿지 않았다.

한국의 궁중사극 못지않게 권력다툼이 얽히고 설킨 사이공의 독립궁 안에서는, 대한민국 역사의 많은 부분에서 그랬듯이, 통치자들이 권력의 유지를 위해 강대국에게 손을 내밀고 눈치를 살피면서도 외세의 침투를 경계해야 하는 온갖 곡예가 진행되었으며, 그 곡예의 첫째 대상은 신개척사상(New Frontier)을 앞세우며 취임 연설에서 두운(頭韻)까지 맞춰 "우방과 적에게 다같이(friends and foes alike)" 그의 외교정책을 만천하에 천명했던 존 F. 케네디 대통령이었다.

*

1961년에 집권한 지적이고도 젊은 미남 대통령 존 F. 케네디는 미국의 힘을 "우방과 적에게 다같이" 보여주겠다고 천명*한 다음, 4월 17일 쿠바의 공산주의자 카스트로를 제거하려고 '돼지만'(Bay of Pigs) 침공에 나섰다. 케네디는 침공에 실패하고 나서 고민에 빠져, 노르망디 상륙작전의 영웅 드와이트 D. 아이젠하워를 캠프 데이비드에서 만나 조언을 구했다.

그날 수많은 사진기자들은 두 위대한 인물이 나란히 선 모습을 앞에서만 부지런히 찍었으며, 이러한 의도적인 홍보용 촬영 예식이 끝난 다음 돌아서서 밀담을 나누려고 조용한 오두막을 향해 좁다란 길을 올라가는 두 사람의

---

* "…pay any price, bear any burden, meet any hardship, support any friend, oppose any foe to assure the survival and success of liberty."

뒷모습은 AP 통신의 폴 배티스(Paul Vathis)만 혼자서 촬영하여 퓰리처상을 받았다.

훗날 쿠바에다 미사일 기지를 건설하려던 소련의 흐루시초프 수상과 세기적인 대결을 벌여 "제3차 세계대전" 핵전쟁의 발발 직전까지 인류를 몰고 갔던 위기 끝에 겨우 '돼지만(灣)'의 치욕을 어느 정도 씻어버리게 될 케네디는, 1961년 1월 29일 임기의 마지막 날을 맞은 아이젠하워 대통령으로부터

▲ AP통신의 폴 배티스가 그들의 뒷모습을 촬영한 다음 케네디와 아이젠하워는
오두막 밀실로 들어가 '동남아전쟁' 얘기를 나누었다.

소련과 중국의 붉은 세력이 추구하는 팽창정책에 대한 경고를 들었다.

마오쩌둥(毛澤東)의 공산주의자들에게 중국 본토를 내주고 장제스(蔣介石)가 타이완 섬으로 쫓겨나는 과정을 그의 전임자 해리 트루먼 대통령이 속수무책으로 지켜봐야만 했던 뼈아픈 역사를 아이젠하워는 되풀이하고 싶지 않았다. 그래서 그는 애국전선,* 중립파(Souvanna Phouma), 그리고 친미 우파(Boun Oum) 사이에서 벌어지던 갈등의 틈을 비집고 라오스로 파고들기 위해 획책하는 마오쩌둥의 중국뿐만 아니라 반군에게 물자를 지원하던 소련의 공산세력을 그냥 내버려둘 입장이 아니었다.

1954년 4월 아이젠하워는 인도차이나 곡창지대를 만일 공산주의가 집어삼키면, 라오스뿐 아니라 인접한 캄보디아와 태국과 베트남은 물론이요, 필리핀과 말라야와 미안마도 차례로 무너지리라는 도미노 이론을 내놓았다. 두 지역에서 동시에 전쟁을 수행해도 승리한다는 승승전략(勝勝戰略, Win Win Strategy)을 수립하기 훨씬 전이었던 1950년에 한국에서 전쟁이 터지자, 인도차이나에서도 덩달아 전쟁이 발발하면 꼼짝없이 중국과 소련에 패배하리라고 믿었던 미국으로서는 어떻게 해서든지 사전에 그런 불상사를 막아야 했으며, 그래서 아이젠하워는 케네디에게 첫 번째 도미노가 라오스라고 귀띔해 주었다.

하지만 아이젠하워의 전략을 케네디는 받아들이지 않았다. 공산주의와 결전을 벌여야 할 장소로는 라오스가 탐탁지 못해서였다. 북 베트남의 아낌없는 사상적 지원과 소련의 무기를 받아 공산주의 애국전선은 라오스에서 메콩 강까지 세력을 확장했으며, 현지인들은 공산주의와 맞서겠다는 민족적 결집력이 희박한데다가, 우파의 군사력은 제한되었기 때문이었다. 그뿐 아니라, 태국의 항구로부터 보급물자를 수송해야 하는 거리도 너무 멀고, 메콩지역 너머의 지형이 지나치게 험악하고, 라오스의 국경과 접한 중국이 한국에서처럼 언제 전쟁에 뛰어들지도 모른다고 케네디는 걱정했다.

그래서, 응오딘지엠이 반공 정부를 수립한 베트남을 상원의원 시절에 '기

---

*Pathet Lao. 프랑스 및 서방 세력에 대한 라오스의 항전파(抗戰派).

적'*이라고 불렸던 케네디는, 라오스가 아니라 지엠의 나라에서 대결을 벌여야 훨씬 유리하리라는 계산을 했다. 쿠바 침공 계획이 실패한 지 5개월 후에 비엔나 정상회담에서 소련 수상 니키타 흐루시초프에게 수모를 당한 케네디는 〈더 뉴욕 타임스〉의 칼럼니스트 제임스 레스톤(James Reston)에게 "미국의 힘이 인정을 받지 못하는 상황에 봉착했으니, 베트남에서 결판을 내야 되겠다(Vietnam is the place)"고 고민을 털어놓기도 했다. 베트남 북부에 위치한 베트밍(越盟)이 지리적으로 중간에서 완충지대 노릇을 하기 때문에 중국의 개입에 대한 걱정이 그만큼 적으리라는 판단을 따랐는지도 모를 일이었다.

이렇게 한 나라의 운명은 다른 나라 대통령의 계산에 의해 결정되었고, 케네디는 제5 특전단(the 5th Special Forces Group, 통칭 "the Green Berets")을 창설하여 군사고문단의 형태로 5월 11일에 4백 명의 그린 베레를 파견함으로써, 이미 수렁으로 깊이 빠져들어간 베트남 정국에 휘말리기 시작했다.

1954년 5월 7일 보응웬지압 장군의 디엔비엔푸 승리로 프랑스가 베트남을 잃은 다음, 인도차이나에 평화를 정착시키기 위해서라며 제네바 회담에서 강대국들은 베트남을 남북으로 갈라놓았고, 케네디는 1961년에 다시 948명으로 파월 미군의 숫자를 늘렸다. 적정선을 초과하는 군사력을 파병하지 못하도록 규제한 제네바 협약을 어기고, 여론을 의식하여 자국민까지 속여가면서, 미국은 다음해 1월 9일 2,646명으로 병력을 다시 증강했고, 야금야금 늘어나던 미군 병력의 숫자는 케네디 대통령이 암살을 당할 무렵에는 1만 6천 명에 이르렀다.

하지만 케네디가 첫 번째 도미노로 선택했던 지엠은 미국에게 썩 좋은 친구가 되지 못했다.

*

지금까지도 대부분의 한국인들에게는 "고 딘 디엠 대통령"이라는 이름으로 잘못 알려진 응오딩지엠은, 베트남 중부 어느 마을에서 17세기 포르투갈

---

* "…in what everyone thought was the hour of total Communist triumph, we saw a near miracle take place."

선교사들이 천주교로 개종시킨 집안의 셋째 아들로, 1901년 고도(古都) 후에에서 태어나, 장-밥띠스트(Jean-Baptiste)라는 프랑스식 세례명을 얻었다. 그는 아버지가 세운 프랑스계 가톨릭 학교*에서 교육을 받았지만, 프랑스에서 제공한 장학금은 거절했다.

그는 한때 형처럼 성직자가 되려던 꿈을 키우다가, "지나치게 가혹한 훈련"이 싫어서 포기했다. 지엠이 청춘시절에 사랑했던 여인은 그의 사랑을 뿌리치고 수녀가 되었으며, 그래서 그가 죽을 때까지 동정을 지켰다고 많은 사람들이 믿었다.** 지극히 청교도적이었던 지엠은 1950년 미국의 뉴저지로 가서, 레이크우드의 메리놀 신학교를 다니던 2년 동안, 청소와 설거지로 학비를 벌면서, 케네디뿐 아니라 뉴욕의 스펠만 대주교(Cardinal Francis Joseph Spellman)를 알게 되어 나중에 미국의 천주교회로부터 아낌없는 지원을 받았다.

이러한 종교적인 배경으로 인해서, 그는 1955년 국민투표를 조작하여 바오다이(Bảo Đại) 황제를 축출하고 정권을 잡은 다음, 맏형 툭(Thuc) 대주교로부터 조언을 받아가면서 불교 탄압에 대단히 적극적으로 나섰다.

미국이 불교 탄압의 중단과 더불어 갖가지 개혁을 원했지만 지엠이 전혀 아랑곳하지 않았던 까닭은, 우리나라의 이승만이나 박정희처럼, 그의 나라에서는 자신이 가장 이상적인 통치자라고 지엠이 굳게 믿었으며, 강력한 반공 지도자인 그를 케네디 행정부가 함부로 어쩌지 못하리라고 과신했기 때문이었다.

"통통하고 키가 작아 우아한 서양 의자에 앉으면 발이 마룻바닥에 닿지를 않고, 베트남 관리의 신분을 상징하는 새하얀 상어 가죽 양복 차림에, 상앗빛 피부와 섬세한 이목구비가 도자기처럼 연약해 보이지만, 검은 눈에서는 자신의 투쟁에 대한 광신적인 믿음이 스며나온다"고 어느 언론인***이 평했던 지엠은 "국가의 권위를 세우고, 군사력을 재편하고, 농산물의 증산에 성

---

* 참으로 야릇한 운명이지만, 훗날 지엠의 숙적이 된 보응웬지압도 같은 학교를 다녔다.
** 역시 참으로 야릇한 운명이지만, 그의 숙적이었던 호찌밍 역시 평생을 독신으로 지냈다.
*** 스탠리 카르노우(Stanley Karnow)

거인처럼 보이는 헨리 캐봇 롯지 미국 대사 앞에 버티고 선 왜소한 베트남 대통령 응오딩지엠의 사진은 참으로 상징적이다. 갖가지 술수를 부려 미국을 조종하려던 아시아의 작은 대통령은 끝내 미국이 뒤에서 조종한 쿠데타로 인해 비참한 죽음을 맞았다.

공했음에도 불구하고 국민으로부터 광범위한 지지를 받지 못했다. 소수의 가톨릭을 노골적으로 옹호하던 그를 불교도들이 증오했고, 모든 반대파 정당을 해산하고 언론을 엄격하게 규제하던 그는 지식인들에게서도 반발을 샀고, 교육 수준이 높은 중류층은 그를 혐오했으며, 기업인들로부터 따돌림을 당하고, 정치적인 야망을 품은 젊은층과 모든 민족주의자들로부터 배척을 당하기에 이르렀다."*

하지만, 베트밍의 승리를 막기 위해 별다른 명분도 없이 1950년에 1억 달러의 경제적인 지원을 프랑스에 퍼부었듯이, 미국은 민주국가의 대통령이 아니라 절대군주로서 통치하며 국민의 무조건적이고도 절대적인 복종을 당연시했던 독재자 지엠을 계속해서 지원했다. 1955년 한 해에만도 미국은 지엠에게 3억 2천만 달러의 경제 원조를 제공했다.

---

* 조셉 버팅거(Joseph Buttinger)의 『고민하는 베트남(Vietnam : A Dragon Embattled)』에서.

결정적인 국면 전환을 위해서는 20만 5천 명의 병력이 필요하리라는 암울한 전망에도 불구하고, 서양식 노선에 따라 베트남을 재건하고 싶어하던 케네디 행정부가 군사 개입까지 감행했던 까닭은, 그를 각별히 좋아했기 때문은 아니었다. 그를 도와주지 않으면 훨씬 더 나쁜 결과를 각오해야 했던 케네디로서는 "지엠과 함께 빠져죽거나 아니면 함께 헤엄쳐 살아나는(sink or swim with him) 도박" 말고는 별다른 대안이 없었다.

열 전략촌과 불고기

저녁식사를 끝내고 돌아와서, 다시 목욕을 한 다음 가벼운 잠옷으로 갈아입고, 냉장고에서 바바바 한 깡통을 꺼내 든 한기주는 창가로 가서, 길 건너 3층 건물을 내려다보았다. 대형 쥐덫처럼 생긴 직육면체 건물의 지붕에 얹은 식민지풍 기와들이 낮에는 마띠스의 그림처럼 아름답게 빨갛더니, 어둠 속에서는 거무죽죽 죽은 빛깔이었고, 아래쪽의 파란 니온 간판의 글씨가 "khách san(여관), khách san"거리면서 촌스럽게 깜박였다.

한기주는 저 건물이 전쟁 중에는 '전략촌'이었으리라고 상상했으며, 사이공에 그토록 많았던 전략촌은 통일 후에 호치민에서 어디로 다 숨어버리고 사라졌을까 궁금했다.

'전략촌'이란 돈만 주면 아무나 올라탄다고 해서 미군들이 '택시 걸(taxi girl)'이라고 불렀던 '꽁가이'들의 '붐붐 하우스'에 한국군이 붙여준 별명이었다. 하지만 진짜 전략촌(戰略村, strategic hamlet) 건설계획*은 1962년 초에 미국으로부터 막대한 돈을 받아낸 베트남 정부가 본격적으로 착수한 군사적 사업이었다.

_____

* 1959년에 처음 시도했을 때는 프랑스어로 'agroville programme'이라는 명칭을 사용했다.

전략촌은 베트콩 세력의 확산을 견제하려는 농촌의 요새인 셈이었다.

제네바 협약에 따라 1956년에 실시하기로 했던 남북 베트남 통합 동시 선거는 호찌밍의 승리가 워낙 확실해지자 미국의 배후조종을 받은 지엠이 거부했으며, 이때부터 남북의 대립이 가속화되었다. 그런 경우에 대비하여 베트밍(越盟)은 분단 이전에 프랑스와의 전투에서 사용하던 무기와 탄약을 상당히 많이 남부에 은닉해 두었고, 1959년부터 잘 훈련된 수천 명의 군사 지도자들을 남부로 침투시켜 지엠을 전복시키는 작업을 개시했다. 이들은 곧 베트콩 조직의 핵심을 이루었으며, 1960년 9월 10일에는 민족해방전선이 발족했다.

호찌밍은 민족통일이라는 뚜렷한 목표를 내세우고, 디엔비엔푸의 승장 지압 장군을 앞세워 지하전쟁을 개시했으며, 1961년 10월 중순에 푸옥터잉(Phước Thành)과 다끌락(Đắc Lắc) 성(省)에서 정부군을 공격하여 큰 피해를 주었다. 1963년 1월에는 사이공 남서쪽 55킬로미터 압박(Ấp Bắc)에서 훨씬 전력이 열등한 소수의 베트콩 병력이 지엠의 동생 응오딩누(Ngô Đình Nhu)가 개인적으로 편애했던 무능력한 지휘관의 부대를 궤멸시켰다. 이렇게 베트콩의 공세가 왕성해지자, 민주주의 체제의 우월성을 과신하며 적을 얕잡아보았던 리처드 닉슨 행정부 그리고 3개월 내의 승리를 장담하던 미국의 군부는 당혹감에 빠졌다.

*

이러한 판국에서도 이미 민심을 잃을 대로 잃어버린 지엠은 자신이 잔다르크와 같은 존재라는 착각에 젖어, 1963년 8월 21일 신임 미국대사가 부임하기 전날 밤에, 미군이 훈련시킨 베트남군 특공대를 투입하여 응오딩누가 불교 사찰들을 공격해서는 1천4백 명의 승려들을 체포하도록 묵인했고, 분노한 베트남 장성들은 당장 미대사관으로 찾아가서 지엠을 제거하려는 군부 쿠데타를 미국이 지원할지의 여부를 묻게 되었다.

이렇게 혼란스러운 와중에서 북쪽의 적 호찌밍보다도 더 못마땅한 남쪽의 친구 응오딩지엠을 도우려는 안간힘으로 미국은 전략촌 건설계획을 받아들여야 했다. 한쪽 끝을 뾰족하게 깎은 통나무를 촘촘하게 박아 마을을 빙 둘러가며 울타리를 친 전략촌은, 서부개척 당시 인디언 지역에 세운 백인 요새와 비슷한 모양으로서, 단위 방어에 기초를 둔 개념이었다. 베트콩의 유격 전략은 주민이 물이요 게릴라는 물고기나 마찬가지라는 마오쩌둥의 원칙을 따랐으며, 따라서 전국 방방곡곡의 마을사람들을 모두 울타리 안에 담아 가두면 베트콩은 주민들로부터 식량 보급을 받지 못해 자멸하리라는 것이 지엠 대통령과 그의 동생 누가 짜맞춘 계산이었다.

그러나 전략촌 건설은 적을 막아내기보다는 백성을 보다 효과적으로 통제하고 단속하기 위한 목적이 우선이라는 지엠 행정부의 속셈이 드러나자, 민심이 정부로부터 더욱 이탈하여, '물'은 '물고기' 쪽으로 몰려갔다. 이 작전을 진두지휘한 응오딩누를 위해 오른팔 노릇을 한 사람은 남부의 상류층 천주교 집안 출신의 팜응옥타오(Phạm Ngọc Thảo) 대령이었는데, 그는 전쟁이 끝난 다음에 베트밍의 비밀 공작원이었음이 밝혀졌다. 그래서 타오 대령은 해자(垓字)를 파고, 죽창을 설치하는 등의 힘겨운 작업을 농민들에게 고의적으로 과중하게 부역시킴으로써 주민들의 마음을 베트콩 쪽으로 열심히 이끌어 갔다.

*

1962년 9월 말까지 33.39 퍼센트의 농촌 주민을 전략촌에 수용했다는 과장된 업적을 자랑으로 삼았던 응오딩누는 '왕족' 노릇을 잘못함으로써 통치자에게 누를 끼친 대표적인 인물이었다.

지엠보다 적극적이고 왕성한 정치활동을 벌였던 지식인 누는 '구국전선(救國戰線, the Front for National Salvation)'을 조직하고, 1953년 9월 프랑스를 비난하는 시위를 사이공에서 주동했으며, 형이 정권을 잡은 다음에는 아예 독립궁에서 지엠과 함께 살며 걸핏하면 대통령의 대역을 맡았다. 미국에서는 이런 과두정치(oligarchy)에 대해서 혐오감을 느끼고 누를 제거하도록 종용했지만, 지엠은 오히려 그의 대역을 곁에 두고 싶어했다. 귀족적인 은둔주의자였던 지엠은 번거로운 행사를 귀찮아했기 때문에 일반 대중을 가까이 하라는 미국 고문단의 충고조차도 받아들이지 않을 정도였고, 그래서 공식적인 활동을 동생에게 떠맡기다시피 했다.

이런 성향을 더욱 부추기는 사건이 1962년 2월 16일에 발생했다. 메콩 삼각주의 베트콩 거점을 폭격하러 출격한 두 대의 비행기가 대통령을 암살하기 위해 기수를 돌려 독립궁을 맹폭했던 것이다. 군부의 암살 기도에서 "하느님의 도움"으로 겨우 목숨을 건진 지엠은 전보다도 더 아무도 믿지 못하게 되었고, 가족밖에 의지할 사람이 없다는 생각에 더 많은 권력을 동생 누에게 부여했다.

*

응오딩누보다도 훨씬 더 케네디 행정부를 당혹하게 만든 인물은 총각 대통령의 나라에서 실질적으로 영부인임을 자처했던 누의 아내였다. 서방세계에 '마담 누(Madame Nhu)'로 알려진 그녀는 세기적인 독설가로서, 본명은 레쑤안(Lê Xuân, 麗春)이었다.

그녀의 할아버지는, 우리나라의 친일파처럼, 프랑스에 적극적으로 협조하여 식민 행정부의 고위층에 올라 많은 재산을 긁어모았다. 아버지는 빠리에서 법학을 공부하고 돌아와서, 왕족과 인척간인 귀족 여인과 결혼하여 하노이에 정착했다. 빼어난 미모를 자랑했던 레쑤안의 어머니는 프랑스인들과 친프랑스 인사들을 화려한 별장에 초대해서 흥청망청 파티를 즐겨 열었고, 정부(情夫)를 여럿 거느렸었다고 한다. 응오딩누도 빠리 유학에서 돌아와 국립도서관에서 근무하던 시절에 한때, 나이가 그보다 여섯 살 위였으며 훗날 장모가 될 그녀의 애인 노릇을 했다.

레쑤안은 하노이의 유명한 프랑스계 고등학교 리쎄 알베르 사로(Lycée Albert Sarrault)를 중퇴하고 1943년에 누와 결혼했으며, 유창한 프랑스어를 과시하던 그녀는 베트남어 글쓰기는 아예 배우지도 않았다. 집에서도 프랑스어만 썼던 그녀는 연설문을 프랑스어로 우선 작성한 다음 남을 시켜 베트남어로 번역시키고는 했다.

지엠이 집권한 다음 그녀는 남편 못지않게 열심히 통치행위에 바빠져서, 엄마와 남편의 옛 관계가 마음에 걸려서였는지는 몰라도, 이혼을 금하고 간통을 범죄로 처벌하는 칙령을 선포하고, 베트남의 전통적인 가치관을 수호한다는 미명하에 낙태와, 피임약과, 미인대회와, 권투시합을 금지시켰다. 그녀는 사이공의 나이트 클럽과 무도장을 모두 폐쇄했으며, 까페만 남겨두기로 했는데, 대부분 몸을 팔며 까페에서 일하던 여자들에게 간호원처럼 하얀 통옷을 제복으로 입어야 한다는 단서를 붙였다. 활동적인 여권운동가이기도 했던 레쑤안은 그녀가 창설한 여성 전사들에게 직접 사격 시범을 보이기도 했다.

레쑤안은 응오 가문에서 불교도들을 가장 적극적으로 미워한 사람이기도 했다. 적어도 세계적으로 알려진 바로는, 그녀가 가장 열심히 독설을 퍼부은 대상이 바로 불교도였다.

1963년 부처님 오신 날 후에에서 항의 집회를 하던 신도들에게 군대를 동원하여 무차별사격을 가해 여덟 명의 사망자를 낸 무력 진압 사건 이후 한

여성 전사들에게 사격 시범을 보이는 '마담 누.'

달이 지난 6월 11일, 육순의 불교 지도자 꽝득(Quảng Đức) 스님이 사이공 길거리에서 가부좌를 틀고 합장한 채로, 지엠더러 모든 종교에 대해 자비를 베풀라는 유서를 남기고 분신자살을 했을 때가 그런 대표적인 경우였다. 투쟁파 젊은 교도들로부터 미리 연락받고 달려온 AP 사진기자가 이 끔찍한 장면을 촬영해서 전세계를 경악하게 만들었을 때까지도, 그리고 다른 승려들이 줄지어 분신자살로 저항을 계속하는 동안에도, 레쑤안은 "까까중이 스스로 불고기가 된(bonze barbecue himself)" 사건에 대해, "승복을 걸친 불한당"들이 "고기를 굽는 동안 우리들은 박수나 치겠다"는 독설을 퍼부어 대었다.

어느 텔레비전 특집 기록영화에서 '불고기'라는 말을 내뱉었던 레쑤안의 표독한 얼굴을 보고 한기주는 저렇게 연약하고 작은 몸뚱어리 속에 어쩌면 저토록 많은 증오가 담겼을까 소름이 끼칠 만큼 놀랐었지만, 어쨌든 이를 계기로 지엠의 베트남 정부뿐 아니라 그들을 지원하는 케네디 행정부를 비난하는 여론이 국내외에서 들끓었으며, 마침내 미국 CIA는 지엠 제거를 위한 공작에 착수했다.

열하나 '조용한 미국인'

인도차이나 재편성 과정에서, 호찌밍에게 베트남을 잃게 된 프랑스는 응웬(阮) 왕조 마지막 황제 바오다이를 옹립하여 왕정복고로의 회귀를 꾀했고, 그런 프랑스와 싸우기 위해 미국의 지원이 필요했던 호찌밍은 "미군이라면 1백만이 온다고 해도 환영"이라고 손짓했으며, 보응웬지압 장군도 "영토에 대한 욕심이 없는 미국은 우리의 좋은 친구"라고 민중에게 맞장구 연설을 했다.

그런가 하면 프랑스가 자기편을 들어주기를 바랐던 미국은 그들 나름대로의 속셈에 따라 응오딩지엠을 앞세워 호찌밍의 공산 세력을 막아보려고 했다. 8월혁명에 성공한 호찌밍에게 후에의 왕좌로부터 쫓겨나 홍콩을 거쳐 빠리로 가서 무기력하고 방탕한 망명생활을 하던 바오다이 역시 지엠에게 눈을 돌려서, 그를 통해 미국의 도움을 받고 왕위를 공고히 하려는 욕심을 부렸다. 우여곡절 끝에 바오다이는 분단 이후 사이공으로 돌아왔지만, 정작 국정에는 별로 관심을 보이지 않고, 베트남 최고의 휴양지로 주월한국군 장병들에게도 잘 알려졌던 달랏(Đà Lat)에서 사냥과 계집질로 시간을 보냈다.

이렇듯 복잡한 역사의 흐름 속에서 1953년 5월 지엠이 미국을 떠나 프랑스로 갔던 까닭은 권력을 잡으려면 프랑스의 추천과, 미국의 승인과, 바오다이의 임명이 모두 필요하기 때문이었다. 바오다이는 깐느 근처의 성(城)에서 살며 빠리에 베트남 여인 정부(情婦)를 따로 두고, 몬떼 까를로에서 저녁이면 룰레트를 즐기면서 엄청난 돈을 낭비했다. 제네바 회담에서 자신의 앞날이 판가름나리라고 생각한 그는, 1954년 6월 18일 지엠을 그의 성으로 불러 십자가 앞에 세워놓고, "공산주의자들과 프랑스로부터 나라를 수호하겠다"는 맹세를 받아낸 다음, 수상으로 임명했다.

하지만 실권을 장악한 지엠은 더 이상 그에게 필요가 없어진 바오다이의 제거에 나섰다.

*

응오딩지엠을 위해 베트남 마지막 황제를 몰아내는 작업에 발벗고 나선 미국인 에드워드 랜스데일(Edward G. Lansdale) 대령은 제2차 세계대전 중 OSS*에서 근무했으며, 필리핀의 라몬 막사이사이 대통령이 공산주의자들의 반란을 궤멸시키도록 배후에서 열심히 도왔던 인물이었다.

본디 샌프란시스코 광고회사 간부로 일했던 랜스데일은 광고인답게 '심리전'의 명수였으며, 소설 『추악한 미국인(The Ugly American, William J. Lederer & Eugene Burdick)』에서는 그를 "하모니카로 사람들의 마음을 사로잡는" 인물로 소개했고, 그레이엄 그린(Graham Greene)의 소설로 『조용한 미국인(The Quiet American)』에 등장하는 올든 파일(Alden Pyle)도 랜스데일을 모델로 삼았다.

---

*the Office of Strategic Services, 전략사무국, CIA의 전신.

1954년 지엠 수상의 귀국보다 한 달 앞서 베트남으로 들어온 그는, 10여 명의 "더러운 짓" 전문가와 첩보원으로 구성된 '군사고문단'을 조직하여, 베트밍과 중국의 사이를 갈라놓기 위한 작업으로, 중국 공산군이 북부 베트남 마을에서 자행한 만행을 조작하여 소문을 퍼뜨렸는가 하면, 농민들에게 겁을 주기 위해 베트밍의 서류를 날조하기도 하면서, 공산 치하의 세상이 얼마나 끔찍한지에 대한 선전활동을 왕성하게 벌였다. 미 CIA는 이런 공작은 물론이요, 하노이로 가는 석유에 산(酸)을 섞어넣거나, 기차의 연료로 사용할 석탄 더미에 폭파 장치를 하는 따위의 비밀 작전도 아낌없이 지원했다.

북쪽에서 하노이 공작의 책임을 맡은 프랑스계 미국인 루씨엔 코닌(Lucien Conein) 소령은 프랑스 레지스땅스와 함께 일했으며, 10년 전에도 베트남에서 OSS 활동을 벌였던 경력의 소유자로서, 나중에 돌아가서 사용하기 위해 무기와 탄약을 관에 넣어 가짜 장례식을 통해 하노이 공동묘지에 묻어두기도 했다. 미국 영화 「길고 긴 그날」*에서는 이 상황을 반대로 바꾸어서, 베트콩이 사이공 공동묘지에 몰래 묻어 두었던 무기를 꺼내서 구정공세를 펼친다.

한편 남 베트남에서 랜스데일은 지엠에게 충성스러웠던 주옹반밍(Dương Văn Minh) 장군과 힘을 모아 사이공의 정적들을 하나씩 제거해 나갔고, 5백 명의 민간인 사망자와 2만 명의 이재민을 발생시키면서 빙쑤옌 마약 밀수 조직 4만 병력과 치열한 시가전을 벌여 결국 그들을 쫓아냈으며, 그러는 과정에서 밀려난 많은 세력이 나중에 베트콩 게릴라와 손을 잡았다.

프랑스에 가 있던 바오다이는 지엠이 지나치게 전투적이라고 생각해서 말려볼 생각으로 그를 불렀지만, 지엠은 호출에 응하지 않았고, 오히려 바오다이를 축출하기 위한 국민투표를 실시했다. 랜스데일과 미국측에서는 투표 결과를 60퍼센트나 70퍼센트 정도로 승리하는 쪽으로 설정하도록 권고했지만, 아무리 소수라도 반대파를 인정하고 싶지 않았던 지엠의 전략에 따라, 사이공을 비롯한 몇몇 곳에서는 전체 투표자수보다도 많은 사람들이 지엠

---

*Fly Away Home, 1981, 감독/Paul Krasny, 제작 및 각본/Stirling Silliphant, 주연/Bruce Boxleitner, Brian Dennehy, Michael Beck

지지표를 던졌고, 지엠은 98.2퍼센트의 독재적 득표를 기록하여 오히려 서방세계의 웃음거리가 되었다.

이러한 갖가지 무리수에 회의를 느낀 케네디 행정부는, 점점 강력해지는 공산주의 조직을 8년의 통치기간 동안에 효과적으로 몰아내지도 못하고 독재정치로 인해서 군부 내에 반발 세력만 잔뜩 키워놓은 지엠 대통령이 미국에 전혀 도움이 되지 않으리라는 판단에 따라, 쿠데타를 일으켜 그를 제거하자는 결론에 이르렀다.

이때 '더러운 짓'의 책임을 맡게 된 인물은 OSS 하노이 공작을 이끌었으며 이제는 중령으로 진급한 루씨엔 코닌이었다.

＊

CIA 공작원 루씨엔 코닌 중령이 쿠데타 배후 조종을 시작할 무렵 사이공에서는, 안팎으로 많은 인심을 잃은 지엠을 제거하고 권력을 잡기 위해 워낙 많은 집단이 마치 경마대회를 벌이듯 경쟁적으로 음모를 꾸미던 터였으므로, 그는 우선 교통정리부터 시작해야 했다.

쿠데타를 벌써부터 획책하던 자들 가운데 가장 두드러진 인물은 반정부 인사들을 염탐하기 위해 미 CIA의 도움을 받아 설치한 기구인 정치사회연구소의 짠킴뚜엔(Trần Kim Tuyen) 박사였다. 그가 거사를 위해 모아들인 사람들은 불만이 많은 하급 장교와 전에 그가 요주의 인물로 감시하던 대상들이 대부분이었다. 감시를 받다가 그에게 포섭된 대상에는, 전략촌 건설에 지나치게 적극적이었으며 전후에 베트밍의 비밀 공작원으로 밝혀진 팜응옥타오 대령, 그리고 훗날 다른 쿠데타에서 성공하여 남 베트남의 수상이 되었다가 공산통일이 된 다음 미국으로 도망가서 술집의 바텐더 노릇을 한 젊은 공군 조종사 응웬까오키(Nguyễn Cao Kỳ)도 포함되었다.

코닌은 그들의 계획이 무모하고 시기상조라는 판단에 따라, 짠티엔키엠(Trần Thiện Khiêm) 육군참모총장에게 의도적으로 정보를 흘려 조직을 와해시켰지만, 키엠 참모총장 역시 나름대로의 반란 음모를 꾸미며 나중에 뚜엔을 포섭했고, 결국 그들 두 사람은 코닌 중령의 공작에 함께 참여하게 되었다.

이 당시 베트남의 정국은 이 정도로 3류소설적 음모가 난무했다.

　1963년 7월로 접어들면서 코닌이 가장 먼저 포섭한 대상은 베트남군 사령관 짠반돈(Trần Văn Đôn)과 베트남군에서 가장 머리가 좋다고 알려진 레반킴(Lê Văn Kim) 장군이었다. 이어서 그는 지엠의 정권 장악을 위해 일등공신노릇을 했지만 이제는 못마땅한 통치자를 제거하기로 마음을 고쳐먹은 주옹반밍 장군도 끌어들였다. 군부에서 덕망을 쌓아 인기가 높았던 밍 장군은 나중에 베트남 최후의 국가 수반 자리에까지 오르지만, 그는 정치와 모략보다는 정구(庭球)와 난초 재배를 더 좋아하는 온화한 남자였다.

　그러나 당장 여기저기서 터질 듯하던 쿠데타는 갖가지 이유로 자꾸만 연기되었다. 쿠바 침공(the Bay of Pigs)에서 실패한 악몽이 되풀이될까 봐 케네디가 주저하고, 그래서 미국조차도 배후 세력으로서 신뢰하기가 어려워지자, 음모 경쟁을 벌이느라고 서로 아무도 믿지 못하게 된 군부 지도자들은 언제 누가 나를 지엠에게 밀고할지 걱정이어서 선뜻 일을 저지르지 못하고 전전긍긍했다.

　"공산주의자들은 그들이 강해서가 아니라 우리들이 약하기 때문에 부전승으로 승리하리라"고 응오딩지엠 자신이 예언했듯이, 반정부 세력과 공산 세력이 모호한 경계를 서로 넘나들며 남부가 스스로 지리멸렬하는 사이에, 자칫 호찌밍에게 나라를 빼앗길까 봐 걱정을 하는 사람들도 많아졌다. 그런가 하면, 한국과 이스라엘과 타이완의 통치자들이나 마찬가지로, 강대국의 제국주의가 지닌 약점을 이용하여 개인적인 이득을 챙기려던 베트남의 지엠은 미국을 견제하기 위해 호찌밍에게 슬그머니 접근하기도 하고, 미국을 맹렬히 비난하다가도 다시 군사력 증강 등을 위해 케네디 행정부에 도움을 청하며 줄타기 곡예를 벌였다. 이렇게 끝없는 혼란 속에서 시간은 자꾸만 흘러갔다.

＊

　1963년 11월 1일, 코닌은 마침내 본부로부터 행동을 개시하라는 명령을 받았다.

　상아 손잡이가 달린 매그넘 권총을 허리에 차고 사무실을 나선 그는 가장 먼저 포섭한 베트남군 사령관 돈 장군을 찾아갔다. 그들은 비밀 회동 장소인 치과 사무실에서 만났고, 코닌은 장군에게 반란자들이 공작비로 요구했던 3백만 피아스터(4만 달러)가 담긴 가방을 전달했다.

코닌은 그에게 명령을 내린 장군들로부터 두 대의 전화를 받았는데, 하나는 CIA와 직통이었고, 하나는 그린 베레 특공대원들이 그의 가족을 보호중인 별장과 연결된 것이었다.

그리고 그는 지프에 장착된 무전기로 곧 행동을 개시한다는 암호를 상부에 전했다. "9, 9, 9, 9, 9, 9……."

정확히 오후 1시에 미토(Mỹ Tho)의 사단사령부가 쿠데타군에게 접수되었다. 밍 장군이나 마찬가지로 훗날 또 다른 쿠데타를 통해 베트남의 대통령이 될 응웬반티우(Nguyễn Văn Thiệu) 대령의 주력부대가 독립궁과 경비대 막사를 공격하고, 경찰본부와 방송국도 접수하여 "혁명"을 알리는 녹음 테입이 돌아갔다.

난방이 잘 된 지하실에 숨어서 기다리던 지엠과 누 형제는, 그들이 계획한 친위 쿠데타 브라보작전이 순조롭게 진행되는 줄 잘못 알고, 처음에는 태연자약했지만, 사태가 심상치 않게 돌아가자 독립궁에서 탈출하여, 이런 비상사태를 위해 누의 비밀공작원들이 미리 마련해 놓은 쩔런의 은신처로 재빨리 피신했다.

하지만 응오 형제와 함께 탈출한 두 명의 부관 가운데 한 명이 11월 2일 새벽 3시경에 돈 장군 측에 정보를 제공했으며, 연락을 받고 달려간 프랑스 비밀경찰 출신의 마이후쑤안(Mai Hũu Xuan) 장군의 병력은 마지막 협상을 벌이려고 시도하는 지엠과 누, 두 형제를 현장에서 사살해 버렸다.

워싱턴에서 사태의 추이를 보고받던 케네디 대통령은, 지엠 형제를 망명시키기 위한 항공기가 제대로 준비되지 않은데다가, 쿠데타 집단 내에서의 명령 체계가 혼란을 일으키는 바람에, 어처구니없게 지엠이 사살되었다는 연락을 받고 심한 충격에 빠졌다. 그리고 케네디 자신도 3주일 후에 달라스에서 암살을 당했다.

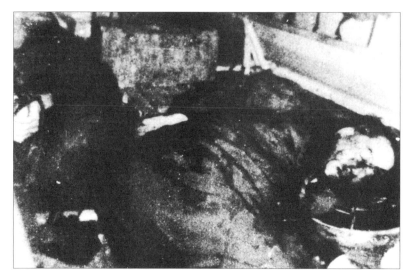

▲ 무참하게 살해되어 장갑차 뒤에 실린 지엠 대통령과 마담 누.

*

　베트남에서 이렇게 험악한 역사의 소용돌이가 휘몰아치는 사이에, 대한민국에서는 박정희 장군이 쿠데타를 일으켜 대통령이 된 다음, 군사정권에 대한 합법성과 당위성을 인정받기 위해 1961년 11월 13일 "정상외교(頂上外交)"를 널리 홍보하며 케네디 대통령을 찾아갔다.

　그들의 '정상외교'를 통해 한국군의 베트남 참전을 위한 약속이 이루어졌고, 한국의 전투병들은 이미 시작부터 패색이 짙었던 베트남을 '도와주기 위해' 미국을 쫓아갔다.

　그리고 1963년 11월 24일 케네디 장례식에서는 박정희 한국 대통령이 검은 연미복 차림으로 맨 앞줄에서 행진했다.

　이 무렵 사이공에서는 지엠에 반대했던 '정치범'들이 감옥에서 쏟아져 나왔고, 레쑤안이 문을 닫게 했던 술집들이 맹렬하게 다시 모두들 장사를 시작했고, 농촌에서는 응오딩누가 진두지휘해서 건설한 전략촌들을 신나게 때려 부쉈다.

그리고 3년 후, 영웅주의적 환상에 홀려 모험을 찾아서 베트남으로 간 한기주는 베트남전의 배경에 깔린 이런 진실을 까맣게 몰랐었다.

열둘   공장 사람들

한국인들이 8년 전에 동나이성(Đông Nai 省) 공장단지에 설립한 제화공장에서 일하는 1만1천5백 명의 베트남인 종업원들을 제3 공화국 산업시찰 식으로 취재하느라고 동틀 녘부터 꼬박 아침 한나절이 걸렸다.

포장도로를 멀리 벗어나 발길이 별로 많지 않아서인지, 시골 벌판에 버림받고 방치된 듯싶은 황토 흙길을 따라 한참 들어가서 공단에 도착했을 때는, 해가 저만치 떠올라 길가의 잡초가 물큰히 아침 열기에 달아올랐고, 흑록색 아열대 수목이 시커멓게 뒤덮은 땅에서 숨겨운 단내가 났다. 반듯반듯 구획된 대지(垈地)에 나란히 배치한 여러 공장과 건물에는 저마다 외국 회사의 큼직한 간판이 나붙었다. 별로 공을 들이지 않고 형식적으로 가꾸어 놓은 화단이 여기저기 눈에 거슬렸다.

한국 공장에 들어서니, 격납고 같은 대형 조립 건물들 사이를 한 치의 빈틈도 없이 포장해버린 마당에서는 어제 묵은 복사열이 눈에 보이지 않는 아지랑이처럼 피어올랐고, 한 달에 두 번 이상은 사용하지 않을 듯싶은 복지시설 농구대와 축구 그물이 저쪽 외진 흙운동장을 힘없이 지켰다.

카메라를 본부 건물 옥상에 설치하고 잠시 기다리는 사이에 출근시간이 되었고, 갑자기 공장 여기저기에 설치된 확성기에서 행진곡이 울려나왔다. 새마을운동 시절 대한민국 방방곡곡 시골 마을마다 울려 퍼지던 확성기 노랫 소리에 맞춰, 밤 동안 죽어 폐허처럼 비어버렸던 울타리 밖 대형 주차장에 통근버스들이 사방에서 한꺼번에 몰려들었다.

한국 노동자보다 20분의 1만 임금을 줘도 열심히 일한다는 "성실하고 질

좋은" 베트남인 종업원들이 푸른 공단복(工團服) 차림으로 버스에서 쏟아져 나와 길을 가득 메우며 산업 포로들처럼 무리를 지어 정문으로 들어섰다. "공순이 시대"에 힘겨운 희망을 품고 노동으로 살아가던 구로동 아가씨들처럼, 등교시간의 학생들처럼, 물결지어 공장으로 들어서는 베트남인들을 제복 차림의 한국 감독관들이 입구에 버티고 서서, 규율부원의 자세로 지켜보았다.

출근 시간이 지나자 무거운 철문이 닫혔다.

행진곡이 끝나고, 작업의 시작을 알리는 종소리가 격납고 공장 안에서 1984년 식으로 울렸다.

*

「모던 타임스」이동 작업대(conveyer belt) 앞에 줄지어 서서 면장갑을 끼고 하루의 일과를 시작하는 단발머리 여자들을 한참 촬영한 후에 사무실로 자리를 옮긴 한기주 일행은, 한국인 사장으로부터, CNN 동시 화상시대(同時畵像時代)를 살면서도 '회사'라는 사회 경험이 전혀 없는 베트남의 "농경시대 사람들"이 출근 시간을 지키기가 어려워서 공장생활을 매우 불편해한다는 설명을 들었다.

공장이 문을 연 초기에는, 1975년부터 사회주의 통치를 받느라고 자본주의식 일하기의 감각을 몸에 익히지 못한 젊은 베트남인들이 '직장'에 대한 인식이 워낙 부족해서, "모든 일은 남이 아니라 내가 열심히 해야 한다"고 아무리 설명해도, 왜 하필이면 나만 열심히 일을 해야 하는지를 잘 납득하지 못했다고 한다. 조장이나 반장이 작업 지시를 내려도, "너나 나나 같은 동네 사람인데, 내가 왜 네 말을 듣느냐"고 진심으로 못마땅하게 생각했고, 어쩌다 작업 책임자가 힐책이라도 했다 하면 망신을 줘서 체면을 잃었다며 퇴근 후에 온가족을 몰고 감독의 집으로 달려가 따지고는 했다. 시키는 대로 하지 않는다고 어쩌다가 즉석에서 한국인 감독관이 지적하더라도, 나중에 따로 불러서 조용히 얘기하면 될 노릇인데 왜 남들 앞에서 창피하게 그러느냐고 항의하기가 다반사였단다.

계급을 타파하고 윗사람의 권위를 부정하는 사회주의 사회의 잠재적 습성—그것은 호찌밍 '아저씨'가 전쟁 중에 병력 동원을 위해 국민의 의식 속에 심어준 '한 가족' 개념에서도 크게 영향을 받았으리라고 한기주는 생각했다. 경쟁이나 직업에 대한 인식보다는 '동무' 개념을 앞세우며, 빠르고 강렬한 표어로 느릿느릿한 혁명을 한없이 추진하던 체제, 그러한 사회주의 세상의 문화와 의식을 알지 못하는 어떤 한국 기업인들은, 새마을시대에 구로동과 울산과 포항에서 연습했던 군사문화적 작업 통치 방식을 도이머이 초기에 이곳에서 그대로 강행했었다. "하면 된다"는 구호를 외치면서, 베트남 현지인들에게 구보와 제식훈련을 시키기도 했다는 한국 기업들에 대한 무서운 소문이 동남아 전체로 지나치게 잘 홍보되어서, 인도네시아에서는 "한국에 가면 고생이 무척 심하다"며 산업 연수생들에게 극기훈련까지 시킨다고 했다.

*

오후에는 중국계 베트남 아이였다가 베트남계 미국인 사업가로 성공한 '재미 교포' 황반까이(Hoàng Văn Cay)를, 그의 식품공장과 집까지 쫓아다니며, 밀착 취재를 하느라고 다시 한나절이 흘러갔다.

그는 어린 나이에 베트남이 공산화하자, '선상 난민' 속에 섞여 가족과 함께 인도네시아로 탈출했다가, 5년 후인 1980년에 온가족이 다시 미국으로 건너가 착실하게 자본주의 교육을 받고, 졸업 후에 식품공장을 세워 돈을 많이 벌어서, 공산 베트남 투자 정책에 참여하기 위해 돌아온 입지전적 인물이었다.

까이 사장처럼, 교포 우대책의 우산을 씌워주는 공산주의자들의 법률로 보호를 받으며, 호치민에서 사업을 하는 교포위원회 소속 사업가가 1백20여 명이라고 했다. 통일을 이룩한 공산국가에서 적으로 쫓겨났던 소년 까이는, 자본주의자의 표상으로 성장하여 사회주의 국가로 돌아와, 1백여 명의 원주민 종업원을 거느리고 파인애플과 당면 따위 수출용 식품을 4백 종이나 생산하고 가공하는 중소기업의 '외국인' 사장이 되어, 자본과 기술과 경험을 공산 정부에 제공하는 대가로 세금을 면제받았다.

*

이튿날은 지금까지 1만5천 명의 노동력을 한국으로 배출했다는 노동부 산하 인력송출본부(Trúóng Nhân Lục Quôc Tê)를 취재했다.

20대와 30대 초반의 연수생들에게 2개월 동안 한국어를, 그리고는 1개월간 문화 · 상식을 교육시킨다는 본부의 강의실에서는, 붉은 공산당 현수막 아래 녹색 칠판 앞에서 키가 작고 머리카락은 더벅하게 자란 강사가, 서울의 수많은 영어학원 강사들처럼, TV 카메라를 의식해서 지나치게 율동적인 동작과 지나치게 생동하는 목소리로, 분필을 데꺽데꺽 열심히 분질러 가면서, 어디서 배웠는지 모르겠는 경상도 억양으로, "집이 넓으요. 맛이 없었으요" 말을 가르쳤고, 교실을 가득 채운 1백 명 남짓한 연수생들은 공책에 연필로 서투른 한글을 적어가며, 초등학교 아이들처럼 반듯하게 줄지어 앉아, 덩달아 경상도 억양으로 목소리를 모아 "없었으요. 넓으요" 밋밋한 합창을 반복했다.

*

송출본부 6층 건물의 뒷마당에서, 담을 따라 각목 빨랫대에다 세탁소처럼 차곡차곡 널어놓은 낡아빠진 옷들을 발견한 한기주는, 그 옹색한 삽화(揷畵)에 흥미가 솔깃해져 밑으로 내려가서는, 시골에서 올라온 가난한 연수생들을 한 방에 열두 명씩 수용한 기숙사를 찾아냈다.

대낮에도 형광등을 켜두어야 할 만큼 어두컴컴하고, 덥고, 비좁은 골방에는 엉성하게 조립한 2층 침대를 3면 벽을 따라 창고처럼 줄지어 세워 놓았다. 힘겨운 침대의 머리맡에는 잡지에서 오려 다닥다닥 붙인 작은 사진들이 먹고살기 어려운 젊은이들의 주눅들린 꿈을 전시했다. 영화 사진과 네스까페의 포스터도 눈에 띄었다.

구겨진 이부자리를 깔고 침대에 맨발로 옹기종기 둘러앉아 싸구려 도시락을 먹던 소녀들은, 텔레비전 방송극을 열심히 보면서 한국의 문화를 잘 이해하게 되었다고 말했다. 단발머리에 싸구려 머리핀을 꽂은 어떤 소녀는 한국인들이 "다정다감해서 쉽게 친해질 듯한 인상"을 받았고, 어서 한국으로 가게 될 날이 손꼽아 기다려진다고 생글생글 미소까지 지었다.

'한류'가 전파하는 문화의 모습. 신용불량자가 수백만에, 아버지가 자식을 한강에다 던져버리는 '다정다감'한 나라. '한류' 방송극의 주인공들을 보면, 나이 30도 안 되어 너도나도 사장과 전무가 수두룩하고, 온국민이 화려한 집에서 살며 심심하면 해외나들이를 다니는데, 연수원생들은 그것이 대한민국의 참된 초상이라고 믿는 듯싶었다.

한국의 기업인은 고향땅에서 일하기가 힘들다며 베트남으로 오고, 베트남의 노동력은 기회를 찾아 한국으로 가고—인구는 돈을 따라 이동했다.

제2부

나짱(Nha Trang, 牙城)

군함이 사라진 냐짱 바다(139쪽
참조)는 평화의 풍경이다(위).
전쟁 당시 헬리콥터에서 내려다
본 냐짱 중심가의 모습이며(가
운데) 포나가 탑바에서 내려다
본 까이 강에는 고깃배가 가득
하다(아래).

하나 낮잠과 파리

사이공 역에서 올려다본 호치민의 하늘은, 도시를 밝히는 전력(電力)이 부족한 탓으로, 정말 칠흑(漆黑)처럼 검기만 했다. 그것은 서울처럼 더럽고 검붉은 하늘이 아니었다. 그래서, 만일 날씨가 맑기만 했다면, 별이 무척 많이 보였으리라고 한기주는 생각했다.

승강단을 따라 띄엄띄엄 늘어선 전신주 꼭대기에 하얗게 밝혀놓은 외로운 전구들은, 한 줄기 소나기가 지난 다음이어서, 촉촉하게 젖어 눈물처럼 반짝였다. 어디에 매달아 놓았는지 눈에 보이지 않는 확성기에서 부지런히 안내방송이 나오는 사이에, 사람들이 짐과 가방을 손에 들고, 어깨에 메고, 여기저기 빗물이 고인 작은 웅덩이들을 피해 가면서, 서둘러 하노이행 기차에 올랐다.

승무원 한 사람의 검은 모습이, 뒤쪽 기차칸 문의 손잡이에 매달려 몸을 밖으로 내민 채로, 각등(角燈)을 흔들어 앞쪽 기관사에게 신호를 보냈다. 한 차례 목쉰 소리로 기적을 울린 다음, 야간열차가 움직이기 시작했다. 잠시 후에, 사이공 역이 흔들흔들 천천히 멀어지다가, 검은 공간 속으로 사라졌다.

열차는 점점 더 깊은 어둠을 향해서 달려갔다.

*

낡은 70년대의 미국 노래가 흘러나오는 4인용 침대차 객실에 홀로 앉아서 한기주는 차창 밖을 내다보았다.

시골 마을의 아이들이 달려가는 기차에 돌멩이를 던질까 봐 그물 철망을 덮어놓은 유리창을 통해서 그가 내다본 세상은 정말로 어두웠다. 철도와 나란히 뻗어나간 길을 따라 반대편에서 거꾸로 오는 트럭들조차 전조등이 희미해 보일 정도로, 이곳 세상은 그토록 어두웠다.

옛날옛적 이곳 베트남의 밤은 달이 밝으면 수은빛 세상이 신비로웠고, 은은한 밤의 숲에서는 인간들이 총을 들고 서로를 사냥했다. 밀림 속에서는 밤이면 모두가 저마다 혼자 생존하고, 혼자 살인했다.

옛날옛적 베트남의 전쟁에서는 밤이 하루의 절반을 훨씬 넘었었다.

*

쉬지 않고 달려도 40시간이나 걸린다는 머나먼 하노이 여로의 일정표를 나머지 일행이 옆방에 모여 점검하는 동안, 의자에서 탁자를 뽑아 펼치고 그 위에 지도와 비망록을 놓고 혼자 앉아 한기주가 가끔 밖을 내다보려니까, 객차의 창문으로 흘러나간 사각형 불빛들이 기찻길을 따라 나란히 달리는 국도(國道)를 훑으며 어른거리고, 춤추고, 굽이치고, 튀어오르고, 사라지고, 그러다가 다시 나타나고는 했다.

어릴 적에 잠자리를 잡으러 다니던 시골길을 생각나게 하는 흙길에 질퍽한 빗물 웅덩이가 잠깐 반짝이고는 흘러가고, 건널목 차단기 앞에 스쿠터를 붙잡고 서서 전진을 계속할 차례를 기다리는 농부들의 굳은 표정도 지나가고, 멀찌감치 어둠 속에 박힌 농가의 창문들이 느리게 회전하다가 사라졌다. 호치민 시가 멀어지면 멀어질수록 사진틀처럼 네모난 전깃불 창문들이 점점 드물어졌으며, 기찻길 옆 오막살이 몇 채가 가까이에서 느닷없이 순식간에 불빛과 함께 와락 나타났다가, 다시 어둠 속으로 사라졌다.

한 사람의 인생을 구성하는 사건들과 상황들은, 달리는 차창 밖의 작은 순간적 풍경들처럼, 제멋대로 이어지거나 끊어지며 무더기로 흘러간다고 한기주는 생각했다. 우연의 사건들은 서로 작용하고 이어지며 하나의 흐름을 이루고, 삶의 순간들은 의미를 남기기도 하고 눈에 띄지 않기도 하면서, 잠깐씩 스쳐 지나가 사라진다. 한기주가 살아온 삶도 그런 식이었다.

차창 밖 어둠 속의 조각 풍경들처럼, 인간의 삶에서 잠깐 스쳐 지나가거나, 아예 보이지도 않는 사이에 아무도 모르게 지나가는 상황과 인연은 또 얼마나 많을까 한기주는 궁금했다. 그러다 보면, 미처 파악하거나 의식하지도 못한 사건들이 미래의 삶을 좌우하는 경우도 많았다.

어쩌면 바로 그런 식으로, 논산훈련소에서 중대장의 낮잠을 방해했던 몇 마리의 파리 때문에, 나는 지금 베트남에 와서 지압 장군을 찾아가게 되었는지도 모르겠다고 한기주는 생각했다.

*

작가가 되겠다는 욕심을 미처 실현하지 못한 채로 대학을 졸업한 다음, 영자신문에서 반 년 가량 문화부 기자로 근무했을 무렵, 한기주는 군에 입대하라는 영장을 받았다. 그는 당연히 부장에게 그 사실을 통고했다.

당시 펜클럽 회장이었던 문학비평가 백철(白鐵) 교수로부터 "영어로 소설을 쓰는 대학생"에 관한 소문을 듣고 애써 입사시키는 데 성공했던 문화부장은 난감해졌다. 수습기자 때부터 벌써 영어로 글쓰는 솜씨가 두드러졌던 한기주를 겨우 쓸 만하게 기자로서의 기초를 닦아 놓았더니, 느닷없이 입대를 시키게 되었기 때문이었다. 그래서 문화부장은, 가능하다면 계속해서 잡아 두고 일을 시키기 위해, 한기주를 군대에 보내지 말자고 사장에게 건의했다.

군장성 출신이었던 사장은 한기주를 위층으로 불러 올리더니, "군대를 가고 싶어하는 특별한 이유라도 있느냐?"고 물었다. 한기주는 "좋아서 군대에 가는 사람이 몇이나 되겠느냐"고 지극히 상식적인 대답을 했다.

한기주가 대학을 졸업할 무렵은 "저기 군인하고 사람이 간다"는 농담이 유행했던 시절이었다. 입대를 앞둔 대부분의 대한민국 청년들은, 조금만 연줄이 닿고 기회가 보이기만 하면, 너도나도 군복무를 기피하려고 열심히 노력해서, 잉크를 한 병 마신 다음에 신체검사 엑스레이 사진을 찍으면 폐결핵

환자 판결을 받아 병역이 면제된다는 따위의 온갖 가당치도 않은 '불합격 요령'이 널리 유포되었고, 병역기피가 심각한 사회문제로 대두되자 정기적으로 '기피자 자진 신고기간'이 설정되는가 하면, 백일섭처럼 튼튼해 보이는 배우들이 "멋진 사나이는 군대에 간다"고 설득하는 광고영화를 극장에서 자주 틀어주기도 했었다. 그런 세상에서 한기주는 군대를 가지 않게 해주겠다는 신문사 측의 제의를 마다할 이유가 당연히 없었다.

윗사람들이 주선해 놓은 대로 한기주는, 입대를 몇 주일 앞두고 미리 논산으로 내려가 훈련소의 정훈장교를 만났다. 어느 허름한 술집에서 소주를 곁들여 간단히 저녁식사를 하며 정훈부 김 소령은 한기주 기자에게, 수용연대에 입소한 다음 적당한 틈을 타서 의무관 이 중위를 찾아가 만나면, 신체검사에서 병종 불합격 조처를 취해 주리라고 설명했다. 징집 날짜가 되자, 신검을 끝내고 며칠 후에 다시 돌아와 기자활동을 계속할 예정으로 편집국의 책상조차 정리하지 않은 채로, 무척이나 뜨거운 6월 말 어느 날, 한기주는 다른 입소자들과 함께 한양대학교에 집합하여 입영열차를 타고 논산으로 내려갔다.

수용연대로 들어가 신체검사를 기다리며 한 주일 장정 생활을 하면서, 그는 처음 며칠 동안 의무관 이 중위를 찾아갈 생각도 하지 않았다. 어차피 병종 불합격에 병역면제가 확정된 셈이었으니, 서둘러야 할 이유가 전혀 없었던 한기주로서는 아마도 지나치게 마음이 느긋했는지도 모른다.

그리고 그 느긋한 마음은 로버트 프로스트의 「선택하지 않은 길」이 되었다.

*

사흘인가 나흘째를 수용연대에서 보내게 된 어느 날 오후, 다른 장정들이 모두 제초작업 사역을 나가고 한기주 혼자서 내무반을 지키고 앉았는데, 중대장이 들어오더니 "여기 너 혼자뿐이냐"고 물었다. 그렇다고 하자 대위는 중대장실로 따라오라고 하더니, 낮잠을 자려고 하는데 파리가 귀찮게 자꾸 괴롭히니까, 한기주더러 이 고약한 곤충들을 모두 잡아 없애라는 임무를 부여했다.

시간이 멈춘 듯 적막한 여름날, 유형지처럼 세상으로부터 외따로 격리된 훈련소에서, 아직 민간인 신분이라서 훈련복조차 지급받지 않아 평복 차림이었던 한기주는, 모래 벽돌을 쌓아올려 만든 벽이 뜨겁게 달아오른 나지막한 건물 안에서 파리 사냥을 시작했다. 중대장은 책상에 두 발을 포개어 올려놓은 채 어느새 평화로운 표정으로 달고도 맛진 낮잠이 들었다.

눈에 보이는 파리를 한참만에 다 잡아죽인 한기주는 갑자기 때아닌 갈등을 하기에 이르렀다. 그는 일을 끝냈으니 내무반으로 돌아가도 되겠냐고, 단잠에 빠진 중대장을 깨워 물어볼 입장이나 계급이 아니었다. 그렇다고 해서 파리채를 놓고 그냥 내무반으로 갔다가는, 혹시 새로 들어온 파리 때문에 낮잠이 방해를 받고 깨어나 화가 난 중대장이 쫓아와 호되게 야단을 칠지도 모를 처지였다.

어찌해야 좋을지를 몰라 파리채를 들고 한참동안 서성거리던 그는, 중대장실 밖 철조망에 갇힌 샛노란 앞마당이 땡볕에 하얗게 표백될 때까지 뚫어져라고 응시한 다음, 그의 인생과 운명의 궤도를 급회전시킬 만큼 중대한 결정을 하나 내렸다.

그는 파리채를 중대장의 책상에 내려놓고 내무반으로 돌아갔다. 어차피 입대도 하지 않고 서울로 돌아갈 몸이어서, 아직 머리도 깎지 않은 장정이었으므로, 분명히 민간인이요 신문기자의 신분이었던 한기주는, 중대장의 낮잠을 방해하는 몇 마리의 파리를 잡아야 한다는 비군사적인 임무를 수행하는 자신의 모습이 너무나 초라하게 느껴졌고, 그래서 내린 결심이었다.

그는 끝내 이 중위를 찾아가지 않고 신체검사에서 갑종 합격 도장을 손바닥에 받았다. 파리를 잡아야 하는 군대에 순간적으로 반발한 그가 역설적으로 입대를 작정했던 까닭은, 언젠가 다시 이곳으로 돌아와 파리잡기를 되풀이하고 싶지 않다는 발끈한 오기 때문이었다. 그때 한기주는 그만큼 비논리적이고 충동적인 젊은이였다.

당시 널리 알려졌던 여러 소문 가운데 하나는, 병역을 영원히 면제받으려면 병종 불합격 한 번으로 끝나지를 않고, 세 차례 신체검사를 거쳐 같은 결과가 확인되어야 한다는 얘기였다. 애초부터 적극적으로 병역을 기피하려던 계획이 아니었던 한기주로서는, 이런 정보의 정확성을 체계적으로 검토하고 정리할 기회가 없었으므로, 그는 세 차례 파리를 잡기보다는 아예 군대로 가야 오히려 현명하다는 계산을 했다.

손바닥에 "갑(甲)" 도장을 받은 다음 어느 날 오후, 연병장에 설치된 확성기 방송이 울려나왔다. 한기주 장정은 신속하게 의무관 이 중위를 찾아오라는 내용이었다.

땡볕에 한없이 펼쳐진 듯한 연병장을 가로질러 건너간 한기주에게 이 중위는 신검 전에 나를 만나라는 얘기를 못 들었느냐고 물었다.

한기주는 들었다고 했다.

그런데 왜 찾아오지 않았느냐고 이 중위가 다시 물었다.

한기주는 도장이 찍힌 손바닥을 보여주었다.

결과적으로 상부의 지시를 어긴 셈이 되었던 이 중위는 기가 막히다는 듯 험악한 표정으로 한기주를 한참 노려보더니 소리쳤다.

"가!"

*

지금 가만히 생각해 보면, 한기주가 그날 당당하게 군대를 다녀오자고 결심했던 까닭은 어쩌면 파리 사냥을 세 번이나 해야 한다는 계산 때문만은 아니었는지도 모를 일이었다. 그렇다고 해서 각별한 애국심이나 정의감 같은 추상적인 관념 때문도 아니었다. 그보다는 그에게 따로 믿는 구석이 있었다.

그는 신체검사보다 훨씬 전에 병무청에서 실시하는 지능검사를 마포중학교에 가서 받았는데, 여기에서 IQ가 138점이라는 판정을 받았다. 그래서 그는 '병과'가 07 정보로 분류되었다. 따라서 그는 군대에 가더라도 HID 같은 정보기관에서 편안하게 사복 근무를 하게 되리라고 벌써부터 상상했었다. 그렇다면 비굴하게 기피자가 되어 찜찜한 생애를 보내느니보다는 떳떳한 시민이 되는 편이 훨씬 바람직했다.

어쨌든 서울로 돌아가지 않고 논산에서 훈련병이 된 그는, 땡볕에서 총검

술과 PRI 훈련을 열심히 4주일 동안 받은 다음 배출대로 가서, 영천의 정보 학교로 명이 나기를 기다렸다. 하지만 하루 이틀이 지나고, 한 주일 두 주일 이 흘러가고, 함께 훈련을 받은 1146 군번이 모두 다 배출된 다음에도, 그에 게는 좀처럼 특명이 나지를 않았다.

논산을 벗어나지 못한 한기주는 어쩐 일인가 싶어서 다른 배출병들에게 의견을 물어보았다. 그들은 한기주더러 지나치게 순진하다고 그랬다. 그에 게 배정된 정보학교 TO가 내려오면, 보나마나 뒷구멍으로 돈을 쓴 다른 훈 병들이 대신 팔려가는 모양이라면서, 그들은 한기주더러 3천 원만 찔러주면 당장 정보학교로 가게 되리라고 했다. 하지만 한기주는, 정당하게 이미 받아 놓은 병과여서 당연히 정보학교로 가게 될 텐데, 돈을 써서 부정을 범할 이 유가 없다고 믿었다. 지금으로부터 40년 전, 1960년대 어수룩한 시대에, 젊 고 고지식한 한기주는 그렇게 끝까지 악착같이 버틸 정도로 세상물정을 알 지 못했었다.

*

훈련소에서 기다리고 기다리다 지쳐 답답한 기분에, 어디로라도 좋으니 어서 배출만 되었으면 좋겠다는 생각이 들 즈음에야 그는 명을 받았다. "강 원도 감자바위" 동부전선으로 배치되는 관문이어서, 아무도 가기 싫어하는 춘천의 제3 보충대가 전출지였다.

배경이 좋은 '시민증'은 웬만큼 기운을 쓰면 모두 후방으로 빠지고, 지지 리 요령이 없는 '도민증'들만 전방으로 끌려간다던 시절에, 그는 이렇게 해 서 북행 군용열차에 실려, 동부전선으로 갔다.

양구의 제2사단 보충대에서 712 무전병 주특기를 받은 그는, 일반 차량은 출입이 안 되어 부식 보급 차량이 유일한 교통수단이었던 전방까지 북으로 북으로 올라가서, 이북 방송이 들려오는 UN고지를 넘어, 방산의 622 포대로 흘러갔다.

그가 대대장 무전병 노릇을 하는 기간 동안, 622 포대 본부에는 서울 출신 의 일반병이라고는 한기주 한 사람뿐이었으며, 대학 졸업생 역시 한기주 혼자였다. 그리고 그때까지도 신문사와 집에서는, 그가 집으로 돌아오지 않고 입대했다는 편지를 받고, 도대체 어떻게 된 일인지 그 영문을 알지 못했다.

둘   나사못

하노이에서 보응웬지압 장군을 만나 인터뷰를 하게 될 경우를 위해 미리 공부를 하느라고, 영문판『지압 장군의 문집(Vo Nguyen Giap: Selected Writings)』을 자리에 누워 읽다가 깜박 잠이 들었던 한기주는, 움직이던 기차가 갑자기 멈추는 바람에 깨어났다.

부스스 몸을 일으켜 바깥을 내다보니, 어둠 속에 웅크린 자그마한 역사(驛舍)의 박공(愽栱)에 내걸린 이름은 '탑짬'(Tháp Chàm, 塔藍)이고, 시계는 새벽 1시 5분이었다. 그는 어느만큼 왔나 궁금해서 앞에 놓인 지도로 지명을 확인해 보았다. 그가 잠든 사이에 기차는 호치민으로부터 동진(東進)을 계속하여, 남지나해 바닷가에서 처음 만나는 도시 판띠엣(Phan Thiët)을 어느새 통과해 버리고는, 두세 시간이나 해안을 따라 북으로 올라와 버렸다.

이미 한기주는 과거의 전쟁터로 들어왔다. 백마부대의 작전지역(TAOR)에서 30연대가 주둔했던 최남단 해안 도시 판띠엣을 한기주는 오작교작전 때 ABC-TV의 루 치오피(Lou Cioffi) 도쿄 지국장 일행을 안내하느라고 함께 내려왔었다.

사이공 역에서 출발하기 전 기차 안에서 지도를 살펴보던 한기주는, 낯익은 지명 판띠엣을 보고, 문득 '판띠답'이라는 비슷한 이름이 생각났었다. 그래서 한기주는 소설『하얀 전쟁』에도 그가 등장시켰던 "미스 베트콩" 판띠답의 얘기를 연출자에게 대충 해주었고, 이상희는 닝화에 가서 그녀를 찾아내어 한기주가 만나면 좋은 그림이 나올 듯싶다는 제안을 내놓았다. 명월이는 시간이 너무 촉박해서 미스 베트콩을 찾아내기는 어렵겠다고 하면서도, 하노이 사무실의 직원을 시켜 칸호아성(Khánh Hóa 省)에 일단 확인하도록 연락을 취해두었다.

전쟁터에서 이루어진 여자 베트콩과 한기주의 우발적인 만남. 인간의 삶에서는 수많은 우발적인 만남이 발생하고, 그런 만남은 대부분 잠시 이어지다가 갖가지 아쉬운 잠재성을 미완성으로 남겨둔 채 영원히 사라져 잊혀지기가 보통이었다. 하지만 일부러 찾아나서는 소중한 첫사랑처럼 어떤 만남은 망각 후에 재회로 이루어지기도 했다. 한기주는 우발성이 지나치게 강했기 때문에 판띠답과의 재회가 이루어질지는 알 길이 없었지만, 때로는 불가능한 재회도 이루어지기는 했다.

논산훈련소 김 소령과의 재회가 바로 그런 경우였다.

＊

정훈장교 김 소령과의 병역기피 음모가 훈련소 중대장의 낮잠을 방해한 파리들 때문에 미수로 그친 다음, 제2 사단 622 포대의 무전병이 된 한기주의 졸병시대는 외롭고도 무료한 생활의 연속이었다.

다른 병사들이나 마찬가지로 한기주 이등병은, 강원도 양구군 UN고지 너머 산골에서, 날이면 날마다 파리잡이보다 조금도 나을 바가 없는 사역을 나갔다. 감자밭이나 무밭에서 잡초를 제거하는 김매기 정도는 어릴 적 여름방학 때마다 외할머니집에 놀러가 자주 했던 일이어서 그나마 손에 익었지만, 어쩌다 지게를 지고 산으로 나무를 하러 가면, 도시인인 한기주는 늘 웃음거리였다. 순식간에 웅장하게 땔감을 지게에 수북이 쌓아올린 '시골아이'들은 군불거리밖에 안 되는 한기주의 빈약한 나뭇단을 보고는 "한심한 고문관"이라면서 혀를 찼다. 그리고 한 사람이라도 빗자루만한 '불량' 나뭇단을 가지고 그냥 돌아갔다가는 단체기합이 빤한 일이어서, 고참들이 대신 굵직한 나뭇가지들을 꺾어다 한 이병의 지게에 얹어주게 마련이었고, 그럴 때마다 그는 자신의 가치가 얼마나 왜소해졌는지를 뼈저리게 느꼈다. 고참들이 "너보다 총이 훨씬 더 크다"며 웃어대던 M-1 소총을 끌고 다니면서도 그는 전쟁의 무기에 대한 열등감에 시달렸고, 이렇듯 무기력하기 짝이 없는 생활이 한 달쯤 지나고 나니, 아침이면 철모에 받아놓은 세숫물에 금방 살얼음이 성길 정도로 춥고 빠른 전방의 겨울이 닥쳐왔다.

후방은 아직 단풍 보기가 즐거운 가을인데, 양구군 방산리에는 어느새 눈이 내렸고, 차가운 무전차 바닥에 매트레스만 깔고 자면서 지내던 한기주는 사타구니에 옴이 올랐으며, 규칙상으로 야간에는 절대로 무전차를 비우면 안 되는데도 내무반 고참순으로 근무를 빠지는 바람에 밤마다 그가 대신 자리를 채우느라 산골짜기 탄약고(彈藥庫)로 올라가 두 시간씩 보초를 섰다.

창백한 보름달의 얼굴이 날카로운 성에의 무늬로 얼어붙는 듯싶은 밤 추위에 온몸이 죄어들며, 산등성이를 두툼하게 뒤덮은 백설을 달빛이 파랗게 비추는 한밤중에, 싸리비처럼 가지만 앙상하게 남은 나무들이 옹기종기 몰려선 골짜기를 둘러보며, 주변에 아무도 없는 적막한 산 속에서, 얼음 덩어리 같은 소총을 들고 검불을 깐 참호 속에 들어가 앉아, 매섭게 엉겨붙어 고드름이 되고 싶어하는 콧물을 코끝에 달고, 수많은 영화에서 걸핏하면 특공대의 표적이 되어 터져나가는 탄약고들의 폭파 장면을 줄줄이 머릿속에 되새겨가며, 한기주는 거대한 조직의 한낱 소모품이 된 자신의 모습을 의식했다.

"사나이로 태어나서 할 일도 많다만"이라는 멋진 군가에서 제시하던 "나라를 지킨다"는 의무에 관한 추상적인 관념은 제쳐두더라도, 남다르게 충일한 삶을 살아보겠다던 대학시절의 포부와 야망과 욕심이 휴지(休止)를 맞아, 위대한 생애의 설계가 불가능한 존재가 되어, 여태껏 도모했던 모든 꿈이 동결되어 가사상태로 들어갔다는 좌절감을 이렇게 절실하도록 느끼는 순간이면, 한기주는 낭비되는 인생이 줄줄 어디론가 흘러가는 소리가 귓전에 들려온다는 환청에 빠졌고, 이래서 웬만하면 사람들이 군대에 오지 않으려고 모두들 그렇게 야단들이구나 뒤늦게 깨달았으며, 차라리 수용연대에서 두어 차례 파리를 더 잡는 편이 훨씬 현명했을 텐데 왜 나는 그토록 셈을 할 줄 몰랐을까 때늦은 후회까지 되었다.

그의 인생은 겨울밤 탄약고에 갇혀 정말로 대책이 서지를 않았다.

어느 날 통신장교 박 대위가 한기주 이등병을 불렀다. Q-2 a.m. 무전기의 나사 몇 개가 빠져나가 없어졌는데, 사단사령부에 정식으로 신청하면 복잡한 절차를 거쳐 부품이 내려올 때까지 한 달이 걸릴지 두 달이 걸릴지 모르겠으니, 차라리 서울에 사는 네가 동대문시장에 가서 사오는 편이 훨씬 빠르겠다며, 박 대위는 한기주에게 한 주일 특별 휴가를 얻어 주었다.

드디어 강원도 산골의 무전차로부터 탈출하여 상경할 기회를 얻은 한기주 이등병은, 집으로 돌아와 사복으로 갈아입고는 삼각지 육군본부로 찾아가서, 아직 시효가 남은 영자신문 〈리퍼블릭〉의 기자증을 헌병초소에 제시하고는, 대한민국 모든 장병의 전출입을 총괄하는 최고책임자인 부관감 엄기표 준장에게 인터뷰를 신청했다.

신문기자가 무슨 일로 부관감과 인터뷰를 하고 싶어 찾아왔는지 영문을 알지 못해 어리둥절해진 엄 준장에게, 한 이병은 방으로 들어서자마자 다짜고짜 거수경례를 붙이고 관등성명을 밝힌 다음, 전출을 시켜달라고 요구했다. 이유는 간단했다. 한기주는 대학을 다니는 동안 영어로 장편소설을 일곱 편이나 썼으며, 입대 직전까지 영자신문에서 기자활동을 했는데, 대한민국에서 가장 훌륭하게 영어 문장을 구사하는 이런 뛰어난 병사를 보다 적성이 맞고 중요한 무슨 일을 맡기는 대신 지금처럼 UN고지 너머 최전방 산골 탄약고에서 보초나 서는 무전병으로 썩혀 둔다면, 그것은 단순히 한기주 자신뿐 아니라 육군이나 대한민국을 위해서도 대단한 낭비라고 설명했다.

한기주가 이토록 당돌한 주장을 했던 까닭은 자신에 대한 과대망상적이며 유아독존적인 착각이 진실이라고 철석같이 믿었기 때문이었다. 지금 생각해 보면 참으로 황당하고 기가 막힐 이등병의 요구였겠지만, 그래도 어쨌든 엄 준장은 잠시 무엇인가 생각해 보더니, ROKA 전화로 참모총장실 수석부관 한상국(韓相國) 대령을 호출했다. 엄 준장은 한 대령이 육군에서 영어 실력이 최고라지만, 여기 대한민국에서 영어가 최고라고 주장하는 병사가 나타났는데, 한 번 만나보겠느냐고 웃으면서 물었다. 그리고는 목소리를 죽이더니,

총장실 TO를 채웠느냐는 질문도 했다.

부관감실에서 옆 건물 참모총장실로 찾아간 한 이병에게 한 대령은 영문 타자를 칠 줄 아느냐는 질문부터 했다. 당시에는 타자법이 학원에 다니며 따로 배워야 하는 전문적인 기술이었고, 여성들에게는 '타이피스트'가 선망의 직업으로 여겨지던 시절이기도 했다.

하지만 몇 년째 영어로 소설을 써온 한기주에게 그것은 물어볼 필요도 없는 기본적인 조건이었다. 이어서 한 대령은 한 이병에게 〈조선일보〉의 사설 하나를 골라 전문을 번역해 보라고 시켰으며, 〈타임〉지에서 의학(medicine) 기사를 읽은 다음 요약해서 영어로 얘기해 보라는 따위의 몇 가지 시험을 보았다. 하지만 이런 부수적인 시험은 자칭 "한국 최고의 영어 실력"을 뽐내려던 병사에 대한 쓸데없는 호기심을 충족시키기 위해서 거친 장난스러운 절차였을 따름이었고, 참모총장실에서 필요로 했던 TO는 타자병이 고작이었다.

무전병으로 주특기가 고정되면서 2급 군사비밀 취급 인가까지 났던 한기주로서는 총장실에서 '타이피스트'로 근무하는 데 아무런 결격 사유가 없었다.

*

훈련소 중대장의 낮잠을 방해하던 몇 마리의 파리와 무전기에서 빠져나간 몇 개의 나사못이 설정한 운명에 따라, 한기주는 육본 전통(電通)이 UN고지를 넘어 일선 포대에 다다른 한 달 후, 1965년 초겨울 어느 날 육군본부로 명을 받아 보급차를 타고 방산 골짜기에서 양구로 빠져나왔다.

추위와 때에 찌들고, 사타구니에는 옴이 오른 몸으로, 그는 경춘선 열차를 타고 상경하여, 설레는 마음으로 삼각지 육군본부에 입성했다.

이때부터 그는 낮이면 지게를 지고 나무를 하러 다니다가 밤이면 탄약고에서 보초를 서던 '충실한 군복무'를 마감하고, 미 8군사령관이나 각국 외교관 및 미국 군부의 고위층과 대한민국 육군 참모총장 김용배 대장 사이에 오가는 온갖 편지를 타자로 정리하며 낮시간을 보냈다.

그만하면 참으로 할 만한 군대생활이었다.

그것이 전부가 아니었다. 당시 참모총장실에서는 선임하사와 당번병들을 포함한 모든 병사가 장교처럼 멋진 카키복 차림으로 근무했으며, 고된 내무반 생활도 면제되어 총장 사무실에서 야전침대를 펴놓고 잠을 잤다. 그들은 저녁이면 외출도 비교적 자유로웠고, 한기주는 낮에 군용으로 사용하던 최고급 IBM 전동타자기를 밤이면 개인용으로 전용하여, 대학시절부터 써오던 영문 소설 『은마는 오지 않는다』의 원고를 추고하고 손질하며, 아직도 미련을 버리지 못한 글쓰기를 다시금 계속하게 되었다.

그만하면 참으로 살 만한 인생이었다.

그리고 환경이 개선되고 났더니, 훨씬 더 많은 가능성이 보이기 시작했다.

＊

대한민국 육군 일등병 타자수에게 맡겨진 임무라면, 조금이라도 비중을 지닌 군사기밀 문건하고는 거리가 먼, 예전(禮典)적인 편지를 정리하는 단순노동이 고작이었다. 파티에 초대해 줘서 고맙다는 뜻을 유엔군 총사령관에게 전하는 따위의 비슷비슷한 내용에, 상대방의 이름과 직위와 계급을 나타내는 몇 단어만 바꿔 넣은, 지극히 규격화한 판박이 편지 몇 장을 타자로 말끔하게 만들어 놓으면, 하루의 일과가 끝났다.

이렇게 업무량이 많지 않아 상대적으로 한가한 여유가 넉넉했던 한기주는, 따로 할 일이 없을 때면 타자기 앞에 앉아, 날마다 사무실에 배달되는 미국판 '전우신문'인 〈성조지(星條紙, The Stars and Stripes)〉를 읽고 또 읽으며 수많은 시간을 보냈다. 심심풀이로 보는 만화와 글자맞추기(crossword puzzle)뿐 아니라, 세계적인 필진이 집필하는 정치·경제·군사·외교·문화·연예를 다루는 온갖 유명한 고정란을 날마다 열심히 탐독하느라고, 그는 늘 영어 속에 파묻혀 살다시피 했다.

그러다가 언제부터인가 〈성조지〉에 연재가 시작된 톰 티디(Tom Tiede)의 고정란 「베트남 통신(Dateline Vietnam)」은 한기주에게 놀랍고도 새로운 하나의 세계를 보여주었다.

티디는 뉴욕의 NEA(Newspaper Enterprise Association) 통신사에서 본디 체육기자였다가, 언론인 경력 겨우 6개월 만에 "티디식 글쓰기(the Tiede touch)"를 윗사람들로부터 인정받았다. 말하자면 육체적인 운동을 정신적인 예술성과 교묘하게 접목시켰기 때문이었다. 그의 글쓰기는, 한국의 "스포츠 신문"이 즐기는 저속하고 조잡한 말장난이 아니라, 진지하고 문학적인 작업이었다.

그런 공적에 힘입어 그는, 스물여덟이라는 젊은 나이에, 세 명의 경쟁자를 물리치고 베트남전 특파원으로 발탁되었다. 존슨 대통령의 적극적이고 본격적인 베트남전 개입에 때맞춰 1965년 10월 베트남으로 간 그는, 맹목적이고 저속한 애국심에 도취하여 어떤 패배도 인정하지 않으려는 유치한 승전 보도의 일방적 시각을 벗어나, 고질적인 선무공작(宣撫工作)의 수준과 차원을 넘어, 가장 앞줄에서 발로 싸우는 전투병들을 주인공으로 삼는 전쟁문학 형식을 제시했다.

제2차 세계대전에서 어니 파일이 처음 시작한 인간적 보도를 발전시킨 그는 곧 미국 전역에서 엄청난 호응을 받았으며, 이듬해 1월 어니 파일 기념상 (the Ernie Pyle Memorial Award)을 수상했다.

▲ 톰 티디(인물사진)의 「베트남 통신」을 책으로 묶어서 출판한 『전장의 병사들(Your Men at War)』은 전쟁 취재를 위한 교과서 노릇을 했고, 그래서 표지가 닳아 떨어져나갈 때까지 읽고 또 읽어야 했다.

*

한기주가 열심히 기다려 매주일 꼬박꼬박 찾아 읽었던 〈성조지〉의 「베트남 통신」은, 연재를 처음 시작하면서 톰 티디가 스스로 밝힌 "전쟁과 인간을 보는 눈"부터가 예사롭지 않았다.

　　내가 쓰는 글에서 혼란스러운 베트남전에 대한 시원스러운 해답을 찾으려고 해서는 안 된다. 나는, 낯익은 환경으로부터 멀리 떨어진 이곳으로 와서, 썩어가는 밀림 속에서, 고향 사람들은 아직 제대로 이해하지 못하는 원칙들을 지키기 위해 싸우다가 죽어가는 병사들에 대해서, 내가 느끼는 외경심을 어느 정도나마 독자들에게 전하고 싶을 따름이다.

　　베트남으로 온 미군 병사는 105밀리미터 곡사포의 포성 속에서 트랜지스터 라디오로 락앤롤을 듣는다. 그는 그렇고 그런 점수를 받고 고등학교를 졸업한 지가 채 1년도 되지 않았고, 해외 복무를 위해 떠날 무렵에는 여자친구와 헤어졌으며, "남들이 다 그러기 때문에," 그리고 시원하기 때문에, 맥주 마시기를 배웠다. 그는 C-레이션에서 공짜로 나오기 때문에, 그리고 역시 남들이 다 그러기 때문에, 담배를 배웠다.

　　그는 아직도 철자법을 잘 몰라서 집으로 편지를 쓸 때마다 애를 먹는다. 하지만 그는 총기를 30초 안에 분해하고, 29초 만에 재결합한다. 그는 파쇄 수류탄의 재원을 거침없이 설명하고, 기관총의 작동법도 잘 알며, 필요한 경우가 닥치면 그런 무기를 스스로 사용한다.

　　그는 지금까지 살아온 짧은 기간에 비해서 지나치게 많은 고통을 직접 보았다. 그는 시체더미를 여럿 보았고, 직접 쌓아올리기도 했다. 그는 남몰래, 그리고 남들이 보는 앞에서도 흐느껴 울었고, 두 가지 경우에 모두 그가 창피하다고 느끼지 않았던 까닭은, 목숨을 잃은 사람들이 바로 그의 전우였으며, 자신도 죽음의 문턱까지 갔었기 때문이었다.

　　그는 목마른 전우에게 자신의 물을 나눠주고, 배고픈 전우에게 식량을 나눠주고, 목숨을 건지기 위해서 싸우는 전우에게 탄약을 나눠준다.

그는 민간인 두 사람 몫의 일을 하고, 봉급은 반 사람 몫을 받으며, 그런 상황을 무척 해학적이라고 생각한다. 그는 두 손을 무기처럼 사용하는 방법을 배웠고, 무기를 손처럼 사용하기도 한다. 그는 인간의 목숨을 구하기도 하고, 지극히 당연한 일이지만, 인간을 죽이기도 한다.

나이는 열여덟하고 6개월.

그리고 그는 이미 성숙할 대로 성숙했다.

셋 헤밍웨이 흉내내기

몇 년 동안 무척 열심히 영어로 글쓰기를 했어도, 기대하고 예상했던 바와는 달리, 미국의 출판사들 그 어느 곳에서도 그의 소설을 받아주지 않아 별다른 결실을 거두지 못한 채로 대학을 졸업한 한기주는, 톰 티디의 글에서 새로운 가능성을 발견하고 위안을 얻었다. 전쟁보도가 훌륭한 장편소설(掌篇小說, conte)의 형태를 취하기도 한다고 믿어서였다.

티디가 쓴 기사들은 길이가 5백 단어 가량 되었고, 한 편의 글에서는 하나의 독립된 상황이나 주제를 소개했다. 그리고 거기에 등장하는 주인공의 개성은 어느 소설의 등장인물 못지않게 뚜렷했다.

예를 들어, "이쑤시개처럼 깡마른" 에드 페런스(Ed Ference) 병장은 "제대를 했다가, 아내와 이혼하는 과정을 거치며, 민간인 세상이 너무 정신없다는 생각이 들어 재입대"를 했으며, "다시 금주령(the Prohibition) 시대가 올까 봐 걱정이라도 되는지 엄청나게 술을 많이 마셔대는" 고참병이었다. 그는 전투 중에 "총에 맞을까 봐" 걱정하는 신병에게, "맥주 한 병을 내면 너를 무사히 후송시켜 주겠다"고 약속했다. 그리고 고무나무 숲에서 전투가 벌어졌을 때, '이쑤시개'는 신병을 구해 주고는 맥주 한 병을 받아먹지 못했다. 총을 맞아 전사했기 때문이었다.

테리 힌슨(Terry Hinson) 일병은 나이가 너무 어려 수염이 별로 나지 않아서 면도날 하나로 1년을 버틸 정도였다. 그는 겨우 열일곱 살이었지만, 벌써 십여 차례의 전투를 거치면서, 두 명의 적을 사살했다. 그리고 옆에서 죽어가는 전우를 너무나 많이 보았기 때문에 밤에는 잠을 자지 못했다. 잠이 들면 꿈을 꿀까 봐 무서워서였다.

그리고 톰 티디는 군목(軍牧) 짐 허친스(Jim Hutchins) 대위의 답답한 심정을 이렇게 전했다.

전투가 벌어지기 전에, 신앙이 돈독한 자들과, 회의적인 병사들과, 그냥 겁이 난 장병들은 너도나도 기도를 드리는데 ─ 그들은 종교가 저마다 달라서, 기도를 드리는 방법도 저마다 달랐다.

그들은 용기를 달라고, 보호를 해 달라고 기도를 드렸다. 그들은 생명 자체를 달라고 기도했다.

그들은 하나님이 전쟁에 끼어들기를 바랐고, 하나님이 그들과 함께 싸워주기를 바랐고, 한쪽 전투병들에게는 용기를 주되, 다른 편에는 그러지 말라고 기도했다. 그들은 하나님이 편을 들어야 한다고, 그들의 편을 들어야 한다고 기도했다.

그리고 톰 티디는 전투에서 열다섯 명의 부하를 잃고, 그들의 가족에게 편지를 써야 하는 중대장 레이 네이돌(Ray Nadal) 대위의 답답한 심정을 이렇게 전했다.

열다섯 명의 전사자. 그들이 남긴 가족.

"대단히 가슴이 아픈 일입니다." 대위는 계속해서 편지를 써내려갔다. "전투 중에…… 죽음을 맞아야 했던 상황을…… 사실대로 자세히 알려드려야 할…… 책임을 느껴서……."

하지만 몇 마디 형식적인 어휘가 무슨 소용이겠는가?

아내는 남편을 원하고, 부모는 자식을 원할 따름인데.

*

톰 티디의 글을 하나씩 읽어가는 사이에 한기주의 마음속에서는 슬그머니 '작가'보다 '종군기자'라는 명칭이 훨씬 더 매혹적인 어휘라고 여겨지기 시작했다.

전쟁을 찾아다니는 사람들.

문학적 용병(傭兵).

어떤 면에서 종군기자는, 직업적인 전투 집단의 보호를 따로 받지 못하기 때문에, 군인보다도 죽음의 위험에 훨씬 더 많이 노출된 직업이라고 한기주는 생각했다. 그리고 젊은 영웅심에서 그는 어느 정도의 건강한 공포와 긴장을 사나이다운 멋과 덕목으로 삼고 싶어졌다.

그는 군에서 제대를 하고 신문사로 돌아가면, 베트남 특파원으로 보내달라고 지원하리라는 상상도 했다. 그리고 내가 갈 때까지는 베트남에서 전쟁이 끝나지 않아야 한다는 지극히 영화(映畵)적인 소망까지 키웠다.

입대 전에 이미 경험한 반 년 동안의 기자생활을 수련기간으로 삼아서, 만일 전쟁을 공부할 기회가 그에게 주어지기만 한다면, 단순한 소설쓰기보다는 종군기자로서의 체험을 미래의 작품에 함께 담아 보리라는 낭만적인 욕심도 모락모락 자라났다. 삶과 죽음 앞에 벌거벗고 선 인간의 모습을 직접 관찰한다면, 그것이 작가에게는 큰 재산이 되리라는 계산에 따라서였다.

아마도 그것은 한기주가 톰 티디와 겨우 세 살밖에는 나이가 차이나지 않는다는 무의미한 사실에서 비롯된 망상이었는지도 모를 일이었다. 언젠가 사무실에서 수행부관 이 대위가 다른 장교들과 잡담을 나누다가, 박정희 대통령이 "내 나이에 대위였으니까, 나라고 해서 나중에 대통령이 되지 말란 법은 없지 않느냐"라고 사뭇 진지하게 말했을 때, 사람들이 참으로 엉뚱한 이유에 고무되어 착각에 빠지는구나 하고 한기주는 은근히 속으로 비웃기까지 했다. 하지만 그는 티디와 자신을 동일시하려는 충동만큼은 착각이라고 생각하지 않았다.

물론 해외특파원이 되려면 얼마나 많은 경험과 경력을 쌓아야 하는지 그는 아직 현실을 잘 몰랐다.

*

한기주는 무턱대고 종군기자가 되기 위한 준비를 시작했다.

언제 찾아올지 모르는 기회에 미리 대비하기 위해서, 어쨌든 자격과 준비는 미리미리 갖춰둬야 하겠다는 생각에, 그는 종군기자로 일했던 작가들의 생생한 전쟁 체험이 담긴 현장 기록을 찾아 차근차근 읽어내는 공부를 시작했다.

전쟁터에는 아직 갈 수가 없었기 때문에, 우선 타인의 글을 통해서라도 간접 체험을 얻기 위해, 한기주가 선택한 첫 교과서는 어니스트 헤밍웨이였다. 헤밍웨이는 열여덟 살의 나이에 유럽으로 건너가, 제1차 세계대전 중에 프랑스군과 이탈리아군 소속의 구급차 운전병으로 복무하다 중상을 입었고, 에스파냐 내전에서도 전쟁의 체험을 쌓았다. 그리고는 제2차 세계대전이 터지자, 그는 캐나다의 〈더 토론토 스타(The Toronto Star)〉 특파원이 되어 본격적으로 종군기자 활동을 개시했고, 이때 헤밍웨이가 발표한 글들은 훗날 『종군의 기록(By-line)』이라는 책으로 엮어져 나왔다.

대학시절 한기주의 글쓰기 훈련 자체에서도 헤밍웨이는 첫 번째 교과서였다. 한국의 삶과 생각을 영어로 담아 서양에 전하고자 했던 한기주는, 주인공 설정에서부터 상황의 구성과 갈등구조의 전개에 이르기까지, 모든 면에서 서양 화법의 원칙과 공식을 따라야 했다. 동양의 주제라는 음식을 서양 언어와 형식이라는 그릇에 담아 전달해야 하는 부담을 심하게 느꼈던 한기주로서는, 많은 체험을 거친 다음 빙산처럼 지극히 작은 부분만 작품으로 빚어 보여줘야 한다는 헤밍웨이의 사상이, 동양적 절제를 표현하는 이상적인 방식이라고 해석했기 때문이다.

마치 글을 쓰기 위해 모든 상황을 일부러 체험하며 존재했던 듯싶은 헤밍웨이는 대부분의 사람들이 살아가는 인생이란 그 자체만 놓고 보면 그리 대단한 '작품'이 아니라고 믿었다. 사랑과 불륜은 모두가 문학이며, 소설을 쓰기가 쉽다고 착각하는 많은 사람들과는 달리, 대부분의 인생이 참 시시하다고 생각하던 헤밍웨이는 『위대한 개츠비(The Great Gatsby)』의 작가 스캇 핏제랄드(F. Scott Fitzgerald)의 감각적인 글쓰기에 대해서도 이렇게 가혹한 평을 할 정도였다.

"모든 사람의 인생은 끝이 다 똑같으며, 어떻게 살다가 어떻게 죽느냐 하는 자질구레한 과정과 배경만이 서로 다를 뿐이다. ……동작(movement)과 행동(action)을 혼동하지 말아야 한다. ……작가라는 사람이 어떻게 자신의 개인적인 비극을 놓고 피눈물을 흘린다는 말인가? 진지한 작가라면 본격적인 글을 쓰기 전에 겪었던 정말로 크나큰 아픔을 고마워할 줄 알아야 한다. 일단 아픔을 극복하고 나면 글을 쓸 재산이 생기고, 그런 다음에는 실험실에서 일하는 과학자처럼 글을 써야 한다. 속이거나 과장을 해서는 안 된다. 아픔을 정직하게 절개(切開)해야 한다."

그래서 헤밍웨이는 체험(모험)을 적극적으로 찾아다녔으며, 남들이 보지 못하는 '얘기'를 찾아내는 사냥감각을 동원하여, 전쟁터에서 단편소설처럼 기사를 써냈다.

한기주도 그런 체험을 하고, 그런 글을 쓰고 싶었다.

*

어느 날, 진정한 문인이 되고 싶기는 하지만, 선뜻 문학에 모든 인생을 걸 용기가 나지 않는다고 고백한 젊은 전기작가 핫치너*에게 헤밍웨이는 함께 술을 마시면서 이런 고백을 했다.

"글쎄, 힘든 도박이기는 해. 내면의 잠재력을 실제로 꺼내보기 전에는 아무도 자신의 능력이 어느 정도인지를 알지 못하니까. 꺼내 봤더니 능력이 빈약하거나 아예 없으면 그 충격은 죽고 싶을 지경이지. 나도 도전을 벌이던 초기에, 본격적인 창작을 하려고 〈더 토론토 스타〉의 특파원 일을 그만두고

---

*A. E. Hotchner, 『파파 헤밍웨이(Papa Hemingway, 1966)』를 출판하기 전에 그는 소설 『위험한 미국인(The Dangerous American, 1958)』과 1964년 헬렌 헤이스가 주연을 맡은 희곡 『백악관(The White House)』을 발표했다.

나서, 고생이 무척 심했다네. 오랫동안 못마땅하게 생각했던 저널리즘을 마침내 때려치우고, 나 자신에게 약속했던 좋은 글을 쓰기 시작하면서부터 말야. 몽마르뜨르 목재소 위쪽 내가 살던 썰렁한 방*의 편지 투입구로 거절당한 원고가 날마다 되돌아왔어. 마룻바닥에 툭 떨어진 원고에는 게재를 거절한다고 통보하는 내용을 인쇄한 지극히 야만적인 종이쪽지가 하나 덧붙어왔지. 배고픈 시절에는 거절 통지서(rejection slip)가 아주 고통스럽게 여겨졌고, 그래서 가끔 난 낡은 나무 책상에 앉아, 내가 신념과 애정을 가지고 무척 열심히 힘들여 쓴 단편소설에 덧붙여 보낸 매정한 쪽지를 보면서, 나도 모르게 눈물이 쏟아지고는 했어."

"선생님이 우는 모습은 전 상상이 가지 않는데요." 핫치녀가 말했다.

"나도 울 줄 안다네." 헤밍웨이가 말했다. "상처가 크면, 나도 울어."

한기주는 노벨문학상 수상자인 헤밍웨이까지도 작가가 되기 위해서 그토록 힘든 길을 갔다는 데 대해서 크게 위안을 받았고, 그래서 좀더 인내심을 갖고, 헤밍웨이처럼 우선 종군기자가 되어 전쟁의 체험을 얻어야 되겠다고 작정했다.

몽유(夢遊)는 그렇게 계속되었다.

*

소설쓰기의 가장 좋은 훈련 방법이 저널리즘이라고 믿었던 어니스트 헤밍웨이가 〈더 토론토 스타〉의 특파원 시절 전쟁에 대해서 어떤 식의 글을 썼는지는 전기작가 핫치녀에게 그가 스스로 털어놓은 얘기를 들어보면 쉽게 이해가 갔다.

"다른 사람들이 내 글을 훔쳐가는 바람에 난 항상 골치가 아팠어. 제2차 세계대전 중에 난 오래전부터 알고 지내던 어느 기자와 꽤 자주 함께 취재를 다녔지. 친구라면 당연히 그래야 하듯이 난 그 친구에게 속얘기를 많이 털어놓았어. 어느 날 술을 마시면서 난 그에게 전투지에서는 가축의 본능적인 반

---

* 헤밍웨이는 1920년대를 빠리에서 가난하게 보내며 창작생활에 열중했다.

응이 최고의 공습 경보 노릇을 한다는 얘기를 했지. '소떼를 잘 살펴보면, 아무 소리도 우리 귀에는 아직 들리지 않아도, 비행기들이 날아온다는 사실을 알게 돼.' 내가 말했어. '소들이 풀을 뜯다가 갑자기 동작을 중단하고는 몸이 굳어버리거든. 소들은 공습이 시작되리라는 걸 사람보다 먼저 알아.'

며칠 후에 나는 소 얘기를 내가 해준 기자에게 다른 특파원들이 칭찬해 주는 소리를 들었어. 무슨 일이냐고 내가 물었어. '이 친구가 비행기에 대해서 소들이 어떤 반응을 보이는지에 대한 기막힌 기사를 썼더구먼.' 어떤 녀석이 나한테 알려주었어. 나중에 알아봤더니, 내가 송고할 기사에 쓰려고 계획했던 내용 가운데 상당 부분을 벌써부터 그놈이 내 머릿속에서 훔쳐다가 자기 연재물에 써먹었던 거야. '야, 이 자식아.' 내가 그 친구에게 말했지. '한 번만 더 나한테서 정보를 도둑질해 가면 내 손에 죽을 줄 알아.' 이틀 후에 그 녀석은 태평양 전투지역으로 옮겨가더구먼.

또 어떤 '이름'난 기자 한 놈은 내가 쓴 기사가 나오기 무섭게 등장인물들의 이름과 장소만 바꿔놓고는 내가 받는 원고료보다 더 많은 돈을 받고 냉큼 다른 곳에 팔아먹고는 했어. 그래서 난 그놈을 혼내 줄 묘안을 생각해냈지. 난 2년 동안 기사를 쓰지 않았어. 그래서 아마 그 자식 굶어 죽었을걸."

간결하고도 탄력이 강한 글을 쓰기 위한 가장 좋은 훈련기간이 기자생활이라는 헤밍웨이의 경험담을 믿고, 기회가 생기자마자 신문사로 들어갔던 한기주는, 언젠가 자신도 그런 회고담을 누구에게인가 들려주고 싶었다.

몽유는 그렇게 끝없이 계속되었다.

넷 옛날옛적 전쟁터에서

하노이행 야간열차가 도시지역으로부터 얼마나 멀리 벗어났는지, 어두운 대지에는 아까부터 불빛이 나타나지를 않았지만, 하늘은 어디에서부터인가 맑게 걸렸다. 아득한 흑공(黑空)에서 별들이 쏟아지는 교교한 밤, 반달이 중천에 떴다.

우주의 검은 구멍(Black Hole)처럼 모든 빛을 흡수하여 없애버리는 숲 너머 저쪽 들판의 끝에서, 광활한 바다의 공간이 은빛으로 떠올라 흐르고, 물이 달빛을 받아 반사하고 확산시켜, 남지나해의 수평선이 하얗게 직선으로 깔렸다. 하늘에는 달 주변에도 하얀 구름이 몇 조각 걸렸고, 어둠 속의 땅에 웅크린 관목들의 검은 윤곽에서는 전쟁 중의 밤 풍경이 좀처럼 달라지지를 않았다.

냐짱에 기차가 도착할 시간을 계산해 보면, 지금 통과하는 지점은 까암란(Cam Ranh) 북쪽 어디쯤이었고, 지금이 낮이었다면 바닷가 풍경이 낯익으리라고 한기주는 생각했다. 이곳이라면 전쟁 중에 그가 늘 지나다니던 지역이었으니까.

냐짱, 바닷가의 모래밭이 눈부신 그곳에서 한기주의 전쟁은 시작되었다.

＊

1966년 여름 한기주가 냐짱에서 베트남 땅을 처음 밟았을 때, 그의 머릿속에는 존 스타인벡(John Steinbeck)이 심어놓은 전쟁의 몽유적 환상이 가득했었다.

간접 체험을 통한 그의 전쟁 공부는 어니스트 헤밍웨이와 어니 파일에서 끝나지를 않았다. 한기주는 어윈 쇼우(Irwin Shaw), 노먼 메일러(Norman Mailer), 허만 우크(Herman Wouk), 제임스 미치너(James A. Michener), 로버트 월레스(Robert Wallace), 프랭크 브룩하우저(Frank Brookhouser), 안톤 마이러(Anton Myrer), 앨런 리온(Allan Lyon), 버트 스타일스(Bert Stiles), 피터 보우먼(Peter Bowman) 같은 종군기자들의 글을 닥치는 대로 읽어치웠다.

그러면서 한기주는 그토록 많은 외국 문인들이 전쟁터로 글을 쓰러 나갔었다는 사실에 놀랐고, 한국전쟁 당시 군대의 선무공작에 앞장섰던 종군작가단과는 달리, 서양의 문인 종군기자들이 얼마나 많은 훌륭한 작품을 남겼는가 하는 사실에도 다시 놀랐다.

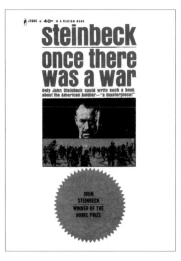

▲ 어니스트 헤밍웨이나 마찬가지로 존 스타인벡은 종군기자로 활약했으며, 그의 종군기는 『옛날옛적 전쟁터에서』라는 책으로 남았다.

다양한 방식으로 종군을 했던 그들 가운데 한기주를 가장 감동시키고 압도한 문인 종군기자는 1943년 6월부터 12월까지 마흔한 살의 나이로 〈더 뉴욕 헤럴드 트리뷴(The New York Herald Tribune)〉의 특파원으로서 제2차 세계대전을 종군했던 존 스타인벡이었다. 스타인벡은 이때 쓴 글을 훗날 한 권의 책으로 엮은 『옛날옛적 전쟁터에서(Once There Was a War)』를 펴냈으며, 한기주는 밑줄을 쳐가며 그 책으로 옛날옛적의 전쟁을 부지런히 공부했다.

*

대학에 다니던 습작시절의 한기주는, 체험이라는 재료를 구하고 선별하는 방법과 원칙을 헤밍웨이에게서 배웠다면, 실제로 영어 문장을 구성하고 다듬는 요리법(recipe)은 또 다른 미국의 노벨문학상 수상작가이며, 1966년 정부로부터 위촉을 받아 대단히 감동적인 선무홍보용 산문집 『아메리카와 아메리카인(America and Americans)』을 발표하기도 한, 존 스타인벡을 흉내내며 익혔다.

『옛날옛적 전쟁터에서』를 '공부'하기 전에, 한기주는 습작시대에 이미 스타인벡의 소설과 비소설 30여 권을 뜯어읽으며, 쉽고도 밀착하는 어휘로 엮어나가는 유연한 문체에서부터, 등장인물의 심리묘사와 감성적 서술법까지도 그대로 답습했고, 심지어 『은마는 오지 않는다』에서 언례가 미군들에게 강간을 당했다는 소문이 마을에 퍼져나가는 장면에서는 『진주』에서 끼노(Kino)가 왕진주(the pearl of the world)를 다시 횡재를 했다는 소문이 퍼져나가는 과정을 뻔뻔스러울 만큼 그대로 모방했다.

그러니까 한기주는, 스타인벡의 종군 기록을 읽기 전부터 이미, 그에게 감동할 준비가 되어 있었던 셈이었다.

그리고 물론 스타인벡은 감동적이었다.

*

어니스트 헤밍웨이의 경우나 마찬가지로, 그리고 톰 티디의 경우나 마찬가지로, 존 스타인벡이 쓴 종군기(從軍記)의 주인공은 일반 병사들이었다.

"보병(步兵)은 전쟁에서 가장 더럽고, 힘들고, 보람없는 일을 도맡아 했다. 그들이 맡은 임무는 위험하고 더럽기만 할 뿐 아니라, 한심한 경우도 많았다. 따라서 그들이 한심하다고 생각하는 그런 일들이 사실은 꼭 필요하고 현명하며, 그런 일을 하는 사람이 영웅이라고 설득해야 하는 필요성까지 생겨났다."

그리고 '한심한' 전쟁이 낭만적인 추억으로 변모하는 현상을 스타인벡은 이렇게 설명했다.

"비록 전쟁은 사고하는 동물로서의 인간이 실패했다는 증거가 되는 대표적인 징후이기는 하지만, 그래도 추억 속의 전쟁에서는 어느 정도의 영웅성과, 용맹성과, 정(情)이 기념물로 남는다. 인간은 전쟁에서 분명히 죽거나 불구가 되기도 하지만, 일단 살아남으면 그는 자식들에게 망가진 씨앗을 전해주려고 하지는 않는다."

그리고 스타인벡은 군대와 전쟁의 비인간성을 이렇게 해학적으로 서술했다.

"사람들은 여러 가지 방법으로 모자를 쓴다. 사람들은 모자를 쓰는 각도와 높이로 자신의 개성을 나타낸다. 하지만 철모는 그렇지 않다. 철모를 쓰는 방법은 한 가지밖에 없다. 다른 방법은 아무리 찾아도 없다. 머리에 수평으로 얹어놓으면, 철모는 눈과 귀까지 내려오고, 목덜미를 가린다. 철모를 쓴 사람은 누구나 수많은 버섯을 심어놓은 밭의 한 송이 버섯에 지나지 않는다."

그리고 스타인벡은 전쟁의 허구성에 대해서, "고향소식(News From Home)"이라는 글에서 폭격기 사수(射手)들의 입을 통해, 이런 식으로 설명했다.

"어쨌든 말이죠." 중간 사수(waist gunner)가 말했다. "나 그 신문 읽고 꽤 신경이 쓰이더군요. 고향 사람들이 생각하는 전쟁하고 우리가 여기서 실제로 하는 전쟁하고 어딘가 다르다는 생각이 들어서요. 고향 사람들은 마치 전쟁에서 다 이기기라도 했다는 식으로 얘기하는데, 여기선 이제 겨우 전쟁을 시작했을 뿐이니까 말예요. 고향 사람들도 우리들하고 같은 전쟁을 했으면 좋겠어요. 난 사람들이 신문에서 아군의 사상자에 대한 진실도 밝히고, 진짜 분위기가 어떤지도 제대로 전해 줬으면 해요."

켄터키 억양을 쓰는 다른 포수(tail gunner)가 말했다. "우리들에 대해서 잡지에다 누가 쓴 기사를 읽어보고는 기가 막혔어요. 그 글을 읽어보니까, 우리들더러 심장이 강철같다더군요. 우린 겁을 모른답니다. 세상에서 우리들이 하고 싶은 일이라고는 언제라도 좋으니까 당장 비행기를 타고 날아가서 독일놈과 한판 벌이는 것뿐이라고 말예요. 난 우리들보다 더 용감한 사람들에 대한 얘기는 들어본 적이 없어요. 난 그 글을 서너 번 읽어본 다음에야 내가 겁을 모르는 사나이라는 새로운 사실을 깨닫게 되었다니까요."

*

그리고 존 스타인벡은, 연합군이 이탈리아 살레르노(Salerno)를 침공할 무렵, 지중해의 어느 전함 선상에서 타전한 "상륙작전(Invasion)"이라는 글을 통해 전쟁의 '분위기'를 이렇게 표본화했다.

지중해 어디쯤, 1943년 10월 3일 ─ '보병 상륙정'을 뜻하는 'LCI*'의 철판 바닥에 둘러앉아서, 병사들은 엄청난 무슨 사건 하나를 통째로 덮어 없애버리려는 듯, 얼마동안 쓸데없는 얘기를 나누고, 웃고, 농담을 주고받는다. 그들은 곧 겪게 될 엄청난 어떤 사건을 무엇인가 정상적이고, 평범하고, 그들에게 익숙한 무엇으로 축소시키려고 애를 쓴다. 그들은 서로 겁이 난 모양

---

*Landing Craft Infantry

이라며 다른 병사들을 놀리고, 잡담을 늘어놓고, 최근에 겪은 사소한 경험을 되새긴다. 그리고는 서서히 침묵이 그들을 뒤덮어 버린다. 눈앞에 닥쳐올 경험의 엄청난 무게에 짓눌려, 그들은 결국 입을 다물고, 말없이 앉아 기다리기만 한다.

이들은 풋내기 신병(新兵)이다. 그들은 철저한 군사훈련을 받았고, 정신이 강인해지도록 닦달질을 당했으므로, 진정한 군인이 되기 위해서 그들에게 아직 부족한 요소라고는 실전의 경험뿐이다. 그들은 적과의 교전을 직접 경험하기 전에는 아직 진짜 군인이 아니다. 그 무서운 상황이 눈앞에 닥치기 전에는 그들이 실제로 어떻게 행동할지는 아무도 알지 못한다. 그들이 하게 될 행동을 예측하기가 가장 힘든 사람은 그들 자신이다. 병사가 실전 상황을 이겨낼지 어떨지는 아무도 알지 못하고, 충격을 받아 혼비백산하게 될지 아니면 훌륭한 병사로 다시 태어나게 될지 여부도 그들은 알지 못한다. 그것을 알아낼 길이 없다는 사실이 아마도 병사들을 불안하게 만드는 가장 결정적인 원인일지도 모른다.

내일 이맘때쯤이면, 이 병사들 가운데 살아남은 자들은 새로운 인간이 되어 있으리라. 그러면 그들은 오늘밤에는 알 길이 없는 사실을 그때는 알게 된다. 그들은 총탄이 날아올 때 어떻게 행동해야 하는지를 알게 된다. 사실상 위험은 별로 없다. 그들은 훌륭한 군인이 되겠지만, 공격 전야인 지금은 그런 사실을 알 길이 없다. 아무도 알 수가 없다.

철갑판을 비추는 달빛 속에서 그들은 낯선 사람들처럼 서로 쳐다본다. 군대생활을 같이 했기 때문에 잘 아는 병사들인데도 모두가 낯설어 보이고, 그들은 저마다 다른 병사들로부터 단절되어서, 머릿속에서는 죽은 자의 모습을 전우들의 얼굴에서 찾아보려고 한다. 내일 밤에는 누가 살아 있을까? 누가 뭐라고 해도 나만큼은 살아남겠지. 전쟁에서 죽으리라고 생각하는 사람은 아무도 없다. 그것은 말도 안 되는 얘기다. 죽어야 한다면 도대체 누가 전쟁을 하러 오겠는가? 하지만 달빛이 밝은 이 마지막 밤에, 병사들은 저마다 다른 병사들을 쳐다보고, 그들에게서 죽음을 본다. 지금이 가장 끔찍한 순간이다. 풋내기 신병들이 전투를 개시하기 전날 밤 말이다. 그들은 지금의 모습을 다시는 되찾지 못하리라.

모든 병사는 마음속에서 앞으로 어떤 일이 벌어질지를 상상해 보지만, 생각했던 그대로 상황이 벌어지는 적은 전혀 없다. 전투를 상상할 때면 그들은 상황 속에서 다른 모든 병사로부터 단절되어 혼자만 존재한다. 달빛 속에서 그는 혼자이고, 그의 주변에 둘러앉은 모든 병사는 지금 이 시간 모두가 다 낯선 사람이다. 그러나 일단 상황이 벌어지면 달라진다. 총탄과 행동과 상황이 주변에 둘러앉은 모든 낯선 병사들의 집단에서 그를 한 부분으로 만들어놓고, 그들은 그의 한 부분이 될 터이지만, 그런 사실을 병사들은 아직 알지 못한다. 이렇게 힘든 시간은 다시는 되풀이되지 않는다.

이들 가운데 죽을 사람은 아무도 없다. 죽음이 불가능하기 때문이다. 그들 모두는 어떤 면에서 이미 죽었다. 그리고 거의 모든 병사는 그가 죽으면 대신 부쳐달라며 편지를 써서 누구에게인가 맡겨 두었다. 철자법이 틀리기도 하고, 잘난 체하여 멋진 문장을 구사했거나, 간결하고 무미건조한 편지들. 내용은 모두가 똑같다. 모든 편지가 이런 줄거리를 담았다. "벌써 얘기했어야 좋았겠지만, 차마 그러지를 못했고, 그럴 용기가 나지를 않았어." 이것이 모든 편지의 골자이다. 쌓이고 쌓였던 사연이 마지막 편지에 담긴다. 아내와, 어머니와, 누이와, 아버지에게 보내는 편지. 그리고 때로는, 오래전에 끝난 인연을 다시 이어보려고, 낯설어진 사람에게도 보내는 편지.

야음을 틈타서 거대한 배들이 나아가다가 멈추고, 엔진은 소리를 죽인다. 나지막한 목소리로 명령이 시달되고, 대화도 숨죽인다. 전방 어디에선가 기다리는 적도 역시 조용하다. 적은 우리들이 접근한다는 사실을, 그리고 얼마나 되는 병력으로 아군이 언제 공격하리라는 사실을 알고 있을까? 적은 기관총과 박격포를 바닷가에 거치하고, 언덕에는 포병들을 포진시키고 숨어서 기다릴까? 적은 지금 무슨 생각을 할까? 적은 두려워하는가, 아니면 자신만만할까?

공격시간은 03시 30분, 달이 지고 해안이 캄캄해지는 직후이다. 선발대는 해안선에서 달이 지는 쪽으로 상륙한다. 달은 곧 바다 너머로 가라앉고, 병사들과 함정(艦艇)들이 어둠 속으로 사라지고, 앞쪽을 가린 위치등(位置燈)들만이 그들이 어디에 있는지를 알려줄 따름이다.

갑판에 앉은 병사들이 어둠과 침묵 속으로 사라지고, 누군가 한 사람이, 그가 그곳에 존재함을 확인하고 싶어서인지, 나지막하게 휘파람을 불기 시작한다.

*

한기주가 이렇듯, 언론인이 아니라 작가로서의 시각에서, 전쟁의 비극적인 본질이 아니라 인간적인 아름다움(美)을 추구하는 행위로서, 조금쯤은 불순한 의도를 가지고 종군기자의 삶을 한참 꿈꾸던 무렵에, 뜻하지 않았던 기회가 찾아왔다.

한 일병이 육군본부 참모총장실에서 1년 반 가량 근무하고, 제대를 1년쯤 남겨놓은 어느 여름날, 타자기 앞에 앉아 〈성조지〉에서 글자맞추기를 풀고 있는데, 후줄근한 옷차림의 장교 한 명이 부관실로 들어섰다. 총장실을 드나드는 장교들은 거의 모두가 단화(短靴)를 신고 말끔한 카키 예복을 걸친 장성들이었기 때문에 당번병들의 눈에는 작업복 차림으로 전방부대에서 찾아오는 영관급 장교들이 불쌍해 보이고는 했다. 그리고 전방 군인들이 다녀가면 누군가는 대걸레를 들고 사무실 바닥을 청소해야 했다. 지프를 타고 온 장교의 군화에서 떨어진 흙 때문이었다.

그날 물렁모자를 쓰고 군화를 신고 부관실로 들어선 장교에게서는 팔뚝에 붙인 백마부대 인식 수장(袖章)이 한기주의 눈에 가장 먼저 띄었다. 얼굴을 보니 어딘가 퍽 낯이 익었고, 그래서 한기주는 소령의 명찰을 확인했다.

백마부대 김 소령은 한기주가 병역을 기피하기 위해 논산으로 내려가 만났던 정훈장교였다. 한 일병은 그를 한눈에 알아보고 자리에서 벌떡 일어나 반가워서 "김 소령님!"이라고 소리쳤다. 그러나 김 소령은 한 번밖에 만난 적이 없는데다가 지금은 일등병 군복 차림인 한기주를 처음에는 알아보지 못했고, 명찰로 이름을 확인한 다음에야 깜짝 놀라서 물었다. "아니, 미스터 한, 여긴 웬일이십니까?"

소령이 일등병에게 '미스터'라는 명칭을 붙여가며 깍듯하게 존댓말을 하는 상황이 희한해서인지 사무실 안의 장교들뿐 아니라 선임하사 신 중사와 당번병들이 신기하다는 듯 두 사람을 번갈아 지켜보았고, 그들의 시선이 거북해진 한 일병은 김 소령과 함께 밖으로 나가자고 했다.

육군본부 정문 건너편 삼각다방에 마주 앉자마자 김 소령은, 논산훈련소에서 단단히 의무관 이 중위에게 부탁해 두었는데, 무엇이 잘못되어 '미스터 한'이 입대하게 되었는지 모르겠다며 무척 미안해했다. 한 일병은 병역 기피가 그리 자랑스럽고 떳떳한 일도 아니니까 차라리 잘되었다고 하면서 김 소령을 안심시켰다. 수용연대 중대장의 낮잠을 방해하던 파리 얘기는 끝내 입 밖에 내지 않았다. 일이 잘못된 책임이 자신의 탓이라는 사실이 아무래도 미안하게 생각되어서였다.

뜻하지 않았던 재회의 어색한 분위기가 잠시 후에 가라앉은 다음, 한기주는 팔뚝의 백마 수장을 가리키며, 김 소령더러 베트남으로 가느냐고 물었다. 김 소령은 육군 제9 보병사단 선발대로 파월되기에 앞서, 원주에서 함께 근무하여 사이가 가까웠던 공보관 김병권 소령에게 작별인사를 하러 들른 길이라고 설명했다.

두 사람은 김 소령이 몇 주일 후에 가게 될 전쟁터 얘기를 얼마동안 나누었고, 김 소령은 맹호나 청룡의 경우를 보더라도 베트남에 가면 외신기자들이 한국군 부대로 자주 취재를 들어온다던데, 통역장교 출신이기는 해도 자신의 영어가 좀 짧아서 걱정이라고 말했다.

한기주는 베트남에 가서 계급장을 떼고 취재 활동을 하도록 도와준다면 외신기자 안내는 내가 맡겠노라는 즉석에서 제안했다. 한 번 스치기만 하고 인연이 끊긴 줄 알았던 김 소령은 이렇게 지극히 우발적인 재회를 통해 한기주의 인생을 다시 한 번 굴절시켰다.

반쯤 건성으로 내놓았던 그의 제안은 부랴부랴 사단에서 결재가 났고, 한기주는 시간이 없어서 유격훈련도 받지 않은 채 전쟁터로 떠났다. 기회란 이렇게, 갑자기 만들어내는 사건이 아니라, 열심히 준비하고 꾸준히 기다리면 언젠가는 저절로 찾아오는 법이라고 혼자 흐뭇해하면서, 어느 여름날 그는 냐짱으로 가는 비행기에 몸을 실었다.

다섯   바닷가 산책

하노이행 야간열차는 새벽 4시 54분에 냐짱 역으로 들어섰다.

정차를 하려고 기차가 속도를 늦추자, 어린 계집아이들이 대여섯 어두운 승강장에 나타나 우르르 떼를 지어 쫓아오며, 이곳에서 내리려고 준비하는 승객들이 어느 객실에 탔는지 확인하려는 듯, 반들거리는 눈으로 차창마다 열심히 올려다보더니, 하나 둘 능숙하게 객차로 뛰어올랐다. 한기주 일행이 미처 짐을 챙겨 자리에서 몸을 일으키기도 전에, 단발머리에 맨발인 계집아이 하나가 객실 문간에 냉큼 나타나서, 한쪽 발만 안으로 디밀고는, 의자나 바닥에 내버려 굴러다니는 빈 병을 잽싸게 주워모아 품에 안고는 순식간에 사라졌다. 가난한 한국 전쟁고아들의 유령.

역전 광장으로 나가니, 동그란 헝겊모자를 눌러 쓴 씨클로꾼과 딱시(xe tắc xi, taxi) 운전사들이 손님을 잡으려고 귀찮을 정도로 부지런했다. 끈적끈적한 바닷바람이 어둠 속의 후끈한 밤 공기에 실려 왔고, 여기도 밤 사이에 비가 내렸는지 종려나무 잎들이 젖어 광장 불빛을 반들거리도록 반사했다. 씩씩한 응우옛 명월이가, 꾸역꾸역 짐을 들고 몰려나오는 승객들과 대기하던 운전사들의 아우성 속에서 이리저리 한참 주차장을 뒤지고 돌아다니더니, 한기주 일행이 뀌농까지 육로 여행을 하기 위해 대절해 놓은 승합차를 찾아서 끌고 왔다.

짐을 차에 싣고 해변도로까지 나가 호텔로 가는 길에, 야자수 사이로 새벽

바다의 희끄무레한 물과 종려나무 잎으로 지붕을 덮은 목조 건물들의 낯익은 풍경이 나타나자 한기주는, 구정공세 때 베트콩들에게 붙잡혔다가 겨우 살아난 보탄손의 아내 하이가 살던 집이 저기 어디쯤이었지 막연히 생각했고, 전쟁의 고향으로 돌아왔다는 기묘한 안도감에 갑자기 기운이 빠졌고, 두 뇌에서 산소가 부족하다는 헤거품을 몽롱하게 의식했다.

꾸벅꾸벅 졸며 호텔에 도착한 한기주는, 열쇠를 받아들고 방으로 찾아 올라가서, 목욕은커녕 침대 위로 천장에서 유령처럼 길다랗게 늘어지는 모기장조차 내리지 못한 채로, 아무렇게나 옷을 벗어 던지고 침대에 엎어져 깊고도 깊은 잠이 들었다.

✻

해변에서라면 길손답게 낭만적인 추억에 젖어 이리저리 거닐어야 제격이겠다며, 한기주더러 느린 걸음으로 산책을 하라고 연출자가 연기지도를 했지만, 그는 꼼짝도 않고 백사장에 서서, 아득한 수평선 너머 고향 쪽 아침바다를 응시했다. 그의 시선이 고향을 향했던 까닭은, 까마득한 옛날옛적, 바로 그쪽에서 배를 타고 이곳 냐짱 앞 동해(Biển Đông) 바다로 들어와서 전쟁을 시작했던 수많은 병사들의 모습이 눈에 어른거리기 때문이었다.

남쪽 혼쩨(Hòn Tre) 섬 위에 묵직이 걸린 첩첩한 구름 사이로, 종교영화에서처럼 찢고 내려온 아침 햇살이 쏟아져, 여기저기 수면에 거대하고 찬란한 얼룩을 하얗게 이루며 바닷물이 반짝였다. 거리가 멀거나 가까워서 검푸른 색의 농도가 서로 다른 여러 섬의 형체들이 다도해의 낯익은 풍경을 이루며 품에 안듯이 둘러싼 내항(內港)에는, 항상 새까맣게 뒤덮여 있던 군함이 지금은 모두 사라졌어도, 전체적인 모습은 그렇게도 변함이 없었다.

달랏과 더불어 베트남 국내에서는 미군의 최고 R&R 휴양지로 꼽히던 냐짱의 끝없는 해수욕장은 너무 이른 아침 시간이기도 하려니와 철이 겨울이어서인지 놀러 나온 사람이 아무도 없었다. 모래밭에는 누군가 세워놓고 가버린 자전거 한 대가 홀로 섰으며, 바닷물은 어젯밤 비바람으로 모래가 뒤집혀 벌겋게 파도가 밀려다녔다. 넓은 모래밭 수십억 모래알은 아마도 그가 처음 밟았을 때보다 훨씬 더 잘아지고 고와졌겠으며, 바람에 날려 사라진 모래 알과 새로 쓸려 올라온 모래알은 또 얼마나 많았겠지만, 그래도 빛깔은 변함이 없었다. 그동안 수십 년을 더 자란 바닷가 야자수들도 똑같은 키에 어쩌면 옛 모습 그대로였고, 까만 아스팔트 해안 산책로에서는 지금 당장이라도 가무잡잡한 조무래기 아이들이 나타나, 따이한 군인들에게 담배를 달라고 "담바이! 담바이!" 외치며 달려내려올 듯 목소리가 귓전에 울렸다.

베트남에 처음 도착했던 순간의 느낌에 대해서 그가 한마디 하기를 기다리는 KBS 카메라를 향해 돌아선 한기주는 한국의 시청자들에게 설명했다. 이곳으로 상륙한 병사들은 저쪽에 보이는 혼손(Hòn Son) 산을 넘어 제1번 도로를 따라 여기저기 전개하여, 숲으로 들어가 산으로 올라가서 중대전술기지를 만들고는 전쟁을 시작했노라고.

그리고 비록 카메라를 향해 설명하지는 않았지만, 그는 백마부대의 본대 제1진이 이곳에 도착한 날 백사장에서 거행되었던 환영식의 몇 장면을 아직도 생생하게 기억했다. 한국어와 베트남어로 환영한다고 써놓은 하얀 승전문(勝戰門)은 태극기와 베트남기로 장식했다. 흐느적거리던 야자수 밑에 의자를 늘어놓고 앉은 따이한 장성들. 상륙하는 외국 장병들의 목에 걸어줄 꽃다발을 들고 기다리던 새하얀 아오자이 차림의 여고생 꽁가이들. 계급이 겨우 소령이라던 칸호아의 성장.* '바가지'가 땡볕을 은빛으로 반사하는 군악대. 뜨거운 태양과 눈부신 모래. 해수욕장의 후끈한 복사열.

환영반이 바닷가에서 기다리는 사이에, 저 멀리 정박한 미 해군 수송선에서 내린 병력을 받아 싣고 LCU 상륙정들이 파도를 헤치며 한없이 느릿느릿 출렁이면서 왔고, 철문이 열리자 자동인형들처럼 고지식하게 병사들이 네 줄로 미리 정렬해서 발맞춰 내렸다. 햇빛을 반사하는 철모에 완전무장을 하고, 담요를 말아 얹은 배낭을 메고, 한 손에는 피복과 사유물을 쑤셔넣은 더플백을 무겁게 들고, 긴장한 표정으로 모래밭을 밟고 올라오던 그들 행렬의

---

* 省長, 도지사.

선두에는 하얀 장갑을 낀 기수들이 태극기와 베트남기, 그리고 마치 그들이 미군의 예하 부대이기라도 한 듯, 성조기를 직각으로 높이 들었다.

*

아침 작업을 끝내고 KBS 사람들은 닝화로 이동하기 위해 냐짱 바닷가에서 촬영 장비를 챙기기 시작했다. 구형석과 명월이가 차에 타고 기다리는 야자수 그늘을 향해 모래밭을 걸어 올라가던 한기주는 산책로에 이르자, 백사장의 일행이 뒤따라오기를 기다리려고 걸음을 멈추었다. 그리고 그는 돌아서서, 아직 촉촉한 빗기가 가시지 않은 구름과, 수평선에 떠다니는 섬들을 다시 한 번 마지막으로 찬찬히 둘러보았다. 이제는 죽기 전에 다시 이곳을 밟아보지 못하리라는 슬픈 생각이 들어서였다.

해안선을 따라 훑어 내려가던 그의 눈길은 남쪽 끝 모래밭의 아지랑이 속에서 어른거리는 어떤 사람의 모습을 보았다. 너무 멀리 떨어져서 잘 보이지는 않았지만, 군복 차림에 작업모를 썼고, 서양 사람 같았다.

이탈리아의 살레르노에서 상륙작전이 끝난 다음 전투가 끝난 교두보를 둘러보는 종군기자 존 스타인벡의 유령이었을까?

다시 살펴보니 그는 노르망디 상륙작전이 끝난 다음 본국 시청자들에게 오마하 해안(Omaha Beach)에서 승전보를 알리던 루 치오피* 특파원인 듯싶기도 했다.

그리고 또다시 살펴보니, 아니다. 그는 노르망디 상륙일(D-Day) 며칠 후, 화창한 날의 바닷가 산책을 하며 전쟁의 낭비를 명상했던 어니 파일의 유령이었다.

---

* 한기주가 취재 안내를 맡았던 인연으로 알게 되어 사이공 까라벨 호텔 사이공 바에서 만나고는 했던 ABC-TV의 도쿄 지국장 치오피는 제2차 세계대전도 종군했고, 훗날 '사하라 대행진'도 현장에서 취재한 분쟁 전문 기자였다.

*

산책하기 좋은 날 (A Lovely Day for Strolling)

어니 파일

노르망디 교두보에서, 1944년 6월 16일 — 나는 프랑스의 시골 노르망디에서, 역사에 남게 된 해안을 따라 산책에 나섰다.

바닷가를 따라 거닐기에 좋은 화창한 날이었다. 장병들은 모래밭에서 잠이 들었는데, 그들 중에는 영원히 잠든 사람들도 많았다. 물에 떠다니는 병사도 여럿이었지만, 그들은 죽었기 때문에 자신이 물에 빠진 줄도 알지 못했다.

바닷물에는 손바닥만한 크기의 물컹물컹한 해파리가 무수히 떠다녔다. 수백만 마리는 되어 보였다. 그들의 몸 한가운데에는 네잎 토끼풀과 똑같은 초록빛 무늬가 담겼다. 행운의 상징. 그렇다. 그렇고 말고.

나는 상륙작전이 이루어진 기나긴 해안선의 물가를 따라 2킬로미터쯤 걸었다. 바닷가에는 눈여겨볼 것이 너무나 많아서, 나는 천천히 걷고 싶었다.

파괴의 잔해는 놀라울 정도로 엄청났다. 인간 생명의 상실은 제쳐둔다고 하더라도, 끔찍한 낭비와 파괴는 항상 전쟁의 한 가지 두드러진 양상이었다. 세상의 모든 것이 소모품이었다. 그리고 노르망디의 교두보를 확보하기 위해서 처음 몇 시간 동안에 아군은 그런 소모를 아끼지 않았다.

……

눈에 보이지는 않지만, 해안선으로부터 1킬로미터에 이르는 곳까지, 수십 대의 전차와 트럭과 함정들이, 과적을 했다가 좌초하거나, 포격을 받았거나, 기뢰(機雷) 때문에 침몰하여, 물밑으로 가라앉았다. 운전자들과 탑승자들은 대부분 실종되었다.

반쯤 옆으로 기울어진 채로 처박힌 화물차들이 눈에 띄었다. 일부가 침몰한 부선(艀船)들과, 거꾸로 처박힌 지프들과, 절반쯤 물에 잠긴 소형 상륙정들도 있었다. 그리고 썰물이 빠진 다음에는, 이런 운송 장비들이 걸려 망가지게 만든 흉측한 모양의 여섯 갈래 장애물들도 모습을 드러냈다.

바닷물이 다다르지 않는 높은 모래밭에는 망가진 온갖 차량들이 산재했다. 겨우 바닷가로 올라오자마자 파괴된 전차들도 적지 않았다. 보기 흉하게 회색으로 불타버린 지프들도 많았다. 무한궤도 쇠바퀴를 달고 상륙하다 주저앉은 대형 기중기들도 있었다. 뒷바퀴만 무한궤도인 화물차들은 사무 용품을 운반하려고 동원되었지만, 단 한 방의 포탄에 갈기갈기 찢어졌고, 드러난 뱃속에서는 부서진 타자기와, 전화기와, 서류철 따위의 쓸모없는 비품들이 쏟아졌다.

완전히 뒤집혀 벌렁 자빠진 LCT들을 보고 나는 도대체 어떻게 저토록 발랑 뒤집혔는지 이해가 가지 않았다. 매달렸던 문들이 떨어져 나가고 옆구리가 우그러진 함정들이 차곡차곡 무더기를 이루었다.

해안선을 따라 펼쳐진 이곳 대학살의 전시장에는 내버린 철조망 뭉치들과 부서진 불도저들과 산더미처럼 쌓인 구명대(lifebelt)와 포탄피 무더기들이 그대로 방치되었다.

바닷물에는 비어버린 구명정과 병사들의 배낭과 전투식량 상자들 그리고 이곳에서는 어울리지 않아 보이는 오렌지들이 떠다녔다.

모래밭에는 뒤엉킨 야전 전화줄 덩어리들과 대형 강철 깔판 뭉치와 고장나고 녹슨 소총 무더기들도 즐비했다.

한 번의 작은 전쟁을 치르기에 충분한 인력과 장비가 이곳 바닷가에서 소모되고 버림을 받았다. 그것들은 이제 모두 수명을 다했다.

……

해안선에서 몇백 미터 뒤로 물러난 지점에 깎아지른 절벽 하나가 높다랗게 솟았다. 그곳에다 아군은 천막 병원을 세웠고, 포로를 가두기 위해 철조망을 둘러친 수용소도 만들었다. 그곳에 올라가면 광활한 조감도처럼 해안선이 양쪽으로 멀리까지 보이고, 바다 또한 까마득하게 내다보인다.

그리고 이 모든 파괴의 폐허 너머로 바다 위에는 지금까지 인간이 보지 못했던 거대한 함대가 들어찼다. 인력과 장비를 싣고 그곳에서 기다리는 선박들의 규모는 정말로 믿어지지가 않을 지경이다.

절벽에서 내다보면, 함대는 까마득한 수평선까지 그리고 그 너머로 바다를 뒤덮었고, 양쪽 옆으로도 몇 킬로미터나 이어지며 늘어섰다. 그 엄청난 규모는 아무리 강인한 인간의 마음이라도 동요하게 만들 정도이다.

절벽 위에서 나는 방금 붙잡힌 독일군 포로 한 무리가 근처에서 서성거리는 모습을 보았다. 그들은 아직 수용소에 수감되기 전이었다. 기관단총을 든 느긋한 두 명의 미군 병사가 그들을 감시했다.

포로들 역시 물끄러미 바다를 쳐다보았는데—몇 달 몇 년 동안 그 바다는 안전하게 텅 빈 상태였다. 지금 그들의 시선은 얼이 빠져 보였다.

그들은 서로 아무 말도 하지 않았다. 그럴 필요가 없었다. 그들의 얼굴은 영원히 잊지 못할 그런 표정이었다. 겁에 질린 나머지 그들의 운명을 마지막 순간에 그냥 받아들이기로 한 그런 얼굴이었다.

*

냐짱 앞바다를 뒤덮었던 미 해군의 엄청난 함대가 흔적도 없이 사라진 21세기의 아침에, 한기주 일행은 노르망디를 산책하던 어니 파일의 유령을 뒤에 남겨두고, 야자수 해수욕장을 떠나 내륙으로 들어갔다.

그들은 시골 폐교처럼 마당의 담을 따라 잡초만 우거진 옛 주월한국군 야전사령부를 돌아본 다음, 시내를 거쳐 닝화로 향했다. 한기주는 1966년 여름 세 나라의 깃발을 높이 들고 백사장에서 환영식을 마치고는 태극기를 휘날리는 트럭에 차곡차곡 올라타고, 꼿꼿하게 앉아 작전지역으로 들어가던 병사들의 표정, 돌처럼 굳어버린 표정들이 기억에 새로웠다. 그것은 노르망디 해안에서 산책을 하다가 어니 파일이 만난 독일군 포로들의 겁먹은 표정을 한기주에게 연상시켰다.

질서정연한 트럭 행렬이 옛날에 북서진(北西進)했던 길을 따라, 그들은 까이 강(Sông Cái)이 동해 바다로 흘러 들어가는 하구에 이르렀다. 베트남에 첫발을 디뎠던 날 한기주는 냐짱 공항에서 시내를 벗어나 까이 강을 건너기 직전에, 지금은 어디쯤인지 기억도 나지 않지만, 허허벌판에서 충격적인 광경을 목격했다. 미군들이 쓰레기를 가져다 버리던 그곳은 1960년대 초의 이촌동이나 그보다 훗날의 난지도처럼 광활한 오물의 사막이었다. 그리고 파리 떼가 허공에 가득하여 지나가는 군용 트럭들이 잠시 뒷휘장을 내려야만 했던 그곳에서는, 바닷가에 버린 도시의 음식물 쓰레기를 파먹는 갈매기 떼처럼, 베트남인들이 새까맣게 모여들어 오물을 파헤쳤고, 한기주는 전쟁 때 미군부대 주변의 쓰레기통으로 몰려들었던 한국의 파리 떼와 가난한 사람들의 모습이 불현듯 머리에 떠올랐다.

어디쯤이었을까, 참혹했던 전쟁의 사막이 펼쳐졌던 곳은?

전시에는 쓰레기의 사막말고는 텅 비었던 이곳에, 지금은 생활이 넘쳐흘렀다. 강변에 수백 척이 들어찬 작은 고기잡이배들은 빨강과 파랑과 초록 빛깔로 무당처럼 알록달록 치장했고, 하얀 톱니 무늬까지 정성껏 그려넣은 어선들 사이에는 베트콩이 해상 교통수단으로 침투를 위해 자주 사용했던 쪽박배들이 갯바위들과 작은 여[暗礁]들 사이에 가득했다. 장사꾼들이 무릎까지 바닷물로 들어가 고깃배를 둘러싸고 아침에 잡은 생선을 흥정했다.

전쟁을 하지 않는 사람들은 참으로 보기에 좋았다.

*

까이 강을 건너자마자 1번 도로 오른쪽으로 우뚝하게 솟아오른 언덕 위에서는 참족이 벽돌로 지은 포나가(Ponaga)의 탑바(塔婆, Tháp Bà)가 낡은 옛 모습 그대로 변함없이 버티고 서서 기다렸다.

벽돌 유적을 지나 혼손(Hòn Son)의 언덕길을 넘어가려니까, 태극기를 휘날리는 트럭을 타고 한기주가 처음 이곳을 지나갈 때, 울창한 숲 너머 산기슭에 나타난 높다랗고 하얀 굴뚝을 가리키며 운전병이 했던 말이 생각났다. 저기가 십자성부대 화장터인데, 굴뚝에서 연기가 나면 그날은 '6종'*을 재로 만들어 본국으로 송환하기 위해 '가공 처리'를 하는 중이며, 전투가 없을 때는 며칠 동안 연기가 피어오르는 일이 없다고. 그 말을 듣고 한기주는 홍제동 화장터에서 날아온 뼛가루 재로 덮인 신지식**의 하얀 오솔길이 생각났다.

---

* 전사자를 뜻한다.
** 申智植, 여성 소설가이며 아동문학가로, 1948년 이화여고 재학시절 〈서울신문〉에서 주최한 전국 여학생 문예 콩쿠르에서 '소녀 소설' 「하얀 길」이 장원으로 당선되었다.

그리고 1번 도로를 조금 더 따라가서, 제100 군수사령부로 들어가는 갈랫길에 이르면, 야자수와 남십자성을 그려넣은 아름다운 이정표말고는 주변에 집이 하나도 없던 쓸쓸하고도 고적한 들판과 붉은 시골길뿐이었는데, 이제는 서부개척시대의 황량한 광산촌이나 조선시대 수양버들 늘어진 주막거리를 연상시키는 작은 마을이 하나 도로변을 따라 들어앉았다.

그리고는 닝화로 가는 길이 기찻길과 바다 사이로 길게 뻗어나갔다.

여섯 G. I. 조와 어니 파일

한기주의 나이가 아주 어렸던 '헐리우드 키드'의 시절, 전쟁통에 피난을 갔다가 서울로 돌아온 지 얼마 안 되었을 무렵, 마포의 공덕동 전찻길에는 「G. I. 조」*라는 영화의 광고물이 나붙었다. 영어 줄임말인 'GI'라면 '미군'이라는 뜻임은 어린아이들에게까지 잘 알려진 전시의 상식이었으므로, 초등학교 학생인 한기주는 M-1 소총을 들고 앞으로 달려나오는 로버트 밋첨의 용감한 모습이 무척 인상적이었던 포스터만 보고서는, 당연히 한국전쟁에 관한 활극영화이리라고 생각했다.

그러나 정작 극장에 가서 보니, 시간적인 배경은 한국전쟁이 아니라 제2차 세계대전이었으며, 로버트 밋첨이 비록 이 영화에서 이탈리아로 상륙하는 부대를 진두지휘하는 빌 워커(Bill Walker) 중위 역을 맡아 평생 단 한 번 아카데미상 후보에 오르기는 했었지만, 「G. I. 조」의 진짜 주인공은 북 아프리카에서부터 밋첨의 부대와 행동을 같이 했던 종군기자 어니 파일이었다.

물론 영화를 보던 당시에 한기주는 어니 파일이 실존인물이라는 사실조차

---

* The Story of G. I. Joe, 미국, 1945, 감독/William A. Wellman, 출연/Burgess Meredith, Robert Mitchum, Freddie Steele

▲ 영화 「G.I. 조」에서는, 군인이 아니라 종군기자가 주인공이다.
담배를 피워문 사람이 어니 파일 역을 맡은 버지스 메레디트.

알지 못했었다. 하지만, 톰 티디가 어니 파일 기념상을 받고 나서 한기주가 베
트남으로 떠나기 직전까지, 파일의 이름은 여기저기에서 유령처럼 끊임없이
출몰했다. 존 스타인벡도 같은 시기에 활동하면서 이미 전설이 되어버린 그
종군기자에 대해서, 그리고 '전쟁 전문가'들에 대해서 이런 기록을 남겼다.

　　군 지휘관들은 기자들을 조금쯤은 거북해한다고 알려졌다. 그들은 꼬치
　　꼬치 파고드는 기자들, 특히 전문가들을 꺼린다. 많은 전문적인 종군기자들
　　은 육군이나 해군의 어느 누구보다도 사실상 더 많은 횟수의 전쟁을, 그리
　　고 더 많은 종류의 전쟁을 실제로 체험했다. 예를 들면 카파*는 에스파냐 전
　　쟁, 에티오피아 전쟁, 태평양 전쟁을 모두 취재했다. 클라크 리(Clark Lee)는

---

* Robert Capa. 1913년 헝가리 태생으로, 20세기 가장 위대한 사진기자로 꼽히며, 노르망디 상륙작전 사
진집은 불후의 명작으로 남았다. 에스파냐 내전 때 종군기자로 활약하던 기간에는 참호에서 뛰쳐나오던
병사가 총탄에 맞아 쓰러지는 장면을 촬영하여 세계적인 명성을 얻었고, 제2차 세계대전 중에는 아프리
카, 시칠리아, 이탈리아 격전지에서 취재한 사진을 〈라이프(Life)〉에 기고했으며, 중일전쟁도 종군했고,
1954년 베트남전 취재 중에 지뢰를 밟고 사망했다.

코레기도(Corregidor) 해전도 취재했고, 그 전에는 일본에서 활동했다. 육군과 해군이 종군기자들을 별로 좋아하지 않더라도 어쩔 도리가 없는 노릇이, 이 사람들은 세상과 군(軍)을 연결해 주는 유일한 통로이기 때문이다. 엄청난 독자를 확보하여 아주 잘 알려진 인물도 많다. 그들의 글은 전국적으로 동시게재(syndicate)된다. 그들 가운데 여럿은 나름대로의 글쓰기 방식과 문체를 개발했다. 많지는 않지만 몇몇은 인기의 절정을 누린다. 어니 파일은 본국 독자들에게서 어찌나 인기와 의존도가 높은지, 대부분의 장군들보다 훨씬 계급이 상관이라고 여겨진다.

이렇게 노련한 전문가들의 세계를 나는 일종의 관광객이나 마찬가지로, 겁을 잔뜩 집어먹은 풋내기로서 찾아갔다. 그들은 공을 들여 확보한 그들의 영토에 내가 침범한다는 기분을 느꼈던 모양이다. 하지만 내가 그들의 글을 흉내내지 않고, 일반 보도(straight news)를 하지 않으리라는 사실을 깨닫고 난 다음에는, 그들은 나에게 아주 친절해져서, 일부러 틈을 내어 도와주기도 하고, 내가 알지 못하는 정보를 가르쳐 주기도 했다. 예를 들면 카파는 내가 들어본 가운데 가장 훌륭한 전투지에서의 요령을 알려 주었다. "몸을 피하기 위해 자리를 옮기지 말아요. 아직 총에 맞지 않았으면, 적이 나를 못 봤다는 의미니까요." 그러면서도 카파는, 끔찍하고도 허망한 이런 모든 일로부터 은퇴하려고 마음먹었을 무렵에, 베트남에서 지뢰를 밟았다. 그리고 어니 파일은 그가 마지막이라고 생각했던 취재 여행에서 저격병의 총탄을 맞았다.

＊

1940년까지만 해도 어니 파일(Ernest Taylor Pyle, 1900~45)은 별로 알려지지 않은 '유랑 기자(roving reporter)'였으며, 그가 쓴 여행기는 미국 언론계의 기준으로는 하찮게 여겨지는 40개 정도의 신문에만 동시 게재되었다. 나이 40에 키도 크지 않고 몸집이 야윈 그는, 항상 병이 날까 봐 전전긍긍하며 살았고, 소심하기 짝이 없어서, 여섯 개의 전쟁에 종군하고 많은 소설과 희곡

작품을 남긴 작가 리처드 하딩 데이비스(Richard Harding Davis, 1864~1916) 계열의 종군기자하고는 거리가 먼 인물이었다고 1944년 7월 17일자 〈타임〉은 그를 표지 인물로 선정한 특집기사에서 밝혔다.

어니 파일은 사람사귀기를 좋아하면서도 낯선 사람을 만나면 항상 힘들어했으며, 떠들썩한 자리는 전혀 좋아하지 않았다. 말끔한 성격이었던 그는 더러움이나 불편함, 그리고 무질서를 싫어했다. 제1차 세계대전 중 몇 달간 해군 ROTC에서의 경험말고는, 전쟁에 대해서 아는 바가 전혀 없었던 그가 전설적인 종군기자가 되리라고는 파일 자신도 상상하지 못했던 일이었다.

하지만 4년 후, 그의 글은 한 주일에 엿새씩 310개의 신문에 게재되어, 1천 2백만이 넘는 고정독자를 확보하기에 이르렀다. 수백만의 열렬한 독자들이 그에게 편지를 쓰고, 그를 위해 기도했으며, 그의 고정란이 실린 신문사로 전화를 걸어 파일의 건강과 안전을 걱정해 주었다. 해외에서는 그가 어느 전선으로 가더라도 GI들과 장군들이 그를 알아보고, 일부러 찾아가고, 그에게 고민을 털어놓고는 했다. 전쟁성(戰爭省, the War Department)과 고위 야전사령부에서는 그를 장병들의 사기를 드높이는 최고의 인물로 간주했으며, 참고할 사항이 없을까 해서 그의 글을 분석하고는 했다. 국민과 언론계에서는 다같이 그에게 한없는 찬사를 아끼지 않았다. 어니 파일이 하찮은 사람들과 사소한 사건들에 대해 관심을 갖고 그의 글에서 열심히 다루었던 까닭에, 여태까지는 아무도 거들떠보지 않았던 '인간'들이 갑자기 따뜻한 조명을 받았고, 그러한 파일의 시각에 수많은 사람들이 공감했다. 그로 인해서 전쟁에서는 '쫄병'들이 갑자기 엄청난 중요성을 갖게 되었다.

*

어니 파일 이전에도 전쟁의 인간적인 면을 다루었던 종군기자들은 많았지만, 그들의 글은 대부분 전쟁의 한없는 권태감을 환기시켜 주는 희귀하고도 극적인 사건이나 영웅들을 다루기가 보통이었다.

어니 파일은 달랐다.

존 스타인벡이 예리하게 지적했듯이, 그는 역사상 가장 복합적이고도 기계화한 전쟁을 어느 누구보다도 인간화했다.

> 서로 관계가 별로 없는 두 가지 전쟁이 동시에 벌어진다. 지도(地圖)와 군수물자, 전략, 탄도학(ballistics), 군대, 사단과 연대로 이루어진 전쟁 — 그것은 마샬 장군의 전쟁이다. 그런가 하면 고향을 그리워하고, 지치고, 난폭하고, 우습고, 평범한 병사들, 철모에다 양말을 빨고, 음식에 대해서 불평을 늘어놓고, 아랍 아가씨들에게 그리고 눈에 띄는 아무 아가씨에게나 휘파람을 불어대고, 세상에서 가장 더러운 일을 하면서도 웃음과 존엄성과 용기를 잃지 않는 병사들의 전쟁 — 그것은 어니 파일의 전쟁이다. 그는 그런 전쟁에 대해서 누구 못지않게 잘 알고, 그에 대한 글을 어느 누구보다도 훌륭하게 써낸다.

✳

어린 시절에는 너무 체격이 작고 성격도 소심해서 다른 아이들과 별로 놀지를 않았던 어니 파일은 어른들의 얘기를 열심히 들으며 많은 시간을 보냈다. 어른이 되어서도 마찬가지였다. 인디아나 대학교에서 언론학을 공부한 다음 지방 신문에서 4개월 가량 일하다가 워싱턴으로 진출한 그는 "착하기는 해도 행동적이지 못한 남자"라는 평을 동료 언론인들로부터 들었다.

그러면서도 새로운 사람들과 새로운 경험을 늘 갈망하던 그는 1935년 '유랑 기자'가 되기를 자청하여, 5년 동안 서반구(西半球)를 종횡무진 누비고 다니며 방랑길에서 접한 갖가지 경험을 글로 썼는데, 다룬 내용을 보면 세숫비누, 개, 의사, 담배 마는 방법, 호텔방, 울타리 세우기, 고장난 바지 지퍼, 몰로카이의 나환자, 북극지방의 여이발사 등 주제가 다양하기 짝이 없었다.

그는 늘 건강 때문에 걱정이 많았다. 인터뷰를 위해 사람을 만나기 전에는 마음이 불안해져서 그는 신경성 소화불량에 자주 시달렸으며, 자신이 쓴 글에 대해 자신이 없어지면 차라리 고향에서 농사나 지었어야 한다고 자주 후회했다. 그러면서도 그는 자신의 약점을 재미있는 소재로 엮어 글로 써서 수 많은 사람들의 보호본능을 자극하기도 했다.

그러다가 종군기자로 파견된 그는 자신에게 주어진 새로운 일의 성격을 제 대로 파악하지 못한 상태였다. 그래서 남들처럼 상황 보도를 하며 지내다가, 어느 날 아프리카에서 다홀랑(Jean Louis Xavier François Darlan) 제독의 기자회 견에 참석하러 가던 길에 그의 인생행로를 뒤바꿔놓는 사건이 발생했다.

그가 회견장을 향해 비행장을 서둘러 건너가고 있을 때 독일 스투카(Stuka) 폭격기들이 급강하해서 기총소사를 개시했다. 그는 어느 GI의 뒤를 따라 배 수로로 뛰어들었고, 기총소사가 끝난 다음 그는 병사의 어깨를 두드리며 말 했다. "하마터면 당할 뻔했죠?"

대답이 없었다.

병사가 죽었던 것이다.

파일은 회견 내내 정신이 나간 상태였고, 그의 천막으로 돌아가 몇 시간 동 안 깊은 생각에 잠겼다. 마침내 그는 뉴욕 사무실로 전보를 쳐서, 다홀랑 제 독에 대한 기사를 쓰지 않겠다고 알렸다. 대신에 그는 그와 함께 몸을 피했 다가 배수로에서 죽은 낯선 병사에 대한 글을 썼다. 그리고는 며칠 동안 그 는 사람들한테 종군을 그만두고 귀국하겠다는 얘기를 했다.

하지만 충격이 가라앉은 다음, 그는 자신이 해야 할 일이 장군들이나 그들 의 전략이 아니라, 한때 동네 건달이었거나 사무원이나 자동차 정비공이었 으며 그들의 얘기를 아무도 들어주려고 하지 않는 하찮은 사람들에 대한 글 을 쓰는 것이라고 확신하기에 이르렀다.

전설은 그렇게 시작되었다.

*

GI들은 그들을 위한 어니 파일의 헌신적인 노력에 대해서 반응이 더디었다.

야전에 나가면, 추위에 지나치게 민감했던 그는 옷을 닥치는 대로 껴입어 서 늘 병사들의 놀림감이 되었다. 키도 작고 이상해 보이던 그에게 골탕을 먹이려고 병사들은 담요나 물을 전투병들이 훔쳐가거나 감추기도 했다. 깔끔하기 짝이 없던 그가 항상 그 속에 넣어 가지고 다니는 화장지를 구경하려고 어떤 병사는 그의 철모를 일부러 쳐서 떨어뜨리기도 했고, 숲에 몰래 숨어서 용변을 보는 그에게로 떼를 지어 몰려가 소리를 질러대기도 했다.

말하자면 어니 파일은 오랫동안 전투병들로부터 '왕따'를 당한 셈이었다.

그러다가 파일의 고정란을 언급하거나 아예 신문을 오려 동봉한 편지들이 전선의 병사들에게 고향에서 날아오기 시작했다. 시간이 흘러감에 따라 병사들은 그들의 대변자가 생겼음을 깨달았다. 그들을 단순히 집단으로 편성된 군인이 아니라, 저마다 개성을 지닌 인간으로서 이해하고 진심으로 아끼며, 그들과 함께 행동하고 생각하는 인물로서 파일을 파악하기에 이르렀던 것이다.

원하면 언제라도 귀국할 수 있음에도 불구하고, 점점 더 두려움에 사로잡혀 잠을 자다가 비명을 지르는 경우가 자꾸 빈번해지면서도, 그들과 함께 위험을 치르며 그들의 얘기에 귀를 기울이는 어니 파일에게 어느덧 병사들은 그들의 마지막 담배와 담요를 서슴지 않고 내주게 되었다.

하지만 새로 얻은 명성에도 불구하고 파일은 교만해지지도 않았고, 그래서 영화 「G. I. 조」가 제작될 때는 연필과 메모지를 들고 동분서주하며 열심히 취재 활동을 벌이는 민완한 기자로 자신의 모습이 엉뚱하게 그려질까 봐 걱정까지 했으며, 남성적인 매력이나 영웅적인 면모가 용모에서 전혀 드러나지 않는 버지스 메레디트에게 자신의 역을 맡게 해 달라는 주문까지 했다.

실제로 그는 취재를 할 때 만난 병사들의 이름과 주소 정도만 적어두었고, 며칠 동안 소규모 부대와 행동을 같이 하며 글이라고는 전혀 쓰지 않기가 보통이었다. 그러다가 충분히 취재가 끝났다는 생각이 들면 후방으로 빠져서, 여러 개의 기사를 한꺼번에 썼고, 때로는 3주일치의 글을 미리 써놓기도 했다.

글을 쓸 때면 그는 혼자 일하고 싶어했으며, 같은 천막에서 생활하는 사람들에 대해서 지극히 신경질적인 반응을 보이기도 했다. 편안하고 부담이 없으면서도 때로는 웅변적인 그의 문체는 타고난 것이었지만, 그는 절대로 글을 빨리 쓰지 않았으며, 기사 하나를 보통 서너 번씩 고쳐 썼다고 한다.

*

전쟁에 대한 두려움 역시 어니 파일에게서 사라지지를 않았다. 노르망디 상륙작전 이후 잠시 휴식을 취한 다음 다시 전선으로 들어가기 전에, 그는 어느 동료 종군기자에게 자신의 심정을 이렇게 털어놓았다.

"전투지로 나갈 생각을 하면 자꾸 겁이 나. 여러 해가 지나다 보면 익숙해 질 만도 한데, 난 두려움이 점점 더 심해지기만 해. 마치 무슨 누적된 효과가 나타나듯이 말야. 런던 대공습 동안이나, 아프리카에서 급강하 폭격기에 당하던 초기에보다, 요즈음에 와서 난 비행기가 훨씬 더 무서워졌어. 1년 반 동안 드문드문 위기를 한 번씩 넘기다가, 안지오*에서 네 차례나 아슬아슬한 위기를 한꺼번에 겪고 나서는, 이제 운이 다한 모양이라는 기분이 자꾸 들기 시작했어."

그리고 고향에서 기다리는 아내에게 그는 이런 편지도 썼다.

"물론 전쟁이라면 진저리가 나서 이곳을 어서 떠나고 싶기는 하지만, 차마 그럴 수가 없어. 나는 전쟁의 참혹한 비극의 한가운데서 너무나 오랫동안 지내다 보니까, 그것에 대한 어떤 책임감 비슷한 무엇을 느끼게 되었어. 뭐라고 표현해야 좋을지 잘 모르겠지만, 내가 전쟁터를 떠난다면, 군인이 탈영을 하는 기분이 들 것만 같아."

이렇듯 끊임없이 죽음에 대한 공포에 시달리면서도 어니 파일은 끝내 전쟁터를 떠나지 않았다. 그는 유럽에서 태평양으로 활동무대를 옮겼으며, 1945년 4월 16일, 오키나와 부근의 작은 섬 이에도(伊江島) 상륙작전에 종군했다가, 일본군의 기관총 사격을 받아 지프에서 뛰어내려 배수로까지 도망쳤지만, 결국 목숨을 잃었다.

그리고 그가 죽은 자리에는 널빤지로 급조한 안내판을 군인들이 비석처럼 세워놓았다.

---

*Anzio. 이곳에서는 그가 잠을 자던 방이 폭격을 맞아 벽이 무너지기도 했다.

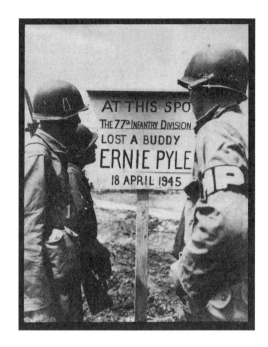

◀
어니 파일이 죽은 장소에는 병사들
이 비석처럼 널빤지 안내판을 세워
놓았다.

바로 이 자리에서
미 육군 제77 사단은
1945년 4월 18일
그들의 전우
어니 파일을 잃었다.

일곱 어니 파일의 전쟁에서는

저격병의 총탄에 희생되어 생을 마감했다는 존 스타인벡의 설명*과는 달

---

*p. x, *Once There Was a War*

리, 어니 파일은 독일군이 항복하여 유럽에서 전쟁이 끝나기 20일 전, 일본의 어느 작은 섬에서 기관총에 희생*되었다고 전해진다. 그리고 그의 시체에서는 유럽 전쟁이 끝나는 날 게재하기 위해서 미리 써놓은 글의 초고가 발견되었다.

그 원고**는 이런 예언적인 내용으로 끝을 맺었다.

이 나라, 그리고 저 나라에서, 여러 달이 지나고 그리고 여러 해가 지나는 사이에, 대량으로 생산된 전사자들. 겨울에 죽은 사람들, 여름에 죽은 사람들.

아무렇게나 죽은 모습이 워낙 많아서, 대수롭지 않게 보이기까지 하는 죽은 사람들.

어찌나 엄청나게 많은지 때로는 지겨워지기까지 하던 죽은 사람들.

이들의 죽음은 고향 사람들이 이해하려고 노력할 필요조차 없는 현상이다. 고향 사람들에게는 그들이 씩씩하게 행군하는 집단으로만 여겨지거나, 멀리 떠나가서 그냥 돌아오지 않은 가까운 사람에 지나지 않는다. 여러분은 그가 프랑스의 자갈길 옆에 그토록 괴이한 고깃덩이가 되어 쓰러진 모습은 보지 못했다.

우리들은 보았다.

수천 번이나 보았다.

그것이 다르다.

*

북 아프리카 종군기를 담은 『이것이 우리들의 전쟁이다(*Here Is Your War*, Ernie Pyle, Lancer Books)』를 보면, 어니 파일의 전쟁에서는, "야간에 행군하는 병사들이 유령처럼 보였다. 수백 필의 말이 대포와 탄약과 보급물자를 운반했다. 나는 수백만에 이르는 사람들로 하여금, 고향에서 따뜻한 침대에 들

---

* p. 438, *This Was Your War*, ed. Frank Brookhouser
** p. 419, *Ernie's War, The Best of Ernie Pyle's World War II Dispatches*, ed. David Nichols

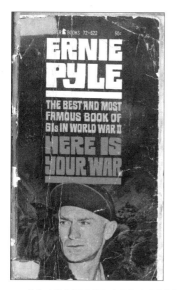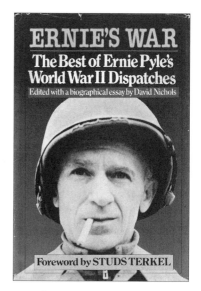

▲ 어니 파일의 종군기를 정리한 저서 『어니의 전쟁』(오른쪽)과 『이것이 우리들의 전쟁이다』(왼쪽).

어가 잠들었어야 하는 남자들로 하여금, 며칠씩이나 기나긴 밤을 새면서 기계처럼 정밀하게 이동하도록 만들어 놓은 어떤 재앙의 엄청난 힘을 느끼지 않을 수가 없었다. 세상에서 살아가는 평범하고 하찮은 사람들을 전쟁은 이상하고도 거대한 괴물로 만들어 놓는다." (p. 132)

......

어니 파일의 전쟁에서는 "물론 선택하는 자가 항상 스스로 선택할 권리를 갖지는 못한다. 세상의 수많은 전투지는 차라리 영웅이 되지 않았더라면 좋겠다고 생각하는 영웅들로 넘쳐난다." (p. 37)

......

어니 파일의 전쟁에서는 "우리들이 어디로 가는지 종군기자들은 목적지를 알았다. 장교들도 몇몇은 알았고, 나머지 장교들은 그냥 짐작 정도만 했다. 그리고 놀랄 만큼 많은 숫자의 병사들은 그들의 목적지가 어디인지 전혀 알지 못했다." (p. 8)

......

어니 파일의 전쟁에서 "나는 병사들이 두려움을 어떻게 표현하는지를 어느 장교에게 물어보았다. 그는 말했다 — 비참한 상황 속에서 누군가 같이 존재한다는 기분을 느끼기 위해, 대부분 그냥 처량하게 서로 쳐다보면서, 조금씩 서로 가까이 다가간다고."(p. 23)

......

어니 파일의 전쟁에서 "우리들 몇몇은 런던의 BBC 방송이 내보내는 밤 9시 뉴스를 들었고, 어떤 부대에서는 단파 라디오로 미국에서 전하는 뉴스를 매시간 들었다. 2백 킬로미터 떨어진 곳에서 벌어지는 상황이 미국까지 타전된 다음에 다시 돌아온 뒤에야 우리들이 알게 된다는 사실은 참으로 얄궂다는 생각이 들었다. 하지만 이 미친 세상에서는 만사가 그런 식이다."(p. 32)

......

어니 파일의 전쟁에서는 "수천 명의 병사들이 언젠가 평화가 찾아오면 아내와 아이들을 데리고 튀니지로 돌아와서, 그토록 익숙해진 전투지를 보여주고 싶다는 생각을 한다. 하지만 그곳에 존재했던 광포한 만행을 상기시킬 만한 흔적은 별로 없이, 도시들만 남아서 기다리리라."(p. 205)

......

어니 파일의 전쟁에서는 "엄청난 죽음과 처참한 파괴의 겨울을 견디어낸 다음이었어도, 전쟁이 얼마나 끔찍하고 얼마나 핍진하는지를 인식하게 되는 것은 발작적인 몇몇 순간뿐이었다. 전쟁의 구체적인 현상들을 접할 때면 나는 감정은 죽어버리고 딱지만 남은 듯한 기분을 느꼈다. 나는 줄지어 새로 파놓은 무덤들을 보면서도 목이 메이지를 않았다. 어찌 된 일인지 나는 팔다리가 잘려나간 시체들을 보고도 움찔하거나 깊은 감정이 느껴지지가 않았다.

그런 모든 새로운 죽음의 엄청난 의미가 생생한 악몽으로 나를 다시 덮치는 순간이 언제인가 하면, 그것은 그런 모든 상황으로부터 멀리 떨어져, 혼자 앉았거나 밤늦게 침낭 속에 들어가서 내가 보았던 장면들을 되새기면서, 생각에 잠기고 잠기고 또 잠길 때였다. 그러면 가끔 나는 더 이상 견디기가 힘들어 그곳을 떠나야 되겠다는 기분이 들기도 했다.

하지만 전투에 임하는 병사들은 전쟁의 그런 단계를 극복한다. 첫 전투를 치르고 나면 그런 악몽의 단계를 벗어난다. 그들의 몸에서는 피가 끓어오른다. 그는 살아남기 위해 싸워야 하고, 그에게는 사람을 죽이는 일이 나의 글쓰기처럼 하나의 직업이 된다."(p. 217)

……

어니 파일의 전쟁에서는 "시사잡지를 보면 전쟁이 활력과 영웅적인 행위로 가득하며, 사람을 흥분시키는 낭만적인 현상처럼 보인다. 전쟁이 정말로 그렇다는 사실을 나도 알기는 하지만, 그러면서도 실감은 느껴지지 않았다. 미국에서 보내온 잡지를 봐야만 나는 이곳에서 벌어지는 전쟁의 참된 분위기를 깨닫게 된다.

내가 본 어떤 사진 한 장은 우리들이 아프리카에 상륙했던 기다란 콘크리트 방파제를 보여주었다. 참으로 묘한 기분이 들게 만드는 사진이었다. 무슨 고약한 이유 때문인지는 몰라도, 그 첫날 방파제를 따라 행군했을 때보다는 사진을 보면서 나는 훨씬 더 많은 흥분감을 맛보았다. '도대체 내가 왜 이런지 모르겠어요.' 내가 말했다. '우린 이곳 최전선에 와 있지만, 나에게는 전쟁이 전혀 극적이라고 느껴지지를 않아요.'

내가 하는 얘기를 듣고 워싱턴 주 벨링햄에서 온 퀸트 퀵 소령은 그의 침대에서 팔꿈치를 괴고 엎드렸다. 퀵은 비행대대장이어서 어떤 폭격기 조종사 못지않게 실전 경험이 많았다. 그의 전적(戰績)에 대해서는 모두들 감탄하고 존경심을 보였다. 그가 말했다. '나도 마찬가지예요. 극적이어야 한다고 믿기는 하지만, 그런 기분이 들지를 않아요. 그냥 고생스러운 일이라는 생각만 들어서, 복무를 끝내고 어서 고향으로 돌아가고 싶기만 해요.'

그래서 나는 알지 못한다. 전쟁은 극적인가, 아닌가? 분명히 크나큰 갖가지 비극과, 믿어지지 않을 만큼 영웅적인 행동과, 심지어는 희극적인 잠재성도 끊임없이 나타난다. 하지만 글을 쓰려고 자리에 앉으면, 내 눈앞에 어른거리는 모습이라고는, 전선에서 고통을 받으며 어딘가 다른 곳으로 가고 싶어하는 병사들, 후방에서 따분한 일을 하면서 전방으로 나가지 못해 안달하는 병사들, 앞에 앉혀놓고 영웅 노릇을 할 여자들이 없어서, 그들 자신말고는 얘기를 나눌 상대가 아무도 없어서 절망적으로 사람을 그리워하는 병사들, 마실 술도 별로 없고, 노래도 듣기 힘들고, 무척 춥고 더러운 몸으로, 불안감과 불편함과 고향 생각과 위험에 대한 무딘 감각 속에서 무턱대고 하루하루를 힘겹게 살아가는 병사들뿐이다.

낭만과 극적인 요소는 물론 이곳에 존재하지만, 숲 속의 유명한 나무*나 마찬가지여서 — 누가 들어주지 않으면 아무 쓸모가 없는 얘기이다. 내가 알기로는 병사들에게 전쟁이 낭만적인 순간은 두 번뿐이어서, 한 번은 자유의 여신상을 다시 보게 되는 순간이고, 다른 한순간은 고향으로 돌아간 첫날 가족을 만날 때이다."(p. 95)

......

그리고 어니 파일에게는 "전쟁이 대단한 활력을 분출하는 현상임을 부인하고 싶은 생각이 없다. 삶의 모든 맥동이 고국과 전선에서 다같이 빨라진다. 전투지에서는 사람을 취하게 만드는 어떤 기운이 작용하여, 평범한 남자들이 때로는 위험의 감각이라는 술을 마시고 자신의 한계를 훌쩍 뛰어넘는다. 하지만 그것은 거짓된 착각이다. 이곳을 떠나 다음 전투지로 이동할 때면, 적어도 나만큼은 지극히 마음이 내키지 않기가 보통이다.

마침내 평화가 찾아오는 날, 이른바 '전체적인 양상'이 드러나리라. 나는 '전체적인 양상'에 대해서는 전혀 아는 바가 없기 때문에 아무런 언급도 하지 않았다. 내가 아는 바라고 하면, 굼벵이처럼 땅바닥을 기어다니며 보았던 양상들뿐이고, 우리들이 이해하는 부분의 양상이라고 하면, 아직 살았으며 죽기를 바라지 않는 지치고 더러운 병사들과, 한밤중에 소등을 하고 길게 줄지어 나아가는 차량 행렬과, 한 차례 전투를 끝내고 언덕을 힘없이 그리고 말없이 내려오는 병사들의 얼굴에 나타난 충격과, 식사를 하려고 줄지어 늘

---

* 아무도 없는 숲에서 혼자 쓰러지는 나무의 존재성에 대한 철학 명제를 뜻한다.

어선 장병들과 말라리아 예방약과 개인호와 불타는 전차와 아랍인들이 불쑥 치켜든 달걀과 높이 날아가는 포탄의 쉿소리, 지프와 연료 하치장과 퀴퀴한 냄새가 나는 침낭과 C-레이션과 선인장밭과 몇 달 동안 입고 다녀서 목덜미가 새까맣게 때에 찌든 속옷, 그리고 또한 웃음과 분노와 술과 사랑스러운 꽃과 끊임없는 욕설로만 구성되었을 따름이다. 전쟁은 이런 모든 것, 그리고 무덤과 무덤과 무덤들로 구성되었다.

이것이 우리들의 전쟁이고, 우리들은 한 전투지에서 다른 전투지로 이동하며 모든 상황이 다 끝날 때까지 전쟁을 수행하고, 그러는 사이에 우리들의 일부는 모든 해안선에서, 모든 야전에서 뒤에 남는다. 이곳 튀니지에서 뒤에 남는 병사들은 시작일 따름이다. 이렇게 빨리 전쟁에서 그들이 벗어났다는 사실이 그들에게 잘된 일인지 아닌지를 나는 알지 못한다. 일단 죽고 나면 그런 문제는 아무 의미가 없어지는지도 모르겠다. 훈장과 연설과 승리는 더 이상 그들에게 아무런 의미가 없어진다. 그들은 죽었고 다른 사람들은 살았으며, 왜 그런 결과가 이루어졌는지는 아무도 모른다. 그들은 죽었고, 그래서 우리들은 앞으로 나아가기를 계속하고 또 계속한다. 다음 해안선으로 가기 위해 이곳을 떠나면서, 나무 십자가 밑에 묻힌 병사들에게 우리들이 해줄 수 있는 일이라고는, 잠깐 걸음을 멈추고 이렇게 속삭이는 것뿐이리라. '고맙다, 전우여.'"(p. 272)

여덟 제1번 도로에서

10년 전에 한기주가 영화를 찍으러 다시 찾아왔을 때까지만 하더라도, 제1번 도로는 프랑스 식민지시대에 만들어 놓은 그대로여서, 왕복 하나씩 좁다란 2차선에 여기저기 포장(鋪裝)이 뜯어져 나가 차량들이 속도를 제대로 내지 못했었다. 하지만 이제는 도이머이(刷新) 개방정책이 성공했다는 물적 증거라도 제시하려는 듯, 냐짱에서 닝화로 가는 길을 4차선으로 시원스럽게 확장해 놓았다.

그들은 백마부대 사령부가 주둔했던 마을을 둘러본 다음 미스 베트콩 판띠답을 만나러 갈 예정이었다. 오늘 아침 명월이가 하노이에 전화를 걸어봤더니, "미스 베트콩"의 소재가 닌꽝(Ninh Quang)에서 확인이 되었다고 했다. 그리고 보응웬지압 장군은 건강이 허락한다면 다음 주일 화·수·목 가운데 어느 날 하루 시간을 내어, 오후 서너시쯤 회견에 응하겠다는 잠정적인 약속도 이루어졌다.

포장공사를 끝내고는 아직 차선조차 그려넣지 않은 깨끗한 제1번 도로는 스쿠터들만 가끔 열심히 질주할 뿐 교통량이 별로 많지 않아서, 어쩐지 과거를 지워버리고 미래를 내다보는 생소한 길을 따라가는 기분이 들었다. 커다란 짐차와 산뜻한 소형차들이 드문드문 달려가고 달려오는 가운데, 옛날에 닭장과 사람들을 대롱대롱 매달고 돌아다니던 낡은 람브레따(lambretta)들은 자취를 감추어서, 과거를 찾아가던 한기주의 눈에는 낯익은 현대적인 모습을 갖춘 길이 오히려 낯설기만 했다.

숫자도 늘어나고 훨씬 산뜻해진 도로변의 가옥들과 반들거리는 새 간판들도 낯설기는 마찬가지였지만, 그러나 가끔 물소 떼를 몰고 나타나는 목동 아이들이 세월의 흐름과 변천을 아랑곳하지 않고 도로 한가운데로 나와 앞을 가로막고는, 미래로 나아가는 현재의 도로에서 과거의 흔적이 마지막으로 버티었다.

*

닝화로 들어가는 입구의 삼거리는 옛모습 그대로 변함없이 낯익었다.

휘발유 드럼통을 절반 잘라 길 한복판에 엎어놓고 올라서서 교통정리를 하던 한국군 헌병의 당당한 모습은 보이지를 않았고, 길가의 납작한 단층집들 사이로 3층짜리 새 건물이 몇 채 파고들었으며, 도로는 이곳 역시 까맣게 새로 포장해 놓았지만, 워낙 더디게 발전하는 시골 풍경은 어디나 그렇듯 별로 달라지지를 않았다.

▲ 자그마한 마을 닝화에서 헌병이 교통정리를 하던 삼거리는 이제 번화한 소도시의 모습을 갖추었다.

한기주는 정훈부 운전병의 "땡비 눈물비" 사건이 얽힌 식당이 어디쯤일까 찾아보았지만, 짐작이 가지를 않았다. 식당 앞에서 늘 시에스타를 하던 씨클로꾼도 없어졌고, 문방구 앞에서 생글생글 웃으며 손을 내밀고 구걸하던 귀여운 계집아이 거지도 사라졌다. 대여섯 살이었던 그 어리고 예쁜 거지도, 어딘가 살아 있다면, 이제는 나이가 50이 다 되었으리라고 한기주는 생각했다.

삼거리에서 오른쪽으로 접어들어 제1번 도로를 따라 조금 더 올라가니, 한기주가 늘 지나다녔던 작은 다리는 없어졌고, 움푹 가라앉은 개울에서는 녹조(綠藻)로 썩은 흑록색 물이 걸쭉하게 천천히 흐르는 듯 멈춘 듯 움직이지를 않았다.

제29 연대 3대대장 송서규 중령이 전사한 현장이었다.

*

송 중령은 백마부대 지휘관들 가운데 한기주와 가장 사이가 가까웠던 장교였다. 예하 9중대와 10중대를 한기주가 여러 차례 종군하는 사이에 야전에서 두 사람이 만날 기회가 비교적 많았던 까닭이었다.

기타를 즐겨 치는 '예술가 군인'이었던 송 중령은, 누가 습관적으로 혹시 담배를 권하면, "예의상 일단 받기는 하겠습니다만"이라고 말하고는 "담배를 끊는중이어서요"라며 담배가치를 토막토막 끊어 책상에 늘어놓고 미소를 짓고는 했다. 하지만 그는 흡연으로 인한 폐암이 찾아오기 오래전, 백마부대 사령부와 닝화 전체가 베트콩에게 포위되어 악몽처럼 치열한 전투가 벌어졌을 때 목숨을 잃었다.

한기주가 닝화 전투 얘기를 하자 이상희 연출자는 주월한국군의 사단사령부가 적에게 한 번이라도 공격을 받았다는 사실이 좀처럼 믿어지지 않는 눈치였다. 현지에서 수행하던 전쟁과 고향 사람들이 생각하는 전쟁이 그렇게 달랐던 까닭은 한국의 정부와 언론이 닝화 전투에서 아군이 거둔 '혁혁한 전과'만 열심히 홍보했을 뿐, 그것이 구정공세의 1단계 탐색전으로서 적의 선제공격으로 시작되었으며, 적이 주도한 싸움이었음은 아무도 얘기하지 않았기 때문이었다.

어쨌든 그날의 치열한 전투에서, 이곳의 개울을 가운데 두고 적과 대치한 상황이 되었을 때, 물을 건너 전진하라고 아무리 명령해도 아군 병력이 꼼짝달싹도 하지 않자, 송 중령은 권총을 뽑아들고 부하들을 독려하며 앞장서서 개울을 건너다 적탄에 맞아 숨졌다.

케빈 코스트너의 서부극 「늑대와 춤을」이나 존 웨인의 전쟁영화 「유황도의 모래」에서처럼, 누군가 앞장서서 용기를 과시하면, 나머지 사람들이 눈앞에 펼쳐진 영웅의 모습에 최면되어, 부하들이 너도나도 뒤따라 비오듯 쏟아지는 총탄을 뚫고 달려나가는 감동적이고도 비현실적인 만용 ― 그것은 헐리우드의 전설에 지나지 않았다. 그런 무용담은 확률이 분명한 죽음의 현실 앞에서는 쉽게 이루어지지 않았다. 가미가제(神風)는 집단 세뇌를 당한 사람들의 무조건적인 파블로프 조건반사이지, 결코 이성적이거나 논리적인 행위가 아니기 때문이었다.

귀국 후에 국립현충원으로 그의 무덤에 참배를 갔을 때, 한기주는 묘비에서 대령으로 추서된 송서규 대대장의 계급을 보고는, 아깝게 죽은 자에게 진급이 어떤 논리적인 의미를 가지는가 하는 회의를 느끼기도 했다. 죽은 다음에 장조(莊祖)라고 격상시켜 주었다고 해서 사도세자의 한이 얼마나 삭아 없어졌을까.

같은 닝화 전투에서 한기주는 며칠 후, 헌병중대 병력이 방어하던 고등학교 옆 철로에서, 한국군 병사들이 기찻길을 넘어 미친 듯 돌진하는 모습을 목격했다. 그들은 몇몇 전우가 몇 분 전에 적의 총탄을 맞고 피를 흘리며 죽어가는 모습을 생생하게 지켜보았고, 그래서 동물처럼 흥분한 상태였다.

전쟁의 광기는 웅변적인 수사학으로 영웅화하기는 쉽지만, 수학이나 해부학 용어로는 설명이 불가능하다.

*

닝화 시장거리를 벗어나자마자 몇 개의 작은 마을이 흩어져 자리잡은 락닌 평야가 한꺼번에 푸르르고 싱싱하게 시야로 들어왔으며, 3모작 논이 사방으로 펼쳐진 들판의 바닷가 쪽으로 치우쳐 붙은 혼혜오(Hòn Heo) 산 790고지가 거대한 왕릉의 봉분처럼 솟아올라 낮게 드리운 구름 속으로 머리를 디밀었다.

시커멓고 울창한 숲과 깎아지른 암벽으로 뒤덮여 웅장하면서도 험상궂기 짝이 없는 저 외딴 악산(岳山)에서, 1967년 2월에 베트콩 85B연대 본부를 소탕하기 위해 백마1호작전이 벌어졌다. 「대한뉴스」의 '베트남 소식'은 백마부대가 이 작전에서 적 사살 1백여 명에 3백여 점의 장비와 소지품을 빼앗는 "혁혁한 전과를 올려 대한 남아의 용맹을 다시 한 번 과시했다"고 조국의 극장 관객들에게 승전보를 전했다.

1개월이나 걸린 그 작전에 투입된 아군 병력은 1만 명이 넘었다.

미스 베트콩 판띠답이 포로로 잡힌 것도 혼혜오에서였다.

*

작전이 절정에 다다랐을 무렵, 혼혜오 산 중턱의 임시 헬리콥터 LZ(착륙장)에는 아군이 "혁혁한 전과"를 올리며 빼앗은 적의 수통이나 쌍안경이나 수첩 따위의 소지품을 3백여 점 쌓아 놓았다. 노획품은 제29 연대 본부로 후송하여 연병장에 전시할 예정이었다. 사이공에서 취재를 들어올 한국 기자들이 이 사진을 찍어가게 하기 위해서였다.

착륙장에 쌓인 노획품 중에서 한기주는 어느 베트콩이 지갑에 넣어 가지고 다니던 젊은 여자의 사진을 발견했다. 그리고 한기주는 달밤에 밀림에서 망루에 홀로 앉아 AK-47 공격용 소총을 옆에 놓고, 이 여자 사진과 하늘을 번갈아 쳐다보며 고향 생각에 눈물을 짓는 '쥐새끼'를 상상했다. 그리고 한기주는 묘한 인간적인 비애를 느꼈다.

전쟁에서는 그렇게, 고향에 두고 온 여인을 그리워하는 사람들끼리 패를 짓고 편을 짜서, 서로 열심히 죽였다.

*

인근 동네 사람들에게 물어보며 이리저리 돌아다니고 산길을 뒤졌어도, 한기주는 백마부대 29연대가 주둔했던 정확한 위치를 끝내 찾아내지 못했다.

평생을 옆 마을에서 살아왔다는 니엔 노인은 바로 저기가 연대본부였고, 연병장은 분명히 여기쯤이었다고 손가락으로 가리켜가며 일일이 알려주었지만, 한기주는 황량한 폐허가 되어버린 산비탈 잡초밭에 서서, 그곳에 들어섰던 칙칙한 천막들과 위장한 차량들이 좀처럼 상상이 되지 않았다. 연대장 홍상운 대령과 정훈장교 이대훈 중위의 긴장한 모습, 스산한 새벽에 작전 출동을 앞두고 정글화를 저벅이며 오가던 군인들, 기억 속의 전장은 지형의 배경과 무엇 하나 제대로 일치하지를 않았다.

그리고 그 많은 시체들을 늘어놓았던 자리는 어디쯤이었을까?

닝화 전투 동안에는 냐짱과 닝화를 연결하는 제1번 도로의 36킬로미터 구간이 적에게 차단되었다. 수많은 전사자를 '유해'로 만들어 본국으로 송환하기 위해 십자성부대의 화장터로 싣고 나가는 길도 막혀버렸다. 그래서 '6종 창고'에 쌓아두고 남는 수십 구의 시체를 방수포 자루에 담아 연대 연병장 땡볕에 가지런히 줄지어 눕혀놓았다. 마치 망자들의 열병식이라도 치르는 듯한 광경이었다. 파리 떼가 들끓었다.

지금은 시체의 열병식과 파리 떼의 흔적이 어디에서도 눈에 띄지 않았다.

다시 자란 수풀 속으로 그렇게 과거는 사라졌다.

그렇게 세월은 전쟁을 잡초로 무성하게 덮어, 흔적도 남기지 않고 지워버렸다.

*

한기주는 사단사령부의 '유적'을 찾아내는 데도 애를 먹었다.

백마부대가 주둔 4주년을 기념하여 길 건너 언덕 위에 쌓아올린 전승탑(戰勝塔)이 베트남 공산정부에서 앞에다 새로 세운 송전탑에 가려 제1번 도로에서는 보이지를 않았고, 10년 전에 그가 다시 찾아왔을 때만 해도 한국군 주둔의 마지막 흔적으로 남았던 사령부 헌병초소의 콘크리트 벙커 역시 새 건물을 짓기 위해 철거해 버렸기 때문이었다.

닝화까지 되돌아 나가서 차근차근 지형지물을 읽어낸 다음에야 마침내 미군 제23 수송단 헬리콥터 파견중대가 위치했던 자리를 찾아냈지만, 이곳 역시 주인없는 땅처럼 허허벌판으로 바뀌어, 돗자리를 펴놓고 들놀이를 하기에나 알맞은 풀밭만 펼쳐졌고, 전쟁의 흔적은 하나도 남지 않았다.

한참동안 사방을 둘러보며 머릿속에서 숲과 나무와 잡초를 걷어낸 후에야 한기주의 눈에는 3부 능선쯤에 위치했던 국기게양대와 사단장실과 참모장실이 겨우 보였다. 그리고는 서서히, 네 줄로 들어섰던 반달형 참모부 퀸셋(quonset) 막사들과, 그가 무척이나 탐내던 타자기가 몇 달 동안이나 팔리지 않고 기다려 주었던 PX 건물과, 장교식당과, 정훈대 천막이 눈에 선하도록 모습이 드러났다.

여기저기 흩어진 건물들과 더불어 사람들의 모습도 신기루처럼 나타나기 시작해서, 말아올린 천막 자락에 빗물을 받아 고양이 목욕을 하던 군악대 병사들과, 중앙대학교 연극영화과를 다니다 입대하여 정훈참모 당번이 되었던 오 병장이 선인장 그늘에서 C-레이션 국을 끓이며 기타를 치던 모습과, 드디어 아까이 녹음기를 샀다고 자랑하던 조 상병과, 땅거미가 질 무렵 저쪽 숲길로 줄지어 들어가던 수색중대 야간매복조의 슬픈 뒷모습도 어른거렸다.

그리고 장교식당 아래 저기쯤 BOQ*에 닝화 전투의 개시를 알리는 베트콩

▲ 닝화 주둔 초기의 백마부대 사단사령부 전경.

▲ 취재진이 찾아간 날은 베트남인들이 마지막 '유적'인 콘크리트 헌병초소를
    철거하는 마무리 작업을 하던 중이었다.

의 첫 박격포탄이 떨어져 소령 한 명이 잠을 자다가 전사했던 순간, 한기주는 거기에서 1백 미터쯤 떨어진 저곳 정훈참모부 안에서, 땀과 썩은 잎사귀 찌꺼기로 더러워진 몸을 아직 씻지도 못한 채로, 자정이 넘도록 혼자 불을 켜놓고 여기저기 신문사로 보낼 글을 쓰던 중이었다. 그날 밤 한기주는 타자기 앞에 앉아 이런 글을 쓰고 있었다.[**]

베트남 톤싼화(Thon Xuan Hoa)에서 ─ 작전 개시일(D-Day) 새벽에는 비가 내렸다.

날은 아직 밝지 않았다.

으슬으슬 춥기까지 했다.

병사들은 흙길을 따라 늘어서서, 둔감해 보일 정도로 육중한 트럭에 타게 될 차례를 기다렸다. 거리가 좀 떨어진 논둑에서 경계를 서는 소수 병력은 철모를 깊이 눌러 썼고, 전투복이 비에 젖어 거무스레하게 보였다. 하늘을 향한 그들의 M-1[***] 총구에는 빗물이 들어가지 않도록 플라스틱 봉투를 찢어낸 조각을 찌그러진 풍선처럼 씌워 놓았다.

장교들이 지프를 타고 병사들 사이로 오락가락하다가, 방금 생긴 물구덩이 때문에 가끔 멈춰 서고는 했다. 대대장과 중대장들이 지프의 엔진덮개 위에다 셀로판지를 씌운 작전지도를 펴놓고 모여 서서, 기름연필로 무엇인가 그려가며 마지막 의논을 했다. 모두가 긴장한 표정이었다.

트럭들이 여기저기서 동시에 부릉거리며 시동을 걸었고, 군장을 짊어진 병사들이 차로 기어 올라갔다. 가끔 누군가 무슨 명령을 내리느라고 소리를 질렀다. G-2 장교들이 지도에다 열심히 무엇인가를 자꾸만 표시했다. 무전

---

[*] 장교 숙사.

[**] 〈더 코리아 타임스(The Korea Times)〉의 「베트남 삽화(Viet Vignette)」에 게재된 내용이다.

[***] 백마부대 파월 초기만 해도 한국군은 미군들이 사용하던 M-16을 아직 지급받지 못해서 8발을 삽탄장전(揷彈裝塡)하는 M-1을 가지고 베트콩의 소련제 자동화기 AK-47 공격용 소총에 맞서 싸웠다. 훗날 M-16으로 주월한국군의 개인화기가 교체되고, 그 무기가 귀국 병력과 더불어 한국으로 반입됨으로써 우리의 부분적인 '장비 현대화'가 이루어졌다.

기들이 쐐액거리고, 지직거렸다. 개나리, 남포, 도라지를 읊으며 숫자를 헤아리는 무전병들.

그리고 비가 내렸다.

흙길이 점점 분주하고 시끄러워졌다. 트럭의 양쪽 옆구리에 배낭들이 가지런히 매달렸다. 병사들이 트럭 위에서 두 줄로 마주보며 촘촘하게 나란히 붙어 앉았고, 그들의 철모 위로 비가 내렸다.

작전 개시 시간(H-Hour)이었다.

지프들과, 트럭들과, 장갑차들이 전진을 시작했다. 무엇인가 깊은 생각에 잠긴 병사 한 명이 마지막 한 모금의 담배 연기를 뱃속 깊숙이 빨아들인 다음, 야자잎으로 위장한 트럭에 실려 제1번 도로를 따라 나아갔다.

아스팔트가 빗물에 젖었고, 나무들도 젖었고, 피난을 가서 비어버린 베트남인들의 집들도 젖었다. 풀밭과 하늘과 언덕들, 온세상이 젖었다.

빗물에 젖은 야자수들이 양쪽으로 줄지어 늘어선 좁다란 도로를 따라, 트럭들이 계속해서 나아갔다. 지금 이 길을 따라 지나가는 병사들 가운데 몇몇은 돌아오지 않으리라. 훈장을 받으러 돌아오는 병사들도 생기겠고. 친한 전우를 잃고 돌아오기도 하고. 그리고 가장 운이 없는 병사들은 불구의 몸이 되어 돌아온다.

논바닥에 띄엄띄엄 떨어진 농가들은 사람이 사는 흔적이 보이지를 않았다. 마을사람들은 작전에 앞서 한국군에 의해 미리 소개(疏開)되었다. 길가의 작은 마을들은 통째로 비어 버렸다.

전진을 계속하던 트럭에서는 소총을 겨눈 병사들이 사주경계를 했다. 병사들은 말 한마디 없이 길가의 숲들을 열심히 살펴보았다.

전투는 곧 시작될 터였다. 어쩌면 이 작전은 심각한 전투를 치르지 않은 채로 끝날지도 모른다. 하지만 어쨌든 전투를 치를 각오는 누구나 다 해야 한다. 죽음에 대한 준비도 하고.

어쩌면 그들은 마음속으로 모두 한 가지만 생각하는지도 모른다. 죽음에 대한 생각. 죽음은 비가 내리면 훨씬 현실적인 개념이 된다. 그래서 비가 내

전투에 투입될 병력이 장비와 무기를 점검한 다음(위)
나뭇가지로 위장을 마치고는 시누크 헬리콥터에 타고 작전지역으로 들어간다(아래).

리면 작전에 나간 병사들은 우울해진다. 비가 내릴 때는 죽음을 생각하면 마음이 훨씬 더 무거워진다.

트럭들의 옆으로 지프 한 대가, 용감히 싸우라고 독려하는 지휘관처럼, 오르락내리락하면서, 중대장들에게 짤막한 명령을 전달하고, 무엇인가 물어보기도 한다.

빗물에 씻긴 도로를 따라 트럭들이 나아간다.

끝없는 트럭들의 행렬. 한 줄로 정렬한 수많은 소총. 너무나 많은 젊은이들. 그리고 하나의 이상한 전쟁.

비가 내린다.

아홉 교장선생님과 여베트콩

29연대와 사단 사령부에서 별다른 '그림'을 찾아 찍지 못하고 헛걸음을 한 일행은 다시 닝화 삼거리를 거쳐, 락닌 평야의 반대편 닌꽝 마을로 "미스 베트콩" 판띠답을 찾아가는 길에 나섰다.

한기주는 철도 건널목 못 미쳐, 왼쪽 길가에 늘어선 우람한 나무들이 좁다란 마당 전체에 시원한 그늘을 드리우는 반꽁고등학교 앞을 지나면서, 노란 칠을 한 건물의 벽을 아쉽고도 반가운 마음으로 건너다보았다.

치열한 닝화 전투가 끝난 다음, 무슨 볼일 때문이었는지 지금은 기억이 나지 않지만, 그는 우연히 이 학교에 들렀다가 교장선생님을 만났고, 그와 나눈 얘기를 그대로 적어 〈더 사이공 포스트〉에 기고했었다.

평화를 위한 작은 소망 그리고 곡사포

(A Little Hope for Peace Sparked by Howitzers)

닝화―이곳 반꽁 고등학교의 하이(Hy) 교장이 베트남전을 못마땅하게 생각하는 까닭은 전쟁이 105밀리미터 곡사포를 마을로 끌어들였기 때문이었다. 그는 아들이 걸린 홍역이나 베트콩보다 아군의 대포를 훨씬 더 미워한다.

학교에서 겨우 1백 미터밖에 떨어지지 않은 곳에 배치된 4문의 곡사포는 베트남 정규군 부대가 가져다 놓았는데, 베트콩이 사방에서 자주 출몰하던 시절에 닝화 한복판에 들어와 자리를 잡게 되었다고 했다.

그리고는 어디선가 적이 준동한다는 첩보가 들어올 때마다 밤이면 정신없이 동서남북 사방으로 대포들을 쏘아대었다.

"대포가 한 번 뻥 하고 터지면 내 학교 담벼락이 자꾸만 깨져요." 49살 난 시골학교의 교장은 처량한 눈으로 갈라진 벽을 응시하며 말했다. "그럴 때마다 사람들을 데려다 벽을 땜질하지만, 다시 밤에 군인들이 포를 쏘면 또 담벼락이 갈라지죠. 어쩌면 좋을지 기가 막힙니다."

하이 교장은 지역 행정기관과 칸호아성과 사이공 정부, 그리고 베트남군 사령관 빙록(Vinh Loc) 장군에게 대포를 마을 밖으로 옮겨 달라고 줄줄이 진정서를 냈지만, 한 번도 회신을 받은 적이 없다고 했다.

작달막하고 몸집이 단단한 교장선생님은 이탈리아인 바텐더처럼 어깨를 추스리면서 말했다. "대포들하고 가까운 곳에 위치한 집들은 모두 벽이 갈라졌어요. 저기 저 셔르시*좀 보라구요. 교회 지붕에 구멍이 숭숭 뚫리고 기와가 다 깨진 이유도 밤마다 쏘아대는 대포 소리 때문이라니까요. 특히 이쪽 방향으로 포를 쏘면, 기왓장들이 지붕에서 땅으로 주르륵 떨어져 박살이 나기도 한답니다."

그는 전쟁 자체보다도 학교의 갈라진 벽이 훨씬 더 걱정스러워 보였다. 사실이 그렇다고 그는 시인했다. 그리고 당연히 그럴 만도 했다.

"이 학교는 나 자신이나 마찬가지예요." 통통한 손가락으로 주먹을 쥐어

---

* 그는 프랑스인들에게 교육을 받아서인지 church를 shursh라고 발음했다.

A Little Hope For Peace Sparked By Howitzers

BY JUNG-HYO AHN

NINH HOA — Principal Hy of Ban Cong Junior High School hates the Vietnam War because it brought the 105mm howitzers into the town. He hates the cannons more than the measles.

The four howitzers that are installed only 100 yards away from the high school belong to a Vietnamese Regular Forces unit and the guns have been put in the center of the town since the believed Viet Cong-influenced terrains of the town surrounded by the Viet Cong in all directions, south, east, west and north, wherever the there is an enemy move somewhere.

"One boom from the cannons, the walls of my school fall apart," said the 40-year-old principal of the local school sadly, gazing at the cracked walls. "We repair the walls every time, they shot at the cannons every time, and the walls fall apart every time again. Hopeless."

Principal Hy said he had made petitions thrice concurrently to the district office, to the provincial office, to "General Vinh Loc," commanding general of the 2nd Vietnamese Army Legion, and that the guns be moved out of the town. There was no response to the stumpy educator who owns a small school with a tiny garden.

Shrugging like an Italian barber, Hy said: "All the houses near," then guns have torn walls, "then the church (church) over there, for example.

The roofs have openings and the tiles are broken because of the booming noise from cannons at night. Especially when the cannons shoot in this direction, the tiles slip down from the roof and fall to the ground to shatter into pieces.

It seemed he was more worried about the cracked wall than about the war itself. He said he was. And he had a good reason to hate the war.

"This school is my everything, my life, my everything is myself, too. My sons and daughters here are my sons and daughters," said the good-natured principal. "When the

cannons more than the measles.

Clenching his chubby fingers into a round tender fist he said against the war: "I am going to struggle against the war, above all, at this moment. Yet, my goal is not by means to get rid of the guns, and to realize the teaching a comfortable pleasant school for quiet peaceful town, beautiful walls never fall apart in all."

People want peace so often. The reasons and many are for more tangible, the tie piles, and a humanist way. That talk-bigs, people of a wall, that does not crack because of the howitzers is an significant for Hy as an international peace treaty for a Presi-dent.

Yet, the little hope for many national peace treaty for a Presi-dent.

베트남 영자신문에 실린 하이 교장의 얘기와
전쟁이 끝난 다음 평화를 찾은 닝화 고등학교의 마당 풍경

보이며 하이 교장이 흥분해서 말했다. "이곳 학생 450명은 내 아들딸들이고요. 난 벽이 갈라지지 않는 평화로운 학교에서 아이들을 가르치고 싶어요. 교실의 벽이 갈라지면, 내 마음도 갈라지니까요."

*

10년 전 롱하이(Long Hải, 龍海)에서 영화 「하얀 전쟁」을 촬영하던 기간 중에, "옛 전투지로 돌아가 보고 싶지 않느냐"고 제안한 MBC-TV의 정기평 특파원 일행과 함께 닝화를 다시 찾아왔을 때, 한기주는 일부러 학교에 들러 후임 교장에게 하이의 안부를 묻고 혹시 만날 길이 없느냐고 문의했었다. 하지만 한기주는 무척 사회주의적이고 사무적인 젊은 교장으로부터, '반꽁(bán công)'은 학교 이름이 아니라 베트남어로 '반공립(半公立)'을 뜻한다는 설명과 함께, 하이의 행방을 알지 못한다는 대답만 들었다.

하기야 하이는 패전한 남쪽 정부에서 교육공무원을 지냈으니 통일 후에는 재교육에 끌려가 수용소 생활을 하며 고생이 많았을 테니까, 한국의 언론기관이 그를 만나게 해서 하노이 정부에게 득이 될 일은 전혀 없었으므로, 애써 해후를 주선하고 싶은 생각도 없었으리라. 그래도 혹시나 싶어서 한기주는 이번에도 명월이에게 미스 베트콩의 행방을 수소문하는 길에 하이 교장에 대해서도 좀 알아봐 달라고 부탁했었지만, 이미 세상을 떠난 모양이라는 막연한 대답뿐이었다. 살았다고 하더라도 그의 나이는 90이 다 되었겠고……

그들은 닝화반꽁학교(寧和半公學校)를 지나 옛날에 격전이 벌어졌던 철도를 털럭거리며 건너 닌쫑으로 길을 서둘렀다.

그들이 지금 찾아가는 판띠답은 백마부대가 포로로 잡은 여자 베트콩 가운데 가장 미인이라는 소문이 파다했으며, 한기주는 그의 고정란 「베트남 삽화」*에서 그녀를 한 차례 소개했고, 그녀에 대한 '전설'을 소설 『하얀 전쟁』에서는 좀 다른 형태의 얘기로 엮어서 이렇게 서술했다.

---

* 1967년 3월 7일자.

......

내가 들어갔던 지하 토굴의 어느 바위턱 위에 엎드려 숨어 있다가 윤칠복 일병에게 붙잡힌 판띠땁은 놀랄 만큼 아름답고 젊은 여자였다.

"굴속에서 안 나오려고 너무 반항을 하길래 젖통과 사타구니를 슬슬 만져 주었더니 쌔액 웃으며 잘 따라나오데요." 산돼지가 싱글거리며 하는 얘기를 듣고 병사들은 옷을 홀랑 벗기고 몸수색을 하자고 야단법석을 부렸다. 윤 일 병이 검정옷을 하나씩 벗기자 그녀는 나무 밑에 알몸으로 서서 손으로 젖과 아래쪽 가운데 어느 쪽을 더 가려야 할지 몰라 엉거주춤하고 그냥 서 있었다.

"야, 야, 그 털도 뒤져 봐. 구멍 속에 혹시 바주카포라도 감췄는지 모르니 까." 신비할 정도로 하얀 몸에서 까맣게 두드러진 음모를 쳐다보며 장돼지 가 볼멘 소리를 질렀다.

그들이 나체 몸수색을 했던 까닭은 여자 베트콩들이 가랑이 사이에다 독 침을 숨겨 가지고 다닌다는 소문에 조심이 되었기 때문만은 아니었다. 가느 다랗고 여린 여자의 몸매와, 조심스럽게 돌아오른 발그레한 젖가슴과, 살짝 올라왔다가 미끄러진 엉덩이를 보고, 비록 그녀가 베트콩이기는 했어도 병 사들은 그때 누구나 다 비슷한 심정을 느꼈으리라. 저 하얀 여자를 가만히 안고 전쟁과 정글을 잊은 채 깊은 잠이 들고 싶다는 작고도 절실한 소망. 몸 집이 자그마하고 목소리가 가느다란 판띠땁의 발가벗은 아름다움을 보고는 중대장까지 한마디했다. "쥐새끼들, 그래도 계집은 제대로 골랐구나."

다시 옷을 입은 그녀는 당장 '미스 베트콩'이라는 별명이 붙었고, 그녀의 목소리를, 여자의 목소리를 듣고 싶어서 병사들은 기회만 있으면 슬금슬금 다가가서 그녀에게 먹을 것을 주며 자꾸만 말을 붙였다. 판띠땁은 포로라기 보다는 손님이었으며, 얼굴이 시커멓고 우락부락한 병사들은 그녀의 목소 리를 들으며 고향에 두고 온 여자의 나긋나긋한 목소리와 따뜻한 몸을 생각 했을지도 모른다. 그리고 그들은 베트남말이 유창해서 마음대로 판띠땁과 얘기를 나눌 수 있었던 오우진 병장과 그녀의 알몸을 만진 손을 작전이 끝 날 때까지 씻지 않겠다고 히죽거리던 윤 일병을 부러워했다.

베트콩에게 끌려가 온갖 고생을 하다가 열여섯 살이라는 나이에 우리들의 손에 잡힌 판띠답은 여자 베트콩에 대해서 우리들이 지니고 있던 모든 개념을 완전히 뒤바꾸어 놓았다. 남들이 뭐라고 하든지 자기가 사랑하는 사람만큼은 "절대로 그런 여자가 아니다"라고 우겨대는 남자와 같은 마음을 그들이 느낀 이유는 정글 속에서 만난 그 여자가 적이기는 했어도 너무나 아름다웠기 때문이었는지도 모른다. 그래서 우리들은 그녀가 한 얘기를 하나도 믿지 않았고, 판띠답은 원시림 속에서 사는 전설의 미녀라고만 생각했다. 판띠답은 아무리 봐도 베트콩일 수가 없었다.[*]

　2년 전 열네 살에 냐짱 근처에서 베트콩에게 납치되어 끌려 다니던 한 어린 소녀가 베트콩 85B 연대 소속의 지방 유격대원들의 부상을 치료하는 간호원 노릇을 했고, 여러 남자의 더러운 배 밑에 깔려 숨을 허덕였고, 동지들로 하여금 우리들을 죽이게 도와주려고 탄약을 머리에 이고 운반했으며, 뚜봉에서 야간 전투가 벌어질 때 베트콩 결사대원들에게 혼몽한 정신으로 물불을 가리지 않고 싸우다 죽으라고 아편 주사를 놓아주었고, 포로가 된 다음에도 수류탄을 훔쳐 가랑이 속에 숨기고 우리들을 죽일 기회를 노렸다는 사실은 누구인가의 못된 모략일 수밖에 없었다.[**]

*

　소설에서 나열한 판띠답의 활약상은 실제로 확인된 사실들이 전혀 아니어서, 한기주가 작품의 흐름과 주제에 맞춰 갖가지 참고자료와 여기저기서 전해들은 일화들을 조립한 내용이었을 따름이지, 사실 그는 지금까지도 실존하는 그녀에 대해서 거의 아는 바가 없었다. 판띠답이 몰래 수류탄을 몸에 숨겨 가지고 따이한들을 죽일 기회를 노렸다는 설정도 소설적 필요성에 따라 이루어진 인물구성이었으며, 왜 그때 전투단 참모들이 미스 베트콩 사건에 대해서 그토록 떠들썩했는지 그 자초지종도 한기주는 제대로 기억하지 못했다.

---

[*] 고려원 판 237~8쪽.
[**] 위의 책 242쪽.

'미스 베트콩'이 그의 소설에 출현했던 것은, 살벌한 전쟁 얘기에서 잠깐 숨을 돌리며 웃을 만한 여유를 마련하는 문학적 장치*를 위해서였으며, 작가로서 그가 판띠답의 일화를 희극적 삽화로 선택했을 때는 그녀의 뛰어난 미모와 열여섯이라는 어린 나이도 분명히 크게 작용했으리라고 한기주는 믿었다.

포로수용소에서도 분명히 그녀는 따이한 병사들에게서 특별한 대우를 받았을 터이며, 법의 집행과 정의의 실현도 때로는 대단히 감상적으로 흐르는 경우가 없지 않아서, 별다른 재판 절차나 복잡한 조사과정을 생략하고는, 아예 그녀를 석방하여 집으로 돌려보내는 편이 "주월한국군의 이미지 관리" 차원에서 훨씬 이득이라는 계산도 지휘부에서는 분명히 했으리라.

그래서 한국군이 얼마나 인도주의적으로 전쟁을 수행하는지를 만방에 과시하기 위한 좋은 기회를 살리느라고, 한국 헌병들이 그녀를 차에 태워 닝꽝의 집으로 데려다 주기까지 했으며, 정훈대의 동사진병 박태헌 중사와 정사진병은 물론이요, 한기주도 피트리와 아사히 펜탁스 두 대의 사진기를 챙겨 목에 걸고, 홍보용 사진과 기사를 만들기 위해 여베트콩의 극적인 귀향에 동행했었다.

*

KBS 일행이 판띠답을 만나러 찾아간 닝꽝은, 두 주일간의 닝화 전투 당시에, 베트콩 주력 부대가 2개월치의 식량을 현지에서 확보해 놓고, 마을 한가운데 높다란 장대에다 황금별 붉은 깃발을 게양한 채로 맹렬하게 항전했던 격전지였다. 하지만 응우엣과 구형석이 동네 사람들에게 몇 차례 길을 물어 찾아간 여베트콩의 옛고향 또한, 사라진 사단사령부나 연대본부처럼, 살벌한 전쟁의 역사를 말끔하게 지워버려서, 시골 마찻길을 따라 털럭거리며 가려니까 시원스럽고 큼직한 잎사귀들 밑으로 바나나 다발이 여기저기 퍼런 쇠불알처럼 풍성하게 늘어졌고, 황금빛과 푸른빛이 갖가지 조각무늬를 이룬 논이 식물성 바다처럼 한없이 펼쳐졌으며, 하늘의 빗자루가 쓸어대는 듯 벼

---

* 문학 용어로는 '희극적 휴식comic relief'이라고 한다.

이삭의 파도가 평화롭게 일렁였다.

드문드문 야자수 몇 그루가 무리를 지어, 산들바람에 하느작거리는 작은 섬처럼 들판에 둥둥 떠서, 슬플 지경으로 고요한 풍경이 이어졌고, 시골길에서 만나는 사람들에게 베트남어로 방향을 묻는 응우엣과 구형석의 뒷모습을 지켜보면서 한기주는 갑자기 기시감(旣視感, déjà vu)에 잠깐씩 빠져서, 언젠가 두 명의 헌병이 미스 베트콩을 태운 앞 차에서 내려 현주민들에게 길을 묻던 저런 똑같은 뒷모습을 보았던 때가 생각났다.

마을 어귀에서 안내를 위해 KBS 일행을 기다리던 두 명의 지방 공무원을 만나 얘기를 들어보니, 판띠답은 현재 자신이 주거하는 곳에서가 아니라, 몇 년 만에 일부러 고향 옛집으로 돌아와서 다시 찾아온 한기주를 맞기로 했다는 설명이었다. 판띠답은 결혼한 이후 냐짱에서 동쪽으로 반 시간쯤 떨어진 지엔칸(Dién Khánh)에서 농사를 지으며 몇십 년 동안을 살아왔다고 했다.

닌꽝 마을로 들어선 다음에도 기시감은 자꾸 반복되어서, 큼직한 맹꽁이 트럭을 문간에 세워놓은 곳간과 그늘져서 습한 골목의 흙길과 물탱크 앞에 세워놓은 자전거와 더러운 평상 밑에 엎드린 게으른 개 한 마리는 어쩐지 옛날에도 지금 바로 그 자리에 그대로 있었던 듯싶었고, 판띠답이 살았던 집 앞의 무성한 나무와 질퍽한 물구덩이와 건너편 골목의 사탕가게 앞에 내놓은 작은 유리진열장과 나무 탁자와 의자들도 판띠답을 헌병들이 데려다 주었던 그날 한기주가 이곳에서 보았던 그대로라는 느낌이 들었다.

답의 집 앞에 모여서 KBS 일행을 기다리던 구경꾼들도 마찬가지여서, 홍보용 사진을 찍으러 한기주가 쫓아왔던 그날 마치 환향녀(還鄉女)를 구경하듯이 신기해하며 말없이 여베트콩의 귀향을 지켜보았던 이웃들이 오늘도 그대로 다시 모여들었고, 사립짝 울타리 밖 더러운 배수로도 한기주는 생생하게 기억해냈고, 사실은 못 보았는데도 본 듯싶은 착각에 빠졌는지는 모르겠지만, 야자잎으로 지붕을 얹은 초가집 한쪽 옆에 붙은 외양간과 짚더미도 그대로였으며, 벽에 걸린 커다란 광주리도 옛날 그대로였고, 사실은 대부분 모두 바뀌었는지 몰라도 어쨌든 주변의 다른 것들이 같으니까 변한 부분도 모두가 변함없이 그대로이리라고 느껴졌으며, 까맣게 잊어버렸던 부분까지 하나씩 갑자기 기억이 모두 되살아나서, 한기주는 닭장이 저기쯤이었을 텐데 어디로 갔나 두리번거리다가, 우중충한 제단에 향을 피운 컴컴한 문간방에서 그들을 맞으러 나오는 판띠답을 보았다.

열 여전사 일대기(女戰士一代記)

판띠답을 다시 보게 된 순간, 한기주는 그녀의 얼굴을 자신이 한시도 잊어본 적이 없고, 그래서 여지껏 생생하게 기억하고 있다는 사실을 누구에게인가 우겨보고 싶은 강한 충동을 느꼈다. 그것은 일종의 다급한 저항이었다.

그는 전혀 그녀를 기억하지 못했다. 그녀의 모습을 보는 순간에 그는 그것을 깨달았다. 그는 판띠답의 모습을 전혀 기억하지 못했다. 그의 눈앞에 나타난 답은 그가 한 번도 본 적이 없는 여자 같기만 했다.

그러면서도 왜 그는 그녀를 생생하게 기억한다고 느꼈을까? 추억이란 인간의 의지나 이성이나 지성과는 아무런 관계가 없이, 따로 존재하며 스스로 성장하고 발전해서, 때로는 기억이 상상력과 소망에 실려 내용이 조금씩 달라지고 빗나가더라도, 사람들은 그 기억의 신기루를 원초적인 진실이라고 믿으려는 도피주의적 타성을 타고났기 때문이었을까?

판띠답은 지금 쉰두 살이 되었으니, 세월과 나이는 분명히 그녀의 젊음과 아름다움을 증발시켰고, 그래서 그녀의 얼굴은 윤기가 사라져 종이처럼 보였다. 그녀가 베트콩의 제복으로서 몸에 걸쳤던 검정 헐렁바지도 지금은 농촌의 말끔한 누런빛 작업복으로 바뀌었다. 치렁치렁하던 까만 머리카락은 빛이 바래 푸석푸석해졌다. 무엇 하나 옛날 그대로가 아니었다.

그런데 왜 한기주는 열여섯 미스 베트콩의 아름다운 모습이 버짐처럼 퇴색한 그녀의 피부에 변함없이 그대로 남아 있어야 한다고 믿었을까?

아니면 그는 단순히 그렇게 믿고 싶은 절망적인 욕구의 포로였던가?

한기주는 자신의 나이도 지금보다 훨씬 젊어 스물여섯이었을 때 처음 본 답의 얼굴이 이탈리아 여배우 클라우디아 까르디날레를 닮았었다고 기억했다. 그는 오랫동안 그렇게 생각했고, 그래서 소설을 쓸 때도 그는 까르디날레를 생각하며 그녀의 모습을 묘사했다. 그리고 그는 「하얀 전쟁」의 베트남 촬영 현장에서 여베트콩의 역을 맡았던 쟈이퐁(Giái Phóng, 解放) 영화사 소속의 여배우를 보고는, 어쩌면 저렇게 판띠답을 닮았을까 놀라기도 했다.

하지만 지금 보니 답은 전혀 클라우디아 까르디날레를 닮지 않았다. 쟈이퐁 여배우하고도 전혀 비슷한 구석이 없었다. 그리고 쟈이퐁 여배우는 검고 치렁치렁한 생머리를 제외하고는 전혀 까르디날레를 닮지 않았었다.

그렇다면 그가 지금까지 기억 속에 담고 살아온 답의 얼굴은 본디 어떤 모습이었을까?

한기주는 전혀 과거가 기억나지 않았다.

참으로 혼란스러운 순간이었다.

*

거추장스러운 구형석의 통역을 거치면서, 한기주는 판띠답에게 수첩에 미리 준비해 간 이런저런 질문을 차례로 해나갔다.

한기주가 생생하게 기억한다고 믿었지만 사실은 전혀 그렇지 못했던 판띠답은, KBS 카메라 앞에 서서, 어색하지만 성실하게 취재에 응했다.

냐짱 바닷가에서 촬영을 끝내고 닝화로 출발할 때부터, 한기주는 판띠답을 만나면, 텔레비전 방송을 흥미있게 진행하기보다는 작가로서의 개인적인 호기심을 충족시키고 싶어서, 그녀로부터 "소설 같은 얘기"를 유도해 낼 생각이었다. 전쟁의 뒤안길에서 피어나는 아름다운 얘기의 여주인공답게, 판띠답이 그녀가 살아온 비극적인 일대기와 애환이 얽힌 일화들을 들려주었으면 하고 그는 기대했다. 그래서 그는 다분히 감상적인 질문들을 준비했다.

판띠답이 들려준 얘기는 별로 재미없는 '소설'이었다.

답은 백마부대가 포로수용소에서 그녀를 자유의 몸으로 풀어준 다음, 이곳

▲ 사이공 북서쪽 깊은 밀림 속에서 여성 베트콩 신병들이 대전차 로케트포의 조작법을 학습한다.
판띠답에게는 이런 생활도 그냥 하나의 일상일 따름이었다.

닌꽝에서 어영부영 거의 10년을 살았다. 그러다 그녀가 스물네 살이 되던
1975년, 전쟁이 끝난 지 얼마 후에, 베트콩 시절 혼바(Hòn Ba) 산에서 그녀와
함께 투쟁하며 한때 퍽 가까웠던 남자 동지가 닌꽝 마을로 답을 찾아왔다.

그들은 전쟁의 인연을 되살려 결혼해서는, 남편의 고향 지엔칸으로 가서
지금까지 살았다. 답은 아이를 셋 낳았다. 큰딸은 3년 전 냐짱 공항 남쪽 부두
에 옷가게를 차렸다. 스물두 살인 둘째딸은 시집가서 딸을 하나 낳고는, 부모
와 같은 마을에서 역시 농사를 지으며 살아간다고 했다. 스무 살인 외아들은
붕따우(Vũng Tàu) 유전 시설에서 군인으로 복무중이며, 아직 미혼이었다.

그녀는 더 이상 별다른 얘기를 하지 않았다.

＊

판띠답에게서 한기주가 참으로 간략하고도 재미없는 일대기밖에 알아내
지 못했던 까닭은, 인생의 한많은 얘기를 나누기에는 그들에게 주어진 시간
제약이 워낙 야박했기 때문이었다. 그런가 하면 분위기도 어수선하고 부담

스럽기 짝이 없었다.

두 사람이 사적이고도 감상적인 회상에 빠지기에는 울타리 밖에 둘러서서 구경하는 사람들이 워낙 신경에 거슬릴 만큼 많았다. 질문하는 사람들 또한 한기주와 연출자뿐 아니라, 통역에 필요한 보충 질문을 자꾸만 곁들이던 구형석에다가, 가끔 국가정책과 정부의 입장을 곁들인 공식적인 설명을 거들던 명월이까지 끼어들었으니, 답이 깊은 고백을 제대로 못했던 것은 어쩌면 오히려 당연한지도 모를 일이었다.

아마도 그래서였으리라. 달랑 혼자만 마당에 서서, 수많은 사람들에게 둘러싸여, 카메라에게 과거를 증언하는 답의 회고담은 모두가 어디선가 이미 들어본 흔하디흔하기 짝이 없는 줄거리가 전부였다.

퍼뜩 한기주는 이 여자가 외국의 언론매체를 활용하기 위해 대본을 암기하여 선전용으로 내보낸 가짜가 아닐까 하는 끔찍한 의혹까지 머리에 떠올랐다. 무슨 이유에서인지 집주인들은 자리를 피해 눈에 띄지 않았고, 남편조차도 답을 동행하지 않았는데, 그런 사실도 어쩐지 수상하다는 생각이 얼핏 들었다.

그녀는 이미 암기한 정답 이외에는 아무런 정보도 자발적으로 제공하지 않으려고 아예 작정하고 나타나서, 사회주의 구호만 반복하는 자동인형 같았다. 그리고 조금이라도 개인적인 질문을 하면, 가족들에게 불이익이라도 당할까 봐 조심스러워서인지, 베트남 관리들의 표정부터 살폈다.

머뭇거리지 않고 대답을 하는 경우라고 하더라도, 궤도를 멀리 벗어나지 않으려는 듯 무척 짧은 단답(短答)만 말했다. 베트콩 당시의 활동에 대해서 한기주가 물어보았더니, 너무 오래전 일이어서 다 잊어버렸다며 웃어버리고 말았다. 산 속에서 살다가 돌아오니 마을사람들이 이상한 시선으로 거북하게 쳐다보지 않더냐고 물으면 "별로 안 그랬어요"라고만 대답하고는 그만이었다. 혹시 나중에 다시 산으로 들어갈 생각은 하지 않았느냐는 질문에도, "아뇨"라는 말이 대답의 전부였다. 그리고 통일이 된 다음에는 혹시 공산당 정부로부터 각별한 영웅 대접을 받지는 않았느냐고 물어도 역시, 응우엣과 안내를 맡은 관리들을 힐끗 쳐다보고는, 그냥 빙그레 웃기만 하고 대답은 따로 없었다.

한기주는 고사(枯死)한 전설에 실망했고, 얼핏 '여전사(女戰士)'라는 개념의 허구성에 대한 의구심이 머리를 들었다.

그리고 그는 깨달았다.

역사라는 폭풍 속에서 한 개인의 존재가 과연 무엇을 의미하는지를……

어쩌면 답에게는 더 이상 그에게 들려줄 만한 얘기가 정말로 없는지도 모르겠다고 한기주는 생각했다.

프랑스의 식민지였던 시절부터 오랜 세월 동안 투쟁과 전쟁이 일상이어서, 웬만한 폭력은 대수롭지 않을 만큼 익숙해져 버린 사람들에게는, 베트콩 여전사의 일대기조차 혁명소설이 아니었다. 그것은 "남들도 누구나 다 하는 일"이었기 때문에 너무나 흔한 얘기였겠고, 그러니 별로 대단한 경험도 아닌데 왜 그러느냐고 오히려 멋쩍게 웃으며 그냥 넘겨버리려는 답의 태도가 오히려 자연스러운 현상이요, 당연한 반응과 반작용이었는지도 모를 노릇이었다.

*

듣기를 기대했던 소설 『여전사』 얘기, 듣고 싶은 얘기를 별로 듣지 못한 한기주는, "여베트콩과의 극적인 재회" 촬영을 끝내고 차를 타러 돌아가다가, 마지막으로 뒤를 돌아다보았다.

그리고 그는, 옛집의 문간에 서서 한국인 일행을 물끄러미 쳐다보는 그녀의 얼굴에서, 아름다움이 나이로 고갈된 여인 판띠답의 얼굴에서, 왜 갑자기 그런 생각이 들었는지는 몰라도, 인생은 인간을 참으로 지치게 만든다고 말하는 듯한 표정을 읽었다.

열하나 노란 비가 내리는 숲

베트남 중부의 겨울은 한국의 추석 무렵처럼 날씨가 쾌청하여, 닝화를 떠나 "도깨비부대" 제28 연대가 주둔했던 뛰화(Tuy Hòa)로 가는 길은 가을 소풍날 같았다. 바닷가로부터 잔잔하게 펼쳐진 푸르른 들판이, 제1번 도로까지 바람에 물결치며 몰려와서, 기찻길 너머로 한참 이어지다가, 속초의 대포동에서 올려다보는 설악산 바위 병풍처럼, 산봉우리들이 저만치 멀리서 푸른 하늘로 불쑥불쑥 치솟았다.

승합차의 창문에 이마를 대고, 아득히 버티고 선 산들을 둘러보며, 한기주는 비마작전(飛馬作戰) D-데이에 그가 헬리콥터를 타고 날아가 내렸던 혼바(Hòn Ba) 산정(山頂)이 어디쯤일까 궁금했다. 전쟁을 하던 시절에 그는 이곳 산봉우리들을 하나하나 따로 알았었는데, 지금은 모든 봉우리가 비슷해 보였다. 이제는 따로 구별해서 알아야 할 이유가 없어지기도 했지만…….

혼바 산으로 들어갔던 그날을 그는 판띠답의 모습만큼이나 생생하게 기억했다. 연대 정훈장교의 천막에서 꼬박 새우다시피 어수선하게 하룻밤 선잠을 자고, 새벽에 송서규 대대장을 만나 인사를 나누고, 지프를 얻어타고는 종군할 중대로 찾아가서, 어둠 속 길가에 앉아 얼마동안인가를 병사들과 함께 기다렸더니, 헬리콥터들이 닝화 사령부 쪽에서 날아와 들판에 앉았다. 요란한 프로펠러 소리와 회오리바람 속에서 무장한 병사들이 헬리콥터를 탔고, 곧 그들은 편대를 짜서 골짜기를 따라 구불구불 혼바 산으로 올라갔다.

네 대의 미군 휴이 헬리콥터는 완전히 착륙을 하지 않고 1미터 정도 공중에 뜬 채로 병력을 부렸다. 아마도 착륙과 이륙을 하는 시간을 절약하기 위해서였으리라. 아니면 적지에서 쓸데없이 지체하다가 베트콩의 저격이라도 받을까 봐 신경이 쓰였거나. 한기주는 다른 병사들과 함께 풀밭으로 우르르 뛰어내렸다. 첫 번째로 투입된 소대 병력은 고사목 목초지의 엄폐물을 찾아 재빨리 흩어졌다. 한기주도 가장 가까운 바위 뒤에 숨었다. 소대원들이 수풀 속으로 흩어지며 전개해서, 땅바닥에 엎드려 총을 겨누고 사주경계로 들어갔다.

그들은 후속 병력이 다음 헬리콥터 편대에 실려 들어와 수색소탕에 합류하게 될 때까지 그곳에서 대기해야 했고, 그래서 그들은 모두 적이 나타나기

착륙지점을 향해 날아가는 헬리콥터에서 내려다본 혼바 산 정상(위).
풀밭으로 뛰어내린 병사들이 재빨리 산개한다(아래).

를 —아니, 적어도 그때까지는 적이 나타나지 않기를, 소리없이 기다렸다.

그들을 태우고 와서 쏟아버린 헬리콥터들이 산등성이를 타고 나머지 병력이 대기중인 평야로 비스듬히 날아 내려간 다음, 병사들은 풀에서 벌써 복사열이 후끈거리는 적막한 산정에 배를 깔고 엎드려 한없이 기다렸다. 그리고 저 아래 아득한 바다를 내려다보던 한기주는 대관령에서 내려다보았던 강릉 앞바다가 어쩌면 이곳과 그토록 비슷할까 생각했다.

이른 아침의 골안개가 산등성이를 타고 서서히 기어오르다가, 동해에서 떠오르는 햇살에 증발하여 허공으로 사라지는 듯싶더니, 들판으로 흘러내리는 능선의 허리춤에 구름이 두텁게 얹혔다. 그러다가 어느 틈엔가, 작전 전야의 긴장감으로 어젯밤 잠을 설쳐 몸과 마음이 지쳤기 때문이어서인지, 한기주는 숲과 하늘과 수증기와 바다를 멍하니 바라보던 사이에, 총을 두 손으로 잡고 풀밭에 엎드린 채로, 그만 깜박 잠이 들었다.

그리고 그는 전쟁의 짧막한 막간 사이에 꿈을 꾸었다.

그의 꿈에는 오래전 "복사골" 소사의 심곡리 마을이 보였고, 어린 기주와 동네 아이들은 뱀내 장터로 넘어가는 소래산(蘇來山) 기슭을 올라가면서, 동요 대신에 군가를 씩씩하게 소리 높여 함께 부르며, "오늘도 정답게 짝을 지어서, 북으로 떠나는 전투기들아" 학교에서 열심히 배운 노래를 목청껏 부르며, 전쟁의 소품을 장난감으로 가지고 놀기 위해, 숲에 여기저기 떨어진 실탄과 탄피를 주으러 돌아다니며 풀섶을 뒤졌고, 그들의 보물찾기는 화창한 여름날 오후 내내 즐겁기만 했다.

*

혼바 산 정상 풀밭에 엎드려 잠깐 낮잠이 들어, 어린 시절 복사골 소래산 숲 속에서 심곡리 아이들과 장난감으로 가지고 놀 총알을 주으러 다니던 꿈을 꾸던 한기주를 흔들어 깨운 사람은 그날 새벽에 처음 만난 3소대장 오영준 소위였다.

"이제 그만 주무시고 전쟁이나 하러 갑시다." 오 소위가 웃으며 말했다.

「하얀 전쟁」이 서울에서 개봉된 직후에, 오랫동안 소식을 알 길이 없었던 오 소위가, "영화를 보고 반가워" 한기주에게 전화를 걸어왔고, 여의도의 어느 한식집에서 두 사람의 재회가 이루어졌다. 그들은 비마작전 동안 함께 지낸 며칠을 회상했으며, 중령으로 예편한 후에 목회자가 되었던 오 소위는 혼바 산 꼭대기 풀밭에서의 낮잠 얘기가 나오자, "그런 데서 잠이 오다니, 참 배짱 한 번 좋은 사람이었다고, 한 기자님 얘기 소대원들이 두고두고 많이 했어요"라면서 후일담을 전했다.

그날 저녁 재회의 자리에서 두 사람은 혼바 산 비마작전말고도 베트남에 관한 얘기를 많이 주고받았다. 그리고 오 소위가 들려주었던 갖가지 참전 경험담 가운데 한기주는 몇 가지 일화를 아직도 뚜렷하게 기억했다.

가장 그의 기억에 남았던 일화는 오 소위가 어느 날 매복을 나가 야간 경계를 서는 동안 들었던 비명 소리에 관한 것이었다. 인근 마을에서 자정이 조금 넘어서부터 들려오기 시작한 비명은 어떤 남자의 소리였는데, 한참 소리를 지르다가는 잠잠해지고, 그러다가는 다시 지르기를 반복하며 거의 한 시간이나 계속되었다.

그리고는 몇 발의 총성이 울렸다.

이튿날 수집된 첩보에 의하면, 야음을 틈타서 부락으로 침투한 베트콩이 숲 속의 공산 전사들에게 비협조적인 촌장을 고문하고 나서 본보기로 다른 몇 명의 주민과 함께 처형했다고 한다. 그리고 그렇게 고문과 처형이 계속되는 동안, 오 소위는, 베트콩에게 그들이 곧 죽음을 당하리라는 사실을 뻔히 알면서도, 하이에나의 울음처럼 멀리서 울려 퍼지는 고통스러운 비명을 계속해서 들으면서도, 양민들을 구하러 갈 수가 없었다.

유격전이란 정규전과는 작전 개념부터가 달라서, 어디선가 상황이 벌어질 때마다 불자동차를 몰고 얼른 달려가 진화작업을 하는 소방대원들처럼 상황을 해결하는 그런 기동타격형 전쟁이 아니었다. 아군이 직접 적의 공격을 받아 즉각 반격해야 하는 접전 상황과는 달리, 주민들이 국지적으로 접하는 돌발상황은 건널 수 없는 강 건너의 불이었고, 미리 계획을 세워 작전을 수행하는 출장 전투의 본질과는 거리가 멀었다. 어떤 면에서 베트남전은 시간제

(part-time) 소탕작전의 반복이었지, 전통적인 전쟁하고는 차원이 달랐다.

그래서 오 소위는 그날 밤, 꼼짝도 않고 어둠 속에서 엎드린 채로, 죽음의 절규를 듣기만 하면서, 자신의 무력한 처지가 참으로 비참했다고 회상했다.

＊

오영준 소위가 들려준 또 한 가지 잊지 못할 일화는 베트남 참전병들이 작전에 나갔을 때 가끔 하늘에서 쏟아지고는 했던 노란 비에 관한 내용이었다.

숨막히는 더위와 싸우며 병사들이 정글을 헤매고 돌아다닐 때, 어디선가 미 공군의 수송기가 상공에 나타나 날아가면서 정글 위에다 노란 물을 뿌려 대면, 장기수색정찰에 나선 병사들은 벌목도로 나뭇가지를 쳐내며 숲 속을 일렬종대로 이동하다가 말고, 시원한 샤워를 한다며 웃통을 벗어 젖히고 그 노란 물을 알몸으로 반겨 맞았다고 했다.

그것은, 곤충을 죽이는 분무약이라면 인간에게도 전혀 이로울 리가 없다는 사실을 알지 못하고, 방역차(fumigator)의 안개 속에 파묻혀 재미있다며 깔깔거리고 쫓아가는 아이들을 연상시키는 장면이었다. 한국전쟁 당시에도 미군은 온몸에 이가 들끓는 동양인들을 구제하기 위해서, 지금은 사용이 금지된 DDT 가루를 분무기로 뿜어 온몸을 덮어 씌웠으며, 한기주도 그것이 얼마나 해로운지를 알지 못하면서 옷 속으로 뿜어 넣던 DDT 가루가 잔등을 타고 흘러 내려가는 시원한 감촉을 고마워했었다.

베트남의 하늘에서 뿌려대던 그 노란 빗물은 고엽제(枯葉濟)였다.

＊

한기주는 혼바 산 비마작전에서, 이튿날 병사들과 함께 송다반(Sông Da Ban) 계곡으로 내려가기 위해, 고엽제로 사막화한 능선을 횡단했다.

'죽음의 계곡'이라는 별명이 붙었던 송다반의 풍경은 참으로 괴이했다.

화학약품을 물에 타서 공중 투하하여 모든 수목을 한 그루도 남기지 않고 말려 죽인 계곡에서는, 잎사귀가 모두 낙엽져 떨어져서 나무들이 까치 발가락처럼 앙상했다. 숲과 골짜기는 눈으로 덮이기 전의 겨울산처럼 바닥을 몽땅 드러냈고, 벌거숭이 회색 바위들 사이로는 실개울조차 흐르지 않았다.

키리코*의 그림에 나오는 삭막한 담벼락을 연상시키던 계곡을 보고 섬뜩해진 한기주는, 그때 아직 실전에서 고엽제가 어떻게 사용되는지를 알지 못했기 때문에, 중대장에게 이곳은 왜 나무들이 이렇게 모두 죽었는지를 물었다. 중대장은 베트콩이 밀림 속에 숨지 못하도록 모든 식물을 고성능 제초제로 고사시켰으며, 지금 우리들이 이 지역을 통과하는 까닭은 적에게 노출이 될 위험성이 크기는 해도, 은신처가 전혀 없어서 베트콩도 주변에 매복할 가능성이 적어 안전하고, 그래서 빠른 시간에 목표지점까지 '홍길동'**이 가능하기 때문이라고 설명했다.

1990년 어느 과학 잡지의 기자는, 『하얀 전쟁』에서 송다반 죽음의 계곡을 묘사한 이 대목***을 읽고, 미군의 고엽작전에 관한 취재를 하기 위해 한기주를 찾아왔다. 기자는 인터뷰를 끝낸 다음, 한국인들이 암과 피부병 등을 유발하고 기형아까지 낳게 만드는 심각한 후유증의 원인으로 밝혀진 다이옥신(TCDD)을 함유한 황색제(黃色劑, Agent Orange)가 얼마나 해롭고 위험한지를 너무나 모른다고 개탄하면서, 어느 외국인 과학 전문기자가 한국 대통령을 만나 '에이전트 오렌지'****의 피해에 대해서 정부가 어떤 대책을 강구중인지 물었더니, "그게 뭔데요?"라고 반문했다는 일화를 전했다.

당시 한국 대통령은, 군부의 사조직이었던 하나회 소속으로서, 백마부대 연대장을 역임한 인물이었으므로 고엽제가 무엇인지 모를 리가 없었겠지만, 1966년부터 4년 동안 미군 "농장 머슴"*****들이 수백만 에이커에 뿌려 전체 베트남 삼림의 절반을 초토화시킨 50만 톤의 제초제 열다섯 종류 가운데, 가장 큰 피해를 야기한 특정 제품의 이름은 알지 못했던 모양이었다.

---

* Giorgio de Chirico, 그리스 태생의 이탈리아 화가.
** '이동'을 뜻하는 군사 용어.
*** 고려원 판 291쪽.
**** 문제의 고엽제를 담은 55갤런들이 드럼통 표면에 황색 띠를 표시해 놓았기 때문에 그런 이름이 붙었다.
***** ranchhand, 농약을 살포하듯 베트남 정글에 제초제를 뿌리는 작전에 참가한 미군 병력을 가리키던 별명.

*

제초제는 미국에서 1930년대에 개발되었으며, 제2차 세계대전 말기에 더글라스 맥아더 장군이 이미 군사용으로 사용할 계획을 수립한 적이 있었다. 그러다가 전쟁이 두 개의 원자탄으로 갑자기 끝나는 바람에 제초제를 무기로 동원할 필요가 없어졌다.

그때부터 농업용으로만 쓰이던 제초제가, 베트남전이 진행되는 과정에서 백색제(White), 청색제(Blue), 심홍제(Purple), 분홍제(Pink), 녹색제(Green) 등이 1961년부터 1971년까지 1천9백만 갤런이 살포되었다. 전세계 과학자들은 생태학적인 파괴를 지적하며 강력하게 제초제의 사용금지를 촉구했고, 1970년에 닉슨 대통령은 세계 여론에 밀려 결국 고엽작전(defoliation)을 중단시켰다.

그리고는 1979년 미국의 베트남 참전병 단체가 제조회사들을 상대로 황색제 접촉에 의한 후유증과 피해에 대한 집단손해배상 청구소송을 제기하여, 1987년에 1억8천만 달러의 합의금을 받아내 일반인들의 관심을 환기시켰다. 황색제는 태국뿐 아니라 한국에서도 DMZ 등에서 박정희 정권과 중앙정보부 시절인 1968~69년에 실험적으로 사용되었고, 그래서 당시 주한 미군 소속으로 고엽제를 취급했던 피해자들까지 미국에서는 보상을 해주었다.

그런 실정이었는데도 전두환과 노태우 정권하의 안전기획부, 그리고 국방 당국이 미국에서 장기간 진행되던 소송에 대해서 왜 아무 정보도 포착을 못 했을까 한기주는 궁금했다.

미국의 1987년 소송 결과에 대해서, 만일 한국의 군사정권이 서울올림픽에 쏟았던 관심과 정성을 조금이나마 할애했더라면, 적어도 "한국인 피해자들에게도 같은 배상을 해 달라"고 주장하는 편승도 별로 힘들지 않았으리라고 한기주는 믿었다. 그러나 대한민국의 군 출신 통치자들은 신속하고 능률적인 아무런 행동도 취하지 않았고, 비록 뒤늦게나마도 별다른 관심을 보이지 않았다.

그래서 노란 빗물로 정글에서 샤워를 한 대한민국 참전병들은, 오랜 세월

▲ 고엽작전을 펼치는 미 공군 C-123기 편대.

◀ 고엽제로 황폐화한 숲.

이 영문을 모른 채 흘러가고 난 다음, 고속도로를 점거하고 가스통에 불을 질러가며, 잊혀진 그들의 존재에 대해 맹렬한 항의를 하느라고 또 다른 전쟁을 계속한다.

열둘 들판의 군악대, 들판의 구경꾼

빈손(Binh Son)…….

하노이를 향한 그들 일행을 태운 승합차가 1번 도로를 따라 북으로 올라가노라니까, 둥그런 윗부분만 빨갛게 칠하고 아랫부분은 새하얀 바탕인 작달막한 이정표가, 반토막짜리 비석처럼 길가 풀섶에 가끔 하나씩 저만치 앞에 나타나서, 서서히 가까워지다가, 까만 글씨로 적어놓은 지명 그리고 다음 목적지까지의 거리를 잠깐 보여준 다음 획 뒤로 사라지고는 했다.

한때 낯익었다가 이제는 낯설어진 지명들, 그리고 그곳에서 벌어졌던 전쟁의 추억.

톤싼화…….

한기주는 그 지명만큼은 분명히 기억했다. 불도저 작전을 종군하기 위해 그는 이곳에 왔고, 작전이 시작되어 병사들이 출동하던 그날 새벽 풍경을 그는 기록으로 남겼다.

혼끼다(Hòn Ky Đa)…….

옛날에는 정확한 발음을 몰랐기 때문에 귀에는 익지 않았어도, 도깨비부대나 29연대가 북쪽 어디에선가 작전을 벌일 때마다 지프를 타고 제1번 도로를 따라 수없이 지나다니며 이정표에서 눈에 익었던 이름들.

푸엔(Phu Yen)…….

전쟁중에도 저 이정표들은 모양과 페인트색이 지금 그대로였고, 아마도 프랑스 식민지 시절부터 그대로였으리라고 한기주는 생각했다. 역사의 질곡을 이기고, 전쟁을 거쳐, 평화의 시대에 이르기까지, 돌로 만든 저 작은 이정표들은, 몸집이 작은 베트남인들처럼, 변함없이 나라를 지키며 길가에 서서, 지나가는 차량들에게 길을 가르쳐 주었다.

뚜봉(Tu Bong)…….

한기주가 베트남 전쟁 동안 만났던 사람들과 보았던 풍경들이, 저 이정표들처럼, 기억의 공간에 드문드문 우뚝하게 서서, 그를 빤히 마주 쳐다보았다.

그리고 21번 도로가 갈라져 나가는 곳에 나타난 이정표.

죽미(Dục Mỹ)…….

*

한기주는 죽미의 들판에서 보았던 어떤 광경을, 전투를 끝내고 그들의 전술기지로 돌아가던 병사들의 지친 모습을 좀처럼 잊지 못했다.

"혁혁한 전과를 거두고" 작전지역에서 철수하던 그들은 영화에서처럼 노래를 부르거나 환호하며 돌아가지는 않았다. 그것은 승리의 귀환이기보다는, 힘겨운 노동을 끝내고 오래간만에 휴식을 취하러 귀소하는 행렬이었다.

그들은 떠날 때보다 돌아올 때 항상 숫자가 적었다. 전사하거나 부상을 당해 누군가는 도중에 후송을 당했고, 그래서 전투중에 전우들의 숫자는 줄기만 할 뿐, 늘어나는 법이 없기 때문이었다.

산비탈 땅을 파고 들어가서 모래주머니 지붕을 얹은 집으로 돌아가면, 그들은 막대기를 귀퉁이마다 세워 엉성하게 모기장을 설치한 야전침대에 쓰러져 우선 깊은 잠을 잤다. 목이 아프고 세상이 몽롱해질 때까지 한껏 잠을 보충한 다음에 병사들은 밀린 때를 씻어내고, 그리고는 관물함 문짝에 꽂아놓은 달력에서 X를 몇 개 그어 날짜를 지웠다.

병사들에게는 아침에 일어나면 달력에서 하루에 하나씩 날짜를 지워나가는 일이 가장 즐거운 행사였다. 철모를 벗어버리고 작업모를 쓰고는 귀국선을 타게 될 날이 어서 오라고, 몇 개월 며칠이 남았다며 하루하루 손꼽아 헤아리던 그들에게는, 그동안 전투를 하느라고 '집'을 비웠던 여러 날을 한꺼번에 지워버릴 때면, 마치 무슨 횡재라도 하는 기분이었다.

전투를 끝내고 돌아오는 귀환의 기쁨은 그 정도가 고작이었다.

하지만 누군가는 그것이 영웅들의 귀환치고는 너무 초라하다고 생각한 모양이었다. 그래서 어느날, 군악대가 출동했다.

*

들판의 군악대[*]

베트남 중부의 바닷가 마을 죽미에서 — 한 달 동안의 작전을 끝내고 한국군 병사들이 전술기지로 귀환하는 중이었다. 전조등을 켜고 엔진 덮개에는 하얗게 먼지가 덮인 트럭들이 길게 행렬을 이루어 21번 도로를 따라 천천히 이동했다. 자동차 바퀴에는 진흙이 말라붙었고, 몇 대의 지프는 작전중에 범퍼가 어딘가 부딪혀 우그러졌다.

트럭에 탄 병사들은 '집'으로 돌아가는 길이었다.

수색소탕작전에서 베트콩 게릴라를 1백 명 이상이나 사살하여 백마부대 파월 이후 가장 혁혁한 전과를 올린 영웅들의 귀환이었지만, 산에서 내려온 그들은 어쩐지 별로 의기양양해 보이지를 않았다. 오랜 긴장감이 사라진 얼굴에 고달픈 안도감이 편안했을 뿐, 그들은 별로 말도 없었다.

그들은 무척 오랜 기간을 정글에서 보내며, 거머리가 우글거리는 논과 늪지대를 돌아다녔다. 철모에는 노란 먼지가 켜를 이루어 덮였고, 전투복은 더럽고 색이 바랬다.

……

지옥에서 살아 돌아오는 전우들의 사기를 드높여 주기 위해 G-5 민사처에서는 특별한 계획을 하나 세웠다. 귀환하는 병사들에게 무엇인가 멋지고 감동적인 추억을 만들어줄 만큼 정말로 대단하면서도 인상적인 환영 행사를 마련할 생각이었다.

민사처 사람들은 로마인들이 승전하는 장군을 환영해 마중할 때는, 문에

---

* 1967년 3월 10일, 〈타임스〉의 「베트남 삽화」에 실렸던 글.

서 맞아들이지 않고 대신 성벽을 때려부수며 들어오게 했다는 사실(史實)을 알았더라면, 아마도 서슴지 않고 그와 비슷한 행사를 준비했을지도 모른다. 하지만 그들이 생각해낸 가장 멋진 계획이란, 고향에서 자주 보았던 길거리 행사를 그대로 흉내내었을 따름이었다.

G-5 요원들은 아이젠하워 같은 외국의 국가 원수를 환영하기 위해 남대문에서부터 광화문까지 서울 거리를 가득 메우고는 하던 인파가 생각났고, 그래서 어제 닝화의 반꽁고등학교로 하이 교장을 찾아가 협조를 요청했다.

한국군의 행사 때마다 동원되던 하얀 아오자이 차림의 예쁜 여학생 10여 명을 보내주겠다는 교장의 약속을 받아놓은 다음 G-5 요원들은 전우들이 귀환하는 21번 도로를 따라 흩어진 여러 마을의 촌장들을 만나, 농부들을 동원하여 환영 인파를 만들어 달라고 부탁했다.

그리고 꽃다발을 손에 든 여고생들과 군악대는, 오늘 아침 일찍부터, 혼혜오 산에서 내려온 승전의 용사들이 차를 타고 처음 지나게 될 죽미 마을로 가서 기다렸다.

트럭 행렬이 지금 어디쯤 오고 있으며, 언제쯤 죽미에 도착할지를 쐐액거리는 무전기들이 계속 보고했고, 그들은 땡볕에 땀을 흘리며 한없이 기다렸다.

……

드디어 먼지구름을 일으키며 저만치 트럭 행렬이 나타나자, 마을 입구 길가에 늘어선 군악대가 사단가와 군가를 쿵짝거렸고, 동네 조무래기 아이들이 잔뜩 모여들어 신이 나서 구경했다.

환영나온 그들을 알아보고 산에서 내려온 어떤 병사들은 트럭에서 소총을 머리 위로 휘두르며 군악대의 연주에 맞춰 군가를 불렀다.

그리고는 먼지 차량들이 마을로 들어서자, 군악대 옆에서 기다리던 하얀 아오자이 여학생들은, 모든 행사에서 그러듯이, 지휘관들을 태운 지프가 지나갈 때마다 길로 나와서, 언제나 그러듯이, 시키는 대로, 중대장이나 소대장의 목에 하얀 꽃다발을 걸어 주었다.

환영 마중을 나온 연대장과 대대장들 그리고 사단 참모 몇 명이 박수를 쳤다. 주변에 모여 선 죽미 촌장 노인과 스무 명 가량의 농부들이 무표정한 얼굴로 박수를 따라 쳤다. 시키는 대로.

환호성을 올리거나 만세를 부르는 사람은 없었고, 미리 나눠주지를 않아서인지 종이 태극기와 베트남기를 휘두르는 사람도 없었다.

죽미를 벗어나자 21번 도로 길가에는 기대했던 인파, 주문했던 인파가 기다리지를 않았다. 가끔 지나가던 농부들이 신기한 듯 트럭과 병사들을 잠깐 구경하고는, 가던 길을 가고, 하던 일을 계속했다.

병사들은 슬그머니 군가를 거두었고, 햇볕에 그을린 그들의 얼굴에는 지친 표정이 되돌아왔다. 속았다고 화를 내거나, 한심해하는 표정도 보였다.

트럭 행렬의 뒤에는 먼지만 구름처럼 우렁차게 솟아오르며 따라갔다.

*

그날 죽미의 들판에 나왔던 마을사람들은 그들을 위해서 공산주의자들과 싸우고 돌아오는 따이한 병사들을 멀거니 길가에 서서 무성의하게 그냥 구경만 했다. 따이한들이 가는 곳마다 주민들에게서 열렬한 환영을 받는다던 고향의 소문과는 달리, 죽미 농부들은 전우를 잃고 지친 몸으로 작전에서 귀환하는 따이한 병사들을 위해 별로 열렬한 환호를 하지 않았다.

남들의 전쟁에서 혼자 열을 올려 싸우고 나서는, 고마워할 줄 모르는 무감각한 주민들에 대해서 못마땅해하던 한국 병사들도 적지 않았다. 이런 대조적인 태도는 자연스러운 현상이었지만, 대부분의 한국 장병들은 이것을 "자신들의 전쟁에 대해서 무관심한 베트남인의 한심한 초상(肖像)"이라고 일방적으로 해석했다. 전쟁의 심각성과 그들이 처한 위기, 그리고 자유의 소중함을 베트남인들은 어쩌면 저렇게 모를까 하며 개탄하고 분개하는 장교들도 많았다.

이렇듯 베트남의 농촌 마을사람들은 그들의 땅에서 벌어지는 전쟁을 그들의 운명하고는 아무런 상관이 없다는 듯 아랑곳하지 않고 천연스럽게 구경만 하는 경우가 많았다. 불도저 5호 작전 때는 이웃 마을사람들이 의자까지 들고 와서 1번 도로 길가에 늘어앉아, 들판에서 논밭을 마구 짓밟고 휘저으며 땅 속에 숨은 '쥐새끼'를 '두더지' 한다고 돌아다니는 따이한 병사들을 관람하기도 했다.

한기주에게는 이런 상황이 처음에는 무척 괴이하게 여겨졌다.

*

들판의 구경꾼[*]

반지아(Van Gia)에서 ─ 불도저 작전 5일째 되던 날 밤 매복(埋伏)에서, 29전투단 1대대 3중대는 베트남 파병 이후 가장 큰 전과를 올려, 적 9명을 사살하고, 소련제 자동화기 2점과, 미제 칼빈소총 1정 그리고 실탄 12클립을 노획했다.

이튿날 06시 35분 아침 점호를 끝낸 다음 중대장 박성식 대위는 병사들을 시켜 노획품과 베트콩의 시체를 논둑에 가지런히 늘어놓았다. 전쟁에서는 전투의 결과를 상관들이 현장에 나와서 확인하기 쉽도록 일목요연하게 전시하는 행위도 하나의 예전(禮典, protocol)이었다.

그런 다음에야 중대장은 상부에 전과 보고를 했다.

기쁜 소식은 명령 계통을 타고 순식간에 공지(公知)되었고, 보고 사항을 직접 재확인하려는 상관들이 계속 호출하는 바람에 중대장의 PRC-6 무전기와 야전 전화기가 쉴새없이 울려대었다. 동틀 녘에 온갖 새들이 동시에 시끄럽게 지저귀기 시작하듯이. 즐거운 소식으로 유쾌한 하루를 시작하려는 지휘관들 때문에.

"중대장님, 대대장님한테서 전홥니다."

"중대장님, 연대장님이 어젯밤 매복 결과에 대한 상보를 올리랍니다."

"상황실에서 최종 전과를 보고하랍니다."

"사단장님이 보고를 기다리십니다."

"작전참모부랍니다."

---

[*] 1966년 11월 19일자 「베트남 삽화」에 실린 내용.

"정보참모부에서 적 사살 전에 혹시 무슨 정보를 득하지 않았나 알고 싶답니다."

중대장은 적 사살 9명과 노획품 목록을 계속해서 반복했고, 아군은 사상자가 하나도 없었다는 말도 계속해서 반복했고, 오늘은 아직 새로운 상황이 없다는 말도 계속해서 덧붙였다.

아군의 전과에 기뻐하는 사람이 무척이나 많았고, 무전병은 이런 농담까지 했다. "대대장 입이 여기까지 찢어져서 군의관이 꿰매느라고 바쁘다더라."

그러나 박 대위는 점점 더 피곤해지는 표정이었고, 간밤의 흥분감은 빠른 속도로 삭아버렸으며, 한없이 반복되는 똑같은 통화에 짜증이 나는 듯싶기도 했다. 한바탕 보고를 치르고 난 중대장의 콧등에는 땀방울이 맺혔고, 수면부족으로 푸석푸석해진 그의 얼굴에서는 불안한 피로감도 엿보였다.

그리고는 전투식량으로 대충 아침식사를 끝내고 나자 이번에는 상관들이 몸으로 들이닥치기 시작했다. 사단장을 비롯하여, 연대장과 대대장, 그리고 작전참모도 나타났고, 국내 기자들을 데리고 들어온 정훈참모에 이르기까지, 지프와 헬리콥터로 그들이 도착할 때마다, 중대장은 논둑에 전시한 시체와 노획 무기로 그들을 안내하고는, 야전 전화기와 무전기로 했던 보고를 일일이 다시 반복했다.

오전 08시가 되어서야 전쟁의 '구경꾼'들은 마침내 발길이 끊어졌고, 그래서 중대장이 소대장들을 집합시키고는 말했다.

"쇼는 끝났어. 그러니까 이제 슬슬 다시 전쟁을 시작해야지."

하지만 아직 '구경'은 끝나지 않았다.

"저기 좀 보시죠." 부중대장 손봉수 중위가 말했다.

중대장은 그가 가리키는 방향으로 시선을 돌렸다.

5백 미터쯤 떨어진 1번 도로에서, 백 명 가량의 베트남인들이 길가에 나와 앉거나 서서, 따이한들을 지켜보고 있었다. 그들은 무엇인가를 기다렸다.

베트남인들은 아침 해가 떠오를 무렵부터 혼자서 또는 두세 명씩 모여들기 시작했지만, 중대장은 상관들을 맞느라고 너무 바빠서 그런 사실을 눈치채지 못했었다.

저 사람들 저기 모여서 도대체 무엇을 하려고 그러는지를 중대장이 물었다.

"구경을 나온 모양입니다." 손 중위가 말했다.

"무슨 구경?"

"우리들이 베트콩하고 싸우는 거요."

두 사람의 대화가 오가는 사이에도 마을사람 몇 명이 다시 뚜봉 쪽에서 자전거를 타고 와서는, 나무 밑에 자리를 잡고 나란히 앉아 전쟁이 시작되기를 기다렸다. 관객 중에는 어린아이들과 여자들, 그리고 노인들도 눈에 띄었으며, 아예 의자를 들고 나온 사람까지 있었다.

그리고 들판의 광대들은 전쟁놀이를 계속했다.

열셋 복제되는 고정개념

뉘다비아(Núi Đa Bia)의 이정표가 도로변에 불쑥 나타나자, 한기주는 베트콩으로부터 노획한 지뢰가 폭발하는 사고가 일어났던 곳이 뉘다떼오(Núi Đa Teo)였는지 아니면 뉘닥(Núi Đac)이었는지, 얼른 기억이 나지 않았다. 분명히 어느 산(núi)에서인가 벌어진 사건이었지만, 한기주는 사실 그 지뢰 폭발이 어느 작전중에 일어났었는지조차도 지금은 기억하지 못했다.

그때 그는 사고 현장에 있지도 않았다. 그날 그는 다른 전투지에서 작전 종군을 끝내고 사단사령부로 돌아와, 〈전우신문〉과 국내 일간지와 사이공 주재 한국 특파원들, 그리고 당시의 사정으로는 현지에 종군기자를 파견할 여력이 없었던 방송국들에 보낼 홍보용 전과보고 기사를 작성하던 중이었다.

정훈참모 박 중령에게 작전참모로부터 전화가 걸려왔다. 최 중령과 한참 동안 얘기를 나누며 무엇인가 부지런히 쪽지에 적더니, 박 중령은 통화를 끝내고 나서 보좌관 김 소령과 한기주를 불렀다. 박 중령은 29연대 2대대의 작전장교 전길수 소령이 한 시간 전에 폭사했다고 말했다. 이번 작전 동안에 적으로부터 노획한 무기를 수집하여 대대 CP 옆 풀밭에 사진 촬영을 위해서 가지런히 늘어놓았는데, 전 소령이 무슨 호기심에서였는지 군홧발로 이것저것 툭툭 차 보았고, 그러다가 대전차지뢰가 터졌다는 얘기였다.

전 소령의 죽음은 자신의 부주의한 행동이 촉발한 단순 사고사였지만, 작전참모는 아까운 장교가 한 사람 죽었으니 그의 죽음을 애도하는 기사를 정훈부에서 작성하여 〈전우신문〉에나마 큼직하게 실어 줬으면 좋겠다는 뜻을 전해 왔다고 했다. 그러더니 정훈참모는, 아예 한 술 더 떠서, 전 소령을 군신(軍神)으로 만들면 어떻겠느냐고 즉흥적인 제안을 했다.

별로 진지한 제안은 아니었지만, 정훈참모가 생각해낸 각본은 농담으로 그냥 넘기기에도 지나칠 만큼 원시적이었다.

그것은 너무나 속이 빤히 들여다보이는 표절 각본이었다.

*

정훈참모 박 중령이 보도자료로 만들어 보자고 제안한 내용을 들어보니, 대충 이런 식이었다.

적으로부터 노획한 무기를 대대 CP에서 사진 촬영을 위해 총기별로 분류하여 정돈해 놓던 병사들 가운데 한 사람이 그만 실수로 지뢰를 밟으려고 했다. 그 순간에 전 소령이 이런 다급한 상황을 보고는, "위험하다!" 소리를 질러 경고했다. 그래도 병사가 못 듣고 지뢰를 밟으려고 하자, 전 소령이 몸을 던져 병사를 안전한 곳으로 밀쳐내고는, 주변에 모여 서서 구경하던 다른 장병들의 생명을 구하기 위해, 몸으로 지뢰를 덮쳐 산화했다…….

한기주는 어디선가 참으로 많이 들어본 얘기라는 생각이 퍼뜩 들었다. 그리고 참으로 엉성한 각본이라는 생각도 들었다.

한기주는 전 소령이 병사를 안전한 곳으로 밀어냈다면 지뢰는 터지지도 않을 텐데, 왜 구태여 몸으로 덮쳐 산화한다는 말인지, 좀처럼 납득이 가지 않았다. 그리고 강재구 소령의 얘기를 그대로 표절한 듯싶어, 창의력도 부족하다는 생각이 들었다.

한국영화진흥조합에서 1972년에 펴낸 『한국영화총서(韓國映畵叢書)』에서
는 영화「소령 강재구」의 줄거리를 이렇게 요약해서 소개했다. "육군사관학
교 출신인 그는 항상 희생적인 군인정신이 투철하였다. 부하들의 수류탄 투
척훈련 중의 일이었다. 한 사병이 앞으로 던져야 할 수류탄을 뒤로 추켜드는
순간에 놓침으로써 그 수류탄은 다음 차례를 기다리고 앉아 있던 사병들 가
운데로 떨어졌다. 그 수류탄이 폭발하는 순간에는 수많은 사병들이 희생된
다. 미처 주워 던질 겨를도 없는 위기일발의 순간이었다. 그는 그 수류탄을
몸으로 덮침으로써 많은 부하들을 위기의 순간에서 구출하고 산화한다."

지식을 총망라한 백과사전에서 서술하는 진실의 내용*도 별로 다를 바가
없었다.

한기주가 전방에서 무전병으로 근무하다가 타자병으로 보직이 바뀌어 육
군본부 참모총장실로 특명을 받은 무렵인 1965년 10월 4일, 파월(派越) 예정
인 수도사단 "맹호부대" 제1 연대 제10 중대장이었던 대위 강재구는 "수류
탄 투척훈련을 하던 중 중대원 박해천(朴海千)이 실수로 안전핀을 뽑은 수류
탄을 중대원들이 모여 있는 곁에 떨어뜨리자, 위험을 느낀 그가 몸을 날려
폭발하려는 수류탄 위에 덮쳐 중대원 100여 명을 구하고 자신은 산화(散華)
하였다. 육군은 그의 숭고한 희생정신을 높이 평가하여 소령으로 1계급 특진
시키고 4등 근무공로훈장(勤務功勞勳章)을 추서하였다."

그리고 대한민국의 모든 언론 또한 이런 사실들을 그대로 충실하게 보도
했다.

*

작전장교 전 소령이 산화했다는 전설을 만들어내는 작업에 대해서는 보좌
관 김 소령도 한기주와 비슷한 생각이었다. 김 소령은 그렇게 날조된 기사를
내보내면 안 된다고 당장 발끈해서 박 중령의 각본에 반대했다.

한기주가 논산훈련소에서부터 참으로 미묘한 인연을 맺어온 김 소령은 박

---

* 동서문화에서 펴낸 『한국세계대백과사전』 423쪽.

중령과 이런 의견충돌을 여러 차례 일으켰고, 나중에는 결국 "마음이 안 맞는다"며 조기 귀국을 해버리고 말았는데, 이날도 김 소령의 즉각적인 반발에 박 중령은 퍽 무안해하는 눈치였다.

그래도 아쉽고 섭섭해서인지, 박 중령은 "일본 군대에서 대동아전쟁 때 만든 군신도 다 그런 식으로 나온 거 아니냐"며 얼버무렸다.

한기주는 작전 중에 노획한 무기를 다루다가 사고로 작전장교 전 소령이 목숨을 잃었다는 진실한 내용의 기사를 쓰면서, 소령의 복무경력을 장황하게 나열하여 내용은 별로 없어도 길이를 잡아늘이는 방법으로 보도자료를 작성해서는 각 언론 매체에 발송했다.

*

한기주가 베트남에 도착한 지 두 달도 안 되었던 무렵에, 강재구 소령의 최후와 사뭇 비슷한 상황에서 어느 다른 파월부대의 장교가 산화했다는 기사가 언론을 통해서 널리 알려졌다. 그리고 한기주는 이때 역시 어디선가 참으로 많이 들어본 얘기라는 생각을 했었다.

국방부의 보도자료를 그대로 베껴 쓴 듯한 화법을 구사하는 『격동기의 한국』에서 1965년 항과 1966년 항에 등장하는 두 군인의 죽음에 관해서 요약해 놓은 내용을 비교해 보면, 참으로 비슷한 흐름이 발견된다.

1965년 10월 4일 파월전투부대 제1진으로 선발된 맹호부대 제1 연대 10 중대장 강재구 대위가 수류탄 투척연습중 부하의 실수로 떨어진 폭발 직전의 수류탄을 덮쳐 장렬한 최후를 마침으로써 군인정신의 산 본보기가 되었다.

1966년 8월 11일 주월 청룡부대의 해풍작전(海風作戰) 중, 이인호 대위는 동굴 속의 베트콩을 수색하다 적이 던진 수류탄을 맨몸으로 막아 1개 소대의 목숨을 건지고 장렬한 최후를 마침으로써 살신성인(殺身成仁)의 귀감이 됐다.

한기주는 이인호 대위의 '산화(散華)' 이야기를 처음 접했을 때, 강재구 대위의 산화 이야기에서나 마찬가지로 다른 곳에서 이미 반복 사용된 대목들, 그러니까 '살신성인' 따위의 식상한 단어가 눈에 거슬렸고, "수류탄을 몸으로 덮쳐 많은 사람들을 구하고 자신은 죽었다"를 약간 변형시킨 복제판 줄거리도 귀에 거슬렸으며, 그래서 이인호 이야기가 사실은 강재구 이야기를 그대로 발췌하고 표절한 내용일지도 모른다는 생각이 들었다. 그리고 이때부터 그는 군신 이야기에 담긴 세부적인 여러 구성요소의 신빙성에 대해 의혹을 갖기 시작했다.

왜 이인호 대위는 "동굴 속의 베트콩을 수색"했을까? 한기주 자신이 밀림에서 여러 차례 직접 관찰한 동굴수색작전에서는 분대장 이하의 병사들만이 '두더지'를 벌였는데, 전체 작전을 바깥에서 지휘해야 할 중대장이 도대체 왜 스스로 동굴 속에까지 들어갔다는 말인가? 청룡 해병여단의 동굴수색 방법은 육군하고는 근본적으로 달랐던 것일까?

"수류탄을 맨몸으로 막아 1개 소대의 목숨을 건졌다"는 내용도 이상했다. 대부분의 베트콩 동굴은 너무 비좁아서, 겨우 한두 명이 통과할 정도였다. 그리고 땅굴은 흔히 구불구불하기 때문에 사격을 하면 돌벽에 총탄이 튀어 되돌아오기도 해서, 병사들은 아예 총을 휴대하지 않고 대검과 손전등에 간혹 수류탄만 휴대하고 간편한 옷차림으로 혼자 땅굴로 들어가고는 했다. 따라서, 서울의 남산 터널처럼 직선으로 뻗어나간 넓은 장소에서라면 몰라도, 어째서 40명이 넘는 1개 소대 병력이 동굴 속에 함께 몰려 있었다는 말인지, 참으로 알 길이 없는 노릇이었다. 동굴 속에서 수류탄이 터지는 경우에 1개 소대가 다 함께 몰살한다는 논리도 가능성이 대단히 희박한 얘기였다.

*

베트남 전쟁이 끝나고 30년이 지나, 2004년 말이 다 되었을 무렵에도, 군대에서 '산화'와 '살신성인'이라는 고정된 개념들을 복제한 얘기가 또 하나 나타났다. 기자들이 스스로 취재하지 않고 군대 홍보자료를 그대로 베낀 듯, 대부분 똑같은 어휘를 사용하여 똑같은 줄거리를 반복하는 내용이, 대한민

동굴수색작전은 대부분 이렇게 비좁은 공간에서 이루어진다.
베트밍 정규군의 활동이 왕성한 중부고원 및 국경지대나 17도선 인접 지역의 땅굴도
겨우 한두 사람이 지나다닐 정도였다.

국의 모든 텔레비전과 라디오 그리고 신문에서 되풀이되었으니까 말이다.

강릉의 "GTB 뉴스"를 받아서 서울의 SBS-TV 뉴스는 "살신성인"이라는 제목으로 "통신장비 안테나가 고압선에 닿으면서 부하 병사가 감전되자 육군 소령이 몸을 던져 부하를 구한 뒤 자신은 숨졌다"고 전했으며, 그날 저녁 모든 매체가 "몸을 던져 부하를 구한 뒤 숨졌다"는 내용을, 단어의 어순조차 별로 바꾸지 않은 채로, 거듭거듭 되풀이했다.

이튿날 아침 〈조선일보〉는, 다른 모든 매체나 마찬가지로, "살신장교, 고압선 감전된 부하 구하고 감전사"라는 제목으로 "통신장비 안테나가 고압선에 닿으면서 부하 병사가 감전되자 육군 소령이 몸을 던져 부하를 구한 뒤 자신은 숨졌다"고 보도했다. 그리고 〈조선일보〉가 얼마 전 "이승복군이 '나는 공산당이 싫어요'라고 말했다는 보도" 때문에 소송까지 당하며 곤욕을 치렀던 이유가 바로 이렇게, "몸을 던져 부하를 구한 뒤 숨졌다"는 얘기처럼, 너무나 비슷비슷한 각본이 지나치게 많았기 때문에 반공군사 홍보물이 불신을 당하게 된 후유증 때문이었다고 한기주는 믿었다.

어디선가 많이 들어본 얘기.

어디선가 많이 들어본 다른 얘기.

그리고 어디선가 많이 들어본 또 다른 얘기.

*

이왕 죽은 사람이라면 고운 모습으로 보내려는 뜻은 상정이겠지만, 군신을 위한 일방적인 조사(弔辭)처럼 역사를 기록해서는 안 된다는 것이 한기주의 생각이었다. 아름다운 어휘와 일화와 미담의 꽃다발로 장식하며 서투르게 과장한 신화는 오히려 참된 위대성을 훼손하는 천박한 조화(弔花)처럼만 여겨지기 때문이었다. 나라를 위해 싸우다가 죽었다는 사실 자체만으로 그들은 영웅인데, 가장 강력한 설득력을 지닌 진실을 말하는 대신 과장된 미사여구를 보태어 군신 만들기를 행한다면, 위대한 생애는 그만큼 거짓이 되고 만다.

화려한 문장과 지나친 분장은 안무가 잘된 프로 레슬링이나 마찬가지로 좋은 눈요기는 될지언정, 무도장에 매달아 놓은 회전등(回轉燈)의 알록달록한 빛깔처럼 촌스러워서, 영웅의 죽음을 오히려 만화처럼 각색해 놓음으로써, 슬픔과 고통을 모욕하는 행위가 된다고 한기주는 믿었다.

그리고 가장 사실적이어야 하는 언론은, 적어도 베트남 전쟁 당시까지의 한국 언론은, 때때로 군인보다 훨씬 더 강력한 무기로서의 기능을 발휘하기 때문에, 공정한 감시자가 아니라 애국적인 시민으로서, 국익을 위해 자기편에 유리하도록 진실을 선택적으로 다듬어 국민에게 보여주는 선의의 기만행위를 서슴지 않았다. 으레 과장되었겠거니 하고 사람들이 당연시하는 "내가 다녀온 군대" 얘기로부터 진화한, "내가 베트남에 갔을 때"라는 수많은 개인적인 회고담이, 그러한 언론의 본보기 노릇을 했다고 한기주는 믿었다.

이러한 애국선무적 언론에서 식상하도록 반복적으로 등장하는 주제를 보면, "부하를 극진히 사랑하는 상관의 사랑"이나, "곤경에 처한 지역 주민을 돕는 대민봉사와 이재민 구호작전"이나, "철통 같은 방어태세"나, "대를 이어 복무하는 군인 가족"이나, "주둔지 사람들에게 인기가 높은 한국군"처럼 들러리용 판박이 미담기사가 주류를 이루었다.

＊

통신수단의 엄청난 발달로 인해서 다량의 정보에 수많은 사람의 동시접속이 가능해졌기 때문에, 지하 언론의 잠재력으로 인해 어느 나라에서도 혁명과 독재가 점점 더 어려워진다는 21세기에는, 반세기 전 훨씬 어수룩했던 시대에나 상대적인 설득력을 지녔던 군신 이야기는 이제 시효가 사라졌다. 초등학교 졸업식에서 너도나도 눈물을 펑펑 흘리게 만들었던 송사와 답사는, 온갖 화려한 어휘와 표현에 진실한 감정이 별로 담기지를 않았기 때문에, 요즈음 인터넷 아이들의 귀에는 우스꽝스럽게 들린다.

이렇듯 웅변의 시대는 이미 오래전에 흘러갔음에도 불구하고, 시대착오적 언어로 시행하는 성형수술과 별로 다를 바가 없는 군신 화법은, 어휘와 상상력의 부족으로 인해서인지, 변함없는 각본을 아직도 계속 재탕한다.

하지만 서사시나 낭만주의와 더불어, 영화나 비디오 게임에서말고는, 영웅이라는 개념 자체가 사라져버린 시대에 이르러서도, 계산이 훨씬 빨라진 이기적인 젊은이들로 하여금 귀감으로 삼아 우러러보며 목숨을 내걸고 전투에 임하도록 자극하기 위해서 군대는 여전히 영웅을 필요로 하고, 그래서 제한된 수사학에 의존하면서 평범한 사람들을 군신으로 만드는 작업이 계속된다.

그것은 우리나라에서만 발견되는 독특한 현상도 아니었다. 미국의 군부는 미식축구 선수였던 팻 틸먼(Pat Tillman) 상병이 아프가니스탄에서 영웅적으로 전우들을 구하고 전사했다는 신화를 만들어냈지만, 사실은 우군의 오인사격으로 한심하게 목숨을 잃었다는 사실을 언론이 나중에 밝혀냈다. 역사는 극적인 설명이 많을수록 진실로부터 멀어진다.

열넷 영웅 논리

한기주는 우리나라에서 언론에 실려 유통되는 군신 이야기나 영웅담이 모방과 표절이 워낙 심해서, 지나치게 여겨질 정도로 유사한 내용이 많다고 늘 생각했었다. 대표적인 영웅상을 제공하는 군인뿐 아니라, 경찰관이나 심지어는 초등학생이 주인공인 영웅담에서도, 결정적 상황과 등장인물의 구성이 서로 너무나 많은 공통점을 지니며, 그런 공통된 특징 가운데 가장 두드러진 양상이 바로, 약자인 부하나 다른 사람(들)을 살려내기 위해 자신이 스스로 목숨을 버린다는 '살신성인' 주제였다.

2004년 여름 한철에만 해도 한기주가 신문이나 방송에서 접한 '살신성인' 기사를 보면,

―초등학교 학생이 물에 빠진 친구를 구하고 숨졌다는 얘기와,

―범인이 사용했다고 여겨지는 용의차량의 번호판을 수색하다가 물에 빠진 의경을 겨우 구해 놓고는 대신 숨진 다른 의경 얘기와,

―익사 직전의 시민을 구해놓고 자신은 익사한 수상안전요원과,

—익사 위기에 빠진 선배 여학생이 "살려달라"고 외치는 소리를 듣고는 험한 파도를 무릅쓰며 되돌아가 구하려고 하다가 탈진하여 바다에 휩쓸려 들어가 사망한 고교생 두 명의 "의로운 죽음" 얘기와,

　　—DMZ에서 수색정찰 임무를 인수인계하다가 지뢰를 밟고 쓰러진 후임자를 혼자 구출하러 접근했다가 다른 지뢰가 터지는 바람에 두 다리를 잃은 "살신성인 대대장"의 얘기가 있었다.

　　심지어 몇 해 전에는 저수지에 빠진 초등학생의 생명을 구해준 개의 얘기가 언론에 크게 보도되었고, 감격한 어느 독지가는 충견에게 성금을 보내기까지 했다. 그리고 '살견성인'의 미담은 나중에 거짓말로 밝혀졌다.

　　왜 세상에는 그렇게 많은 영웅이 태어날까?

＊

　　한기주는 군신 각본에서 왜 계급이 낮은 병사는 주인공이 된 적이 거의 없으며, 장교는 왜 꼭 부하들을 밀어내고 나서 구태여 몸으로 폭발물을 덮치며, 왜 타인을 구해내는 데서 그치지 않고 주인공이 꼭 죽는다는 상황으로 설정되는지도 궁금했다.

　　병사들이 군부대에서 의문사를 당하면 물어보나마나 '자살'이라는 발표가 나온다. 그리고 그토록 많은 사병이 자살하는 군대에서, 장교가 자살했다는 기사를 찾아보기 힘든 이유가 무엇일까? 아마도 그것은 장교가 죽을 때는 부하를 구하면서 '살신성인'을 하기 때문이리라고 한기주는 계산했다. '살신성인'도 따지고 보면, 저항을 위한 분신자살이나 마찬가지로, 자살의 한 가지 형태이니까.

　　'살신성인' 얘기의 주인공을 가만히 살펴보면, 그는 위험한 상황이 벌어지면 당장 그런 사실을 알고 극단적인 행동까지 취하는데, 왜 주변의 다른 사람들은 모두 멍청하게 서서 자신에게 닥칠 위험조차 모르면서 구경만 하는지도 납득이 가지 않았다. 수류탄이나 지뢰나 불발탄이 터지려고 하는데, 왜 다른 사람들은 몸을 피하지 않는가? 그리고 주인공이 상황을 파악하고 순발적인 결정을 내려 행동으로 옮길 때쯤이면, 웬만한 폭발물은 벌써 터져버렸

을 텐데, 왜 희생자가 몸으로 덮친 다음에야 꼭 터지는지도 수긍이 가지를 않았다.

대한민국의 언론은 그런 의문점에 대해서 아무런 설명도 내놓지 않았다.

*

또한 그는 물에 빠진 사람을 구하는 주인공들도, 구조하려고 애를 쓰다가 그냥 죽었다는 내용은 찾아보기 힘들고, 왜 하나같이 남의 생명을 건지는 데 성공한 다음에야 자신이 탈진해서 죽었다는 비슷비슷한 결론을 짓는지를 이해하기가 힘들었다.

헤엄을 못 치는 사람을 안전한 곳까지 끌고 나간 사람이라면, 분명히 수영을 뛰어나게 잘 할 텐데, 아무리 탈진했다고 해도, 도움을 받은 사람이 땅을 딛고 설 만한 가장자리까지 다 나온 다음에야 죽을 이유가 없으리라는 것이 한기주의 생각이었다. 하다못해 구조를 받아 정신을 차린 사람이 조금만 부축을 해주었어도 상황이 달라졌으리라.

차라리 물에 빠진 사람을 구하려다가 힘이 부쳐 둘이 다 죽었다면, 그만한 행동도 분명히 남다르고 영웅적이라고 칭해도 될 텐데, 왜 구태여 이런 영웅담들은 하나같이 줄거리와 상황과 사용하는 어휘까지도 그토록 서로 비슷하기만 할까?

꼭 남의 생명을 구하거나 자신을 희생해야만 숭고한 영웅이 되지는 않는다고 한기주는 믿었다. 전쟁터에서 사소한 사고 때문에 죽더라도, 목숨을 내놓고 전쟁을 하러 스스로 정글로 갔다는 사실 자체가 남다른 덕목일진대, 군신화 작업을 위해 온갖 미사여구를 동원하고 다른 사람들의 공적까지 표절해가며 덧붙여 영웅적인 죽음의 전설을 만들어 놓는다면, 오히려 신빙성을 잃고 희소가치도 상실해서, 의구심만 자극할 따름이었다.

'군대 얘기'가 대표적인 경우이지만, 거짓말에는 항상 이자가 붙는 법이어서, 영웅담이란 입을 하나 건널 때마다 남들이 모두 하는 똑같은 얘기를 거듭 반복하다 보면 자꾸만 윤색되게 마련이었다. 서양에도 "전쟁 얘기는 입을 하나 거칠 때마다 점점 더 멋있어진다(War story gets better each time it is told)"라는 격언이 나돌듯이, 비록 모든 영웅담이 과장된 거짓말은 아니라고 할지라도, 평범한 인간을 신격화하려는 욕심의 결과로 자칫하다가는 영웅적인 참된 진실이 사라지고 과대포장된 우스꽝스러운 전설만 남는다.

엘 씨드(El Cid)의 얘기는 중세라면 사람들이 집단적으로 믿었겠지만, 그리고 엘 씨드나 마찬가지로, 그의 죽음을 적에게 알리지 못하게 했다는 이순신 장군의 전설도 몇백 년 전에는 새롭고 감동적이었겠지만, 최첨단 문명의 시대에 저수지에서 주인을 구했다는 개의 얘기를 미담기사로 만드는 수준의 언론매체는 너무나 원시적이라고 한기주는 생각했다.

그럼에도 불구하고 언론은 영웅 만들기를 그치지 않는다.

왜 그럴까?

군대가 영웅 만들기를 그치지 않는 까닭은, 맹목적인 애국심과 희생적인 충성심을 자극하기 위해, 전쟁에서의 죽음을 극적으로 미화해야 하는 필요성 때문이다. 그것은 종교에서 죽음을 순교로 미화하듯, "운동권"에서 '열사'들의 죽음을 영웅화하듯, 알라모(Alamo)에서처럼 패배하고 전멸한 싸움까지도 옥쇄(玉碎)라며 영광을 돌려, 망자들까지 전설에 동원하여 이용하려는 잔인한 전략이 만들어내는 필요성이다.

물에 빠진 사람을 구할 능력이 없는 자가 무모하게 무턱대고 강으로 뛰어들어 남을 살려내겠다고 덤비다가 덩달아 익사하려고 한다면, 디오도어 루빈처럼 사회는 그것이 어리석은 짓이라고 못하게 말려야 옳을 텐데, 오히려 그런 만용을 훌륭하고 사내답다며 부추겨 애꿎은 희생을 잠재의식적으로 강요한다.

그러나 전쟁은 그 자체가 비이성적인 행위이다. 전쟁에서는 선무적인 거짓이 필수조건이며, 기만과 음모와 계략이 훌륭한 전술과 전략으로 기능하고, 일본군의 가미가제(神風)가 그런 대표적인 예이지만, 판단능력을 마비시켜서 멀쩡한 젊은이들을 무모하고도 필요없는 죽음으로 몰아넣기도 한다.

그래서 이라크 전쟁으로 두 팔을 잃은 소년 희생자 알리 압바스의 이야기를 "전쟁의 슬픔과 따뜻한 인간애"라고 미화하여 『바그다드 천사의 시』라는 책을 써내고, 한 사람을 구하기 위해 더 많은 사람들이 희생되는 「라이언 일병 구하기」처럼 계산과 수지가 맞지 않아 비민주적이며 어처구니없는 영화가 생겨나고, 영화를 흉내내어 "제시카 일병 구하기" 무용담이 태어난다. 그리고 어느 날 한국의 어떤 신문에는 이런 외신기사가 실렸다.

> 이라크에서 포로로 붙잡혔다가 구출된 전 미 육군 일병 제시카 린치(20)가 "군(軍)이 나의 구출작전을 이용해 먹었다"며 "나는 영웅이 아니다"라고 말했다. 이 발언은 이라크 전쟁 중인 3월 23일 포로가 된 린치를 미군 특공대가 4월 1일 나시리아의 한 병원에서 구출한 뒤 미군 당국이 벌인 '린치 일병 영웅 만들기' 작업이 허구임을 확인하는 것이다.

자서전 출간일에 맞춰 미 ABC 방송과 가진 인터뷰에서 린치는 그녀가 생포되기 전에 이라크군에게 총을 쏘며 장렬히 저항했다는 미군 발표에 대해 "생포될 당시 나는 부상을 당한 몸이었고, 총도 고장나서 한 방도 쏠 수가 없었다"고 말했다. 린치는 구출된 직후 동성무공훈장을 받기까지 했다.

린치는 포로로 잡힌 후 성폭행을 당했다는 주장에 대해서도 기억에 없다고 부인했다. 린치는 "포로생활 중 이라크인 누구도 나를 때리거나 학대하지 않았다"고 덧붙여 말했다.

이렇듯 독선적인 군대의 논리와 영웅관은, 소수의 가짜 군신을 만드는 과정에서, 수많은 참된 영웅들의 정체성에 흠집을 내고, 사람들을 식상하게 만들어, 비슷비슷한 모든 얘기가 다 지어낸 얘기이겠거니 불신으로 몰아가고, 그래서 묵묵한 참된 영웅들을 퇴색시킨다고 한기주는 믿었다.

열다섯 어리석은 용기와 비겁한 지혜

죽음의 가능성이 상존하는 전쟁을 수행하기 위해 조직된 군대 사회는 결코 평범한 집단이 아니다. 민간 사회하고는 가치관과 규범의 기준도 다르고, 통치방법도 다르다. 그래서 군인이 현대 국가를 통치하다 보면 전두환처럼 시대착오적인 독재로 흐르는 경향을 보이고, 비록 박정희의 독재가 능률적이어서 국력과 경제가 발전하기는 쉬웠을지 모르지만, 신속한 생산적 결과를 지나치게 추구하다 보면 그런 사회에서는 다수의 인권이 짓밟히는 결과를 가져오기도 한다고 한기주는 생각했다.

역으로 군대는, 철학적인 지혜나 민주주의적인 정치 논리가 간섭하기 시작하면, 전쟁의 수행 능력이 위축되는 현상을 보인다.

CBS-TV에서 월터 크론카이트(Walter Cronkite)에게 해설을 맡겨 1985년에 제작한 "베트남 전쟁(The Vietnam War)" 연속물 가운데 「찰리 중대의 세상(The World of Charlie Company)」 편이 이러한 두 번째 현상을 극적으로 포착했다. 1965년부터 68년까지 베트남전을 종군했던 존 로렌스(John Lawrence) 특파원이, 본국에서 한참 반전운동이 확산되고 정계와 군대 내에서도 매파와 비둘기파가 대립을 벌이던 시기인 1970년에, 다시 전쟁터로 돌아가 제1 공정사단(the 1st Air Cavalry Division) 제7 기갑연대 제2 대대 '찰리'* 중대를 집중적으로 1년 동안 취재해서 만든 이 기록물은 세계의 최강대국이 왜 베트남에서 필연적으로 패전의 수치를 겪어야 했었는지를 확인시켜 주는 구체적인 자료가 되었다.

*

「찰리 중대의 세상」**에서 발생한 첫 위기는, 3월부터 6월에 걸쳐 캄보디아 국경지대에서 장기 수색정찰을 수행하는 사이에, 중대장이 교체될 무렵에 찾아왔다.

도입부에서는 어느 어리고 섬약해 보이는 병사가, 울창한 밀림에서 벌목도

---

* 'Charlie'는 무전병의 교신이나 다른 통신 체제에서, 'C'를 뜻하는 단어이다. 'Alpha'는 'A', 'Bravo'는 'B', 'Delta'는 'D'를 의미하고, 그래서 '찰리 중대'는 'C 중대', 즉 '제3 중대'를 뜻한다. 'Vietcong'의 약자인 'VC'도 그런 식으로 'Victor Charlie'가 되며, 이것을 다시 줄여 미군들은 '콩'을 'Charlie'라고 불렀다.
** 베트남전 당시 '세상(the World)'은 병사들 사이에서 '고향 미국', 즉 전쟁터를 벗어난 민간 사회를 뜻하는 말이기도 했다.

로 나무를 쳐내며 진로를 뚫는 힘든 작업을 하다가, 지쳐 쓰러져 혼수상태에 빠져 헬리콥터로 후송되는 장면이 나왔다. 한기주는 옛날 초등학교 시절, 아침 조회 시간에, 굶주리고 병약한 아이들이 일사병으로 쓰러지는 모습을 자주 보았다. 찰리 중대의 세상에 등장한 미국 군인의 모습은 바로 그런 일사병 아이들을 한기주에게 연상시켰다. 찰리 중대는, 헐리우드 전쟁영화에 등장하는 수많은 용감무쌍한 역전의 용사들과는 달리, 그렇게 허약한 군대였다.

허약한 병사를 후송시키는 장면에서 존 로렌스 특파원은 찰리 중대가 이렇게 헬리콥터를 불러들여 중대원을 후송시키는 경우가 여태까지 별로 없었다는 해설을 덧붙였다. 중대장 잭슨 대위(Capt. Robert Jackson, 29세)는, "불필요한 접전"을 피하고 유리한 전투만 벌여서, 사상자를 후송시켜야 하는 상황이 겨우 두 번밖에 발생하지 않았기 때문이라는 설명이었다.

잭슨 대위는 6년 반 동안 공정대 소속으로 유격전을 많이 경험했던 장교였으며, 베트남전에서 두 번째 복무중이라고 했다. 아군의 피해를 줄이기 위해 가능하면 전투를 회피했던 잭슨 대위를 부하들은 인간적이며 사람을 아낄 줄 아는 지휘관이라고 좋아했다.

후방 근무로 빠져나간 잭슨의 후임으로 도착한 앨 라이스 대위(Capt. Al Rice, 25세)는, 적극적으로 전공(戰功)을 쌓아 자신의 두각을 나타내기를 원하는 전형적인 군인으로서, 전임자를 "지나치게 조심스러운(too cautious)" 지휘관이었다고 평가했다.

전쟁에 임하는 태도가 이렇게 상반되는 성격이었던 두 지휘관을 거치면서, 중대원들의 시각도 뚜렷하게 갈라졌다. 지휘부를 구성하는 직업군인*들 그리고 그들의 명령을 받아 움직여야 하는 투덜이 징집병**들은 내부에서의 필연적인 대립과 갈등을 겪기 시작했다.

'투덜이'들의 지상 과제는 어떻게 해서든지 1년의 베트남 복무 기간만 무

---

* 군대를 '평생 직업'으로 삼는다는 뜻에서 'lifer'라고 지칭하던 장기 복무자
** 베트남에서는 '심통을 부리는 사람'이나 '투덜이'라는 뜻으로 'grunts'라고 불렀다. 영화 「플라툰」을 보면 주인공 크리스가 할머니에게 보내는 편지에서 이 단어의 뜻을 구체적으로 설명한다.

사히 마치고, 목숨을 건져 고향으로 돌아가는 것으로써, 전쟁을 하기 싫은 그들에게는 누가 전쟁에 이기느냐 따위는 별로 관심이 없는 문제였다. 찰리 중대의 세상에는 심지어 반전운동의 상징적인 기치(旗幟) 노릇을 했던 평화의 목걸이(☮)를 차고 다니는 병사도 눈에 띄었다.

어떤 병사는 존 로렌스 특파원에게 "평화를 이룩하기 위해 사람을 죽이는 짓은 비논리적(Killing people for peace doesn't make sense)"이라고 말하면서, 만일 실제로 적을 만나면 살인을 피하기 위해 하늘에다 총을 쏘겠다고 했다. 그리고 귀국을 앞두고 죽을까 봐 전전긍긍하는 병사들은 그들의 두려움을 조금도 부끄러워하지 않았다.

이것이 찰리 중대의 '세상'이었다.

그뿐이 아니었다. 찰리 중대에는 지휘관보다 훨씬 나이가 많은 29살의 하사관도 여럿이었다. 따라서, 민간인 시절의 사회적 신분과 직업으로 따지자면, 병사들 자신보다 무엇 하나 잘났다고 여겨지지 않는 25살의 중대장 라이

반전운동이 맹렬했던 미국은 베트남을 보는 시각이 한국과 크게 달랐으며, 미군 병사는 적과 싸우면서 조국의 미움을 받아야 하는 갈등에 시달렸다. 제임스 피커렐(James Pickerell)이 찍은 베트남의 미군 병사(왼쪽)는 침울해 보이고, 버나드 이덜맨(Bernard Edelman)이 국회의사당 앞에서 반전시위를 촬영할 때 무공훈장을 집어던지던 병사(오른쪽)는 제1 해병사단 참전병이었다.

스가 내린 명령 하나 때문에, 목숨을 호락호락 내놓고 싶지는 않다고 생각하는 병사들도 적지 않았다.

훨씬 훗날, 하사관에 의한 "소대장 길들이기" 사건을 통해 우리나라에서도 증명되었듯이, 계급이 아닌 나이와 경험 따위 다른 실질적인 가치관이 힘을 얻으면, 병사들은 군대 조직과 민간 조직을 혼동하기 시작한다. 그런 현상이 "계급장 떼고 얘기하자"는 지경에 이른 군대에서는 인위적인 계급이 제대로 기능을 발휘하지 못하게 되고, 명령체계와 위계질서도 무너져 버린다.

1970년 4월 6일, 라이스 대위가 지휘권을 인계받은 지 겨우 사흘째 되던 날, 바로 그런 상황이 벌어졌다.

＊

찰리 중대는 정글에서 수색정찰을 하던 중에 현장에서 철수하라는 갑작스러운 명령을 받았다.

그리고 철수를 하더라도 이번만큼은 시간이 촉박하기 때문에, 밀림의 온갖 엄폐물의 도움을 받아가며 숲 속을 통과하여 평상시처럼 안전하게 이동하는 대신, 노폭(路幅)이 2미터쯤 되는 기존 소로(旣存小路)를 따라 1.2킬로미터를 내려가 신속하게 LZ(착륙장)까지 도착하여 헬리콥터를 타고 나오라는 지시였다.

무전으로 연락을 받은 라이스 대위가 즉각 명령을 하달했지만, 부하들은 그의 지시에 복종하기를 거부했다. 길로 나가면 적의 눈에 띄기가 쉬워서 그만큼 위험하다는 이유에서였다.

중대장이 앞장서서 길로 먼저 나섰어도, 부중대장을 포함한 대여섯 명만 따라갈 뿐, 나머지 병사들은 "잭슨 대위라면 그렇게 위험한 명령은 내리지 않았으리라"고 따지며, 숲에서 나오지를 않았다. 그들은 자신의 행동이 민주적이고 올바른 판단이었다고 착각했으나, 사실상 병사들은 잭슨 대위에게 길든 사고방식에 의해 신임 중대장에게 조직적인 명령 불복종을 행사하고 있었다.

한참 옥신각신하던 끝에 그들은 대대로부터 수정된 명령을 받아내어, 반대 방향으로 2백 미터 가량 떨어진 지점이어서 거리가 짧기는 했지만, 헬리콥터의 착륙이 훨씬 힘드는 다른 LZ를 향해서 출발했다. 하지만 마지못해 길로 나선 병사들은 겁에 질려 여기저기 힐끔거리며 더디게 움직였고, 찰리 중대의 철수는 제시간에 이루어지지 못했다.

기밀유지와 작전효과의 극대화를 위해 모든 세부적인 사항까지 사령부가 병사들에게 설명해 주지 않는다는 것이 전쟁의 기본적이고도 본질적인 생리이고, 그래서 군인이란 내용을 모르면서도 무조건 복종하도록 훈련을 받는다. 많은 사람들이 다분히 감상주의적인 시각에서 지적한 사실이지만, 그래서 말단부대의 전투병들은 전체적인 상황을 별로 이해하지 못한 채로 전쟁에 임하는 경우가 많다. 찰리 중대원들의 경우도 마찬가지였다. 그래서 그들에게 위험을 감수하면서라도 신속하게 긴급히 철수하라는 명령이 떨어졌던 까닭을 부하들은 물론이요 중대장 자신도 알지 못했다.

그런 지시가 떨어졌던 이유는 괌에서 이미 출격한 B-52 대형 폭격기들이 한 시간 후에 융단폭격을 행하려는 지역이 찰리 중대가 작전중인 위치와 위험할 정도로 가까웠기 때문이었다. 하지만 중대원들은 이런 사정을 알지 못했으며, 지휘관과 병사들이 시각 차이로 인해 신경전을 벌이는 사이에 결국 철수시간을 놓쳐 버리고 말았다.

그래서, 대한민국 군대라면 상상도 못할 한심한 일이었지만, B-52 폭격기들은 할 수 없이 폭격 임무를 포기하고 기수를 돌려 머나먼 괌의 기지로 되돌아가고 말았다.

*

찰리 중대가 소속된 제1 공정사단은, 비록 훗날 이라크에도 다시 파병된 부대이기는 하지만, 한기주가 베트남에서 복무하던 무렵에는 수장* 때문에 "비겁한 부대"라는 불명예스러운 별명을 달고 다녔다. 방패 모양을 한 그들의 수장은 노랑 바탕에 검은 대각선을 긋고 한쪽에 말의 머리를 그려넣었는데, 미

---

* 袖章. 한국에서는 '사단 마크'라고 통칭한다.

군 병사들은 이것을 놓고 "한 번도 들고 다닌 적이 없는 방패(the shield they never carried)"와 "한 번도 타 본 적이 없는 말(the horse they never rode)"과, "한 번도 넘지 못한 선(the line they never crossed)"과 "노랑은 그들 자신의 빛깔(yellow the color of their own)"*이라고 비아냥거리고는 했다.

찰리 중대는, 그런 조롱을 받고도 남을 만큼, 분명히 비겁한 집단이었다.

한기주로서는 도저히 이해가 가지 않는 일이었지만, 전투지에서의 명령 불복종은 총살을 당할 만큼 중대한 범죄행위였어도, 찰리 중대원들은 B-52 폭격기들을 기지로 귀환시키는 상황을 야기하고도 군법회의에 걸리지를 않았다. 그리고 그들의 명령 불복종은 거기에서 그치지를 않았고, 사이공 부근에서 사단사령부를 경비하는 '후방근무(palace guard)'를 할 때도, 수색정찰을 나가서 라이스 대위가 소대 간격을 1킬로미터 정도 서로 떨어져서 매복하라는 명령을 내렸는데도, 그러면 위험하다면서 2개 소대가 인접한 지역에 주저앉아서는 중대장에게 거짓 좌표를 보고하고는 했다.

중대장 앨 라이스 대위는 끝내 지휘관 보직을 그만두기 위해 헬리콥터 조종사가 되는 훈련 신청을 냈다.

이런 민주적인 군대는, 하나의 집단을 나약하고 왜소한 다수의 개인으로 분산시키기 때문에, 전체주의적인 공산 독재 체제와의 전쟁에서 절대로 이기지 못한다고 한기주는 믿었다.

베트남에서 미국이 필연적으로 패배했던 까닭은, 미국 내에서 반전운동이 벌어지는데서 그치지 않고, 영화배우 제인 폰다 같은 유명인들이 하노이를 방문하여 '적'의 사기를 진작시켰을 뿐 아니라, 한기주가 귀국한 다음 구정 공세 직후에 썼던 글을 통해**〈더 코리아 타임스〉에서 지적한 바와 같이, 17 도선 이남에서만 제한된 유격전을 계속해서는 처음부터 승산이 없는 전쟁이기 때문이었다.

그리고, 약간 지나치게 일방적으로 애국심을 앞세우는 톰 티디의 시각은

---

* 영어로 '노랑(yellow)'은 겁쟁이를 뜻한다.
** "베트남전의 새로운 국면(Viet War Enters New Phase : Invasion or Talks Last Choice)"

아마도 예외로 꼽아야 되겠지만, 스탠리 카르노우*를 비롯하여 수많은 전사가들** 등은 베트남 정규군(ARVN)이나 미군보다 보응웬지압 장군 휘하의 월맹군이 갖추었던 훨씬 강력한 정신무장(motivation)이 승리의 길로 이끄는 힘이었음을 인정하는 데 서슴지 않았다.

*

사형수나 노예, 그리고 군대가 아니고서는 이 세상에서 한 사람이 다수에게 죽으라는 명령을 내리고, 다수가 소수의 명령에 무조건 복종하여 불리하기 짝이 없는 상황에서도 적과 싸우다가 목숨을 바치는 사회 집단이 또 어디에 존재하는지를 한기주는 알지 못했다. 그리고 대대장의 목숨을 앗아간 닝화 전투의 개울가에서 그런 명령을 맹목적으로 따르게 만들기 위한 체제는 마땅히 특이하고 초법적이며, 신속하고 효율적이어야 하기 때문에, 너도나도 자신의 목숨부터 챙기기에 바쁜 찰리 중대의 세상하고는 분명히 거리가 멀었다.

군대 조직을 일반적인 시각과 보편적인 규범에 맞추려고 하면 무리가 생기고, 그래서 나쁜 지도자에게도 철저히 복종해야 한다는 군대식 행동규범은 현대화한 집단에서는 선별적인 명령 불복종의 정당성과 갈등하게 마련이다.

1인의 지휘관에 저항하던 찰리 중대 사람들의 집단 불복종은 현명한 분별력을 반영한 다수의 행동이었는지는 몰라도, 한기주의 판단으로는 분명히 비겁한 행위였다. 그것은 어리석은 용기와 비겁한 지혜의 경계에서 이기적인 신념에 따라 베트남의 전쟁을 포기하겠다고 민주적인 결정을 내린 미국을 상징하는 시늉이었다. 그것은 절대로 지압 장군의 전쟁 방식은 아니었다.

* Stanley Karnaw, 『베트남사(越南史, Vietnam : A History)』
** 래리 버만(Larry Berman)의 『비극의 설계(Planning a Tragedy The Americanization of the War in Vietnam)』, 조지 헤링(George C. Herring)의 『기나긴 전쟁(America's Longest War The United States and Vietnam, 1950~1975)』

열여섯 소위, 중위 그리고 대위

제1번 도로를 따라 점점 더 북쪽으로 올라가려니까, 하나 둘 낯익은 지형이 사라지면서, 이정표에 적힌 마을 이름들이 생소해졌다. 어느덧 그들은 백마부대 작전지역을 벗어나 맹호부대 땅으로 들어섰기 때문이었다.

전쟁 동안 그가 한 번도 밟아보지 못했던 지역으로 들어가면서, 그는 과거에 만났던 사람들에게 마음속으로 하나씩 작별을 고했다.

그래야만 할 듯싶어서였다.

그들의 사연이 얽힌 곳을 다시 찾아와 추억을 새롭게 정리했으니, 과거의 모습들을 만났고 대화를 나누었던 곳을 떠나기 전에, 옛 유령들은 모두 망각에 담아 전쟁의 기억과 함께 묻어줘야 옳다는 생각이 들었기 때문이었다.

한기주는 추억과 기억에도 따로 계급이 붙는지 궁금했다. 왜 어떤 사람은 쉽게 잊혀지고, 또 어떤 사람은 절반쯤만 기억나고, 또 어떤 사람은 잊지 못하는 것일까?

군복을 걸친 군중, 버섯밭의 버섯들*은 대부분 망각 속으로 사라져, 얼굴과 이름이 기억조차 나지 않았다. 그들은 그냥 무리를 이루어 막연한 기억으로만 남았다.

어스름 땅거미가 질 무렵, 간편한 차림으로 소총 한 자루씩 들고 줄지어 논둑을 따라 야간 매복을 나가던 소규모 병력의 모습. 작전에 투입되느라고 헬리콥터에 실려 정글 위로 날아가는 병사들의 침묵과 굳은 표정. 전우가 죽은 다음 갑자기 불안해져서 여기저기 묵은 주소들을 찾아내어, 마지막이 될지도 모르는 편지를 부지런히 쓰는 병사…….

멀찌감치 거리를 두고 찍은 사진처럼, 하나의 '장면'으로만 기억 속에 남은 그들 군중의 개별적인 얼굴은 모두 어디론가 사라졌다.

어떤 병사들과 장교들은 얼굴만 생각나고, 이름은 기억할 수가 없었다. 그

---

* 이 책 127쪽 25행에 나오는 스타인벡의 표현.

리고 성과 계급만 생각나는 더욱 소수의 사람들. 라 대위…… 유 중사……
박 상병……. 한기주는 그들 모두에게도 작별을 고했다.

그런가 하면 유별나게 기억 속에 뚜렷한 모습으로 남은 장병들도 여럿이
었다.

한기주는 베트남에서 만난 어느 소위를 유난히 잘 기억했고, 어느 중위 그
리고 어느 대위 또한 40년이 지난 지금까지도 좀처럼 잊지를 않았다.

＊

베트남에서 만난 수많은 장병들 가운데, 김여평 대위는 40년이 지난 지금
까지도 한기주에게 좀처럼 잊혀지지 않는 인물들 가운데 한 사람이었다.

김 대위가 지휘하던 29연대 10중대에서는, 파월된 지 반 년이 지났는데도
불구하고, 사상자가 단 한 명도 발생하지 않았다. 그래서 정훈참모부에서는
그들을 "기적의 중대"라는 별명을 붙여 홍보하기로 결정했고, 한기주는 10
중대를 취재하기 위해, 한참 작전이 진행되던 중에 보급 헬리콥터를 타고 정
글로 날아 들어가, 김 대위를 만났다.

10중대에서 사상자가 나지 않았던 까닭은 김 대위가, 찰리 중대의 잭슨 대
위 식으로 위험한 교전을 열심히 회피했기 때문이 아니라, 완벽주의자처럼
용의주도하게 전투를 수행해 나갔기 때문이었다. 김 대위는 타인들의 전쟁
에 와서 전공을 세우고 훈장을 타기보다는, 부하들을 모두 살려 고향으로 보
내주는 것이 그의 지상목표라고 믿었으며, 그래서 그는 적을 죽이기보다 부
하들을 살리기 위해 최선을 다했다.

한기주가 10중대를 종군한 지 이틀인가 사흘째 되던 날, 김 대위의 그런
전투 습성을 쉽게 파악할 만한 상황이 발생했다.

그들 병력은 어느 가파른 계곡으로 내려가 급류를 건넌 다음, 반대편 능선
으로 올라가라는 명령을 대대 작전 지휘소로부터 받았다. 아마도 다른 지휘
관이었더라면 별다른 생각없이, 첨병을 멀찌감치 앞세우고 경계를 열심히
하는 안전조치 정도만 취하면서 그대로 작전지시를 따랐겠지만, 김 대위는
달랐다. 그는 현장에 도착하여 주의깊게 지형을 살펴더니, 아무래도 건너편

김여평 대위가 이끄는 "기적의 중대"(제9사단 29연대 10중대)는 이렇게 급류를 건넌 직후에 적의 공격을 받아 첫 전사자를 낼 뻔했다.

에 적이 매복했을 가능성이 많다는 판단을 내렸다. 그래서 김 대위는, 무모하게 도하를 시도했다가 개울 한가운데서 행동이 자유롭지 못한 상태로 노출된 채 위쪽에 위치한 적으로부터 공격을 받으면 아군의 피해가 크리라면서 부하들의 전진을 중단시켰다.

김 대위는 작전 지휘소로 무전을 띄워, 반대편 능선에서 '홍길동' 중인 다른 1개 중대로 하여금 언덕을 얼마쯤 내려와 엄호를 하게 해달라고 협조를 요청했다. 그리고는 엄호 병력이 충분한 거리를 내려와 깃을 틀었다고 확인한 다음에야 다시 하산을 계속했다. 골짜기를 내려가느라고 시간이 비교적 많이 걸리기는 했지만, 그들은 아무런 상황을 조우하지 않으면서, 가슴까지 물에 잠기는 급류를 무사히 건넜다.

*

그리고는 10중대 병력이 얼마쯤 비탈을 올라가려니까, 숲 속에서 누군가 갑자기 자동화기로 공격을 가해왔다.

엄호를 하러 내려온 아군이 오인사격을 했다고 생각한 중대원들은, 반격을 하지 않고 이리저리 몸을 던져 숨으면서, "이 새끼들아, 쏘지 마! 우리들이야, 우리들!" 소리를 질러대었다.

자동화기의 사격은 당장 멈추었다.

그리고, 웬만한 지휘관이었다면 다시 잠잠해진 다음 툭툭 털고 일어나 계속 산을 오르기 시작했겠지만, 김 대위는 부하들더러 꼼짝도 하지 말고 기다리라면서, 엄호 임무를 맡긴 아군 중대에 무전을 쳐서 오인 사격 여부를 확인했다.

엄호 중대는 10중대의 마지막 병력이 안전하게 도하를 끝낼 무렵에, 원위치하기 위해 이미 이동을 시작한 상태라고 했다. 그러니까 그들은 계곡을 향해 사격을 가한 적이 없다는 회답이었다.

김 대위가 예상했던 대로, 적 병력이 이쪽 비탈 개울가 어디쯤에 매복했다가 공격을 가했는데, 적의 주요 개인화기인 AK-47 공격용 자동화기의 소리가 아군의 주요 장비인 M-16과 비슷하기 때문에, 적을 아군으로 착각하는 혼란이 생겨났던 것이다.

정확한 상황 파악이 이루어진 다음에도 김 대위는 다른 지휘관들처럼 당장 소개하여 VC를 잡으라고 서둘러 부하들을 몰아대지를 않았다. 대신 그는, 현재 적의 위치가 어느 방향인지를 몰라서, 병력을 서부개척시대에 인디언의 공격을 받은 포장마차처럼 원형으로 배치하고는, 일제사격을 가하게 했다.

이렇게 예비조처를 끝내고 일대를 수색해 보니, 능선을 조금 올라간 위치에서 바위틈에다 누가 황급히 설사를 한 배설물이 발견되었다. 아마도 단독으로 패주하던 베트콩이 개울 건너편의 10중대와 능선 위쪽의 엄호 병력 사이에서 일을 보다가, 산을 올라오는 아군을 보고 놀라 일단 무차별 사격을 가한 다음, 아군이 소리를 질러대며 지체하는 사이에 허둥지둥 도망친 모양이었다.

*

설사를 하고 달아난 베트콩과의 상호 일방적인 총질이 오고갔던 바로 그날인지 아니면 그 이튿날인지는 기억이 확실하지 않지만, 오후 늦게 부슬비가 내리기 시작하여 풀밭이 온통 추적거려서, 밤이 되었어도 차마 땅바닥에 누워 잠을 자기가 힘들게 되었다.

밤이 깊어 비가 그치기는 했어도, 천막을 치면 나무에서 떨어진 빗물이 방수막을 적셔 달빛을 반사하면 적에게 노출될지 모른다며, 김 대위는 병사들에게 바위틈에 그냥 쪼그리고 앉아 밤을 지새라고 했다.

한기주와 김 대위도 바위틈에 앉아 기나긴 밤을 보내기 위해, 두런두런 얘기를 나누기 시작했다. 고향 얘기, 가족 얘기, 한국에서의 군대생활 얘기, 고등학교에 다니던 시절과 어린 시절에 대한 얘기…….

그리고 김 대위는 그가 귀국선을 타게 될 날에 대한 얘기를 시작했다. 그는 불빛이 새나가지 말라고 담배를 두 손으로 감싸쥐고는, 어둠 속에서 손가락 사이로 피가 발갛게 비쳐 보일 정도로 깊이 연기를 빨아들여 가면서, 귀국하는 날을 위해 그가 무슨 계획을 세웠는지를 차근차근 털어놓았다.

김 대위는 시간이 나면 산을 내려가, 사단 PX에서 검정안경을 하나 사겠다고 했다. 그리고 돈이 좀 모인 다음 다시 시간이 나면, 아사히 펜탁스 사진기도 한 대 살 계획이었다. 그리고 또다시 돈을 모으고 시간이 나면, 귀국 직전에 다시 한 번 PX로 가서, 아내에게 귀국 선물로 가져다 줄 다이아몬드 반지도 사고 싶었다. 그런 다음에야 그는 마음놓고 냐짱에서 귀국선을 타겠다고 했다.

한 주일의 항해 끝에 그는 부산 제3 부두에 도착할 터였다. 부두에는 살아서 돌아온 장병들을 환영하러 나온 일가친척 인파가 잔뜩 몰려 모두 귀국선을 올려다보겠고, 그런 가운데 그는 검정안경을 쓰고, 아사히 펜탁스를 목에 걸고, 반지를 새끼손가락 끝마디에 끼고는 천천히, 아주 천천히 뱃전의 계단을 내려가겠다고 했다. 계단의 중간쯤에서 한 번, 그리고 3분의 2쯤 내려가서 다시 한 번, 그는 걸음을 멈출 생각이었다. 그러고는, 작업모의 챙을 슬쩍 오른손으로 잡고서, 그는 하늘을 올려다보겠노라고 했다. 그러면 안경과 반지가 햇빛을 받아 멋지게 반짝이겠고, 그렇게 수많은 사람들이 지켜보는 가운데, 그는 고국의 땅에 첫 발을 딛겠노라고 말했다.

부산항에서 대기하는 군용열차를 타고 고향 대구로 올라가면, 그는 우선 목욕탕으로 가서 때밀이에게 돈을 넉넉히 주고는, 1년 동안 정글에서 깻묵처럼 찌든 때를 말끔히 벗겨내라고 하고는, 2군사령부에서 근무하던 시절에 단골로 드나들던 이발소로 가서 머리를 깎을 생각이었다. 그러면 이발사는 그를 보고, "한참 안 보이시던데, 어디 다녀오셨나요?"라고 틀림없이 물으리라고 김 대위는 예상했다. 그러면 김 대위는 그냥 간단히, "예"라고만 대답할 생각이었다. 궁금해진 이발사가 아마도 "어딜 갔다 오셨는데요?"라고 다시 물으리라. 그러면 김 대위는 그냥 "좀 멀리요"라고만 말하고는, 더 이상 설명을 하지 않겠다고 그랬다.

그리고는 대구에서 제일 유명한 한식집으로 가서, 매큼한 물냉면을 한 그릇 시켜 먹겠다고 하더니, 김 대위는 두런두런 계속하던 얘기를 갑자기 중단했다.

김 대위는 한참동안 어둠 속에서 침묵을 지켰다.

*

밀림으로 작전을 나가면 밤이면 밤마다, 그가 제3 부두에 도착하여 치르게 될 영웅의 귀향 예식을 이렇게 상상하고는 했다던 김여평 대위는, 그날 밤 한기주에게 얘기를 하다가, 감정이 북받쳐 목이 메어서 입을 다물어 버렸는지도 모른다. 그리고 어쩌면 김 대위는, 그의 얘기를 한기주가 소설 『하얀 전쟁』에서 성준식 일병의 입을 통해 서술한 대목*에서처럼, 보이지 않는 눈물을 소리없이 흘렸는지도 모를 일이었다.

한기주는 김 대위를 다시 만날 기회가 없었다.

전쟁 복무를 끝낸 한기주가 무사히 귀국하여 〈더 코리아 타임스〉에서 사회부 기자로 근무하기 시작한 지 얼마 안 되어서, 어느 날 오후 늦게 김 대위는 신문사로 전화를 걸어왔다. 무사히 살아서 귀국했다는 소식을 전하기 위해서였다.

부하들도 모두 살아서 돌아왔느냐고 한기주가 물었다.

김여평 대위는 귀국을 겨우 40일 남겨놓았을 무렵, 두 명의 부하를 잃었다고 했다.

한기주는 두 병사의 죽음에 대해서 더 이상 묻지 않았다. 김 대위는 그런 얘기를 하고 싶지 않았겠고, 한기주도 그것은 듣고 싶은 얘기가 아니었다.

한기주는 김 대위가 제3 부두에 도착하여 귀국선에서 내릴 때, 검정안경을 쓰고 아사히 펜탁스 사진기를 목에 걸고 새끼손가락에 다이아몬드 반지를 끼었었는지도 확인하지 못했다. 그날의 기사를 마감할 시간이어서 신문사 편집국이 무척 소란했고, 그런 어색한 질문을 할 만한 분위기가 아니어서였다.

그 이후로 두 사람 사이에서는 연락이 끊어졌다. 한기주는 김 대위가 어디서 무엇을 하고 지내는지, 생사조차 알 길이 없어졌으며, 그래서 정글의 밤에 고향 얘기를 나누다 입을 다물고 침묵을 지켰을 때, 그가 혹시 눈물을 흘렸는지 여부도 물어볼 기회가 없었다.

---

* 297~299쪽.

백마부대의 29연대 3대대 9중대의 3소대장 차우정 중위는, 한기주와 가장 친했던 장교는 아니었지만, 그가 들려준 뼈아픈 얘기는 소설 『하얀 전쟁』에서 가장 중요한 부분을 구성했다.

차 중위는 언젠가 1개 소대 병력을 이끌고 한 달 동안 장기 수색정찰을 나갔다가, 부하 대부분을 잃고 겨우 일곱 명만 함께 살아서 돌아왔다고 했다. 비록 세부적인 내용을 여러 다른 작전과 정찰임무에 얽힌 일화를 차용하여 조립하기는 했어도, 장기 수색정찰 대목*에서는 차 중위의 얘기가 씨앗 (germ) 노릇을 했다.

하나씩 차례로 죽어가는 부하들의 모습을 지켜보는 소대장의 참담한 심경이 그러했고, 숨을 거두기 전에 병사들이 싸구려 전쟁영화에서처럼 머나먼 고향에 남겨두고 온 애인이나 "어머니!"를 소리쳐 부르지 않고, 삶과 죽음을 곁에서 함께 나누는 전우나 소대장을 찾더라던 얘기도 차 중위가 해주었다. 그리고 죽음이 임박한 순간에, 계급이나 존칭어 따위의 집단 규약은 다 제쳐놓고, "소대장, 너 나 살려야 해. 안 살리면 너 죽어"라고 말했다던 일화 또한 차우정 중위의 경험담이었다.

차우정 중위도 살아서 귀국했으며, 중령으로 예편한 다음 목회자가 되었다.

*

29연대 9중대의 2소대장 김호경 소위는 베트남에서 살아 돌아오지 못했다.

한기주가 김 소위와 같이 지낸 기간은 백마1호작전 초기 혼혜오 산 정상에서의 며칠뿐이었다. 사단의 주 병력이 밑에서 산을 포위하고 적의 근거지를 찾아 뒤지며 올라가는 동안, 일부 타격 병력은 거꾸로 정상에서 출발하여 마주 훑어 내려가야 하는데, 산꼭대기에서는 울창한 수목 때문에 병력의 공중 투입이 불가능했고, 그래서 정상의 원시림에 구멍을 뚫듯 헬리콥터 착륙장을 만들어 침투로를 마련하는 일이 김호경 소위가 이끄는 2소대의 임무였다.

* 고려원 판 288~340쪽.

그들은 공중에서 정지비행을 하는 헬리콥터로부터 밧줄을 타고 빽빽하게 자란 나무들 사이로 수십 미터를 내려가서, TNT로 우람한 나무를 한 그루씩 폭파하여 쓰러뜨려서 조금씩 공간을 넓혀 나갔다. 정식으로 유격훈련을 받지 못했던 한기주는 밧줄을 탈 엄두가 나지 않아 작전 첫 날부터 2소대와 행동을 같이 할 수가 없었으며, LZ가 어느 정도 확보된 다음에야 첫 보급 헬리콥터를 타고 올라가 김 소위를 만났다.

50명도 안 되는 그들 병력은 산꼭대기에 고립된 채로 나무꾼들처럼 벌목과 폭파 작업을 계속하면서, 착륙장이 완성되어 추가 병력이 투입될 때까지는 적의 공격에 대비하여 자체 방어도 겸해야 했다. 그들은 가끔 주변 일대를 수색하기는 했지만, 행동반경이 워낙 제한되어서, 한기주가 들어갔을 무렵에는 한 주일이 넘도록 그들이 배설한 오물이 작업장을 지뢰밭처럼 둘러싼 상태였다.

자신을 사자라고 칭했으며, 부하들도 사자처럼 싸우고 행동하기를 요구했던 김호경 소위는 전형적인 육사 출신으로, 절도 있는 직각보행형 군인이었다. 그는 과묵하고 웃을 줄 모르는 성격이었고, 필요하다면 전투지에서도 부하에게 가차없이 호령하고 기합을 줄 만큼 엄격했다. 체질적으로 군대와 군인을 싫어하는 사람이라면 별로 호감을 느끼기가 어려웠을 김 소위는, 대단히 적극적인 지휘관으로서, 군인의 표본을 보여주는 동상(銅像)처럼 여겨졌고, 다정한 면모도 부족하여 개인적으로 친해지기는 쉽지 않았다.

하지만 그는 어느 모로 보나 모범적인 군인이었다. 죽으라는 명령을 따르는 일도 물론 어렵기는 하지만, 타인에게 죽으라는 명령을 내리는 일이라면 더욱 어려울 텐데, 회의와 토론을 거쳐 수립하는 전략이나 전술과는 달리, 개별적인 순간에 즉석에서 결정하고 즉시 행동을 취해야 하는 전투 상황에서, 지휘관은 이해하기가 불가능하거나 미처 파악하지 못한 세부사항을 알지 못하면서도 때로는 명령을 내려야 하고, 그런 경우에 침착하고 냉정하게, 독선과 독재의 미덕까지 갖추고 행동하는 장교야말로 유능한 군사적 인물이라고 한기주는 생각했다.

김호경 소위가 중대장으로부터 작전 지시를 받은 다음(위) "사자새끼들"에게 명령을 하달하고 있다. TNT로 쓰러뜨린 통나무 위에 올라선 사람이 김 소위다. 이 두 장의 사진은 끝내 김 소위에게 전해주지 못했다.

그리고 김 소위는 바로 그렇게 통솔력이 뛰어나 보이는 장교였다.

＊

며칠 동안 "사자들의 소대"를 종군한 다음 한기주는 산에서 나와, 사이공으로 가서 AP 지국에 들러 그동안 찍은 사진을 인화해 보았고, 김 소위의 강한 인상이 잘 나타난 장면 몇 장을 따로 챙겨서 닝화로 돌아갔다. 그리고 그는 사진을 김 소위에게 전해 주기 위해, 아직 작전이 계속되던 혼헤오 산으로 다시 2소대를 찾아 들어갔다.

그러나 한기주는 사진을 전해주지 못했다.

김호경 소위는 한기주가 사이공에서 돌아오기 이틀 전에 '전사'했다. 하지만 그의 전사는 김 소위의 인간성과 군인상에 참으로 걸맞지도 않고, 사자답지도 못한 최후였다. 그는 TNT 발파 작업중에 쓰러지는 거대한 나무에 깔려 목숨을 잃었다고 했다.

전쟁터에서의 죽음은 늘 그렇게 허망하고 갑작스러웠다.

제3부
꾸뇽(Quy Nhơn)

어느 편이건 군인들이 작전을 하러 들어오면, 베트남인들의 마을은 두려움과 슬픔을 경험하게 된다.
한국 병사들이 공격 개시 명령이 떨어지기를 기다리는 동안(위, 왼쪽)
한국군과 베트남군으로 구성된 심리전 요원들이 적에게 귀순 방송을 한다(위, 오른쪽).
아래 사진은 헬리콥터의 뒤에 몸을 숨기고 전방의 상황을 살피는 병사들.

하나 유령처럼 내리는 비

한기주는 맹호부대 사령부의 주둔지였던 뀌농의 바닷가에 위치한 갈매기 호텔(Khách Sạn Hải Âu) 3층 창가에 서서, 겁(劫)을 거치며 변함없는 동작을 계속하는 파도를 내려다보았다.

호텔 앞을 가로지르는 해안도로 부엉 거리(An Dương Vương)에는 바람에 날려 제방을 넘어온 모래가 비늘무늬를 이루며 아스팔트를 덮었고, 건물의 뒤쪽 바다에서는 하얀 거품을 얹은 파랑(波浪)이 베트콩처럼 끈질기게 백사장으로 몰려왔다.

바닷가 모래밭으로 아침 산책을 나온 한국인 노부부는 바다를 쳐다보며 한가하게 걷다가 걸음을 멈추고, 다시 걷다가 아내가 지평선을 손으로 가리키고, 그리고는 다시 걷다가 또 멈춰 서서 함께 물끄러미 바다를 구경했다. 남편의 허연 머리가 모래바람에 휘날렸고, 아내는 알록달록한 남방의 치맛자락을 휘날렸다.

백발의 저 남자는 어제 저녁 식당에서 식판을 들고 KBS 일행과 앞뒤로 줄을 서게 되었을 때, 맹호부대 장교 출신이라고 자신을 소개했으며, 몇몇 전우와 함께 동부인해서 옛날 전쟁을 했던 곳으로 추억을 찾아왔노라며 사뭇 감상적으로 술회했다. 그리고 그는 반쯤 강제로 같은 식탁에 합석해서는, 어느 바닷가 선인장 밭에서 옛날에 겪은 야간전투에 관한 무용담을 한참 들려주었다.

"내가 베트남으로 전쟁을 하러 왔던 왕년(往年)에……"

해가 갈수록 세부적인 묘사가 점점 더 웅장해지는 무용담.

새로운 상대를 만나 새로 얘기를 되풀이할수록 무용담은 자꾸만 화려해지고, 세월이 흐르는 사이에 처음에는 생각나지 않았던 부분들이 하나 둘 첨가되어 점점 완벽한 줄거리를 갖추고, 그런 다음에는 앞뒤가 어색하게 어긋나거나 극적 요소가 부족한 내용은 상상력이 슬그머니 보완하고, 남들에게서 들은 얘기도 내 얘기로 조금씩 차입되는가 하면, 노골적으로 과장한 거짓말이 보태어지기도 한다. 그러다 보면 한국인의 주관적인 추억과 베트남인 피해자들의 객관적인 기억 사이에는 당연히 괴리가 생겨나게 마련이었다.

맹호 장교와 그의 아내가 모래밭에 나란히 앉았다.

아마도 남편은 무엇인가 긴 얘기를, 이곳 꿔농에서 아름다웠거나 아픈 추억으로 남은 무슨 얘기를 해 주려는 모양이라고 한기주는 생각했다.

남자들은 왜 고향을 찾아가듯 옛 전쟁터를 찾아가는가?

슬픔과 고통은 세월이 지나면 그리움이 되기 때문인지도 모른다.

저 장교는 오늘 오후에 한기주가 찾아가기로 한 떠이빙(Tây Binh) 마을에서 벌어졌던 작전에 참가했었을까?

알 길이 없었다.

하지만 KBS가 떠이빙으로 무슨 취재를 하려고 찾아가는지 알았다면, 아마도 그는 어제 저녁에 그런 무용담은 늘어놓지 않았으리라고 한기주는 생각했다.

*

꿔농 지역에서 KBS가 집중적으로 취재하려던 주제는 '화해'였다. 전쟁에 시달리던 베트남을 돕는답시고 한국인들이 와서는, "본의 아니게" 피해를 주기도 했다는 사실을 인정하고, 원주민들이 당했던 아픔을 가능하다면 조금이라도 치유하기 위해 한국 정부와 민간 단체들이 어떤 노력을 기울이는지를 확인해 보자는 뜻이었다.

KBS에서는 우선 희생을 당한 베트남인을 만나기로 했다. 표본적인 "베트남 전쟁의 희생자"라고 하노이 정부에서 미리 선정해 놓은 인물의 이름은 응웬떤런이었다. 그러나 명월이 응우엣은 런이 어떤 종류의 희생자인지 그들에게 전혀 사전지식을 제공하지 않았고, 그래서 "전쟁의 숨겨진 진실"을 현장에 가서 취재하는 일은 몽땅 한기주의 몫이 되었다.

오늘 오후만큼은 응우엣에게서 성실한 취재 안내를 기대하기가 힘들었다. 그녀는 다른 일로 마음이 온통 들뜬 상태였다. 어제 뀌농에 도착하자마자 그녀는 사무실 동료로부터 승진 소식을 접했다. 하노이를 떠날 때부터 인사 발표가 곧 있으리라고 짐작은 했었지만, 드디어 확정 통고를 받았다는 얘기였다. 그래서 KBS 취재진은 모두 그녀를 축하해 준다면서, 어젯밤에는 조금 지나치게 요란할 정도의 행사까지 치렀다. 그들은 네 대의 씨클로를 불러 나눠 타고, 줄지어 응웬 후에(Nguyễn Huệ) 거리의 노천 까페로 몰려가서 한바탕 마시고는, 명월이의 청에 따라 박기홍 차장과 함께 한기주는 무대로 올라가, 베트남 악단의 제멋대로 연주에 맞춰 「아리랑」을 불렀고, 주책없이 춤까지 추었다.

그러다 보니 한기주는 지금 그가 만나러 가는 취재 대상에 대해서 미리 설명을 듣지 못해서 전혀 아는 바가 없게 되고 말았다.

*

응웬떤런을 만나러 KBS 취재진이 찾아간 빙딩(Bình Định) 성의 떠이빙 현(縣)은 전체 인구의 절반이 전쟁 동안에 죽었다고 했다. 마을회관에서 우산을 들고 마중을 나와서는 앞장서서 안내하던 두 명의 지방 공무원이 제공한 이 정보는 '희생'을 부각시키기 위한 한 토막의 전주곡처럼 느껴졌다.

그러나 한기주의 눈에는, 현재의 마을 전체에 스민 빈곤함이 과거의 희생보다 훨씬 더 비극적인 분위기를 자아내는 듯 보였다. 중부 농촌지역은 해방 이후부터 지금까지 개방개혁 정책의 빛이 제대로 미치지 못해서, 이곳 떠이빙의 7천5백 주민 대부분이 하루에 1천 원 미만의 돈으로 살아간다고 했다. 이것은 유학생 구형석이 제공한 정보였다.

마을 입구를 지키는 공동묘지에 이르렀더니, 계속 내리던 부슬비로 진창길이 너무 미끄러워, 그들은 차에서 내려 1킬로미터 정도를 걸어가야 했다. 도로 사정이 그토록 엉망이었다.

가난이 묻힌 무덤들은 잡초와 돌이 거무죽죽했으며, 시골길을 따라 늘어선 대나무숲과 우울한 날씨에서도 고난의 눈물이 주룩주룩 빗물져 흘렀다. 집집마다 마당에 눌어붙은 매캐한 부엌 연기에서도 배고픔의 냄새가 났다.

구불구불 골목 양쪽으로 가슴까지만 올라오는 생울타리 너머로, 그리고 사립짝처럼 듬성한 담 너머로, 농가들은 마당이 모두 훤히 들여다보였고, 아예 울타리가 없어서 부엌과 방까지 어둑한 공간을 드러내기도 했다. 어느 컴컴한 침실에 덩그러니 임자없는 침대가 폐가처럼 썰렁했고, 사람의 모습이 어디에서도 보이지를 않았다.

이렇게 비가 오는데 도대체 모두들 어디로 갔을까?

*

분명히 누군가 사람이 산다는 증거로 처마 밑에 빨래를 깃발처럼 널어놓은 집에서도 유령마을처럼 사람은 보이지 않았고, 텅 빈 마당에서는 노란 깃털이 빗물에 젖은 병아리들로 하여금 낱알을 찾아먹도록 도와주려고 앙상한 암탉 한 마리가 건초 더미를 발로 파헤쳤다.

한기주는 섬뜩한 생각이 들었다.

닝화 지역에서 백마부대가 1966년 11월 중순에 불도저 작전을 벌였던 싼미나 락깡 마을의 대나무길 주변 여러 농가에는, 바로 저런 건초 더미 밑에 '베트콩' 땅굴로 들어가는 뚜껑문이 숨겨져 있었다.

한기주는 걸음을 늦추면서, 혹시 베트콩이 나타나지 않을까 주위를 둘러보았다. 우비에 달린 모자의 플라스틱 앞가리개가 빗물과 입김으로 서리어, 시야가 부옇게 차단된 풍경 속에서, 여러 불도저 마을이 그의 주변에서 서서히 안개처럼 떠올랐다.

그는 과거의 다른 곳에서 현재의 이곳에 왔었다는 이상한 생각이 들었다. 마주 보는 두 개의 거울처럼 한없이 반복되는 과거와 현재의 풍경에서는 똑같은 여러 현실이 병렬(竝列)했다.

불도저 소탕작전 때도 지금이나 마찬가지로 궂은비가 내렸고, 닝화의 1번 도로 농촌 마을에서는 아침 골목의 야자잎 지붕들이 지금처럼 무겁게 빗물을 머금었고, 떠이빙 마을로 들어서던 한기주는 과거를 더듬어 올라가는 오솔길을 걷는 기분이었다.

쪽배를 밧줄로 버드나무 밑둥에 묶어놓은 강으로 시선을 돌려 내려다본 한기주는, 저기쯤 질퍽한 갈대밭 속에 베트콩이 참호를 파놓았겠고, 논둑에도 여기저기 개인호가 움푹하리라고 상상했다. 그래서 한기주는 락닝과 락깡과 쌘미 사람들이, 불도저 작전을 피해, 망령(亡靈)들처럼 몰래 이곳으로 옮겨와 사는 모양이라고 생각했다.

그렇다면 아마도 자취를 감춘 이곳 마을사람들은 모두 과거의 땅굴 속에 숨었는지도 모를 일이었다.

이곳에서는 아직도 전쟁이 진행중일까?

유령처럼 비가 내렸다.

둘 표창장을 걸어놓은 집

하노이에서 선정한 "전쟁의 희생자" 응웬떤런은 그의 집에서, 벽돌에 이끼가 미끄럽게 앉은 마당에 나와 엉거주춤 서서, 한기주 일행이 도착하기를 기다렸다. 그는 마치 한 장의 흑백사진 같은 모습이었다. 낡아빠진 검정 바지에, 하얀 블라우스 차림에다 하얀 슬리퍼를 신고, 더벅한 머리도 새까맣기만 해서, 그는 몸에 아무 색채도 지니고 다니지를 않았다.

첫눈에 봐도 그는 다분히 무식해 보이는 전형적인 시골 농부였다. 그의 눈썹은 양쪽 바같이 모두 뽑혀 없어져 안쪽으로 반 토막씩만 남았고, 퉁명스러운 딱부리 눈에, 왼쪽 뺨의 사마귀에서는 털 한 가닥이 길게 뻗어나왔다.

집 안으로 한기주를 안내하여 맞아들이던 런은 오른쪽 다리를 절었다. 맹호부대가 마을을 공격하던 날 파편에 다친 다리 때문에 그는 지금까지도 한 달에 두 번씩 읍내로 나가 치료를 받는다고 했다.

안내를 맡은 두 명의 지방 공무원은 그가 이 마을에서 태어나 가족과 함께 평생을 살아왔으며, 한국군이 떠이빙 소탕작전을 펼쳤을 때 부모와 세 명의 형제를 모두 잃고 혼자만 살아남았다고 설명했다.

*

응웬떤런은 차 한 잔씩을 옻칠 탁자 한가운데 따라놓고 한기주와 마주앉아, 그가 열네 살이었던 1966년, 한국군 맹호부대가 떠이빙 현에서 작전을 벌인 어느 날 아침의 광경을 열심히 서술하기 시작했다.

한국 군인들이 총을 들고 줄지어 처음 동구 밖에 모습을 보였을 때만 하더라도, 대부분의 마을사람들은, 전에 미군이 왔을 때처럼, 따이한 군대도 그냥 한 차례 둘러만 보고 지나갈 줄만 알았고, 그래서 별로 겁을 내지도 않았다. 도망을 쳐야 한다는 생각은 아무도 하지 않았다.

하지만 잠시 후에, 따이한들이 마을을 완전히 포위한 다음, 포격이 시작되어 마을을 쑥밭으로 만들기 시작했다. 사방에서 포탄이 터지고, 여기저기 불이 났다. 동네 사람들이 아우성을 치며 정신없이 사방으로 도망가기 시작했다. 하지만 어디로 도망을 가야 할지 알 길이 없었고, 도망칠 길도 사실은 없었다. 누가 살았는지 죽었는지조차 모르겠는 아비규환 속에서, 한국 군인들이 마을 안으로 쳐들어 와서는, 닥치는 대로 마구 주민들을 죽였노라고 런은 말했다.

그는 총탄에 머리가 깨져서 죽은 동생 얘기를 하며, 북받치는 슬픔과 분노를 참지 못해서 눈물을 흘리고는, 잠시 말문이 막혔다.

어머니도 배가 파편에 맞아 깨진 수박껍질처럼 찢어진 채로, 참혹한 모습으로 숨을 거두었다고 했다.

그리고 또 많은 다른 얘기가 런의 입에서 줄줄이 흘러나왔다.

오늘 한기주는 이런 얘기를 듣게 되리라고 미리 예상했었다. 따지고 보면 일부러 그런 얘기를 들으려고 그들은 떠이빙으로 찾아온 셈이었다. 그리고 그는 심지어 죄의식을 느낄 준비까지도 되어 있었다.

요즈음 한국의 여러 시사월간지와 텔레비전에서 한기주는 한국군이 베트남에서 자행했다는 양민학살과 다른 '만행'에 대한 기획보도를 워낙 자주 접했었던 터라, 그런 보도물의 '양심적' 재평가에 자기도 모르게 전염이 되었고, 그래서 지금까지 희생자를 직접 만나보거나 사건 현장을 답사했던 적은 없었더라도, 이미 그는 자연스럽게 그리고 잠재의식적으로, 이곳 떠이닝 마을사람들에게 사죄하는 절차가 당연하다는 마음을 준비해놓은 터였다.

그런데 런의 얘기를 들으며 이상하게도 한기주는 미리 준비해 간 죄의식이 조금도 자극을 받지 않았다. 옳지 못했던 공격자로서, 괴로웠던 피공격자의 마음을 들여다보려고 했던 한기주의 각오가 너무 지나쳤기 때문이었는지, 아니면 전쟁을 대화의 주제로 다루어야 하는 시골 농부 런에게 극적인 서술의 재능이 워낙 부족해서였는지는 몰라도, '희생자'가 들려준 얘기는 처음부터 끝까지 진부하기 짝이 없는 내용뿐이어서, 멀리 떨어져 남의 전쟁을 구경하는 듯 별로 절실하게 느껴지지가 않았다.

아마도 그것은 한국과 베트남의 전쟁에서 한기주가 소년과 청년으로서 직접 겪은 체험이 런의 소년시절 체험보다 훨씬 끔찍하고 무서웠기 때문인지도 모를 일이었다. 런이 '희생자' 경험을 했던 나이에 한기주는 한국에서, 어리고 힘없는 두 발로 걸어서 피난을 가며, 하얀 겨울 들판에 버려진 수많은 시체를 보았고, 공덕동 기찻길에서 미군 비행기의 폭격을 맞아 죽은 자전거포 아이를 보았고, 우물과 탄광에서 자행된 학살의 기록영화를 보았고, 유산자층과 무산자층의 복수와 그에 대한 보복과 또 그에 대한 재보복의 참혹함을 보았고, 어른이 되어 베트남에 와서는 갈기갈기 찢어진 베트콩들의 시체를 여기저기서 보았고, 그러는 사이에 그는, 인간의 잔혹성과 죽은 자의 초라한 모습 앞에서, 거듭되던 충격에 이미 오래전에 면역이 되어버렸다.

런은 얘기를 하다가 감정이 격해져 잠깐 눈물까지 흘렸지만, 한기주의 굳어진 마음은 이상하게도 좀처럼 움직일 줄을 몰랐다.

왜 그랬을까?

감정이입에 그가 잠재의식적으로 그렇게까지 저항한 이유는 무엇이었을까?

*

상대방의 얘기에 그가 쉽게 빠져들어가지 못하고, 감정이입에 자꾸 저항하게 된 이유는 피해자와 가해자의 역할과 시점(視點)이 통째로 달라졌기 때문이라고 한기주는 생각했다. 그들 두 사람이 겪었던 공통된 과거를 그는 이제 방향이 완전히 달라진 새로운 일방적 편견에 입각하여 재해석을 하지 않으면 안 되었다.

똑같은 내용을 거꾸로 들어야 한다고 강요를 받는 듯한 기분을 느낀 한기주는, 교실에서 재미없는 강의를 들을 때처럼, 자기도 모르게 때아닌 권태감에 빠졌다. 그렇게 나태한 혼란에 빠져서, 한기주는 응웬떤런의 서투른 서술이나 구형석의 통역이 중단되는 틈틈이, 한눈을 팔기 시작했다.

응웬떤런이 혼자서 자신의 과거에 몰입하여 회상을 계속하는 동안, 한기주는 베트남인 농부의 어깨 너머로, 푸르뎅뎅하게 빛깔이 삭은 벽을 물끄러미 쳐다보았다. 그리고는 덩굴무늬를 이루어 구불구불한 단철(鍛鐵) 창살을 통해 바깥을 내다보았다.

양심의 가책을 좀처럼 느끼기가 어려운 대상의 얘기에 귀를 기울이다가 흥미를 잃고, 나는 지금 여기 앉아 왜 시간을 낭비해야 하나 싶어진 그는, 몸을 방 안에 남겨두고 마음과 생각만 두 개의 눈을 따로 달고 창밖으로 나가 마당에 서서, 집 안에 남아 런과 마주앉은 자신의 한심한 모습을 잠시 응시했다.

마당으로 나간 그는 생울타리 너머로 진창길을 둘러보았다.

바깥 골목에는 어디 숨어 있다가 나타났는지, 몇 명의 마을사람들이 모여와서, 우산을 쓰고 안을 기웃거렸다. 미스 베트콩 판띠답의 마을사람들이 여기까지 구경을 하러 쫓아왔다는 순간적인 착각이 들었다.

한기주는 진창길이 질퍽한 골목을 따라 마을 여기저기를 거닐기 시작했다.

한기주는 1966년 닝화에서 불도저 작전이 밀고 들어갔던 마을들을 거닐 었다.

골목길에 옹기종기 모여 서서 전쟁을 구경하는 마을사람들을 지나, 한기 주는 대나무숲과 강물과 여기저기 흩어진 논의 조각들을 찾아내어 머릿속에 서 재조립하고는, 비에 젖어 훨씬 더 검게 어두워진 풍경을 둘러보았다.

"베트콩 부락"이라고 규정지어 작전 목표로 삼았던 락깡과 락빙 마을에는 논둑을 따라 여기저기 구덩이가 산재했다.

전투단 정보처에서는 그것을 두고 베트콩들이 아군과 전투를 벌이기 위해 만들어 놓은 개인호라고 했다.

정말이었을까?

응웬떤런의 눈에는 그렇게 보이지를 않았다.

혹시 그것은 주민들이 미군의 폭격을 피하기 위해 들판에 만들어 놓은 대 피용 방공호는 아니었을까? 한기주가 외할머니와 어머니와 함께 피난을 갔 었던 부천군 것저리의 집 뒷산에도, 혹시 목표를 빗나갈지도 모르는 미군의 함포사격으로부터 대피하기 위한 방공호를, 온 가족이 호미를 들고 나가 저 렇게 파놓았었다.

아니면 한국군의 공격을 피하기 위해 양민들이 파놓은 은신처였는지도 모 른다. 따지고 보면 그들에게는 한국군도 프랑스군이나 미군처럼 외국 침략 자들에 지나지 않았을 테니까.

불도저가 밀고 들어간 "베트콩 부락"에는 벽을 이중으로 만든 집이 많았 다. 벽 속의 빈 공간에는 고구마 따위의 비상식량을 숨겨놓았으며, 작전을 벌이던 장교들은 그것을 베트콩이 숨겨놓은 식량이라고 했다.

정말이었을까?

혹시 그것은 주민들이 베트콩에게 빼앗기지 않으려고 숨겨둔 비상식량은 아니었을까?

어떤 집에는 구석방의 벽에 아궁이만한 구멍을 뚫어놓았고, 바깥쪽에서는

▲ 마을에서 전투가 벌어지는 동안 피난을 가려고 주민들이
간단한 일용품만 챙겨 난민 수집소로 줄지어 걸어간다.

◀
긴장한 어머니가 어린 아들을
바구니에 담아 이동한다.

잡초나 건초로 그 구멍을 위장해서 숨겼다. 부지런히 사진을 찍어대던 한기주에게 작전중인 어느 장교는 그것이 저격을 위해 베트콩이 만들어 놓은 총안(銃眼)이라고 설명했다.

정말이었을까?

혹시 그것은 미군들에게 강간을 당하지 않으려고 동네 여자들이 밤에 들판으로 도망치기 위해 파놓은 비상 탈출구는 아니었을까?『은마는 오지 않는다』에 등장하는 한국의 시골 여인들이, 밤마다 강간을 하러 들이닥치는 미군들을 피해, 아궁이로 빠져나가 부엌을 거쳐 울타리로 빠져나가려고, 방마다 구들장을 한 장씩 들어냈듯이 말이다.

마을을 조금 벗어난 야산 자락의 덤불이나 전답 사이에서는 땅굴도 여럿 발견되었다. 한국 장교들은 그것이 베트콩의 지하 벙커라고 설명했다.

정말이었을까?

혹시 그것은 베트콩이 마을로 들이닥쳤을 때 주민들이 피신해서 숨기 위해 파놓은 도피처는 아니었을까?

자꾸만 혼란스러워진 한기주는, 머리를 저어 정신을 가다듬은 다음, 방으로 돌아와 '희생자'와 다시 마주앉았다.

*

마을을 한 바퀴 다 둘러보고 돌아와서도, 한기주의 마음은 희생자의 입장에 몰입하기를 여전히 거부했다. 좀처럼 박진할 줄 모르는 응웬떤런의 슬픈 회상은 그의 마음속에서 조금도 비극적인 공감을 일으키지 못했으며, 그래서 잠시 후에 한기주는 또다시 생각과 시선이 흐트러져, 자꾸만 한눈을 팔았다.

수첩에 준비해 간 질문을 하나씩 읽어주고 나서, 구형석이 통역하고 런이 대답하는 동안, 다시 한 번 한기주는 방 안을 둘러보았다. 가난한 탁자와 의자말고는 가구가 별로 없어, 초라할 정도로 썰렁했다.

빈민(貧民)의 벽은 초록빛으로 칠했는데, 그늘진 쪽 절반은 페인트가 푸르뎅뎅하게 죽었고, 햇볕이 잘 드는 나머지 절반은 아예 하얗게 바래서 푸른 기운이 사라져 창백했다. 한쪽에는 벽걸이 그림이 걸렸다. 수염이 기다란 장군들이 창과 칼을 휘두르는 모습으로 미루어 보아, 아마도 『삼국지』의 한 장면인 모양이었다.

그들이 마주앉은 거실을 나가 한기주의 눈길은 문간방을 힐끔거리며 살폈다. 그곳에 비치된 소품 역시 모두가 퍽 눈에 익었다. 불도저 작전중에 사진을 찍으러 한기주가 수색중대 병사들과 함께 들어간 락닝 마을의 여러 농가에서 처음 보았던 수많은 문간방 하나를 이곳에도 그대로 옮겨온 모양이었다.

그곳에는 우중충한 제단을 하나 마련해 놓았다. 세 가닥의 향에서 느릿하게 연기가 피어올랐고, 힘 빠진 연기 뒤에서는 미소를 짓는 어떤 젊은 남자의 영정이 유교적으로 반듯하게 놓였다. 그리고 축소판 개인 현충원이라고 여겨지는 제단의 위에는, 천장 바로 밑에, 두 개의 표창장을 사진틀에 넣어 높이 걸어놓았다.

조잡하게 테를 둘러 장식한 표창장에서는 "또꾸억기꽁(Tổ Quốc Ghi Công)"이라는 큼직한 붉은 글자가 한눈에 들어왔다. 한기주는 그것을 한자로 적으면 필시 "조국기공(祖國記功)"이리라고 짐작했지만, 무슨 연유로 런이 두 장의 국가유공증을 받았는지는 알 길이 없었다. 궁금해진 한기주는 희생자에게 사연을 물어봐 달라고 구형석에게 통역을 부탁했다.

응웬떤런의 설명을 들어보니, 그의 아버지와 형은 마을로 쳐들어 온 맹호부대 따이한들과 맞서 용감히 싸우다 장렬하게 전사한 민족해방전선의 전사들이었다. 하지만 가족이 모두 죽었기 때문에, 유일한 생존자인 런이 망자들을 대신해서 표창을 받았다고 했다. 제단에 놓인 영정의 주인공은 런의 아버지였다.

그렇다면 런은 전쟁의 피해를 애꿎게 받은 선량한 양민이 아니라, 당당한 베트콩 가족의 성분이었다.

그렇다면 '희생자'가 고발한 '만행'은, 따이한 쪽의 시각으로 뒤집어 보면, 전쟁에서 정당하게 이루어진 살상행위였다.

응웬떤런은 전쟁의 희생자일지는 몰라도, 한국군 만행의 희생자는 아니었다.

떠이빙 현 취재를 끝내고 갈매기 호텔로 돌아와 저녁식사를 하면서도 한기주는, 아무래도 헛일에 시간을 낭비했다는 생각이 자꾸 들어, 언짢은 기분이 좀처럼 가시지를 않았다. 하노이 정부가 응웬떤런을 희생자의 대변인으로 내세운 동기는 충분히 이해가 갔지만, KBS의 시각이 무엇인지를 한기주로서는 아직 파악하지 못해서였다. 그렇다고 해서, 승진을 했다고 한창 기분이 들뜬 응우엣을 앞에 앉혀놓고, 혹시 취재 대상을 잘못 선정하지 않았느냐고 공개적으로 따질 만한 문제도 아니었다. 이미 촬영은 끝냈으니, 일단 귀국한 다음 편집과정에서 한국인들끼리 객관적으로 검토할 기회는 얼마든지 있을 테니까……

그래도 어쨌든 속이 시원치가 않았던 한기주는 응우엣에게, 식사를 끝내고 커피를 마시는 자리에서, 왜 응웬떤런을 베트남인들이 '런'이라 부르고, 응웬밍응우엣은 왜 '응우엣'이라고 부르는지 따지면서, 엉뚱한 시비를 걸었다. 왜 베트남인들은 응오딩지엠 대통령을 응오 대통령이 아니라 지엠 대통령이라 하고, 응웬까오키 수상을 응웬 수상이 아니라 키 수상이라 하고, 보응웬지압 장군을 보 장군이 아니라 지압 장군이라면서, 앞에 오는 성(姓)은 젖혀두고 하필이면 이름의 끝자만 달랑 따서 호칭으로 사용하는지, 사실 한기주는 오래전부터 궁금하게 생각했던 터였다.

그랬더니 응우엣은 베트남식으로 끝자를 부르지 않고 성을 떼어 부르는 한국 사람들이 더 이상하다고 했다. 예를 들어 한기주의 집에 가면 너도나도 한씨여서, 성으로 부르면 누가 누구인지 헷갈리지 않겠느냐고 그녀는 반문했다. 너도나도 김씨 아니면 박씨 아니면 이씨 투성이인 나라에서, 김 선생을 찾으면 어느 김 선생인지 도대체 어떻게 알겠느냐며 응우엣은 웃기까지 했다. 항렬을 나타내는 두 번째 글자도 형제간에 누가 누구인지 헷갈리게 만들기는 마찬가지여서, 차라리 베트남식으로 식구마다 서로 다른 마지막 글자로 이름을 부르는 편이 얼마나 간단하고 정확한 방식이냐고 그녀는 주장했다. 오늘 만난 응웬떤런을 응웬이라 부르고, 응웬밍응우엣도 응웬이라고

▲ 불도저 작전이 본격적인 단계로 돌입하기 전에, 들판에다 쳐놓은 철조망 울타리 안에서 난민들이
한국군 병사들의 감시를 받으며 성분분류가 이루어지기를 기다린다.

▼ 고깔모자로 퍼주는 밥과 반찬으로 삼을 C-레이션 깡통 하나씩을 받기 위해 난민들이 줄지어 기다린다.

부르고, 응웬까오키 수상도 응웬이라고 하면, 누가 누구인지 모를 것 아니냐는 설명이었다.

듣고 보니 명월이의 말이 참으로 옳다고 한기주는 생각했다. 그리고 이렇듯 사회와 집단에 따라 전통과 원칙이 다르고, 그래서 서로 상이한 신념과 주장과 시각은 저마다 다르면서도 확고한 당위성을 지닌다고 그는 믿었다. 현실 또한 그것을 보는 시점(時點)에 따라 달라진다. 그리고 같은 현재의 시점에서라도 동일한 대상이 시각(視角)에 따라 달라 보이게 마련이었다.

그렇기 때문에 불도저 작전 동안에 그가 베트남 마을에서 처음 보았던 이중벽과, 논둑의 구덩이와, 구석방의 총구멍도 40년이 지난 다음 떠이빙에 와서는 정체가 달라졌던 모양이었다.

그렇다면 지금의 시각에서는 응웬떤런이 진정한 희생자라는 하노이 정부와, 응우엣과, 연출자의 시각이 옳다는 말인가?

＊

응웬떤런을 다시는 만나고 싶은 생각이 없었던 한기주는, 그로부터 2년이라는 세월이 지난 후에, 텔레비전에서 어느 날 그의 낯익은 모습을 보고 깜짝 놀랐다. 한국의 EBS-TV에서 속죄와 화해를 주제로 삼은 베트남 특집을 방영했는데, 이 시사기획물에서도 런이 주요 취재 대상 가운데 한 사람이었던 것이다. 말하자면 런은 하노이가 임명한 음성적(negative) 홍보대사인 셈이었다.

'베트콩' 정부에서 표본으로 내놓은 똑같은 '희생자'에게, EBS 특집에서는 똑같은 질문을 반복했다. 응웬떤런 또한, 부리부리한 두 눈으로 정색을 하며, 맹호부대 따이한들에게 "무자비한 공격을 받았다"며 똑같은 얘기를 반복했다. 그리고는 한국인 해설자들이, 이미 여러 해 전부터 방영된 다른 여러 텔레비전 특집에서나 마찬가지로, 한국이 베트남에서 저지른 갖가지 죄에 대한 참회를 똑같이 반복했다.

한기주 자신도 이미 전쟁중에 베트남에 대한 관념적인 가책을 어느 정도 느끼기는 했었다. 하지만 그것은, 노란내의 악취를 모든 동물이 싫어하게 만드는 공통된 기호(記號)나 마찬가지로, 모든 전쟁에 내포된 비도덕성 때문이었지, 가해자로서의 구체적이고도 개인적인 행위 때문은 아니었다. 그래서인지 그는 전쟁의 현장에는 가 보지도 않았고, 당시의 입체적인 여건과 배경을 일방적으로 발췌하고 정리한 자료를 통해 단편적으로만 받아들이고 파악하면서, 요즈음 뒤늦게 베트남을 찾아가 젊은 눈물을 흘리는 뒷세대의 순진한 자아비판을 접할 때면, 마음이 그리 편치 않았던 경우도 적지 않았다. 그들의 서투른 양심이 못마땅해서였다. 비판권의 우선순위나 독점은 고집하거나 주장해서도 안 될 일이었지만, 군신 만들기의 시각 못지않게 '열린' 비판의 제한된 시각도 결함을 수반한다고 그는 믿었다.

베트남 공산주의자(越共)들에게는 당연한 적이었던 한국군의 만행을 비난하며 증오탑(憎惡塔)을 세우는 사람들 자신도 전쟁중에는 베트콩으로서 수많은 학살행위를 자행했으며, 그들의 폭력과 만행 또한 만만치 않았었다. 물자와 무기가 부족했던 베트콩은 정부군(政府軍)보다 훨씬 잔혹한 폭력으로 주민들을 다스렸고, 어쨌든 그들은 한국인들과 서로 먼저 죽여야 하는 경쟁을 벌이던 관계였다.

전쟁은 수단과 방법을 가리지 않고 한 집단이 다른 집단을 죽여 없애는 폭력이다. 살인은 미덕이 아니겠지만, 전쟁 자체가 비인간적이기 때문에, 거기에서는 인간적인 행위를 기대하지 말아야 하며, 나를 죽이려는 적은 일단 먼저 죽여야 한다는 공식이 전쟁의 원칙이기 때문에, 아군의 살인만 비판하고 적의 살인은 보려고조차 하지 않는다면, 그 또한 일방적 위선이라고 한기주는 생각했다.

훗날 사람들이 차분히 둘러앉아 과거에 대한 역사적 재평가와 심판을 하기는 쉬운 일이지만, 현장에서의 순간적인 진실은 그렇게 분명하거나 철저하지가 않으며, 따이한의 민간인 학살을 잊지 않기 위해 베트남 공동체들이 여기저기 세워 놓았다는 증오탑 역시 얼마나 진실인지, 그것도 혹시 과장의 기념비는 아닌지, 곰곰이 확인할 필요가 있겠다고 한기주는 생각했다. 양심적인 참회와 화해의 이름으로 과거의 적을 동정하기에 앞서서, 내가 받은 피해와 아군이 당한 패배는 무시해도 되는지, 적은 과연 우리들에게 얼마나 선량하고 자비롭고 의로운 존재였는지도 함께 심판해야 한다고 한기주는 믿었다.

셋 베트남 해부도(解剖圖)

베트남 사람들에게는 제법 쌀쌀한 겨울 날씨인데다가 이른 아침 시간이어서 아무도 수영을 하러 나가지 않았지만, 호텔 수영장에는 추운 나라에서 찾아온 외국 관광객들을 위해 물을 가득 담아 두었다. 멀쩡한 바다를 몇 발짝 옆에 두고도 일부러 만들어 놓은 시멘트 연못. 짠물과 파도와 날카로운 산호 조각을 싫어하는 사람들을 위해서 마련한 바닷가의 웅덩이. 가짜라도 완벽하기를 원하는 사람들을 위해서, 물이 깨끗하고 시원해 보이라고, 바닥에 파란 빛깔을 칠해 놓은 텅 빈 수영장이 퍽 으슬해 보였다.

호텔 뒷마당에는 기념품 가게와 환전상이 자리잡은 돌출 건물이 수영장과 마주 앉았고, 그 사이 좁은 공간에다 열심히 가꿔 놓은 푸른 야자수 정원에서, 지저분하게 기른 머리에 야구모자를 얹어 쓴 늙은 남자 두 명이 산책로를 청소했다. 산책로 끝에 위치한 까페에서는 새로 빨아 입은 긴소매 퍼런 셔츠 차림에 어색하게 머리를 다듬은 청년이 카운터를 지켰다.

한기주를 제외한 나머지 일행은 지금 까페에 다시 모여 오늘 자동차 정비 학교와 뀌뇽 공원에서 열심히 살아가는 베트남인들의 모습을 촬영하러 나가기 위해 회의를 하는 중이었다.

한기주는 오늘 하루 그냥 쉬기로 했다. 열흘 동안 여독이 쌓인데다가 "명월이 승진을 축하하느라고 과음까지 하시는 바람에 한 선생님 얼굴이 많이 상했다"는 이유로, 연출자가 한기주더러 오늘 하루는 호텔에서 휴식을 취하라고 아침식사를 하면서 정중히 강요했었다.

한기주의 언짢은 마음이 표정에 지나치게 노골적으로 떠올랐기 때문일까?

*

바닷가 모래밭으로 어제 아침에 산책을 나왔던 한국인 노부부가 오늘 아침에도 다시 나와, 바다를 쳐다보며 한가하게 걷다가 걸음을 멈추고, 다시 걷다가 아내가 지평선을 손으로 가리키고, 그리고는 다시 걷다가 또 멈춰 서서 함께 물끄러미 바다를 구경했다. 남편의 허연 머리가 모래바람에 휘날렸고, 아내는 기다란 빨간빛 스카프를 어깨 너머로 휘날렸다.

옷차림은 달라졌어도 백발의 맹호 장교와 그의 아내는, 얼마쯤 한가하게 거닐다가, 어제와 똑같은 모습 그대로 모래밭에 나란히 앉았다.

갈매기 호텔 3층 창가에 서서 그들을 내려다보던 한기주는 저 남녀가 어쩌면 어제 아침의 그 노부부가 아닐지도 모르겠다는 생각이 갑자기 들었다. 희생자라던 응웬떤런이 사실은 희생자가 아니었듯이.

저마다 다르게 살아가면서도 똑같은 삶을 동시에 살아가는 수십억의 인간. 아무리 저마다 달라도 모두가 똑같은 사람들. 아무리 다르게 살아보려고 해도 모두가 똑같아지는 인생, 거기에서 반복되는 순간들이 모두 모여 영원한 하나의 순간이 된다. 평범한 나날들이 무수하게 반복되며 이어져서 하나의 영원한 역사를 이루고, 그 시간 속에서 무수히 복제된 유령들로 가득한 세상.

모든 사람이 같아 보이면서도 다르고, 똑같아 보이는 검정 파자마 차림의 주민과 베트콩이 뒤섞여 살고, 같은 사람의 성분이 상황과 시간에 따라 바뀌고는 하던 나라— 그것은 베트남의 특성이요 속성이었다.

그런데 어떤 본능의 힘으로 한기주 그는 런이 참된 희생자가 아니라 적이었다는 사실을 한눈에 알아봤을까? 스스로 생각하기에도 그것은 참으로 희한한 일이었다.

작전중에 카메라를 들고 난민수용소를 찾아갈 때면 그는, 철조망 안에서 줄을 지어 밥을 타먹는 주민들 가운데 누가, 그리고 몇 명이, 사실은 베트콩 편인지 늘 궁금했었다. 그리고 하노이 정부는 지금도 희생자의 개념을 모호하게 유도하여, 적을 향한 착각의 죄의식을 이끌어내려고 했다. 베트남 전쟁은 처음부터 그렇게 양상이 복잡했었다.

그러나 떠이빙 마을을 공격한 따이한의 판단은 결국 정확했다. 이곳 중부 베트남은 역사적으로 본디 철저한 반골의 나라였다. 그래서 맹호부대가 이곳에 주둔했을 무렵에는, 비록 남 베트남의 일부이기는 했어도, 떠이빙은 확고한 적의 땅이었다.

*

전쟁이 한창이던 시절에 한기주는 베트남이라는 나라가 사람의 몸과 참으로 비슷한 구조를 갖추었다는 생각을 자주 했었다. 그리고 이곳 중부는 베트남 해부도에서 심장에 해당되는 부분이었다.

그가 처음 베트남을 인체해부도와 같다고 생각하게 되었던 것은 부패하고 타락한 남부 아래쪽의 사이공이 인간의 하반신과 비슷하게 기능한다는 인식에서 비롯되었다. 전시의 사이공은 사고하는 머리도 없고 감정을 느끼는 마음도 없이, 닥치는 대로 집어먹고는 배설만 하는 기관과 같았다. 미국이 엄청나게 쏟아붓는 군사물자와 전쟁비용이 권력층 원주민들 사이에서 사리사욕을 번식시키고, 온갖 부패의 병균이 우글거리며 질병을 일으켜, 마구 뒤엉킨 채로 자꾸만 썩어가는 오장육부―그것이 사이공이었다. 그리고 그 끝에 달린 항문에서 쏟아져 나오는 배설물을 걸러내는 기능은 존재하지 않았다.

그런가 하면 북쪽의 하노이는 머리와 같아서, 그 속에 온갖 음모와 모략이 도사렸고, 명령체계를 움직이는 지능의 추진력까지 갖추었다. 그래서 호찌밍의 하노이는 미래를 부지런히 설계하고 고민하는 두뇌처럼 움직였다.

그리고 중부 베트남은 인체의 중간 토막인 몸뚱어리, 마음이 담긴 심장부였다. 하지만 그것은 지배하는 동(Đong, 東)과 저항하는 떠이(Tây, 西)가 갈등하는 마음이어서, 투쟁이 분출하는 열정의 샘이나 마찬가지였다.

동해(東海) 바닷가의 고도(古都) 후에는 문화와 종교와 사상이 성숙한 도시요, 부와 권력의 요람이었고, 떠이선(Tây Son, 西山)은 핍박과 고난의 역사를 살았던 반골의 고장이었으니, 동해와 서산의 치열한 충돌은 필연적이었다. 그리고 그들의 기나긴 동서(東西) 투쟁은 외세가 베트남에 상륙하는 발판을 마련해서, 동양과 서양의 대립으로 이어졌다.

베트남 고난의 역사는 기원전 200년경 남베트(Nam Việt, 南越) 독립왕국의 탄생으로부터 시작되었다. 남베트는 기원전 111년에 이미 중국 전한(前漢)의 점령기를 거쳤으며, 1세기에는 인도 문화의 영향을 받은 푸난 왕국이 일어나 메콩 강 일대를 지배하다가 6세기에 멸망했다. 그러다가 939년에 응오꿴(Ngo Quyền, 吳權)이 당나라 군사를 격파하여 1천 년에 걸친 중국의 지배에서 마침내 벗어났으며, 968년에 딩보링(Đinh Bộ Lĩnh, 丁部領)이 북부를 통일하여 다이꼬베트(Đại Co Việt, 大瞿越)라는 국호로 베트남 초대 왕조인 딩조(丁朝)를 일으켰다.

베트남은 1407년에 다시 중국에게 정복을 당하지만, 거국적인 저항운동으로 20년 만에 독립을 성취하여, 리(李)·찐(陳)·레(黎) 왕조가 뒤를 이었다. 15세기에는 인도네시아계 참족이 중부 이남 지역에 세운 참파(Champa) 왕국을 멸망시켜 남방으로 뻗어나갔고, 16세기에 응웬(阮) 왕조는 메콩 강까지 진출하여, 18세기에 이르러서는 현재와 비슷한 영토를 장악하게 되었다.

서양의 세력이 베트남으로 들어온 시기는 17세기로서, 포르투갈인이 처음이었다고 전해진다. 그리고는 천주교 선교사와 상인들이 "풍요의 땅"이라고 널리 알려진 베트남에 눈독을 들이기 시작했다. 하지만 18세기 어느 프랑스 선교사는 베트남의 농촌 지역이 어찌나 빈곤한지 인육을 먹는 예도 발견되고, 굶주려 서서히 죽어가는 대신 차라리 가족이 동반자살을 선택하는 경우도 많았다고 기록했다.

프랑스에서는 베트남을 정복하려는 갖가지 계획이 계속해서 수립되었지만, 국내외 정세 때문에 전폭적인 행동을 취하기가 어려운 실정이었다. 그러나 베트남 진출을 위해 개인적인 모험을 벌인 프랑스인도 적지 않았으며, 18세기 리용의 유명한 비단 재벌 가문 출신이었던 삐에르 뿌아브르(Pierre Poivre)는 그런 노력을 기울인 대표적 인물이었다.

뿌아브르는 선교사의 신분으로 베트남에 와서, 엉뚱하게도 돈벌이로 눈을 돌려 응웬 통치자들로부터 승인을 받아 교역소를 차리기까지 했다. 무역 활동을 보다 적극적으로 도모하기 위해 1768년에 귀족 신분의 해적* 뿌아브르는 샤를 엑또르 데스땡(Charles Hector d'Estain)과도 손을 잡았다. 1974년에 프랑스의 대통령이 된 발레리 지스까르 데스땡(Valéry Giscard d'Estain)의 선조인 샤를 엑또르는 한때 후의 왕궁을 치르려고 계획했다가 태풍 때문에 포기한 인물이었다. 뿌아브르와 그는 군사 3천을 동원하여 다낭에 상륙해서 내륙으로 침공하자고 프랑스의 왕을 설득하기도 했지만, 그들의 베트남 정복 계획은 흐지부지되고 말았다. 데스땡은 조지 워싱턴 장군이 이끄는 미국의 독립전쟁에 뛰어들어 영국과 싸우기도 했고, 나중에 프랑스 혁명을 맞아 단두대에서 처형되었다.

*

촬영을 끝내고 일행과 함께 호텔로 돌아온 이상희 연출은, 조금 일찍 저녁 식사를 하며 한기주에게, 내일은 "베트남과의 화해를 위해 한국이 기울이는 노력"을 취재하려고 KOICA(한국 국제 협력단)에서 무상 지원 사업의 일환으로 지어 준 학교를 찾아갈 예정이라고 설명했다. 응우엣은 그 학교가 떠이선(西山)에 위치했다며 지도를 펼쳐 보여주었다. 그리고 구형석은 떠이선이 "베트남에서 동학(東學) 혁명이 성공을 거둔 곳"이라고 보충 설명을 곁들였다.

떠이선은 뀌농으로부터 60킬로미터 북서쪽에 위치한 현으로서, 옛날에는 유형지였기 때문에 죄수들의 후손이 많았고, 그래서 워낙 생활환경이 나빴으며, 늘 통치자들에 대한 불평불만이 끊이지 않던 지방이었다. 그러다가 응웬 통치자들로부터 사기꾼으로 몰린 떠이선의 부유한 상인 3형제가 뀌농 지역에서 반란을 일으켰는데, 이때는 프랑스가 베트남에 한참 눈독을 들이고 있던 시기인 1772년이었다.

그렇지 않아도 고관대작들의 횡포에 대한 보복을 하고 싶어하던 떠이선의

---

* 영국을 비롯한 유럽의 열강은 중세에, 전세계로 식민지를 넓혀나가기 위해, 부유한 귀족들이 해적질로 해양 지배권을 장악하도록 묵인하고 은근히 돕기도 했으며, 때로는 작위까지 주었다. 사략선(私掠船, privateer)의 운영이 그 대표적인 예였으며, 식민지 쟁탈전의 숙적이었던 에스파냐로부터의 맹렬한 비난에도 불구하고 영국의 여왕은 귀족 해적으로 손꼽히는 인물이었던 프랜시스 드레이크 경(Sir Frances Drake)에게 작위를 내려주기도 했다.

▲ 떠이선에서 시작된 베트남의 '동학혁명'은 외세의 도움을 받아 진압되었지만,
이로 인해서 베트남은 프랑스의 오랜 식민통치에 시달리는 결과를 가져왔다.
1884년의 전투(그림)에서는 중국군과 싸우는 프랑스군을 베트남인들이 옆에서 돕는 형태를 취했다.

빈민들이 힘을 모아 가담하자, 지방에서 시작된 반란은 전국적인 프롤레타리아 혁명으로 자연스럽게 발전했다.

민중 봉기를 이끌던 떠이선 혁명 군사들은 3년 만에 사이공을 함락시키고 당당하게 승리를 거두었지만, 이 승리는 결과적으로 베트남을 프랑스의 식민지로 만드는 뜻밖의 비극적인 사태를 몰고왔다.

혁명군은 가난한 자들의 정부를 수립한 다음, 상권을 장악한 중국계 주민 1만 명을 죽였으며, 세제를 개혁하고 토지를 가난한 농민들에게 나눠주었다. 이어서 북으로 올라가 찡(Trinh, 鄭) 왕조를 멸하여, 1백 년 만에 다시 베트남의 통일까지 성취하는 쾌거를 이루었다.

하지만 왕조의 생존자 응웬푹아잉(Nguyễn Phúc Ánh, 阮福映)은, 10년 동안이나 떠이선 세력에 끈질긴 항거를 계속하며, 사이공을 탈환했다가 다시 빼앗기기를 거듭했다. 이런 혼란의 와중에서 아잉은 프랑스인 신부 삐뇨 드 베아인(Pigneau de Béhaine)을 통해 루이 16세에게 도움을 요청하고, 1787년 11월에 1천6백50 명의 프랑스 병력이 아잉을 돕기 위해 다낭에 상륙했다.

이렇게 해서 기나긴 베트남 전쟁의 씨앗이 뿌리를 내리게 되었다.

그들이 몰아낸 관리들이나 다를 바가 없는 폭압적인 면모를 드러내면서 내분을 일으키기 시작한 떠이선군(西山軍)은, 1799년 뀌농에서 최후의 필사적인 저항 끝에 아잉과 프랑스군에게 패하고, 1802년에 후에에서 황제로 등극한 응웬푹아잉은 떠이선 지도자와 그의 아내 시신을 화장하여 뼈를 재로 만들어서, 그들의 아들이 지켜보는 가운데 유해에다 오줌을 누고, 이어서 아들의 팔다리를 네 마리의 코끼리에 각각 묶어 찢어 죽였다.

이렇게 해서 반란자들을 아잉이 무자비하게 제거하기는 했지만, 베트남 땅에서 확고한 군사적인 기반을 손쉽게 마련한 프랑스의 식민통치는 실질적으로 이때부터 시작되었다.

넷 잠시휴전과 폭죽놀이

뷔티쑤언(Bui Thi Xuan) 중학교로 가는 19번 도로변에서 한기주는 작은 묘비처럼 생긴 길가의 하얀 이정표에 적힌 "콘툼(Kon Tum)"이라는 지명을 얼핏 보았다.

콘툼은 UPI의 일본인 사진기자였던 미네 히로미찌(峯弘道)가 죽은 곳이었다. 만일 운명이 어긋나지만 않았더라면, 한기주 역시 미네와 동행취재를 갔다가 바로 그곳 콘툼에서 같이 죽었을지도 모를 일이었다. 한기주는 1967년에 그가 인생을 끝냈을지도 모르는 콘툼이 여기서 얼마나 먼 곳일까 궁금해서, 거리를 확인하려고 이정표가 다시 나타나기를 기다렸지만, 무엇이든 일부러 기다리면 쉽게 오지 않는 법이어서인지, 다른 지명이 적힌 이정표들은 가끔 나타나도, '콘툼'은 다시 눈에 띄지 않았다.

결국 그는 가방에서 지도를 꺼내 무릎 위에 펼쳐놓고 확인해 보았다.

그들이 지금 찾아가는 떠이선에서 계속 차를 몰아 서쪽으로 진행하면, 지알라이(Gia Lai)와의 성계(省界)를 지나 안케(An Khê)에 이르는데, 안케라면 중부 고원 지대에서 미군이 많은 고생을 했던 격전지여서, 오래전부터 한기주의 귀에 퍽 익은 지명이었다. 그리고도 몇십 킬로미터를 더 서쪽으로 가면, 쉬이도이(Suối Đôi)에서 길이 두 갈래로 나뉘어, 북서쪽으로 올라가면 콘툼이요, 19번 도로를 따라 남서쪽으로 좀더 내려가면 지알라이 성도(省都) 플러이쿠*에 이른다.

플러이쿠는 베트남 전쟁에서 하나의 중요한 이정표 노릇을 했던 곳이다.

*

한기주가 베트남전을 참으로 한심한 장난 전쟁이라고 처음 생각하게 되었던 계기는 닝화에서 불도저 작전이 벌어졌을 때, 이웃 마을사람들이 의자까지 들고 와서 1번 도로에 줄지어 나와 앉아 한국군의 전투 장면을 구경했던

---

*Plây Ku, 영어식 표기는 Pleiku

때였다.

그런가 하면, 정신없이 전쟁을 하다 말고, 구정(舊正, tết)이나 성탄절이 될 때마다, 마치 무슨 집단 휴가라도 가는 듯, 며칠씩 휴전을 선언하고는 했던 미군과 정부군의 관행 역시 한기주는 참으로 한심하다고 생각했다.

베트남에 미군 병력이 본격적으로 증강되기 시작하던 1965년에도 그들은 구정을 맞아 잠시휴전(暫時休戰)을 꼬박꼬박 지켰다. 그리고는 구정휴전 기간이 끝나던 2월 6일 새벽 2시에, 플러이쿠 외곽 할로웨이(Holloway) 기지에 주둔한 미 육군 항공대 4백 명 병력은 3백 명의 민족해방전선(베트콩)으로부터 공격을 받았다. 미군에게서 노획한 미제 81밀리미터 박격포로 포격을 가하며 폭탄을 짊어지고 활주로까지 치고 들어간 베트콩은, 순식간에 헬리콥터와 정찰기 43대를 파괴하고, 미군에게 전사 8명과 부상 1백여 명의 피해를 입힌 후, 15분 만에 기습작전을 끝내고 신속하게 퇴각했다.

베트콩은 전사자가 한 명뿐이었다.

플러이쿠는 산악부족*들이 활동무대로 삼았던 상업도시로서, 라오스와 캄보디아로부터 공산군이 밀림을 통해 침투하는 통로가 거미줄처럼 깔린 국경지대를 관리하기 위해 베트남군 제2 군사령부가 배치되었던 전략요충지였다. 베트남군을 지원하기 위해 파견된 미 특전단과 180명의 군사고문단으로 구성된 할로웨이 부대는 베트남 정규군 22사단의 보호를 받았다. 하지만 잠시휴전이 끝난 지 겨우 두 시간밖에 되지 않은 순간에, 번갯불에 콩 튀기듯 베트콩이 순식간에 벌인 치고 빠지기 작전에서는, 6킬로미터 떨어진 곳에 포진한 베트남군에게는 속수무책이었다.

할로웨이 공격은 절묘한 시기에 이루어졌다. 당시 하노이에는 미국과의 공존을 모색하던 소련의 코시긴 신임 수상이 찾아와서, 월맹 지도자들에게 중국의 강경노선이 아니라, 소련의 완만한 대미정책 노선을 따르도록 설득하느라고 진땀을 빼던 중이었다. 그런가 하면 같은 기간에 사이공에서는, 케

---

*Montagnard. 대부분의 한국군 병사들은 그들 산족(山族)에 대한 프랑스어 명칭이 익숙하지 않아서 미국의 지명을 차용해서 "몬타나족"이라고 불렀다.

네디 암살 이후 대통령의 자리를 이어받은 린든 존슨의 행정부가, 베트남을 포기하고 손을 떼느냐 아니면 보다 적극적으로 전쟁을 벌이느냐 하는 기로에 서서, 정세 파악을 위해 파견한 국가안보회의 특별 보좌관 맥조지 번디(McGeorge Bundy)가 체류하던 중이었다.

할로웨이 공격이 터지자 자존심이 상한 미국은 2월 7일 "불타는 화살(Flaming Dart)" 작전을 즉각 개시하여, 남북 베트남을 갈라놓은 비무장지대인 17도선 북부 100킬로미터 지점의 덩호이(Đồng Hới) 군사 시설을 공격하여 북폭을 본격적으로 시작했다. 한편 코시긴 소련 수상은 사태가 이렇게 급변하자, "고집불통 개새끼들"이라고 못마땅해하던 월맹 지도자들에게, 그들의 "무조건적인 군사 지원" 요청을 받아들여, 지대공 유도탄을 하이퐁 항으로 실어 보내지 않으면 안 되었다.

그리고 미국은 3월 7일, 다낭 공항을 보호한다는 빌미로, 해병 2개 대대를 상륙시키게 되는데, 이들이 베트남에 상륙한 미국의 첫 전투 부대였다.

통킹만 사건으로부터 여섯 달 후에 벌어진 일이었다.

＊

19번 도로를 따라 차를 타고 달려가면서 한기주는 짧은 생애를 전쟁터에서 마감한 미네 히로미찌가 마지막으로 이 길을 갔던 날을 상상해 보았다.

1968년 3월 6일에 죽었으니까, 그는 아마도 3월 4일이나 5일, 아니면 그보다 조금 일찍 2일이나 3일에, 이 길을 따라갔으리라. 필시 어느 미군 공보장교와 함께, 하얀 별을 그린 미군 지프를 타고, 그는 이 길을 따라 죽음이 기다리는 콘툼으로 갔다. 이 풍경을 둘러보면서…….

콘툼에서 14번 도로를 따라 북쪽으로 두어 시간 더 올라가면, 미군의 또 다른 격전지 닥또(Đắc Tô)였다.

구정휴전 기간을 양심껏 다 지키고 나서 두 시간 후에 공격을 개시한 플러이쿠의 전투와는 달리, 1968년 1월 31일의 전국적인 대규모 공세를 위해, 탐색전으로 치러졌던 닥또 전투 또한 베트남 전사(戰史)에서 뚜렷한 이정표를 남긴 격전이었다.

라오스와 캄보디아의 국경에 접한 중부 베트남 산악지대를 따라 띄엄띄엄 배치했기 때문에 저마다 고립된 미군 기지들을 1967년 9월부터 차례로 공격하면서 공산군의 구정공세는 사실상 시작되었다. 백마부대 사단사령부까지도 공격을 받았고 송서규 중령이 개울가에서 목숨을 잃은 닝화 전투가 벌어졌던 이 무렵부터, 베트남 민족해방전선은 마오쩌둥의 유격전 전략을 벗어나 본격적인 정규전으로 전향하는 두드러진 뜻밖의 징후를 보이기 시작하여, 연대나 사단 규모의 병력을 신형 소련제 자동화기와 화염방사기와 박격포와 로켓포 그리고 대공포로 무장시켜 공격적으로 동원하고, 각각의 작전도 놀랄 정도의 정밀함을 과시하게 되었다.

지속적이고 점진적인 이 공세의 첫 번째 목표는 17도선 DMZ 남쪽 헐벗은 산꼭대기에 미 해병 소수 병력이 배치된 꼰티엔(Con Thien)이었다. 이어서 사이공 북부 캄보디아 국경 근처에서 미군이 전초 기지를 운영하던 록닝(Lộc Ninh)과 송베(Sông Bé)가 공격을 받았다. 그리고는 플러이쿠 북쪽 울창한 밀림 지대인 닥또에서 당시로서는 베트남전 최대의 격전이 22일 동안 치열하게 벌어졌다.

주월미군 총사령관 윌리엄 웨스트모얼랜드(William Westmoreland) 대장은, 공산군이 숨어서 도망다니며 국지전만 벌이다가 밖으로 나와 본격적으로 대규모 재래전을 전개하자, "스스로 자신을 노출시킨" 적을 상대로 막강한 미국의 군사력을 발휘할 기회가 드디어 왔다면서 오히려 반겼다. 꼰티엔에서만 해도 미군은 B-52 대형 폭격기가 거의 8백 회나 출격하여 2만4천 톤의 폭탄을 투하했으며, 남지나해의 전함들로부터 발진한 전투폭격기들은 인근 산악지대를 초토화했다. 닥또에도 B-52가 3백 회 그리고 전투폭격기가 2만 대 이상 출격하고, 17만 발의 포탄을 퍼부었으며, 고엽제를 퍼부어 산을 벌거벗겨 놓았다. 1968년 공산군 전사자 수는 9만에 이르렀고, 웨스트모얼랜드 장군은 11월에 워싱턴을 방문한 길에, 적의 전력은 "바닥이 났다(bankrupt)"고 장담했다.

하지만 월맹군은 꼰티엔 전투 여섯 주일 후에 케산(Khe Sanh)을 치게 된다.

＊

　빠리에서 평화회담이 진행중이며, 미국의 국내에서는 반전운동이 한창인 가운데, 린든 B. 존슨의 재선을 위한 대통령 선거를 앞둔 첨예한 시기에, 전쟁이 미국의 승리로 곧 끝나리라던 웨스트모얼랜드 장군의 장담을 뒤엎으며 보응웬지압 장군의 총지휘에 따라 개시된 구정공세는, 베트남전을 통틀어서 가장 중요한 전투였다.

　기억이나 상식이 짧은 사람들이라면 그 전투로 베트남에서 전쟁이 끝났다고 잘못 알고 있을 정도로 엄청난 충격을 주었던 구정공세는, 얼핏 보기에는 북 베트남의 막대한 전투력 손실과 가시적인 패배로 막을 내렸다. 하지만 조직적으로 대규모 전투를 수행할 능력을 공산군이 전세계에 과시한 베트남 전황은 세계 최강국이라고 자만하던 미국인들의 자존심을 혼란스럽게 뒤흔들었고, 궁극적으로 전쟁 양상 전체를 바꿔놓았다.

　케산 전투가 벌어지기 전부터 이미 구정을 전후하여 적의 대대적인 공격이 이루어지리라는 첩보가 상식처럼 알려졌었다. 웨스트모얼랜드 장군도 기자들에게 머지않아 적의 대대적인 공격이 이루어질 것이며, 그들의 주요 목표 가운데 하나가 케산이라고 여러 차례 공공연히 언급할 정도였다. 하지만 미국과 남 베트남에서는 아무도, 사이공을 포함한 44개 성 36개 도시와 11개 소도시 및 미군과 정부군의 주요 사령부와 기지, 그리고 비행장에 이르기까지, 1백여 곳이 넘는 목표물이 동시에 공격을 받으리라고는 상상하지 못했다.

　한기주는 영화 「하얀 전쟁」을 만들던 사람들과 함께 1992년의 설날을 베트남에서 보냈으며, 왜 지압 장군이 베트남전에서 가장 결정적인 최대의 작전을 위한 시점으로 구정(Tết Mậu Thân)을 선택했었는지를 그때 실감나게 이해했다. 구정에 공격이 이루어지리라는 정보를 너무 자주 접하다 보니, 위기감에 대한 면역이 생겨서인지 미군-베트남군은 경계심이 이완되었고, 응웬반티우 베트남 대통령은 대부분의 장병에게 구정 휴가를 주고 아내까지도 미토(Mỹ Tho)의 친정으로 보냈을 정도로 국방에 태만해졌다. 김일성이 남한을 침공하는 날을 일요일 새벽으로 잡아서, 전쟁이 터졌을 때는 국군이 휴가를 나간 장병들을 부대로 불러들이느라고 방송을 내보내며 대소동을 벌여야 했듯이, 남 베트남도 무방비 상태에서 날벼락을 맞았던 것이다.

한기주의 짐작으로는 이때까지 설날이나 성탄절 휴전을 미군측에서 일방적으로 선포할 때마다 월맹에서 꼬박꼬박 응해서 전국적으로 전투를 중단했던 까닭이, 미국과 남부 베트남을 안심시킨 다음, 언젠가 절대전략적인 순간을 맞으면, 일방적으로 약속을 파기함으로써 작전 효과를 극대화하기 위한 지압 장군의 계산 때문은 아니었을까 궁금했다.

하지만 문제는 장난스러운 휴전과 방심뿐이 아니었다.

지압 장군은 남부 주민들의 폭죽놀이를 지극히 효과적인 무기로 활용했다.

바닷가 작은 마을 롱하이에서 팔레스와 랑동 두 호텔에 묵고 있던 「하얀 전쟁」 제작진과 연기자들은, 베트남 사람들이 설날을 대단히 요란하게 맞는다는 소문을 벌써 며칠 전부터 익히 전해 들었던 터라, 1992년 구정 전야에 모두 잠을 안 자고 발코니와 마당으로 나와 자정이 되기를 기다렸다. 그리고는 새해의 시작과 함께 잡귀를 쫓는 폭죽이 한꺼번에 동네 여기저기 사방에서 집집마다 터졌는데, 그 소음이 얼마나 요란했는지 정말로 전쟁터를 방불케 했다. 한참 시간이 흘러도 좀처럼 폭죽놀이의 기세가 수그러들지를 않자, 제작부 사람들은 덩달아 신이 나서 촬영 소품으로 가지고 간 조명탄을 꺼내 마당으로 나가서 불꽃놀이를 하듯 밤하늘로 마구 쏘아올리기까지 했다.

그리고 한기주는, 이렇게 작은 어촌의 설날 폭죽이 이런 정도라면 사이공은 어떠했겠으며, 이렇게 시끄러운 한밤중에 시내 도처에서 베트콩의 공격이 시작되었다면 대부분의 사람들은 총성과 폭죽의 소리를 구분하지 못했겠고, 한참 총격전이 벌어지더라도 미군과 베트남군은 상황이 벌어지는 위치가 어디인지를 찾아내지 못해 조직적인 반격도 힘들었으리라고 고개를 끄덕였다.

이렇듯 지압 장군의 군대는 잠시휴전의 불꽃놀이를 즐기는 주민들 틈으로 파고들며 피바다의 처절한 전투를 벌였다.

*

8만 명 이상의 인민해방군이 동원된 구정공세에서는 사이공 지역에만도 35개 대대가 투입되었는데, 공격의 선봉에서는 전원이 사이공 출신인 해방군 C10 공병대대 소속 2백50명의 남녀 전사가 이미 며칠 전부터 시내로 잠입해서 대기하다가 진두지휘를 맡았으며, 그들을 따른 지역 베트콩 병력은 5천 명 정도였다. 사이공 시가전에서 포로로 잡힌 베트콩 중에는 겨우 2주일 전에 포섭되어 비밀 훈련을 받고 대통령 관저 독립궁 주변에 배치되어서 잠복했다가 처음 전투를 치른 경우도 확인되었다.

사이공 시의 외곽을 화력으로 포위한 가운데, 해방군 제5 사단은 롱빈(Long Binh)과 비엔화(Biên Hòa)에서 미군과 베트남군의 대형 기지를 타격했고, 월맹군 제7 사단은 라이케(Lai Khe)에서 미 제1 보병사단과 정부군 제5 사단 사령부를 쳤으며, 해방군 제9 사단은 꾸찌에서 제25 보병사단 사령부를 공격하여 외부의 지원 병력을 차단하는 동시에 후방의 병참선도 끊어버렸다.

이렇듯 치밀한 계획하에 사이공 시내로 진입한 돌격부대는 새벽 1시 30분에 14명이 대통령 관저를 기습했고, 2시 30분에는 19명의 결사대가 미대사관의 철근 콘크리트 벽을 폭파하고 영내에까지 들어갔다.

3시에는 12명의 베트콩이 국영방송국을 점령하지만, 이들은 별다른 성과를 거두지 못하고 모두 사살되었다. 방송국을 탈취하고도 혁명 방송을 전혀 내보내지 않았다는 사실로 미루어 보아, 그들의 공격은 목표가 뚜렷한 궁극적인 작전은 아니었겠고, 전국적인 동시다발적 수많은 공격 가운데 말단적인 하나의 상황에 지나지 않았으리라고 한기주는 추측했다.

그리고 사이공 전투에 참가한 이들 결사대는 소련제 자동화기가 아니라 모두 미군에게서 노획한 M-16을 들고 전투에 임했다. 도대체 베트콩이 얼마나 많은 무기를 미군으로부터 노획했으면 소련제만큼이나 많은 미제 무기로 그들이 전쟁을 치러냈는지 한기주는 가끔 궁금한 생각이 들었는데, 전쟁이 끝나고 거의 20년이 지난 다음 영화 「하얀 전쟁」을 촬영하러 갔을 때도 그런 의문은 가시지를 않았다.

▲ 남 베트남의 수도 사이공은 구정공세를 거치면서 파괴와 죽음으로 사막화되었다.
(베트남인 기자 응웬응옥 행크가 찍은 사진)

미군과 똑같은 군복을 착용한 다수의 '한국군' 배우들이 멀리 떨어진 외딴 마을로 촬영을 나가면, 차량으로 진입하는 그들을 보고 마을사람들이 혹시 전쟁이라도 재발하지 않았나 오해하여 사고라도 일으킬까봐, 항상 베트남 민병대가 동행하여 경계를 서야 했다. 그리고 이때 동원되었던 공산 민병대원은 전원 M-16으로 무장을 했다.

*

한기주가 베트남 전쟁에서 귀국한 지 한 달 가량 지난 다음, 북한 124군 부대의 청와대 기습 사건 열흘 후에 벌어진 베트남의 구정공세는, 호찌밍이 세상을 떠나기 전에 남부를 해방시키자는 구호를 기치로 내걸었다. 그러나 북부는 2개월 동안 5만8천 명의 전사자와 15만 명의 부상자를 내고 결국 해방을 실현하지 못한 채로 다시 숲으로 퇴각했다.

하지만 1968년의 첫 '정규전'에서 패장(敗將)의 소리를 들었던 사람은 월맹의 지압 장군이 아니라 결과적으로 미국의 웨스트모얼랜드 장군이었다.

50만에 달하는 주둔 병력으로 베트남전을 머지않아 승리로 끝내겠다며, "어두운 굴을 지나고 빛을 보게 되리라(the light at the end of the tunnel)" 낙관했던 미국은, 비록 구정공세를 물리치기는 했지만, 남 베트남 전체를 손바닥처럼 읽어가며 작전계획을 수립하고 추진하여 행동으로 옮긴 지압 장군의 엄청난 동원력에 경악했다. 그런가 하면 베트남에서 미국이 "수렁에 빠졌다(mired in stalemate)"고 "현실적이지만 달갑지는 않은 결론(realistic but unsatisfactory conclusion)"을 내린 월터 크론카이트를 비롯한 미국의 언론인들이 보여준 지나치게 패배적인 시각은, 자칫 좌절감에 빠졌을지도 모르는 베트밍에게 오히려 지속적인 투쟁을 이끌어갈 희망과 용기를 마련해 주는 결과를 가져왔다.

미국에서 반전주의자들의 성화가 더욱 거센 빌미를 얻고, 군부와 행정부가 승전의 가시적인 증거를 마련하지 못해 시간에 쫓기면서 궁지로 몰리던 터에, 설상가상으로 한반도에서는 김신조 사건 이틀 만에 미국의 정보함 푸에블로(Pueblo) 호가 납북되는 사건이 터져, 한국전쟁이 발발했을 때나 마찬가지로 미국은 다시 한국과 베트남에서 동시에 두 개의 전쟁을 수행해야 하는 위험한 부담을 우려하는 입장이 되었다.

이런 상황에서 서양의 물량전략과 동양의 집요한 끈기, 미국의 무기와 월맹의 정신무장이 대결하는 구도가 굳어졌다. 따라서 대형 공격을 감행하여 전세를 단숨에 되돌려보려는 지압 장군의 시도가 좌절되어 월맹의 사기가 위축되었으리라는 미국의 분석은 오판이었음이 밝혀졌다.

속전속결은 동양의 공산주의자들에게는 생소한 전략이었다. 지압은 단판 승부를 하는 사람이 아니었다. 중국의 마오쩌둥과 베트남의 지압은 개별적인 전투를 계속해서 이어지는 연속적 조우와 대결의 각개 상황으로 파악했다. 그들은 때로는 승리도 하고 때로는 패배도 겪어나가는 가운데, 유리한 마지막 기회가 도래하기를 끈질기게 기다리는 전략가들이었다.

역사가로서의 안목도 높았던 지압 장군은 전쟁을 기나긴 하나의 과정으로 파악하는 그의 시각을 구정공세 이후의 어느 인터뷰에서 이렇게 밝혔다.

"우리 민족의 미래를 결정할 전투가 시작된 시기는 이미 25년 전이었다.

이수스*나 헤이스팅스,** 또는 필리피***나 벨-알리앙스 어느 한 곳의 전투는, 그것이 나름대로 아무리 중요한 전투라고 할지라도, 전개되는 하나의 전체적인 상황에서 상대적인 중요성을 지닐 따름이다."

다섯 케산

전쟁중에 한국군의 공격으로 인해서 떠이선 사람들이 너무 많이 시달렸기 때문에, 그에 대한 보상으로 KOICA가 지어주었다는 중학교를 찾아가는 도로의 이름은, '사이공'이나 '하노이' 그리고 '남지나해'를 제외한다면, 실제로 가 보지는 못했더라도 대부분의 한국인이 가장 먼저 알게 된 베트남의 지명이리라고 한기주는 생각했다. 전투 병력이 파월되던 초기에 맹호부대의 어느 중대장이 발표한 수기 『19번 도로』가 한국에서 베스트셀러가 되었기 때문이었다. 책의 내용은 물론 머나먼 이국 땅 베트남으로 전쟁을 하러 간 대한 남아들의 얘기였다.

그러나 오늘의 19번 도로에서는 총을 들고 줄지어 전쟁터로 나가는 맹호부대 용사들 대신 계란빛 아오자이 뒷자락을 바람에 휘날리며 동그란 농 밀 짚모자를 쓰고 하느작하느작 자전거를 타고 지나가는 젊은 아가씨의 모습만 보일 따름이었다.

베트남 전쟁은 이미 한 세대 전에 끝났다.

한국군보다 먼저 총을 들고 줄지어 19번 도로를 오가며 여기저기 작전을 벌였던 미군들도 이제는 눈에 띄지 않았다. 베트남에서는 붕타우처럼 미군

---

* Issus, 기원전 333년 알렉산드로스 대왕이 페르샤의 다리우스 3세를 물리친 전투지.
** Hastings, 잉글랜드 남동부 서섹스 지방 도버 해협의 도시로서 1066년 노르만족의 영국 정복 과정에서 유명한 전투가 벌어졌던 곳.
*** Philippi, 마케도니아의 고대 도시로서, 성경에는 '빌립보'라고 한다. 기원전 42년 마르쿠스 안토니우스와 옥타비우스가 브루투스와 카시우스를 물리친 곳이다.

들이 주둔했던 웬만한 곳이라면 이제는 러시아 군인들이 대신 자리잡고 앉아서, 외국 군대가 끊임없이 인수인계를 하며 자리를 바꾸던 베트남의 역사를 이어나갔다.

하지만 19번 도로에는 지금 미군의 자리를 대신 차지한 러시아 군인들도 보이지 않았다.

뼈가 앙상하게 드러난 물소 떼를 몰고 가던 소년들이 작고 까만 얼굴에 미소를 지으며 길가에서 취재 차량을 향해 손을 흔들어 주었다. 백로가 푸르른 논바닥 한가운데 서서 먼 산을 둘러보았고, 들판 너머로, 저쪽 농로를 따라 하얀 블라우스와 검정 홑바지 차림의 건강한 소녀가, 농을 젖혀 쓰고, 장바구니가 앞에 달린 자전거 뒷자리에 남동생을 태우고는, 씩씩하게 휘적휘적 달려갔다.

저항의 땅 떠이선에는 평화가 푸른 하늘에 가득했다.

*

가진 자들의 횡포에 반기를 들고, 핍박받는 자들이 프롤레타리아 천국을 세우겠다며 난을 일으켰다가, 별 수 없이 또 다른 폭력의 지배 집단이 되었던 떠이선군(西山軍)도 이미 2백50년 전에 19번 도로에서 자취를 감추었다. 핍박을 받던 자가 권력을 잡으면 다른 집단을 핍박하며 부패하게 마련이라는 역사의 되풀이를 거치고, 다시 거치면서, 월남군과 베트콩에게 번갈아 고문과 학살을 당하던 끝에 한국인들에게까지도 시달렸던 떠이선 사람들은 아직도 여전히 가난해서, 한 달의 수입이 15달러에 머물고, 흐느적 늘어진 수양버들 아래서 흙을 가지고 노는 아이들은 그냥 맨발이었다.

학교로 접어드는 길목의 누추한 농가에서는 컴컴한 마룻방 땅바닥에 가족이 둘러앉아, 먹다 남긴 자장면 찌꺼기처럼 더러운 반찬이 담긴 그릇 몇 개를 늘어놓고 공기밥을 먹었는데, 구석으로 비켜나 앉은 네다섯 살 어린 딸의 맑은 눈망울이 그래도 까맣게 빛났다.

낡은 지붕과 흙이 덩어리져 떨어지는 벽도 모두 자연 속으로 삭아들고, 외양간에서는 누렁소와 검정소가 나란히 서서 한가하게 여물을 씹으며 바보 같은 눈으로 쳐다보았고, 사탕수수밭에서는 동네 조무래기 아이들이 어른들의 눈치를 부지런히 살폈다.

총과 군인이 등장하지 않는 농촌의 풍경은 아무리 가난하더라도, 언제 봐도 아름답다고 한기주는 생각했다.

*

떠이선 반란군을 진압하려는 응웬푹아이응을 도와준다고 다낭으로 상륙했던 프랑스군은, 아예 주저앉아 실질적으로 거의 2백 년 동안 베트남을 통치하면서, 외세에 업힌 기득권자의 역사적인 승리가 자주독립국가의 현실적인 패망을 가져온다는 우화적 꼭두각시극을 연출했지만, 그들 프랑스 군대도 19번 도로에서는 모습이 보이지를 않았다.

그들 또한 50년 전에 디엔비엔푸에서 패한 다음 그들의 고향으로 돌아갔다.

그리고 35년 전, 케산에서 전투가 벌어졌을 때, 많은 사람들이 "제2의 디엔비엔푸"가 시작되었다고 말했다.

한국에서 북한군의 청와대 기습과 푸에블로 호 나포가 이루어질 무렵, 베트남에서 본격적인 구정공세가 시작되기 열흘 전, 제9번 도로가 통과하는 아름다운 산악지대에서 개시된 케산 전투를 미국의 언론과 정치지도자들은 보응웬지압 장군이 프랑스군과 최후의 결전을 벌였던 디엔비엔푸나 마찬가지로 대단히 상징적인 의미를 갖게 되리라고 예언하며 열심히 지켜보았다.

지금까지는 숲과 시골 마을에서만 벌어지던 유격전이 전쟁의 무대를 대도시로 옮겨서, 한국전쟁 당시 인천 상륙작전 직후의 서울 거리에서처럼 시가전이 골목마다 벌어져 사이공에서는 여기저기 화염이 치솟아 오르고, 무너진 집에서 가재도구를 꺼내 수레에 싣거나 머리에 이고 도망칠 곳도 없어 사람들이 시내 길바닥에서 우왕좌왕 헤매는 도시전쟁의 와중에서, 웨스트모얼랜드 장군과 지압 장군이 총력을 기울이며 외딴 케산에서 산악전투를 그토록 오랫동안 지속시켰던 까닭은 무엇이었을까?

베트콩이 준동하는 산악지역의 한가운데로 찾아들어가서 외딴 고지에다 배치한 전술기지는 망망대해에서 표류하는 한 척의 작은 조각배를 연상시키게 마련인데, 미 특전단 그린 베레가 지역 몽따냐르 산족을 끌어모아 훈련시키려고 닦아놓은 케산의 작은 기지가 바로 그런 전형적인 형국이었다. 1968년 여름 웨스트모얼랜드 장군은, 라오스에서 활동하는 공산군 거점들을 치기 위한 발판으로 케산 기지를 확대하기 위해, 엄청난 탄약과 물자를 이곳에 비축하고는 허름한 활주로도 말끔하게 단장한 다음, 해병 1개 대대를 추가로 파견하여 그곳을 지키는 수비 병력을 증강했다.

그리고는 월맹 정규군 4개 사단과 2개 포병 연대, 그리고 기갑부대로 구성된 4만 병력이 케산으로 집결한다는 정보가 1967년 말부터 계속 수집되자, 웨스트모얼랜드 장군은 해병 6천을 증파하고도 안심이 되지 않아 수비 작전을 따로 짰으며, 결국 이곳에서 9주일에 걸쳐 지압 장군과의 치열한 공방전을 벌이게 되었다.

그것은 숙명적인 대결이었다.

*

대포까지 동원한 월맹군*의 첫 공격에 케산 기지에서는 다수의 항공기와 탄약고가 폭파되었다.

포위를 당한 미군은 밤마다 적의 박격포에 터져나가거나 무너지는 모래주머니를 쌓아올리고, 망가진 활주로를 보수하느라고 하루를 다 보내고는 했다. 항공기는 날아오는 포탄 속에서 허둥지둥 사람들을 실어나르고, 철조망 바로 바깥까지 박격포와 기관총을 끌고 들어온 월맹군이 헬리콥터와 수송기가 움직이기만 하면 공격을 가하는 바람에 그나마도 비행기의 이착륙이 불가능해지자, C-130 허큘리스 수송기들이 지상 2백 미터에서 저공으로 곡예비행을 하며 낙하산으로 탄약과 보급품을 투하해야 했다.

케산의 상황이 심각해지자, 미국에서는 이 공방전을 운동경기를 중계하듯 날마다 텔레비전으로 전역에 보도하기 시작했다. 수많은 종군기자들은 제2의 디엔비엔푸를 기록하고 증언하기 위해 목숨을 걸고 케산으로 들어갔다.

---

* 베트남에 대해서 잘 모르는 사람들이 흔히 혼동하는 사실이지만, '월맹군(North Vietnamese Army, NVA)은 북 베트남에서 17도선 비무장지대를 넘어 내려온 정규군을 지칭하고, '베트콩'은 남 베트남에서 조직한 민족해방전선 게릴라 병력을 뜻한다.

▲ 케산 전투에서는 북 베트남 병사들이 철조망을 끊고 침투하여 저지선을 우회한 다음
참호에 수류탄을 까넣는 방식의 공격도 이루어졌으며, 그렇게 해서 폭파된 탄약고도 여러 곳이었다.
무기고가 폭발하며 박격포탄이 터져나가는 이 장면은 불꽃놀이를 연상시키기까지 한다.
마크 갓프리(Mark Godgrey)가 찍은 사진.

케산 기지를 굽어보는 1015고지의 적을 팬텀기가 두들길 때마다 더럽고 시커먼 연기가 하늘을 뒤덮었고, 항공기의 비행 폭음과 피아간의 포성이 끊이지 않는 가운데, 철책과 교통호 속에서, 전투의 폐허 속에서, 병사들은 죽음에 대해서조차도 권태를 느낄 만큼 지쳐버렸다. 좀처럼 수그러들 줄 모르는 월맹군의 집요한 공격에, 웨스트모얼랜드는 미리 준비했던 나이아가라 작전(Operation Niagara)을 개시하여, 7만5천 톤의 폭탄을 그야말로 나이아가라 폭포처럼 적의 머리 위로 쏟아부었다. 이것은 세계의 전쟁 역사상 단 한 곳의 전술 목표에 쏟아부은 가장 막대한 화력으로 기록되었다.

사태가 점점 심각해지자 웨스트모얼랜드는 그의 참모들에게 케산 전투에서 전략 핵무기를 사용할 가능성을 연구하도록 지시했다. 하지만 언론에 그런 사실이 알려지면 국내의 엄청난 저항에 봉착하게 될까 봐 워싱턴에서 말리고 나섰다.

피아간에 엄청난 피를 쏟으며, 케산 전투는 끝없이 계속되었다.

*

미군도 수백 명이 목숨을 잃었으나, 월맹군은 1만 명이 전사했으리라는 추산이 나왔고, 그래서 웬만한 인명 손실에는 눈 하나 깜짝하지 않을 정도로 냉혹하다고 알려진 보응웬지압 장군도 상황을 살펴보려고 1968년 1월 케산 현장으로 달려갔다.

월맹군의 무전 교신을 포착하여 도청한 내용중에서, 누구인지는 몰라도 거물이 현지를 방문한다는 사실을 알아낸 웨스트모얼랜드 장군은, 36대의 B-52를 출격시켜 적의 야전사령부 일대에 1천 톤의 폭탄을 퍼부었다. 그래서 지압은 하마터면 케산에서 전사할 뻔했지만, 공방전은 그래도 여전히 계속되었다.

웨스트모얼랜드는 호찌밍이 제네바 협상에서 유리한 입장을 얻어내기 위해 디엔비엔푸 결전을 치렀듯이, 지금은 빠리 평화협상에서 유리한 위치를 차지하기 위해 케산의 공방전을 구상했다고 믿었으며, 이런 해석은 미 행정부와 언론에서도 그대로 받아들였다. 한기주는 베트남의 남과 북을 17도선에서 잘라놓고 볼 때, 지도를 겹치면 신기할 정도로 디엔비엔푸와 케산이 비슷한 위치라는 사실을 깨닫고는 놀랐었는데, 웨스트모얼랜드도 "북서 지역의 결전"이라는 공통점을 파악했던 모양이었다.

베트남의 미군 장교들은 작전 수립과 정보 수집을 위해 갑자기 디엔비엔푸에 대한 기록들을 닥치는 대로 읽기 시작했으며, 웨스트모얼랜드는 참모들을 참석시킨 가운데 디엔비엔푸에 관한 강연을 듣기도 했다. 하지만 현재 그의 적수가 된 지압 장군에게 프랑스군이 너무나 무참하게 깨졌다는 사실을 알고 난 다음, 그는 휘하 참모들에게 패배주의적인 디엔비엔푸 얘기는 입에 올리지 못하도록 금지시켰다.

*

일차적인 격전의 회오리가 가라앉아 케산 고지의 공방전이 교착상태에 빠진 다음, 미국의 언론은 이곳의 전황을 "결투(duel)"라는 말로 자주 묘사했다. 철조망 근처까지 접근한 월맹군 병사들이 포탄 구덩이나 다른 엄폐물 뒤에 몸을 숨기고, 미군과 서로 상대방을 육안으로 관측하면서 총질을 하는 상황이 이루어졌기 때문이었다. 이쪽에서의 움직임을 포착하면 적이 사격을 가하고, 그러면 숨어서 관측하던 다른 병사가 적의 소총이 불을 뿜는 섬광을 확인하고는 위치를 알아내어 무반동포로 가격하는 식으로, 서로 상대방을 정해놓고 벌이는 전투가 계속되었던 것이다.

그리고 월맹군은 땅굴을 파기 시작했다.

디엔비엔푸에서 지압 장군의 병사들이 몇 킬로미터에 달하는 땅굴을 파고 지하로 프랑스군 진지 내부까지 진입했었다는 사실을 잘 알았던 미군은 긴장했다. 그래서 그들은 월맹군이 구축한 참호나 굴의 입구가 발견되기만 하면 항공기를 불러들여 네이팜탄을 퍼부어 불바다를 만들어 파괴했으며, 땅굴 탐색조는 2미터짜리 쇠막대기를 땅에 박아 청진기로 굴 파는 소리를 탐지하려고 혈안이 되었다. 심지어는 수맥을 찾는 쇠막대기까지 동원했다.

케산 고원에서는 디엔비엔푸의 유령이 가장 무서운 적이었다. 그리고 미국에서는, 텔레비전에서 좀처럼 얼굴이나 모습을 방영하지 않았기 때문에 눈에 보이지는 않아도, 오래전부터 대부분 사람들에게 이름이 너무나 귀에 익은 지압 장군의 유령과 치열한 싸움이 전개되기 시작했다.

여섯 전략적 가치에 대한 해석

케산을 디엔비엔푸에 비유한 사람은 베트남 주둔 미군 총사령관 윌리엄 웨스트모얼랜드 장군뿐이 아니었다. 월터 크론카이트도 2월의 라디오 방송에서 디엔비엔푸를 거론했으며, CBS의 국무성 출입기자 마빈 칼브(Marvin Kalb)는 "역사의 유령이 워싱턴에 우울한 그림자를 드리운다"고 보도했다. 그런가 하면 존슨 대통령의 국가안보 담당 보좌관 월트 로스토우(Walt Rostow)는 케산 전투가 시작되기도 전에 이미 적으로부터 노획한 문서를 분석하고는, "공산군이 디엔비엔푸를 재현하려 한다"는 결론을 내렸으며, "가미가제 전술"과 "연속적인 자살 공격"에 대한 추측이 무성한 가운데, 백악관의 지하 상황실에는 케산 고원의 모형까지 만들어 놓았다.

하지만 베트밍에서는 케산을 제2의 디엔비엔푸라고 생각하지를 않았다. 전쟁이 끝난 다음, 디엔비엔푸와 케산의 두 전투에 모두 참여했던 북 베트남 공산군의 하급 장교들은 케산이 디엔비엔푸처럼 "최후의 결전"이라는 개념에서 이루어진 공방전은 아니었다고 증언했다. 미군은 남 베트남 전역에서 우세한 위치를 견지했으므로, 케산 전투 하나로 전쟁에서 이길 계산은 아무도 하지 않았던 셈이었다.

결국 케산 전투는 구정공세에서 도시지역을 보다 쉽게 공격하기 위해 미군 병력을 산악으로 끌어내어 분산시키려는 지압의 전략이었는지도 모른다. 군사전문가인 SLA 마샬 퇴역 준장도 케산을 "기만작전(feint)"이라고 분석했으며, 케산 기지의 사령관이었던 로웰 잉글리시(Lowell English) 해병 소장까지도 웨스트모얼랜드가 지압의 '함정'에 빠져 "아무 가치도 없는 땅 한 치를 지키기 위해 엄청난 병력과 물자를 낭비했다"고 비난했다.

1968년의 대전투에서 상황을 잘못 판단하고 계산착오를 일으킨 사람은 웨스트모얼랜드 장군뿐만이 아니었다. 지압 장군의 계산 역시 완전히 빗나갔다. 남부의 민중은 그가 예상했듯이 공산군을 맞아 전국적인 봉기를 일으키지 않았다. 마오쩌둥의 물고기 게릴라 전략에 의존한다면서도, 바다에 비유하던 주민에게서 호감을 사려고 노력하기는커녕 폭력과 공포로 다스렸던 베트콩은 결국 남녘 민중들로부터 별다른 호응을 받지 못했다. 그뿐 아니라, 군기가 엉망이라고 널리 알려졌던 월남군(ARVN)도 예상했던 대로 무더기 탈영으로 지리멸렬 와해되지 않고 끝까지 용감히 싸워서 구정공세를 막아내고 열심히 나라를 지켰다.

공산군의 이론과 남부의 현실은 맞아떨어지지를 않았고, 계산착오는 거기에서 끝나지도 않았다.

*

한국전쟁에서 제공권을 계산에 넣지 않았던 북한이 미군에게 고전했듯이, 그리고 중공군의 인해전술에 미군의 소수 영웅주의가 속수무책이었듯이, 케산에서 베트밍군은 미군의 공수력에 힘입어 무진장 투입되는 병참을 현실적으로 평가하지 않고 무작정 덤벼들었다가 스스로 기진맥진 지치고 말았다.

그런가 하면, 미군은 아무리 폭격을 하고 죽여도 악착같이 땅굴을 파면서 끝없이 밀고 들어오는 공산군의 정신력에 역시 지쳐버렸다.

"찰리 중대의 세상"에서처럼 제 목숨부터 챙기려는 개인주의와 소수 영웅주의를 존중하는 미국, 그리고 신념과 맹종을 가장 강력한 무기로 삼아 들개 떼처럼 너도나도 목숨을 내놓고 덤비는 무모한 망집에 사로잡힌 베트밍 — 그들은 서로 통하지 않고 이해도 안 되는 전략의 언어로 맞서 싸웠으며, 서로 다른 방법으로 전쟁에 임했다.

그리고 그런 대조적인 양상이 입체적으로 첨예하게 드러난 계기가 구정공세였고, 미국이 승리하고도 결국 패배한 구정공세를 가장 잘 상징하는 대표적인 전투가 바로 케산이었다.

전후에 공식 보고서들을 통해 확인된 바로는 구정공세가 실패로 끝난 다음 베트밍의 지도부에 대한 신뢰감을 상실한 투사들은 급격히 사기가 저하되었으며, 승리의 가능성에 대한 회의로 하노이에서는 비관적인 시각이 팽배하여 전의가 크게 위축되었다.

당시 남 베트남에서 활동했던 고위층 공산군 장성 짠반짜(Trần Văn Trà)는 구정공세가 처음부터 착각에 기반하여 이루어졌다고 1982년 하노이에서 펴낸 전사(戰史)를 통해 이렇게 솔직히 시인했다.

"1968년 당시 우리는 아군과 적 사이에 존재하는 구체적인 힘의 균형을 정확하게 파악하지 못했고, 적에게는 아직도 상당한 여력이 남아도는 반면에 아군의 능력은 제한되었다는 점을 제대로 깨닫지 못했었다. 아군은 우리의 주관적인 욕망에 기초한 착각에 부분적으로 입각하여, 실질적인 힘이 미치지 못하는 목표들을 설정했다. 그래서 우리는 물자와 병력에서 엄청난 손실을 입었으며, 특히 각 계층의 세포 간부들을 많이 잃어 전력이 약화되었다. 그런 결과로 우리들은 기존에 확보했던 영향력을 되찾기가 힘들었을 뿐 아니라, 1969년과 1970년에 밀어닥친 갖가지 고난으로 인해, 혁명은 격랑 속에서 흔들렸다."

이렇게 해서 기이하게도 웨스트모얼랜드와 지압 두 장군은 나름대로 모두 패장이 되어 궁지로 몰렸다. 그러나 웨스트모얼랜드가 미국에서 공개적으로 질타와 비판을 받은 반면에, 지압은 베트남에서 나름대로 말없는 비난의 대상이 되었는데, 이런 상황에서 지압을 구제해준 것이 바로 미국의 민주적인 언론과 여론이었다. 웨스트모얼랜드 장군은 나중에 미국 언론, 특히 텔레비전의 구정공세 취재 방향이 공산군의 엄청난 패배를 "심리적인 승리"처럼 왜곡했다고 비난했지만, 어쨌든 전체주의 체제보다 너도나도 비판하기가 쉬운 "찰리 중대의 세상"에서는 전쟁을 이기기가 어렵게 마련이었고, 결국 승부는 미국의 자멸로 끝났다.

베트밍의 어느 장군*은 구정공세의 결과를 이렇게 해석했다.

"솔직히 얘기해서 우리는 남부 전역에서 봉기를 촉발하겠다는 주요 목적을 달성하지 못했다. 그래도 미군에게 큰 타격을 주었다는 사실은 나름대로의 소득이었다. 그리고 미국이 받은 충격으로 말하자면, 그것은 우리들이 의도한 바는 아니었지만 — 뜻밖의 횡재나 마찬가지였다."

그리고 케산 전투는 또 하나의 새로운 유령이 되었다.

*

베트남전을 놓고 분열된 국론을 개탄하면서 존슨 대통령이 3월 31일 불출마 선언을 하기 직전에, 미군은 동허(Đông Hà)에서 케산으로 가는 육로를 열기 위해 9번 도로를 따라 천마작전(天馬作戰, Operation Pegasus)을 개시했다.

베트콩이 교량을 모조리 폭파하여 1967년 8월부터 미군이 통행을 못했던

---

* 짜돈(Trà Đôn)

국도를 따라, 지뢰를 일일이 제거하며 더디게 탱크와 트럭의 행렬이 헬리콥터의 지원에 힘입어 조금씩 전진해 나아갔다. 결국 미군은 다리를 모두 복구한 다음 탄약과 물자의 지상 보급로를 복원했으며, 케산 기지의 미군은 2개월 만에 처음으로 4월에 이르러서야 마침내 병력 교체가 이루어졌다.

그리고는 6월이 되어 임기를 끝낸 주월미군 사령관 윌리엄 웨스트모얼랜드 장군이 귀국한 직후에, 처절한 공방전이 종료된 지 2개월 후에, 미국 정부는 케산 기지를 철수하기로 결정했다.

케산이 기지로서의 전략적 가치가 없어졌다는 이유에서였지만, 철수작전은 비밀리에 시작되었다. 전략적으로 그리 필요도 없는 언덕 하나를 지키기 위해 두 달 동안 무엇 하러 그렇게 엄청난 희생을 치러야 했느냐는 여론의 비판을 피하기 위해서였다.

병사들은 모래주머니를 찢어 흙을 쏟아버리는 기초적인 작업으로부터 시작하여, 폭약으로 참호를 파괴하고, 모든 시설물과 소모품을 철거하거나 불태우고, 포좌(砲座)의 철주를 뽑아내고, 교통호를 불도저로 밀어 메워서 적이 들어와 진지로 사용하지 못하게 하는 등 온갖 조처를 취했다. 그러나 활주로는 철거하는 데 비용이 너무 많이 들어 베트콩이 바닥을 조각조각 뜯어다 벙커를 만드는 재료로 사용하리라는 사실을 빤히 알면서도 그냥 내버려두기로 했다.

이렇게 해서 미 해병은 베트밍군이 파괴하려고 포탄을 퍼부어대면서 공격하던 시설을 끝까지 사수한 다음에 스스로 파괴하고는, 천마작전으로 뚫어놓은 길을 따라 장비와 물자를 실어냈다. 그들은 서부개척기 광산촌 유령마을처럼 비어버린 케산 기지를 뒤에 남겨두고 떠났다.

이겼다는 사실을 증명하고 난 다음에는 필요가 없어진 유령 고지 ― 피아 간에 아무도 더 이상 소유하거나 지키려고 하지 않는 땅덩어리를 놓고 왜 그토록 많은 사람이 죽어야 했고, 왜 그토록 막대한 물자를 낭비해야 했을까?

그것은 웨스트모얼랜드와 지압의 오기를 위한 낭비였던가?

실리가 아니라 단순한 명분을 위한 싸움, 어쨌든 그리하여 케산은 전쟁의 낭비를 보여주는 기념비로서, 인간의 어리석음을 입체적으로 구현한 유적으로서 남았다.

미국은 이런 식으로 5년 후에, 아무런 실리도 챙기지 못한 채로, 1973년 3월 29일에 마지막 병력을 베트남에서 철수시켰다.

일곱 소망

한국 국제 협력단이 떠이선에다 1995년에 지어준 뷔티쑤언 중학교의 호미따이 교장은 너무 어릴 적 일이어서 전쟁을 아예 기억조차 못한다고 말했다.

한국전쟁 당시 한기주가 초등학교에서 사용했던 공책처럼 거칠고 누런 갱지로 만든 교과서를 책상에 수북하게 쌓아놓은 채로 인터뷰에 임한 따이 교장은, 제대로 빗지를 않아 헝클어진 머리가 지저분한 모습이었다. 1층 현관을 반원형으로 장식한 꽃밭 옆에서 걸어놓은 북이 수업 시작을 알리느라고 둥둥둥 울리자 교장은 잠시 창밖을 내다보더니, 그의 소망은 한국 사람들이 뷔티쑤언 운동장에다 모래를 깔아주는 것이라고 했다.

전쟁 때나 마찬가지로 아직도 초등학교에서 종을 치는 대신 북을 울려 수업 시작을 알리는 시골 전통이 반갑고도 신기해서, 한기주 역시 창밖을 내다보았다. 재정 조달이 어려워서인지 제대로 가꾸지를 않아 건물들이 무척 낡아 보였고, 황토색 벽에서는 칠이 벗겨지는 중이었으며, 우람한 나무의 그늘에 담벼락을 따라 촘촘히 세워놓은 자전거가 백 대를 넘었고, 하얀 저고리에 까만 바지와 빨간 공산당 목띠를 두른 학생들 한 학급이 체육시간을 맞아 몸을 푸느라고 줄지어 서서, 신발을 앞에 가지런히 벗어놓고 맨손체조를 했다.

하낫 둘 하낫 둘. 무릎을 회전시키고, 목을 젖히고, 몸통을 젖히는 아이들. 5백 평 정도밖에 되어 보이지 않는 작은 운동장의 시멘트 바닥이 아이들의 맨발에 무척 차가워 보였다.

따이 교장과의 대화가 계속되었다.

학교를 지어주는 일은 전쟁중에도 한국인들이 게을리 하지 않았던 민사활동이었다. 비록 인정을 베풀기보다는 학살과 고문을 통해 겁을 주는 방법에 의존하기는 했어도, 베트콩이 마오쩌둥의 물고기 원칙에 따라 주민들을 적극적으로 포섭하려는 전략에 주력했기 때문에, 그에 대처하기 위해 미군도 "주민들의 마음을 사로잡는다(win the hearts and minds of the people)"는 기본 방침을 세웠다. 하지만 사람을 달래가면서 흡수하는 원칙은 서양인의 직선적인 정서에 맞지 않는 전쟁 방식이었기 때문에, 미국 군대는 심리전(psychological warfare)에서도 민심을 얻는 쪽보다 베트콩의 귀순 공작에 주력했을뿐더러, 사실상 공격적인 전투에도 힘이 부치다 보니 주민들의 마음을 살필 만한 여력이 별로 남아돌지를 않는 형편이었다.

하지만 미군의 전략과 전술을 대부분 그대로 답습하던 한국군은 오히려, 상대적으로 안전한 '후방'의 동해안 지역을 작전 책임으로 담당했던 터라, 여기저기 학교와 진료소를 지어주고, 의료활동도 열심히 펼치는 G-5 활동의 여유가 넉넉했다. 그래서 한국인들은 자유민주주의 국가 남 베트남을 위해 학교를 지어주었으며, 전쟁이 끝나고 한참 지난 다음인 이제는 어느덧 과거의 적이었던 공산 베트남을 위해, 익숙하고 똑같은 대민전략에 따라, 학교를 지어주게 되었다.

전쟁 동안에 한기주는 주민들과의 우애를 돈독히 한다면서 동네 조무래기 아이들을 모아놓고 하얀 운동복 차림의 병사들이 차력사처럼 태권도 시범을 보인다거나 경로당을 지어주는 행사 따위가 과연 무슨 소용일까 의구심이 심했다. 특히 마을 광장에다 노인들을 모아놓고 야자열매와 바나나와 깡통맥주 따위를 대접하는 경로회를 개최하면서, 한국 기자들을 잔뜩 데리고 가서 사진을 찍게 하는 경우가 그러했다.

식민교육을 받아 프랑스어가 유창하고 지적 수준도 상당히 높아 보이던 촌로들을 거지처럼 한 곳에 모아놓고, 그들의 깊고도 복잡한 문화는 별로 이해하지도 못하면서 한움큼씩 사탕을 나눠주듯, 먹을거리를 주면서 "전시행

전시에도 한국군은 학교나 진료소 건물, 그리고 전투 동안에 파괴된 주민들을 위한 신생활촌(위)을
지어주는 대민봉사를 열심히 벌였다. 얼마나 긍정적인 효과를 거두었는지는 몰라도,
마을 경로회(아래)와 태권도 시범 또한 자주 열렸다.

정"의 사진을 찍어대는 동안에 노년층 베트남인들이 느꼈을지도 모르는 모멸감을 생각하면, 한기주는 지금까지도 민망하고 미안한 생각이 들었다. 파괴적인 전쟁을 보다 수월하게 진행시키려는 목적을 위해 과거에 일방적으로 베풀었던 선심이 사람들의 마음을 따뜻하게 해주기는커녕 혹시 발을 시리게 만들지나 않았는지 그는 다시 궁금해졌다.

*

2층 첫 번째 교실에서는 아랫자락이 매혹적으로 갈라진 분홍빛 아오자이를 곱게 차려입은 중년의 여선생이 40명쯤의 학생들에게 수업을 하는 중이었다. 칠판 한쪽 구석에 "대수(代數, Đại số)"라고 과목 이름을 밝혀놓고 여선생이 세계만국어인 온갖 공식을 적어내려 갔지만, 수학과는 거리가 먼 한평생을 살아온 한기주에게는 옛날에 자신도 분명히 배웠을 중학교 수업의 가르침이 모두가 알 길이 없는 수수께끼 암호뿐이었다.

동행한 호미따이 교장의 허락을 받고 수업을 중단시키면서 대수 교실로 들어간 이상희 연출은 학생들의 장래 희망이 무엇인지를 돌아가며 물었다. 가장 많은 수의 아이들은 "선생님이 되고 싶다"는 소망을 밝혔다. 우리나라 아이들도 한때, 교육자상(敎育者像)이 무기력과 촌지에 파묻혀 몰락하기 전 옛날옛적에, 개구리들의 우물 안 세상에서 선생님이 가장 위대하고 존경스러워 보이던 시절에, 그리고 군인들이 영웅이나 지배자로 각인되었던 시절에, 너도나도 선생님이나 장군이 되고 싶어했었다. 하지만 이제는 연예인이나 조폭이 되고 싶단다.

그리고 베트남의 시골학교 교실에서도 어떤 예쁘장한 단발머리 여학생은 "가수 언니들이 멋있어 보여서 나도 가수가 되고 싶다"며 생글거렸다. 가수와 모델과 미인대회를 숭상하기 시작한 사회주의. 그것은 아마도 10년 전 시골 베트남인들이 휘발유를 한두 병씩 내놓아 도로변에 너도나도 차려놓았던 사설 주유소에서 벌어들이기 시작한 돈의 힘이 가져온 변화인지도 모르겠다고 한기주는 생각했다.

한국의 일부 언론이 마치 자본주의의 승리를 상징하는 행사처럼 부각해서 보도했듯이, 퇴폐적인 미인대회를 1988년에 도이머이 바람과 더불어 자본주의 사회로부터 도입한 산유국 베트남에서는, 서양식 기업가와 주식시장이 등장하게 된 요즈음, 이곳의 젊은 여성들 사이에서 중국의 홍위병들에게 뭇매를 맞았어야 마땅한 의상모델이 통속적으로 선망하는 인기직업으로 바뀌었노라고 했다.

*

교장선생님의 소망대로 운동장에 모래를 깔아준 다음에, 한기주는 낡고 허름한 나무 책상도 모두 바꾸어주고 싶었다.

그리고 벽에 그냥 초록 페인트를 두껍게 칠한 부분에다 분필로 대수 공식을 적어야 하는 여선생을 위해서 진짜 칠판을 걸어주고 싶었다.

나름대로 전쟁행위에 대해서 사죄를 한다는 뜻에서뿐 아니라, 한국인들은 그런 모든 일을 해줘야 할 이유가 충분하다고 한기주는 믿었다. 한국은 베트남에서 수지맞는 장사를 했으며, 미국보다 훨씬 얻은 바가 많았다. 그리고 미군 병사들에 비하면 따이한 용사들이 대부분 이곳에서, 그리고 고향에 돌아가서도, 훨씬 행복한 삶을 영위했기 때문이었다.

베트남인 3백만 명이 목숨을 잃게 만든 전쟁에서 미군은, 5만8천1백69명이 전사하고 30만 명이 부상하면서, 과연 무엇을 얻었을까? 그리고 "전쟁말고 사랑을 하자(Make love, not war)"고 히피들이 노래하는 가운데, 미국 국민은 명분없는 전쟁에서 승리가 아니라 양심을 찾자는 소리를 높였고, 전쟁에서 이기고 싶은 마음이 없었던 그들은 조국을 역사상 처음 패전국으로 전락시켰으며, 급기야는 참전병을 범죄자로 취급하기에 이르렀다. 그들을 전쟁터로 보내놓고 방기한 조국에 대해서 배신감을 느낀 참전병들은, 영웅주의를 상징하는 훈장을 나라에 반납하며 반전의 대열에 합류하기도 했고, 그런 운동의 앞장을 섰던 존 케리(John Kerry) 상원의원은 이라크를 공격한 부시에게 2004년 대통령 선거에서 패했다.

그러나 미국과는 달리, 전쟁의 도덕성을 따지는 소수의 목소리를 밟고 가장 적극적으로 호응하여 미국을 도운 대한민국은, 베트남의 '전쟁특수(戰爭

特需)'로 국가 경제가 살아나고, 무기와 군사력이 현대화하여 북한과의 전쟁에 대한 준비를 신속하게 갖추고, 병사들은 국가의 정책적인 홍보에 따라 영웅이 되어 돌아와 옆집 아가씨들로부터 환영을 받았다.

그리고 이제 잘못을 인정할 줄 모르는 오만한 나라로 군림하기 시작한 미국을 위해, 대한민국은 이라크에서 베트남에서와 비슷한 역할을 다시 한 번 되풀이한다고 한기주는 생각했다.

*

꿔농 취재를 마무리할 시간이었다.

명월이와 한기주가 차에서 기다리는 동안, 구형석은 한 시간 수업이 끝나고 운동장으로 몰려나온 아이들을 상대로, 이상희 연출이 적어준 질문지를 손에 들고 무작위 인터뷰를 벌이겠다고 의욕적으로 나섰지만, 좀처럼 쉬운 일이 아니었다. 카메라를 동행하여 구형석이 마이크를 들고 접근하면, 수줍음을 타는 아이들이 까르르 소리치며 송사리처럼 떼를 지어 자꾸 도망을 치기 때문이었다.

구형석이 어쩌다 한두 학생 붙잡아 세우고 무엇인가 물어보면, 베트남 아이들은 선웃음만 칠 뿐, 몸을 비틀어대고 제대로 대답할 줄을 몰랐다. 그들을 보면서 한기주는 그의 조국이 언제부터인가 잃어버린 순수함—어설프고 가없은 순수의 시대를 회상했고, 텔레비전이 천박하게 도시화시킨 한국의 시골을 생각했으며, 경제발전으로 부모가 돈을 번 다음부터 가난한 선생을 얕잡아보기 시작한 아이들을 슬퍼했다.

구형석은 잠시 후 닭장 앞에 두 줄로 마주 늘어서서 제기를 차던 십여 명의 계집아이들을 상대로 이것저것 물었다.

그러더니 그가 말했다. "조따일렌(Dơ tay lên)!"

그 소리에 한기주는 흠칫했다.

몇 명이 손을 들었고, 구형석이 헤아리기 시작했다.

조따일렌. 그것은 필요에 의해서 한국 병사들이 출국을 하기 전에 가장 먼저 암기해야 했던 베트남어 몇 마디 가운데 하나였으며, 밀림의 동굴지대에

▲ 동굴속에 숨었을지도 모르는 보이지 않는 적에게 병사들이 가장 먼저 외친 소리는
"조따일랜!"이었다. 손을 들고 나오라는 뜻이었다.

서 전투를 할 때면 바위틈에다 대고 한국군 병사들이 외치던 귀에 익은 소리
였다. 하지만 구형석이 지금 손을 들어보라고 한 소리는 적을 향한 외침이
아니었다.

"손 들어!"의 두 가지 의미.

여덟 자루 속의 병사들과 연예인

꿔농의 지에우찌(Diêu Trì) 역 대합실이 웅성거리기 시작했다. 기차가 곧
들어온다고 실내방송이 다시 알렸다. 사람들이 어수선하게 자리에서 일어나
더니 여기저기 쌓인 짐과 보퉁이를 챙겨들었다.

대합실 한가운데 성탄절 나무 한 그루가 어울리지 않게 엉거주춤 서서 수

많은 꼬마 전구들을 깜박였고, 그 옆을 지나 승객들이 기차표를 들고 줄지어 개찰구로 갔다.

연착된 기차가 드디어 도착한다니까 한기주 일행도 부스스 잠에서 깨어난 듯, 명월이까지도 옷가방을 세 개나 들고, 모두들 짐을 어깨에 메거나 두 손에 들고 역사를 나섰다.

하노이에서는 닷새째 비가 내리는 중이라지만, 이곳 하늘은 아침에 말끔히 걷혀 회색 구름이 먼 산에만 나지막이 걸렸고, 승강단조차 따로 만들어 놓지 않은 기찻길 건너편 논 위에서는 잠자리들이 사냥을 하느라고 아직 물기가 맺힌 초저녁 공중에서 부지런히 날아다녔다.

*

남들보다 조금 먼저 기차에 올라 자리를 잡고 앉은 한기주는 창밖을 내다보았다. 사람들이 기차에서 내려 출구로 줄지어 나가거나, 철로를 건너 줄지어 몰려왔다.

겨울이어서 하나같이 검정 바지에 흰 셔츠를 가난의 제복처럼 입고, 쭈그러진 헝겊 모자를 눌러 쓴 남자들이, 작거나 큰 가방과 봉투를 손에 들고, 아니면 찌그러진 골판지 상자나 큼직한 플라스틱 봉투를 어깨에 메고, 기차를 향해 열심히 몰려왔으며, 칙칙한 아오자이를 걸치고 헌 농이나 더러운 수건을 머리에 쓴 여자들이, 보통이를 옆구리에 끼고, 종종걸음으로 철길을 건넜다.

꾀죄죄한 옷가게 수십 점포가 기찻길을 따라 줄지어 늘어섰는데, 허둥대며 도망가는 여행객들한테 옷집 여자들은 너도나도 갯벌의 달랑게처럼 이리 오라고 손짓하며 호객에 정신이 없었다.

떠이선 봉기가 일어난 지 2백30년이 지난 지금까지도, 이곳 사람들의 삶은 그냥 계속해서 고달픈 모양이었다.

*

만남을 위해서 그리고 헤어짐을 위해서, 줄지어 도착하고 줄지어 떠나는 사람들. 지에우찌 역과 세상의 모든 역에서는 갖가지 사연으로 떠나고 도착하는 사람들의 길이 엇갈렸다.

역과 공항에서는 기회를 찾아 어디론가 낯선 곳으로 떠돌아다니며 살아가는 사람들이 서로 길이 엇갈리고, 사이공의 떤선닛에서는 전쟁으로부터 도망치려고 떠나는 사람들과 전쟁터에서 성공의 기회를 찾으려고 도착하는 사람들의 길이 엇갈렸다.

스털링 실리펀트(Stirling Silliphant)가 각본을 맡았던 영화 「길고 긴 그날」에서도 저마다 다른 방법으로 성공의 기회를 잡으려는 사람들의 우발적인 만남이 떤선닛 공항에서 이루어졌다. 미국의 텔레비전 촬영기자 브루쓰 박스라이트너(Bruce Boxleitner)가 사이공 특파원이 되어 "아이모"*를 들고 공항에 도착하여, 입국 수속을 하느라고 줄에 서서 기다리다가, 바로 뒤에서 차례를 기다리는 두 여자와 대화를 나눈다.

탐스러운 젖가슴을 절반쯤 드러낸 흑인과 금발의 두 여자는 돈을 벌러 베트남으로 찾아온 '연예인'들인데, 그들이 출연료를 한 주일에 1천 달러씩 받기로 했다는 얘기를 듣고 특파원은 깜짝 놀라서, "전쟁터에서는 모든 일이 거꾸로 돌아가는 모양"이라고 말한다. 나중에 알고 보니 여자들은 옷을 벗는 춤을 하루 저녁에 4회 공연하면서 한 사람이 4백 달러씩 챙긴다. 한달 내내 하루도 빠지지 않고 꼬박 일한다고 가정하면, 그들의 한 달 수입은 1만 2천 달러였다.

*

월급 40달러짜리 백마부대 용사 한기주는 월급 1만2천 달러짜리로 분류해야 할지도 모르겠는 이런 '백마'** 연예인들의 공연을 언젠가 꼭 한 번 모처럼 운좋게 구경할 기회를 가졌었다.

한국 장교들이 아직 헬리콥터 조종사 훈련을 받고 작전에 투입되기 전, 백마부대 전투병들을 싸움터로 실어나르기 위해 닝화 사단사령부 연병장 너머에는 미 육군 제32 수송단이 천막을 치고 함께 살았는데, 어느 날 그 미군부

---

* 한국전과 베트남전에서 뉴스 촬영을 위해 널리 사용되었던 동영상 촬영기 Arriflex를 당시 사람들은 이렇게 불렀다.
** 서양 여자.

대에서 위문공연이 열린다며 특설 무대를 만든다는 소문이 돌았다. 주월한 국군을 위한 순례 위문공연이라야 "뚱뚱이와 홀쭉이" 양훈·양석천처럼 한물 간 희극배우들이 낡은 만담을 늘어놓거나 항상 똑같은 단골 가수들이 한국에서 날아와 민요와 뽕짝을 불러주는 정도가 고작이었지만, 미군의 위문공연은 얘기가 크게 달랐다. 그래서 한기주는, "양년들이 홀랑 벗고 밑털[陰毛]까지 다 보여준다"며 킬킬거리는 정훈대 병사들과 어울려, 공연이 벌어지는 날 밤에 항공대로 내려가, 철조망 밖에 둘러서서 도둑 관람을 했다.

그날 밤 백마 연예인들은 옷을 홀랑 벗지는 않았지만, 요란하게 춤을 추고 노래를 불러대며, '크기'와 '횟수'를 주제로 삼아 대단히 노골적인 음담패설을 줄기차게 늘어놓아서 미군 장병들로 하여금 쉴새없이 환호성과 괴성을 지르게 만들었고, 무슨 소리인지 몰라 궁금해하는 한국 병사들에게 한기주는 통역을 듬성듬성 제공하기도 했다.

그러더니 공연을 마무리지으면서, 악단은 느닷없이 미국의 애국가를 연주하기 시작했다. 미군 장병들은 모두 벌떡 일어나 부동자세로 서서, 힘차게 그리고 씩씩하게, 빛나는 성조기에 대한 노래를 합창했다.

어쩐지 앞뒤가 이어지지 않는 듯한 이런 광경을 보고 한기주는, 자동차 변속장치처럼 자유자재로 분위기를 바꾸는 데 능숙한 미국 군대가, 성탄절마다 잠시휴전에 들어가는 생리를 어렴풋이나마 이해하게 되었다.

*

그가 가끔 글을 기고하던 베트남의 두 영자신문 〈더 사이공 포스트〉와 〈더 사이공 데일리 뉴스〉에서 한기주는 "서울에서 온 섹스덩어리(Sexpot from Seoul)"라고 두운(頭韻, alliteration)까지 맞춰가며 선전하던 광고를 몇 차례 보았지만, 당시 제미나이(Gemini)처럼 이름난 사이공의 야간업소에서 주로 미군들을 앞에 앉혀놓고 묘한 공연을 하며 돈벌이를 하는 이런 한국 여성 연예인들의 성분이 어떠한지, 그리고 그들이 과연 돈을 얼마나 벌었는지는 확인할 길이 없었다. 물론 그는 그들의 생생한 공연을 구경한 적도 없었다.

하지만 그는 치열했던 닝화 전투가 끝난 다음, 베트콩의 포위망이 무너지고 막혔던 육상 도로가 마침내 뚫리자, 그동안 찍은 사진과 보도자료를 한국 특파원들에게 전해 주려고 사이공으로 나가기 위해, 냐짱 공군기지에서 미 군용기의 '빈자리(space available)'가 나기를 터미널에서 기다리는 동안, 그런 한국 연예인 두 명을 우연히 먼발치서 보게 되었다.

그날 오후 여행자 대기실에는 면도를 오랫동안 하지 못해 텁석한 얼굴에 몸집이 우람한 미 제5 특전단 그린 베레가 묵묵히 창가에 앉아 어디론가 그를 태우고 갈 비행기를 기다렸고, 그를 동행하는 가무잡잡한 몽따냐르 산족도 옹색한 표정으로 말이 없었다. 두 사람의 정글화에는 모두 밀림의 진흙이 두껍게 말라붙었다. 전투지로 투입되는 신병으로 보이는 몇 명의 미군 병사는 대기실 한가운데서 더플백을 깔고 앉아 염세적인 권태감과 나태함을 보이며 무료하게 카드놀이를 했다. 베트남군 장교도 몇 사람 구석에 앉아 무작정 기다렸고, 비행기를 타러 공군기지로 가면 거의 언제나 그렇듯이, 여기에서도 한국 군인은 한기주 혼자뿐이었다.

1월이었음에도 불구하고 찌는 듯한 날씨에 냉방기 돌아가는 소리가 유난히 시끄러웠고, 천장 구석에 매달린 텔레비전에서는 당시 한국에서도 대단한 인기였던 QM 제작사*의 연속물 「도망자(The Fugitive)」에서 리처드 킴블(Richard Kimble)이 또다시 쫓기는 중이었다.

그리고 그들이 등장했다.

*

시원스럽게 야한 옷차림에 몸매가 탐스러운 두 명의 한국 여성 연예인은, 알록달록한 셔츠를 걸치고 아랫입술과 턱이 알프레드 힛치콕처럼 늘어진 뚱뚱한 미국인 매니저를 뒤따라 들어와서는, 포커를 치는 미군들 옆 철의자에 앉아서, 아까부터 한참 주고받던 듯싶은 농담을 계속했다.

문을 들어서며 두 여인은 힐끗 한기주를 쳐다보기는 했지만, 오랫동안 치열한 전투를 취재한 다음이어서 땀에 절어 후줄근한 군복 차림에 호리호리

---

* Quinn Martin Production

▲ 미군을 상대하는 '택시걸'들은 전쟁중에 군인들 주변에서 돈벌이를 하는
'종군부대(camp followers)'의 일부를 이루었다.

야윈 그를 베트남 군인이라고 잘못 생각했는지, 신경도 쓰지 않고 킬킬거리며, 한국말로 즐거운 대화를 나누었다. 머리카락을 부풀려 올린 여자가 말했다. 한국 남자는 물건이 작기는 해도 빳빳해서 좋고, '베트나미'* 남자도 역시 작지만 빳빳해서 괜찮은데, 양놈들은 말좆처럼 크기는 엄청 크지만 흐물흐물해서 맛이 별로 없다고, 부풀린 머리가 호방하게 웃었다. 그러자 다른 여자가 탑승 대기자 명단에 이름을 올리려고 카운터의 공군 사병에게로 가서 순회공연 여행증을 접수시키는 매니저를 턱으로 가리키며 물었다. "쟤는 어떻디?" 그리고 두 연예인은 해맑은 목소리로 함께 깔깔 웃었다.

노골적인 여자들에게 주눅이 들리고 민망해진 한기주는 창밖으로 시선을 돌렸다.

그날 오후의 사건을 한기주가 이토록 생생하게 기억하는 까닭은, 시선을 돌린 그가 창문을 통해서 이런 장면을, 『하얀 전쟁』**에서도 서술했던 이런

---

* 베트남 사람들의 발음을 흉내내었다.
** 166쪽.

장면을 목격했기 때문이었다.

 티끌이 없는 하늘에서 하얀 태양이 쨍쨍 내리쬐었고, 비행장 건너편 철조
망 언저리에서 종려나무들이 바닷바람에 귀찮다는 듯 흐느적거렸다.
 한기주가 내다보던 창문에서 몇백 미터밖에 떨어지지 않은 활주로에서
육중한 C-130 허큘리스 수송기 한 대가 격납고 쪽 끝으로 서서히 후진을
해서는 멈춰 섰고, 뒷문이 천천히 열리더니 그 끝이 아스팔트에 내려가 닿
았다. 격납고 그늘에서 반듯하게 줄을 지어 대기하던 네 대의 트럭 가운데
한 대가 천천히 가서는 비행기의 꽁무니에 왼쪽으로 바싹 붙어 멈추었다.
네 대의 트럭에는 모두 운전석 문짝에 백마부대의 표지가 그려져 있었다.
 날씨가 더운 베트남에서 트럭에 하나같이 답답하게 짐칸 호울 덮개를 씌
웠다는 사실을 이상하게 생각한 한기주가 웬일인가 싶어서 지켜보는 사이
에, 두 번째 백마 트럭이 비행기의 꼬리 오른쪽에 붙었고, 세 번째와 네 번째
차는 방향을 돌리고는 후진해서 두 대의 다른 트럭과 비행기 후미가 맞물려
만들어 놓은 ㄷ자 공간의 나머지 터진 쪽을 막아버렸다.
 비행기와 네 대의 트럭 사이에 밀폐된 직사각형 공간이 만들어졌고, 한기
주는 주위 사람들의 시야를 막아놓고 저 안에서 무엇인가 은밀한 사건이 벌
어지리라는 불길한 사실을 예측하고는, 무슨 일인가 궁금해서 대기실 밖으
로 나갔다.
 비행기를 향해서 꽁무니를 마주 들이댄 두 대의 트럭 가운데 오른쪽 차가
호울 뒷자락을 말아올렸다. 철모를 쓰고 M-16을 멘 두 명의 한국군 병사가
들것의 한쪽 끝을 차의 뒷문에 걸치고는 다른 쪽 끝을 미끄럼틀처럼 비스듬
히 아스팔트 바닥으로 내렸다. 그러는 사이에 운전석에서 후줄그레한 전투
복 차림의 병사 두 명이 내려와 밑에 서서 기다렸다.
 트럭에 탄 병사들이 시체 자루를 내리기 시작했다.
 들것을 타고 주르륵 미끄러져 내려간 무거운 자루가 아스팔트 바닥에 털
썩 떨어지면, 대기하던 두 명이 두 귀퉁이의 고리를 잡고 들어올려, 비행기

위에서 기다리는 두 명의 미군 병사에게 재빨리 인계했다.

시체들이 하나 둘 차곡차곡 그렇게 비행기 안에 쌓였다.

한기주는 귀신에 홀린 듯 시체들을 향해 아스팔트를 건너갔다.

병사들은 누가 볼까 봐 걱정이라도 되는 듯 일을 서둘렀고, 악취 때문에 코를 막는 사람은 아무도 없었다.

오른쪽 트럭의 시체를 모두 옮겨 실은 다음에 왼쪽 트럭에서도 똑같은 일이 반복되었다.

그렇게 30개 가량의 시체 자루를 옮겨 실은 다음 한국군 병사 한 명이 가슴에서 삼각형으로 차곡차곡 접은 태극기를 꺼내들고 비행기로 올라가 어느 미군 병사에게 주고는, 두 사람이 거수경례를 주고받았다.

비행기의 뒷문이 닫히고 허큘리스가 천천히 활주로로 미끄러져 나가자 한기주는 태극기를 건네준 병사에게로 가서 무슨 일이냐고 물었다.

병사가 대답했다. 닝화 전투에서 전사자가 너무 많이 생겨 냐짱의 십자성 부대 화장터에서는 다 처리할 수가 없어서 뀌농의 맹호부대 시설로 보내는 길이라고.

아홉 전쟁으로 돈벌기

그날 냐짱 미 공군기지에서, 플라스틱 자루에 담긴 전우들의 시체를 차곡차곡 적재한 미군 수송기가 뀌농으로 날아간 다음, 여행자 대기실로 다시 들어서는 그의 초라한 모습을 힐끗 쳐다보던 두 명의 한국 여성 연예인과 눈길이 마주쳤을 때, 한기주는 전쟁터로 돈을 벌러 몰려오는 민간인들을 참 못마땅하다고 생각했다.

전쟁을 틈타서 돈을 버는 사람들의 윤리관은 시대와 지역을 따로 가릴 바가 없이 모두가 참 불결하다고 그는 믿었다.

수많은 사람들이 죽음과 고난에 시달리고, 피난살이에 굶주리는 비극적인 상황 속에서 돈벌이를 모색하는 집단을 세상은, 한국전쟁 때까지만 하더라도, '모리배(謀利輩)'라고 불렀다. 그리고 한반도의 전쟁에 얹혀 특수를 누렸던 일본을 한국인들은 부도덕하고 나쁜 나라라면서, 전쟁이 끝나고도 한참 동안 맹렬히 비판하고 미워했다.

하지만 이제 한국인들은 타인들의 나라에서 벌어지는 전쟁을 틈타 돈벌이를 하러 달려가며 그것을 '국익(國益)'이라고 믿기에 이르렀다. 세월과 더불어 분명히 달라진 가치관이었다.

전쟁이란 애초부터 정복이라는 영웅적 관념을 앞세운 정치행위나 폭력행위이기 이전에, 자원과 식량을 갖춘 영토를 확보하거나 노예의 노동력을 얻기 위한 경제행위였다. 그리고 대한민국은 미국을 돕는 병력을 베트남에 보내면서, '기술자'들의 경제역군을 함께 진출시켜, '국익'을 본격적으로 챙겼다.

21세기로 접어들어 서희 · 제마에 이어 자이툰(Zaytun) 부대를 이라크로 보내면서, 대한민국 정부는 "파병 목적이 평화재건"이라고 말했을 뿐, 노골적으로 돈벌이와 연관지어 얘기하던 사람들은 별로 많지를 않았다. 다만, 자이툰 부대의 파병기간을 1년 연장하자는 논의 속에, 어느 국회의원이 "김선일 사건에서 확인한 바와 같이 이라크 파병은 실익이 전혀 없다"며 파병 동의안에 반대했다는 기사가 나왔을 정도였다.

"실익이 없다"는 말은 이번 전쟁에서는 대한민국이 별로 수지를 맞추기가 어렵다는 의미였을까?

'실익'이란 무엇일까, 한기주는 생각했다.

수많은 현지 주민들이 죽어가는 현장에서 얼마나 '실익'을 챙길 수 있겠는지를 계산하는 대한민국의 정치인들.

*

20세기 후반에 이루어진 베트남 파병도, 이라크에서나 마찬가지로, '박애주의적인 건설과 의료활동'으로부터 시작했었다고 한국인들은 주장한다.

그러나, 1964년 9월 의료부대의 파견에 이어, 1965년 1월 "건설지원단 비둘기부대"와 "해군수송전대 백구부대"를 보내놓고는, 국내외 여론의 눈치를 보면서 야금야금 병력을 증강하여, 한국 정부는 결국 육군 수도사단 맹호부대와 해병 제2 여단 청룡부대에 이어 육군 제9 사단 백마부대를 추가 파병해서 강력한 전투력을 형성했다.

그리고 그렇게 늘어나던 병력의 수에 비례해서, 민간인들이 군단 규모의 경제부대를 구성하여, 베트남으로 들어가 함께 활동했다.

그리하여 경제전쟁을 후방에서 수행하던 민간 군단은, 돈벌이를 하는 고된 삶의 고독감을 잊기 위해 베트남 여인들과 함께 살기 시작했고, 데리고 사는 동안 자식까지 줄줄이 낳아준 베트남 여인들을 버리고 귀국하면서, 냉장고를 주고 간다는 양심을 자랑했다.

전쟁 동안 생산된 라이 따이한의 수는, 베트남 쪽의 추산으로는 3만이요, 한국측 추산은 조사를 실시한 주체에 따라 5천에서 2만 사이로 달라지는데, 그들의 한국인 아버지는 10퍼센트가 군인이요, 90퍼센트가 민간인이라고 했다. 그리고 그들을 낳은 베트남 여인들은 조국이 통일된 다음에, '적군의 여편네'로 분류되어 20년이 넘도록 공산주의자들에게 시달려야 했다.

이들 민간 군단은, 별다른 혜택을 받지 못하고 부상과 고엽제의 후유증 그리고 여전한 가난에 시달리던 많은 참전병들과는 달리, 전쟁이 끝난 다음에도 이리저리 연줄을 찾아서 공산화한 '적국' 베트남으로 흘러들어가 다시 장사를 계속했다. 그러다가 한국과 베트남의 수교가 정식으로 이루어지면서 두 나라의 돈벌이 관계는 확고하게 자리를 잡았고, 한국 남자들은 다시 베트남 여자들을 거느리기 시작했다.

호치민에서 KBS 일행을 초대하여 저녁식사를 같이 한 어느 한국계 은행의 지사장은 "요즈음 제2의 라이 따이한들을 생산하는 사람들이 다시 부쩍 많아졌다"면서 퍽 걱정하는 눈치였다. 그리고 다른 날 역시 호치민에서 저녁식사를 같이 한 어느 젊은 한국인 사업가는, 함께 데리고 나온 자신의 '현지처'를 한기주 일행에게 당당하게 소개하며, "다 젊어서 그런 거니까 이해해 주십쇼"라고 말하고는 빙그레 웃었다.

비록 조국의 존망이 걸린 투쟁을 위해서가 아니라, 다른 나라 미국을 위해 제3의 나라 베트남에서 정당한 적개심조차 없는 전쟁을 벌이기는 했어도, 목숨을 걸고 총부리를 마주 겨누었던 경험 때문에 그나마 '적'의 개념을 깊이 각인했던 수많은 전투병들이나 마찬가지로, 한기주는 영화를 찍으러 다시 찾아왔을 때 공산 베트남에 대한 죄책감과 어색함을 어느 정도는 느꼈다. 그러나 단순히 경제활동만을 위해서 처음 왔거나 다시 찾아온 사람들, 현재 베트남에서 활동하는 5백여 개의 한국 기업체에서 일하는 사람들도 과연 전쟁과 경제의 윤리적인 함수를 조금이라도 생각해 봤을지, 한기주는 좀처럼 알 길이 없었다.

*

"전쟁터에서는 기업들의 경쟁이 끊이지 않는다."

한기주는 얼마 전 신문에서 이런 기사를 읽었다. 베트남이 아니라 이라크를 돈벌이의 활동무대로 다룬 그 기사의 내용은 이러했다.

최고의 위험이 거꾸로 최고의 수익을 보장해 주기 때문이다.

지난 3월 현대건설은 미국 워싱턴 그룹으로부터 2억2천만 달러짜리 이라크 재건공사(전력 및 수자원 부문 개·보수 공사)를 따냈다. 정해진 기간 내에만 공사를 마무리하면 무조건 15퍼센트의 이익률이 보장된다고 한다. 일반 해외 공사 수주보다 이익률이 최소한 10퍼센트 정도 높은 수치이다. 현대건설 이태석 부장은 '이것이 전쟁지역이어서 가능한 수익률이며, 장사꾼들이 전쟁터로 달려가는 이유가 바로 그런 이점 때문'이라고 말했다.

같은 시기 건설업체인 경남기업·범양건영·삼부토건 등이 이라크 현지에 조사단을 앞다퉈 파견하고, LG전자가 올해 초 현지 지사를 설립했던 까닭도 비슷한 이유에서였다.

지난해 11월 현지 직원 2명이 피격을 당했던 오무전기는 지난 3월 말 1,395만 달러 규모의 송전시설 복구사업을 마무리하고 지금은 직원을 모두 철수시켰다. 하지만 지난 5월 말 미국의 모던 인터내셔널, 이라크의 바라니

그룹과 함께 조인트 벤처를 만들어 현재 2차 수주를 받기 위해 노력중이다.

전쟁터로 돈을 벌러 몰려가는 사람들.

그리고 그들에게서 '국익'을 거두려고 분투하는 나라.

평화 재건을 하러 간다는 명분을 앞세우고 챙기려는 국익의 윤리성.

미국과 전쟁을 하느라고 정신없이 피를 흘리던 베트남으로 돈을 벌러 갔던 한국 사람들은 역시 미국과 전쟁을 하느라고 정신없이 피를 흘리는 이라크로 다시 돈을 벌러 몰려가고, 그러면서 국방부 조사단은 이라크 사람들이 한국에 대해서 우호적이라는 공식적인 견해를 발표했다.

국방 보도자료는 전쟁 동안 베트남인들도 한국에 대해서 항상 대단히 우호적이라고 주장했다.

그렇다면 "한국에 대해서 우호적"이라는 이라크 사람들이란, 어떤 이라크 사람들을 의미하는가?

그리고 "항상 대단히 우호적"이었다는 베트남이란 어떤 베트남을 의미하는가?

'호찌밍 공세(胡志明攻勢, the Ho Chi Minh Offensive)' 끝에 사이공 함락과 더불어 베트남이 멸망했다고 한국인들이 얘기했을 때는, 남과 북 가운데 그들은 어떤 베트남을 얘기했던가? 같은 편에서 싸운 남 베트남의 '멸망'을 얘기하면서 그들은 적이었던 북 베트남의 승리를 비난하지는 않았던가?

그리고 한국인들은 지금 어느 편 베트남인들의 대표성을 인정하는가?

대한민국이 대단한 경제성장을 이루었다고 해서, 진심은 어떤지 알 길이 없어도, 베트남인들이 그들을 무작정 환영한다고 믿고는, 잘못을 깨우칠 시간과 기회를 갖지 못했던 열외(列外) 군단.

2003년 베트남에서 노동자에 대한 처우 문제로 파업이 일어난 26개 기업 가운데 한국 기업이 14개였다고 했다.

몇 년 전 한국 기업체에서 베트남인 여성 노동자를 구타한 사건 그리고 월남인들을 줄지어 세워놓고는 군대식으로 구타했다는 한국인들의 직장 폭력은 속죄와 반성 그리고 화해의 주제하고는 거리가 멀었다.

오늘날에도 베트남에서 한국 자본이 위에 군림하는 가해자로서 존재하는 까닭은, 가난한 자를 깔보는 한국인의 졸부의식에서 비롯된 부작용이기도 하겠지만, 과거에 대한 죄의식이 없기 때문에 생겨난 현상이리라고 한기주는 믿었다.

열 출라이를 지나며

빙손(Binh Son) 역은 벌써 한참 전에 지났지만 지엠포(Diêm Phở)는 아직 멀었다 하니, 이곳은 아마도 북위 15도 5분쯤이겠고, 그렇다면 해병 청룡여단 사령부의 주둔지였던 출라이(Chu Lai)가 필시 여기서 멀지 않으리라는 생각에 한기주는 잠을 이루지 못했다.

동생이 전쟁을 했던 곳.

흐린 날씨에 달빛이 없는 캄캄한 한밤중이어서, 사물의 형상과 윤곽조차 드러나 보이지를 않는 바깥 풍경 — 그의 동생 기정이가 싸운 전쟁이나 마찬가지로, 유리창 바깥쪽의 세상은 좀처럼 빛깔과 모양의 정체를 드러내지 않았다.

전우이며 형제였어도, 동생이 겪은 전쟁을 한기주가 별로 알지 못했던 이유는, 모험을 찾아갔던 형과는 달리, 동생은 가난이나 현실로부터 도피하기 위해 도망치듯 전쟁터로 쫓겨간 수많은 사람들의 줄에 섰으며, 그들이 따로 섰던 두 줄이 끝까지 서로 만나지 않았던 탓이었을까?

베트남 참전병들은 술만 마시면 베트콩·꽁가이 무용담을 늘어놓는다던데, 왜 그들 형제는 서로 지금까지 그토록 전쟁 고백을 하지 않았을까?

하기야 한기주는 모든 경험을, 갖가지 사념까지 덤으로 얹어 장식해가면서, 소설로 써놓았으니 더 이상 따로 할 얘기가 없었다. 얘기를 안 해도 나머지 얘기는 동생이 다 알겠고, 어쩌면 해병대 동생이 더 치열한 경험을 했을

지도 모르는데, 별로 신통치도 못한 무용담은 어줍잖기만 하리라. 그리고 기정은 어릴 적에 이미 "응큼이"라는 별명이 붙을 정도로 천성이 워낙 과묵한 편이었으니, 어디에서나 말이 헤프지를 않았다. 뿐만 아니라, 두 형제는 베트남에서 돌아온 다음 가까이 지낼 시간도 별로 없었다.

하지만 정말로 그런 이유 때문이었을까?

한기주가 『하얀 전쟁』을 발표한 시기는, 귀국한 다음 13년이나 지난 이후였으니, 책을 썼기 때문에 기정이에게 닝화나 사이공이나 냐짱에서 겪은 일들을 입에 올리지 않으려고 삼갔다는 핑계가 제대로 닿지를 않는다. 그리고 귀국한 다음 두 형제가 함께 보낸 시간이 없었다는 설명도 별로 가당치가 않았다. 답답한 아버지로부터 해방되기 위해 한기주가 결혼하여 분가할 때까지는 2년이 훨씬 넘는 시간이 걸렸고, 기정이는 그런 다음에도 다시 한 해 가량을 더 아버지의 집에서 함께 버틴 다음에야 이민을 떠났다.

그렇다면 왜 그들은 저마다 겪은 전쟁의 은밀한 비밀을 섣불리 주고받지 않으려고 했을까?

아마도 그것은 두 형제가 모두, 전쟁이라는 경험은 잡담삼아 함부로 흘리고 다닐 만한 얘기가 아니라고 믿었기 때문이었는지도 모른다.

＊

동생이 한기주에게 베트남을 얘기한 적은 꼭 한 번, 귀국 직후 어느 날 저녁 동네 대폿집에서였다.

한기주는 그날 밤, 베트콩이 쳐들어와 벌어진 야간 전투에서, 귀밑을 스치고 지나가던 적탄(敵彈)의 소름끼치는 음향을 묘사하던 동생의 눈에서, 서릿발처럼 번득이는 살기에 소름이 끼쳤다.

기정이의 눈이 언제부터 저렇게 찢어졌던가?

나도 귀국 직후에는 눈이 저렇게 찢어지고 살기가 번득였을까? 날마다 거울로 내 얼굴을 보면서 살기 때문에 워낙 익숙해서 나 자신만 깨닫지 못했을 뿐, 나도 베트남에서 그렇게 살벌한 눈초리를 만들어 달고 고향으로 돌아왔었던가?

작전중에 한 병사가 행군을 시작하기 직전 잠시 짬을 내어 고향에서 온 편지를 읽고(위 왼쪽), 행군이 끝난 다음에는
휴식시간을 이용해서 M-1 소총을 청소하기 위해 방아쇠뭉치를 분해한다(아래).
파병 초기에 대부분의 한국군에게는 M-16 자동소총이 지급되지 않았다.
행군을 시작하는 병사들이(위 오른쪽) M-16 소총을 앞으로 돌려 멘 까닭은
나뭇가지에 낚싯줄 따위로 설치한 '바보딪(booby trap)'을 건드려 목숨을 잃지 않기 위해 취한 예방조처였다.

그리고는 시간이 흘러 기정이의 찢어진 눈이 다시 아물었고, 동생의 얼굴에서 살기가 녹아서 서서히 사라졌다. 그리고는 생활의 고달픈 걸음걸이에 전쟁의 충격은 완충기를 거쳤고, 그리고 형제는 삶의 강물을 타고 서로 다른 방향으로 흘러갔다.

그렇게 전쟁은 입을 다문 채 지하로 스며들었다.

그러나—

말하지 않은 슬픔이 훨씬 괴롭고,

말하지 못한 고통은 더욱 아프다.

제대 후 동생의 사회 진출은 신통하게 풀리지를 않았다.

귓가를 스치는 무서운 총탄 소리를 겪고 나서 미국으로 흘러가 고생하는 동생 기정의 인생살이 얘기를 들을 때면, 한기주는 같은 시기에 베트남으로 가서 돈을 많이 벌고 라이 따이한을 만든 기술자들이 머리에 떠올라 자꾸만 부아가 치밀었다.

건축 공사장의 동생.

그리고 베트남 전쟁 동안 빈넬 같은 미국의 건축회사에서 기술자로 일하며 '특수'를 나눠받은 한국 기술자들.

그리고, 〈시사 저널〉이 4만 명이라고 추산되는 고엽제 피해자들을 다룬 기사에서 묘사했듯이, "역사의 고아"로 전락해버린 "정의의 십자군."

베트남으로 갔던 31만 2천8백53명의 한국 군인 가운데 4천6백87명의 병사와 2백97명의 장교가 전사하고, 3백64명은 단순사고로 목숨을 잃어, 그들이 알량하게 벌어놓은 전투수당을 고향에 돌아와서 써보지도 못했다.

그리고 그토록 많은 한국의 민간인들이 군대를 따라 베트남으로 진주하게 되었던 까닭은, 한국의 박정희 대통령과 미국의 린든 존슨 대통령 두 사람이, 맹호부대의 파월 여부를 놓고 끈질기게 밀고 당기던 협상에서 이끌어낸 15개 합의사항 가운데, 일곱 번째 조건이 당당한 근거를 마련해 주었기 때문이었다.

"7. 가능한 모든 경우에, 베트남에서 일하도록 한국의 민간인들을 고용하여야 하며, 특히 건설계획에 주로 투입해야 한다.(Korean civilians would be hired, whenever possible, to work in Vietnam, principally in construction projects.)"

*

구형석은 한기주의 옆에 앉아서 보응웬지압 장군의 자서전을 읽다가 피로를 이겨내지 못하고 어느 틈엔가 썩은 나무가 무너지듯 출입문 쪽으로 슬그머니 쓰러지더니, 저고리를 머리 위로 끌어올려 뒤집어쓴 채로 잠이 들었고, 이상희도 말끔한 양복 차림으로 맞은편 자리에 모로 누워 벽에 얼굴을 붙이고는 곯아떨어졌다.

한기주는 홀로 꼿꼿하게 앉아 차창 밖을 내다보았다.

캄캄한 바깥에서는, 밀폐된 공간에 갇힌 자신의 모습만 거울 노릇을 하는 차창에 비칠 뿐, 여전히 아무것도 보이지를 않았다.

그래도 그는 아무것도 안 보이는 바깥을 자꾸만 내다보면서, 잠을 이루지 못하고 무엇인가 전쟁의 수수께끼를 풀어보려고 자신의 모습을 응시하는, 반사된 자신의 모습을 응시했다. 한기주의 눈에는 지금 그가 갇혀 여행하는 기차의 차칸말고는 아무것도 보이지를 않았다. 어둠에 가려 바깥 풍경이 보이지 않기 때문에, 그가 들어앉은 한 칸의 공간을 채운 세상말고는, 그 너머의 세계가 하나도 보이지 않았다.

그렇게 제한된 진실말고는 세상을 알지 못했던 시절, 그는 저곳 어두운 무한 공간 속에서 박정희 대통령과 존슨 대통령이 벌이던 거대한 장기판에서, 거대한 국가 집단의 흥정을 촉진시키기 위한 소모품에 지나지 않았었다.

그는 한쪽의 졸(卒)을 구성하는 2분의 1 옹그스트롱짜리 단세포였다.

사람들은 그를, 그리고 그의 동생 한기정을, 그리고 "정의의 십자군" 전체를 용병이라고 했다. 어느 잡지에서는 베트남으로 간 대한 남아를 서부개척기의 살인청부업자를 뜻하는 "고용된 총잡이"*라 부르기도 했고, 대한민국

---

* 제임스 오티스(James Otis), "서울의 총잡(Seoul's Hired Guns)," 〈성벽(*Ramparts*)〉, 제11권, 제3호, (1972년 9월호)

의 국회에서는 그보다 먼저, 파병 논의가 한창일 무렵 어느 야당의원이 벌써 "용병"이라는 용어를 사용했다.

하지만 그들은 돈과 모험을 스스로 찾아나선 단순한 용병이 아니라, 엄청나게 큰 돈이 걸린 장기판에서, 미국과 한국의 두 대통령을 위해 대신 싸움을 벌이던 졸이었다.

열하나 다른 깃발

린든 베인스 존슨(Lyndon B. Johnson, LBJ) 미국 대통령이 1964년 4월 23일에 열었던 기자회견을 한기주는 참으로 시골학교 운동회 같다고 생각했다. 종이로 만든 만국기가 사방에서 가을 하늘에 펄럭거리는 운동회.

그날의 기자회견에서 LBJ가 밝힌 자유세계 베트남 지원계획*은 '참전국'의 숫자를 최대한으로 늘림으로써, 베트남전을 미국만의 국익을 위해 아메리카합중국이 단독적으로 밀어붙이는 전쟁이라고 비판하던 국내외의 반대여론을 잠재우기 위한 묘책이었다. 하지만 그렇게 해서 비록 여러 나라의 국기를 게양대에 올리기는 했더라도, 그 깃발들은 결국 미국이라는 한 나라의 위상과 체면을 살리려고 내걸어 놓은 종이 가면에 지나지 않았다.

베트남에 대한 여러 나라의 원조를 독려하자는 움직임은 이미 1961년 케네디 행정부 초기부터 이루어졌지만 국가 정책의 차원은 아니었는데, 딘 러스크(Dean Rusk) 국무장관이 "남 베트남에 더 많은 깃발을 동원하자(Engage more flags in South Vietnam)"는 제안을 대통령에게 촉구함으로써 존슨 행정부의 외교정책으로 수립되었다.

세계평화라는 명분과 애국심이 미국에서, 그리고 범세계적으로, 만인의

---

* The Free World Assistance Program, "Other Flags(다른 깃발들)" 또는 "More Flags(더 많은 깃발들)" 정책이라고도 한다.

공통된 인식 속에서 가장 뚜렷했던 전쟁으로서는 제2차 세계대전이 마지막이었다. 그리고, 전쟁중에 1천만 명이나 목숨을 잃은 소련이나 마찬가지로, 미국은 고립의 상대적인 안정을 추구하는 대신 패권을 방패로 삼는 팽창주의로 기울었다. 홀로서기만 고집해서는 평화를 지키기가 어렵다는 판단에 따라 초강대국 소련과 미국은 위성 국가나 괴뢰 정부 노릇을 하는 다른 나라들을 울타리로 삼아야 했다. 그래서 운동회의 깃발이 필요해졌으리라고 한 기주는 생각했다.

미국이 다른 깃발의 편리함을 활용하기는 한국전쟁에서부터였다. 전쟁에서 국제연합이 본격적으로 깃발을 휘날리기는 한국에서가 처음이요 마지막이었는데, 분쟁이 끝난 다음 다른 나라들은 모두 실질적으로 한반도에서 철수했지만, 미국은 극동지역에서 소련의 팽창주의를 막아내는 교두보를 유지하기 위해 성조기가 아니라 유엔기를 게양한 채로, 8군 사령관이 유엔군 사령관을 겸했고, 용산의 미군 기지는 유엔군 사령부로서의 기능을 계속했다.

국제 분쟁에서 미국이 국익을 챙기기 위해 독주한다는 인상을 희석시키기 위해 다른 깃발을 동원하려던 정책은 이후 베트남을 거쳐, 보스니아와 이라크에 이르러서는 '다국적군'의 형태를 취했으며, 이제 미국은 부시 행정부에 이르러 제2차 이라크 전쟁을 계기로 국제연합을 사실상 휘하에 거느리게 되었다.

*

이러한 다른 깃발정책의 실험이 의도적으로 이루어지기는 베트남에서가 처음이었다.

1964년 5월 1일 러스크 국무장관은 베트남을 지원하겠다는 협조를 가능한 한 많은 자유진영 국가들로부터 받아내라는 지시를 전세계 미국 대사관에 하달했다. 그리고 당시 베트남을 지원중인 국가로 오스트레일리아, 캐나다, 프랑스, 서독, 일본, 말레이시아, 뉴질랜드, 한국 그리고 영국을 본보기로 제시하도록 지침까지 만들어 보냈다.

하지만 이들 가운데 일본은 제2차 세계대전 패전국으로서 베트남에 대한 배상 협약에 따라 댐 공사를 위한 자재와 장비 및 기술을 제공했을 뿐이며, 미국의 베트남 진출을 줄기차게 비판해온 프랑스의 경우에는 식민지로 삼았던 모든 동남아 국가에 보내던 전반적인 원조 계획의 일환으로 베트남을 도왔을 따름이었고, 한국은 열 명의 태권도 교관을 보낸다는 약속하고 아직은 실천조차 하지 않은 상태였다.

사실상 미국의 전쟁행위에 대한 지지를 받아내려고 추진했던 깃발정책은, 도움을 받아야 하는 당사자인 베트남이 아니라, 당연히 미국의 주도로 이루어졌다. 따라서, 세계 각국으로 도움을 청하라는 강요를 받은 베트남의 정치 지도자들은 별로 적극적인 협조를 하지 않았다. 시큰둥한 베트남 정부는 어느 나라로부터 어떤 도움을 요청해야 할지조차 알 길이 없었다. 그러다 보니, 존슨 대통령과 러스크 국무장관의 반복되는 독촉에도 불구하고, 깃발정책은 외교적으로 별다른 성공을 거두지 못했다.

"국제연합 본부 앞에서와 마찬가지로 보기좋게 사이공 시내 주요 교차로에 모든 참가국의 국기를 게양하겠다"*던 욕심은 전세계를 연결하는 미국의 외교망을 모두 동원해서도 신통한 결과를 얻지 못해서, 12월 11일까지 '호응'한 나라는 열다섯뿐이었으며, 그 가운데 "괄목할 만한 지원"을 실천한 국가로서는 한국, 오스트레일리아, 뉴질랜드, 필리핀, 태국, 그리고 자유중국**이 꼽혔다.

이때부터 이미 대한민국은 아메리카합중국이 수집하려는 깃발 명단에서 선두를 달리기 시작했다.

*

미국의 독주와 세계제패를 견제하기 위해 쿠바에다 미사일 기지를 건설하려던 소련의 니키타 흐루시초프 수상과 1962년 10월에 해상 대결을 벌여, 일촉즉발 핵전쟁의 위기를 고조시켰던 존 F. 케네디 대통령이 1963년 11월

---

* 1964년 7월 14일 사이공 주재 미국 대사가 국무장관에게 보낸 통신문의 내용 — "construction of suitable mounting to display flags of all participating nations in square at important crossroads (Le Loi and Nguyen Hue) in downtown Saigon. General motif will be similar to flag display in front of UN."
** 타이완에 대한 당시의 공식 명칭

22일 달라스에서 암살된 이후, 비행기 안에서 대통령직을 승계받은 린든 베인스 존슨이 깃발 수집을 진행하는 사이에, 중국에서 첫 핵폭탄 실험을 성공적으로 끝낼 무렵인 10월 14일, 소련에서는 흐루시초프가 실각하여 레오니드 브레즈네프와 알렉세이 코시긴이 붉은 실력자로 등장했다.

그로부터 보름만인 1964년 11월 3일에 LBJ는 대통령 선거에서 배리 골드워터(Barry Goldwater)를 물리쳐, 미국과 소련 사이에 냉전의 새로운 인적(人的) 대결구조가 이루어졌다.

같은 기간 동안에는 베트남의 정국도 심상치가 않았다. 1963년 11월 2일 응오딩지엠 대통령이 쿠데타를 당해 길바닥에서 비참한 죽음을 맞은 다음, 반란을 일으킨 세력이 잠시 권력을 잡는가 싶더니, 3개월 후에는 주옹반밍(Dương Văn Minh) 장군만을 상징적인 국가 수반으로 남겨둔 채 나머지 실세인 네 명의 장군을 제거하며 수상 자리에 오른 응웬칸(Nguyễn Khánh) 장군이 1월 30일에 실권을 장악했다. 하지만 같은 해 11월에 칸의 통치를 반대하는 민중의 폭동이 발생하고, 1965년으로 넘어가 판후이깟(Dr. Phan Huy Quat) 정권이 2월 18일에 등장하면서 칸은 국외로 탈출한다. 그러나 다시 4개월도 안 되어서 응웬까오키가 6월 11일에 군사정권을 일으킴으로써, 쿠데타로 날이 지고 새는 남 베트남의 불안한 역사가 시작되었다.

그러는 사이에 베트남의 전황은 훨씬 더 심각하게 전개되었다. 1월 2일 압박(Ấp Bắc) 전투에서 베트콩이 남 베트남군을 패배시켰던 1963년이 저물어갈 무렵에, 미국의 군사고문단은 1만5천 명에 이르렀고, 베트남에 대한 원조 액수도 5억 달러에 달했으며, 하노이는 이에 맞서 투쟁의 강도를 높이기로 결정했다. 그리고 또 그에 맞서 미국 쪽에서는 1964년 6월 2일 호놀룰루에서 러스크 국무장관과 맥나마라 국방장관 등이 만나 회의를 거친 다음, 북 베트남을 폭격하기 위한 세부적인 계획을 정리하고, 7월에는 북 베트남에 대한 남 베트남군의 비밀 해상공작이 개시되었다.

8월 2일 통킹 만에서 미국의 구축함 매독스 호가 북 베트남 순시선으로부터 공격을 받고, 이틀 후에는 미국이 조작했다고 의심이 가는 두 번째 사건이 발생하며, 의회는 8월 7일 통킹 만 결의안을 통과시켜 존슨 대통령에게 동남아에서 군사행동을 개시할 수 있는 특권을 부여하고, 이달 하순에 미국의 첫 북폭이 단행되었다.

10월 30일에는 사이공 외곽의 비엔화(Biên Hòa) 공군기지가 베트콩의 공격을 받지만, 대통령 선거를 사흘 앞둔 존슨은 북 베트남에 대한 보복 공격 제안을 거부하고, 사이공에서 성탄절 전야에 미군의 막사가 베트콩의 공격을 받은 다음에도 존슨은 똑같이 반복된 제안을 거부했다. 그러나 1965년 2월 7일 미군 시설들에 대한 베트콩의 본격적인 연속 공격이 이루어지자, 존슨 대통령은 17도선 북부의 군사 시설을 공격하는 "불타는 화살" 작전을 승인하고, 2월 24일 "천둥작전(Operation Rolling Thunder)"과 더불어 북폭이 본격적으로 시작되었다.

3월 8일에는 미 해병 2개 대대가 다낭에 상륙했고, 이어서 지난 몇 달 사이에 남 베트남 전투 병력 5개 연대와 9개 대대가 베트콩에게 궤멸을 당했다는 보고를 6월 26일에 사이공 사령부로부터 접수한 다음, 웨스트모얼랜드의 7월 28일자 요청을 받아들여, 44개의 전투 대대를 추가로 파병해 달라는 요청을 존슨이 받아들였으며, 연말까지 주월미군의 병력은 20만으로 늘어났다.

이러한 지원에 힘입어 미군은 10월 14일부터 21일까지, 플러이쿠 부근 캄보디아 국경에서 11킬로미터 떨어진 지점 이아드랑(Ia Đrăng) 계곡에서 제1공정기동사단이 월맹군 3개 연대와 최초로 대규모 재래전을 전개했다.

미국은 여기에서 고무적인 첫 승리를 거두었다.

*

끝내 베트남전에 대한 "국론분열"에 밀려 재출마 포기를 선언한 무렵의 존슨 대통령은 1966년도 연두교서에서 "미국이 가장 우려하는 문제(center of our concerns)"라고 밝혔을 만큼 베트남에 대한 강박관념이 심했다.

그는 통치 초기에 미국이 전쟁을 하면서도 번영을 이룩할 만큼 강력하고 '위대한 사회(the Great Society)'라고 굳게 믿었으며, "아시아와 전세계에서는 미국의 약속과 보호가 없이는 독립을 보장받지 못하는 나라들이 많기 때문에, 우리는 인내하며 침략을 막아내야 한다"고 천명했다. 그러면서도 그는 가속화하는 베트남 전쟁의 속도를 어떻게 해서든지 늦추지 않으면 그의 통치력이 기울지도 모른다고 심각하게 걱정했다.

그의 보좌관 잭 발렌티(Jack Valenti)는 백악관을 뒤덮어오는 듯한 베트남전의 그림자를 이렇게 표현했다. "베트남은 곰팡이나 마찬가지여서, 대통령의 국내외 정책을 두꺼운 껍질로 휘감아 싸고는 질식시킨다. 우리가 어디로 손을 뻗고 마음을 돌려도, 베트남이 모든 것을 전염시켜 앞을 가로막는다."

이런 답답한 상황에서 이아드랑 계곡의 "은빛총검작전(Operation Silver Bayonet)"의 낭보가 전해졌다. 헬리콥터로 대규모 병력을 신속하게 투입하고 B-52의 전략폭격이 전술적으로 지상군을 지원한다는 개념이 이아드랑에서 성공을 거두자 웨스트모얼랜드 장군은 크게 사기가 오르고 용기를 얻었다.

하지만 미군이 3백 명 전사하고 적 사살이 2천에 이르러 6대 1의 승률을 올렸음에도 불구하고, 미국의 반전 여론은 쉽게 방향이 바뀌지를 않았다. 유색인 여섯 명의 목숨이 미국인 한 명의 목숨과 같다고는 결코 인정하고 싶지 않았던 국민감정은 적의 피해를 계산하지 않고 미국인의 사상자 수만을 계속해서 따졌다. 그런데다가 미국보다 북 베트남이 병력 증강을 두 배나 빠른 속도로 진행시키자 존슨은 점점 더 조급해졌다.

여론을 무마하기 위한 깃발정책도 좀처럼 진전을 보이지 않게 되자 1964년 12월 3일 그는, 사이공 주재 헨리 캐봇 롯지(Henry Cabot Lodge) 대사에게 보낸 전문에서, '깃발'의 개념과 목적을 수정하는 조처를 지시했다. "태국, 필리핀, 오스트레일리아, 뉴질랜드, 영국 정부로부터 군사적 및 정치적인 협조를 얻어내도록 시도하기 바란다"는 마지막 문구에서 존슨 대통령의 전문은 '군사적(military)'이라는 말을 이탤릭체로 뚜렷하게 강조해 놓았다.

그리고 12월 15일에 국무성은 남 베트남에 군사 지원을 하고 싶지만 재정적인 부담을 느끼는 모든 자유진영의 우방국에게, 지원 활동에 들어가는 경비를 미국이 대신 부담해도 괜찮다는 의사를 전달했다. "베트남 참전 제3국 증강 계획(Increase of Third Country Representation in Vietnam)"이라는 제목이 붙은 군부의 비밀 문서*는 정책을 수정하려는 방향의 성격을 1항에서 이렇게 설명했다.

"베트남 분쟁에 참여할 더 많은 제3국을 확보하기 위해 가능한 모든 압력을 행사하라는 최고위층의 결정. 미국은 이제부터 동원될 모든 부대를 위해 봉급과 수당, 수송 및 활동 비용을 모두 부담(defray)할 준비가 갖추어졌음을 의미함."

이것은 말하자면 모든 관객에게 입장권을 살 돈을 나눠주면서라도 음악회를 개최해 보겠다는 궁여지책이었다. 하지만 존슨 대통령이 직접 발벗고 나서서, 돈을 대신 내줄 테니 깃발만 올리며 생색을 내라는 미끼를 사방에 던졌어도, 별로 신통한 성과를 거두지 못했다.

러스크 국무장관은 1965년 5월 26일 "자유세계 36개국이 베트남에 원조를 제공하겠다고 동의했다"는 보고서를 올렸지만, 실제로 원조를 보낸 나라는 미국을 포함해서 29개국뿐이었으며, 나머지 8개국은 "나중에 가능하면 그렇게 하겠다"는 응답을 보낸 정도였다.

그리고 원조의 차원도 "홍수 피해자를 위한 의약품(벨기에)," "커피와 의약품(브라질)," "의사 한 명과 의약품(캐나다)," "홍수 난민 구제(덴마크, 라오스, 파키스탄)," "의약품(네덜란드, 에콰도르, 그리스, 과테말라)," "홍수 피해자를 위한 옷(인도)," "석유 제품(이란)," "적십자 지원(아이슬란드)" 그리고 "현미경(스위스)" 수준이어서, 자국의 상품을 판매하는 차원이 대부분이었다.

더구나 이들 명단에는 동남아 지역에 대한 미국의 정책에 오래전부터 반대해 왔던 파키스탄도 포함되어, 진위성 논란을 일으키기도 했다.

그리고 이렇게 별로 인기가 없었던 깃발정책의 미끼를 가장 확실하게 입질한 나라는 박정희 대통령의 대한민국이었다.

---

* Secret Noforms JCS 002919

접는 탁자에 펼쳐놓은 지도 위에 엎어져 어느 틈엔가 깜박 잠이 들었던 한 기주를 살랑살랑 흔들어 깨우며 구형석은 오늘의 목적지 호이안(Hôi An, 會安)에 곧 도착하리라고 말했다. 외세가 베트남을 침략하는 통로로 늘 이용했던 다낭(Đa Nẵng), 미국의 첫 전투병력이 1965년 3월 8일에 상륙했던 다낭의 바로 밑에 위치한 호이안은 청룡여단의 작전책임지역으로서는 최북단(最北端)이어서, 이곳을 지나면 한국군 참전병에게는 미답의 땅이었다.

부스스 일어나 창밖을 내다보니 어느새 날이 밝아, 태양이 수평선에서 껑충 뛰어올라 분홍 주홍 하양 파스텔 빛깔을 구름 자락들 사이로 바다에 마구 뿜어 쏟아대어, 구름과 뒤섞여 흩어진 광채가 만장(輓章)처럼, 십자군의 깃발처럼, 떠이선 군대의 깃발처럼, '서양'으로 마구 쳐들어가던 아틸라의 깃발처럼, 용의 구불거리는 몸짓으로 휘날렸다.

빗물에 시뻘개진 강의 물살을 타고 둥둥 떠내려가는 쪽박배들, 논바닥 한가운데 섬처럼 모여서 엉거주춤 몰려 선 종려나무들, 성채처럼 보이는 철로변의 하얀 집, 기차 소리에 놀라서 허둥대며 논으로 도망치는 물소 떼, 덩달아 도망치는 오리 떼, 그리고 여기저기 휘날리는 빨간 '베트콩' 깃발의 노란 별.

그의 동생 기정이는 이 근처에서도 작전을 했을까? 눈에 보이지 않는 성조기를 휘날리면서?

*

미국을 위해 다른 깃발을 휘날리며 베트남에서 '군사행동'에 참여한 나라는 여럿이었다. 영국은 여섯 명의 고문단과 교수 한 명과 의료 및 인쇄 장비를 보냈고, 필리핀은 의료단과 심리전 부대를 파견했고, 뉴질랜드는 25명의 공병단과 여섯 명의 의료진 그리고 영어 교수 한 명을 보냈다. 타이완은 80명의 농경단과 16명으로 구성한 심리전 부대 그리고 여덟 명의 전기공과 열 명의 의료진을 보냈다.

가장 적극적으로 호응한 오스트레일리아는 1개 보병 대대, 1백 명의 군사고문단, 73명으로 구성된 공군부대와 항공기뿐 아니라, 여덟 명의 의료단 그리고 교과서와 건축 장비를 보내 주었다.

그리고 대한민국은 한기주 형제를 보냈다.

*

군사력으로 경제를 일으키겠다는 군인다운 착상을 하게 된 박정희 대통령은, 좌판의 생선처럼 장졸(將卒)을 질펀하게 늘어놓고 존슨 행정부와 홍정을 시작할 무렵에 이미, 파월할 병력의 규모까지도 치밀하게 계산해 두었던 모양이라고 한기주는 믿었다.

박정희 대통령이 군사 쿠데타로 장악한 권력을 인정받기 위해 케네디 행정부 시절 미국을 방문했던 길에, 베트남 파병을 그가 먼저 제안했다는 주장이 한국에서는 상식처럼 널리 알려졌지만, 로버트 블랙번* 또한 박 대통령이 처음부터 경제정책의 일환으로 파병을 구상했으며, 미국이나 베트남의 요청 때문이 아니라 한국이 국익을 위해 먼저 적극적으로 계획을 수립하고 접근했다는 주장을 제기했다.

태권도 교관과 의료단의 파견만 놓고 보더라도 한국은 대부분의 다른 나라들에 비해 깃발정책에 대단히 적극적으로 호응한 편이었지만, 그래도 그것은 "한국 정부가 취하고 싶어하던 행동에 훨씬 미치지 못했다"고 블랙번은 밝혔다. 블랙번은 또한 "다른 깃발(Other Flags) 계획이 추진되기 이전에, 베트남에서 함께 싸울 연합군을 끌어들이려고 존슨 대통령이 행동을 개시하기 훨씬 전부터, 한국 관리들은 전투 병력을 베트남으로 보내게 해달라고 여러 차례 간청했었다"고 설명했다.

그런가 하면 국무성 정보조사국장 토머스 휴스(Thomas L. Hughes)는 한국 정부의 파병 제안과 그 제안을 수행할 만한 실질적인 재정적 능력 사이의 간극을 국무장관에게 1964년 8월 28일자로 올린 보고서에서 이렇게 지적했다.

"한국은 분쟁에서 직접적인 군사 개입을 고려하고 있으며, 2개 사단 이상

---

* Robert M. Blackburn의 저서 『용병과 린든 존슨의 깃발(*Mercenaries and Lyndon Johnson's 'More Flags': The Hiring of Korean, Filipino and Thai Solders in the Vietnam War*)』 33쪽 참조.

의 파병을 여러 차례 언급했다. 한국측의 계획은 이러한 행동이 수반하게 될 많은 문제들에 대해서 아직 제대로 대비를 하지 않은 수준이어서, 미국으로부터의 대규모 지원이 없이는 이 정도의 병력을 제공하거나 유지하기가 분명히 불가능하다." 그리고 12월 11일에 존슨 대통령은 국가안보 보좌관보 마이클 포레스톨(Michael Forrestal)로부터 이런 보고서를 받았다. "한국은 베트남을 돕기 위한 병력을 보낼 용의를 보인 정도가 아니라, 미국이 비용을 부담하기만 한다면 파병을 열망(anxious)하는 눈치이다."

대한민국 국민을 대상으로 한 홍보에서도 강조했듯이, "인도주의적인 목적"과 "한국전쟁 당시 우방들로부터 받았던 도움에 대한 보답"을 내세우며 박정희 대통령과 이동원 외무부장관이 존슨 행정부에 여러 차례 파병 의사를 밝혔지만, 미국은 그런 제안을 탐탁하게 여기지를 않아 국무성이 완곡하게 거부했으며, "이 점에 대해서 한국 정부를 고무하는 발언을 피하도록 대사관에 시달했다"고 러스크 국무장관이 존슨 대통령에게 6월 15일에 보고했는가 하면, "한국이 파병하고 싶어하는 지상군에 맡길 적절한 역할이 현 시점에서는 없다"고 7월 3일자로 서울의 주한 미국대사관이 통고를 받기도 했다.

적극적인 태도를 보이는 한국 정부에 대한 존슨 행정부의 이런 경계심은 다른 나라의 깃발만 필요할 따름이지, 실질적인 전쟁수행의 주도권과 거기에서 파생되는 영향력, 즉 영토권에 맞먹는 교두보 확보를 다른 나라에 조금이라도 내주지 않고 독점하겠다는 계산에서 기인했다고 한기주는 믿었다. 그래서 존슨 행정부는 베트남에서 활동할 군사고문단을 한국에 요청하자는 절충안을 내놓게 되었다. 군사고문은 베트남군과 행동을 같이 하는 결과로 전투에 임하기는 할지언정, 스스로 행동을 주도적으로 취하지 못하는 반면, 전투부대는 독자적으로 작전을 수립하고 실시한다는 차이에 착안한 결정이었다. 1964년 5월 9일 주월미국대사 헨리 캐봇 롯지가 러스크 국무장관에게 보낸 통신문은 그런 속셈을 분명하게 반영했다.

"한국의 참여는 지원부대의 차원에서 머물러야 한다. 〔그러나〕정말로 위험한 업무를 〔미군과〕나눠 맡을 정예 군사력과 고문단〔의 파월〕은 중요한

미국이 모든 비용을 부담하
겠다는 '깃발 정책'에 따라,
베트남에서 한국군은 방독
면을 포함한 모든 장비(위),
무반동총과 같은 모든 무기
(가운데)를 미군으로부터 지
급받고 미군을 위해 생산한
C-레이션으로 하루 세 끼 식
사(아래)를 하며 전쟁에 임
했다.

의미를 가지게 되리라고 믿는다. 우리 장병들이 전사나 부상을 당해야 하는 그런 종류의 임무를 수행할 자격을 충분히 갖춘 인력을 한국군은 보유했다. 그들을 좀 데려다 [대신] 써서 나쁠 일은 없지 않겠는가?"

1964년 한 해 동안 베트남에서는 2만3천 명의 미국 군사고문단 가운데 1백79명의 사상자를 내서 희생률 5퍼센트를 기록한 반면, 1965년에는 16만1천 명의 미 전투병 가운데 3퍼센트에도 못 미치는 4천7백26명의 사상자만 냈을 따름이었다.

*

한국 정부는 "공산주의와 싸우는 아시아의 이웃 베트남을 도와주러 가겠다"고 존슨 행정부와 우방세계에 대고 천명했다. 대내외에 선전하기 위해서 "자유의 십자군" 또는 "정의의 십자군"이라는 명칭도 만들었다.

그러면서도 한국 정부는 베트남 정부와의 직접적인 접촉이나 대화는 아예 시도조차 하지 않았다. 한국전쟁 동안 우방들에게서, 그러니까 유엔군에게서 받았던 도움에 대한 보답을 하고 싶다는 명분을 앞세우면서, 박정희 정부는 유엔군을 상징하는 미국에게 도움을 제공할 의사를 밝혔다. 그래서 이때부터 미국과 한국이 베트남에 대한 타협을 벌이고, 그들이 결정한 사항들을 사후에 베트남 정부에 통고만 하는 관행이 만들어졌다.

그러나 미국은 외교적인 절차라는 구색을 갖추고 싶어했으며, 그래서 1965년 5월 초 베트남에 대한 한국의 지원 계획을 한국과 미국이 확정한 다음, 한국의 도움을 베트남이 거절할 명목상의 기회를 제공했다. 그것은 베트남 정부로 하여금 한국에 공식적으로 도움을 요청하라고 미국이 지시하는 형태를 취했다.

한미 간의 타협이 끝난 지 2개월이 지난 7월 10일이 되어서야 국무차관 조지 볼(George Ball)은 사이공 대사관에 "베트남 공화국 정부로 하여금 사이공 주재 한국대사에게 그런 요청을 하도록 통고(instruct)"하라는 지침을 보냈다. 미국의 도움을 받는 베트남으로서는 이런 통고를 받고 무척 자존심이 상했겠지만, 한국의 도움을 거절할 처지가 전혀 아니었으리라고 한기주는 믿었다. 그래서 7월 말에, 베트남은 이미 확정된 지원을 한국 정부에 공식적으로 요청했다.

이렇게 해서 미국과 한국은 베트남 정부를 꼭두각시로 만드는 작업에 있어서 긴밀한 협조를 아끼지 않았다.

*

1964년 5월 9일 주월미국대사 롯지가 통신문에서 밝힌 제안을 러스크 국무장관이 받아들였고, 특전 고문단 파견을 한국 정부에 촉구하기 위한 접촉을 개시하라는 지시가 사흘 후 조지 볼 차관으로부터 서울의 미국대사관으로 전해졌다.

하지만 이 계획은 네 가지 문제점만 확인하고 나서, 12월에 무산되고 말았다.

첫 번째 문제점은 한국군이 아직 고문단으로 활약할 만한 능력을 갖추지 못했다는 사실이었고, 베트남말을 할 줄 아는 인력이 한국 군부에 전무한 상태라는 점도 지적을 받았으며, 한국 정부가 고문단 파견을 위한 재정적인 부담을 감당하지 못하리라는 어려움이 세 번째 문제점으로 예상되었다.

그리고 가장 중요한 네 번째 문제는 베트남의 자존심이었다. 그들 자신보다 어느 면에서도 별로 나을 바가 없는 "다른 아시아 국가로부터 도움을 받음으로 해서 체면이 손상되었다는 베트남인들의 불쾌감은 한국의 참전 기간 내내 계속되었다"*고 로버트 블랙번은 분석했다. "미국의 외교관들과 관리들이 베트남 정부가 느끼는 이러한 불쾌감을 끊임없이 지적하기는 했지만, 존슨 행정부는 상황을 개선하기 위한 노력을 별로 기울이지 않았다. 동남아에서 자국의 갖가지 목적을 챙기기에 급급했던 워싱턴 행정부로서는 베트남인들의 민감한 감정 따위는 안중에 없었다."

이렇게 해서 비록 한국의 특전 고문단 파월은 이루어지지 않았지만, 전투에 참여하는 고문단의 파월을 고려하던 단계에서 지상군 파병으로 방향을

---

* 블랙번의 저서 37쪽.

전환하기란 별로 어려운 일이 아니었고, 오히려 자연스러운 흐름이 되었다.

특전 고문단 대신 존슨 대통령은 공병단의 파견을 요청했다. 이에 박정희 대통령은 다시 전투 사단의 파병을 제안했으며, 워싱턴은 이번에도 완곡하게 그 제안을 거절했다.

결국 두 대통령은 "공격을 받기 전에는 사격을 가하지 않으며, 작전지역을 벗어나 적을 추적하지 않는다"는 원칙하에, 평화를 상징하는 이름을 붙인 "비둘기부대"의 파월에 합의했다. 이러한 한미 간의 구상은 훗날 이라크의 전쟁터에 다시 한국군을 파병할 때도 그대로 적용되었다.

그리고 12월 29일 파병안이 한국의 국회를 통과하여 언론을 통해 널리 알려진 다음에야 미국은 베트남 정부에게 공병단의 파월을 한국에 공식적으로 요청하라고 요청했다.

*

비둘기부대의 파월에 들어가는 비용을 존슨 행정부는 기꺼이 부담하겠다고 나섰지만, 국무부로서는 여론의 반발을 걱정해야만 했고, 그래서 협상 초기부터 비용 문제는 국민과 언론에 정보를 노출시키지 않기로 했다.

따라서 한국에 지원하는 비용은 공개하기가 불가능해졌기 때문에, 일차적으로 국제개발처(Agency for International Development, AID)의 PL-480 평화식량지원정책("Food for Peace" program)에 의존하는 편법을 사용해야만 했다. 미국 정부가 PL-480 농산물을 제공하면 한국 정부는 국내에서 그것을 팔아 얻은 수익금으로 비둘기부대를 위한 비용을 충당한다는 '양해사항'이었다. 그 이외에도 상호지원계획(Mutual Assistance Program, MAP) 등 불법적이거나 초법적인 방법을 통해 미국 돈이 비밀리에 한국으로 들어오기 시작했다.

그러나, 정부 간의 금전거래와는 달리, 한국 장병들에게 직접 개별적으로 지급하는 해외근무수당은 노출이 될 수밖에 없었고, 바로 이 수당 책정을 위한 협상 과정에서 미국은 한국 정부의 진짜 파병 목적이 무엇인지를 구체적으로 파악하기 시작했다.

"병역의 의무"라는 강제조건을 앞세워 한국 정부가 일반병에게는 거의 봉급을 주지 않았던 터여서, 베트남으로 가기 전에 한기주만 하더라도 한 달에 겨우 1회 이발값 정도인 단돈 1천 원을 받고 복무를 했으므로, 미국 정부로 서는 그런 정도라면 별로 문제가 되지를 않았다. 그래서 수당은 일반병의 경 우 그 30배에 달하는 하루 1달러 선이면 전혀 문제가 되지 않으리라고 판단 했으며, 그 정도에서 미국은 쉽게 타협을 보려는 속셈이었다.

하지만 한국의 속셈은 달랐다.

한국 정부는 더 많은 돈을 요구하면서, 1965년 3월 2일 서울의 대사관이 국무장관에게 보낸 보고에 의하면, "일단 입장을 밝히고는 요지부동(dug in their heels and refused to budge)"이었다. 그래서 합의된 한국 장병의 수당이 하루에 이등병과 일등병은 1달러, 상병이 1달러 20센트, 병장은 1달러 50, 하사와 중사의 경우에는 2달러, 상사가 2달러 50이었으며, 장교는 소위와 중 위가 하루에 4달러, 대위와 소령은 5달러, 중령이 6달러, 그리고 대령이 6달 러 50센트였다.

열셋 전쟁 계산서

한국언론보도인클럽에서 1988년에 펴낸 『격동기의 한국』은, 당시 언론의 고정관념 및 군신 만들기 시각을 그대로 반영하여, "국군의 월남전 파병" 항 에서 베트남 참전에 대한 견해를 이렇게 서술했다.

"1965년 2월 9일, 서울운동장에서는 파월국군 비둘기부대의 환송식이 거 행되었다. 10월 12일에는 여의도 광장에서 맹호부대의 환송식이 열렸고, 뒤 이어 백마부대와 청룡부대가 뒤따라 출정하여 월남전에서 크게 용맹을 떨쳤 다. 대민사업을 비롯하여 한국의 이미지를 깊이 심어 주기도 했다. 그리고 정글전에서는 미군보다도 더 잘 싸웠다. 전과 또한 어느 나라 군대보다도 더 많이 올렸다. 7개 우방국 군대 중에서 한국군은 미군 다음으로 수효가 많았다. 이렇듯 파월 국군은 월남전에서 용감성이 높이 인정되어, 세계에서도 막강한 군대로 더욱 우러러보게 되었다. 월남의 패망과 더불어 철수하기는 했지만 월남전사에서 파월 국군은 길이 빛나는 공적을 남겼다."

그리고 한 장을 더 넘기면 『격동기의 한국』에는, 군사 쿠데타의 기념일인 5월 16일부터 10일간의 정상회담을 위해, 존슨 대통령이 보내준 미 공군 1호기로 박정희 대통령이 미국을 다녀오는 과정을 담은 화보가 실렸다. 사진설명에서는 "한미 간의 상호이해" 그리고 "우호와 신의를 더욱 공공히 했다"면서, "아시아 반공주도국으로서의 보장, 우리의 경제적 안정을 위한 지원 등 많은 현안문제가 논의되었다"고 했다.

존슨 – 박정희 정상회담의 '현안 문제'는 이미 12월부터 예견되었던 한국군 전투병의 파월이었다. 그리고 1월에 주한미국대사가 "존슨 대통령의 요청이라면 [한국 정부가] 거의 모든 요구를 받아들일 용의"를 보였다고 보고했음에도 불구하고, 박정희 대통령이 그의 군대를 내주는 조건으로 제시한 10개 '소망 사항("wish-list")'이 미국으로 하여금 경악하게 만들었다. 요구사항의 내용이 너무나 노골적으로 경제적인 목적을 챙기는 쪽으로 집중되었을 뿐 아니라, 제시된 숫자도 엄청났기 때문이었다.

한국군의 파월이 베트남의 정부나 국민 또는 그들의 대의명분에 한국인들이 조금이라도 각별한 친밀감을 느껴서가 아니라, 국제사회에서 국위를 선양하면서 한국의 안보에 막대한 영향을 끼치는 아메리카합중국의 호감을 사기 위해서였다고 착각했던 미국 관리들은 "황당하기 짝이 없는(totally unreasonable)" 박정희의 제안이 "명예가 아니라 경제적인 이득"*을 위해서였다는 결론을 내리게 되었다.

당황하고 분개한 국무부에서는 그런 요구를 절대로 들어주면 안 된다는 의견이 지배적이었지만, 한국군 전투부대를 베트남으로 보내기를 워낙 강력히 원했던 존슨 대통령의 요구뿐 아니라, 한국 내의 여론까지 감안하자면 별

---

* 블랙번의 저서 49쪽.

다른 도리가 없었다.

그리고 이 협상 과정에서, 박정희가 내세웠던 '국위 선양'과 '한국전쟁 참전국들에 대한 보답'이라는 명분에 한국에서 야당까지 너무나 쉽게 설득을 당하여 파병을 열심히 지지하는 뜻밖의 사태가 벌어지자, "국회에서 야당이 적당히 반대를 하는 편이 좋지 않겠느냐"고 박정희 대통령이 오히려 귀띔을 했다는 유명한 일화도 남았다.

*

겨우 2개월간의 협상 끝에 한국은 미국이 1966년 MAP 기금을 7백만 달러 증액하고, 한국군의 화력과 기동성과 통신 장비를 현대화해 주고, 가능한 한 많은 군사 보급품을 한국에서 조달하고, 개발차관 1억5천만 달러를 제공하고, 베트남 건설 현장에서 한국의 민간인 기술자를 최대한 고용하겠다는 등 15개 요구사항을 관철시켰다.

맹호부대 1개 사단 병력을 베트남으로 파병하기 위해서 미국 정부가 부담했던 경비는 1억1천만 달러 이상이리라는 추측이지만, 한국이나 미국에서 어떤 개인이나 집단도 아직까지는 정확한 집계를 발표한 적이 없다. 그러나 "비교적 적은 비용으로 미국 병사들 대신에 베트남에서 복무하고 기꺼이 죽을 외국 군대를 확보한다는 정책"*은 미국으로서는 정당하고도 합리적이어서, 전혀 비용을 놓고 따질 문제가 못 되었다. 한국군을 고용함으로써 존슨 행정부는 결과적으로, 1965년 7월 10일 주한미국대사가 국무장관에게 보낸 견해에 의하면, "상당한 피흘림과 재정(a great deal of blood and treasure)"을 절감하게 되었다.

맹호부대가 베트남에 도착했을 때는 오스트레일리아와 뉴질랜드가 이미 파병을 한 다음이었으며, "돈을 먼저 받기 전에는 파병을 하지 않겠다고 거부함에 따라, 베트남에 참전한 연합 병력 가운데 [한국군은] 미국을 위한 첫 번째 순수한 용병이 되었다."**

---

* 블랙번의 저서 51쪽.
** 블랙번의 저서 52쪽.

"자존심이 상하는 일이었기 때문에 추가로 파병되는 아시아의 병력을 달가워하지 않았던 터여서"* 맹호부대의 파견 협상에서도 철저히 배제되었던 베트남 정부는, 사후에 보고를 받은 다음 섣불리 거절할 입장은 아니었지만, 그들의 못마땅한 심사를 최대한 표현하기 위해 한국군의 파병 요청서를 끝까지 미루다가 7월 21일에야 발송하여, 베트남 정부의 강력한 요구에 의해 파병이 이루어졌다는 미국과 한국의 억지 주장을 무색하게 만들었다.

＊

수도사단 "맹호부대" 기갑연대가 베트남에 상륙한 날은 1965년 10월 14일이었고, 닷새 후에 제2 해병여단 "청룡"이 도착했으며, 1966년 4월 16일 맹호부대의 파병이 완료되자마자 두 번째 한국 사단 병력의 파월을 위한 한미 협상이 본격적으로 개시되었다. 그리고, 비둘기부대를 파병할 때만 하더라도 미국의 경제적인 지원을 이차적인 고려사항이라고 했던 한국 정부가, 이제는 재정적 보상이 유일한 목적이라는 사실을 숨기지 않게 되었다고 미국 관리들은 결론을 내렸다.

이번에는 협상 초기에서부터 이미 파월된 한국 병력에 대한 미국 정부의 "처우가 나쁘고 봉급이 적다"는 불평이 서울에서 나왔고, 한국 외무부장관은 미 의회 청문회에서 "수당이 많아져야 파월복무 지원자가 늘어난다"는 증언을 했다. 결국 미국은 한국 장병의 해외 근무 수당을 7월부터 하루에 이등병이 1달러 25센트, 일등병이 1달러 35, 상병이 1달러 50, 병장이 1달러 80, 하사가 1달러 90, 중사가 2달러, 상사가 2달러 50, 준위가 3달러 50, 소위가 4달러, 중위가 4달러 50, 대위가 5달러, 소령이 5달러 50, 중령이 6달러, 대령이 6달러 50, 준장이 7달러, 소장이 8달러, 그리고 중장이 10달러로 올려 주겠다고 동의했다.

그뿐 아니라 한국의 하청업체들을 베트남의 건축공사 현장으로 진출시키고, AID 차관을 추가로 1억5천만 달러를 제공한다는 14개 항의 타협도 이루

---

* 국무차관 볼이 백악관에 올린 6월 29일자 보고.

어진 다음, 3월 30일 백마부대 파월안이 한국의 국회에서 통과되었다.

그리하여 9월 5일 한기주는 사령부 일행과 함께 베트남에 도착했고, 백마부대의 전개는 10월 9일에 완료되었다. 10월 24일 마닐라에서 시작된 베트남 참전 7개국 정상회담을 마친 존슨 대통령은 31일 한국으로 찾아가 국회에서 한미 우호관계를 다짐하는 연설까지 했다. 존슨은 전방을 시찰한 다음 박정희 대통령과 정상회담을 갖고는, 한국군의 추가 베트남 파병을 요청했다.

박정희 대통령은 싫다고 단호하게 거절했다.

1967년 1월 응웬까오키 베트남 수상이 한국으로 찾아가서 똑같은 요청을 했지만, 박 대통령은 이번에도 거절했다.

6개월 후에 맥스웰 테일러*와 클락 클리포드**가 이끄는 미국 대통령의 사절단이 찾아왔을 때도, 박 대통령은 더 이상의 파병은 하지 않겠다고 확실하게 거절했다.

*

베트남으로 군대를 보내게 해달라고 그토록 오랫동안 애원("petition")하면서 존슨 대통령의 뜻이라면 무슨 말이든 고분고분 다 잘 듣는 듯싶던 박정희 정부가 갑자기 태도를 돌변한 이유를 처음에 미국은 한국의 심각한 안보 상황에서 찾으려고 했다. 1965년에 북한은 비무장지대에서 88건의 도발행위를 일으켰고, 1967년에는 1월 19일 동해 휴전선 근해를 경비 중이던 남한 해군의 6백50 톤급 56함을 격침시키는 등 무려 7백84차례의 위기 상황을 일으켰다.

뿐만 아니라 박정희는 5월 3일에 실시될 대통령 선거를 앞두고 야당으로부터 만만치 않은 도전에 시달리던 참이었다.

그리고 무엇보다도, 경제를 일으키기에 충분한 미국 자금이 그동안 한국 사회 곳곳으로 흘러들어갔기 때문에, 돈을 바라고 더 이상 파병을 할 필요가 없어졌다고 박정희가 판단했기 때문이리라는 추측도 미국으로서는 가능했다.

그렇다면 박 대통령은 필시 존슨 대통령과의 한판 장기가 이제는 끝났다

---

* Maxwell Taylor, 케네디 대통령의 신임이 깊었던 장군 출신으로 합참의장과 베트남 대사를 역임했다.
** Clark Clifford, 맥나마라(Robert McNamara)의 후임으로 국방장관을 역임했다.

▲ 미군이 한국군 장병등에게 봉급으로 지급한 군표(軍票, military payment certificate) 1달러짜리. 실제 크기임.

고 결론을 내렸던 모양이라고 한기주는 생각했다.

미국은 1965~70년 사이에만 해도 주월한국군의 유지비로 9억 2천7백만 달러를 지출했고, 한국은 개발차관으로 1억 5천만 달러에 군비확충과 건설 공사 등으로 6억 달러를 추가로 벌어들였다. 한국군 병사들은 병역 복무를 하면서 조국으로부터 한 달 동안에 받는 액수에 해당하는 돈을 미국으로부 터 날이면 날마다 하루치 전투수당으로 받아서, 미국은 한국 장병을 1인당 평균 5천에서 7천8백 달러를 들여 1년 동안 빌려다 쓰기는 했지만, 미군 병 사 1인당 들어간 1만 3천 달러에 비하면 절반밖에 안 되는 헐값이었다.

이렇게 해서 한국의 군인들과 민간인들이 연합하여 미국으로부터 벌어들 인 돈은 1967년에만 해도 1억 3천5백만 달러였고, 1968년에는 1억 8천만 달 러에 이르렀다. 1968년부터 1971년 사이에, 한국인들이 베트남에서 벌어들 인 돈을 한 해에 평균 1억 8천만 달러로 계산하고, 1972~3년의 병력 감소를 감안한다면, 파월 장병들이 17만 5천11회의 크고 작은 작전을 벌이며 1만8 천1백29명의 '적'을 사살하고, 공용 화기 7백73점과 개인 화기 8천9백49점을 노획하는 '혁혁한 전과'를 거두고 1973년 3월 20일 "개선(凱旋)"할 때까지, 박정희의 한국이 베트남전으로 벌어들인 돈은 10억 달러를 쉽게 훌쩍 넘어버린다.

베트남 참전 이전의 대한민국은 1인당 GNP(국민총생산)가 7백 달러 정도였으며, 1천 달러가 넘는 액수의 외화를 나라 밖으로 내보내려면 청와대로부터 결재를 받아야 할 만큼 한국의 경제 규모는 옹색했었다. 그래서 1970년경부 고속도로가 뚫리기 5년 전이요, 1977년 1백억 달러의 수출 실적을 올리는 '신화'가 이루어지기 10년 전에, 우리나라 최초로 세계 챔피언이 되기 위해 권투선수 김기수(金基洙)가 1966년 이탈리아의 벤베누티 선수에게 도전하여 시합을 벌이려고 했을 때는, 5천5백 달러의 대전료를 송금하기 위해 청와대 경호실장 차지철의 '각별한 배려'가 필요했다는 또 다른 신화가 생겨났었다.

*

북행열차가 몇 분 후에는 호이안에 도착한다면서 이상희 연출과 구형석이 미리 문까지 짐을 내다놓고 나가서 기다리는 동안, 한기주가 혼자 침대 객실에 남아 창가에 앉아서 이런 생각 저런 생각을 두런두런 하려니까, 뒤 객실에서 나온 응우엣이 통로를 지나가다가 열린 문으로 그를 들여다보더니 웃으며 한마디했다.

"안 내리고 무슨 생각을 그렇게 열심히 하세요?"

옷가방과 짐가방을 양쪽 어깨에 하나씩 메고 손에는 작은 화장가방을 들고 잠깐 걸음을 멈추었던 명월이는 뒤따라 나오는 다른 승객들에 밀려 문 쪽으로 가기 전에 한마디 더 했다.

"뭐 아직 계산이라도 덜 끝난 거 있나요? 표정이 너무 심각하세요."

아직 덜 끝난 계산.

박정희 대통령이 어디엔가 적어놓았을지도 모르는 전쟁의 손익계산서.

그리고 아직 한국과 베트남 사이에서 청산이 덜 끝났을 듯싶은 전쟁의 회계학.

열차가 서서히 속도를 늦추더니 역으로 미끄러져 들어갔다.

제4부
후에(Huế)

구정공세의 후에 전투에서 돈 맥컬
린(Don McCulin)이 찍은 북 베트
남 전사자의 소지품 중에는 그가
고향에 남겨두고 온 사람들의 사진
이 여러 장 보인다(아래). 위의 사
진은 오늘의 흐엉강(香江) 풍경.

하나 하이번 고개를 넘어서

호찌밍처럼 염소 턱수염을 기르고 비쩍 야윈 운전사 찡(Trinh)과 응우엣은 앞자리에 나란히 앉아, 무슨 얘기가 그렇게 재미있는지 아까부터 신이 나서 베트남어로 열심히 잡담을 나누었고, KBS 일행과 구형석은 오늘 하루의 강행군에 지쳐 모두 잠이 들었다.

그들은 찡이 몰고 내려온 전세 승합차를 호이안 역 앞 광장에서 잡아타고는 다낭을 거쳐, 동해안(Biển Đông)의 빼어난 절경 가운데 하나로 이름난 하이번 협곡(Hải Vân Déo)으로 올라가서, 그곳 해안 철도를 통과하는 하노이행 기차를 촬영한 다음 2백년 고도(古都) 후에로 가는 길이었다.

운전석 뒤에 앉은 한기주는 고갯길이 모퉁이에서 꺾어질 때마다 불안해져서, 두 사람이 그만 좀 떠들고 찡이 운전에 좀더 신경을 써 주었으면 좋겠다는 생각이 자꾸만 들었다. 산마루에 걸린 안개가 하이번 고개를 넘어서자마자 걸쭉할 정도로 짙게 골짜기에 뒤덮여 잿빛으로 엉기더니, 지금은 1백 미터 전방조차 보이지 않을 정도로 시야를 가려, 옆으로 낭떠러지가 얼마나 깎아질렀는지도 알 길이 없었지만, 찡은 여러 번 넘어 다녀 고갯길이 익숙해서인지 조금도 걱정을 하지 않는 눈치였다.

*

전조등과 비상등을 켠 화물차들이 축축하게 젖은 길을 따라 시끄러운 트림 소리를 내며 더디게 마주 올라왔고, 그러다가 3부 능선 정도 내려갔을 때쯤에야, 거대한 구름의 깃발처럼 산등성이를 기어오르던 안개가 걷히며 엷어지기 시작했다. 이동하는 차량의 속도와 거리에 반비례해서 동그랗고 하얀 해가 안개구름 뒤로 미끄러져 달아나고, 앞 등성이와 그 너머 등성이에 참빗살처럼 촘촘히 박힌 나무들이 이발기계의 날처럼 겹쳐 가위질하며 흐르는 사이에, 얼마쯤 더 고갯길을 따라 밑으로 내려갔더니, 산기슭의 전답과 들판이 한꺼번에 사방으로 트이면서 넓은 조망을 만들어 한눈에 들어왔다.

저녁 햇살이 비친 부분들이 노랗게 얼룩진 푸른 벌판에, 여기저기 사람들이 흩어져 모여 사는 작은 마을들이 나타났다. 그리고 여기저기 야자수들이 무리를 지어, 자기들끼리 또 다른 마을을 이루었다. 산기슭까지 구불거리며 내려간 길이 갑자기 빳빳하게 곧아져 어디론가 목적지를 향해 시야 밖으로 뻗어나갔다. 평야를 가로지르는 개울의 물줄기는 흐르지를 않고 하얗게 빛나기만 했다. 이곳에서는 바다가 보이지 않았다.

베트콩의 시선으로 본 세상―그들이 산에서 내려다본 풍경은 늘 저렇게 아름답고 평화로웠으리라고 한기주는 생각했다. 하이번 능선을 타고 산속을 헤매던 베트콩들은 저 벌판을 보고 고향 농촌을 그리워했겠지…….

*

한참 전에 날이 저물었고, 전조등 불빛이 홍두깨 더듬이처럼 어둠 속의 산길을 더듬더듬 찾아 내려가는 동안, 한기주가 창으로 바깥을 내려다보았다. 칠흑의 공간뿐이었다. 숲과 나무들이 어둠에 묻혀버렸고, 산의 아름다운 낮빛깔도 모두 숨어서, 하늘에는 달과 별이 어디로 갔는지 아무것도 보이지 않았다.

어둠으로 인해서 지극히 제한된 시야는 세상을 좁아지게 만들고, 어둠이 그렇게 공간을 감추면 기억 속의 세상이 되살아나 그 빈 곳을 대신 채우는 모양이어서, 이미 살고 지나와 오래전에 사라졌던 어느 날 밤이 오늘밤으로 돌아와 그의 주변에 자리를 잡았다.

한기주의 눈에는 밀림에서 보냈던 전쟁의 밤들이 갑자기 선했다. 그는 닝화 시절 숲 속에서 밤을 지낼 때 별빛을 반사하여 은은히 윤곽을 드러내던 주변의 나뭇잎들이 생각났고, 전쟁의 들판에서보다 산 속에서의 타향살이가 훨씬 외로웠었다는 기억도 떠올랐다.

검은 숲을 내다보며 한기주는 그러한 과거의 밤이면, 불을 밝힐 수 없는 그 기나긴 어둠 속에서, 베트콩들이 무엇을 하며 시간을 보냈을까 궁금해졌다.

B-52 폭격기도 날아오지 않는 고요한 밀림의 밤에, 그들은 무엇을 하며 시간을 보냈고, 무슨 생각을 했을까?

전쟁과 살인과 죽음을 생각하지 않는 시간에, 그들도 고향에 두고 온 여인에게 사랑의 편지를 썼을까? 그들은 무슨 사연을 쓰고, 보고 싶은 사람에게 그 편지를 어떻게 보냈을까?

하이번 고개 너머 호이안과 다낭을 한참 벗어난 머나먼 숲에서, 35년 전에, 동생 기정이는 그런 밤이면 무엇을 생각했을까?

똑같은 생각을 하며, 똑같이 외로워하며, 숲 속에서 돌아다니면서 적이 되어 서로 죽이던 사람들.

그때 한기주는 베트콩의 외로운 낮과 밤이 아마도 이러했으리라고 상상했었다.*

다비아 산(Núi Đa Bia)에서─그의 이름은 타이(Thái)였다. 나이는 스물둘. 키가 크고, 야위었으며, 영양실조에 시달리는 베트남 청년. 직업으로 따지자면, 베트콩 저격병이었다.

그는 벌써 여러 날째 혼자 살았다. 그와 함께 지내던 다섯 동지는 한 달쯤 전 다비아 산기슭에 붙은 죽미 마을에서, 베트콩에 동조하는 주민으로부터 쌀을 구해 가지고 돌아오다가, 한국군 야간 매복에 걸려 모두 죽고 말았다.

---

*1967년 3월 영자신문 〈더 사이공 데일리 뉴스(*The Saigon Daily News*)〉에 기고했던 내용.

▲ 방금 포로가 되어 긴장한 표정이 역력한 베트콩의 가슴에 꽂아놓은 분류표에는 그가 BP 877694
지점에서 1967년 2월 1일 29연대 9중대에게 잡혔으며, 이름이 훔(Húm)이라는 정보가 기록되었다.

그때부터 줄곧 그는 다비아 산속의 동굴지대에서 혼자 숨어 지냈다.

그에게는 수목이 우거진 개울가에 위치한 작은 자연 동굴이 집이었다. 그
는 처음 산으로 들어왔을 무렵에만 해도 자주 동굴지대를 벗어나 들판으로

내려가서, 26번 도로의 한적한 지점을 골라 숨어서 기다리다가, 지나가는 차를 대낮에 세워놓고 통행세를 받아내거나, 람브레따 승객들로부터 식량을 빼앗아 돌아오고는 했었다.

박마(Bạch Mã, 白馬) 한국군이 처음 이곳에 나타난 1966년 8월까지만 해도, 그는 베트콩 지역으로 주제넘게 정찰을 하러 침입해 들어오는 적군을 열심히 저격하고는 했었다.

하지만 이제는 사정이 달라졌다.

타이의 세계는 갑자기 제한되고 좁아졌다.

요즈음에 그가 하는 일이라면, 적막하고 황량하지만 햇살이 가득 쏟아지는 들판을 멍하니 쳐다보는 정도가 고작이었다.

26번 도로에는 가끔 민간 차량 한 대가 나타나서, 아직도 베트콩이 나타날까 봐 겁이 나서인지, 꽁무니가 빠져라고 부지런히 달려가고는 했다. 하지만 한국군 차량들은 이곳이 마치 자기네 땅이라도 되었다고 생각하는지, 마음놓고 한가하게 지나다녔다. 그런 꼴이 참으로 못마땅하기는 했지만, 그는 이제 지나가는 따이한(Đại Hàn, 大韓) 차에 함부로 총질을 하지 않았다. 도로에 가까이 접근하면 위험하기 때문이었다.

지루하고, 단조롭고, 답답한 생활이었다.

배고 고파서 못 견디겠으면, 그는 마을에서 식량을 구하기 위해, 한밤중에 몰래 산을 내려갔다. 어떤 주민들은 기꺼이 쌀을 내놓았다. 하지만 어떤 농부는 마지못해서 내놓기도 했다.

몇 달 전에만 해도 그는 혼자가 아니어서, 옛이야기에 나오는 용맹한 산적처럼 동지들과 함께 마을을 털어 쌀을 짊어지고 의기양양해서 산으로 돌아오고는 했었다. 그러나 이제는 쌀을 구하기가 쉽지 않았다.

혹시 그가 밤에 산을 내려가는 모험을 벌이기라도 했다가는, 매복을 하고 어둠 속에서 기다리는 한국군 병사들에게 공격을 당하기가 십상이었다. 그들은 논둑이나 바위틈이나 덤불 속 어디에선가 느닷없이 튀어나와 베트콩 전사들을 닥치는 대로 쏴 죽였다.

타이는 흉악한 따이한들이 미웠다. "따이한들은 몸집이 비대하고, 술에 취한 듯 얼굴이 항상 벌겋고, 학살을 밥먹듯 한다"는 소문을 그는 여러 번 들었다. 이런 무서운 적의 모습은 꿈속에서 가끔 악몽으로 나타나기도 했다.

하지만 타이는 살기 위해서 먹어야 했다. 동지들과 같이 지낼 때는 그들은 들소를 잡아먹기도 했었다. 이곳 베트콩 지역에서 주민들이 피난을 떠난 다음에는, 농사를 짓느라고 그들이 부리던 들소들이 도망쳐 들판에서 제멋대로 돌아다니고는 했으며, 그런 소를 사냥하기는 어려운 일이 아니었다. 그러나 언제부터인가 한국군은 떠돌이 들소들까지 대포를 쏴서 죽여 없애기 시작했다. 베트콩의 공짜 식량을 제거하기 위해서였다.

따이한 군인들이 들소를 죽이는 이유가 또 있다고 했다. 야간에 따이한들은 들소 때문에 공연히 놀라고는 했다. 소를 베트콩으로 잘못 보고 겁이 나서 총질을 하는 경우에도 그랬지만, 베트콩 전사들이 들소를 앞세워 몸을 숨기고 진지로 몰래 접근하여 저격을 하기 때문에도 싫어했다.

그렇게 들소를 앞세우고 적의 진지로 접근하면, 소들이 지뢰와 바보덫(booby-trap)을 먼저 건드려 무력화해 버리기 때문에, 민족해방전선 투사들은 쓸데없는 희생을 피하는 데도 크게 도움이 되었다.

이제 타이는 죽어간 동지들을 대신할 교체 병력을 포기하기에 이르렀다. 아마도 상부에서는 그가 혼자 살아남았다는 사실조차 모르는 듯싶었고, 이곳의 전술적인 중요성도 별로 없다고 판단하여 그의 존재를 까맣게 잊어버렸는지도 모를 일이었다.

그는 요즈음 낮에는 동굴에서 나오는 일도 별로 없어졌다. 밤이면 그는 들소 대신에 도마뱀이나 산거북, 나방이와 쥐를 사냥해서 식량으로 삼았다.

타이는 동굴 생활이 어느덧 지겨워졌다.

그는 아내의 사진을 어찌나 여러 번 보았는지 이제는 거들떠보기도 싫어졌다. 가족과 친구들, 그리고 심지어는 적으로부터도 이토록 따로 떨어져 혼자만 지내는 생활은 참으로 답답했다.

어느 날 오후 타이는 곰곰이 생각하고 또 생각해 보았다. 그리고는 마침내 그는 실탄을 모두 제거한 다음 소총을 숲으로 던져 버렸다.

그리고 그는 산을 내려왔다.

*

하이번 산길을 다 내려와 바닷가 해물집에서 늦저녁을 먹고 다시 출발한 다음, 어디쯤에선가 차 안에서 잠이 들었던 한기주는, 구형석이 다 왔다고 말하는 소리에 게슴츠레 눈을 뜨고 바깥을 살펴보았다.

이미 차는 그들이 묵을 후에 시내의 쎈추리 리버사이드 호텔 진입로를 들어서는 참이었다.

안으로 들어가니, 어느 도시의 어느 호텔에 가더라도 당장 눈에 띄는 그런 흔한 조경 구조물들이 줄줄이 나타나서, 그들이 탄 차를 돌 조각품과 다듬은 나무와 뿜어대는 물로 에워쌌다. 베트남 역사와 학문과 문화를 자랑하는 빼어난 도시답지 않게, 현대적인 관광지 서양 건물은 후에에서도 모두가 다 비슷비슷해 보였다.

난생처음 찾아온 곳이라는 느낌이 전혀 들지 않는 도시, 그것은 정교하게 인간을 복제하기는 했어도 서양의 파란 눈을 전혀 깜박이지 않는 마네킹을 백화점 입구에서 보는 듯한 실망감을 한기주에게 가져다주었다.

둘 초연이 걷히고 나는 향기

어슴푸레한 새벽에 일어나 아직 세수도 하지 않은 채 창가로 가서 바깥을 내다본 도시의 풍경은, 너무 오래전에 찍어 처박아 두었던 낡은 사진처럼, 몇백 년 빛이 바랜 풍경화처럼, 모든 색채가 날아가 온통 희끄무레한 형태만 드러내는 나무들과 건물들과 강물의 흐름으로 가득했다.

하나하나의 형체가 아직 저마다의 빛깔을 제대로 찾아 갖추지 못한 듯 묽은 세상을 14층 높은 방에서 굽어보던 한기주는, 마치 오랜 세월 끝에 고향

으로 돌아온 탕자가 된 기분이었다. 그렇게 후에는 낯이 익었다. 하지만 그
것은 지난밤에 호텔 입구를 보고 얼핏 느꼈던 관광지로서의 낯익음이 아니
라, 전쟁을 기록한 영상 자료를 통해 워낙 여러 번 보아서 강변의 풍경도 낯
이 익고, 도로의 풍경도 까마득히 오래전부터 너무나 눈과 귀에 익어버린 탓
이었다. 그래서 그는 오랜 세월 부모를 찾아보지 못한 불효자나 성실하지 못
한 서방처럼, 어제 시내로 들어올 무렵 차에서 잠이 들어 제대로 보지 못했
던 후에라는 도시에 미안한 마음이었다.

한기주로 하여금 후에가 마치 낯익은 고향 같다는 엉뚱한 생각을 하게 하
고, 후에 전투에서 벌어진 수많은 상황과 장면을 지금 눈에 선하도록 생생하
게 기억하게끔 해준 사람들 — 그가 분명히 언젠가 이곳에 왔었다는 착각에
빠지게끔 만든 사람들은, 구정공세 기간 동안에 후에로 몰려와서, 시가전이
치열한 길거리를 종횡무진 누비며, 자신들의 목숨을 내걸고 삶과 죽음의 현
장을 영상으로 기록했던 미국 텔레비전 기자들이었다.

*

면도와 아침 목욕을 대충 끝내고 얼굴을 매만진 다음에 다시 창밖을 내다
보았더니, 어느새 동해의 햇살이 퍼지며 구름을 물들였고, 건물과 나무들이
제대로 색채를 되찾았다. 후에를 가로지르는 송흐엉(Sông Hương, 香江, 영어
이름 the Perfume River)은 흐름과 형체가 밝게 선명해져서, 전후에 서울사람
들이 뱃놀이를 하던 한강이나 어릴 적 한기주가 여름이면 날마다 헤엄을 치
러 나가고는 했던 마포 강나루처럼, 더욱 낯이 익었다.

며칠 동안 내린 비로 물이 불어 오늘 아침에는 향기로운 그 이름과 어울리
지 않게 시뻘건 흙탕물이 바다를 향해 당장 범람이라도 할 듯 무섭게 흘러갔
지만, 그래도 흐엉 강에서는 초연(硝煙)의 냄새만큼은 가신 지가 오래였다.
1968년 구정공세가 대부분의 도시 지역에서는 한 주일 만에 끝이 났어도 사
이공과 후에에서는 치열한 혈전이 세 주일이나 계속되었으며, 베트콩이 사
회주의 혁명정부의 수립을 선포한 도시 후에는, 골목마다 화약 냄새와 연기
의 안개로 가득 넘치면서, 베트남전에서 가장 큰 단일 전투의 유적지로 기록

되었다.

지금 한기주 일행이 투숙한 쎈추리 호텔 자리에는 전시에 미 군사고문단 본부(U. S. Military Advisory Compound)가 위치했었으며, 바로 이 강을 사이에 두고 북쪽을 점령한 공산군은 남쪽의 ARVN 정부군과 미군을 상대로 필사적인 항전을 벌였고, 그래서 한기주는 벼랑처럼 밑을 굽어보며 격전의 흔적들을, 처절했던 전투의 현장을 찾아보려고 했다.

호텔 앞을 지나 강변을 따라 동서 양쪽으로 뻗어나간 저 거리의 이름을 한기주는 지도나 표지판을 확인하지 않고도 알 수가 있었다. 레러이(Lê Lợi) 거리였다. 텔레비전 종군기자들이 촬영해서 도쿄로 신속하게 공수해서는 인공위성을 통해 아메리카로 날아갔던 베트남전 영상 기록들, 그 역사의 기록들을 통해 한기주의 눈에 익어버린 레러이는, 1968년 설날부터 계속되었던 전투로, 파괴된 건물의 파편과 돌 부스러기와 벽돌 조각들로 뒤덮여, 9 · 28 수복 직후의 서울 거리를 방불케 했었다. 이 거리를 따라 푸쑤언(Phu Xuân) 다리까지 내려간 지점에 위치했던 성청(省廳)에서는 베트콩이 하얀 2층 청사 앞에 베트밍 군기(軍旗)를 게양하고, 담을 따라 10미터 간격으로 개구멍처럼 비좁은 참호를 파고 들어가 끝까지 싸우다가 죽었다. 미 해병들은 그들을 죽여 수십 구의 시체를 앞마당에 차곡차곡 쌓아놓았다.

그리고 이제 그곳 성청 건물에는, 최후의 승리를 거둔 대가로, 베트남 공산당 후에 지역 인민위원회가 자리를 잡고 들어가 앉았다.

*

지금은 자동차와 씨클로들이 한가하게 돌아다니는 레러이 거리를 굽어보면서, 한기주는 집집마다 울타리에 종이꽃이 만발했던 무렵 저곳 강변에서 베트콩들의 시체가 어느 야자수 나무 밑에 그렇게 쌓였었던가 궁금했다. 그리고 저기쯤 아스팔트 바닥에서 낮은 포복으로 거북처럼 기어다니던 미국과 남 베트남 군인들은 전쟁에 지고 나서 지금 저마다 어디에서 무엇을 하며 살아갈까?

그리고 저쪽에 어귀가 보이는 쿽헉(Quốc Học, 國學) 고등학교 골목에서, 어디로 도망가야 할지를 몰라 무작정 울며 도망치다가 총에 맞아 죽은 아이는 그날을 무사히 넘기고 살아났더라면 지금쯤 40대 중반이 되었겠지.

레러이 거리를 더 올라가서 역(驛) 근처에 위치한 후에 대학교, 그곳 또한 피비린내가 나던 격전지여서, 미 해병대는 흐엉 강 남쪽 강변을 따라 한 발짝씩 나아가며 집집마다 부수고 들어가 방을 하나씩 뒤져가며, 인천 상륙작전 직후의 서울 거리 그리고 산토 도밍고에서의 전투에 이어, 세계 전쟁의 역사에 뚜렷하게 남을 만큼 치열한 시가전을 치러야 했다.

*

후에 전투로 민간인 10만 명이 집을 잃었고, 사망자들을 매장할 장소가 없어 수많은 집의 뒷마당이 임시 묘지로 변했다.

도시를 장악하기 위해 베트콩이 사살하거나 몽둥이로 때려죽이고, 산 채로 땅에다 묻어버린 말단 공무원과 학교 선생과 외국인 선교사만 해도 2천8백 명에 이르렀고, 그 이외에도 행방불명자 가운데 베트콩에게 학살을 당했으리라고 추정되는 사람이 2천 명 가량 더 있었으리라고 했다.

민족의 해방과 통일을 핑계로 내세우며 베트콩이 후에에서 자행한 5천 명의 학살을 생각하면 한기주는, 베트남에서뿐 아니라 대부분의 전쟁에서, 어느 편도 "우리는 그래도 의롭고 당당하다"며 대의명분을 주장할 만큼 떳떳하지는 못하다고 믿었다. 요즈음 베트남으로 찾아와 전쟁 동안에 "한국군이 자행한 만행"에 대해서 일방적으로 참회의 눈물을 흘려주던 대한민국의 양심적인 젊은이들은 후에에서 베트콩의 몽둥이에 맞아 죽고 산 채로 매장된 사람들을 위해서도 마땅히 눈물을 흘려야 한다고 그는 믿었다.

그리고 한기주는 후에 대학교 길 건너에 만들어 놓았다는 호찌밍 박물관에 진열되었을 만한 투쟁의 유물들을 생각했다. 북남통일을 이룩한 공산정권은 사이공과 후에와 하노이뿐 아니라 전국 방방곡곡에 전쟁 기념관을 만들어 그들의 혁명적 투쟁사를 일방적인 시각으로 정리하여 후손에게 알리는가 하면, 베트남에서 패전의 치욕을 겪었으면서도 세계 최강 군사대국으로서의 위치를 확고하게 견지하는 아메리카합중국은 텔레비전으로 운동경기처럼 날마다 중계했던 베트남전의 생생한 기록을 모아 엄청난 양의 사료(史

料)로 보유하고 있지만, 구정공세 동안에 미국과 북 베트남은 물론이요 전세계가 깜짝 놀랄 만큼 용감하게 싸웠던 남 베트남 정부군(the Army of the Republic of Viet Nam, ARVN)이 어떤 찬란한 투쟁을 벌였는지를 글이나 영상으로 기록하여 정리한 증언과 자료는 과연 어디로 찾아가야 확인할 수 있겠는지를 그는 알 길이 없었다.

*

후에는 1802년부터 1945년까지 응웬 왕조의 수도였으므로, 북 베트남이 구정공세 당시 혁명정부의 수립을 이곳에서 선포한 명분은 납득이 가고도 남았다. 또한 전쟁 당시에는 후에가 분단의 17도선 바로 밑에 위치했던 터여서, 전략적으로도 대단히 중요했다.

거기에다가 남 베트남의 수도 사이공과 멀리 떨어졌다는 지리적인 위치가 상대적으로 보장하는 독립성으로 인해서, 후에의 점령은 남부를 효과적으로 양분하는 역할도 했다. 뿐만 아니라 식민지 시절부터 정치와 군사 및 종교의 중심지로서 지니는 중요성은 물론이요, 그곳에 모여 활동하던 지식층 및 지도층이 지니는 막강한 인적 비중을 고려한다면, 그곳을 점령했을 때 발생하는 승리의 상징성은 가히 웅변적이었다.

그러했기 때문에 후에의 전투는 당연히 치열했다.

그러했기 때문에 남 베트남 전체의 공산화 과정을 단면도처럼 잘 보여주는 수난의 역사가 바로 이곳 후에에서 오랜 기간에 걸쳐 상징적으로 엮어졌다.

*

공산군의 구정공세가 이루어지기 5년 전인 1963년, 후에는 공산 북부와 민주 남부의 대결이 아니라, 지엠 정권 이후 지속되어온 내부의 종교적인 갈등과 대결의 격전지로서 주목을 받던 도시이기도 했다.

가톨릭 세력으로 무장한 독재자 응오딩지엠 대통령의 과두정치(寡頭政治)를 염려한 교황청이 지엠의 형 툭 대주교를 홀로 떼어놓기 위해서 후에 교구로 올려보냈지만, 툭은 이곳에 깊은 뿌리를 내린 불교 세력의 견제 기능을 맡은 인물로 부상하여 필연적인 갈등을 일으켰다.

그러다가 불기(佛紀) 2527년 부처님 오신 날에 불교의 '깃발'을 금지시킨 반면, 툭의 서품 25주년 기념 행사에서는 교황청의 깃발을 게양하도록 허락한 정부의 처사에 대해 수천 명의 불교도가 항의 시위를 벌였고, 전차까지 동원하여 무자비한 잔압을 하던 정부군은, 불교도들의 시위가 공산주의자들의 소행이라는 '용공조작'을 하며 발포를 하기에 이르렀다.

이에 맞서 조직적인 반정부 투쟁을 벌인 불교 지도자가 찌꽝(Tri Quảng) 스님이었다. 40대 초반이었던 찌꽝은 선문답적인 화법으로 신비주의 분위기를 풍기면서도 정치적인 공작에 익숙했던 빈틈없는 인물이었다. 젊었을 때 프랑스 통치하에서 공산주의자로 몰려 옥살이를 치렀음에도 불구하고 1963년 당시 그는 공산주의자들과 아무런 연관이 없었다고 하지만, 그가 구사하던 신속하고도 능률적인 동원 방법은 공산주의 수법 그대로였다.

그는 프랑스와 싸우기 위해 호찌밍이 그랬듯이 3인조 세포조직을 만들고, 여러 사찰 안에다 지휘부를 마련했으며, 동원법과 선전술을 등사하여 점조직을 타고 배포해 가면서, 군대와 정계에서 활동하는 친척들을 총동원해 선동을 계속했다. 그는 정밀한 계획에 따라 파업과 집회를 이끌었을 뿐 아니라, 외신기자들을 통한 홍보도 게을리 하지 않았다.

거기에서 그치지 않고 그는 사이공에서 미국 관리들을 은밀히 만나 이런 충고도 했다. "미국은 지엠을 새 사람으로 만들어 놓지 못하겠으면 아예 제거해야 한다. 그렇지 않으면 사태가 악화되어, 당신네들이 누구보다도 더 많은 고통을 받게 된다. 지엠 정부의 무식한 자들을 도와주었기 때문에 미국은 지금과 같은 곤경에 처하게 되었다."

꽝득 스님이 레쑤안*으로부터 "불고기" 소리를 들어가며 사이공 길거리에서 분신자살을 하여 전세계에 충격을 안겨준 1963년 6월 11일 사건도 찌꽝이 이런 공작을 벌이던 무렵에 발생했다.

---

* 응오딩누 부인(Madame Ngô Đình Nhu).

▲ 고도(古都) 후에는 반정부운동과 반미활동을 불교도들이 이끌던 도시였다.
찌꽝 스님(왼쪽)과 후에의 다른 승려들이 사이공 길거리에서
지엠 정권을 타도하라는 연좌시위를 벌이고 있다.

*

　1965년 1월 공군참모차장 응웬까오키가 실권을 잡은 다음, 남 베트남의
쿠데타 세력과 그들을 뒤에서 꼭두각시처럼 조종하던 미국에 저항하기 위
해, 1966년에 불교도들이 분신자살과 시위에 적극적으로 앞장을 섰던 곳도
후에였다.

　사태가 심각해지자 미국은 1966년 초 베트남 정부에 민주적인 통치를 하
는 시늉이라도 내라는 압력을 넣었고, 키 수상은 마지못해서 민간 정부의 수
립을 위한 선거를 실시하겠다고 약속했다. 그러나 베트남에 대해서 키말고
는 별다른 선택의 여지가 없었던 미국은 그를 지지한다는 의사를 표시하기
위해 호놀룰루에서의 정상회담을 급조하게 되었다.

　무척 어색해하는 베트남의 키 수상을 존슨 대통령이 공개적으로 포용하는
사진까지 찍을 기회를 만들어 주자, 자신의 위치가 확고하다고 믿게 된 키는

그의 권력을 공고히 하려는 작업에 착수했다.

그리고 이때 다시 사이공의 응웬반티우 대통령과 키 수상의 정부에 항거하는 운동의 선두에 나선 인물은 찌꽝 스님이었다.

응오딩지엠 정권에 대해서보다는 티우와 키의 정권에 대한 찌꽝 스님의 저항이 훨씬 적극적이었다. 간디식 비폭력 저항으로는 별로 효과가 없으리라고 생각해서인지, 이번에는 찌꽝이 중부 베트남 정부군의 사령관인 응웬짜잉티(Nguyễn Chanh Thi) 장군과 손을 잡고서, 내란이라는 무력투쟁의 양상을 보이게 되었다. 티 장군과 키 수상 두 사람은, 야한 옷차림과 콧수염에서부터 영화배우처럼 멋부리기를 좋아하는 취향에 이르기까지, 둘 다 막상막하로 경박한 면모를 보였던 인물이었으며, 벌써부터 권력 장악을 위한 암투를 벌여왔던 사이였기 때문에, 당시의 정치·군사적인 상황을 훨씬 더 복잡하게 만들었다.

키 수상은 티 장군을 제거하면 자동적으로 찌꽝도 무력화되리라고 믿었으며, 존슨 행정부도 그러면 "정치적인 안정에 기여하리라"는 오판을 해서 티를 해임하도록 키 정권을 승인해 주었다. 하지만 그런 조처가 일단 이루어지고 나서 며칠 사이에, 후에의 불교도들은 다시 거리로 쏟아져 나왔고, 학생과 노동조합과 천주교도들 그리고 일부 군인들까지 시위에 합세했으며, 이런 움직임은 해안 도시들을 따라 남쪽으로 전파되어 다낭에서는 부두노동자들과 공무원들이 나란히 파업에 돌입했다. 사이공에서는 젊은이들이 자동차에 불을 지르고 상점들을 파괴했지만, 어느 편을 들고 어찌해야 좋을지를 모르던 경찰은 수수방관하며 폭도들을 구경만 했다.

티 장군의 병력도 출동하여 다낭과 후에를 장악했고, 남 베트남은 북 베트남의 공산 세력과 내전을 치르던 와중에서 또 다른 내전을 동시에 벌이는 해괴한 상황을 맞았다.

*

4월 초 응웬까오키 수상이 "공산주의자들의 수중으로 넘어간 다낭을 해방시키겠다"고 선언하자, 상황은 더욱 혼란에 빠졌다.

1년 동안 미 해병이 지켜온 다낭으로 4천 명의 베트남 정부 '진압군' 병력을 수송할 미국 항공기와 조종사를 롯지 미국대사가 제공하는 웃지 못할 사태가 빚어졌고, 진두지휘를 하기 위해 다낭 공항에 도착한 키 수상은 기관총으로 도시를 방어하던 티 장군의 병력과 대치했다.

　한가운데 끼어들어 입장이 난처해진 미군은 두 병력의 충돌을 막기 위해 동분서주했다. 결국 미군의 중재로 키는 목적을 달성하지 못하고 체면만 잃은 채 며칠 후 사이공으로 돌아갔다.

　이런 과정에서 "베트남 국민을 탄압하고 쓸어내라"*면서, 키 정권을 도운 미국 정부의 처사에 분노한 후에와 다낭의 시민들은 "CIA는 물러가라"거나 "외세의 지배를 끝내자(End Foreign Domination of Our Country)" 따위의 반미적인 내용을 노골적으로 처음 드러낸 구호까지 외치며 시위에 나섰다. 그런가 하면 5천 명의 학생이 미국 문화원을 포위하고 '봉쇄'하는 사태도 벌어졌다.

　상황이 여기까지 이르자, 미국을 축출하는 조건으로 중부의 지도층 세력이 베트콩과 협상을 벌일까 봐 존슨 행정부는 전전긍긍하기 시작했다.

　후에에서 일어난 반미의 불길이 사이공에까지 영향을 미치자, 4월 8일 맥조지 번디 국가안보 보좌관은 찌꽝이 공산주의자들과 결탁하여 정권을 장악하려 한다는 비방 연설을 서슴지 않았다. 그리고 〈더 뉴욕 타임스〉에서도 고정란 집필자(columnist)인 싸이러스 설쯔버거(Cyrus L. Sulzberger)가 키 수상과 만나고는 비슷한 맥락의 견해를 밝힌 기사를 게재했다.

　이렇듯 정국이 혼미한 와중에 대한민국의 맹호부대 26연대가 4월 16일 베트남에 도착했다.

---

*불교도들의 이름으로 미국대사에게 보낸 전보의 내용.

훗날 베트남이 적화통일된 다음 미국으로 도망가 술집의 웨이터 노릇을 해야 할 정도로 몰락하게 될 응웬까오키 수상은, 응웬짜잉티 장군과 찌꽝 스님을 진압하기 위한 출정에 실패한 직후, 5개월 안에 선거를 치르고 정권을 이양하겠다고 마지못해 양보했다.

키 수상의 민정이양 약속에 마음이 풀어진 찌꽝은 시위를 중단하도록 제자들에게 촉구했고, 사태가 진정되는 기미를 보였다. 하지만 자신이 나약하다는 인상을 주고 싶지 않았던 키는 약속을 번복하고, 티우 대통령이나 미국대사관과는 의논조차 하지 않은 채로, 느닷없이 2천 명의 병력을 다낭으로 보내 반란세력의 진압작전을 개시했다.

5월 14일 새벽 다낭에 상륙한 키의 병력은 '적병' 20명 정도를 사살했다. 그러나, 티 장군과 교체하려고 보낸 똔탓딩(Tôn That Đinh) 장군이 미 해병대의 헬리콥터를 빌려 타고 후에의 '적'에게로 넘어가 버렸다.

그래서 키가 진압작전을 맡긴 딩 장군의 후임이, 머지않아 세계적인 악명을 얻게 될, 응웬응옥로안(Nguyễn Ngọc Loan) 대령이었다. 로안은 전차와 장갑차를 앞세우고 다낭의 여러 사찰에 피신중인 반란자들을 색출하여 수백 명이나 사살했으며, 불교도들의 시위도 총검과 최루탄으로 가차없이 해산시켰다.

분노한 학생들이 후에의 미국 영사관에 불을 질렀고, 소방서원들은 진화작업을 거부했다. 찌꽝은 유혈사태를 막기 위해 군중을 진정시키려고 애썼지만, 자신이 시작한 반정부 운동은 이제 그의 통제력을 벗어난 상태였다.

5월 29일 후에에서는 50대 중반의 비구니 타잉꽝(Thanh Quáng)이 사찰 마당에 연꽃 자세로 앉아 분신자살을 했고, 살이 타는 악취를 없애기 위해 다른 비구니들이 불꽃에 박하 기름을 뿌려대는 동안 찌꽝은 존슨 대통령을 비난하는 그녀의 유서를 취재중인 보도진에 배부했다.

이와 비슷한 분신자살이 줄지어 일어났지만, 존슨 대통령은 '비극적이고 불필요한 일(Tragic and unnecessary)"이라는 말로 유감의 뜻을 전함으로써, 키 수상에 대한 변함없는 지지를 분명히 했다.

불리한 상황이 반전될 기미를 보이지 않게 되자, 반란에 가담했던 장교들은 한참 눈치를 살피다가 얼마후 불교도 투쟁 세력으로부터 이탈하기 시작했고, 6월 초에 로안 대령이 이끄는 키의 군대가 다낭에서 출발하여 후에로 진입했다. 티 장군은 별다른 저항도 못해보고 미국으로 망명했으며, 로안은 찌꽝을 체포하여 사이공 병원에 연금시켰다.

후에를 중심으로 전개되던 불교계의 반정부 운동은 여기에서 막을 내렸다.

＊

후에의 반란을 진압한 응웬응옥로안 대령이 2년 후, 장군으로 진급하여 경찰총장직을 맡았을 무렵에, 구정공세가 개시되었다.

2월 1일 로안 장군은 사이공 거리를 순시하다가, 앙꽝(An Quảng) 사찰 근처에서 베트콩 장교 용의자를 끌고 가는 정부군 몇 명을 만났다. 포로는 검은색 짧은 바지에 줄무늬 셔츠를 걸친 더벅머리였으며, 두 손은 등 뒤로 묶인 채였다.

병사들이 포로를 그에게로 끌고 가자 로안 장군은 허리춤에서 소형 권총을 뽑아 들고는, 주변에 모인 사람들더러 뒤로 물러서라는 시늉을 했고, 사람들이 주춤주춤 비켜나는 사이에 총구를 포로의 관자놀이에 대고 방아쇠를 당겼다. 포로는 순간적으로 얼굴을 찡그렸다가, 무릎에서 힘이 빠지는 듯 옆으로 쓰러졌고, 그의 머리에서 콸콸 흘러나온 시뻘건 선혈이 아스팔트에 당장 홍건하게 고였다. 총성 이외에는 아무 음향도 없이 이 장면은 순식간에 무언극처럼 이루어졌다.

그리고 사이공 길거리에서 로안 장군의 즉결처형이 이루어진 충격의 현장 그 자리에는 마침 그 시간에 AP 통신의 사진기자 에디 애덤스(Eddie Adams)와 NBC 방송의 베트남인 카메라맨 보수(Võ Suu)가 함께 있었고, 그들이 촬영한 똑같은 장면이 인쇄 매체와 텔레비전을 통해 전세계로 퍼져 나갔다.

▲ 응웬응옥로안 장군은 사이공 거리에서의 즉결처형으로 인해 세계적인 악마로 부각되었다.

*

언론 매체가 순식간에 전파한 이 장면을 보고 세계 각국의 시청자와 독자가 격분하여, 야만적인 로안 장군에게 돌을 던지기 시작했다.

대단히 유능하고, 친미적인 우파이며, 전형적인 군인다운 인물이었던 그의 순간적인 행동은, 특히 미국 언론의 맹렬한 집중공격을 받으며, 반전운동에 휘발유를 끼얹는 결과를 가져왔다. 이 냉혹한 즉결처형 장면은 그후에 베트남전을 다루는 거의 모든 사진기록에서 빠지는 일이 없을 정도로 유명한 필수품목이 되었으며, 로안 장군은 베트남전을 통틀어서 가장 흉악무도한 인물로 부각되었다.

그렇기 때문에 당시의 끔찍한 장면이 눈에 선한 사람들은 지금까지도 그에게 계속해서 돌을 던진다고 한기주는 생각했다.

「찰리 중대의 세상」을 만든 CBS-TV의 존 로렌스 특파원은 로안의 처형 현장에는 없었다. 하지만, 모든 낙종기자(落種記者)가 그러듯이, 그는 한 주일 후에 쩔린 거리에서 장군을 만나 속보(續報)를 만들기 위해 인터뷰를 시도했다.

로안 장군은 집요하게 그를 쫓아가는 카메라를 피하려고 애쓰면서, 끝까지 대화를 거부했다. 왜 한 주일 전에 그런 잔혹한 짓을 저질렀는지를 설명하는 속보거리를 제공하는 대신, 로안 장군은 카메라가 돌아가지 않는 동안, "군인에게 삶과 죽음이 무엇이란 말인가?(What is life, and what is death, to a military man?)"라는 의미심장한 말만 한마디 남겼다고 존 로렌스는 보도했다. 그리고 지난 주일의 처형 장면을 느린 속도로 재생하여 보여주면서 특파원은 로안 장군이 "포로를 냉혹하게 사살(shooting a prisoner in cold blood)"했다는 보충 설명을 곁들였다.

하지만 그것은 정말로 냉혹한(in cold blood) 행동이었을까?

혹시 그것은 뜨거운 피가 끓어올라서(in hot blood) 저지른 행위가 아니었을까?

*

일방적인 시각의 위험성이 언론보도에서는 항상 지적을 받는 요소이지만, 1968년 2월 1일 응웬응옥로안 장군이 사이공 길거리에서 베트콩 포로를 처형하기 몇 시간 전에, 그에게 어떤 일이 벌어졌었는지를 속보나 배경설명을 통해 독자나 시청자에게 알려준 언론 기관은, 존 로렌스를 포함하여, 아무도 없었다.

적어도 한기주가 알기로는 그랬다.

그리고는 꼭 20년이 지난 다음인 1987년 2월, 미국으로 건너가 『하얀 전쟁』을 영어로 다시 쓰는 작업 과정에서, 한기주는 참고삼아 책*을 뒤적이다가 우연히, 한 조각의 새로운 진실을 발견했다.

로안 장군이 베트콩을 처형하기 몇 시간 전에, 그의 부하 몇 명과 더불어, 로안의 아내와 자식들이 베트콩에게 사살되었다. 그리고 그는 죽은 처자식의 시신조차 제대로 추스르지 못한 채, 총탄이 빗발치듯 날아다니는 사이공

---

* 스탠리 카르노우(Stanley Karnow)의 『베트남사(Vietnam : A History)』 529쪽.

길거리로 나가서, 혼란스러운 작전을 지휘해야 했다.

이런 사실을 알게 된 그날부터, 한기주는 로안 장군에게 돌을 던지는 짓을 그만두었다.

넷 통일과 평화의 차림표

어제 너무 강행군을 해서 오늘은 모두 늦잠을 자기로 합의를 보았던 일행을 방해하지 않으려고 한기주는 혼자 아침을 먹으러 여덟시쯤에 식당으로 내려갔다. 그 시간이면 어느 호텔 식당에서나 똑같이 풍기는 끓인 커피와 볶은 베이컨과 튀긴 계란 냄새가 식욕을 상쾌하게 자극했다.

프랑스어나 독일어로 얘기를 나누는 50대와 60대의 유럽인 부부 세 쌍이, 산들바람에 벼가 들판 가득히 황금빛으로 물결치는 노란 풍경화를 걸어놓은 하얀 벽을 따라, 띄엄띄엄 흩어져 앉아 빵에 버터를 바르거나 커피를 마셨다. 정복자가 아닌 관광객으로서 찾아온 서양인들은 겨울철에 어울리지 않는 짧은 소매의 블라우스와 반바지 차림이었고, 식탁에 놓인 비디오 카메라와 소형 사진기로 미루어 보아, 얼른 간단히 식사를 끝내고 곧장 시내 관광을 나가려는 눈치였다. 머리를 짧게 깎은 한 남자는 방으로 아침마다 배달되는 영자신문 〈더 사이공 타임스(The Saigon Times)〉를 읽는 중이었다.

깨끗한 식탁보 위에는 꽃 그림을 인쇄한 종이를 깔았고, 노란 갓을 씌운 전등 옆에 놓인 커다란 유리 그릇에는 예쁜 아침 꽃이 한 다발 가득했다. 말끔하게 접은 식탁수건, 자그마한 빵 바구니, 버터 그릇, 후추와 소금이 담긴 병, 빈 접시와 은빛 식기, 그리고 빨간 플라스틱 받침대에 꽂힌 차림표 옆에서 한기주는 똑같이 생긴 받침대에 끼워놓은 안내서를 한 장 발견했다.

이른 아침 꽝찌(Quáng Tri)로의 자동차 여행.

케산 기지, 호찌밍 산길, 빙목(Vĩnh Mộc) 땅굴 관광.

당 호텔 리무진 대기소에서 승차.

자세한 내용은 로비에 위치한 관광안내부에 문의 바람.

관광을 할 만한 전적지의 목록, 그것은 평화와 통일의 식탁에 오른 전쟁의 차림표(menu)였다.

꽝찌는 한기주가 베트남에 와 있던 당시 미 해병대가 베트콩에게 끊임없이 시달리던 남 베트남의 최북단 지역이었다. 그리고 관광지가 되어버린 케산 기지에 가면, 2개월에 걸친 치열한 전투 끝에 미군이 철수하면서 비용이 너무 많이 들어간다고 뜯어가지 않았다는 철판 활주로가 지금도 패배의 자취로 그대로 남아 있을지 한기주는 은근히 궁금해졌다.

미국의 패배를 보여주는 자취라면 베트남에는 승리의 증거였다. 성공한 사람들은 과거에 그들이 겪었던 고난의 시절을 자랑하고 싶은 심리적인 욕구를 느끼게 마련이고, 승전국은 그래서 고달팠던 전적지를 염주처럼 꿰어 서양 패배자들에게 돈을 받고 보여주는 모양이었다.

꽝찌와 케산을 거쳐 이르게 되는 호찌밍 산길(Đường Mòn Hồ Chí Minh)* 또한, 전쟁중에 이미 전설이 된 고난의 길이었다. 그리고 이제, 그것은 승리의 길에 이르는 웅대한 기념비가 되었고, 오늘 아침 텔레비전에서는 베트남 정부가 호찌밍 산길을 2005년까지 관광 상품으로 복원한다는 CNN 보도가 나왔다.

상품(商品)이 된 산길에서는 영광을 돈으로 환산했다.

*

관광지로 단장하여 새로 선보일 호찌밍 산길은, 전쟁중에 북 베트남에서 병력과 물자를, 차량과 코끼리까지 동원하여, 국경을 따라 남 베트남으로 투입하는 주요 통로였다.

---

* 영어 명칭 the Ho Chi Minh trail 또는 the Ho Chi Minh route

캄보디아와 라오스 동부의 밀림 산악지대를 거미줄처럼 얽어놓은 이 도로
망은, 역사를 1천 년 전으로 거슬러 올라가면, 길이라고 할 만한 길도 아니었
기 때문에, 중국에서 황금이나 아편을 구해 인도차이나 반도를 종단하여 동
남아로 가져다 팔던 밀수꾼들이 "허우적거리고 헤엄치듯" 밀림을 헤치며 다
녔어야 할 만큼 험했다고 전해진다.

그러다가 그곳 산악지대에서 살던 원주민 부족들은 몇백 년 전부터 코끼
리나 호랑이 같은 맹수를 사냥하러 다니느라고 조금씩 오솔길을 만들기 시
작했다. 베트밍 전사들은, 베트남의 독립을 찾기 위해 프랑스와의 전쟁을 벌
이던 초기에, 사냥꾼들이 만든 희미한 산길을 계속해서 조금씩 뚫고 이어붙
여서, 엉성한 도로망을 형성하여 도피나 침투를 위한 비밀 통로로 이용하게
되었다.

그리고는 1959년 5월 제네바 협정을 맺은 이후, 공개적인 남부 정복이 불
가능해지자, 호찌밍은 17도선에 베트밍 전사들을 재집결시켜, 과거에 그들
이 프랑스군과 싸웠던 남 베트남의 옛 전투지로 되돌아가라고 명령했다. 이
렇게 침투 전략을 위해 본격적으로 활용되기 시작되면서 '호찌밍 산길'이라
는 이름이 생겨났다.

빠리 유학 시절에 호찌밍을 만나 베트콩 간부가 되어 법무장관까지 지낸
쭈엉누땅의 기록[*]에 의하면, 초기에 호찌밍 산길을 개척한 전사들은, 최소한
의 필요한 장비와 보급품만 휴대하고, 숨막히는 숲 속의 무더위를 견디며,
말라리아와 이질과 나무거머리와 독사를 이겨내고, 온갖 벌레와 구름처럼
몰려드는 모기 떼에 시달리면서, 하루에 10킬로미터씩 이동했다고 증언했
다. 그러다 보니, 밀림 침투로를 따라 목적지에 이르는 기간이 때로는 6개월
이나 걸리기도 했다.

한기주는 밀림이나 산악으로 전투를 종군하러 따라갈 때면, 앞을 가리는
덩굴과 나뭇가지를 벌목도로 쳐내면서 길을 만들어야 했던 병사들을 자주

---

[*] 쭈엉누땅(Trương Nhu Tang), 데이빗 채노프(David Chanoff), 도안반똬이(Đoan Văn Toai)의 『베트
콩 회고록(*A Vietcong Memoir*)』 영어판, 1986, Vintage Books, 239~243쪽.

▲ 험악한 밀림 속의 호찌밍 산길을 따라 북 베트남은 병력과 장비와 보급품을
지극히 원시적인 방법으로 남쪽에서 싸우는 병사들에게 내려보냈다.

보았다. 통행이 그래도 비교적 수월하다는 중부 해안지대의 울창한 숲에서
겪었던 자신의 경험을 통해, 한기주는 호찌밍 산길의 강행군이 어떠했을지
쉽게 상상이 갔다. 저녁이 되면 기진맥진한 그들 베트밍과 베트콩 해방군 전
사들은 나무에 그물침대와 모기장을 걸어놓고 하늘의 별을 보며 잠을 잤고,
마실 물을 찾아 걸핏하면 먼길을 헤매야 했으며, 낙오자는 호랑이와 표범에
게 목숨을 잃기도 했다. 병이 든 동지들은 허름한 대피소에 남겨두고 본대는
그냥 행군을 계속해야 했고, 낙오자의 절반이 죽음을 맞았으며, 살아남은 자
들은 더 이상 죽음을 두려워하지 않게 되었다.

　어떤 힘이 그토록 많은 사람들로 하여금 이런 고난의 길을 가게 했을까?
　무엇이 그들로 하여금 개미 떼처럼 줄을 지어 10년 동안 산길을 뚫으면서
나아가게 했을까?

베트남이 북위 17도선에서 분단된 다음, 제네바 협정에 따라 북부와 남부는 서로 상대방의 '영토'를 침범을 하지 않기로 약속했으며, 협정을 위반하지 않았다는 인식을 전세계에 심어줘야 한다는 필요성 때문에 호찌밍은 남쪽의 동지들에게 지엠 정권에 대한 공격을 자제해 달라고 말렸다. 이런 틈을 타서 남쪽 정부군의 대대적인 토벌작전이 벌어져 베트콩의 본거지들을 와해시키기 시작했고, 북으로부터 고립되었다고 생각한 일부 병력은 혁명을 한없이 기다릴 처지가 아니어서, 먹고살기 위해 우선 농사부터 지어야 되겠다며 고향으로 돌아갔다.

그러나 메콩 삼각주와 다른 여러 지역에서 베트콩은 하노이의 지시를 어기고 정부군에 대한 공격을 계속했고, 호찌밍은 표면으로 드러내지 않은 채로 은밀히 남부의 공산 세력과 연합전선을 유지하고 강화하는 길을 모색하지 않으면 안 되었다. 그래서 1959년 5월, 북 베트남 지도부는 극비밀리에 남부로의 침투를 위해 공산주의자들이 과거에 사용했던 길을 확장하는 계획을 추진시킬 목적으로 559부대를 창설하고, 해상으로 보급 물자와 병력을 수송하기 위해 2개월 후에는 다시 759병참부대를 만들었다.

그들은 국경지대의 원시적인 오솔길을 차량 통행을 위한 2차선으로 넓혔고, 흙바닥을 단단하게 다진 다음 돌멩이를 깨트려 포장하는 개량사업이 계속되었으며, 1백 킬로미터 간격으로 도로변에 작업반과 병사들이 상주하면서 통행을 순조롭게 유지하고 관리하는 자급자족형 촌락이 생겨났다.

이렇게 호찌밍 산길을 따라 상주하는 인력이 1974년 초에는 무려 십만 명에 달했고, 막사와 무기고와 창고와 농장과 주유소와 병원과 방문객 숙소 따위의 각종 수송, 보수 및 방어 시설도 골고루 갖추었다. 도로 공사를 맡은 인력으로는 각종 청년 단체, 몽따냐르 부대 그리고 농민 지원병이 동원되었으며, 이들 중에는 10년이 넘도록 고향에 가 보지 못한 젊은이들도 허다했다.

미국의 중앙정보국(CIA)은 1961년에 라오스에서 "비밀전(covert war)"을 개시하여, 9천 명의 메오(Meo) 산족을 무장시켜 호찌밍 산길 건설을 막아보려고 했지만 별로 성과를 거두지 못했고, 북 베트남은 1964년 봄부터 공사를 가속화하는 한편, 지금까지 확보된 침투로를 이용하여 남부의 베트콩을 지휘하고 지도할 세포간부(cadres)뿐 아니라 북부의 월맹 정규군까지 내려보내기 시작했다. 1960년대 중반에 이르자 북 베트남은 3개월이면 종단이 가능한 1천 킬로미터의 호찌밍 산길을 닦아놓고는, 한 주일에 4백 톤의 보급품과 한 달에 5천 명의 병력을 남으로 증파했다.

1964년 말까지 베트콩 병력은 17만 명에 달했고, 대부분 남부에서 포섭한 그들 인원 가운데 3만은 50개의 정예 대대에 배속되었다. 프랑스제와 일본제 구식 무기나 미군으로부터 노획한 장비로 전투에 임했던 베트콩은 호찌밍 산길을 타고 들어온 박격포와 B-40 로켓포, 총류탄 발사기, 소련제 AK-47 자동소총, 그리고 AK 소총과 동일한 구경의 실탄을 사용하는 기관총으로 무장했으며, 북에서 내려보낸 노련한 고참병들로부터 맹훈련을 받아 전투력을 향상시켰다.

미국은 3만 킬로그램의 폭탄을 적재하는 가공할 B-52 폭격기로 호찌밍 통로와 연결되는 시골 지역을 초토화했지만, 무지아 고갯길(the Mụ Giạ Pass)의 경우, 집중적인 폭격이 끝나고 며칠만에 대형 트럭들이 다시 통행을 재개하여, 좌절감에 빠진 어느 미국인으로부터 "카프카즈 인종*은 개미군단의 능력을 제대로 상상하기조차 불가능하다"**는 자조의 경탄을 자아내기도 했다.

국내의 반전 여론에 밀려 1968년 닉슨 대통령이 북폭(北爆) 중단 명령을 내린 이후, CIA는 메오와 몽(Hmong) 산족으로 구성된 유격대를 만들어, 호찌밍 산길을 봉쇄하기 위한 전투를 벌여 피아간에 2만 명의 전사자를 냈으며, B-52 폭격기의 주요 공격 목표도 북 베트남에서 라오스로 바뀌어 1973년까지 2백만 톤의 폭탄이 산길 주변의 수많은 지역을 '사막'으로 만들었다. 하지만 "쇠까마귀"***가 휩쓸고 지나가면 '개미군단'은 당장 복구작업에 들

---

* 백색 인종을 뜻한다.
** "Caucasians cannot really imagine what ant labor can do" 타운센드 홉스(Townsend Hoopes), 『개입의 한계(The Limits of Intervention)』, 1970년, 79쪽.
*** 북 베트남에서 B-52 폭격기에 붙인 별명.

어가 우회로를 만들었고, 이렇게 해서 거미줄처럼 얽힌 도로망은 산봉우리마다 배치한 대공포대의 보호까지 받아가면서, 하루 24시간 시속 30킬로미터로 차량을 통행시켰다.

호찌밍 산길에 밤이 오면 캄캄한 숲의 구불구불한 도로를 따라 남으로 내려가거나 북으로 올라가는 차량 행렬의 전조등 불빛이 "이상하고도 아름다운 풍경"(『베트콩 회고록』 242쪽)을 이루고는 했으며, 하노이 정부는 이런 '풍경'을 2005년까지 관광 상품으로 복원할 생각이었다.

＊

북 베트남에서 17도선 비무장지대를 넘어 1천 킬로미터 호찌밍 산길을 따라 남으로 남으로 3개월 동안 강행군을 하여 그 머나먼 남쪽 끝에 이르면, 미군의 비엔화 공군기지와 사이공 서쪽에 바싹 붙은 꾸찌(Cù Chi)에 이르고, 이곳에다 베트콩은 병원과 상황실과 차량 대피소까지 갖춘 지하 도로망과 기지를 마련하여, 구정공세 동안에 병력뿐 아니라 1백 톤의 보급품을 사이공으로 투입하는 대동맥으로 활용했다. 베트남 정부는 호찌밍 산길을 관광 상품으로 개발하기 오래전에 이미 꾸찌 땅굴을 외국 관광객들에게 개방하여, KBS에서도 벌써 여러 해 전에 이 지하 요새를 한국 시청자들에게 소개했다.

호찌밍 산길의 북단(北端)에 위치한 빙목 땅굴과 남단의 꾸찌 땅굴과 마찬가지로, 대한민국도 북한이 비무장지대를 돌파하기 위해 만들어 놓은 '남침 땅굴'을 분단과 전쟁의 관광 상품으로 만들어, 베트남식 적화 통일에 실패한 북한의 헛된 시도를 보여주는 기념물로서 반공교육과 선전을 위해 활용했고, 이제는 미군 USO의 여행지 가운데 하나인 판문점과 더불어, 영국 황실 아시아 협회(the Royal Asiatic Society)의 답사지 목록에도 올랐다.

백마부대 30연대의 최남단 주둔지였던 판랑에서 출발하여, 제27번 도로를 따라 대여섯 시간을 자동차로 가면 다다르게 되는 중부 고원지대의 도시 달랏(Đà Lat)은 전쟁 전부터 세계적으로 유명한 휴양지여서, 베트남의 마지막 황제 바오다이가 국정을 돌보지 않고 그곳 별장에 가서 여자들과 놀기만 했다는 비난까지 받았었다. 전쟁중에는 냐짱 그리고 붕따우와 함께, 날씨가 시원하고 맛좋은 채소가 많이 나기로 이름난 달랏은 미군을 위한 3대 R&R 휴양지로 꼽혔다. 하지만 전쟁이 끝난 다음 미군을 위한 달랏 골프장은 사치방탕한 자본주의를 척결하려는 사회주의 물결에 휩쓸려 밭이 되고 말았다. 그리고는 도이머이와 더불어 되살아난 이곳 골프장에는, 꾸찌 도로변의 골프장에서나 마찬가지로, 베트콩의 공격을 받아 생긴 여러 구덩이에 물이 고여 '천연' 장애구역(hazard)으로 활용되었고, 어떤 곳에는 이런 물구덩이 앞에다 서양 관광객들을 위해 아예 영어로 "전흔(戰痕, The Traces of Wartime)"이라는 팻말까지 세워 놓았다.

전화(戰禍)의 흔적까지도 상품화하는 세상.

*

국가의 존망과 개인의 목숨을 걸고 싸우던 전투지를 관광지로 개발하여 구경시킨다는 개념을 한기주는 죽은 인간의 고기를 썰어 부위별로 포장하여 좌판에 늘어놓고 팔아먹는 짓과 마찬가지로 불결하다고 가끔 생각했다.

전쟁이라는 참상을 구경거리로 여기고, 전흔을 보여주고 구경하며 돈을 주고받는 행위란, 비디오 게임을 방불케 하는 무용담 전쟁영화나 마찬가지로 경박해서, 전쟁 모리배와 어딘가 비슷하다고 그는 생각했다. 온갖 눈물겹고 열악한 노동 현장을 복제하여 박물관식 관광 상품으로 만들어 누가 돈벌이를 한다면 화를 낼 사람들이 적지 않겠고, 마찬가지 이유로 한기주는 전쟁의 노동자인 군인으로서 그가 거쳐간 흔적을 구경거리로 삼으려는 사람들에 대해, 35년 전 닝화 도로변으로 의자를 들고 불도저 작전을 구경나왔던 베트남 주민들에게처럼 그가 화를 낼 만한 이유가 충분하다고 믿었다.

공감의 경험을 위해서이건 아니면 단순한 호기심을 충족시키기 위해서이건, 사람들은 천성이 타인의 고통을 구경하고 싶어하는 모양이라고 한기주는 생각했다. 그래서 그들은 분단과 전쟁의 고통을 보려 하고, 독일이 통일된 다음에는 동독의 정치범 수용소의 내부를 개조하여 1996년에 관광명소로 문을 열었으며, 5년 동안에 12만 명이 구경을 다녀갔다고 했다. 그리고 빛이 차단된 캄캄한 고문실의 안내를 맡았던 어떤 사람은 분단시절의 수감자였다.

그런가 하면 뒤늦게 국제무대의 전방으로 진출한 중국에서는, 냉전시대에 항저우(杭州)에다 만들어 놓았다가 이제는 쓸모가 없어진 방공호를 한여름 피서지로 개조하여 역시 관광 품목으로 내놓았다.

그렇다면 전쟁 동안에 지뢰를 밟고 두 다리를 잃어 불구자가 된 수많은 민간인들—그들을 수집하여 한 곳에 전시한다면, 그들 또한 관광 상품의 목록에 포함이 되려는가?

다섯 탄흔

남쪽의 다른 도시들과는 달리 후에의 여자들은 칙칙한 자줏빛 아오자이를 즐겨 입는다고 구형석이 설명했다. 자줏빛은 중국과 유럽에서, 동서양 어디에서나, 황제의 빛깔이었다. 그리고 후에 전투가 끝나갈 무렵 미 해병들이 성청(省廳) 앞마당에 쌓아 놓았던 시체더미에서도 자줏빛 '군복'을 입고 죽은 베트콩이 적지 않았다.

중국을 숭앙하던 베트남의 옛 황제들이 베이징을 모방하여 정성을 들이며 건설했기 때문인지는 몰라도, 후에는 평온하고 잔잔한 인상을 주었다. 서양의 제국주의를 모방하여 건설했기 때문에 조잡하고 현대적이며 시끄러운 호치민 시하고는 이곳 후에는 첫인상부터가 뚜렷한 과거와 현재의 대조를 이루었다.

한기주는 후에가 인도네시아의 요그야카르타(Jogjakarta)를 꼭 닮았다는 인상을 받았다. 남 베트남이 호찌밍 군대에게 정복을 당한 다음 수많은 난민이 쪽배에 몸을 싣고 찾아갔던 인도네시아는 씨클로와 비슷한 세 바퀴 딸딸이 베차가 오가는 거리 풍경뿐 아니라, 여기저기 피어 있는 종이꽃도 그러했고, 울창한 밀림과 낯익은 수목에서 기후와 풍토까지가 베트남과 같았다. 그중에서도 요그야카르타는 후에나 마찬가지로 전통문화의 중심지이며, 식민지에 눈독을 들이는 서양에 저항하여 승리한 반골의 도시였다. 아직도 술탄이 정신적인 지배자 노릇을 하는 요그야캬르타에서는, 수백 년 동안 식민통치를 했던 네덜란드에 맞서 1949년 독립 투쟁에 나섰는데, 저마다 집에 유물로 보관하여 대대로 전해 내려오던 옛 무기로 시민들 가운데 10분의 1만 무장한 상태로 전쟁에 나섰다. 그리고 놀랍게도 베트남에서처럼 그들은 서양의 강대국을 이겨냈다. 그런가 하면, 20세기 후반부에서부터 새로운 팽창주의적 식민지 전쟁을 주도하는 미국에 맞서, 오사마 빈 라덴이 미국의 물질적 자본주의를 상징하는 뉴욕의 무역센터 쌍둥이 건물을 공격했을 때, 시민들이 길거리로 뛰쳐나와 기뻐하며 겁도 없이 환호했던 나라도 세상에서 오직 인도네시아뿐이었다.

한기주가 인도네시아를 찾아갔을 때는 9·11이 일어난 지 3개월쯤 되었을 무렵이어서, 미국인 관광객 10만 명이 연말 여행 예약을 취소하는 바람에 요그야카르타에서는 카프카즈 인종의 얼굴이 아예 눈에 띄지를 않았고, 이번 베트남 여행에서도 그는 미국인 관광객을 호치민이나 기차 안에서 만나지를 못했다. 패전의 추억이 즐겁지 않아서인지 늙은 참전병들이 별로 베트남을 찾아오지 않았고, 젊은층도 이곳에 와서 얻을 만한 역사의 교훈이 별로 없다고 판단했기 때문이리라고 한기주는 추측했다.

*

1804년에 건축했다는 황성(皇城, Đai Nôi, 영어 명칭은 the Citadel)으로 오후에 한기주 일행이 찾아간 까닭은, 유네스코가 문화유산으로 지정한 역사적 유물로서가 아니라, 전쟁 유적지로서의 취재를 위해서였다.

해자(垓字)에 얹힌 다리를 건너 그들이 들어간 왕궁문 응오몬(Cửa Ngọ Môn)*은 전흔이 보이지 않는 말짱한 모습이었고, 대머리가 벗겨진 유럽 남자들과 은회색 머리의 여성 동행인들이 어깨에 작은 가방을 메고 여기저기 비디오 카메라를 겨누며 돌아다녔다. 그들 단체 관광객들은 네모반듯한 연

---

* 午門. 궁정의 남문 또는 정문을 뜻한다.

못에 거꾸로 비춘 태화전(Diên Thái Hòa)의 붉은 기와를 감상했고, 역사의 이끼에 감탄하며, 무엇인가 공책에 기록하기도 했다.

앞쪽으로는 흐엉 강이 가로막고 구불구불한 해자가 두 겹으로 둘러싸서, 베이징의 쯔진청(紫禁城)처럼 후에 안에서 따로 하나의 독립된 옹성(甕城) 도시를 이룬 황성에서, 조금 더 안쪽으로 들어가니, 전쟁으로 무너진 건물들이 주춧돌만 남았다. 깨진 벽돌이 제멋대로 쌓인 무더기들의 주변에는 산업화로 버림받은 농촌 마을처럼 잡초가 무성했다. 현재 복구 작업이 진행중이라고 응우엣이 설명하기는 했지만, 보수공사에 동원된 인원이라고는 아무리 둘러봐도 저만치서 손수레로 느릿느릿 흙을 퍼 나르는 늙은 남자 한 사람과, 옆에서 일을 거들기만 하던, 마찬가지로 늙은 여자 한 사람뿐이었다.

여기저기 좀 더 돌아다니다 보니, 이끼가 죽어 검은 얼룩으로 뒤덮인 성벽이 나왔는데, 기관총탄을 맞아 깨져 나간 탄흔이 가득했다. 붉은빛이 삭아가는 벽돌 조각들 사이에서 매달려 새로 자라나는 풀과 이끼가 악착같이 푸르렀다.

KBS가 탄흔을 촬영하는 사이에 유럽인들도 몇 명 저쪽에서 역시 탄흔을 비디오 카메라에 담았다. 베트남 지성인의 대부분이 태어나서 교육을 받고 성장한 도시, 보응웬지압이 호찌밍을 처음 만나 독립운동을 시작한 도시, 베트남에서 가장 아름다운 도시 후에에 미군의 기관총이 남긴 탄흔 또한 이제는 관광 상품이 되어버린 모양이라고 한기주는 생각했다.

도시지역 공습에 팬텀기까지 마구 동원되었던 후에 전투에서 베트콩의 최후 거점은 이곳 황성이었고, 1백 년 전에 축조한 중세의 요새는 미군 탱크의 공격으로 붉은 먼지를 일으키며 무너졌다. 그리고 그때 남은 탄흔이 한기주의 손끝에서 톱날처럼 거칠기만 했다.

*

구정공세 초기에 베트콩과 베트밍은 7천 5백 명의 병력을 투입하여 황성을 점령했고, 3주간의 공방전에서 미군과 월남군의 전사자가 5백 명에 이르렀으며, 북 베트남 쪽의 희생자는 그 열 배였다고 사람들은 추정했다.

그로부터 2년 후인 1970년, 미국은 공산 병력을 협상이나 무력 어느 쪽으로도 남 베트남에서 제거하기가 불가능하다는 결론을 내렸고, 1971년 말까지 10만 명의 철수를 단행하여, 베트남 주둔 미군은 17만5천으로 줄었으며, 그 가운데 전투 병력은 7만5천에 불과했다.

1972년 3월, 북 베트남이 재래식 침공을 대규모로 개시한 춘계공세 때는 미군이 9만5천밖에 되지 않았으며, 전투 병력은 겨우 6천이었다. 한국군의 청룡여단은 1971년 1월과 2월이 되어서야 출라이에서 철수하고, 맹호부대가 1973년 3월 10일 뀌농에서 그리고 백마부대가 3월 16일 냐짱에서 철수했으므로, 춘계 대공세 때는 남 베트남에 미군보다 한국군의 전투 병력이 더 많았던 셈이다.

이런 상황에서 12만 북 베트남 정규군 병력이 소련제 전차를 앞세우고 비무장지대를 넘어 꽝찌로 진군했고, 중부 고원지대에서는 콘툼을 장악했으며, 사이공에서 북서쪽으로 불과 1백 킬로미터 지점인 캄보디아 국경에 접한 안록(An Lộc, 지금의 Bình Long)을 동시에 치고 들어갔다.

전황이 불리하게 돌아가자 티우 대통령은 대부분의 예비 병력을 급한 대로 우선 안록으로 이동시켰고, 그러자 이번에는 메콩 삼각주의 베트콩이 사이공 외곽 인구가 밀집한 지역들에 대한 공격을 개시했다. 그러나 이 전투에서 북 베트남이 10만 그리고 남 베트남이 2만 5천 명의 목숨을 잃기만 했을 뿐, 오래 계속되었던 전체적인 전세의 교착상태는 아무런 변화를 맞지 못했다.

춘계 대공세가 끝나고 여름과 가을이 지나, 겨울이 왔다.

상처받은 자존심만 베트남에 남겨두고 거의 모든 병력을 철수한 미국은, 12월 13일 빠리에서 진행되던 평화협상이 결렬되어, 조약을 통해 조금이나마 명예를 되찾으려고 하던 노력조차 별로 괄목할 만한 진전을 보지 못하게 되자, 하노이 정부를 "코피가 나도록 혼내줘서 버르장머리를 고쳐놓겠다"는 작업에 착수했으니, 라인베커* 2호 작전이 그것이었다.

---

* 'Linebacker'는 미식축구에서 후방을 지키는 선수를 뜻한다.

"72시간 내에 빠리 협상 자리로 돌아오지 않으면 혼을 내겠다"고 12월 14일에 노골적인 경고를 한 닉슨 대통령은 협상에서 사실상 무엇 하나 떳떳하게 요구할 입장이 아니었다. 그의 협박에 대해 북 베트남으로부터 아무런 신통한 반응이 나오지를 않자, "하노이 일대를 석기시대로 되돌려 놓겠다"는 미 국무성의 '약속'을 실천에 옮기기로 작정했다.

12월 18일 괌의 앤더슨 공군기지와 태국 우타파오(Utapao)에 배치된 B-52 전략폭격기 2백10대 가운데 129기가 출격하고, 작전 이틀째는 93기 그리고 사흘째는 99기가 출격하여, 하노이와 하이퐁을 연결하는 지역의 군사시설, 보급수송망, 비행장, 창고, 연료 저장고, 발전소, 통신 시설을 닥치는 대로 때려부수기 시작했다. 그로부터 12월 29일까지 성탄절 하루만 쉬고는 11일 동안 각종 항공기가 3천 회나 출격하여 4만 톤의 폭탄을 퍼부었고, 이러한 분풀이 "성탄절 대폭격(the Christmas bombing)"에 대해서 교황 바오로 6세는 베트남이 겪는 고통이 그에게 "날마다 슬픔을(daily grief)" 가져다준다고 개탄했으며, 12월 20일자 〈더 뉴욕 타임스〉는 "미국이 석기시대 수준의 야만성으로 되돌아가는 모험을 벌였다"고 비판했다.

이 기간 동안에 미국은 B-52 폭격기 33대가 미사일로 격추되어 15퍼센트의 전력 손실을 입었고, 미 전략전술공군 항공기 77대가 격추되었으며, 그 이외에도 F-111기 5대, 해군 소속 제트기 24대, 3대의 정찰기 그리고 헬리콥터 1대를 잃었다.

역설적으로 성탄절에만 폭격이 중단되었던 '성탄절 폭격'이 끝난 다음 열흘 후에, 빠리 협상이 재개되어 1월 27일에 정전 협정이 체결되었다. 3월 29일에는 마지막 미군 병력이 베트남으로부터 철수했다. 그리고는 1974년 8월 9일 워터게이트 사건으로 인해서 닉슨 대통령이 사퇴했다.

한편 남 베트남의 티우 대통령은 정치적 고립으로부터 벗어나고 미국의 도움을 끌어내기 위해, 1974년 1월 4일에 전쟁이 다시 시작되었음을 선언했고, 1975년 북 베트남은 최후의 결전에 돌입했다.

▲ 북 베트남을 석기시대로 되돌려 놓겠다고 선언한 닉슨 행정부가 쏟아부은 성탄절 폭격으로 폐허가 된 하노이의 자전거공장 옆에서 무장한 노동자들이 뛰쳐나온다. 리 락우드(Lee Lockwood)가 찍은 사진.

*

　12월 중순에 공격을 개시한 공산군은 제14번 도로의 주요 분기점을 성탄절 다음날 장악했고, 1975년 1월 6일에는 북 베트남 정규군 8천 명을 앞세워 성(省都)도 푸억빙(Phước Binh)을 대포와 로켓포로 초토화하고는 베트밍 깃발을 게양했다. 안전한 고공에서 임무를 수행하는 B-52와 달리 겨우 10킬로미터 상공에서 접근해야 하는 남 베트남 공군기는 대공포 때문에 속수무책이었다.

북군은 허리를 자르고 들어가 남 베트남을 양분하기 위해 중부 고원지대의 번마토(Buôn Ma Thuöt)를 다음 목표로 삼았으며, 이때 현장 밀림지대에 작전지휘소를 차려놓고 남보(Nam Bô)의 전투를 진행시킨 인물은 디엔비엔푸에서 베트밍 참모총장으로 공을 세워 지압 장군의 총애를 받고 승승장구해온 반띠엔증(Văn Tiên Dũng) 장군이었다. 베트남 공산당 정치국 위원 가운데 유일하게 순수한 무산자층 출신이었던 그는 나이도 가장 젊은 58세였으며, 화려하고도 눈부신 전략가이면서도 실수를 자주 범했던 지압 장군과는 달리, 특별하게 두드러진 장점은 갖추지 못했어도 미국의 군사 관료들처럼 어떤 면에서도 빈틈이 없었기 때문에, 지압과 증 두 사람은 서로 보완이 잘 되는 이상적인 한 쌍이었다.

중부 지역으로 4개 사단을 이동시킨 증 장군은, 3월 10일 번마토를 포격으로 뒤흔들어 놓은 다음, 전차로 밀고 들어가서 3개 사단 병력으로 공격하여, 오후 5시에 상황을 끝냈다. 정부군 병력은 가족*을 이끌고 패주했으며, 증 장군은 후에로 공격의 방향을 돌렸다.

티우 대통령은 처음에 '아래쪽'만이라도 제대로 지키기 위해 '위쪽'의 플러이쿠와 콘툼을 그냥 포기하려고 했지만, 나중에 생각을 바꿔 "후에를 사수하라"는 명령을 내렸다. 그러나 공산군이 남쪽 도피로를 차단하고 또 다른 결전이 눈앞에 다가오자, 후에의 시민들은 7년 전 구정공세 당시 5천 명의 이웃들과 동료들이 학살을 당했던 악몽이 되살아나 공포감에 사로잡혀 폭주하는 들소 떼처럼 정신없이 도망치기 시작했다.

중부 고원지대를 방어하던 남군 병력은 북군이 쳐들어오기도 전에 미리 도망을 치는 경우가 허다했고, 패주하면서 그들은 노략질까지 저질렀다. 피난민은 남쪽으로 내려갈수록 점점 더 늘어나서, 3월 하순에는 1백만 명 이상

---

* 전쟁이 워낙 오래 계속되었던 터여서 베트남군 대부분은 가족을 거느리고 이동을 다니며 행동을 같이 했다.

이 남부에서 두 번째로 큰 도시인 다낭을 향해 밀려 내려갔다. 이런 혼란을 틈타 돈에 눈이 먼 지역 주민들은 피난민들에게 물 한 잔을 몇천 원씩 받아 가며 팔기도 했다.

공산군은 한국전쟁에서 맥아더 장군이 단숨에 전황을 바꿔 놓았던 인천 상륙작전을 거꾸로 뒤집어서, 다낭-후에 지역보다 훨씬 남쪽에서 퇴로를 차단하여, 한국군 청룡부대가 주둔했던 출라이와 꽝냐이(Quảng Ngãi)를 장악했다. 3월 25일에는 북군의 다른 병력이 후에를 함락시켰고, 같은 날 또 다른 병력은 다낭의 시내를 로켓포로 두들겨 대기 시작했다.

사흘 후 3만 5천의 북부 병력이 다낭 외곽에 집결하는 동안 겁에 질린 시민들은 공항과 부두와 바닷가로 몰려가 필사적으로 탈출구를 찾았다. 아기를 안고 무작정 바다로 들어간 여자들이 수천 명이었으며, 조각배나 어선을 얻어타려고 아우성을 치다가 물에 빠져 죽거나 밟혀죽는 아녀자들도 적지 않았고, 때로는 퇴각에 방해가 된다고 남군이 난민들을 사살하기도 서슴지 않았다.

*

3월 30일에는 다낭도 함락되었다.

워낙 전황이 급속도로 진행되었기 때문에 북군의 작전은 수시로 변경되고 수정되었으며, 다낭이 함락되고 엿새 후에, 하노이 지도부는 번마토에 설치한 사령부에서 전투를 지휘하던 반띠엔증 장군에게, 5월 장마철이 시작되기 전에 남부 전체를 해방하라는 명령을 내려보냈다.

해방작전에서 증 장군에게 가장 다급했던 문제는, 남군이 재편성을 하여 필사적인 저항에 나서기 전에, 가능한 한 빨리 사이공으로 치고 들어가는 일이었다. 그래서 증 장군은 냐짱으로 진격중이던 병력을 곧장 남쪽으로 진로를 돌리게 하고는, 13번 도로를 따라 꾸찌를 거쳐 사이공에 이르는 출발점이 될 록닝(Lộc Ninh)으로까지 야전사령부를 남하시켰다.

주월한국군 야전사령부와 십자성부대가 주둔했던 냐짱과 백마부대 30연대의 TAOR이었던 까암란에서는, 남부가 두 토막으로 잘려버린 다음 북군이 채 들이닥치기도 전에 정부군이 스스로 패주했던 터라, 따지고 보면 구태여 공격할 필요조차 없어진 셈이었다.

4월 7일 증 장군은 남부에서 여태까지 활동해 온 공산 지도자들과 만나 작전계획을 짜고는, 사이공 침공을 '호찌밍 공세'라고 명명했다. 그리고 두 주일 만에 사이공도 공산군의 수중으로 떨어졌고, 베트남에서는 30년에 걸친 전쟁이 끝났다.

그렇다면 남부는 왜 그렇게 파죽지세로 무너지고 말았을까? 그 대답은 간단했다. 남부의 패망은 오랜 기간에 걸쳐서 준비된 하나의 짧은 순간이었다.

여섯 코끼리와 싸우는 메뚜기

미국은 순식간에 남 베트남이 무너지는 과정을 보고는 경악했다.

미국의 정보 당국은 북 베트남의 본격적인 공격이 1976년까지는 개시되지 않으리라고 믿었으며, 그 정도의 유예 기간이라면 미군 철수가 명예로운 퇴진이었음을 전세계에 각인시키기에 충분하리라고 계산했다. 그러나 미국이 과대평가했던 남부의 항전 능력은 아예 싸울 의지조차 없었던 남부의 정치 지도자들 때문에 뿌리부터 흔들렸다.

쿠데타로 날이 새고 진다는 소리를 들었던 남 베트남에서는, 호찌밍 공세가 개시되기 전부터 이미, 공산주의자들에게 패배한 다음 정치적인 배려를 얻어내려는 계산에 따라 티우 대통령을 몰아내자는 음모를 여러 집단이 진행시켰고, 갖가지 이해관계가 얽힌 외국 세력들도 여기저기서 끼어들기 시작했다.

이번에도 미국의 CIA는 빠질 줄을 몰랐으니, CIA 사이공 지국장 토마스 폴가(Thomas Polgar) 또한 베트남 군부와 연결된 쿠데타 계획을 세워 본국의 의사를 타진했다. 하지만 응오딩지엠 대통령을 쿠데타로 제거하는 데 미국이 간접적으로 가담했다가 참담한 결과에 시달려야 했던 교훈을 잊지 않은 윌리엄 콜비(William Colby) CIA 국장은 쿠데타 계획을 승인하려고 들지 않았다.

남 베트남의 국방장관 짠반돈(Trần Văn Đôn) 역시 북군과 싸워 이길 생각은 아예 하지도 않았고, 공산주의자들이 환영하리라고 믿어지는 주옹반밍 장군을 새 대통령으로 옹립하기 위해 프랑스 대사와 결탁한 상태였다.

다시 전쟁이 치열해지면 미국의 재개입과 도움을 통해 자신의 입지를 되살릴 가능성을 티우 대통령이 상상했었다면, 그것 역시 계산착오였다고 한기주는 생각했다. 제럴드 포드 대통령은 번마토가 함락된 다음 남 베트남에 추가로 지원할 3억 달러의 군사비를 요구했지만, 의회가 그 요청을 거부했다. 일부 의원들은 남부를 정복한 다음 공산주의자들이 수십만 명을 학살하리라면서, 그런 처참한 살육행위를 막아야 한다고 호소했지만, 1천억 달러의 돈과 5만5천 명의 전사자라는 희생을 치른 다음 남 베트남에서 아무런 희망적인 결과를 얻어내지 못해서 실망감으로 등을 돌린 미국인들의 귀에 그러한 인도주의적인 웅변은 들리지도 않았다.

다낭과 후에가 함락되고 사이공 공격이 임박했을 무렵에도 포드는, 미국의 공군이나 해군을 동원할 생각은 없었지만, 남군의 사기를 북돋우고 미국의 체면을 살리기 위해, 시련의 순간에 베트남을 돕지 않는다면 미국에 대한 전세계 우방국의 신뢰를 잃게 된다는 논리를 앞세우면서, 4월 초에 7억 달러의 긴급 군사비 지원을 다시 요청했다. 하원은 그 돈으로 구입할 수도 없을 만큼 많은 장비와 무기를 남군이 버리고 도망쳤다면서, 스스로 싸우려고 하지 않는 자들을 위해서 미국이 대신 싸움을 계속할 수는 없다고 이번에도 지원을 거절했다.

결국 미국 의회는 자국민의 철수를 위한 비용 3억 달러만을 승인했고, 4월 18일자 〈더 뉴욕 타임스〉는 "베트남 얘기는 이제 다 끝났다(The Vietnam debate has run its course)"고 한 헨리 키신저의 말을 인용 보도했다.

한기주가 두 마리의 파충류와 함께 밤을 지새다가 베트콩의 박격포 공격을 받았던 떤선녓 공항에 다시 공산군의 박격포와 로켓포 공격이 개시된 4월

29일에 미국은, 세계역사상 가장 대규모의 헬리콥터 철수작전이 되어버린 '제4의 선택(Option IV)'을 감행하여, 미 태평양 함대 사령관 노을 게일러(Noel Gayler) 제독의 지휘하에, 70대의 해병 헬리콥터는 18시간 동안 사이공을 오가며 해상에서 대기중인 항공모함으로 1천 명의 미국인과 5천 명의 베트남인을 필사적으로 실어 날랐다.

적화통일의 두려움 속에서 오랫동안 살아온 대한민국 국민에게 참으로 충격적인 생생한 장면들을 텔레비전이 부지런히 중계하는 가운데, 아비규환의 남 베트남 종말이 하루 종일 계속되었다.

이튿날인 4월 30일 새벽, 텅 비어버린 적막한 사이공 거리는 공산군의 입성을 조용히 기다렸다.

그렇게 베트남에서 메뚜기는 코끼리를 몰아냈다.

*

호찌밍은 전래 민요에서 한 구절을 인용하여, "비록 우리는 오늘 코끼리와 싸우는 메뚜기와 같지만, 내일이면 우리는 저 코끼리의 배를 가르리라"고 하여, 서양의 강대국에 저항하는 동양의 약소국가를 비유했다. 따라서 호찌밍은 프랑스와의 독립전쟁을 "코끼리와 메뚜기의 싸움"이라고 파악하고는 그에 따라 전략을 구상했다.

1946년 11월 5일, 평화적인 방법으로 프랑스로부터 베트남이 완전한 독립을 쟁취할 가능성이 사라졌을 무렵에, 호찌밍은 보응웬지압 장군에게 "만일 프랑스에 맞서 전국적인 저항운동을 시작한다면, 하노이에서 얼마나 오랫동안 버틸 자신이 있느냐?"고 자문을 구했었다.

지압은 한 달 정도, 길어야 두 달이 되리라고 대답했다.

다른 도시에서는 어떻겠느냐는 호찌밍 쭈띡(主席)의 질문에, 지압은 그보다는 좀더 오래 가지 않겠느냐고 예측했다.

그러면 시골에서라면 어떻겠느냐고 호찌밍이 다시 물었다.

"시골에서는 끝까지 싸울 자신이 있다"고 지압은 대답했다.

"그렇다면 시골에서 투쟁을 시작하자"고 호찌밍이 결정을 내렸다.

그리고 "호찌밍의 결정이 항상 최선"이라는 종교적인 신념을 간직했던 지압 장군은, 시골에서 코끼리와 싸움을 벌이는 베트남 나름대로의 독특한 전쟁 방식을 개발하기 시작했다.

*

프랑스 코끼리와의 전쟁에서 호찌밍은 지압 장군과 함께, 중국과의 분쟁으로부터 여태까지 베트남이 얻은 과거의 교훈뿐 아니라, 마오쩌둥이 장제스와의 대결에서 승리한 이유를 면밀히 분석한 다음, 세 단계의 전략을 마련했다.

첫 단계는 유리한 풍토와 지형을 이용하여, 갑자기 나타나 치고 재빨리 빠지는, 전형적인 유격전이었다. 제2 단계에서는 교전의 규모를 점점 증강시켰다. 그리고 마지막 단계에서는, 힘의 균형이 이루어진 다음 인내심을 가지고 기다리다가 결정적으로 유리한 순간을 포착하여, 최후의 일격을 가해 마무리를 짓기로 계획을 세웠다.

지압 장군은 제3 단계에 대한 계산착오로 너무 일찍 1951년에 총공격을 가했다가 세 곳의 대규모 전투에서 쓰디쓴 고배를 맛보기도 했지만, 한 번의 시도가 실패했다고 해서 물러설 지압 장군이 아니었다. 그는 시간이 동양의 편이라고 믿었다. 사략선 해적들을 동원해서 해상으로 진출하여 '야만인'들에게 총을 들이대고 손쉽게 식민지를 넓혀나가는 데 지나치게 익숙한 나머지 장기전을 수행하기 위한 참을성을 잃어버린 서양 코끼리의 힘을 꺾으려면, 힘없고 작은 메뚜기로서는 그만한 희생과 인내가 당연히 필요하다고 생각해서, 지압은 패배한 병력을 재편성하고 다시 기회를 기다렸다.

장기간에 걸친 투쟁을 위해서는 군인과 국민 모두 엄청난 손실을 각오해야 했는데, 희생 또한 동양인들의 본능적인 덕목이었다. 실적 위주의 능률 사회인 서양은 사기 진작을 위해 끊임없이 새로운 승리를 거두어야 했지만, 동양의 공산주의자들은 고통을 견디며 한없이 기다리는 법을 배웠다. 그러나 베트남 전사들은 감정을 초월한 초인은 아니어서, 몇 년씩 소식도 모르는 가족들을 당연히 그리워했고, 이질과 말라리아를 앓았으며, 누구 못지않게 두려움에 시달렸다. 하지만 조직과 정신무장이 뛰어난 그들은 일단 상황이 벌어지면 끔찍한 희생을 마다하지 않고 기꺼이 전투에 임했다.

비록 서민들은 어느 쪽이 이기는지 두고 보자는 관망 자세를 유지했지만, 베트밍 전사들은 확고부동한 대의명분을 위해 외세의 침략을 물리치겠다는 성전(聖戰)에 임하는 각오였으며, 어느 프랑스인 방문객에게 호찌밍은 이렇게 장담했다.

"내가 당신 부하 한 명을 죽이면 당신은 내 부하를 열 명 죽이겠죠. 하지만 아무리 그렇게 불리한 여건에서 싸우더라도, 당신들은 패배하고 내가 승리할 것입니다."

그리고 이러한 상황은 미국과의 전쟁에서도 고스란히 되풀이되었다.

＊

미국과의 전쟁은 베트남으로서는 여러 면에서 복습을 하는 과정과 비슷했다. 미국과의 전쟁이 시작될 무렵, 베트남은 프랑스와 방금 예행연습을 해본 다음이었다.

코끼리처럼 부강하고 거대한 미국과의 전쟁에서도 지압은, 프랑스와의 싸움에서처럼, 첨단 신무기가 별로 힘을 발휘하지 못하는 지방으로 나가서 다시 메뚜기 전쟁을 추진했다.

싸움이 처음 시작되었을 때, 무진장한 경제력과 물자로 존슨 행정부의 미국은 단숨에 베트남을 제압할 기세였다. 미국 코끼리는 헬리콥터의 기동력을 한껏 활용해서, 치고 빠지기 식의 신형 전술을 나름대로 구사했다. 신출귀몰하는 적을 찾아내기 위해서는 인간의 소변 냄새를 찾아내는 소형 휴대용 탐지기("people sniffers")를 동원했고, IBM 1430 컴퓨터는 적의 공격이 이루어질 시간과 장소를 계산해내기도 했다. 뿐만 아니라 베트콩의 은신처를 제거하기 위해서, "우리들만이 숲을 무찌른다(Only You Can Prevent Forests)"라는 해괴한 환경파괴적 표어를 앞세우며 엄청난 양의 고엽제를 뿌려대기도 했다.

C-47 수송기를 개조한 건십(gunship) 또한 미국이 동원했던 막강한 무기

여서, 1분에 1만8천 발을 쏘아대어 "불을 뿜는 마력의 용(Puff the Magic Dragon)"이라는 별명을 얻기도 했다. 지압 장군은 "밀림을 무찌르는 마력의 용"을 맞아서, 메뚜기가 코끼리처럼 싸우기는 불가능할 뿐 아니라 그런 무모함은 어리석은 짓이라고 생각했기 때문에, 코끼리에 맞서 코끼리 식으로 싸우려고 하지는 않았다.

그는 『지압 문집』에 실린 "전쟁 수행의 방식(Mode of Conducting the War, 268~285쪽)"에서, 메뚜기 전략을

"1. 모든 분야의 모든 인민이 함께 싸우고,

2. 시골 지역에 견고한 거점을 확립하고,

3. 무장봉기와 혁명전쟁에서 공격적인 전략을 취하고,

4. 지연작전을 펴고,

5. 인민을 포섭하고 통제하여 적군을 무찌르고,

6. 국제적인 협조를 확보하려고 노력하면서도 근본적으로 우리들 자신의 군사력으로 승리를 쟁취한다"라고 설명해 놓았다.

메뚜기는 비록 짧은 거리이기는 해도 잘 뛰어 달아나지만, 몸집이 큰 코끼리는 동작이 느려 메뚜기를 좀처럼 밟아 죽이지 못한다. 그리고 베트남에 대해서는 메뚜기보다 땅벌이라는 비유가 더 잘 어울리리라고 한기주는 생각했다. 벌은 떼를 지어 코끼리를 공격해도, 코끼리는 벌 앞에 무기력하기 짝이 없다. 몽둥이로 벼룩을 잡기가 어렵기 때문이다.

그렇기 때문에 B-52 폭격기는 모기와 벌을 공격하는 효과적인 무기가 되지 못했고, 베트남에서 코끼리는 수비에 바빴던 반면에, 오히려 소수의 벌과 메뚜기가 공격적인 소규모 전쟁을 수행하기에 이르렀다.

*

미국 코끼리가 베트남에서 대단히 공격적인 전쟁을 치른 듯싶지만 사실은 방어에 치중해야만 했던 까닭을 사진기자 제임스 피커렐*은 후방기지(base)

---

* James Pickerell, 베트남전 취재로 전국사진기자협회(the National Press Photographers Association) 가 제정한 보도사진상을 수상한 무소속 사진기자(free lancer).

와 전초기지(outpost)에 대부분의 병력이 머물면서 주로 대규모 작전에 의존하는 전투 방식 때문이었다고 분석했다. 1966년에 그는 『수렁에 빠진 베트남(Vietnam in the Mud)』에서 이런 전술전략을 바꾸지 않으면 미국이 프랑스의 전철을 그대로 밟으면서 패전하리라고 이미 예언했었다.

미군의 전투 병력 가운데 3분의 1 이상은 실질적으로 기지와 장비를 지키느라고 항상 발이 묶여 지냈고, 작전을 나간 병력도 숲에서 자급자족하는 베트콩보다 훨씬 더 크게 후방으로부터의 보급에 의존하며 전투에 임했다. 베트콩은 포기할 수 없는 기지를 아예 만들지 않았고, 그래서 자신의 목숨을 구하기 위해서는 무엇이라도 버리고 떠날 각오가 되어 있는 입장이었다. 그래서 코끼리 부대들이 지나치게 많은 병력을 출동시켜 숲으로 들어가면, 소수의 메뚜기는 시끄러운 소리와 요란한 이동 상황을 보고 재빨리 도망쳐 버렸으며, 미군은 한국군이나 마찬가지로 적이 매복하고 기다리거나 공격적으로 접근해 올 때만 비교적 가시적인 전과를 올리는 큰 전투를 벌이고는 했다.

코끼리의 '작전'은 이렇듯 빗자루로 물을 쓸어내는 격이어서, 빗자루가 지나가면 물은 다시 제자리로 돌아갔다. 이런 1회성 작전은 적지에서 며칠 동안 휘젓고 돌아다니다가 6개월 동안은 밀림을 그냥 방치해 두는 격이어서, 장기적으로는 별로 성취하는 바가 없었다.

이렇게 그들이 원하는 시간과 장소를 골라 메뚜기 베트콩은 남부의 연합군을 끈질기게 괴롭히며 진을 빼놓은 다음, 승산이 보인다 싶으면 단위 병력을 키워서 힘의 균형을 적절히 유지하며 보다 도전적인 전투에 임했으며, 이것은 물론 프랑스와의 전쟁에서 한 차례 시도하여 성공했던 검증된 전략이었다.

그러나 한 장소에 고정 배치된 기지가 큰 비중을 차지하다 보니까, 코끼리에게는 한 가지 더 불리한 추가적인 요인이 발생했으니, 기지를 빼앗긴 다음에 후유증으로 나타나는 정치적 및 심리적인 부담이 그것이었다. 케산 전투에서도 미 해병은 그토록 죽어라고 기지를 방어해야만 하는 군사적인 이유가 전혀 없었지만, 디엔비엔푸의 경우처럼 '결전(決戰)'에서 패배했다는 사실을 본국의 정치가들과 국민이 과민한 시각으로 받아들일까 봐 전전긍긍해서, 도로(徒勞)에 사력을 쏟아넣고 말았다.

메뚜기는 어디에서인가 한 곳에서만 중요한 전투를 이기면 전쟁에서 궁극적으로 승리하게 된다는 사실을 디엔비엔푸에서 깨달았고, 케산이나 사이공 그리고 후에가 모두 그런 승부처였다. 이런 식으로 중요한 전투 하나가 전쟁의 승패를 결정하게 되었기 때문에, "전투에는 지더라도 전쟁에는 이긴다(Lose the battle but win the war)"라는 전설이 사라지고 만 셈이었다.

그러다가 베트남 메뚜기는, 미국 코끼리가 기진맥진해서 싸움을 포기하고 고향으로 돌아간 다음에, 결국 재래식 전투로 전쟁을 마무리했고, 조지 부시 행정부의 도널드 럼스펠드 국방장관은 훗날 이라크에서 변형된 베트남 메뚜기 전략을 구사하게 되었다.

*

대한민국은 지금까지도 세계에서 4위에 오를 만한 축구 강대국이 결코 아니지만, 2002년 서울 월드컵에서 집단 발작(collective hysteria)에 가까운 애국 열풍을 일으켜 그만한 성적을 내었고, 한기주는 그 현상을 지켜보면서 베트남 메뚜기 떼가 저런 식으로 전쟁에서 이겼다고 생각했다. 그리고 얼마 후에는 마지막 순간까지 대선에서 열세로 몰리던 노무현 후보자를, 성난 개미군단이 군중심리 회오리에 휘말려 최면(催眠)된 가운데 집단적 비디오 게임을 연상시키는 극적인 역전 과정을 통해, 결국 대통령으로 당선시키는 현상을 지켜보면서도 한기주는 베트남 메뚜기 떼의 승전이 재현되는 듯한 인상을 받았다.

항공기로 살충제를 뿌려대며 아무리 죽이고 또 죽여도, 하늘을 새까맣게 뒤덮고 날아오는 메뚜기 떼처럼, 끝없이 몰려와서 한없이 죽으며 덤비는 적을 어떤 코끼리가 이겨내겠는가? 수십만 명이 목숨을 잃더라도 어쨌든 승리만큼은 쟁취해야 한다는 무자비한 목표를, 조금도 흔들리지 않고 지압 장군이 끝까지 실현하도록 뒷받침한 힘은, 일단 원칙을 정하면 물러서지 않고 전진을 계속할 따름이라는 민족주의적 공산주의자들의 특질(特質)이었으리라고 한기주는 믿었다.

전쟁이라는 무자비한 집단 투쟁에서 개인의 권리를 계산하며 내부에서 분열을 일으키는 작태란 일사불란한 행동을 저해하는 지뢰나 마찬가지이고, 민주주의보다 독재가 통치 방법으로서는 훨씬 능률적이기 때문에, 그들은 적탄이 쉴새없이 날아오는 사이에 소수 의견을 따지느라고 시간을 낭비할 만큼 어리석지는 않았다. 이성을 갖춘 인간이라면 당연히 죽기를 두려워해야 마땅하겠지만, 어차피 전쟁은 그 자체가 이성적인 현상이 아니기 때문에, 그들은 "나라를 잃느니 목숨을 잃는 편이 낫다"는 호찌밍의 외침에 따라, 우화 속의 나그네쥐(lemming)처럼 꼬리에 꼬리를 물고 전쟁터로 뛰어내려 목숨을 바치며, 죽음을 향해 끝없는 행군을 계속했다.

그와는 대조적으로 코끼리 군대는, "찰리 중대의 세상"에서도 두각을 나타낸 개인주의라는 독소의 장애로 기능이 감퇴했고, 압도적인 반전운동으로 인해서 투지가 짓밟혔으며, 1973년 11월 7일에는 전쟁을 선포하는 대통령의 권한을 제한하는 법안에 대해 닉슨 대통령이 행사한 거부권까지도 받아들이지를 않았다.

전쟁은 결코 민주주의가 아니다.

일곱 다리를 건너간 사람들

호텔 근처 선착장에서 전세를 낸 통통배를 타고, "향기로운 강" 흐엉의 상류쪽 하게 언덕을 향해 물살을 한참 거슬러 올라가려니까, 아직 낮은 구름이 하늘에 무겁게 깔린 남쪽 강변에서는 사람들이 사는 자취가 점점 사라지더니, 우람한 열대나무들과 야자수와 수풀만 줄지어 우거져서, 메콩 삼각주의 강변 풍경에서처럼, 꼼짝도 하지 않고 떠서 물의 흐름을 버티어내는 거대한 녹색 뗏목처럼 보였다. 그러나 황성이 위치한 북안(北岸)은 대조적으로 인간의 흔적이 자주 나타나서, 한기주의 어린 시절에 마포나 행주에서 노를 저어 건너편 백사장으로 사람들을 실어 나르던 나루터처럼, 숲이 벗겨지며 허연 흙을 드러낸 곳이 가끔 나났고, 회색 지붕을 얹은 하얀 가옥들도 자주 얼굴을 내밀었다. 조금 더 올라가니 북쪽 하늘이 맑게 개이면서 흰구름이 탐스럽게 피어올랐으며, 강가 갈대밭 주변에는 지붕을 얹고 방을 들여 살림집으로 사용하는 거룻배들이 말뚝을 박고는 하양 파랑 노랑 빨강 검정 빨래를 줄줄이 뱃전에 널어놓았다.

농(nòn) 고깔모자를 쓴 사람들이 타고 앉아 노를 젓는 쪽배들이 강 한가운데를 오르내리고, 작은 고기잡이배들도 부지런히 오갔으며, 짱띠엔(Trang Tien) 철교를 지날 무렵에 그들은 뱃전에 용의 비늘무늬를 장식해 두르고 위에는 정자(亭子)처럼 각(角)진 지붕을 올린 용머리유람선(龍頭遊覽船)을 한 척 만났다. 빠른 물살을 거슬러 올라가느라고 힘겨워서인지 유람선이 뱃머리를 밭소처럼 좌우로 흔들어 고갯짓을 했다.

며칠 동안 빗물이 배어 시커멓게 얼룩무늬가 거무죽죽한 교각 옆을 지나며 위를 올려다보니, 짱띠엔 철교의 우락부락한 골격이 참으로 흉물이었지만, 그래도 다리 양쪽으로 문어의 흡반처럼 관광용 조명등을 줄지어 달아놓았다.

육중한 철교를 우러러보면서 한기주는 구정공세 당시에 남쪽 강변에서 미군 장갑차에 탑재한 8인치 포와 해병들이 나무밑에 거치한 로켓포가 쏘아대는 포탄이 북쪽 강변을 향해 수면 위로 날아가면서 남겼던 길다랗고 흰 연기의 궤적이 눈에 선했다.

그리고 레러이 거리를 따라 모래주머니를 쌓아놓고 그 뒤에 몸을 숨긴 채미 해병들이 마구 쏘아대던 M-16 총탄들이 과연 사정거리를 지나 제대로 강을 건너갔는지가 의문이었고, 지금 강바닥에는 얼마나 많은 총탄이 떨어져 깔려서 물살에 쓸리며 30년 세월을 보냈을지 궁금했다.

*

또 한참 강물을 거슬러 올라간 그들의 머리 위로 푸쑤언 다리가 튼튼하게 지나갔다.

후에 전투가 21일째로 접어들던 날, 병력이 80퍼센트나 신병으로 교체되어 열 명 가운데 두 사람만이 전에 전투를 경험한 '고참'이었을 정도로 심한 피해를 입은 중대를 포함하여, 미 제5 해병 여단은 잔여 병력의 재편성을 마친 다음 푸쑤언 다리를 건너, 무슨 말인지도 모르는 누런 베트콩 현수막들이 여기저기 내걸린 황성을 향해 진군했으며, 후에를 결국 탈환했다.

시뻘건 흙탕물이 흘러가는 흐엉을 굽어보며 한기주는 황성 전투를 취재하기 위해 저 강을 건너간 사람들을 생각했다.

「찰리 중대의 세상」이라는 걸작을 만들어냈고, 사이공 길거리에서 베트콩 포로를 처형한 응웬응옥로안 장군을 "냉혹한" 인간으로 분류했고, 케산으로 가서는 비행기의 소음과 포연 속에서 기타를 치며 "사람들은 도대체 언제나 정신을 차리려나(When will they ever learn)"라는 노래를 부르던 해병대원들을 만난 작은 몸집의 금발 청년 존 로렌스는 제5 해병여단 3대대 델타 및 브라보 중대와 함께 강을 건너갔다.

사이공 방송국 앞에서 총탄을 피하느라고 그 큰 몸집이 우스꽝스러워 보일 만큼 잔뜩 쪼그리고 앉아서 "적은 어디에나 있고 아무 곳에도 없다(Enemy was nowhere and everywhere)"라고 현황을 보도했던 단 웹스터(Don Webster)도 강을 건너갔다.

그리고 월터 크론카이트도 황성 전투 4일째 되던 날, 이곳 후에로 날아와서, 실내에서는 그리 어울리지를 않는 위장철모를 쓰고 창밖을 살피며 현장보도를 했다.

그리고 수많은 나라의 수많은 기자들이 후에 전투를 취재했지만, 한국인은 1968년 2월에 아무도 이 강을 건너가지 않았다.

*

후에가 한국군의 작전지역 밖이어서, 대한민국 종군기자가 아무도 1968년에 흐엉 강을 건너지 않았다고 하면, 그것은 그냥 직무태만을 정당화하려는 핑계일 따름이라고 한기주는 생각했다. 한국군이 그곳에서 활동하지 않았기 때문에 미군 작전 지역은 한 번도 찾아간 적이 없다는 한국의 종군기자들은 그렇다면 국제적인 안목이 없다는 뜻이었다. '우리 얘기'만 찾아다니고, 전쟁의 전체적인 그림은 아예 보려고도 하지 않았던 종군기자들은, 국군에 소속된 보도원 정도의 책임의식만 충족시키며 일했고, 우물 밖으로는 나가 볼 생각조차 하지 않았다. 그리고 사실은 한국의 언론인들 전체가 당시에는 그렇게 여건과 시각이 제한된 상태였다.

그러나 한국과는 달리, 베트남전에는 아예 참전조차 하지 않았던 일본에서 찾아온 특파원들은, 뒤늦게라도 여럿이 푸쑤언 다리를 건넜다. 그리고 그들은 작전책임지역과 장병들의 국적을 취재 대상에서 차별하지 않았으며, 대부분의 한국인 종군기자들보다 훨씬 용감하고도 적극적으로 직업정신을 발휘했었다. 한국군에 대한 취재 역시 그가 만났던 일본 기자들이 대부분의 한국 특파원들보다는 오히려 훨씬 더 열심히 그리고 진지한 자세로 취재를 했다고 한기주는 믿었다. 일본 기자들은 '보도'만을 의식했던 반면에, 한국의 특파원들은 '홍보'에 더 열심인 경우가 많았기 때문이었다.

한기주가 친하게 지냈던 UPI의 미네 히로미찌처럼, 일본 특파원은 여러 명이 베트남전을 취재하다가 목숨을 잃었다. 그런 반면에, 전쟁이 벌어지는 동안 베트남에서 10년 동안에 목숨을 잃은 한국 특파원은, 사이공에서 스쿠터를 타고 가다가 교통사고를 당해 사망한 〈동아일보〉 취재기자 한 사람뿐이었다.

베트남과 미국의 전쟁을 담아낸 수많은 사진 가운데, 퓰리처상을 수상한 작품은 여섯 편이었다. 그 가운데 두 장이 일본인의 작품이었다. 그리고 한국인은 아무도 퓰리처상을 받지 못했다.

*

베트남전 사진으로 1965년에 헤이그 세계 보도 사진전에서 대상을 받고, 1966년에 같은 사진으로 다시 퓰리처상을 탄 사와다 교이찌(澤田敎一)는, 미네 히로미찌의 선배인 UPI 사진기자로서, "전쟁으로 출세하는 사람들은 장군과 사진기자뿐"이라는 신념에 따라 사이공으로 날아와서는, 7개월 사이에

40차례나 작전을 종군했다.

　그는 한 달 후에 맹호부대가 미군으로부터 TAOR로 인계받게 될 뀌농 지역에서, 9월 6일 미 해병대의 전투를 취재하던 중에, 필사적으로 개울을 건너 도망치는 베트남인 가족을 발견했다. 그들 가족을 찍은 사와다의 작품은 군인의 모습이라고는 한 명도 보이지도 않는 전쟁 사진이었다. 30대의 젊은 엄마가 가슴까지 차오르는 개울물을 건너려고, 무슨 일이 벌어지는지 영문조차 모르는 어린 아기를 왼팔에 안고, 울음을 터뜨리려는 세 살쯤 되는 다른 아이를 오른팔로 끌어안은 채, 필사적으로 허우적거리며 앞으로 나아갔다. 뒤에서는 열 살쯤 되는 아들이, 그리고 앞에서는 귀신처럼 산발한 노파가, 그들 모두의 생명을 책임져야 하는 젊은 여자를, 겁에 질린 처절한 표정으로 부지런히 쫓아갔다.

　일본말로는 「안전으로의 도피(安全への逃避)」요 우리말로는 「안전을 위한 도피」라고 제목을 붙인 이 사진을 보고 한기주는, 길거리 즉결처형을 저지른 로안 장군을 극악무도한 인물이라고 생각했던 기간만큼이나 오랫동안, 부녀자로만 구성된 이들 다섯 명의 가족이 극악무도한 베트콩으로부터 목숨을 건지기 위해 도망친다고 생각했다.

　하지만 이 작품의 본디 제목을 잘 뜯어보면, 「폭탄(爆彈)을 피하려고 안전한 곳으로 도망치는 가족(Family Flee to Safety to Escape Bombs)」이라고 되어 있다. 그렇다면 그들은 베트콩이 아니라, 전투를 시작하기 전에 폭격을 퍼부으려는 미군으로부터 도망치는 사람들이었다. 박격포나 로켓포의 포탄(砲彈, shell)이라면 베트콩의 공격 수단일지 모르겠지만, 항공기에서 퍼붓는 폭탄(爆彈, bomb)은 베트남의 전쟁에서 미군의 일방적인 공격 수단이었으니까 말이다. 북 베트남이나 베트콩은, 프랑스와의 전쟁에서와 마찬가지로, 미군과의 전쟁에서도 단 한 대의 비행기조차 출격시킨 적이 없었다.

　따라서, 사와다 기자가 발견한 "도망치는 가족"은, 후잉꽁우트의 퓰리처상 사진에서 남 베트남군의 오폭을 받고 옷이 홀랑 타버려 발가벗고 도망치던 팡티킴푹 그리고 떠이선 마을에서 쫓기던 '희생자'들이나 마찬가지로, 잔

▲ 「폭탄을 피하려고 안전한 곳으로 도망치는 가족」(사진)으로 퓰리처상을 받은 사와다 교이찌는
참전조차 하지 않은 일본에서 파견한 사진기자였다.

인무도한 '적' 베트콩이 아니라, 그들의 자유민주주의를 지켜 준다고 몰려간
'아군'으로부터 정신없이 도망치던 중이었다.

　일본 역시 미국이 주도하는 베트남전을 반대하는 여론이 강했던 나라였으
므로, 아무리 미국 통신사 UPI 소속이라고 하더라도 사와다 교이찌는 일방
적인 친미 시각의 소유자는 아니었을지도 모르고, 사실상 일본은 전쟁중에
베트남에서 중립적인 입장을 견지했다.

　한국전쟁 동안 미국으로부터 '특수'를 한껏 누렸던 일본은, 미국 언론이
위성을 거쳐 미국 본토로 전파를 쏘는 징검다리를 제공하는 데서 그치지 않
고, 미국 군수물자 수송의 중간기지 역할을 수행하는 한편, 남 베트남에 수
많은 혼다와 스즈끼 스쿠터를 팔았으며, 하노이에도 쏘니 트랜지스터를 팔

아보려고 애를 썼다. 일본 공산당을 통해 전달된 1백 대의 트랜지스터를 선물로 받은 호찌밍이 "적절한 쓸모"를 발견하지 못해 임시혁명정부를 거쳐 베트콩 지도자들에게 선물로 나눠줬다는 유명한 일화[*]가 일본의 그러한 이중적인 태도를 잘 보여준다.

사와다 교이찌의 사진은 그러나 이러한 정치적인 시각이 아니라, 사진기의 기계적이고 냉정한 시선을 통해 종군기자의 본능적인 순발력이 포착한 작품이었으리라고 한기주는 믿었다. 사실 전쟁의 비극을 작품으로 엮으려는 그의 욕심이 어찌나 심했는지, 사와다는 베트남 취재 기간 중에 허락도 받지 않고 지뢰지대로 들어갔다가 징계까지 받았으며, 결국 1970년 라오스와 캄보디아 취재를 나갔다가 공산군의 총탄을 맞고 사망했다.

*

미네 히로미찌와 마찬가지로 도쿄 올림픽 동안에 UPI 사진부에서 일하기 시작한 사까이 도시오(酒井淑夫)는 선배 사와다 교이찌가 퓰리처상을 수상했다는 사실에 자극을 받아 역시 베트남으로 갔으며, 1967년 6월 17일 사이공 북동쪽 푹빙의 밀림에서 마구 쏟아지는 폭우를 그대로 맞으며 판초 우비를 입고 모래주머니 위에서 곤히 잠든 흑인 미군 병사의 사진 「좋았던 시절을 꿈꾸는 병사(Dreams of Better Times)」로 역시 퓰리처상을 받았다.

그 이외에도 한기주는 교또 통신 등 여러 언론매체에서 백마부대로 찾아온 일본인 기자들의 안내를 맡았었고, 사이공에 나가서 틈을 내어 미네와 함께 다른 일본 특파원들을 만나 이야기를 나누면서, 인도차이나 반도를 종횡무진 돌아다니던 그들의 광범위한 취재활동에 놀라기도 하고, 부러워하기도 했었다.

『하얀 전쟁』의 일본어판[**]이 출판될 무렵에 그가 NHK-TV 「아시아의 발언(Message From Asia, アヅアからの發言)」에서 한 시간 동안 베트남전에 대해 대담을 나눈 '보도사진가' 이시까와 분요(石川文洋)의 경우에는, 〈요미우리〉

---

[*] 『베트콩 회고록』 157쪽 참조.
[**] 『ホワイト・バッヅ』, 1993, 光文社.

▲ 「좋았던 시절을 꿈꾸는 병사」로 퓰리처상을 받은 사진기자도 일본인 사까이 도시오였다.

와 〈아사히 신문〉사 소속의 특파원으로 남 베트남은 물론이요 북 베트남과 라오스 및 캄보디아까지 종횡무진 돌아다니며 충격적이고도 아름다운 사진 작품을 수없이 만들어냈고, 베트남전에 관한 책을 열 권이 넘게 펴내기도 했다.

이시까와는 구정공세 때 사이공에서 찍힌 시가전을 취재했으며, 메콩 삼각주와 닥또, 다낭과 꽝찌와 플러이쿠에서 미군과 베트남군 작전에 종군했다. 1967년에 그는 "베트남전 희생자"의 표본이라고 해서 한기주가 응웬떤런을 만나러 갔던 빈딩 지역에 나가 미 제1 기갑사단을 종군했다.

그리고 그는 후에로 와서 미군들과 함께 흐엉 강을 건넜다.

여덟 언저리에 서는 이유

후에의 종교문화적 유물 티엔무 불탑(Thien Mu 佛塔)은 부처님처럼 눈을 지그시 감고, 언덕 위에 홀로 우뚝 서서, 세월과 역사를 물살에 조용히 쓸어 담으며 바다로 흘러가는 향기의 강물을 말없이 굽어보았다. 전쟁터의 토치카(tochka, pillbox)를 연상시키는 8각탑 주위를 중년의 유럽인 수십 명이, 탑돌이를 하듯 줄지어 천천히 돌면서, 일곱 층 쌓아올린 잿빛 불탑을 부지런히 비디오에 담았다.

격렬한 전투지였던 황성에서 퍽 떨어진 거리여서인지 이곳의 돌기둥이나 층계에서는 탄흔이 눈에 띄지 않았지만, 강 건너까지 은은히 소리가 울려 퍼진다는 범종을 앉혀놓은 뒤뜰에는 1963년 사이공에서 분신자살한 이곳 주지 스님이 타고 다녔다는 자동차를 참혹한 역사의 증거물로 전시해 두었다.

불탑 아래쪽 길에는 기념품 가게가 즐비하여, 호찌밍 티셔츠와 황금별 붉은 깃발과 사진엽서와 농 모자와 베트남 토산품과 병술을 팔았으며, 시원한 나무 그늘에는 갖가지 과일을 광주리에 담아 늘어놓았고, 비탈길을 따라 차량들이 줄지어 서서, 관광단이 구경을 끝내고 돌아오기를 기다렸다.

한기주는 불탑 주변에서는 물론이요 이곳 장바닥에서도 한국인을 아무도 만나지 못했다. 사실 그는 호이안에서부터 후에까지 돌아다니는 동안 한국 사람을 본 적이 없었다. 한국 관광객들은 모두 어디로 갔을까? 할롱만(Vinh Ha Long)으로 너도나도 모두 몰려가 버렸을까?

*

"우아하고 시적인 옛 건축의 도시"라고 유네스코의 어느 집행위원이 손꼽았던 후에 지역의 8개 왕릉 가운데서도 "탁월한 축조물과 주변 경관이 마치 운율이 잘 맞는 시의 각운(脚韻)을 연상시킨다"는 즈엉수언 산의 뜨득 왕릉(Lăng Tự Đức)에서도 한기주는 한국인 관광객을 만나지 못했다.

쩌우에 산 109계단을 올라가면 프랑스 문화의 영향을 받은 "예술적인" 카이딩 왕릉(Lăng Khải Định)에 이르지만, 그곳에서도 그는 한국인을 한 명도 만나지 못했다.

껌케 산의 암울한 분위기에 둘러싸인 장중한 밍망 왕릉((Lăng Minh Mạng)에서도 마찬가지였고, 냐짱의 까이 강을 건너자마자 우뚝하게 솟아오른 언덕 위에 참족이 벽돌로 지어놓은 탑바(塔婆, Tháp Bà)처럼 포나가(Ponaga) 신을 모셨던 흐엉 강변의 사찰 혼쩬전(Điện Hòn Chén)도 찾아주는 한국인이 없었다.

그리고 후에 공방전의 전쟁 유물을 전시한 트아티엔 박물관(Bảo Tàng Tổng Hợp Thừa Thiên Huế)도 한국인들은 찾아가지 않았다. 할롱 만의 경치에만 관심이 많고 후에의 역사와 문화에는 관심이 없는 사람들은 남쪽 나라의 어느 한쪽만 보고, 참전국이면서도 베트남 전쟁의 전체를 보려고 하지 않았던 종군기자들은 변두리에서만 머물고, 한국전쟁은 남한 땅에서만 벌어졌음에도 불구하고 정작 휴전협정에는 북한과 미국과 중국처럼 외지인(外地人)들만 문서에 서명했을 뿐, 대한민국의 정치 지도자들은 회담장에 나가 한마디 말도 하지 못했다.

그러면서도 한기주의 민족과 국가는 전혀 굴욕감을 느끼지 않으며 유구한 역사를 자랑해 왔다.

*

한국전쟁의 당사국이요, 베트남에서는 미국 다음으로 가장 적극적인 '외세' 참전국이요, 이라크를 포함하여 동 티모르 등 국제 분쟁 현장에는, 마치 그런 행동이 대한민국으로 하여금 막강하고 훌륭한 선진국가라고 전세계로부터 인정을 받게 만드는 지름길이라는 착각에 빠져, 가장 먼저 달려가는 국가들 가운데 하나가 된 우리나라에, 여태까지 변변한 전쟁 전문기자가 등장하지 못한 이유는 우리나라의 언론, 특히 분쟁 보도가 지금까지도 원시적인 차원을 벗어나지 못해서, 반공 선전과 선무와 선동 일변도로 통제된 성향 때문이리라고 한기주는 믿었다.

한국전쟁 당시에도 우리나라의 '종군기자'는 객관적인 역사의 기록자가 아니었고, 비판적인 감시자는 더더욱 아니었다. 전쟁통에 돈벌이를 할 길이 별로 없었던 대한민국의 여러 문인들은 국방부 정훈국으로부터 녹을 받아먹는 종군작가단에 들어가 특무대의 통제를 받았고, 이렇게 글쓰기를 하는 직업이 군대에 의존해서 먹고살던 전통은 급기야 '반공예술'이라는 특이한 목적성 고유분야(genre)를 만들어 놓아서, 전쟁이 끝난 다음에도 대부분의 작가들이 현실을 외면하며 '안전한' 문학을 하느라고, 한국에서는 1980년대까지도 제대로 된 전쟁문학이 별로 나타나지를 않았다.

전쟁을 인류의 범죄적인 현상이 아니라 꼭 이겨야 하는 승부로 보는 계몽적인 시각에서, 더구나 국가와 민족의 생존이라는 절체절명의 상황하에서는, 언론의 자유와 정의(正義)는 존재하지 않아도 되었기 때문에, 예술가들은 장병들과 함께 군가를 부르며 그것이 시(詩)라고 착각하는 애국적인 선무보도에 아주 자연스럽게 익숙해졌다. 그러다 보니 한국 언론은 〈전우신문〉과 논조가 맞먹었고, 서울운동장이나 효창운동장에서 개최되는 반공 행사마다 유명한 배우들이 무리를 지어 쫓아다니게 되었다.

*

한국의 종군기자들이 베트남의 전쟁터에서 함부로 목숨을 내놓으려고 하지 않았던 이유를 한기주는 그들이 단순히 비겁하고 용기가 없었기 때문이라고는 믿지 않았다. 그들이 전쟁 취재에서만큼은 특종경쟁을 하려고 좀처럼 엄두를 내지 않았던 이유가 따로 있었기 때문이었다.

그들은 목숨을 내놓아야 할 만큼 중요한 진실을 베트남전에서 찾아볼 능력을 갖추지 못했기 때문이 아니라, 군 지휘부에서 선별하고 다듬어 나눠주는 정보만 가지고, 주관적으로 객관화한 진실을 보도하는 데 너무나 오랫동안 길들여졌던 탓이었다. 한국의 국방언론인들은 그래서 일방적으로 그리고 전체적으로 통제된 사건을 통제된 언어로 보도하는 방식밖에는 알지 못하게 되었다. 그들의 표현방식은 휘날리는 태극기를 찍어놓은 사진에 어울릴 만한 어휘로만 구성된 언어에 전적으로 의존했다. 이렇게 혁혁한 전과와 미담과 영웅담을 가득 담은 보도자료만 베껴내는 잠재의식을 본능으로 키워왔던 까닭에, 그들은 아예 진실을 보려는 노력조차 하지 않게 되었는지도 모른다.

종군위안부 문제를 본격적으로 먼저 제기한 사람들은 분노한 한국인들이 아니라 양심적인 일본인들이요, 노근리 학살을 문제화한 사람들도 피해자인 한국인들이 아니라 1년 이상이나 끈질기게 추적조사와 심층취재를 했던 미국의 AP 통신이라는 사실이 무엇을 의미하는지를 한기주는 가끔 언짢은 마음으로 생각해 보았다. 아마도 그것은, 진실을 파헤쳐 증언하고 확인해서, 사람들로 하여금 똑같은 범죄행위를 반복하지 않도록 기억하고 각성시키기 위한 도덕적인 목적보다는, 군사기밀이라는 편리한 핑계로 범죄적인 약점을 감추고, 국익과 안보를 우선적으로 추구하는 통제(embargo)를 일삼아온 대한민국 군사정부의 설득을 결국 언론이 이겨내지 못했기 때문이었으리라.

그러나 전쟁은 처참한 살육행위이지 아름다운 전설과 신화가 아니며, 전쟁은 남에게 보여주려고 공연하는 연극이 아니라 죄악이라는 사실을 말하지 않게 된 책임을 군사집단이 진실을 통제하고 각색하는 전통의 탓으로만 돌린다면, 그것은 언저리에서만 머물려는 비겁한 자의 핑계에 지나지 않는다. 특권층으로서의 언론이 사회로부터 부여받은 영광과 기득권을 조금만 양보하며 나머지는 타성적으로 계속 누리도록 보장받는 대신, 그들은 진실을 말하는 자유를 스스로 포기하고 기꺼이 주변으로 물러났다고 한기주는 믿었다.

그래서 그들은 전쟁터로 나가서도, 진실이 눈에 보이지만 사진과 글로 표현할 자유가 그들에게는 없다고 믿어버리기에 이르렀다.

＊

한기주는 견습기자 시절부터 언론인의 생활이 보람차다기보다는 참으로 허무하다는 생각을 자주 했었다. 언론보도의 일회성(一回性)과 일시성(一時性) 때문이었다.

일간지 기자는 그야말로 하루살이였다. 보도기사(straight news)는 속도 경쟁이라는 속성으로 인해서, 웬만한 모든 사건이나 행사는 신문이 나온 다음에는 기삿거리로서의 수명이 다하게 마련이었다. 아무리 취재를 많이 하고 누구보다 더 훌륭한 글을 쓸 자신이 넘치더라도, 오늘의 기사는 내일 쓸 수가 없었다. 그래서 '마감'은 '죽음의 선(deadline)'이었다.

내일에 대한 계획이 불가능한 기자의 삶에 대해서 한기주는 심한 허망함을 느꼈다. 기자는 제한된 시간에 정확하고도 정밀한 판단을 해야 하고, 오류는 용납되지 않았다. 그럼에도 불구하고, 그토록 긴장된 노력이 가져다주는 보람은 수명이 너무나 짧았다.

그리고 그런 어떤 특성보다도 중요한 사실은, 아직 벌어지지도 않은 사건의 현장에 예언자적으로 미리 가서 기다려야 한다는 기자의 운명이었다. 이러한 현장성은, 특히 예측을 불허하는 전쟁터의 생생한 보도를 위해서는 필수적이었다.

그러나 한기주는 베트남에서 전투 현장에 미리 찾아와 상황이 벌어지기를 대기하는 한국인 종군기자를, 〈성조지(Stars and Stripes)〉의 사진기자 김기삼을 제외하고는, 만난 기억이 없었다. 한국 기자들은 "군인들을 쫓아다닌다"는 의미에서의 '종군(從軍)' 행위를 아예 중요하게 생각하지 않는 듯싶었다. 그들은 무슨 작전이 시작된다는 연락을 받으면 몇 명이 함께 사이공에서 날아 들어와, 사단사령부 상황실에서 브리핑을 듣고, 거기에서 작전개요의 취재를 끝내고, 보도자료와 1백 달러의 촌지를 받은 다음, 교통이 편한 작전지역을 골라 정훈참모의 안내를 받으면서 당일치기로 간단히 둘러보고는 사이공으로 돌아가서, 당시 정부에서 시행하던 산업시찰을 다녀온 후에 써내던 내용과 비슷한 홍보기사를 작성하여 본국으로 보내기가 보통이었다.

그러다가 작전지역에서 웬만큼 전과가 오르면, 연락을 받은 특파원들이 사이공에서 미 군용기 편으로 다시 들어오고는 했는데, 상황이 이미 끝나버린 다음에 도착하는 바람에 현장에 접근할 방법과 시간이 없는 경우가 워낙 많았다. 그러면 특파원들은 정훈부나 통신대의 하사관과 병사들이 대신 촬영한 동사진과 정사진 그리고 보도자료를 얻어 써야 했다.

보다 양심적인 언론매체의 기자들은 하루나 이틀 동안 예하부대로 촬영을 하러 들어갔지만, 그나마도 사후 취재를 할 만한 사정이 여의치 않으면 이미 준비된 보도자료와 사진자료를 각본으로 삼아, 전투로 지친 병사들을 엉뚱한 장소로 끌고 가서 배우처럼 연기까지 시켜가며, 때로는 헌병대에 수감중인 베트콩 포로를 동원하기도 하면서, 여기저기 연막탄을 피워 영화적인 분위기를 살려놓고, 숲 속에서 대한 남아들이 그냥 줄지어 걸어가거나 논바닥과 개울을 가로질러 달려가며 아무 데나 총질을 하는 재연(再演, re-enactment) 장면을 촬영하는 경우가 허다했다.

그런 실정이고 보니, 극장에서 「대한늬우스」 말미에 보여주던 "월남 소식"이나 지금까지도 텔레비전에서 가끔 삽입시키는 베트남 "자료 화면"에서 한기주는 정말로 총탄이 비오듯 쏟아지는 전투 현장을 한 번도 본 적이 없었다.

아홉 영원한 승전보

조국 강토에서 전쟁이 났다면 나라와 민족을 지키기 위해 목숨을 내놓고 싸워야 마땅하지만, 한국이나 미국을 침략한 적도 없는 베트남으로 한국의 군대가 전쟁을 하러 찾아갔던 이유가 무엇일까? 별다른 적개심조차 없이 왜 우리가 미군과 힘을 모아 그곳 북부의 사람들과 전쟁을 해야 했는가? 동양을 서양의 식민지나 전초기지로 만들려는 싸움에서 한국은 결과적으로 서양을 도와주기 위해 베트남으로 간 셈은 아니었던가?

이렇게 한국 원정군의 명분을 따지거나, 다른 어떤 문제를 깊이 분석하고 비판하는 기획물 따위를 우리 언론매체에서 찾아볼 길이 없는 이유 — 베트남 전사(越南戰史)에 남을 만한 비판적이고도 객관적인 자료가 거의 존재하지 않는 참된 이유를 한기주가 깨닫기까지는 별로 많은 시간이 필요하지 않았다.

한국의 종군기자들은 정부의 해당 부처, 특히 외무부와 국방부의 도움이 없으면 베트남에서의 어떤 활동도 불가능했다. 무엇보다도 우선, 미군의 항공편과 한국군의 지상 교통 수단이 없으면 한국 기자들은 베트남에서 이동 자체가 불가능했다. 그리고 지금처럼 국제전자통신망(Internet, e-mail)이 발달하지 못했던 당시에는, 특파원들이 기사를 일단 작성한 다음에도 신속하게 본사로 송고할 길이 따로 없었다. 그래서 그들은 매주일 날짜를 정해놓고 정부의 정기 외교행낭(外交行囊, diplomatic pouch)을 이용해야 하는 옹색한 형편이었다.

그러니 정부의 교통 수단에 의존하여 취재를 하고, 정부의 통신 수단에 의존하여 기사를 송고하면서, 정부 정책을 비판하는 글을 쓰기도 어려웠겠거니와, 사이공에서 행낭이 비행기에 실리는 발송시간을 맞춰야 하는 물리적인 필요성으로 인해서, 마음놓고 작전지역으로 들어가 여러 날을 보내며 깊은 곳들을 찬찬히 들여다보고 살필 시간적인 여유는 당연히 없었다.

그러다 보니 한국인들은 날이면 날마다 신문과 방송과 극장용 「대한늬우스」에서 한국군의 승전보만 접하게 되었고, 그래서 대부분의 한국인들은 베트남에서 승승장구 영원한 승전보만 생산해내던 따이한들의 모습밖에는 아무것도 기억하지 못하게 되었다.

제한된 인력도 문제였다. 모든 주요 일간지는 베트남에 취재기자를 한 명밖에 보낼 여유가 없었다. 그나마 보다 형편이 좋았던 〈동아일보〉나 〈중앙일보〉 같은 신문사에서도 사진기자까지 파견하기 어려운 실정이었다. 따라서, 사이공 주재 인원이 만일 어떤 기획취재를 들어간다면, 베트남전 보도에 할당된 신문의 지면을 대신 채워줄 교체 인력이 없는 현실이었다. 그리고 방송매체에서는 상주 취재진을 아예 베트남에 체재시키지도 못하는 형편이었다.

따라서, 인쇄매체 특파원들은 지정된 시간에 지정된 양의 기사를 생산하느라고 바빴으므로, '작품쓰기'가 아니라 '숙제하기'의 처지를 면하기 어려웠다. 그들에게는 언제 어디에서 벌어질지 모르는 상황을 예측하며 미리 이동하여 기다릴 만한 여유가 없었으며, 특히 방송매체는 군인들이 대신 만들어주는 보도자료를 '받아쓰기'나 '베껴쓰기'를 하는 차원에 머무를 수밖에 별다른 도리가 없었다.

*

한국 기자들이 비판적인 글을 쓰지 못하고, 영원한 승전보만 전하는 군대의 공보관 노릇을 했던 또 한 가지 이유는, 장기간에 걸친 박정희 정권의 집요한 언론 길들이기 탓이었다. 아침이면 중앙정보부 '기관원'이 담당 신문사로 출근하여 편집국장 옆에 의자를 끌어다 놓고 앉아, 어떤 기사는 어느 정도 크기로 튀겨서 싣고 어떤 기사는 쓰면 안 된다고 일일이 간섭하는가 하면, 오늘은 어느 언론사의 어느 기자가 검정 지프에 실려 매를 맞으러 남산으로 끌려갔다는 얘기를 며칠이 멀다 하고 들어야 했던 시절이었으니 말이다.

해방 후 민주주의가 제대로 자리를 잡기 전에 한국전쟁을 치르느라고, 언론까지도 좌익은 우익에서 비판하고 우익은 좌익에서 비판할 뿐, 좌우 어느 쪽 편견으로도 지나치게 치우치지 않아 이해관계가 없이 올바르게 보는 시각이 한국에는 별로 없었고, 그래서 우리의 전쟁 보도에서는 '대한 남아'만이 언제나 승리했다.

그러나 집단을 위해 개인이 희생되는 제복의 나라 한국에서 언론인이 겪었던 가장 치사하고도 괴로운 좌절감은, 적어도 한기주의 개인적인 견해로서는, 전쟁과 죽음에 대한 공포와 위험이나 독재정권의 탄압보다도, 그들에게 봉급을 주는 '내부의 적'이 자행하는 폭력이었다. 언론기업을 살리기 위해서 사주(社主)들은 산업구조상 정부로부터의 경제적인 영향력에서 자유롭지 못했기 때문에, 기사의 내용을 스스로 검열하고 정권이 싫어하는 고용인 기자들을 스스로 해고하면서 살아남는 길을 부지런히 찾고는 했다.

한기주가 특히 견디기 힘들었던 일은 회사의 경영 여건을 향상시키기 위해 기자들에게 시켰던 굴욕적인 신문팔이였다. 연례행사처럼 신문사 전사원에게 부수 확장을 해오라면서, 때로는 언론 기업인이 확장부수 능력을 성실한 애사심으로 계산하여 인사고과에 반영하겠다는 협박까지 곁들이기도 했다. 편집국장을 거쳐 해당 부장을 통해 나눠 받은 구독신청서를 들고, 출입처나 취재 대상을 찾아다니며 신문 구독을 부탁해야 하는 기자더러 무슨 비판적인 감시자 노릇을 하라는 말인지, 한기주는 슬픈 분노를 느끼고는 했다.

기자의 개인적인 삶과 존엄성은 이렇게 신문팔이를 하며 작디작고 왜소한 날품팔이로 무너졌고, 그와 함께 언론의 권위 또한 값싸게 무너졌다.

*

처음 기자생활을 시작했을 때, 한기주는 그의 직업을 "무관의 제왕"이라고 불러주는 세상사람들이 고마웠고, 이러한 뜻밖의 신분상승에 조금쯤은 지나치게 의기양양해졌다. 그것은 신문기자라는 직업에 대한 환상 때문이었다.

어느 누구라도 동등한 차원에서 1대1로 만난다는 갑작스러운 상황, 남보다 먼저 혼자만 어떤 진실을 알아낸다는 특종의 쾌감과 정복감, 젊은 시절에 정신적인 양심 노릇을 하게 되었다는 긴장과 흥분, 권력과의 끊임없는 승부가 마련해 주는 자부심, 세상의 최전선에서 진리를 알리는 선지자적 자기만족─그는 대학을 졸업한 다음 신문사에서 맞게 될 그의 인생이 이런 식으로 펼쳐지리라고 기대했다.

그러나 막상 그가 첫 출근을 하던 날, 견습기간 봉급이 한 달에 4천5백 원이 되리라는 설명을 듣고 나서, 문화부의 어느 선배 기자를 따라 점심시간에 신문사 뒷골목 허름한 식당으로 가서는 외상장부에 이름을 올리던 순간에, 그는 자신의 초라하고 옹졸한 전후세대적(après-guerre) 삶이 조금도 개선되지 않으리라는 사실을 깨달았다. 밥을 사 먹는 돈이 넉넉지 못했기 때문에 기자들은 그렇게 날마다 외상을 달아놓았다가 "쥐꼬리" 월급을 받는 날이면 편집국으로 장부를 들고 찾아오는 점박이 아줌마에게 한꺼번에 정산을 했고, 그런 월말이면 한기주는 자신이 마치 빚쟁이와 가난뱅이들이 등장하는 김승호-김희갑 서민 희극영화의 주인공이라도 된 듯한 기분을 꼬박꼬박 느꼈다.

오랜 식민지시대와 전쟁을 겪은 절대빈곤의 국가에서 살아가는 시민이었던 그는 이런 열악한 여건을 당연한 조건으로 받아들였으며, 원하고 꿈꾸었던 위대한 삶에 비해서 지나치게 왜소한 자신의 존재─야망과 현실의 괴리를 대조적으로 보여주는 자신의 이중적인 존재를 해학적으로 이해하며 웃어넘기려고 노력했다.

하지만 수많은 기자들이 경제적인 궁핍함을 고용주에게서 해결하지 못하기 때문에, 매체의 힘을 개인의 영향력으로 활용하여, 도움이 되는 기사는 실어주고 해를 끼치는 기사는 거두어 주겠다며 돈을 챙기는 촌지 관행을 은 근히 부추기는 언론 지배세력으로 인해서 사이비 기자, 공갈 기자, 가짜 기자가 왜 그렇게 많이 생겨나는지를 깨닫게 되자, 그는 자신의 직업이 무관의 제왕은 결코 아니며, 남을 등쳐먹는 이상하고도 부패한 특수 권력층임이라는 사실을 부끄러워하기 시작했다. 그러나 그는 어느 날 레코드 제작회사로부터 3천 원이 담긴 봉투를 받고는 수치심과 열등감을 견디지 못해 문화부 기자라는 직업을 버렸던 소설가 친구만큼 자신에 대해 단호하지를 못했다.

*

베트남에서 돌아와 '언론계'로 돌아간 그는 출입처 '기자실'의 참된 정체와 그것이 운영되는 실태를 알게 되면서, 국회의원들과 정치가들이 경제인을 대상으로 수탈을 자행하는 국가 조직이나 마찬가지로, 촌지의 노예가 되어버린 언론인들도 범죄 단체와 별로 다를 바가 없구나 하는 마음에 더욱 심한 자괴감을 느꼈다.

정부의 모든 부처와 지방 행정부, 경찰 기구와 주요 단체에는 각 신문사에서 나온 출입기자들이 모여 취재 활동을 하고 대기 시간에 바둑이나 장기를 두며 휴식을 취하도록 저마다 기자실을 마련해 놓았는데, 많은 경우 이들 취재진은 일간지 기자단, 방송 기자단, 통신 기자단이 서열상으로 따로 구성되어, 공보관들로부터 보도자료뿐 아니라 정기적으로 월급처럼 봉투를 받았는데, 이 촌지가 제3 공화국 경제기획원 출입기자단 일간지 1진(陣)의 경우 한때 회사에서 받는 봉급의 열 배가 넘기도 했었다.

뿐만 아니라, 출입처와 관련된 업체나 단체를 크게 선전하거나 비난할 사건이 터질 때면, 기사를 쓰느냐 마느냐 조건을 내걸고 2진 대표단이 해당 기관이나 인물과 만나 협상을 벌여 따로 돈을 받아내어 서열에 따라 나눠 갖기도 했는데, 언젠가 인사차 모교로 은사를 찾아갔을 때, 난처한 문제가 생겼다면서 극작가 대학교수가 무마비(撫摩費) 돈봉투를 불룩하게 담은 가방을 챙겨 들고 문교부 기자실로 허둥지둥 달려가는 모습을 보고는 한기주의 마음이 서글퍼지기도 했었다. 이러한 이권이 개입되었기 때문에 기자단 가입

자격도 배타적으로 제한되어 심사과정까지 생겨났고, 기자실 출입이 허락되지 않은 군소 매체의 기자들은 정기 회견에는 참석도 못해서, 기껏 공보실에서 보도자료를 얻어다 기사를 작성해야 했으며, 그래서 취재활동이 좀처럼 자유롭거나 용이하지가 않았다.

그러다 보니, 촌지를 받아 챙기는 교사들을 학생과 학부모가 깔보게 되었듯이, 관리들과 군인들도 기자들을 만만하게 얕잡아 보기 시작했고, 박정희가 길들이던 언론을 물려받은 전두환은 희대의 언론통폐합을 서슴지 않았으며, 이렇게 스스로 몰락해 버린 자신의 모습에 가책과 분노를 느낀 몇몇 신문사는 1980년대에 들어서서야 독립성을 되찾기 위해 촌지 안 받기 운동을 시작했다. 하지만 언론계가 얘기하던 "촌지"의 규모와 실태가 어느 정도인지는 지금까지도 일반인들은 잘 알지 못하리라고 한기주는 믿었다.

그리고 이제는 "무관의 제왕"이라는 낭만적인 명칭을 아무도 사용하지 않게 되었다.

*

그리하여 베트남 전쟁보도의 한국식 모범답안은, 심한 경우에는 작가들과 언론인들이 선무공작 요원의 역할을 담당했던 한국전쟁 당시의 보도체제를 그대로 답습하여, 이런 식*의 영원한 승전보 형태로 나타났다.

전투가 끝나자 탈곡기로 벼타작을 돕는 국군, 이러한 대민봉사 활동은 용맹성과 함께 월남민들의 큰 호감을 샀다.

전란(戰亂)이 월남을 휩쓸게 될 무렵, 맹호와 해병대 용사들의 용맹은 국위를 대외에 떨친 바 컸다. 월남군은 외곽을 지키는 우리 부대와 힘을 합했더라면 성과가 기대되었을 것이, 오히려 해이된 정신자세에 주민들과 반목이 커갔고, 베트콩의 활동을 용이하게 했다. 그뿐 아니라 월남군의 염전사상(厭戰思想)을 고취시키는 결과가 되었다.

---

* 한국언론보도인클럽이 1988년에 펴낸 『격동기의 한국』에서 발췌.

어느 「베트남인」 고위인사가 몇 가지 예증을 들어주었다. 돈많은 미국인이 싸워주니 우리는 전쟁에서 살아남아 잘살 길을 찾겠다. 그러니 한국인들은 돈이나 많이 벌어가라는 것이다.

오만과 과장으로 치우친 나머지 진실에 접근하려는 의도를 별로 보이지 않았던 당시의 이런 논조는, 신문의 제목만 보고 세상을 파악하려는 다수의 대중에게도 그대로 전염되어서, 참전 군인들뿐 아니라 일반 시민들까지도 덩달아, "미국 대신 한국이 전쟁을 주도했다면 베트남은 패망하지 않았으리라"는 괴이한 신화까지 실제로 널리 전파하는 결과를 가져오기도 했다.

학구적인 어떤 작업을 하려는 사람이 베트남전에 대한 객관적인 자료가 필요할 때, 무용담으로 점철된 전사(戰史)밖에 아무런 정확한 기록을 구하기가 어렵다면, 교과서에다 역사가들은 무엇이라고 기록하게 될지 한기주는 궁금했다. 역사가들이 현장을 답사하고 확인하지 못할 여건이라면, 동시대의 사실을 대신 정리하고 종합해야 하는 작업은 언론의 몫이라고 그는 믿었다.

"귀신잡는 해병" 식의 전설이나 신화 만들기는 심리전과 사기진작을 위해서라면 한 가지 훌륭한 전술 기능을 발휘하겠지만, "무적의 한국군은 베트남에서 죽지도 않고 지지도 않았다"라는 식의 냉전시대 화법은, 전쟁에서도 영웅이 없어지고 신의 존재를 별로 아쉬워하지 않는 현대사회에서라면, 설득력이 떨어지는 화법이었다. 그리고 그것은 과거의 현실을 냉정하게 평가해야 하는 역사 교과서나 언론의 접근법은 결코 아니었다.

*

전쟁을 다루는 문학과 영화는 사실과 진실을 상상력으로 배합하고 엮어내는 허구이다. 문학은 전쟁을 관념화하고, 영화는 진실을 전설로 덧입혀 분장하는 점만 다를 뿐이다. 그리고 한국의 언론은 전쟁문학과 전쟁영화의 차원을 벗어나지 못하는 경우가 적지 않았다.

베트남과 관련된 한국의 텔레비전 기록영화(documentary)에서 전쟁사를 수록한 증거라며, 연막탄을 피워놓고 들판에서 달려가는 대한 남아들의 용맹한 모습을 보여주는 비슷비슷한 장면들을 볼 때마다, 한기주는 그런 자료 화면을 연출한 특파원이 논둑 어디쯤엔가, 결혼식장의 비디오 기사처럼 카메라를 들고 서서, 열심히 촬영에 바쁜 모습이 눈에 선하게 보였다. 하지만 총탄이 날아다니는 전투지에서는 종군기자가 그렇게 우뚝 서서 전투원들을 촬영할 수가 없다.

무장공비가 우리나라 동해안 지역으로 남침했을 때마다 국군이 벌이는 소탕작전을 텔레비전이 보도하던 방식도 거의 언제나 그렇게 원시적이었다. 얼굴에 얼룩덜룩 칠을 하고, 철모를 나뭇가지로 위장하고, 눈을 부라리며 수풀 속에 납작 엎드려 총을 겨누는 병사들을, 카메라가 밑으로 겨누고 찍은 장면의 각도를 보면, 기자가 뻣뻣하게 일어선 자세로 촬영했다는 사실이 분명해진다. 군인들은 죽을까 봐 걱정이 되어 엎드려서 싸우는데, 어떻게 기자들은 서서 촬영을 하는가? 심지어는 광고영화를 찍듯이, 야간작전에 조명까지 밝혀가며, 촬영기자가 연출한 장면들을 '뉴스'라며 텔레비전 화면에 내보낸 경우도 적지 않았다.

기자가 최전선의 전투 현장까지 종군했다는 노력의 흔적이 전혀 보이지를 않는 이런 연출 화면은, 뚜렷한 전략적 목적의식과 다분히 감상적인 시각에 따라서 제작한 군사홍보물 「배달의 기수」라면 몰라도, 베트남전을 보도하는 정확공정한 언론의 자세는 결코 아니었다. 전투는 영화에서처럼 질서정연한 안무에 따라 이루어지지를 않고, 인생의 진실 또한 그렇게 정돈이 잘된 경우가 별로 없으며, 군인의 죽음은 아무리 아름답게 그려도 진실은 참혹할 따름이다. 백전백승의 대한 남아가 거두는 혁혁한 전공(戰功) — 영원한 승전보는 일방적인 '희망사항'에 지나지 않는다.

*

한국 언론의 전쟁보도는 21세기로 들어섰어도 별로 발전하려는 기미가 보이지를 않았다.

제2차 이라크 전쟁을 취재한 "군사전문기자의 현지르포"라고 주장하며 어느 일간지에서 연재한 글의 크고 작은 제목만 보더라도, "자이툰 부대의 새벽은 평온했다'로부터 시작하여, "겹겹 방호벽 사막의 요새… '대민봉사 준비 끝'"이나 "브라보! 우리는 '자이툰 부자(父子)' '떨어져라' 권해도 안 떨어지는 '전우애'"처럼, 지나치게 낯익은 소재와 일화로 이어지고, 심지어는 "사막의 새벽을 깨우는 '대한민국 파이팅'"이라고 만세를 부르는 〈전우신문〉 수준의 '기행문'도 보이고, "이라크 아르빌에 주둔중인 자이툰 부대 장병들이 부대의 활동 내용이 보도된 한국 신문을 바라보고 있다"는 아전인수 사진까지 실어서, 베트남전 보도와 별로 차이가 없는 '심층'을 보여주었다.

공보관이 나눠준 똑같은 사진을 거의 모든 신문과 텔레비전이 단체적으로 보여주는 '관제보도'의 관행도 여전하고, 이라크 현지 방송은 한국군의 병력 이동을 수시로 보도하는데도, "한국군의 안전"을 핑계로 삼아 병력의 출국 사실조차 50일 동안이나 보도를 통제한 국방부의 습성도 변할 줄을 몰랐다.

베트남에서 전사한 장병들은, 대한 남아도 전쟁터에서는 어느 누구나 마찬가지로 죽기도 한다는 사실을 국민이 알기를 원치 않았기 때문이었는지, 그 유해를 밤이면 몰래 김포공항을 통해서 들여오고는 했다. 그리고 한국의 장병들은 이라크로 갈 때도 그렇게 몰래 빠져나갔다. 국방부 조사단은 이라크 현지 답사를 하고 와서 "안전하니까 걱정할 필요가 전혀 없다"고 공식적으로 발표했다. 그렇다면, 그토록 안전한 이라크로 떠나는 장병들이, 더구나 전투를 벌이며 현지인들을 죽이러 가는 것도 아니요, "이라크를 돕기 위해 재건사업에 참여하러 간다"고 널리 홍보하면서, 도대체 무슨 죄를 지었기에 그렇게 몰래 출국을 해야만 했을까?

이러한 갖가지 거추장스러운 이유로 인해서, 표현의 자유를 쟁취하기 위해 투쟁하는 기간 동안에 한국의 언론인들이 내세웠던 온갖 명분에도 불구하고, 정부와 언론계가 경쟁을 벌이듯 추진해온 온갖 개혁과 그에 따라 이루어진 발전에도 불구하고, 한국의 전쟁보도에서는 좀처럼 퓰리처상이 보이지 않는다고 한기주는 생각했다.

*

한국전쟁을 기록한 수많은 영상자료 가운데 한기주의 머릿속에 가장 강렬한 인상을 남긴 장면은 낙동강 전투나 인천 상륙작전이나 어떤 다른 전투에 서의 살상행위도 아니요, 서울 수복이나 평양 입성이나 압록강에서 총검을 물로 씻는 국군 병사들의 감격도 아니요, 거제수용소의 폭동이나 중공군의 인해전술도 아니요, 폐광이나 우물 속의 학살 같은 끔찍한 폭력도 아니었다.

한국전쟁의 비극을 그에게 가장 눈물겹도록 보여준 장면에서는 사실상 군 인의 모습이 보이지도 않았다. 그것은 어떤 파괴적인 무기나 피난살이 판자 촌의 한많은 슬픔과도 아무런 관계가 없었다.

그것은 어린 사내아이가 강동강동 뛰는 장면이었다.

서울 시내 어디쯤, 종로나 동대문 어디쯤인가, 폭격으로 폐허가 된 벽돌 무 더기 한가운데, 어떤 여자의 죽은 시체 옆에서, 기적적으로 혼자만 살아남은 두세 살 난 사내아이가, 어찌할 바를 몰라서 죽은 엄마를 자꾸만 손으로 가 리키며, 강동강동 뛰면서 울어대던 장면—그 한 장면은 모든 전쟁의 모든 비극을 얘기하기에 충분했다.

몇 시간짜리 극영화나 몇십 권짜리 대하소설로도 담아내지 못할 만큼 진 한 충격과 슬픔을 겨우 몇 초밖에 안 되는 한 장면에 담아낸 영상기록, 그것 은 단순한 보도자료가 아니라, 저널리즘의 진수를 담은 예술작품이라고 한 기주는 믿었다.

군인들이 진격하여 산꼭대기에 태극기를 꽂았다는 무수한 영웅담은 날짜 와 장소와 등장인물의 이름과 사건을 배열한 순서만 다를 뿐이어서, 아무리 우렁찬 웅변의 깃발과 표어를 장황하게 곁들인다고 해도, 정서를 황폐케 하 는 잠재적 획일성의 위험으로 인해, 영원한 승전보는 저널리즘에서 예술을 증발시키고 파괴한다.

한기주는 신문 글쓰기를 시(詩)보다도 더 절제되고 집약적인 문학이라고 믿었다. 제한된 지면을 놓고 여러 꼭지의 다른 기사들과 경쟁을 벌여야 하는 속성 때문에, 어디쯤에서 잘려나갈지 모르는 보도기사라면, 아무 데서나 토 막을 내도 도마뱀처럼 살아남는 독립된 생명을 지녀야 하고, 그래서 신문글 은, 몇 초 동안 강동강동 뛰며 우는 아이의 그림처럼, 원인을 설명하는 배경

▲ 베트남 전쟁에 관한 한국 언론의 보도는 "휘날리는 태극기"가 거의 유일한 주제였다.

정보나 기승전결의 보완이 없어도 하나의 완벽한 진실이 되어야 한다고 한기주는 믿었다.

시청률을 올리기 위해 유치하게 망가지는 텔레비전을 흉내내어, 장난스러운 제목을 달고 경박한 내용을 붙여, 언론으로서의 권위를 잃어가는 요즈음 상업화시대의 인쇄매체에서는, 예술적인 글쓰기가 별로 눈에 띄지 않지만, 그래도 사진보도에서는, 왜 아름답고 좋은지를 설명하지 않더라도 감동을 느끼는 데 어려움이 없는 음악에서처럼, 진실의 포착이 끊임없이 이루어진다.

그래서 수많은 종군기자들은 진정한 예술가로서의 소명의식을 간직하고, 강동강동 뛰는 아이의 순간을 찾아내어 영원히 한 장의 사진으로 고정시키기 위해, 해병대와 함께 목숨을 걸고 호엉 강의 다리를 건넜다고 한기주는 생각했다.

제5부
비무장지대

한국군에게 동굴지대에서 포로로 잡혀 베트남 통역관으로부터 조사를 받는 베트콩 용의자(위)는 신발도 신지 않은 맨발이었고, 담배부터 한 대 달라고 했다. 작전지역에서 헬리콥터에 실려 나가는 소년 베트콩(가운데)은 열다섯 살도 안 되어 보였다. 북쪽 언론에서 촬영한(아래) 사진은 케산에서 돌격을 감행하는 베트밍 병사들의 모습을 보여준다.

하나 전시(戰時)에 생긴 일

덜커덕 덜컥, 덜커덕 덜컥, 덜커덕 덜컥 ― 금속성 맥박에 맞춰, 기차가 소리로 율동하며, 철교를 건너기 시작했다.

저만치 앞에서 시야가 훤히 터지는가 싶더니, 강이 나타났다.

한기주는 탁자에 펼쳐 놓은 지도를 손가락으로 짚어가며 확인했다. 지금 통일열차가 통과하는 곳은 17도선에서부터 18도선까지 펼쳐진 꽝빙(Quảng Bình)의 중간쯤, 해안에 위치한 성도(省都) 동호이(Đồng Hói)의 외곽이리라고 그는 생각했다.

걸쭉하고 누르스름한 강물에 홍수림처럼 절반쯤 잠긴 울창한 수목이, 묵직한 나뭇가지들을 밑으로 늘어뜨린 채로, 잎을 적셔 더럽고 비옥한 생명수를 열심히 빨아 마시고 있었다. 다리 건너편 들판에는 듬성한 풀밭이 벗겨지며 드러난 붉은 흙바닥에 빗물이 고여 웅덩이가 몇 개 생겨나 거울처럼 하늘을 반짝였다. 구불거리며 가늘게 뻗어나간 시골길 끝에서 솟아오른 멀찍한 언덕 위에서 억새풀이 은빛으로 하늘였다. 겨울 바람이 이는 모양이었다.

우뚝우뚝 전봇대가 흉하게 세워놓은 몽둥이처럼 지나가는 사이로 낮은 잡목이 덩어리지어 숲을 이루었고, 모를 내기 위해 새로 물을 채운 논바닥에는 하얀 유리창이 깔렸으며, 개울가에는 흙으로 담벼락을 땜질한 초가집의 이엉이 거무스레하게 썩었다. 이곳에서는 배고픈 베트콩이 잡아먹고는 했던 검정 들소가 아니라 누렁이 황소들이 농부들과 함께 시뻘겋도록 뒤집힌 물에 종아리까지 잠그며 써레질을 했고, 주변의 푸른 논 누런 논에서는 백로들이 가끔 홀로 서서 기다렸다. 공포영화에서 유령이 출몰하는 빈집처럼, 숲 속에 잠겨 고개만 내밀고 살피는 하얀 저택 주변에 백단(白檀)인 듯 껍질이 하얀 나무들이 똑바로 곧게 치솟았으며, 한 그루 나무마다 꼭대기에는 썩은 버섯 모양으로 잎사귀가 뭉쳐 머리다발이 얹혔다. 낡은 도로를 따라 지붕을 씌운 화물차들이 북으로 북으로 달려갔다.

그들 일행은 후에에서 하노이까지, 베트남에서의 기차 여행에서 마지막 구간을 가는 중이었다. 후에와 다낭도 한기주에게는 이번이 초행길이기는 마찬가지였어도, 전쟁중에 워낙 귀에 익은 지명이어서였는지 전에 여러 차례 다녀갔던 듯한 착각이 들었는데, 오랫동안 남과 북을 갈라놓았던 17도선을 넘어 옛 적지(敵地)로 막상 들어서니, 휘뜩 지나가는 표지판에 적힌 도시들의 이름 모두가 하나같이 낯설었다.

그러나 차창 밖의 풍경은, 통일열차가 비무장지대를 언제 지났는지 모르겠을 만큼, 조금도 달라지지를 않고 낯익었다.

하기야 통일과 함께 사라진 비무장지대가 나그네의 눈에 보일 리도 없었겠지만…….

사라진 비무장지대 — 전쟁이 사라지면서 그 살벌한 지명도 함께 사라졌다. 무장의 시대와 더불어 '적'이라는 존재 역시 사라졌다.

그래서 과거의 적지는, 아직 통일을 이루지 못해서 비무장지대를 열심히 무장하며 양쪽에서 서로 의심하는 그의 조국보다, 한기주에게 훨씬 따뜻한 나라가 되었다. 난생처음 찾아온 적의 나라가 이렇게 낯이 익고, 이렇게 정겨워 보인다는 사실은 논리에 맞지 않았으므로, 부도덕한 모순이었다. 전쟁과 평화의 지리적인 분기점에서, 적이라는 개념의 시간적 유효성이 사라지던 순간에, 관념의 껍질로서만 남은 집단 증오는 힘을 잃었으니, 그것은 역사의 기억상실증(amnesia)이리라고 그는 생각했다.

북진하여 올라가는 기차에 몸을 싣고 한기주는, 조금씩 추워지는 남국의 겨울로 틈입하면서, 마음의 무장을 해제하면서, 가치관과 시각이 빠른 속도로 삭아내리는 기분을 느꼈다. 전쟁과 죽음이 불필요한 시대가 되어서야 인간은 사람답게 살아가는 존엄성을 되찾고, 증오로 인하여 자신이 얼마나 엄청난 정서적 낭비에 시달리며 스스로 소모되는지를 깨닫는다.

＊

하노이까지 688.3킬로미터를 기차로 이동하는 기나긴 열다섯 시간을 멍하니 앉아서 낭비하고 싶지 않다던 연출자의 제안에 따라, 응우엣과 구형석은 침대칸 객실들을 여기저기 기웃거리며 무례하게 수하(誰何)를 해서, 남쪽 베트콩 출신과 북쪽 베트밍 정규군 출신의 베트남인을 용케도 한 사람씩 찾아내어, 그들의 양해를 구해가며 방을 바꿔서 한기주와 구형석에게 배정된 칸으로 옮겨오게 했다. 과거의 적이었던 두 사람과 한기주가 사이좋게 대화를 나누며 함께 여행하는 장면을 그림으로 담기 위해서였다.

북쪽 베트밍 군인 출신이라는 보띠엡후엉(Võ Tiep Hương)은 야윈 몸에 푸석푸석 헝클어진 머리가 초라해 보였는데, 남에게 좋은 인상을 주기 위해 딱딱한 표정을 풀려고 별로 노력하는 사람이 아니라는 사실이 한눈에 분명했다. 그는 짙은 눈썹에 까만 눈이 사나웠고, 영양실조로 뺨이 움푹 파이고, 입은 꽉 다물었다. 꾀죄죄한 셔츠 위에 낡은 검정 양복을 걸친 그는 하노이에서 근무하는 '공무원'인데, 후에로 출장을 나왔다가 돌아가는 길이라면서도, 직책이 무엇이고 어느 부처에서 근무하는지 좀처럼 더 이상 밝히기를 꺼렸다. 통 웃지 않으려는 눈치로 미루어보아 아무라도 접근하기가 편한 일자리는 아닌 듯싶었고, 나이는 쉰일곱이라고 했다.

남쪽 베트콩 출신의 응웬딩롱(Nguyễn Đinh Long)은 대조적으로 건강하고 느긋한 남자로서, 아들 셋에 딸 하나를 두었으며, 아내가 미인이라는 자랑부터 하면서 사진을 보여주려고 지갑을 꺼내들 만큼 여유가 만만했다. 나이가 마흔여섯 살이며, 다낭에서 스쿠터 수리점을 한다는 인적사항을 밝힐 때도,

▲ 전시에 베트밍 군인이었던 보띠엡후엉은 아직도 참혹한 고통의 시대를 떨쳐버리지 못한 듯
한참 술을 마신 다음에도 엉성한 어깨동무는 허락했을지언정, 좀처럼 웃지를 않았다.

만족스러운 자신의 생활형편에 대해서 숨김없이 흐뭇한 미소를 지었다. 그는 일부러 짬을 내어 호찌밍 주석의 영묘에 참배를 하러 가려고 난생처음 하노이 나들이에 나섰다고 했다.

박기홍 차장이 객실 문간에 서서 카메라의 각도와 높이를 바꿔가며 잠시 세 사람의 대화 장면을 촬영하는 동안, 한기주는 6하 원칙(六何原則)에 따라 두 상대방의 신분 파악을 끝냈다. 그리고는 일을 마친 취재진이 응우엣과 함께 옆에 붙은 그들의 방으로 돌아간 다음, 한기주는 차창 밑에 붙은 나무 탁자에다 어깨가방에서 꺼낸 초코파이와 말린 생선과 과자 부스러기로 작은 술상을 차려놓고는, 구형석의 통역을 거치면서, 두 베트남인과 얘기를 계속했다. 구형석은 이번 취재여행의 목적이 무엇인지 그 우호적인 방향을 나름대로 두 베트남인들에게 자세히 설명했고, 이제는 공식적인 일이 아니라 그냥 같은 방을 쓰게 된 동행인으로서 잡담이나 나누며 남은 여행을 계속하자고 분위기를 이완시켰다.

하노이의 공무원 후영은, 계속하려는 대화에서 한기주가 얻으려는 바가 무엇인지 의심이 가서였겠지만, 아직도 조심스럽게 경계를 풀지 않고, 질문을 받는 경우에도 처음 얼마동안에는 신문에서 읽은 기사를 암송하듯, 미군의 폭격으로 파괴되었던 베트남의 산업 시설의 복구 상황과 하노이 정부의 경제 발전 따위를 부각시키는 단답(短答)으로 일관하면서, 천천히 술을 마시기 시작했다. 하지만 말레이시아 무늬의 셔츠 차림인 롱은 한기주가 따이한 군인으로서 베트남에 왔다는 사실을 털어놓았더니, 그의 붉은 군대가 무찌른 옛 적을 만났다는 사실에 무척 고무되어서인지, 나중에는 제법 신이 나서 열심히 무용담을 늘어놓기까지 했다.

＊

하노이의 공무원 보띠엡후엉이 디엔비엔*으로부터 별로 멀지 않은 꿩냐이(Quỳnh Nhai)에서 태어난 1945년은 동시에 수많은 역사적 사건들이 발생하여, 베트남의 미래를 한치 앞도 내다보기 어려운 격동기였다.

1940년 9월에 인도차이나를 점령한 일본은, 그들이 즉각 해체하기가 부담스럽다고 느꼈던 기존의 식민 행정부를 그냥 존속시켜 두었다가, 1945년 3월 9일에야 프랑스 세력을 몰아냈다. 그리고 이틀 후에 일본은 바오다이 황제를 꼭두각시로 내세워 베트남의 독립을 선언하게 만들었지만, 연합군에 항복한 다음인 8월 18일에는 베트밍에게 권력을 이양했고, 닷새 후에 바오다이 황제를 퇴위시켰다.

바오다이 황제를 아예 인정하지 않았던 호찌밍은, 1944년에 보응웬지압이 베트밍 군대를 창설한 다음, 이듬해 9월 2일에 베트남의 '진정한' 독립을 선언했지만, 13일에 영국군이 일본군의 무장해제를 위해 사이공에 상륙해서는 통치권을 다시 프랑스에 넘겨주고 말았다. 독립 문제를 놓고 오랫동안 신경전을 벌이다가 프랑스와 베트밍은 1946년 3월이 되어서야 합의에 이르러, 베트남은 프랑스 연합 내에서 '자유국가'로 인정을 받는 반면에, 프랑스는

---

*지명 '디엔비엔푸'에서 '푸Phủ, 府'는 봉건시대의 행정구역 명칭이다.

역시 일본군 무장해제를 위해 북 베트남으로 들어와 주둔 중이던 장제스의 중국군을 교체한다는 명목으로, 결국 옛 식민지로 복귀했다.

이후에도 호찌밍은 프랑스로부터 주권을 되찾기 위해 협상을 계속했지만, 뜻대로 되지 않아 긴장이 고조될 따름이었고, 11월 20일에 하이퐁에서는 마침내 치열한 시가전이 벌어졌다. 23일에 프랑스 전함들이 하이퐁을 포격하고 탱크까지 공격에 나서자, 수많은 민간인 희생자가 발생하여 피난민이 물밀듯 도시에서 빠져나갔다. 반격에 나선 베트밍 군대는 12월에 프랑스 주둔지를 공격했지만 결국 하노이에서 퇴각했으며, 호찌밍은 보응웬지압의 전략을 받아들여 시골로 투쟁의 근거지를 옮겼고, 그렇게 기나긴 전쟁이 시작되었다.

이때 후엉의 나이는 두 살이었다.

*

보띠엡후엉의 나이가 다섯 살이었던 1949년 10월 1일, 마오쩌둥은 중국인민공화국의 수립을 선포하고, 베트밍에 현대 무기를 공급하기 시작했으며, 이듬해 1월 14일 호찌밍은 베트남민주공화국이 유일한 정부임을 선언하여, 소련과 중국으로부터 승인을 받았고, 유고슬라비아와도 국교를 맺었다. 호찌밍은 아메리카합중국에 침략의 빌미를 주지 않으려고, 베트남이 소련의 '꼭두각시'가 아님을 미국에 인식시키기 위한 노력도 게을리 하지 않았다.

미국과 영국은 호찌밍의 존재를 무시하고, 2월 7일에 대신 바오자이의 정부를 공식적으로 인정했다. 그리고는 한국전쟁이 터지자 미국은, 많은 병력을 한반도로 파견하면서, 베트남을 견제하는 세력이었던 프랑스 군대에 1천 5백만 달러의 군사원조를 보내는 의회 법안을 통과시켰고, 7월 26일 트루먼 대통령이 이 법안에 서명했다.

소련의 요시프 스탈린이 사망하고 한국에서 휴전협정이 맺어진 1953년에 후엉은 아홉 살이었다.

같은 해 10월 라오스의 완전 독립을 프랑스가 승인한 다음, 11월 9일 캄보디아 군부를 장악한 노로돔 시아누크 공(Prince Norodom Sihanouk)은 혼란기를 틈타서 프랑스로부터의 독립을 선언했고, 한편 프랑스군은 이 무렵 디엔비엔을 재점령했다. 프랑스에서 "더러운 전쟁(la sale guerre)"에 대한 반전운동이 점점 고조되던 가운데, 디엔비엔의 전투는 1954년 3월 13일에 시작하여 5월 7일 프랑스군의 패배로 끝났다. 이 과정에서 미국의 드와이트 D. 아이젠하워 대통령은 4월에 프랑스를 돕기 위해 전쟁에 개입하겠다는 결정을 내렸지만, 영국은 전쟁행위에 동참하기를 거부했다.

6월 16일 바오다이가 수상으로 임명한 응오딩지엠이 7월 7일 사이공으로 돌아오고, 제네바 회담에서는 베트남—캄보디아—라오스의 분쟁을 종식시키는 조처의 일환으로, 17도선에서 베트남을 남북으로 분단했다. 9월 8일에는 동남아조약기구(SEATO)가 결성되었으며, 10월 9일에는 프랑스군이 하노이를 떠났다. 호찌밍의 영향력이 막강해지자, 지엠에게 1억 달러의 원조를 지원하기 위해 아이젠하워의 특사가 서둘러 사이공에 도착했으며, 공산 통치로부터 벗어나기 위해 북에서 남으로 탈출하려는 수십만 명의 피난민을 미 해군이 적극적으로 도와주었다.

후엉이 열한 살이었던 1955년에, 남부의 지엠 수상은 미국이 시키는 대로 제네바 협상을 어겨가면서 7월 16일에 치르기로 했던 총선을 거부하고는, 10월 23일 국민투표로 바오다이를 몰아냈고, 두 주일 후에 자신이 국가 수반임을 선언했다. 북부에서는 보응웬지압의 베트밍군이 재편성을 거쳤고, 12월에 대대적인 토지개혁이 단행되었으며, 지주들은 '인민재판'을 받았다.

1957년 소련은 베트남의 분단을 영구화하려는 욕심으로 남북을 따로 국제연합에 가입시키려고 했으며, 10월에 남부에서는 하노이의 결정에 따라 메콩 삼각주 지역에 37개의 반정부군 부대가 무장을 단행해서, 지엠 정권을 와해시키기 위해 일차적으로 4백 명이 넘는 남 베트남의 하급 관리를 암살했다.

1960년 4월에 북 베트남은 전면적인 징집을 실시했으며, 후엉은 이듬해 봄 베트밍 정규군에 입대했다.

둘 싸우는 가족

보띠엡후엉이 태어나던 해에 베트남의 북부에서는 심한 기근으로 2백만이나 되는 사람들이 굶어 죽었다. 그러나 같은 골목에 살던 대부분의 가난한 이웃들과는 달리, 후엉의 집은 그런대로 먹고살기에 별로 어려움을 겪지 않았다. 프랑스의 식민지였던 시절부터 부모가 넉넉한 포목점을 했으니까 당연한 일이었겠지만, 그의 집에는 번듯한 재봉틀까지 들여놓아서, 좌판 앞을 지나갈 때면 동네 여자들이 부러워 힐끗거리며 슬그머니 걸음을 늦추고는, 반짝거리는 기계가 버티고 앉은 내실을 기웃거리기도 했다.

그러다가 조국이 반쪽짜리 해방을 맞았고, 이어서 오랜 통일전쟁이 계속되는 동안, 그의 집안 또한 어느 누구 못지않게 나라와 민족을 위해 목숨을 바쳐 싸우느라고 가세가 쇠진했다. 그래서 후엉은 그의 여섯 남매가 저마다 자신의 삶에서 부끄럽지 않을 만큼 큰 몫을 국가에 바쳤다고 믿었다.

그의 큰형은 작업반 소속으로서, 직접 총을 들고 싸우지는 않았어도 어느 군인 못지않게 용감한 애국자였다. 그는 소련에서 선박편으로 하이퐁까지 보낸 군사용 석유를 수송하는 작업을 주로 했다. 어느 날 그는, 미군의 폭격을 피하기 위해 한밤중에 전조등도 켜지 않고 화물차를 운전하며 남쪽으로 가다가, 탕화(Thanh Hòa) 근처 1번 도로에서 전복되어, 굴러내리던 드럼통에 깔려 목숨을 잃었다.

둘째형은 어린 군인으로서, 1953년 12월 라오스로 진격하는 부대와 함께 떠났지만 행방불명이 되었고, 전쟁이 끝난 다음 지금까지도 끝내 고향으로 돌아오지 못했다. 다섯째와 여섯째도 역시 베트밍 군인이 되어 허뛰엔(Hà Tuyên) 성에서 열심히 나라를 지켰는데, 다섯째는 전쟁이 끝난 다음 1979년 2월 중국군이 다시 베트남을 침공했을 때 국경 전투에서 목숨을 잃었다.

막내 여동생은 부모와 함께 고향에 남아 지역 민방위대원으로서 방공호를 파고 대공포대에서 참호 공사에 참여하다가 열일곱 살에 종전을 맞았고, 지금은 시골에서 교사로 근무하며 계속 나라를 위해서 부지런히 일한다고 후엉은 말했다.

그러나 후엉이 어느 누구 못지않게 헌신적으로 투쟁에 몸을 바쳤다고 자신있게 얘기할 만한 형제는 바로 아래 여동생 빙(Bình, 甁)이었다.

*

1965년 우기가 시작되기 직전인 4월 중순, 남보(Nam Bộ, 南部) 각처에서 미국 군사 시설에 대한 베트콩의 공격이 본격적으로 개시되던 무렵, 빙은 열여섯의 어린 나이에 라오스 남부 베트남 국경 지대의 야전병원에서 간호병으로 근무하기 위해, 비무장지대에서 출발하여 호찌밍 산길을 타고 한 달 동안 걸어서 소속 부대를 찾아갔다.

다른 남성 동지들이나 마찬가지로 그녀는 옷과 식량과 몇 가지 사유물을 챙겨 넣은 30킬로그램짜리 배낭, 그리고 소총과 삽 한 자루를 휴대하고 행군을 시작했다. 집을 나서는 순간부터 그녀는 이미 '여자'가 아니었다.

길을 떠난 지 얼마 안 되어 장마가 시작되었다. 줄기차게 쏟아지는 빗발에 흙길은 미끄러운 진창이 되어, 앞으로 나아가기가 무척 더디기만 했다. 느닷없이 벼락이 치고 폭풍이 불어오면, 그들은 비바람에 날아가지 않으려고 나무를 붙잡고 매달려 한 시간이나 두 시간씩 사투를 벌이기도 했다.

정신없던 광풍이 사라지고 잠시 땡볕이 내리쬐면, 이번에는 온갖 벌레가 덤벼들어 밤낮으로 물어대는 바람에, 팔뚝과 얼굴과 목덜미에서는 부르튼 상처가 가실 줄을 몰랐다. 나무에서 떨어져 옷속으로 기어 들어오는 거머리들에게도 시달려야 했다.

격류를 만나면 밧줄을 잡고 허우적거리며 물살을 건넜고, 절벽에 설치한 사다리를 맨발로 올랐으며, 그러다가 미국 비행기들이 날아오면 모두들 재빨리 흩어져 구덩이를 파고 들어가 숨어야 했다.

그렇게 한 달 동안의 강행군을 이겨낸 빙은 어느 남성 동지에게도 지지 않을 만큼 용감하고 강인한 전사가 되어 있었다.

*

목적지에 도착한 빙과 그녀의 동지들은 밀림 속 개활지에다 땅을 2미터쯤

파고 들어가 야전병원을 지었다. 병동과 약품 창고까지 갖춘 지하 진료소 위
에는 굵은 통나무와 흙을 뚜껑처럼 지붕 위에 얹었고, 지붕에다 한 층을 더
올려 의료진이 기거할 초가 숙소를 마련했다. 집 주변은 제초작업을 해서 말
끔하게 마당을 닦아 놓았다. 혹시 독사들이 접근하더라도 쉽게 발견하기 위
해서였다.

병원을 미처 다 짓기도 전부터, 반경 몇 킬로미터 지역에서 전투를 하다가
다친 부상병들이 찾아오기 시작했다. 대나무 들것에 실려 험한 산길을 타고
넘어온 부상병이 대부분이었고, 어떤 동지는 다친 몸을 끌고 혼자서 걸어오
기도 했다.

근처 어디선가 큰 전투가 벌어지고 나면 한꺼번에 부상자들이 몰려들었
고, 그러면 의사들은 희미한 석유 등잔 밑에서, 고름과 피로 온몸이 범벅될
정도로, 쉬지도 못하며 정신없이 수술을 계속했다. 팔다리가 잘렸거나 파편
에 복부가 찢어져 내장이 밖으로 흘러나온 부상병들을 보면 어리고 마음이
연약했던 소녀 빙은 뱃속이 뒤집혀 자꾸만 구토를 했다.

네이팜탄을 맞고 온몸에 심한 화상을 입은 동지들도 끔찍하기는 마찬가지
였다. 뎅기 열병으로 정신이상을 일으키는 환자도 그녀는 여럿 보았다. 뿐만
아니라, 며칠 동안이나 밀림에서 방치되었다가 겨우 동지들의 눈에 띄어 뒤
늦게 실려온 부상병의 아랫배 상처에서 구더기가 기어 나오는 광경을 보고
빙은 기절까지 했다.

*

북으로부터의 보급에 의존하지 않고 현지에서의 자급자족을 원칙으로 삼
았던 터여서, 환자까지 먹여살려야 했던 진료소에서는 식량이 항상 부족했
다. 쌀은 매달 보급계와 재무계가 해방전선 본부에 가서 수령해 왔지만, 남
보 전선의 숲 속에서는 모든 물자가 턱없이 모자랐다.

항상 새로운 작전지역으로 이동을 계속하는 다른 베트콩들보다 룽(Rừng,
숲)에서의 정착된 삶은 상대적으로 장기적인 계획을 세우기가 그나마 어느
정도 가능해서, 야전병원에 소속된 빙과 다른 동지들은 여기저기 조그만 밭

을 일구고, 닭이나 돼지를 치기도 했다. 그렇지만 식량은 항상 절대적으로 부족했고, 미군의 폭격으로 생겨난 웅덩이에 괸 물에서 키운 오리라도 어쩌다가 한 마리 잡으면, 서른 명이 나눠 먹느라고 발가락조차도 남기지를 않았다.

그러다 보니 답답한 지하병원에서 하루를 지낸 다음 밤이 되어 오두막으로 올라가면, 그들은 등불로 모여드는 나방이를 잡아먹느라고 한참씩 바빠지고는 했다. 나방을 잡으면 날개를 떼어내고, 등피 위에서 연깃불로 그을려 즉석에서 구워 먹고는 했는데, 이런 간식이라면 여성 동지들마저도 서슴지 않았다.

아주 드문 일이기는 했지만, 그래도 어쨌든 모처럼 한 번씩, 병원을 수비하는 전투병 동지들이 원숭이나 들개를 사냥하러 나가기도 했고, 코끼리나 호랑이를 어쩌다 잡았다 하면 인근 일대에서는 한바탕 때아닌 잔치가 떠들썩하게 벌어지기도 했다.

코끼리와 호랑이와 원숭이는 호찌밍 산길을 따라 주둔했던 수많은 민족해방전선 유격대원들이 어찌나 열심히 잡아먹었는지, 1960년대 말에 이르자 국경지대에서 씨가 말라버렸다는 얘기를 하며 후엉은 웃기까지 했다. 그리고 빙에게서 들은 얘기라면서 그는, 코끼리 고기가 가죽처럼 질겨서, 육포를 만들어 먹지 않으면 그나마 목구멍으로 넘기기가 보통 어려운 일이 아니라는 설명까지 곁들였다.

*

빙은 50피아스터*를 한 달치 봉급으로 받았다. 그 돈으로 그녀는 비누와 치약 따위를 사서 썼다. 부대원들은 어쩌다 조금이라도 여유가 생기면 현지민에게서도 개인적인 생활 필수품을 구했으며, 나중에는 주민들이 가끔 숲으로 들어와 장사 보따리를 펼쳐 놓기도 했다. 하지만 화장품 따위의 여성용 사치품은 아무도 감히 욕심내지 않았고, 생리 때마다 빙은 찢어진 붕대 조각을 여러 토막 꿰매어 만든 기저귀를 빨아서 차고는 했다.

---

* 우리나라의 현재 화폐 가치로 환산하면 2천 원 정도이다.

▲ 한국군에게 잡힌 포로의 앙상한 얼굴을 보면 베트콩들의 영양실조가
얼마나 심각한 정도였는지 쉽게 짐작이 간다.

동지들은 만성적인 영양실조에 시달렸고, 열대병이 그들에게는 미군이나 남군보다 훨씬 무서운 적이었다.

말라리아에 걸려보지 않은 대원이 하나도 없었기 때문에 숲에서는 그것을 '밀림세(密林稅)'라고 불렀다. 말라리아에 한 번 걸릴 때마다 그들은 눈에 띨 정도로 몸이 쇠약해지면서 얼굴이 노랗게 핏기를 잃어갔다. 그리고 밀림에서 한 번 쇠약해진 체력은 좀처럼 회복되지 않았다.

빙도 두 번째 말라리아에 걸려 한 주일이 넘도록 자리에서 일어나지를 못하게 되자, 결국 귀향 명령을 받았다.

*

보띠엡후엉에게서 그의 여동생이 겪은 전쟁 얘기를 들으면서 한기주는 어쩐 일인지 자신의 존재가 자꾸만 작아지는 기분을 느꼈다. 그리고 빙이 나방을 잡아먹었다는 얘기를 할 때쯤에야 한기주는 왜 그가 죄의식을 느끼게 되었는지 그 어렴풋한 이유를 깨달았다.

한기주가 왜소해지는 기분을 느끼게 만든 원인은 후엉의 목소리였다.

그가 털어놓은 가족사(家族史)라면, 격정과 회한이 중첩하는 대하소설에 가득 넘칠 만큼의 죽음과 고통이 넉넉했는데, 후엉은 마치 몇 쪽의 수필을 읽어내리듯, 지극히 담담하기 짝이 없는 목소리였다. 형제들의 죽음을 얘기하면서도 그는 슬픔으로부터 멀찌감치 면역된 표정이었다.

물론 억양이 별로 없는 음성의 탓이기도 했겠지만, 큰 소리를 내지 않고 감정의 굴곡도 보이지 않으며, 시간표를 읽어주기라도 하는 듯, 그는 줄곧 고요히 가라앉은 목소리였다. 그것은 그냥 귀찮기 때문에 아무런 꾸밈도 구태여 덧붙이려고 하지 않은 소박한 서술일 따름이었다.

그가 살아온 삶의 얘기는 아마도 기회가 생길 때마다 벌써 수없이 여러 번 다른 상대방에게 되풀이했기 때문인지, 감정이 너무 닳아빠져 무미건조한 줄거리만 남아서, 오랜 세월을 거쳐오는 사이에 현실과는 점점 멀어졌고, 그래서 그는 누구에게서도 공감이나 감동을 자극하려는 욕심조차 없는 듯싶었다.

후엉의 목소리가 그렇게 담담했던 까닭은 그의 마음 또한 그러했기 때문이리라고 한기주는 생각했다. 그는 분명히 한기주보다 다섯 살이나 나이가 아래였지만, 세상살이의 순환을 너무나 빨리 겪어서, 인생의 모든 호들갑스러운 과정을 일찌감치 벗어나 초탈해버린 사람 같았다. 인생을 아직 조금밖에 살지 못해 세상을 별로 알지 못하는 젊은이가 전쟁터에 가서, 삶의 마지막 단계인 죽음의 현상을 지나치게 일찍 미리 경험하면, 성숙의 속도가 비정상적으로 빨라지게 마련인데, 후엉은 타인의 나라로 출장을 가서 전쟁과 죽음을 경험한 차원이 아니라, 태어나면서부터 그 한가운데서 살아왔고, 그래서 한기주보다 훨씬 먼저 늙어 버렸는지도 모를 일이었다. 인간의 한살이에서 비정상적으로 전도(顚倒)된 과정을 그가 거쳤던 탓이리라.

후엉은 그의 인생을 미리 살았다. 이미 그는 체념과 각성의 과정을 모두 거쳤고, 삶의 순환을 일찌감치 마쳤기 때문에, 죽음과 고난조차 대수롭지 않다며 담담해진 사람이었다. 고통 또한 마약이나 마찬가지로 중독되는 모양이어서, 자꾸만 익숙해지면 웬만한 충격이 느껴지지를 않고, 그래서 그에게는 더 큰 아픔의 자극이 존재하지 않게 되었으리라고 한기주는 생각했다.

셋 고무농장 밖에서

그의 여섯 남매가 겪은 전쟁 회고담을 보띠엡후엉이 마무리지을 무렵, 열차는 북위 19도선이 얼마 남지 않은 빙(Vinh)에 이르렀고, 시간은 밤 10시가 가까워서 차창 밖이 벌써부터 캄캄했다.

후엉이 독백을 계속하듯 차분히 얘기를 이어나가는 동안, 베트콩 전사 출신의 응웬딩롱은 하노이 관리가 하고 싶은 얘기를 충분히 다할 때까지 참을성을 보이며 기다렸다. 옆에 앉아 가끔 두둔이나 응원을 하는 듯한 질문을 던지기도 하고, 짤막한 해설을 곁들인 정보를 보완하면서 열심히 듣기만 하던 롱의 태도를 보고, 한기주는 하노이 관리가 허름한 옷차림과는 달리 상당히 상위층 신분이거나, 공산주의 사회에서 당원이 차지하는 위치 때문이려니 짐작했다. 그리고는 자신의 차례가 되었음을 잠깐 동안의 어색한 침묵을 통해 확인한 다음에야 롱은 그가 살아온 삶과 전쟁을 얘기했다.

남부에서도 남쪽 지방인 떠이닝(Tây Ninh)의 작은 마을 짜이비(Trai Bí)에서 롱이 웅웬(阮) 집안의 일곱 남매 가운데 다섯째 아들로 태어났을 무렵, 너무나 많은 고통과 너무나 오랜 시련이 일상적인 생활로 익숙해진 그의 가족은 체념조차 하지 않을 정도로 역사적 상황에 적응이 잘 되었고, 그래서 끝없는 전쟁의 분위기는 서서히 롱의 삶으로 아무런 거부감도 없이 삼투하여, 고난의 시대를 당연하고도 필연적인 과정으로 받아들이게 되었다.

*

날마다 새벽 어둠 속에서 검정 물소를 타고 아버지를 따라 논으로 나가고는 했던 아주아주 어렸을 때부터, 롱은 삽이나 괭이를 어깨에 메고 저만치 앞장서서 걸어가는 아버지의 뒷모습이 워낙 눈에 익었고, 그래서 남자란 어른이 되면 일터로 나가기 위해 당연히 새벽길을 걸어야 하는 모양이라고 생각했다.

아버지가 수로에 나가 바짓가랑이를 걷어올리고 수차를 돌리거나, 기다란 막대기로 줄을 맞춰가며 모를 심거나, 장마철에 도랑을 치러 나가거나, 추수한 벼를 마찻길 바닥에 깔아 말리거나, 늦가을에 벽과 지붕의 삭은 이엉을 새 야자잎으로 갈아주거나, 한가할 때면 종려나무 밑에 앉아 바나나잎으로 부채질을 하며 담배를 피우는 모습을 보면, 이웃 아저씨들도 다 그랬기 때문에, 온 세상 남자들은 어른이 되면 다 그렇게 살아가는 줄 알았다.

3모작을 하느라고 며칠 전에 모를 내어 푸른 논과 추수가 가까운 누런 논들이 제멋대로 뒤섞여 아름다운 무늬를 이룬 들판에서, 맨발로 뛰어다니며 메뚜기를 잡거나, 날카롭고 가느다란 초가(草家) 이엉에서 떨어지는 빗물을 코끝으로 받아내며 재미있어서 깔깔거리고, 옆집 아이들과 손뼉을 마주치며 놀던 어린 시절에, 그는 어머니도 그의 삶을 구성하던 풍경에서 당연한 하나의 부분이라고 생각했었다.

뒤뜰에다 닭도 여러 마리 놓아서 치던 어머니가, 틈틈이 오리 떼를 몰고 개울로 나가거나, 대나무 바구니를 지게 양쪽 끝에 매달고 야채를 팔러 휘적휘적 장터로 나가거나, 농을 쓰고 치렁치렁한 바지 차림으로 앞마당에 쪼그리고 앉아 밥을 짓거나 생선을 굽는 모습을 보면, 온 세상 여자들은 다른 이웃 여자들이나 마찬가지로 어른이 되면 다 저렇게 살아가는 모양이라고 생각했다.

그리고 거의 언제나 임신한 상태여서, 자꾸만 불러오는 배를 안고 바느질을 하거나, 집 안팎을 돌아다니며 청소를 하던 어머니가 아들을 쳐다보고 즐거워하며 웃을 때마다, 빈랑을 씹어 시꺼멓고 찐득찐득하게 물든 잇몸이 드러나면, 이웃 할머니들과 아주머니들에게서도 모두 그렇게 입 안이 시꺼먼 모습만 보았었기 때문에, 롱은 온 세상 여자들은 시집을 가고 나면 모두 그렇게 입 속을 검은색으로 단장하는 모양이라고 생각했다.

*

그는 동네 아이들과 무리를 이루어 자치기와 구슬치기를 하고, 소몰이를 나가며 키가 커가는 사이에, 싸움터에 나가서 죽었다는 사람들의 얘기를 부모와 이웃들과 심지어는 동무들에게서도 점점 더 자주 듣게 되었다.

세상의 이치에 대해서 무엇인가 조금쯤은 알아들을 만한 나이가 되었다고 판단해서인지, 아버지는 언제부터인가 그에게 베트남이 워낙 풍요로운 땅이고 보니 외국 사람들이 자꾸만 탐을 내어 나라를 빼앗으러 끝없이 몰려온다는 얘기를 일러주기 시작했다.

그리고 아버지는 롱에게 증조부는 중국 군대와 싸웠고, 할아버지는 프랑스 사람들과 싸워야 했고, 아버지는 일본군에게 부역을 끌려갔었다는 얘기도 했다. 그래서 롱은 나이를 조금 더 먹으면 자신도 당연히 어디론가 가서 누구하고인가 당연히 싸움을 해야 되리라고 믿게 되었다.

롱의 집 문간방에는 어느 집에나 다 그렇듯이 제단을 하나 마련해 놓았고, 매캐한 냄새가 집안 구석구석으로 배어들 정도로 아버지와 어머니는 그곳 제단에 자꾸만 향을 피워놓았다. 그리고 아버지와 어머니는 제단 앞에 서서, 무엇인지 도와 달라고, 조상들에게 절을 꾸벅꾸벅 하면서 날이면 날마다 기도를 드렸다. 하지만 부처님이나 마찬가지로 조상들도 별로 도울 힘이 없어서인지, 세상은 무엇 하나 달라지지 않는다는 사실을 언제부턴가 그도 어렴풋이 깨닫기 시작했다. 아버지가 분명히 넉넉하게 추수를 한 듯싶은데도 누구에게 곡식을 자꾸만 빼앗기기라도 하는지 살림은 통 넉넉해질 줄을 몰랐고, 때로는 넉맘* 한 종발만 놓고 온 가족이 둘러앉아 가난한 밥을 먹어야 하는 날이 자꾸만 되풀이되었다.

처음에는 그래서 세상 사람들이 다 그렇게 살아가려니 당연하게 생각했던 롱이었지만, 학교에 다닐 나이가 되자, 그는 고무농장에 관한 얘기를 들었다.

그리고 그는 세상 사람들의 삶이 모두가 똑같지는 않으며, 세상이 하나뿐이지도 않고, 수많은 다른 사람들이 여러 다른 세상에서 다른 방식으로 살아간다는 현실을 조금씩 깨우치게 되었다.

*

레흐우득(Lê Hữu Đức)이라는 버젓한 이름이 있는데도 동네 사람들이 그를 구태여 "감독(Giám Đốc, 監督)"이라는 옛 직함으로 불렀던 까닭은, 그가 프랑스인이 소유한 고무농장에서 식민지 시절에 누렸던 높은 지위를 아직도 존중하려는 입버릇 때문이었는지, 아니면 해방 후에 재빨리 농장의 주인이 되어버린 그의 이름을 함부로 불렀다가는 불경죄로 혼이라도 날까 봐 겁이 나서 조심스러워 그랬는지 알 길이 없었지만, 어쨌든 응웬딩롱이 기억하기로는 '감독 어르신'이라고 하면 짜이비 마을에서는 까마득한 옛날부터 아득하고도 신비한 권위를 의미하는 상징적 존재였다.

그가 섬기던 주인 르블랑 선생(Monsieur LeBlanc)을 일본이 패전한 직후 프랑스로 쫓아보내고 손쉽게 고무농장을 손에 넣었으니 득 선생은 이제 "주인 어르신(Ông Chủ)"이라는 호칭을 들을 만도 했지만, 이상하게도 사람들은 그를 여전히 '득 감독'이라고 불렀다. 좀더 나이를 먹은 다음에야 롱은 이것이 득 감독에 대한 어떤 반발심 때문인지도 모르겠다는 생각이 들었지만, 아무

---

* nước mắm, 소금에 절인 생선 액젓, 전통 젓갈 간장.

리 생각해도 부럽기만 한 인물인데, 왜 사람들은 그를 존경하고 두려워하는 듯싶으면서도 다른 한편으로는 그렇게 못마땅해했는지, 참으로 이해가 가지 않았다.

식민지 시절에는 사이공과 떠이닝 지방의 많은 프랑스 사람들과 각별한 교분을 유지할 만큼 수완이 좋았던 득 감독은 해방이 되자 베트남 지도자들과도 재빨리 연줄을 넓혀나가서, 경제계와 정치계뿐 아니라 심지어는 마약을 밀매하는 범죄조직과도 연루되었다는 소문이 일찌감치 나돌기도 했다. 득 감독의 정체에 대해서 이해가 가지 않아 롱으로 하여금 두고두고 혼란에 빠지게끔 만들었던 사실들은 그후에도 더 많이 발견하게 되기는 했지만, 웬만큼 분노하거나 미워하거나 괴로워하는 경지를 넘어섰다고 늘 믿었던 아버지까지 그를 은근히 못마땅해하는 눈치를 보고, 롱은 어쨌든 득 감독을 존경해서는 안 되겠다는 판단을 억지로 내렸다.

그리고 그것은 물론, 나중에 알고 보니, 정확한 판단이었다.

*

그러나 누가 뭐라고 해도, 일단 겉으로 보기에, 득 감독은 세상에서 가장 부러운 사람임에 틀림이 없다고 롱은 열 살이 넘어서까지도 굳게 믿었다.

우선 득 감독은 짜이비에 사는 모든 사람의 재산을 합친 것보다도 훨씬 부자였다. 하얀 회반죽을 바른 세 채의 집에 둘러싸인 그의 저택에는 운전수만 해도 둘이었고, 하녀는 대문을 열어주는 아이에서 담배를 말아 바치는 계집아이까지 여섯이나 되었다.

득 감독의 저택은 이름이 "샤또 블랑(Chateau Blanc)"이었다. 본디 주인 르블랑 어르신이 자신의 성(姓) '르블랑'에 걸맞게 "하얀 성"이라는 뜻의 프랑스 말로 그런 이름을 붙였는데, 서양식으로 지은 3층의 샤또(城) 안에는, 하인들의 입을 통해서 전해진 사실이지만, 목욕탕이 층마다 둘씩이었고, 바람을 만드는 선풍기를 방마다 들여놓았으며, 새장과 화분이 베란다를 따라 빙 돌아가며 추녀에 주렁주렁 매달렸는가 하면, 오밀조밀 조각한 창살로 장식한 침실에는 예쁜 커튼을 치고, 식당과 거실에는 은식기와 고급 서양 가구를

▲ 영화 「하얀 전쟁」 촬영 본부로 사용했던 롱하이(龍海) 바닷가의 호텔 건물은
  프랑스 식민통치 시대를 부유하게 살았던 사람이 지은 저택이다.

▲ 냐짱 근처 제1번 도로 길가의 고무농장 역시 프랑스 사람들이 만든 착취의 터전이었다.

가득 들여놓았다고 했다.

새까만 머리를 반들거리도록 기름을 발라 뒤로 넘기고, 하얀 모자에 하얀 양복을 즐겨 입었던 득 감독은, 웬만하면 점잖게 품위를 살려 수염을 길렀을 법도 한데 오히려 말끔한 맨얼굴을 좋아했고, 속에 칼을 숨겼다는 소문이 돌던 고급 프랑스제 지팡이를 짚고 느릿느릿 한가한 걸음걸이로 다녔으며, 항상 자신만만하고 꼿꼿한 몸가짐이었다.

짜이비에서 가장 먼저 궤짝처럼 생긴 까만 자가용을 사들인 베트남인도 득 감독이었으며, 그는 이 자동차에 승마복 차림의 중년 마나님을 태우고 마을 장터나 사이공으로 자주 나들이를 다녔다. 그리고 어쩌다가 가끔, 질서정연하게 심은 고무나무의 빗금 칼집에서 잣죽처럼 하얗고 끈적거리는 수액이 흘러내려 고약한 냄새가 풍기는 숲으로 차를 타고 나와 일꾼들을 둘러볼 때는, 숨을 헐떡이며 뒤쫓아 달려온 하인이 쟁반에 꼬냑 한 잔을 받쳐들고 그의 뒤를 따라다녔다고 했다.

그는 프랑스인들처럼 잔혹하지는 않았어도 선량한 주인도 아니어서, 점심 식사를 하려고 거지처럼 누추한 차림으로 옹기종기 모여앉아 고깔모자에다 밥을 받아 손으로 집어먹는 농장 일꾼들을 이웃사람이 아니라 그냥 노예처럼 다루었다. 그는 어느 누구도 얼굴을 마주 쳐다보는 일이 없었고, 항상 한 뼘쯤 그들의 머리 위쪽을 쳐다보면서 말을 했다.

✻

아무래도 활동배경이 수상하다고 파다하게 소문이 나돌았던 득 감독과는 달리, 그의 네 자식은 어디에 내놓아도 모자랄 바가 없는 상류층 젊은 귀족으로 성장했다.

감독의 세 아들은 줄줄이 사이공의 "명문 프랑스 학교(Lycée Chasseloup Laubat)"를 나온 다음 프랑스 유학까지 다녀와서 의사, 변호사, 정부 고급 관리로 사이공에서 자리를 잡았고, 막내딸은 붕따우의 수녀원 학교를 나와 세도가 당당하던 군인 장성 집안으로 시집을 갔다.

딸이나 마찬가지로 세 아들도 모두 이름난 가문끼리의 혼인을 통해 점점 더 막강한 왕국을 닦아나갔다. 어린 손자들도 벌써부터 귀족으로 성장하기 시작하여, 동네 아이들과는 어울리지 않고, 고무농장의 샤또 블랑 안에서 그들끼리만 살아가며, 가문의 영광을 대대로 영원히 이어갈 기세였다.

그리고는 롱이 열한 살 되던 해에 득 감독은 칠순을 맞았고, 사이공에 나가 살던 자식들과 손자들이 모처럼 모두 모여 잔치를 열기로 해서, 무려 두 달에 걸쳐 축연을 위한 준비가 계속되었다.

잔칫날 저녁이 되자, 다른 여러 마을의 부자들이 멋진 양복을 차려입고 화려한 꽃무늬 아오자이를 걸친 여자들과 함께 저택에 도착했으며, 사이공에서 고관대작들과 장교들도 관용과 군용 차량으로 줄줄이 찾아와서는, 유성기를 틀어놓고 포도주를 마시면서 한참 무도회를 즐겼다.

자정이 거의 다 되어서야 손님들은 잔치를 끝내고 뿔뿔이 흩어져 돌아갔으며, 샤또 블랑에는 가족들만 남아서 계속 흥겨운 시간을 보냈다.

그러다가 새벽 3시에 그들 가족은 몰살을 당했다.

넷 빙쑤옌의 그늘

텔레비전 카메라 앞에서 한기주와 마주 앉아 대화를 나누는 시늉을 하던 처음 얼마 동안에는 비교적 쾌활한 태도를 보인 응웬딩롱이었지만, 한참 계속된 보띠엡후엉의 침잠한 목소리에 전염이라도 되었는지, 자신의 가족사를 서술하기 시작한 그의 어조와 분위기도 처음에는 덩달아 초연한 절제를 보였다. 그렇지만 얼마 후에는, 타고난 솔직한 성품을 어쩔 도리가 없었는지, 어린 시절을 회상하는 사이에 조금씩 롱의 표정과 손짓에서 적극적인 쪽으로 변화가 나타났다.

북쪽 사람이어서 공산주의 사회의 영향을 훨씬 오래 받았을 후엉만큼은 자신의 통제에 익숙하지 않았던 터여서, 롱은 얘기를 이어나가는 사이에, 고무농장과 샤또 블랑에 대한 부러움과 반발이 교차하는 감정을 점점 노골적으로 드러내기 시작했고, 득 감독 일가의 죽음에 대해서는 위선적인 동정심조차 별로 보이지를 않았다.

그리고는 그의 회상이 고무가 타는 매캐한 악취로 온 마을이 진동했던 학살의 밤에 이르자, 롱은 어릴 적에 받았던 심한 충격이 되살아나서인지, 자기도 모르게 마음의 동요를 일으키는 듯, 잠깐씩 말을 멈추고는 지금까지 그가 털어놓은 세부적인 정보를 머릿속에서 점검해 가며 내용을 요령껏 보완했고, 때로는 사건의 중요성과 극적인 의미가 제대로 전달되었는지 확인하려고 한기주의 표정을 빤히 살피기도 했다.

득 감독 가족이 몰살을 당한 상황 자체를 서술하기에 앞서서 롱은, 자신이 전하려는 참혹한 사건을 상대방이 제대로 받아들이고 소화하도록 준비를 시키려는 의도에서였겠지만, 잠깐 말을 중단했다가, 학살을 자행한 자들이 어떤 범죄조직에 소속한 인물들이었다는 점을 다시 한 번 강조했다. 하지만, 구체적인 이름을 밝히지 않고 슬쩍 얼버무리는 투로 미루어, 롱이 언급한 '범죄조직'이 어떤 묵시적인 존재일지도 모른다는 인상을 받고 한기주는 설명의 고리가 하나쯤 빠졌다는 궁금한 느낌이 들었고, 그래서 그 조직의 이름이 무엇이냐고 성큼 물었다.

롱은 무슨 약점을 찔리기라도 했는지, 잠시 놀라고 겁먹은 표정으로, 얼른 입을 다물고는, 후영의 표정을 곁눈질로 살폈다.

두 사람이 우회적으로 어떤 얘기를 주고받는지 영문을 알지 못해서 후영이 별다른 반응을 보이지 않자, 롱은 나지막한 목소리로 조심스럽게, 조직의 이름이 빙쑤엔(Binh Xuyên)이라고 했다. 그리고 그는 긴장해서 다시 후영의 표정을 살폈다.

한기주도 후영이 어떤 반응을 보일지 궁금해졌다.

후영은 여전히 아무런 반응도 보이지 않았다. 어쩌면 당연한 일이었겠지만, 북쪽 사람 후영은 빙쑤엔의 정체를 잘 모르는 눈치였다.

그제야 안심이 되었는지 롱은 하던 얘기를 계속했지만, 빙쑤엔에 대해서는 가능하면 언급을 피하려고 애를 쓰는 기색이 역력했다.

*

떠이닝 성 짜이비 마을 고무농장 샤또 블랑의 어르신네 득 감독이 관련되었다고 응웬딩롱이 지명한 범죄조직 빙쑤옌은, 굳이 따지자면, 프랑스인 총독 뽈 두메르*가 창설한 셈이라고 혹시 누가 주장한다 하더라도 반론의 여지가 별로 없었다. 1897년부터 1902년까지 인도차이나의 총독을 지낸 두메르는 도로와 교량을 열심히 건설하여 베트남 식민지를 효과적으로 수탈했지만, 베트남인들보다는 같은 동포인 프랑스인들을 통치하는 데 훨씬 더 애를 먹었다. 저마다 지방 토호처럼 독립된 식민지를 영토로서 확보하고 세력을 형성한 프랑스인 금융업자, 상인, 지주, 관리들을 통제하는 효과적인 중앙집권적 장치가 부족하기 때문이었다.

두메르는 프랑스인 부호들을 장악하기 위해서는 총독부가 훨씬 더 막강한 경제력을 확보해야 한다는 절실한 필요성을 깨달았고, 그래서 통치 자금을 확보하기 위해 술과 소금과 아편을 제조하고 생산하는 기능을 국유화했다.

그 무렵 술과 소금은 이미 전국적인 생산과 소비의 유통망이 확립되어 있었지만, 아편의 산업화는 두메르에게 하나의 새로운 도전적 과제였다. 프랑스인들이 들어오기 전에는 베트남에서 중국계 주민들만이 아편을 피워 소비량이 많지 않았기 때문에, 아편은 어느 한 지역에서 따로 가공하여 산업으로 키울 만한 경제성이 없었다. 하지만 두메르 총독의 정책에 따라 사이공에서 대량생산이 시작되고, 판매 활동이 국가 차원에서 조직적으로 이루어지자, 아편은 빠른 속도로 소비가 증가하여 엄청나게 중독자가 늘어났고, 베트남 식민지에서 거두어들이는 재정 가운데 3분의 1을 어느새 아편이 차지하게 되었다.

이렇게 수십 년 동안 아편을 산업화하면서, 프랑스 공작원들은 대대로 양귀비를 재배해 온 라오스의 몽(Hmong)족을 부추겨 아편 생산에 적극적으로

---

*Paul Doumer, 1857~1932. 제13대 프랑스 대통령으로 당선된 다음 소련인에게 암살되었다.

나서게 했고, 호찌밍의 베트밍도 재원을 확보할 목적으로 이들 부족을 장악하기 위해 많은 노력을 기울였다. 하지만 양귀비 농사꾼들은 결국 프랑스인들과 한패가 되었으며, 총독부는 베트밍 유격대의 활동을 제압하기 위해 동원하는 병력을 아편으로 벌어들인 자금으로 유지했다.

북쪽에서 프랑스인들이 호찌밍을 제압하는 자금의 일부가 몽족들이 생산한 아편에서 나온 반면에, 한창 막강한 세력으로 부상하려는 남쪽의 응오딩지엠을 총독부더러 타도하라면서 뒷돈을 댄 집단은 마약 밀매 사업으로 급성장한 조직 빙쑤옌이었다. 범죄조직에서 보다 안전한 정치세력으로 변신하려는 길을 모색하던 빙쑤옌은 지엠을 공동의 적으로 설정함으로써 프랑스인들과의 결탁에 성공했다.

*

일본이 패망한 직후에 사이공은 엄청난 정치적 혼란에 빠졌다.

프랑스 행정부는 인도차이나에서 일본군에게 쫓겨난 이후 와해되어, 군대가 본국으로 송환된 상태였다. 그러나 떠이닝 성의 짜이비 고무농장 주인 '르블랑 선생'이나 마찬가지로 인도차이나에 남아서 버티던 프랑스 부호들은, 드골 대통령이 베트남에 대한 영향력을 부활시키려고 뒤늦게 애쓰는 동안, 그들의 기득권을 지키기 위해 독자적으로 투쟁을 벌이겠다는 각오를 다졌다.

화하오나 트로츠키파 같은 여러 정치적 파벌 또한 저마다 군대를 만들어 베트남의 주도권을 장악하려고, 호찌밍의 베트밍과 겨룰 채비를 갖추었으며, 이러한 와중에서 빙쑤옌 총잡이들은 돈만 된다면 어느 파를 위해서도 용병으로 활동하기를 서슴지 않았다. 심지어 그들은 매음굴과 도박장과 아편굴(阿片窟)을 통괄하여 운영하는 특권만 인정해 준다면 이미 실권을 상실한 프랑스를 위해서 남부의 치안을 해결해 주겠다고 나서기까지 했다.

역사적으로 여러 면에서 한국과 비슷한 과정을 거쳤던 베트남에는, 일본군의 무장해제를 위해, 북위 16도 이북에는 장제스의 중국 군대가 진주했고, 남쪽을 담당한 영국은 1천 8백 명의 병력으로 사이공에 들어와 계엄령을 내리고, 공공 집회를 금지시키는가 하면 베트남어 신문들을 폐간시켰다. 그러면서도 영국은 프랑스어 신문과 라디오가 활동을 계속하도록 허락하고, 프랑스 지도부의 귀환을 허락하겠다는 뜻을 재천명했다.

위기에 빠진 베트밍 지도자들은 영국과 프랑스의 정책에 반대하는 대규모 시위를 사이공에서 선동했으며, 1945년 9월 22일 프랑스 공수대원들과 외인부대는 시위대를 진압한다면서 사이공 시청을 점령하고는 베트밍 임시행정위원회를 몰아냈고, 공공건물에 프랑스 국기를 게양했다.

일본군의 점령기간 동안 주눅이 들어 지냈던 프랑스인들은 모처럼 보복에 나서서, 베트남인이 소유한 상점과 가정들을 습격했으며, 남녀노소 가리지 않고 어린아이들에게까지 몽둥이질을 자행했다. 한 차례 광란의 분풀이가 선풍(旋風)처럼 휘몰고 지나간 다음, 2만 명의 프랑스 민간인들은 당연히 닥쳐올 베트남인들의 보복이 두려워졌고, 그래서 프랑스와 영국 장교들의 숙소였던 콘티넨탈 팰리스 호텔로 피신하여 장애물을 설치하고 결전을 기다렸다.

베트밍은 프랑스가 사이공을 재점령한 지금 그냥 주저앉았다가는 독립이 요원하리라는 판단을 내렸고, 9월 24일 총파업을 개시했다. 이 날은 베트남이 실질적으로 프랑스와의 전쟁을 시작한 날로 기록되었다.

전기와 식수의 공급이 중단되어 사이공은 도시 전체가 마비되었고, 전차와 씨클로도 다니지 않는 텅 빈 거리에서, 여기저기 총성이 들려오고 박격포탄이 날아다니기 시작했으며, 무장한 베트밍 병사들이 공항을 공격하고, 중앙시장에 불을 지르고, 형무소를 습격하여 수감된 베트남인들을 석방시켰다.

상황이 이렇게 돌아가자 빙쑤옌 박쥐 떼는 어느새 프랑스에 등을 돌리고 베트밍의 편에 서기로 작정했다. 사이공 외곽 씨떼 에로(Cité Hérault)에서는 베트밍 공작원들이 이끄는 빙쑤옌 대원들이, 일본군 경비망을 뚫고 침투하여, 프랑스인과 유라시아인 1백50명을 잡아 아녀자들까지 모조리 학살하고는, 본보기로 보여주기 위해서, 인질로 잡은 1백 명을 닥치는 대로 무자비하게 팔다리를 잘라버린 다음 풀어주었다.

어떤 정치적 대의명문이나 이념적 철학도 없이, 수단이나 방법을 가리지 않고 경제적 이윤만을 추구하던 폭력조직 빙쑤옌은, 제네바 회담 이후 베트남의 국토가 남북으로 분단되어 베트밍과의 연결고리가 끊어지자, 남부의 꼭두각시 행정수반으로 등극한 바오다이 황제의 하수인 노릇을 시작했다.

그들의 앞잡이로 내세우기 위해 프랑스 대표단이 1947년 홍콩으로 찾아갔을 때도 빚더미에 올라앉아 방탕한 생활에 빠져 지냈던 베트남의 마지막 황제 바오다이는, 북쪽에서 빈곤 퇴치를 위해 굶어 죽어가는 사람들에게 쌀을 아껴 모아서 나눠주자는 십시일반(十匙一飯) 운동을 민족주의자 호찌밍이 필사적으로 추진하던 동안에도, 응오딩지엠 수상에게 나라를 떠맡긴 채 국정은 별로 돌보지 않고 극도로 사치스러운 생활에 빠진 나날을 보내며 세계적인 악명을 깃발처럼 휘날렸다.

미국에서 베트남으로 보내는 지원자금 가운데 상당한 액수가 바오다이 개

▲ 풍자적인 인물화로 유명한 만화가 허시펠드(Al Herschfeld)는
홍콩에서 바오다이를 만나본 인상을 이런 모습으로 그렸다.

인의 호주머니로 흘러들어가서, 1952년 미국의 어느 비밀 보고서에 의하면, 그가 매년 개인경비로 쓰는 돈이 4백만 달러에 달한다고 했다. 바오다이는 네 대의 자가용 비행기를 소유했고, 아내와 아이들은 프랑스의 꼬뜨다주르(Côte d'Azur)의 저택에서 살았으며, 달랏에서 그가 지내던 사치스러운 별장은 통일 후에 유명한 관광명소가 되었다.

그뿐 아니라 나중에 권좌에서 다시 쫓겨나 망명생활을 해야 할 때를 미리 대비하여, 프랑스와 스위스의 은행에 막대한 돈을 숨겨두느라고, 국가 예산의 5퍼센트를 혼자서 사용할 정도였다. 그러면서도 늘 현금이 부족했던 바오다이는 빙쑤엔 조직의 두목 바이비엔(Bay Vien)에게 손을 내밀었다. 조직으로부터 돈을 받아쓰는 대신 바오다이는 바이비엔에게 사이공의 도박장, 매음굴, 아편굴 및 금궤 밀수업을 장악하도록 도와주는가 하면, 장군이라는 계급까지 달아 주었다.

빙쑤엔 조직은 이렇듯 전방위 용병 노릇을 조금도 마다하지 않았다.

*

응웬딩롱이 태어나던 해에 응오딩지엠 수상은 국민투표를 실시하여, 등록된 유권자가 40만5천 명뿐이었던 사이공에서만도 60만5천 표를 얻는 등, 불가사의한 98.2퍼센트의 득표율로 바오다이를 몰아내고 베트남공화국을 창건하여 첫 대통령이 되었다.

이런 과정에서 지엠은 빙쑤엔 세력과 다른 여러 군벌들과 싸우느라고 나라를 분열시키지 말고 그들을 너그럽게 포용하라는 강력한 요구를 미국으로부터 받았다. 하지만 지엠은 1955년 봄, 프랑스가 주선하던 바이비엔과의 협상을 거부하고, 4월 27일 빙쑤엔 세력의 사이공 진입을 차단하라는 명령을 내리면서, 4만 명의 '군대'를 거느린 바이비엔과의 정면충돌에 돌입했다.

사이공의 경찰을 떡 주무르듯 마음대로 관리했던 빙쑤엔은 그들의 힘을 과시하기 위해 대통령궁 근처의 공원에까지 포격을 가했고, 사이공 전역에서 야포와 박격포가 동원된 시가전이 벌어져, 5백 명의 시민이 죽고 2만 명의 이재민이 생겨났다.

▲ 사이공 거리에서 벌어진 빙쑤옌 소탕전은
지엠 대통령이 미국으로부터 신임을 얻는 결과를 가져오기도 했다.

그러나 지엠은 예상외로 선전(善戰)하여, 5월 말에 빙쑤옌이 진압되고, 바이비엔은 빠리로 도망쳤다. 하지만 패주한 2천 명 가량의 빙쑤옌 군사는 오도가도 못할 처지가 되어, 메콩 삼각주로 들어가 베트콩과 합류하여 유격활동에 돌입했다. 비록 빙쑤옌 진압이 베트콩 병력을 강화하는 이런 예기치 못한 결과를 가져오기는 했지만, 지엠은 이때 보여준 반공 의지와 적극적인 전투력으로 인해 미국으로부터 강력한 신임을 얻게 되어, 아시아에 정통한 몬타나의 상원의원 마이크 맨스필드(Mike Mansfield)를 비롯한 많은 정치인들이 지엠을 지지하고 나섰다.

결국 베트남의 역사에서 빙쑤옌은 전열이 와해된 다음에까지도 갖가지 중대한 시기에 결정적인 역할을 한 셈이었다.

*

1960년 12월, 호찌밍은 남부에서 활동하던 공산 조직에 '민족해방전선'이라는 새로운 이름을 붙여 주었다. 제네바 협약으로 인해서 병력을 정식으로 남파할 길이 막힌 상황에서, '전선(前線)'의 기치 아래 지엠 정권을 타도하려는 다양한 집단을 결집시키려는 호찌밍의 계산에 따라 농민, 청년, 종교, 문화 단체 그리고 프랑스와의 전쟁 때 베트밍에 의해서 설립된 갖가지 집단이 힘을 모았고, 메콩 삼각주로 밀려난 빙쑤옌 역시 그들에게 재빨리 가담했다.

이러한 빙쑤옌의 역사 한가운데서 짜이비의 득 감독은 교묘한 줄타기를 벌여 본디 주인을 몰아내고 고무농장을 손에 넣었지만, 지나치게 오랫동안 자신의 묘기를 과신했다가 결국 줄에서 떨어지고 말았다.

그리고 고무농장을 둘러싸고 벌어진 빙쑤옌의 온갖 음모와 계략 한 귀퉁이에는 응웬딩롱의 맏형이 숨어 있었다.

다섯 학살이 일어난 밤

득 감독의 칠순 잔칫날 샤또 블랑에서 학살이 벌어지는 동안, 인근 주민들은 멀찌감치서 들려오는 총성을 듣고 몇 사람이 잠에서 깨어나기는 했어도, 그것이 축연(祝宴) 뒤풀이로 벌어진 폭죽놀이쯤으로 착각하여 별다른 신경을 쓰지 않았다고 응웬딩롱은 설명했다.

그리고는 총성이 멎은 다음 한참이 지나 저택에서 불길이 솟아오른 다음에야 소방대가 출동했다. 뒤늦게 연락을 받은 민병대가 도착했을 때는 집이 절반 가량이나 타버린 후였으며, 불구경을 나온 마을사람들은 선혈의 비린내가 진동하는 처참한 광경을 보고 아연했다. 앞마당의 우람한 고목에는, 회전목마처럼 빙 둘러가며, 득 감독 내외와 그들의 세 아들 그리고 막내딸의 시체를, 가해자들이 밧줄로 허리나 어깻죽지나 목을 아무렇게나 묶어서, 빨래자루처럼 주렁주렁 매달아 놓았다.

희생자들은 일단 총으로 사살한 이후에, 모두 도끼로 다시 두개골을 차례로 박살내어, 끔찍하기 짝이 없는 모습이었다. 열세 명의 손자는, 이제 겨우 생후 2개월인 아기까지 포함하여, 모조리 벌목도로 목을 치거나 총으로 얼굴과 배를 쏴서 죽여서는, 도축한 가축처럼 마당에 아무렇게나 던져 놓았다.

그 이외에도 샤또 블랑의 집사와 세 명의 요리사와 하녀 두 명, 그리고 하인 넷에 경비원 다섯 명의 주검이, 저마다 뿔뿔이 도망치다가 최후를 맞은 듯, 모두 피투성이 시체가 되어 집 주변에 여기저기 흩어져 있었다.

마을사람들은 멀찌감치 둘러서서, 나지막한 목소리로 옆 사람에게 수군거리거나 겁에 질려 침묵을 지키면서 끔찍한 광경을 구경했는데, 응웬딩롱은 비록 어린 나이이기는 했어도, 그들이 죽은 자들을 별로 불쌍해하지 않는다는 사실을 눈치챘다. 어떤 사람은 "인과응보"라는 말까지 했다.

하지만 구경꾼들 모두가 두려움에 사로잡혔다는 사실만큼은 분명했다.

협조를 거부하는 자에게 어떤 보복이 기다리는지 본보기를 보여 마을 전체에 겁을 주려고 했던 베트콩들의 의도는 대단히 성공적이었다.

*

학살을 저지른 자들은 떠이닝 지역의 민족해방전선 소속 전사들이었다고 응웬딩롱이 말했다. 그래서인지 같은 베트콩 출신인 롱으로서는 득 감독 가족의 죽음에 대해 가급적이면 잔혹한 세부 묘사는 피했다. 그는 동료 공산주의 혁명 투사들의 행동을 모든 면에서 미화하거나 정당화하려는 눈치가 역력했고, 그래서 그는 학살자들이 아기를 살해한 장면 따위는 자꾸 생략하거나 건너뛰려고 했다. 그렇지만 한기주는 질문을 완곡하게 유도해 가면서 행간을 읽어내고, 자신이 이미 알고 있는 정보를 보완하여 생략된 부분을 상상력으로 메꿈으로써, 전체적인 윤곽을 쉽게 재구성했다.

학살이 벌어진 상황에 관해서 경찰 조사관들에게 구체적인 정보를 제공한 사람은 샤또 블랑에서 유일하게 살아남은 하녀였다. 그녀는 총질이 시작되자마자 앞마당으로 도망쳐 나오다가 베트콩과 마주쳐 왼쪽 어깨를 벌목도로 찍히기는 했어도, 피를 흘리면서 빵나무 그늘에 놓아둔 평상 밑으로 겨우 기어 들어가 몸을 숨겼고, 그래서 퇴각 직전의 베트콩들로부터 확인사살을 모면했으며, 사건 두 주일 후에 기적적으로 의식을 되찾았다.

롱의 입을 통해 전해들은 생존자 하녀의 진술과 당국의 수사 내용을 조각

조각 꿰어 맞춰가며 한기주는, 해방전선에 협조하지 않으면 어떤 대가를 치러야 하는지를 떠이닝 일대의 부호들에게 경고하는 본보기로 삼을 만한 대상을 찾다가, 베트콩들은 빙쑤옌으로부터 입은 은덕을 저버린 득 감독 일가를 처형 대상으로 선정했다는 결론을 내렸다.

베트콩들은 장기간에 걸쳐 공작원들을 하나씩 고무농장에 미리 심어놓는 등의 치밀한 준비를 거쳐 완벽한 작전을 감행했다. 학살의 밤에 샤또 블랑에서 베트콩과 합세하여 학살을 저지른 다음 산으로 들어간 자들은 요리사 한 명에 하녀와 하인이 여섯, 그리고 경비원 셋이었는데, 그들은 모두가 오래전부터 베트콩 동조자들이었다. 갖가지 통로를 거쳐 농장으로 침투해 고용인으로 일하며 그들은 몇 차례 학살의 예행 연습까지 함께 했으리라고 수사관들은 추측했다.

거사가 벌어지던 날 그들은 집안의 무기를 대부분 미리 치워버려 득 감독 쪽에서 반격을 아예 시도조차 하지 못하게 손을 썼다. 손님들이 모두 돌아간 직후에 근무를 나가려고 준비하던 경비병들은 무장한 베트콩들이 별채 숙소로 들이닥쳐 무장해제를 하고는, 샤또에서 첫 총성이 울리는 순간에 처치했다. 하인들에게서 얻은 자세한 정보에 따라 퇴각로를 모조리 차단한 다른 병력은 농장주 일가를 한 명도 살려 내보내지 않았다.

야음을 타고 고무나무 숲으로 침투하여 초저녁부터 대기하던 숫자 미상의 소수 병력 전사들은 이렇게 치밀하고도 신속하게 작전을 수행한 다음, 한 명의 희생자도 내지 않고 모두 무사히 산으로 돌아갔다.

*

부지런히 짜이비 농장과 인근 마을들을 들쑤시고 다니며 탐문을 계속했어도 학살의 동기에 관한 별다른 정보를 확보하지 못하자, 경찰 및 군 수사관들은 사이공으로 나가 군 정보대까지 동원했고, 그런 결과로 두 달 만에야 사건의 전모가 윤곽이 드러났는데, 득 감독은 짜이비 사람들이 생각했던 것보다도 훨씬 더 대단한 거물이었음이 밝혀졌다.

레흐우득 감독은 프랑스인 농장주 르블랑을 몰아낼 때부터 이미 빙쑤옌의 조직을 마음대로 활용하던 위치였고, 고무와 마약을 생산하고 수출하며 계속해서 돈을 긁어모으던 무렵에는 오랫동안 군부와 경찰에까지 양다리를 걸쳤었다. 그러는 사이에 샤또 블랑은 이중첩자들이 정보를 수집하고 온갖 음모를 추진시키는 소굴로 변해갔다.

빙쑤옌의 주력 집단이 메콩 삼각주로 밀려난 다음에는 위장한 베트콩 간부들과 월남군 장교들이 번갈아 샤또 블랑을 드나들었는데, 서로 상대방의 활동을 알면서도 그들은, 득 감독의 중재를 받아가며, 서로 몫을 챙겨가기만 할 뿐, 상대방을 이용하기 위해 일부러 해치지 않는 무언의 신사협정을 잘 지켜나갔다. 그러다가 자식들이 사이공의 상류층으로 진출하여 확고한 자리를 잡으면서 득 감독은 새로 등장하는 여러 쿠데타 군부 세력과 밀착하기 위해 해방전선과 거리를 두어야 할 필요성을 느끼기 시작했고, 결국 자금을 조달하라는 전선의 요구를 물리치기에 이르렀다.

배반감을 느낀 빙쑤옌계의 전선 간부들은 처음에 농장을 빼앗아 협조를 잘 하는 다른 세력에 넘길 계획도 고려했었지만, 적당한 인물의 물색에 어려움을 느끼자 득 감독을 아예 제거해 버리겠다는 결정을 내렸다는 것이 수사 당국의 결론이었다. 가난한 애국적 지도층이 북에서 서서히 세력을 키우는 동안 부유한 상류층이 남부를 지배하게 되면서, 남쪽 민족주의자들은 부패한 토호 세력을 제거하려는 작업에 착수했으며, 살인과 방화를 공포의 무기로 동원하는 해방전선의 기세가 점점 강해지다 보니, 떠이닝 성에서도 이런 폭력적인 사태가 발생하고 말았다.

수사 당국은 베트콩 세력의 확산에 바짝 긴장해서 적성분자(適性分子)들의 색출에 적극적으로 나섰고, 떠이닝의 성도(省都) 떠이닝 시의 수사관들은 짜이비 지역에 대한 1차 수사를 마무리하면서, 베트콩과 내통한 혐의가 보이는 주민들을 마구 잡아들이기 시작했다.

그리고 어느 날 그들은 응웬딩롱의 집으로 들이닥쳐 맏형 테(Thê)를 끌고 갔다.

비록 프랑스의 식민통치 말기에 가세가 기울어 집안이 몰락하기는 했어도, 학문이 깊었던 할아버지에게서 가르침을 많이 받았던 응웬딩롱의 아버지는, 사람이란 모름지기 "세심거욕(洗心去慾)"의 경지에 이르러, 이기적으로 자신의 기준에 맞춰 세상을 바꾸려는 마음을 씻어 버리고, 세상의 기준에 나를 맞춰가며 욕심을 부리지 않아야 하며, 구태여 출중한 인물이 되겠다고 애쓰지 않으면서 살아야 한다고 자식들에게 늘 가르치고는 했었다.

그런 가르침에 따라 별다른 저항을 하지 않으면서 운명을 받아들이고 살아온 아버지여서였는지, 아니면 몇 년이 지난 다음에야 롱이 짐작하게 되었듯이 벌써 오래전부터 그런 일이 닥치리라고 각오를 했던 터여서였는지는 몰라도, 맏형이 잡혀가는 청천벽력을 당한 다음에도 아버지는 몇 차례 한숨만 쉬고는 아픈 마음을 그냥 속으로 삭이기만 했다.

하지만 어머니는 며칠 동안이나 울면서 아들을 구해내려고 여기저기 사람들을 만나면서 정신없이 돌아다녔다.

모두가 다 소용없는 일이었다.

롱은 형의 얼굴을 다시는 보지 못했다.

샤또 블랑 일가 몰살 사건에서 베트콩들의 연락책으로 중요한 역할을 맡았다는 혐의를 받고 떠이닝 시로 끌려간 형은 온갖 해괴한 고문을 당했다고 어머니와 이웃사람들이 수군거리기 시작했다. 물독에 거꾸로 처박기도 했다는 얘기도 들려왔다. 도대체 전화기로 어떻게 사람을 괴롭힌다는 얘기인지 어린 롱으로서는 알 길이 없었어도, 야전용 전화로 고문을 했다며 어머니는 다시 울었다. 저러다가는 아마 헬리콥터에 태워 공중에서 집어던질지도 모른다고 걱정하는 마을사람들도 여럿이었다.

그런데도 아버지는 이런 일도 모두 당연하다는 듯 묵묵히 나무 밑에 앉아 담배만 피웠다.

떠이닝으로 끌려간 다음 거의 한 달이 지났을 무렵, 형이 심문 도중에 심장마비를 일으켜 죽었다는 연락이 왔다. 어머니는 울고불고 넋이 나가서 시체를 찾으러 성도로 나갔지만, 형의 시체는 부패가 빨리 진행되어 화장을 해서 없애 버렸다며 경찰이 내주지를 않았다.

어머니는 집으로 돌아와서 며칠 동안 더 울다가 병이 들었고, 시름시름 6개월을 앓다가는 이듬해 봄에 세상을 떠났다.

아버지는 어머니의 장례식에서도 울지 않았다.

*

여섯 살 때 나무에서 떨어져 왼쪽 다리를 심하게 저는 불구자가 되어 농삿일을 하기가 힘들었던 맏형 응웬딩테는 나이가 열다섯이 되던 해에 떠이선 시로 나가 지물포 심부름꾼으로 일을 시작했고, 이때만 해도 그는 샤또 블랑 사람들에 대해서 비교적 호감을 보였었다고 롱은 기억했다. 롱은 그때 겨우 다섯 살밖에 되지 않았지만, 형이 마을로 돌아오면 가끔 몰래 샤또를 드나든 다는 사실을 부모가 누구한테서인지 전해듣고는 무척 걱정하는 집안의 분위기 정도는 눈치를 챘다. 형이 고무농장 저택에 갔었다는 사실을 놓고 왜 어머니가 그렇게 불안해했는지는 훨씬 훗날에야 이해를 하게 되었지만 말이다.

그리고는 이듬해 봄이 되자 맏형 테는, 떠이닝에서 누군가 "좋은 사람"을 만났다면서, 직장을 사이공으로 옮겼다. 경계하는 기색이 훨씬 심해진 어머니에게 형은 새 직장이 지물(紙物) 도매점이라고 했지만, 학살 사건 이후 경찰이 밝혀낸 바로는 이때부터 테는 아편굴에서 일을 했다.

사이공으로 진출한 지 반 년쯤 지났을 무렵부터 테는 갑자기, 집으로 어쩌다 쉬러 올 때마다, 롱으로서는 알아듣기 어려운 이상한 단어들을 써가면서 밤이 늦도록 열을 올려 '수탈'과 '노동자 계급'과 '자주독립'과 '부르주아'에 관해서 복잡한 얘기를 늘어놓고는 했다. 그러면 아버지는 묵묵히 귀를 기울였고, 어머니는 자꾸만 집 밖으로 나가 혹시 누가 지나가는 길에 우연히 엿듣지나 않는지 걱정스럽게 동정을 살피고는 했다.

이때부터 형은 득 감독을 적극적으로 미워하기 시작했다. 굶어 죽는 사람들이 사방에 수두룩한데, 감독처럼 그렇게 혼자서 떵떵거리며 사는 것은 사회적 범죄이며 윤리적 죄악이라는 말도 했다. 형은 또한 감독이 그토록 나쁜 짓을 많이 했는 줄은 정말 몰랐다는 소리도 자주 했고, 배반자라고 흥분해서 떠들기도 했다. 그런 나쁜 사람을 왜 당국에서 보호하며 감싸고 도는지 모르겠다며 심하게 분개한 적도 여러 번이었다.

그로부터 얼마 후에는 형이 가끔 긴장한 표정으로 사이공에서 돌아와 며칠씩 집안에 틀어박혀 지내는 경우가 많아졌고, 어디서 싸움을 했는지 몸을 다쳐 돌아온 적도 두 번이나 되었다. 경찰 조사 결과에 의하면, 이 무렵 테는 빙쑤옌 출신의 베트콩 하부 조직에서 이미 본격적으로 첩자로 활동했다고 그랬다.

결국 형은 그렇게 빙쑤옌과 베트콩의 그늘에서 일하다가 목숨을 잃었다.

그리고 가족의 수난은 거기에서 끝나지를 않았다.

여섯 깡통마을

그가 세상에 태어났을 때부터 이미 짜이비 마을은 낮과 밤에 따라 다스리는 사람들이 달랐고, 그래서 응웬딩롱은 밤낮으로 주인이 바뀌는 공동체의 집단적인 삶을 아예 당연하다고 생각하면서 자랐다.

가끔 밤에 집 밖 어디에서인가 한 차례씩 느닷없이 들려오는 시끄러운 총소리도 역시 그의 어린 시절에서는 자연스러운 한 부분이었다.

때로는 오랫동안 베트콩이 주인 노릇을 하며 마을을 지배하여, 정부군이 얼씬 못한 적도 있었고, 그러면 마을에서는 해방전선에 식량과 세금을 바쳤다. 그러다가 정부군이 몰려와 공산주의자들을 소탕하고 몰아내면 얼마동안 이번에는 베트콩이 얼씬도 하지 못했고, 새로운 주인으로서 지배하는 정부군이 밀린 세금을 꼬박꼬박 거두어 갔다.

몇 달이나 몇 주일 심지어는 며칠 사이에 마을의 주인이 바뀔 때마다 사람들은 새로운 질서에 적응하느라고 고생이 심했지만, 그러나 뭐니뭐니 해도, 하루 사이에 낮과 밤으로 지배자가 바뀌는 기간이 가장 혼란스러웠다. 그럴 때면 낮에는 정부군이 들이닥쳐 베트콩에 협조하는 주민들을 색출하여 동네 한가운데서 고문하고 총살까지 시키는가 하면, 날이 저물어 그들이 부대로 돌아간 다음에는 베트콩들이 다시 산에서 내려와 그들의 깃발을 게양하고는, 야간 집회를 열어 세금을 거두고 새로운 전사를 모집해 데리고 갔다.

도대체 어느 편을 들어야 할지 알 길이 없어 정신을 차리지 못하는 나날이 되풀이되었고, 그러는 사이에 해방전선의 웅변에 설득된 젊은이들이 하나둘 빠져나가 산으로 들어가거나, 나라를 지켜야 한다는 애국심에 이끌린 다른 젊은이들이 정부군에 입대하는 바람에, 마을에는 언제부터인가 노인과 아녀자들만 남게 되었다.

이렇듯 누구네 집 누가 숲으로 들어가 베트콩이 되었고 어느 집 누구는 정부군으로 징집되어 나갔다는 얘기를 들으면, 어린 롱은 마치 온 마을이 편을 짜서 무슨 놀이라도 하는 듯한 착각에 빠지고는 했는데, 물론 이런 현상 또한 그의 어린 시절 삶에서는 당연하고도 자연스러운 한 부분이 되어버렸다.

주민들은 밤이면 베트콩에게 시달리고, 낮에는 남군에게 시달리는 생활을 계속했다.
퓰리처상을 두 번이나 수상한 독일 사진기자 호르스트 파스(Horst Faas)가 찍은 왼쪽 사진에서는
베트콩에 협조했다는 이유로 농부가 정부군에게 위협을 당하고,
오른쪽 사진에서는 베트콩에게 주민이 매를 맞는다.

그런 와중에서 맏형이 산사람들의 편에서 첩자 노릇을 하다가 떠이닝으로 끌려가 고문을 당하던 끝에 죽었는가 하면, 형의 죽음에 분개한 둘째형 칸 (Khánh)은 어느 날 밤 산으로 들어가 해방전선을 위해 비엔화 미군 기지를 공격하는 싸움에서 정부군 특공대의 총에 맞아 죽었다.

아들이 둘이나 베트콩 편으로 돌고 보니 아무래도 당국의 눈치가 보여서였는지, 집안의 안녕을 위해서라며 셋째형 다오(Đao)는 정부군에 입대했으며, 미토(Mỹ Tho)에서 수색정찰을 나갔다가 베트콩에게 사살되었다.

막내동생 응웬(Nguyên)은 1980년에 샤또 블랑 뒷산으로 친구들과 놀러갔다가, 도대체 왜 누가 그곳에 갖다 버렸는지 알 길이 없는 대전차지뢰를 발견하고는, 동무들과 함께 그것을 덩굴로 묶어 가지고 내려오다가 폭발하는 바람에 즉사했다.

롱의 여동생 응아(Nga)는 고등학교를 졸업하던 해에 다행히 전쟁이 끝나서 별로 큰 탈을 당하지 않았지만, 누나 리엔(Liên)이 겪었던 고난은 롱으로 하여금 산으로 들어가 베트콩이 되는 간접적인 동기를 마련했다.

*

양쪽 부모가 어렸을 시절부터 이웃에 살았던 팜(Pham)씨 댁의 맏딸 랑 (Lan, 蘭)은 롱과 동갑내기여서, 개울로 나가 발가벗고 함께 미역을 감던 어린 나이였을 때부터 두 사람은 마을에서 누구보다도 서로 친한 사이였다. 고등학교까지 같이 다닌 그들은 남녀가 유별한 사랑의 감정을 상대방에 대해서 느낀 적도 없었고, 사내아이들과 계집아이들이 서로 은근히 경계하는 나이가 되어서도 거침없이 함께 어울려 다녔다. 랑이 워낙 사내아이들처럼 나무도 잘 타는 말괄량이였던 터여서, 늘 어울려 다녀도 전혀 거북하지가 않았기 때문이었다.

그러다가 롱과 랑이 열네 살 되던 해 어느 날 밤, 산에서 내려온 베트콩들이 야간 사상 집회를 열었다. 그래서 랑의 홀어머니가 어린 아들을 데리고 마을 공터로 가고 난 다음, 혼자 집을 보던 그녀는 한밤중에 느닷없이 찾아와 울타리 너머로 손짓해 "좀 보자"면서 롱을 밖으로 불러냈다.

두 동생에게 집을 맡겨두고 따라 나선 롱을 데리고 랑은 앞장서서 마을 뒤 켠 으슥한 갈대숲으로 가서, 웃옷을 치켜올리고는 그에게 아직 발육이 덜 되어 단단한 젖가슴을 보여주며 만져달라고 했다. 그후에도 랑의 집 캄캄한 방에서나 담벼락에 붙어서 비슷한 일이 몇 차례 벌어지더니, 반 년쯤 지났을 무렵에는 롱의 손을 그녀가 밑으로 끌어다 그곳도 만져보라고 했다.

열다섯 살이 되어서는 훨씬 대담하게 랑은 롱의 바지 속으로 손을 넣었고, 한밤중에 다시 갈대숲으로 가서 결국 그녀는 옷을 홀랑 벗고 말했다. 베트남군의 오폭으로 길바닥에서 날벼락을 맞고 죽어버린 그녀의 아버지처럼, 전쟁통에 언제 어디서 죽을지 모르는 인생이니까, 하고 싶은 짓은 죽기 전에 다해 보자고. 그것을 한 번도 못 해보고 죽으면 억울하지 않겠느냐고.

롱은 두 차례 랑과 관계를 했지만, 워낙 서투르고 주눅이 들어서인지, 그는 두 번 다 제대로 행위가 이루어지기도 전에 너무 불안해서 힘이 빠져 쪼그라들었다. 롱은 그녀의 몸 속에 그가 실제로 들어가기나 했었는지도 자신이 없었고, 그래서인지 랑은 임신조차 되지 않았다.

그럴 때마다 실망한 빛이 역력했던 랑은 얼마 후에 어디선가 다른 상대를 찾아내기라도 한 모양이어서, 더 이상 그의 바지 속으로 손을 넣지도 않았고, 롱이 행위를 다시 시도하도록 허락하지도 않았다. 성행위에 대해서 그렇게 랑의 태도가 달라지기는 했지만, 두 사람은 어린 시절로 되돌아간 듯 변함없이 잘 어울려 돌아다녔으며, 롱과 두 살 터울이었던 누나 리엔과 랑의 각별한 사이도 여전했다.

*

득 감독 일가의 몰살 사건 이후 고무농장의 임자가 없어지고, 감히 토지의 소유권을 주장하는 사람도 나타나지 않아서, 거의 5년이나 폐허로 방치되었던 샤또 블랑 터에 어느 날, 미군 통신대와 부속 병력이 이동해 들어와서 자리를 잡고 앉았다. 그리고는 '깡통마을'이 생겨났다.

'깡통마을'은 재빨리 미군들을 따라 모여든 '붐붐 하우스' 창녀들과 술집 주인들이 며칠 사이에 일으켜 세운 판자촌에다 짜이비 사람들이 붙여준 별명이었다. 베트콩이 침투하여 부대 내부를 염탐하거나, 밤중에 박격포를 숨겨놓고 포격을 가하지 못하도록, 길 아래쪽으로 몇백 미터 안전거리를 두고 떨어진 곳에 생겨난 붐붐 동네의 집들은, 각목과 합판을 엉성하게 얽어놓은 위에다 C-레이션 상자를 씌우고, 다시 그 위에다 온갖 맥주와 음료수 깡통을 건축자재로 사용하여 알록달록하게 지붕과 벽을 덮어서, 참으로 희한한 풍경을 이룬 무허가 촌이었다.

미군이 들어오면서부터 달라진 모습은 깡통마을뿐이 아니었다. 짜이비 마을의 아이들은 미군이 버리는 쓰레기에 파리 떼처럼 모여들어, '보물'을 찾으려고 음식 찌꺼기와 깡통 더미를 파헤치기 시작했다.

미군부대 쓰레기 탐험은 본디 사내아이들끼리 다니기가 보통이었지만, 롱의 친구 랑은 예외였다. 그녀는 롱과 다른 사내아이들과 어울려 돌아다니며 쓰레기를 뒤지고, 혹시 C-레이션이나 초콜릿을 누가 던져 주지나 않을까 해서 미군부대 철조망 주변을 자주 배회했다. 그러다가 판자촌 사정에 어느 정도 눈치가 밝아진 다음에는, 사내아이들 대신 롱의 누나 리엔과 어울려, 둘이서 붐붐 하우스들 주변을 맴돌았다.

옆집에 살아서이기도 했지만, 롱에게 일찌감치 눈독을 들였던 터여서 랑은 오래전부터 그의 누나 리엔과 각별한 사이로 지내왔는데, 비록 나이는 아래였어도 깡통마을로 가면 항상 모든 행동에서 랑이 오히려 리엔의 언니 노릇을 하며 앞장서고는 했다.

롱의 부모는 얌전한 리엔이 하루가 멀다 하고 깡통마을로 가서 랑과 서성거리며 심심풀이로 미제 물건 장사를 시작했다는 사실을 알지 못했다. 부모에게 공연히 걱정만 시킬까 봐 누나의 행동에 대해서는 롱이 아무 얘기도 해주지 않았기 때문이었다.

그러는 사이에, 미군부대 쓰레기를 뒤지는 짓을 그만두고 양담배 장사를 시작한 랑은, 홀어머니가 1년 내내 고생해서 버는 돈보다 깡통마을 아가씨들이 미군에게 붐붐 한 번 해주고 받는 돈이 훨씬 많다는 사실을 알아내고는, '베트나미' 남자들이야 정부군에 끌려가든 산으로 들어가든 필시 얼마 안 가서 죽기가 십상이니까, 차라리 미군하고 눈치껏 붙어서, 몸집도 건장하고 돈도 많은 양키 하나 요령껏 옭아매어, 결혼을 해서는 아메리카로 가는 길을 찾아야 되겠다고 몇 차례나 리엔에게 노골적으로 속마음을 털어놓고는 했다.

그리고는 7월의 어느 날 늦은 오후, 리엔은 랑을 따라 깡통마을로 붐붐 아가씨들에게 마리화나를 팔러 나갔다가, 가지고 나온 물건을 몽땅 사 주겠다는 세 명의 미군을 따라 마을 외곽의 산 밑 외딴 집으로 군용 지프를 타고 갔다.

그 집에는 아무도 살지 않았다. 베트콩이 주변에 자주 출몰한다는 엉터리 정보에 따라, 베트남 정부군의 비행기가 날아와서 오폭을 하는 바람에 랑의 아버지가 목숨을 잃었던 바로 그날, 이 집도 폭격을 맞아 반쯤 무너졌다. 그리고는 동네 사람들이 얼씬도 하지 않아 폐가가 된 "귀신집"에서, 랑과 리엔은 그들 세 명의 미군에게 대낮에 윤간을 당했다.

*

산 밑 외딴 집에서 누나 리엔이 어떤 봉변을 당했는지를 응웬딩롱이 알게 된 때는 그로부터 두어 달이 지난 다음이었다.

옆집 지붕이 폭우로 한쪽이 내려앉자, 야자잎 이엉을 새로 얹어 줄 남자가 랑의 가족에게는 없었고, 그래서 일을 도와주러 간 롱은 오래간만에 랑과 마당 평상에 앉아서 단둘이 저녁을 먹으며 이런저런 얘기를 주고받았다. 그러자 롱이 묻지도 않는데, 랑은 미군과 '그거' 해보니까 기분이 어떻더라는 얘기를 키득거리며 늘어놓았다. 무엇인가 남에게 빼앗긴 듯싶어 조금쯤 언짢은 마음으로, 롱은 어떻게 미군을 만나게 됐느냐고 그녀에게 물었다. 랑은 별로 대수로운 사건이 아니라는 듯 아무렇지도 않게, 리엔과 함께 겪은 세 명의 미군 병사 얘기를 털어놓았다.

랑의 얘기를 종합해 보면, 리엔 누나는 분명히 강간을 당했지만, 랑은 미군들의 요구에 대해 거절이나 항의를 하려는 의사가 애초부터 전혀 없었던 눈치였다. 그에게 얘기를 하면서도 랑은 '겁탈'과 비슷한 어휘는 아예 사용하지도 않고, 그냥 "했다"는 표현만 썼다. 그리고 자초지종을 곰곰이 맞춰 보면, 미군들이 두 여자를 유인했다기보다는, 마리화나를 사 달라면서 오히려 랑이

상당히 적극적으로 사내들에게 꼬리를 치고 유혹을 했던 듯싶었다. 리엔 누나는 무슨 일이 벌어지는지 제대로 상황을 판단하지 못해서, 얼른 마음을 잡고 도망치지를 않았고, 그렇게 우물쭈물하는 사이에 봉변을 당한 셈이었다.

리엔 누나는 그 이후 랑과 관계를 끊고 지내오던 터였고, 롱은 공연히 걱정이나 시킬 필요가 없겠다는 생각에, 이번에도 부모에게는 아무 얘기도 하지 않았다. 그리고는 다시 두어 달 지나는 사이에, 자꾸만 집에서 목욕을 기피하던 딸이 입덧을 하자, 수상하게 여긴 어머니가 리엔을 벗겨놓고 젖꼭지와 임신한 배를 확인하고는, 어떻게 된 일이냐며 닦달을 했다.

무슨 일을 겪었는지를 사실대로 털어놓은 다음 리엔은 어머니와 마주 부둥켜안고 한참 울었으며, 이튿날 아버지는 논에도 나가지 않고 나무 밑에 앉아 하루 종일 담배만 피웠다. 하지만 이것도 역시 너무나 당연한 일이라는 듯 아버지는 별로 슬퍼하는 내색은 보이지 않았고, 다시 들에 나가 농사를 지으며 변함없는 생활을 계속해 나갔다.

어머니는 뱃속의 아기를 지우겠다며 리엔을 데리고 마을사람들 몰래 어딘가 몇 군데 찾아다녔지만, 시기를 놓쳐 버렸는지 아니면 돈이 너무 많이 들겠어서였는지, 낙태도 뜻대로 되지 않았다. 그래서 리엔이 불러오는 배를 더 이상 감추기가 힘들어진데다가, 랑이 여기저기 소문을 내고 돌아다니는 바람에, 마을사람들이 누나와 롱뿐 아니라 다른 가족까지 이상한 눈초리로 곁눈질을 하고 등 뒤에서 킬킬거리거나 수군거리기 시작했다. 그러던 무렵의 어느 날, 무장한 베트콩 여섯 명이 마을로 내려왔다.

일곱 산으로 간 소년들

구정공세가 온나라를 휩쓸고 간 이후에 기존의 조직이 심하게 붕괴되자, 떠이닝 성의 지역 베트콩은 병력을 보충하기 위해 두 차례 산에서 내려왔었지만, 현지 젊은이들 가운데 젊은 연령층이 워낙 바닥이 났던 터여서 모병하기가 쉽지 않아, 열다섯 살짜리 아이만 겨우 두 명을 데리고 돌아갔다. 그리고는 거의 2년 동안이나 그들은 마을에 모습을 보이지 않았다.

하지만 1970년 말부터 인근 여러 부락에서 VC가 다시 출몰하기 시작했다는 불길한 소문이 나돌더니, 이듬해가 되어 음력으로 3월 보름인 4월 10일 새벽 3시쯤에, 스물네 살의 젊은 베트콩 간부(cadre) 레휘떤(Lê Huy Tân)이 다섯 명의 소년 병사를 이끌고 마을로 잠입했다. 그들 가운데 3년 전 짜이비에서 산으로 들어간 황밍타오(Hoàng Minh Thảo)와 지휘를 맡은 간부 떤만이 그나마 소련제 AK-47 공격용 자동소총으로 무장을 했고, 나머지 열세 살에서 열다섯 살까지의 소년 네 명은 검정 베트콩옷에 호찌밍 신발을 신기는 했지만, 몸에 지닌 무기라고는 벌목도뿐이었다.

그들은 마을 출신인 타오의 완수신호를 받아가며 어둠 속에서 차례로 신속하게 집을 뒤져 주민들을 모두 시야가 사방으로 잘 터진 들판으로 몰고 나갔다. 아직도 달빛이 무척 밝은 들판에서, 따로 떨어져 몸을 숨길 만한 자리를 찾아 타오와 다른 세 명이 사주경계를 서는 동안, 떤은 불안해하면서 옹기종기 모여앉은 사람들 앞으로 촌장 보반꽁(Võ Văn Công)을 끌어냈다. 꽁 촌장은 두 손이 앞으로 결박된 상태였다.

꽁은 정부군과 산사람들 양쪽에게 적당히 협조하면서 너무 한쪽으로 치우치지 않으려고 늘 신경을 썼던 터여서 여태까지 목숨을 용케도 부지해 왔지만, 최근에 베트콩 전력(戰力)이 전국적으로 쇠락하는 기미를 보인 다음 정부군에 비교적 열성적인 태도를 보여왔고, 그래서 그날 밤 처형 대상으로 지목되었다. 처형은 요란한 총성을 내지 않으려고 벌목도를 사용했다.

참수의 임무를 맡은 열세 살 소년 병사가 두 손으로 칼을 잡고 힘껏 내려쳤지만, 예순을 넘겨 몸이 쇠약해진 꽁 촌장이기는 했어도, 일격에 당장 죽지를 않았다. 목의 옆쪽에서 피를 콸콸 흘리며 쓰러진 노인이 두 발을 버둥거리자 당황한 소년은 다시 벌목도로 배를 몇 차례 연거푸 찔러 대었다.

마침내 발버둥이 끝나자 손과 얼굴에 여기저기 피가 튄 소년이 칼질을 멈추었지만, 촌장이 확실히 죽었는지는 아무도 확인하려고 들지 않았다. 너무나 끔찍한 광경에 마을사람들은 겁에 질려 숨을 죽였고, 떤은 주민에게 본보기를 통해서 겁을 주려는 소기의 목적을 달성하고 났으니까, 노인이 죽었건 말았건 이미 관심이 없어진 눈치였다.

*

다분히 일방적인 응웬딩롱의 서술에 자신의 상상력을 동원하여 조금씩 보완해가면서 객관적인 균형을 맞추며 귀를 기울이던 한기주는 그날 밤 촌장을 처형하는 장면을 강제로 지켜봐야 했던 주민들의 얼굴에 어떤 공포의 표정이 서렸었을지 눈에 선했다. 그들은 아마도 아무것도 모르는 어린 소년이 어쩌면 저렇게 끔찍한 짓을 저지를 수가 있을까 경악했겠지만, 소년병은 순진하기 때문에 오히려 서슴지 않고 그런 행동을 했으리라고 한기주는 믿었다.

불안과 공포는 대상의 정체를 모르기 때문에 생겨나는 심리현상이라고 했지만, 모르면 오히려 인간은 공포감을 아예 느끼지 않기도 한다고 한기주는 믿었다. 그리고 아이들은 공포와 죽음을 잘 모르기 때문에 세계 각처에서 용감한 병사가 되었다. 또한 아이들은 선과 악을 구분하는 윤리의식을 알지 못할 만큼 순진하기 때문에 서슴지 않고 잔혹해지기도 했다.

전쟁이 오래 계속되면 젊은이들이 자꾸만 죽어서 병역 적령기의 인구가 모자라게 마련이고, 그러면 아프리카나 남 아메리카의 반군들은 겁많고 동작이 느린 연령층이 아니라 죄의식을 아직 머릿속에 형성하지 못했고 겁이 없는 아이들에게 전쟁을 시켰다. 아이들은 전쟁을 자칫 놀이로 착각하고, 젊은이는 전쟁을 모험이라고 상상하며, 중장년은 전쟁을 무용담으로 술회하고, 소수의 사람들만이 노년에 이르러 전쟁을 비극으로 해석하게 마련이었다.

톰 티디가 베트남전의 전투병 나이가 평균 $18\frac{1}{2}$살이라고 했던 미국 군대도 소년병을 징집하지 못하도록 막으려는 국제적인 움직임에 참여하기를 거부하고, 나이를 속이고 일찍 자원입대하는 아이들을 군신화하는 영화 따위의 선전 매체로 영웅심리를 부추기면서 제1차 이라크전쟁에서도 열여섯 살짜리 지원병을 받아들였으며, 시에라 리온에서는 인종말살 작업을 위해 동원된 열

살짜리 아이들이 코카인을 흡입한 다음 싱글벙글 웃으며 벌목도로 어른들의 팔다리를 잘랐고, 베트콩은 1971년 4월 10일 새벽에 짜이비 마을에서 손자뻘 되는 아이에게 늙은 촌장이 처형을 당하는 상황을 보여줌으로써, 세상의 모든 질서가 무너졌다는 절망적 분위기를 사람들에게 인식시켰다.

*

목과 배에서 피를 콸콸 쏟으며 죽어 넘어진 늙은 촌장의 시체 옆에 총을 들고 서서, 베트콩 간부 레휘던은 멀찌감치서 네 명의 소년 병사들이 경계를 서는 가운데, 겁에 질려 숨도 제대로 쉬지 못하는 짜이비 사람들에게 애국적인 연설을 시작했다. 경계 근무를 교대하고 집회에 참가한 마을 청년 황밍타오는, 던의 옆에 위압적인 자세로 버티고 서서 총을 겨누며, 앞쪽에 앉은 사람들의 얼굴을 하나씩 뜯어 보았다.

던은 우선 호찌밍 주석의 말을 인용하여, 베트남이 한 번도 공격을 가한 적이 없는 미국이, 프랑스가 그랬듯이 베트남을 식민지로 만들려는 야욕에 불타서 침략을 자행했으며, 지금까지 남북에서 수백만 명의 동포를 죽였다고 주민들에게 상기시켰다. 하지만 미군은 곧 물러가리라고 그는 장담했다.

미국은 베트콩이 무모한 구정공세를 벌였다가 되돌이킬 수 없는 패배를 겪고 전국에서 궤멸했다고 선전하지만, 사실은 그와 정반대여서, 오히려 전세가 기울어진 쪽은 미국과 그 동맹국들임을 깨달았을 뿐 아니라, 미국의 범죄적인 침략행위에 대한 거센 국제 여론에 밀려, 이미 철수를 시작했다. 구정공세가 끝난 다음 윌리엄 웨스트모얼랜드 미군 총사령관은 20만 6천 명의 추가 병력을 보내달라고 본국에 요청했지만, 로버트 맥나마라의 뒤를 이어 국방장관이 된 클라크 클리포드는 병력 증강에 반대했으며, 1968년 말에 54만 명에 이르던 미군은 새로 뽑힌 대통령 리처드 닉슨의 명령에 따라 재작년인 1969년 말까지 오히려 6만 명이나 감축했다. 미군 병력은 다시 작년에 28만 명으로 줄어 거의 절반이 되었으며, 금년 말에는 다시 거기에서 절반으로 줄여 겨우 14만 명밖에는 남지 않으리라는 확실한 정보를 하노이 사령부가 입수했다고 던은 설명했다.

미국은 "명예로운 퇴각" 방법을 모색하기 위해 닉슨의 국가안보 담당 보좌관 헨리 키신저를 앞세워 평화회담을 추진하는 한편, 워싱턴 행정부가 철군 계획을 확정하는 바람에 군인들의 사기가 그야말로 땅바닥으로 떨어져, 베트남에서 복무하는 병사들은 얼마 남지 않은 기간 동안에, 싸워야 할 의미나 명분이 사라진 전쟁에서 쓸데없이 개죽음을 당하지 않고 어떻게 해서든지 살아서 귀국하겠다는 생각뿐이며, 아예 싸울 생각조차 없다고 떠든 짜이비 주민들에게 알려주었다.

미국의 반전운동은 이제 군인들 사이에서도 확산되어, 많은 병사들이 평화 목걸이를 차고 다녔으며, 병사들이 전투에 나가지 않겠다고 버티는 경우가 많아졌고, 흑인과 백인 사이의 전우애도 덩달아 무너져 인종 갈등이 점점 증폭되어 내부의 분열을 가중시켰다. 부하는 상관의 명령에 거역하는 데서 그치지 않고, 파쇄 수류탄(fragmentation grenade)을 장교들의 천막 안으로 굴려 넣어 살해하는 사건도 놀라울 정도로 빈번해져서, "찢어 죽이기(fragging)"라는 군대 속어까지 생겨났다. 마약 복용도 늘어나서, 1971년 공식 집계에 의하면, 병사들 가운데 3분의 1 가량이 아편과 헤로인 중독자였고, 마리화나는 아예 일과처럼 되어 버렸다. 그런가 하면 조직적으로 암시장에서 돈벌이를 하다가 적발되어 처벌을 받은 장교들과 하사관들도 적지 않았다.

미군은 물러가면서도 곱게 물러나려고 하지 않고, 꽝냐이 성 손미(Son My) 지역 밀라이(My Lai) 마을에서는 최후 발악을 벌여, 1968년 3월 16일에 윌리엄 캘리(William Calley) 중위가 이끄는 중대가 수백 명에 달하는 베트남인 부녀자를 학살했다고 떠든 격분하여 열변을 토하면서, 통일을 이루지 못하고

▲ 평화의 상징을 이마에 그린 미군 병사.

79세의 나이로 1969년 9월 3일 세상을 떠난 호찌밍 주석의 염원을 실현하기 위해, 보응웬지압 장군의 기치 아래 맹단결하여, 미제국주의자들을 하루라도 더 빨리 쓸어내고 최후의 승리를 거두어야 한다고 총을 번쩍 치켜들어 보였다.

열변을 끝낸 다음 민족해방전선을 위해서 싸울 사람들은 앞으로 나오라고 했지만, 워낙 주눅이 든 주민들은 아무도 적극적인 반응을 보이지 않았다. 그러자 짜이비 출신의 베트밍 전사 타오를 앞세우고, 떤은 사람들 사이를 헤집고 돌아다니기 시작했다. 그리고는 열세 살이 넘어 보이는 소년 앞에서 타오가 걸음을 멈출 때마다, 떤이 손으로 가리키며 물었다. "넌 어때? 산으로 안 가겠어?"

롱은 두 사람이 그의 앞에 와서 설 때까지 잠시 갈등하다가, 이제는 나이가 열다섯을 넘었으니 어차피 정부군과 베트콩 어느 쪽이건 끌려가서 싸우다가 죽을 나이가 되었으니, 이왕 억지로 선택을 해야 하는 바에야 리엔 누나에게 못된 짓을 한 미제국주의자들과 싸우는 편에 서야 되겠다고 작정했다.

여덟 외로운 미군이 밀라이로 가는 길

늙어 무기력한 촌장 노인을 벌목도로 무참하게 죽여 옆에 버려두고 베트콩 간부 레휘떤이 미군의 잔혹한 만행이라면서 격렬하게 고발했다는 밀라이 '학살사건'은, 그가 베트남에서 귀국한 직후에 한국의 언론에서도 워낙 대대적으로 보도했었기 때문에, 한기주는 지금까지도 그 내용을 생생하게 기억했다.

1년 8개월이 지난 다음에야 양심 고백과 언론에 의해서 폭로된 이 사건은 장기간의 군법회의를 거쳐 "최소한 22명을 살해한 혐의"로 윌리엄 캘리 중위에게 무기징역을 선고했는데, 한기주는 베트남 현장에서 겪은 경험에 따라, 재판 당시에 캘리 중위의 야만적인 행동을 이해 정도가 아니라 공감까지 했었고, 그래서 그에게 내려진 처벌이 가혹하다고 믿었다.

캘리의 부대는 밀라이 마을에서 여러 차례 베트콩의 공격을 받고 희생자가 계속 생겼지만, 마을로 작전을 들어가서 보면 적은 흔적도 없었고, 그래서 인내심의 한계에 달했던 캘리와 그의 부하들은 아예 부락 전체를 싹 쓸어 없애버리고 말았던 것이다.

밀라이 사건은 베트남전에서 미군들이 겪었던 전형적인 좌절감의 소산이었다. 한기주는 시이공 길거리에서 베트콩 포로를 처형한 응웬응옥로안 장군에게 세상 사람들이 함부로 돌을 던져서는 안 된다고 생각하듯이, 캘리 중위를 심판하여 감옥에 집어넣고 돌을 던지기에 앞서서, 현장에 가 보지도 않고서 단독적인 사건 하나만 따로 분리시켜 세포 조직을 현미경으로 관찰하듯 어느 한 인간의 도덕성을 따지고 분석하기에 앞서서, 전쟁 전체에 대한 상황 정보를 광범위하게 참작하고 인간의 본성에 대한 이해도 고려에 넣었어야 한다고 믿었다.

평화를 누리는 사람들이 보기에는 지극히 끔찍한 현상이 알고 보면 전쟁터에서는 당연히 일어나는 평범한 사건인 경우가 적지 않기 때문이었다.

＊

체험의 상당한 부분을 공유했던 한국과 미국 두 나라의 전투병들을 견주어 얘기하는 경우, 미국 병사들이 베트남에서 한국 장병들보다 훨씬 고독하고 불행했다는 사실만큼은 의심할 나위가 없다.

우선 고향을 떠나 전쟁터로 갈 때만 해도 그랬다. 한국군 장병들은 미 해군의 군용선을 얻어 타고 전쟁터로 갔다가, 전쟁 복무를 끝내고 고향으로 돌아올 때도 미국 배를 얻어 타고 항해했다. 하지만 미군 병사들은 소속 부대를 따라 함께 베트남으로 가지 않고, 전사나 후송 병력을 교체하기 위해 혼자서 또는 극히 소수의 병력이 개별적으로 전쟁터에 도착했다. 한국군 장병들은 미국의 해상 교통 수단에 의존하다 보니 혼자서 비행기를 타고 베트남으로 날아가는 사치를 누리지 못했고, 역설적이게도 이러한 약점이 오히려 병사들의 사기 앙양에 도움이 되었다고 한기주는 믿었다.

한국군은 아예 한국에서부터 맹호나 백마 또는 청룡의 집단 교체 병력이 2천 명 가량 함께 모여 배를 같이 타야 했고, 그래서 부산의 제3 부두에서 군악대가 뿡빵거리는 가운데 거창한 환송식을 거친 다음, 파월 장병들은 적어도 한 주일 동안 항해 생활을 같이 했다. 따라서 그들은 전투지에 도착하기 전에 두려움과 모험심 그리고 정보를 함께 극복하고 나눌 기회를 얻었고, 막상 전투를 시작하기 전에 이미 어느 정도의 소속감과 전우애를 가꿀 만한 기회를 얻었다. 군기가 상대적으로 강하면서도 유대감을 함께 나누는 조직 속에서 한국군 장병들은 베트남에 가서까지도 국제정세나 정치로부터 상대적으로 차단되어 비록 폭넓은 판단력이 부족하기는 했지만, 자연스럽게 임전태세를 갖추는 '수습기간'을 부여받은 셈이었다.

미국인들의 경우는 사정이 매우 달랐다. 새 학교로 전학을 온 아이처럼, 베트남의 사단사령부에 도착하여 뿔뿔이 예하 부대로 흩어진 미군 병사들은 적응을 위한 수습기간도 없이 곧장 전투에 투입되었다. 국내의 반전운동으로 회의와 좌절감에 빠진 고참병들은 아무도 이런 신병들을 토닥거려 주지 않았다. 경험이 많을수록 생존의 가능성이 높아지는 전투의 속성에 따라, 그렇게 무작정 작전에 들어간 신병들은 쉽게 희생당했다.

자신들의 땅이 아니라 타인들의 나라에서 전쟁을 벌이던 미국 '침략군'에게는 패전의 빌미가 될 또 다른 치명적인 장치가 하나 마련되어 함정(陷穽) 노릇을 했다. 그것은 1년 365일이라는 마감을 정해놓고, 출옥을 기다리는 죄수처럼, 전쟁에서 해방될 날을 기다리며 전투에 임했던 이상한 형태의 전쟁양식이었다. 일본에 설치한 군병원 캠프 자마(Camp Zama)로 한 달에 적게는 여섯 명에서 많게는 8천 명이나 후송되던 베트남전 부상병들을 치료했던 의무관 로널드 글래서(Ronald J. Glasser, M. D.)는 그의 회고록 『1년 365일(365 Days, 1971, George Braziller, Inc.)』에서 이렇게 술회했다.

"이상한 전쟁이었다. 신념도 없이, 그리고 아무런 관심도 없이, 그들은 그곳에 가서 365일만 버티어 내면 그만이었다."

이렇듯 개인적으로 언제 전쟁이 끝나는지가 확실했던 까닭에, 어떤 한국인들은 "1년만 버티면 된다"면서 '돈벌이'를 하러 베트남으로 갔고, 수많은 한국인들과 미국인들은 제한된 기간 동안의 모험을 체험하기 위해 전쟁터를 찾아갔다. 만일 그들에게, 베트남인들이나 마찬가지로, 죽을 때까지 전쟁터를 벗어나지 못하고 승리를 위해 끝까지 싸워야만 한다는 조건이 유일한 선택으로 제시되었다면, 수많은 한국인들은 베트남으로 가지 않았으리라. 적어도 한기주는 그런 마음이었다.

그러한 제한 전쟁의 속성은, 베트남인들처럼 절박감을 느끼지 않았던 미국과 한국 병사들의 경우에, 동기유발을 결정적으로 약화시켰다.

그리고 그들이 전쟁터로 가서 만난 적(敵)은 헐리우드 영화의 환상하고는 너무나 거리가 멀었다.

*

컴퓨터놀이(computer games)나 영화가 인간의 행동양식에서 동기유발 요인으로서 얼마나 큰 영향을 끼치는지 여부를 놓고 막연한 어림짐작을 기초로 하는 논란이 늘 계속되지만, 한기주는 영상 매체가 폭력을 자극하는 정도가 보통 사람들이 상상하기보다 훨씬 심각하다고 늘 믿어왔다. 그리고 많은 미국인들이 존 웨인을 그런 현상의 대표적인 표본으로 삼았다.

해병대원으로 참전했던 윌리엄 에어하트(William Ehrhart)는 회고록에서 자신이 이른바 존 웨인 증후군(John Wayne syndrome)의 희생자라고 스스로 인정했다. 그는 제2차 세계대전을 소재로 삼은 여러 영화에서 보았던 장면이 베트남에서도 되풀이되리라고 상상하며 고향을 떠났다고 했다. 프랑스 아가씨들과 이탈리아 아이들이 포도주와 꽃을 들고 해방군을 환영하러 길거리로 쏟아져 나오는 그런 장면을 그는 예상하고 기대했던 것이다.

『베트남사(越南史)』에서 스탠리 카르노우가 예로 인용한 참전병 데일 라이키(Dale Reich)는 자신이 "두려움 따위는 알지도 못하고, 당당하게 훈장과 아가씨를 차지하거나, 아니면 영웅적으로 죽어가는 멋진 GI 존 웨인처럼 되리라"고 상상하며 베트남으로 왔다고 얘기했다.

올리버 스톤 감독이 영화로도 제작한 『7월 4일생(Born on the Fourth of July)』의 원작자 론 코빅(Ron Covic)은 지원병을 모집하러 고등학교 교실까지 찾아와 열변을 토하던 해병대원과 악수를 하며 위를 올려다보고는, "존 웨인과 오디 머피*하고 악수를 하는" 착각이 들어, 즉석에서 베트남 참전을 결심했노라고 회상했다.

이러한 환상과 더불어, 제2차 세계대전과 한국전쟁에서 용감히 싸운 아버지 세대를 본받아 이제는 세계의 민주주의와 자유를 수호하기 위해 그들 세대가 나서야 한다는 사명감, 그리고 전세계로 확산되는 공산주의를 막아야 한다는 명분을 가슴에 품고 떤선녓 비행장에 도착한 텍사스 출신의 징집병 찰스 새바티어(Charles Sabatier)는, 포도주를 들고 나온 프랑스 아가씨 대신, 소속 부대로 그를 실어다 주려고 마중나와 기다리던 닭장차를 보고, 왜 창문마다 그물을 쳤느냐고 물었다. 사이공 시내에서 누가 수류탄이라도 던져 넣을까 봐 그랬다는 설명을 듣고 그는, "내 인생은 스무 살에서 끝나는구나" 하는 생각부터 머리에 떠올랐다고 했다.

한기주가 처음 바무이바를 마시러 쩔런 지역의 술집을 찾아갔던 날 밤에도 그곳이 사실상 야간에는 베트콩이 지배하는 지역이라고 통합사령부 정훈장교가 설명하며 재미있어 했다. 그렇게 베트남에서는 전후방이 없는 전쟁이 벌어졌고, 수도 사이공 한복판에서도 '침략군' 병사들은 마음을 놓지 못했으며, 다른 전쟁에서라면 가장 안전했을 사령부에도 걸핏하면 박격포탄이 날아오고는 했다.

일단 비행기에서 베트남 땅에 내리면 귀국선을 타는 그날까지 어디에서도 전혀 생존을 보장받지 못했던 나라 — 그곳에서는 모든 길이 밀라이로 통했다.

---

*Audie Murphy, 1924~71. 제2차 세계대전에서 가장 많은 24개의 훈장을 타고 미국의 전쟁 영웅이 되어 귀국해서는 1948년부터 배우로 활동했다. 그의 자서전을 영화로 만든 「지옥의 전선(To Hell and Back, 1955)」이 크게 성공을 거둔 다음 주로 서부활극에서 작은 몸집에 동안(童顔)으로 인기가 높았으며, 베트남을 무대로 한 그레이엄 그린의 소설을 영화로 만든 「조용한 미국인」에서도 주연을 맡았다.

어디가 적지이고 어디가 안전지대인지 전후방을 따로 가려내기가 불가능했을 뿐 아니라, 미군은 옷차림과 생김새가 똑같은 양민들과 베트콩들을 구별해낼 길이 없었다. 한국에서도 전쟁을 하는 동안 민간인으로 위장한 북한군과 피난민을 쉽게 구별하지 못해서 애를 먹었듯이, 베트남에서 미군은 마을로 작전을 들어가면 누구를 죽이고 누구는 살려둬야 할지를 판단하기가 쉽지 않았다.

존 웨인 증후군에 걸려 베트남으로 왔다고 고백한 해병 윌리엄 에어하트는, 모든 농부가 베트콩일지도 모른다는 가능성 때문에, 그가 겪어야 했던 불안감을 이렇게 회고했다.

"돌아서서 보면 어느새 적은 간 곳이 없고, 그래서 결국 민간인들에게 화풀이를 할 수밖에 없었다. 우리들이 작전을 벌일 때는 미군을 보고 도망치는 베트남인이라면 무조건 베트콩이라고 간주하여 사격을 가했다. 그것이 작전의 행동지침이었다. 어느 날 나는 그냥 도망친다는 이유로 논에서 어느 여자에게 사격을 가했다. 그녀는 목숨을 잃었다. 쉰다섯 살쯤 되었던 그 여자는 무장을 하지 않았지만, 당시에 나는 그런 사실을 따질 겨를이 없었다."

에어하트 해병은 이미 밀라이를 향해 가고 있었다.

1965년 봄 다낭 지역에서 미 해병이 개시한 "차단수색(cordon‑and‑search)" 방식은 한국군도 답습했는데, 이 작전의 기본적인 개념은 일단의 부락을 포위한 다음, 따로 격리시킨 주민들에게는 식량과 의약품 따위를 나눠주고 보호하면서, 다른 한편으로는 베트콩들을 색출해 내자는 것이었다.

하지만 이론과는 달리 실제 작전에서는 '인도주의적'인 전쟁의 수행 과정이 그렇게 만만치가 않았다. 그래서 에어하트 해병은 이런 고백도 했다.

"우리들은 동이 트기 전에 마을로 진입하여, 집집마다 문을 박차고 들어가 주민들을 몰아냈으며, 동작이 신속하지 않은 베트남인들은 질질 끌고 나오기도 했다. 베트남인들의 시골집은 하나같이 폭격과 포격을 피하기 위해 지하에 방공호를 파놓았는데, 우리들은 그것을 베트콩이 숨을 장소라고 생각해서 모조리 폭파했고, 집도 덩달아 폭파되었다. 농민들이 만일의 경우를 위해 비축해 놓은 쌀이 발견되면, 베트콩에게 주지 못하게 모두 빼앗았다. 저녁이 되어, 쌀을 빼앗기고 닭이 모두 죽고 담이 무너진 집으로 돌아갈 때쯤이면, 베트콩 편이 아니었던 주민은 모두 베트콩의 동조자로 변해 있게 마련이었다."

그리고 작전이 벌어지는 동안 잠깐 동네를 비워 주었던 베트콩은 미군이 철수하자마자 마을로 돌아와 밤의 지배자 노릇을 계속했다.

밀라이 마을에서도 이와 똑같은 과정이 되풀이되었다.

*

베트남전에서는 4천 대 가량의 미군 헬리콥터가 격추되었고, 조종사 가운데 3분의 1이 죽거나 부상을 당했으며, 공격용 헬리콥터 조종사의 평균 수명은 3개월이었다. 그런데도 미군은 헬리콥터 조종사 지원자가 부족했던 적이 없었다고 한다.

전쟁에서는 이렇게 이해가 가지 않는 갖가지 현상이 정상이라고 여겨진다.

1980년 미 재향군인회가 실시한 조사연구 결과에 의하면, 대부분의 참전병은 전쟁이 끝난 다음에도 애국심과 긍지를 잃지 않아서, 베트남으로 가기를 "잘 했다(glad)"고 생각하는 재향군인이 71퍼센트이고, 베트남 경험이 "즐거웠다"고 답한 사람이 74퍼센트이며, 66퍼센트는 "기꺼이 전쟁터로 다시 가겠다"고 응답했다.

그렇다면 전쟁에 반대했던 그 많은 사람들은 다 어디로 가서 무슨 생각을 하며 살아가는지, 한기주는 참으로 이해가 가지 않았다.

빙딩 성에서 제1 기갑사단 소속으로 복무한 마크 스미드(Mark Smith)는 베트남에 첫발을 디딘 순간부터, 한기주도 그랬고 다른 많은 한국 병사들이 그랬듯이, 그곳의 아름다운 풍경에 매료되어, 푸른 산과 들판과 논이 이루어놓은 기하학적인 무늬를 보고는, 베트남 농부들이 타고난 수학자(數學者)들인 모양이라고 감탄했었다. 하지만 의무관 로널드 글래서가 『1년 365일』에 기록한 "최종 병리학적 진단(Final Pathological Diagnosis)"은 베트남의 진실을 완전히 다른 모습으로 보여주었다.

그가 발을 떼는 순간 지뢰가 터졌고, 그는 3미터나 공중으로 치솟았다. 의무병이 마침내 그에게 접근했을 때는 오른쪽 다리가 이미 없어졌고, 왼쪽 다리는 허벅지까지 너덜너덜해진 상태였다. 폭발로 인해서 그의 군복은 엉덩이 부분이 그을렀으며, 음경과 고환뿐 아니라 항문과 복부의 아래쪽 일부가 화상을 입었다. 의무병은 그에게 몰핀 주사를 놓아주었다. 후송 헬리콥터가 날아와서 그를 꽝찌 근처의 제27 야전병원으로 옮겨서는, 음경과 고환을 잘라내고, 복부를 손질하고, 왼쪽 신장과 대장 15센티미터를 제거하고, 간을 봉합하고, 결장을 절개하여 인공 항문을 만들고, 오른쪽에 요관누공(尿管瘻孔)을 설치하는 수술도 했다.

제27 야전병원에서 사흘을 보낸 다음 그는 요꼬다 공군기지를 거쳐 일본으로 후송되었다. 요꼬다에서 그는 헬리콥터에 실려 캠프 자마 육군병원으로 옮겨왔다. 그의 왼쪽 다리는 왼쪽 엉덩이를 탈구(脫臼, disarticulation)시켜 제거했고, 오른쪽 엄지손가락과 왼쪽 검지는 상처를 봉합했다. 수술로 생긴 상처를 덮어 줄 피부가 모자랐기 때문에 손발이 잘린 부분은 터진 대로 그냥 내버려두어야 했다. 항생제를 아무리 많이 썼어도 그의 상처들은 감염이 되었다. 병동에서 나흘째 되던 밤에 그는 자살을 시도했다. 엿새째 되는 날 그는 소변의 배출량이 줄기 시작했고, 실험실에서는 그의 혈관에서 뽑은 박테리아를 배양하기 시작했다. 7일째 되던 날 그는 절명했다.

아홉   바보 만들기를 위한 소도구

존 웨인 환상과 수학자들이 가꾸어놓은 풍경이 참혹한 죽음의 환멸로 이어지던 갖가지 혼란은 좌절감에 빠진 수많은 미국 병사들을 차츰차츰 밀라이의 발광상태로 몰고 갔다.

전쟁을 끝내고 고향으로 돌아와서도 한참이 지난 다음, 한기주는 로널드 글래서가 『1년 365일』에서 "최종 병리학적 진단"에 서술해 놓은 처참한 죽음에 관한 글을 읽고, 고환과 음경과 항문이 없어지고 위쪽으로만 반 토막이 남은 인간이라면, 그것은 전쟁이 아닌 다른 이유로 고향집에서 편히 죽은 자의 몸에 아직 매달려 힘없이 축 늘어진 고환과 음경이나 마찬가지로, 참으로 쓸모도 없고 슬픈 존재라고 생각했다.

그리고 또 그는 생각해 보았다. 왜 수많은 전쟁영화에서는 영광된 죽음만 보여주고, 이렇게 참혹한 진실은 보여주지 않았을까?

그것은 아마도 사람들은 용감한 자들의 아름다운 모습만을 영화에서 보고 싶어하기 때문이리라고 그는 생각했다. 어두운 극장에 모여, 시간에 맞춰, 돈을 내고, 다 함께 영광된 죽음을 구경하는 행위란 종교 의식을 연상시킨다는 생각도 들었다.

그렇다면, 극장에서 보여주는 영화를 제쳐둔다고 하더라도, 한국의 언론에서는 왜 그런 진실을 보여주지 않았는지를 한기주는 생각해 보았다. 아마도 그것은, 베트남에서 전사한 장병들의 유해를 아무도 보지 못하게 야간에만 김포공항을 통해서 들여왔던 이유와 마찬가지로, 가서 싸우라고 젊은이들을 계속해서 전쟁터로 보내기 위해서라면, 애국적 전쟁영화와 군신 이야기와 씩씩한 대한 남아들에 관한 미담 기사는 '국익'에 도움이 되겠지만, 글래서 군의관의 "병리학적 진단"은 그렇지 못하기 때문이리라고 그는 생각했다. 얼굴에 최루탄이 박혀 죽은 김주열의 사진 한 장이 이승만 정권 시절 4·19 혁명에 어떤 영향을 끼쳤는지를 생각하면, "병리학적 진단"을 글이 아니라 사진이나 영상으로 제시했을 때의 충격이 얼마나 파괴적일지는 쉽게 상상이 갈 만한 일이었다.

한기주가 베트남에 간 지 얼마 안 되어서, 아직 수학자들이 가꾸어 놓은 시골 풍경과 따이한 영웅담과 낭만적인 체험의 울타리 너머에서 벌어지는 전투의 야만적인 진실을 제대로 알지 못했을 때, 어느 작전을 종군하고 나온 통신대의 사진병(combat photographer) 박일남 상병이 며칠 동안 촬영해온 보도용 사진 한 뭉치를 가지고 정훈참모부로 왔다. 그는 작전 결과를 홍보하기에 알맞은 사진들을 책상에 늘어놓고, 한기주가 설명문(caption)을 쓰도록 도와주기 위해 사진 하나하나를 언제 어디에서 찍은 어떤 장면인지 설명해 주었다. 그러더니 그는 통신대로 돌아가기 전에, "아마 이것은 기자들한테 나눠줄 수 없는 내용이겠지만, 그냥 한 번 보기나 하라"면서, 아무런 구체적인 설명도 없이, 봉투 하나를 더 한기주에게 내주었다.

한기주는 그날 저녁식사를 굶었다. 박 상병이 가져다 준 두 번째 봉투에서 나온 십여 장의 사진에 찍힌 베트콩 시체가 C-레이션 깡통에 담긴 고기 조각들과 너무나 똑같아서 구역질이 났기 때문이다.

*

한기주는 베트남에 가기 전에도 전쟁터에서, 아군과 적군을 가리지 않고, 죽은 사람들의 시체를 많이 보았다. 한국전쟁 당시에는 피난을 갔다가 소사* 외할머니 집으로 돌아오는 길에, 소래산을 넘은 다음 복숭아밭에 즐비하게 흩어진 수많은 시체를 보기도 했다. 그는 나중에 아버지의 시신도 보았고, 자기보다 여동생 둘이 먼저 세상을 떠났으며, 다른 사람들을 염하는 장면을 지켜보기도 했다.

그럴 때마다 그는 죽음에 대한 두려움과 절망감과 슬픔을 느끼기는 했지만, 그날 백마부대 정훈참모부로 박 상병이 가져다 준 사진에서 베트콩들의 시체를 보았던 때처럼 인간의 존엄성을 모욕하는 물적 증거를 접했던 적은 없었다.

그것은 지극히 초라해진 인간의 모습을 자화상으로 제시함으로써 굴욕과 분노를 자극하는 사진들이었다. 아군이 터뜨린 클레이모어에 당했는지 아니면 지뢰를 밟았는지 몰라도, 사진의 베트콩들은 "병리학적 진단"에서 표본

---

*지금의 부천시.

화한 미군 병사나 마찬가지로 완전히 반 토막이 나서, 하반신은 몽땅 없어지고, 머리와 두 팔은 밀랍인형(wax dummy)처럼 말짱한 채로, 가슴 밑에 너덜너덜 찢어진 복부가 절반쯤만 남아 내장이 논바닥으로 마구 쏟아진 괴이한 모습이었다.

이제는 물론 우리나라에서도 연쇄살인이나 우발적 방화 그리고 토막살인이라는 잔혹행위까지도 우리 주변에서 별로 낯설지 않은 현상이 되어 버렸지만, 거의 반 세기 전에 벌어졌던 베트남전에서만 해도 웬만한 야만성은 인류의 지탄을 받았고, 그래서 추악한 진실 가운데 많은 부분을 숨겨야 했으며, 일반대중은 금기로 분류된 '군사기밀'의 내용을 공적인 정보로 접할 기회가 없었다. 군사적인 죽음에 관한 시각적인 정보는 특히 그러했다. 그러므로, 갓 대학을 졸업한 젊은 한기주로서는, 어디에서도 접하지 못했기 때문에 더욱 충격적이었던 그런 사진을 차마 현실로 받아들이기가 어려웠다.

그리고 그 사진들은 한기주로 하여금, 비록 세상의 모든 죽음이 슬프고 무섭기는 해도, 인간이 만든 무기에 의해 전쟁터에서 파괴된 인간의 주검은 특히 무섭고 슬프다는 생각이 들었다. 전장에서 찢겨 죽은 어느 누구도, 헐리우드 영화나 한국 반공영화에서처럼, 거룩하거나 아름다운 영웅의 모습은 아니라고 믿게 되었기 때문이었다.

*

『1년 365일』의 "최종 병리학적 진단"에서 서술한 병사의 죽음, 그리고 백마부대 사진병이 전투 현장에서 찍기는 했지만 어느 신문에도 실리지 않았던 반 토막짜리 베트콩들의 시체 못지않게, 한기주의 눈에 충격적이었던 보도 사진은, NHK-TV「아시아의 발언」에서 그가 대담을 나눴던 이시까와 분요(石川文洋)가 1967년 떠이닝 성에서 미 제25 사단의 작전을 종군하다 촬영한 장면이었다.

미군 기지를 야간에 공격하다 매복병에게 걸려 M-79 총류탄발사기에 정통으로 맞은 베트콩의 시체는 가슴과 복부가 완전히 없어져, 두 다리는 배꼽 이하만 남아 풀밭에 나뒹굴었고, 머리에는 어깨와 한쪽 팔만 붙어 있었다.

▲ 이시까와 분요의 사진을 보면, 전쟁의 어떤 대의명분도 납득이 가지 않는다.

이 처참한 주검의 위쪽 3분의 1 토막을 미군 병사가 땅에서 집어들고 보여주는 이시까와 기자의 사진을 보고 한기주는, 그렇게 너덜너덜하게 찢어진 짐승의 토막이 전쟁 영웅의 참된 모습이라는 깨우침을 얻었고, 아마도 지구상에서 인간이 가장 야만적이고 위험한 동물이며, 세월이 흐를수록 그들은 전쟁터에서 첨단 기계로 '적'을 괴롭히는 기술을 발전시켜 가면서 점점 더 야만스러워지는지도 모르겠다는 생각을 했다.

정복과 약탈을 위해 벌어진 어떤 전쟁도 도덕적이라고 주장할 만한 근거가 애초부터 없기는 했지만, 그나마도 아더 왕의 전설과 더불어 전쟁의 신사도가 사라지고, 제2차 세계대전과 더불어 인류공존의 이상적인 목적의식 또한 종말을 맞고, 절박한 생존과는 거리감이 생겨난 이념을 위해 온갖 잔인한 살육을 벌인 한국전쟁을 거쳐, 전쟁행위는 점점 부도덕하고 치졸해지는 국지적 분쟁의 형태로 되풀이된다고 한기주는 생각했다.

전후방도 없이 서로 마구 뒤엉켜 잔혹한 폭력을 무기로 삼았던 베트남전에 이르러서는, 갖가지 만행에 양편이 점점 익숙해져서, 인간의 의식에서는 그런 동물적인 행위를 아무렇지도 않게 저지르는 자신에 대한 혐오감조차 사라졌다. 반복되는 전투와 주검과의 만남은 인간을 짐승으로 만들었고, 증오와 야수성에 조금씩 최면과 면역이 되어 양심적 존엄성에 무감각해진 나머지, 인간은 결국 아무런 가책도 느끼지 않으며 밀라이에서 학살을 자행하기에 이르렀다.

*

낭만적인 모험을 동경하다가 어느덧 전쟁 자체를 혐오하게 되자, 그의 상상력 역시 잔혹한 쪽으로 심하게 기울어진 모양이어서, 한기주는 『1년 365일』에서처럼 지뢰에 희생된 부상병들에 관한 글을 읽으면, 야전병원에서 그들을 수술하며 절단한 다리는 어떻게 처리하는지 가끔 엉뚱하고도 기묘한 궁금증을 느끼고는 했었다.

다리를 절단하자마자 부상병이 숨을 거두면, 잘린 다리도 상반신과 함께 똑같은 장례 절차를 거칠까?

아니면 쓰레기처럼 그냥 버릴까?

버리면 어디에 버리나?

인간의 일부였었다는 사실을 존중하는 의미에서 따로 보관했다가 화장시키는가, 아니면 일반 쓰레기와 함께 그냥 매장하나?

　그가 부상병들에게서 잘라낸 다리에 관심을 갖게 된 이유는 베트남 참전 미군 장병들 가운데 고엽제나 전쟁 후유증 못지않게 지뢰에 다리를 잃은 사람이 매우 많다는 인상을 받아서였다. 그리고 지뢰 못지않게 미군들에게 두려움과 굴욕감을 주던 베트콩의 무기가 노골적으로 "멍청한 놈들이나 걸리는 덫"이라는 뜻의 이름을 붙인 위장폭탄 '바보덫(booby trap)'이었다.

　밀림에서 병사들이 자주 다닐 만한 곳이나, 이미 전사한 적과 전우의 시체에 폭발물을 몰래 숨겨놓고, 눈에 잘 보이지 않는 낚싯줄 따위로 연결하여 누가 건드리기만 하면 터지게 만들어 놓은 '바보덫' 장치는, 들짐승을 잡는 올무처럼 원시적인 무기여서, 거기에 희생되는 인간의 자존심을 매우 상해주게 마련이었다. 한국 병사들은 그래서 나뭇가지 하나라도 쓸데없이 건드리지 않기 위해 소매를 고무줄로 묶고 작전에 나가고는 했지만, 미군들은 전쟁 기념품을 챙기느라고 베트콩의 깃발 따위를 찾기 위해 적의 시체를 뒤지다가 자주 희생이 되었다. 이렇게 베트콩은 전우의 시체까지도 바보 만들기를 위한 소도구로 활용했다.

　'침략군' 사령부나 기지를 공격할 때 사용했던 주무기 로켓포와 박격포, 그리고 저격병이나 해방전사들의 개인화기인 소련제 AK-47 공격용 자동소총을 만일 공산군의 공식 무기라고 한다면, 지뢰와 바보덫말고도 베트콩 메뚜기들이 흔히 사용했던 무척 다채로운 변칙 무기는 골리앗을 무너뜨린 다윗의 돌팔매줄만큼이나 미국 코끼리들을 황당하게 괴롭혔다.

　널빤지에 쇠꼬챙이를 박고 미늘이 갈라진 끝에다 오줌을 발라 발이 찔리면 파상풍을 일으키게 하는 원시적인 무기에서부터, 눈에 보이지 않는 줄을 건드리면 실탄을 격발하여 가슴 높이로 총알이 날아와 박히도록 설치한 쥐덫도 흔했고, 아무렇게나 던져놓아도 발딱 일어서서 발바닥을 꿰뚫게 만든 쇳조각 마름쇠는 우리나라에서 임진왜란 때 사용하던 옛날 무기였다.

　베트콩은 나뭇가지나 덤불 속 또는 진흙 속에서 발사되도록 곡사포탄이나 박격포탄을 걸어 놓기도 했고, 땅바닥에서 튀어나오며 폭발한다고 해서 미군들이 "뛰는 베티(Bouncing Betty)"라는 이름을 붙여준 장치도 자주 사용했다. 팀 오브라이엔(Tim O'Brien)은 그의 회고록 『내가 전투지역에서 죽는다면(*If I Die in a Combat Zone*)』에서, 온갖 다양한 '덫'이 걱정되어 밀림에 들어가면 납작한 바위나 잡초를 밟기도 겁이 나서, 타잔처럼 덩굴을 잡고 날아다녔으면 좋겠다는 생각이 들었노라고 술회하기도 했다.

사립짝이나 말뚝에 길고 날카로운 대나무 꼬챙이를 여러 개 박아 나뭇가지에 매달아 두었다가 그네처럼 떨어져 내려와 얼굴과 가슴과 복부까지 만신창이로 만들어 놓는 말레이시아 대문(Malaysian gate)은 어찌나 끔찍한 결과를 가져오는지, 존 웨인의 「특공 그린 베레」가 우리나라 텔레비전에서 방영될 때는 미군 병사가 이런 장치에 희생되는 장면을 시청자들에게 보여주지 않으려고 아예 미리 삭제했을 정도였다.

그런가 하면 땅굴 입구에 독사를 줄줄이 매달아 놓기도 하고, 죽창을 심은 '호랑이 함정'도 파놓았으며, 대형 화살로 헬리콥터를 공격하는 석궁까지 설치했다고 하니, 베트남의 밀림에서는 정말로 원시전쟁이 벌어졌던 셈이었다.

*

메뚜기들은 낡은 축전지로 지뢰를 만들기도 하고, 추락한 비행기나 온갖 미제 물건 쓰레기로 기묘한 각종 무기를 생산해서 전투에 활용했다. 최첨단 무기와 장비를 거느리고, 능률적인 정글화를 신고, 밀림을 누비는 세계 최강대국의 병사들은, 타이어를 찢어서 만든 샌들을 신고 '잠옷' 차림으로 숨어서 도망 다니는 베트콩들이 여기저기 심어놓은 이러한 초보적인 공격 수단에 당하고 나면, 용맹한 호랑이가 간교한 인간에게 멸종을 당하는 듯 분개하게 마련이었다.

하지만 그것이 베트남전의 본질이요 기본 양상이었다. 누가 설치한 덫인지 알지도 못하고, 심지어 적이 지켜보지도 않는데 혼자서 당하는 치욕은 참기가 힘들 지경이어서, 코끼리들을 더욱 짜증스럽게 만들어 사기를 저하시켰다. "정정당당하게 나와서 맞서 싸우지 못하고 숨어서 약을 올리기만 하는 비겁한 적"에 대한 짜증이 몇 달씩 누적되고 나면, 그것은 야만적인 분노로 자라날 수밖에 없었으리라고 한기주는 생각했다.

그러한 짜증스러운 감정은 저격병으로 인해서 더욱 심한 자극을 받았다. 어디엔가 안전하게 몸을 숨긴 메뚜기 저격병은 정확한 사격술로 단 한 발만 총을 쏘아 미군이나 한국군 병사 한 명을 사살하고는, 거기에서 공격을 중단하는 경우가 많았다. 그러면 몇 명의 베트콩이 어디에 매복했는지 알 길이 없는 미군들은 놀라고 겁에 질려 여기저기 몸을 숨기고 아무 데나 총질을 하며 법석을 부리기가 보통이었다. 그런 우스꽝스러운 광경을 느긋하게 지켜보며 즐거워할 베트콩의 치사하고도 얄미운 모습을 상상하면, 좌절감과 열받기(frustration)는 가히 폭발 직전까지 이르게 마련이었다.

이렇듯 속수무책으로 보이지 않는 저격병들에게 당하기만 하는 밀림전(密林戰, jungle war)에 대해서, 일본으로 후송된 제1 공정단 소속의 미군 병사는 화가 나고 답답한 심정을 이렇게 토로했다.

"우린 밀림전에서 벗어나야 해요. 아군의 화력이라면 정규군쯤은 그냥 쓸어버리기에 충분해요. 하지만 우린 나무들하고 숲에다 대고 총질을 하잖아요."

열 폭격을 맞으며

1971년 4월 10일 새벽에 베트콩 간부 레휘면을 따라 산으로 들어가겠다는 결정을 내린 응웬딩롱이 길을 떠나기 위해 간단히 짐을 챙기러 집으로 갔을 때, 아버지는 이렇게 될 줄을 벌써부터 알았다는 듯, 미리 준비해 두었던 코끼리 창자 한 줄을 내주었다. "코끼리 창자"는 베트콩들이 쌀을 채워 간편하게 어깨에 둘러메고 다니도록 만든 기다란 자루를 가리키는 말이었다.

그리고 아버지는 숲으로 들어가 전쟁이 끝날 때까지 죽지 않고 계속해서 싸우려면 항상 주위를 잘 살펴야 한다면서, 시력이 좋아진다는 과일 롱냔도 한 주머니 챙겨 롱의 손에 쥐어 주었다. 북쪽 지방에서 생산되는 롱냔을 아버지가 언제 때맞춰 구해 두었는지는 모르겠지만, 어쨌든 아버지는 롱이 해방전선의 전사가 되기를 오랫동안 기다려 왔던 눈치였다. 아버지는 심지어 "롱냔(long nhãn, 龍眼)은 '용의 눈'이라는 뜻이기 때문에 내 아들 롱(龍)에게는 특히 효과가 크겠다"는 말도 했지만, 전혀 웃지를 않았기 때문에 그것은 농담으로 한 말이 아닌 모양이리라고 롱은 생각했다.

가족에게 작별인사를 끝내고 고향을 떠나려는 롱에게 아버지는 "결국 북쪽이 이길 테니까 희망을 버리지 말아야 하며, 고향이나 가족은 생각하지 말고 열심히 싸워야 한다. 그리고 네가 꼭 살아서 돌아오기를 바라지만, 만일 죽어야 한다면 목숨을 아까워하지 말라"고 그랬다.

그리고 아버지는, 산으로 들어가기 며칠 전부터 둘째 형이 리엔더러 행동을 같이 하자고 서너 차례나 청했었지만, 누나는 서로 죽이는 양쪽이 다 싫다면서 단호하게 거절했다는 얘기도 해주었다. 힐끗 리엔 누나를 곁눈질하는 아버지의 시선에서는 섭섭한 표정이 엿보였지만, 롱은 그것이 미군에게 몸을 버리고 집안에 수치를 가져온 딸이 못마땅해서인지, 아니면 조국을 위해 목숨을 바칠 용기가 없는 딸에 대한 섭섭함 때문인지 얼른 판단이 가지를 않았다.

리엔 누나는 롱이 마을을 떠나고 몇 주일 후에, 혼혈아를 낳게 되리라고 수군거리는 마을사람들의 손가락질과 비웃는 눈초리를 견디다 못해, 한밤중에 집을 빠져나가 종적을 감추어 버렸다.

*

베트콩 전사가 된 응웬딩롱이 배치된 곳은 '검은 여인의 산(Hòn Bà Đen)'에 본부를 둔 해방전선 공격부대였다. 흑록색 밀림이 워낙 울창해 시커멓게 보이는 '검은산'은 캄보디아 국경 쪽으로 뻗어나간 제22번 도로의 길목에 위치했으며, 도로를 따라 반대 방향으로 가면 떠이닝과 꾸찌를 거쳐 사이공으로 연결되었다.

아무리 공격부대 소속이라고는 하지만, 거의 반 년 동안 롱은 어떤 전투에도 참여했던 적이 없었다. 연대본부의 작업반 소속인 그는 탄약과 다른 보급품을 운반하거나, 폭격으로 망가진 참호와 도로를 보수하고, 지하 시설을 구축하기 위해 땅을 파는 일을 하면서 대부분의 시간을 보냈다. 하지만 며칠이나 몇 주일, 심지어는 한 달 이상이 걸려 애써 보수하고 겨우 구축한 시설물들은 B-52 폭격기들이 한 차례 산을 융단폭격으로 두들기고 지나가면 다시 엉망진창이 되고는 했다.

산으로 들어오기 전까지는 롱이 본 적도 없고 애기도 들어보지 못했던 B-52 폭격기는, 특히 국경지대가 가까운 곳에 배치된 해방전사들에게는, 쉴새 없이 무너지는 하늘만큼이나 끔찍한 공포의 대상이었다. 까마득히 높은 곳에서 거대한 폭격기들이 쏟아대는 온갖 폭탄이 터지는 소리에 1킬로미터 밖에서도 동지들은 고막이 터져 귀머거리가 된 사람이 적지 않았고, 몇백 미터 떨어진 곳에 폭탄이 떨어져 참호의 흙벽이 무너지면, 속에서 웅크리고 숨어 있던 전사들이 생매장을 당했다.

특히 호찌밍 산길에서는 B-52 폭격으로 희생된 동지들이 많았지만, 고위 사령부에 배속된 장교나 민간인 지도자는 구정공세가 벌어진 1968년부터 1970년 사이에 단 한 명도 목숨을 잃지 않았다고 했다. 오끼나와나 괌에서 이륙한 폭격기들이 남지나해를 통과하는 동안 소련의 정보수집용 트롤 어선들이 그들의 항로와 항속을 계산하여 해방전선 본부로 알려주고, 해당 지역에서는 미리 안전하게 방공호로 대피를 하기 때문이었다. 태국에서 출격하는 폭격기들도 레이다나 관측망에 모조리 잡혀 역시 전선으로 공습경보가 전달되었다.

이렇게 B-52 폭격기의 활동이 치밀한 감시를 받는다는 사실을 미국에서도 환히 알았고, 화가 난 린든 B. 존슨 대통령은 1966년 7월 백악관에서 안보회의를 소집하고는 맥나마라 국방장관에게 "우리들이 아직 행동을 하기도 전에 어떻게 베트콩이 먼저 알아내느냐"고 물었다. B-52 폭격기가 목표지점에 도착하기도 전에 적이 미리 도망치는 이유가 무엇이냐는 질문에 맥나마라는 베트콩 첩자들이 베트남 정부군에 깊이 침투했기 때문이라고 설명했다. 그렇다면 거꾸로 미국은 북 베트남으로부터 과연 어떤 정보를 뽑아내느냐고 대통령이 물었더니, 맥나마라는 정찰과 기계로만 정보를 수집하는 탓에, 지상에서 벌어지는 전투 상황에 관한 정보는 잘 모른다고 대답했다.

*

'검은산'이 자주 폭격을 당했던 까닭은 미 공군이 "아침밥(Breakfast)"이라는 암호명까지 붙여놓은 요충지와 거리가 가까웠기 때문이었다.

아침밥은 민족해방전선과 임시혁명정부 그리고 남보중앙사무국 같은 주요 거점이 집결한 곳이었다. 아침밥과 그 인근 일대에 배치되기는 했어도, 신속한 통신망을 제대로 갖추지 못한 예하부대의 고립된 병력은 대형 폭격기에 자주 희생이 되기는 했지만, 주요 사령부의 베트콩 간부들은 적의 빈번한 출격을 민방공훈련 정도로만 여겼다.

B-52 편대가 어디엔가 하늘에서 모습을 드러내면, 우방인 소련에게서뿐 아니라, 베트남 정부군에게서도 적기가 몰려온다는 정보를 신속하게 뽑아내고, 이렇게 긴급 사항이 아침밥 사령부에 전해지면, 시간이 별로 없을 때는 방공호로 피신하고, 도망칠 여유가 넉넉하면 너도나도 냉큼 코끼리 창자를 몸에 두르고 몇 가지 중요한 물건만 챙겨 가지고는, 뛰거나 자전거를 타고 재빨리 하산하여 안전지대로 피신했다.

그렇게 해서 인명 피해는 별로 없었지만, 어쩌다 연대본부가 직격탄이라도 맞았다 하면, 단단한 티크나무만 불탄 기둥처럼 남겨두고 초토화한 시설을 복구하느라고 시간이 꽤 많이 걸렸으며, 파괴가 너무 심한 경우에는 노출된 위치를 버리고 아예 다른 골짜기로 본부를 옮겨가기도 했다.

그들이 폭격을 피해 도망치는 교통수단으로 사용하던 자전거는 사이공 지역에 주둔한 정부군 5사단과 18사단을 통해서 구한 장비였다. 정부군으로부터 자전거를 구해다 주던 50대의 남자를 동지들은 '보급계'라고 불렀는데, 워낙 높은 사람들만 상대하여 롱은 직접 만난 적이 없던 그는 돈만 많이 내놓으면 자전거뿐 아니라, 요즈음 일본에서 마구 쏟아져 들어오는 혼다와 스즈끼 스쿠터는 물론이요, 필요하다면 수류탄도 구해다 주겠노라고 큰소리를 쳤다.

◀

북 베트남이 자전거 따위의 운송 수단으로 전쟁
물자를 남하시키는 바람에 미국은 B-52 폭격기의
위력이 별로 효과가 없다는 결론을 내렸다.

▲ 폭격으로 무너진 수로를 북 베트남 주민들이 개미 떼처럼 몰려나와 삽시간에 복구작업을 벌인다.

샤또 블랑을 드나들던 이중첩자들처럼 북인들과 남인들 사이에서 교묘하게 줄타기를 하며 돈벌이를 하던 보급계는, 혁명임시정부의 재무부가 각 사단을 연결하는 물자 보급망을 완전히 구축한 1970년대 초에, 장사가 잘 안 되어서인지 더 이상 산으로 들어오지를 않았다.

*

응웬딩롱에게 어떤 임무를 맡기면 좋을지 좀처럼 판단이 서지 않아서이기라도 한 듯, 상부에서는 혁명전쟁을 직접 수행하는 전투 과업들은 제쳐놓고, 온갖 하찮은 잡역만 돌아가며 그에게 맡겨서, 계속 전투 훈련을 받는 틈틈이 그는 채소를 가꾸었는가 하면, 야자잎으로 지붕과 벽을 엮어가며 막사를 짓기도 하고, 심지어는 전투에 나간 동지들의 밀린 빨래를 대신 하고, 능선과 골짜기를 몇 차례 넘어 출장까지 나가면서 황깜(Hoàng Cam) 부엌 공사에도 동원되었다. 황깜 장군이 설계했다는 이 부엌은 굴뚝을 땅 밑으로 길게 뽑아서 연기가 흙 속으로 거의 모두 빨려 들어가 공중정찰을 하는 적에게 진지의 위치를 노출시키지 않도록 특별히 고안한 아궁이였다.

해방전사들을 위한 훈련에서는 사상학습이 무척 많은 부분을 차지해서, 잡역으로 보내지 않는 대부분의 시간에는 간부들이 돌아가며 시사적인 내용과 정치 및 군사 문제, 그리고 혁명의 역사를 집중적으로 가르쳤다. 하지만 복잡한 공산주의 이념 교육 따위는 별로 시키지 않았으며, '박호'*가 지어낸 표어를 주제로 삼은 교훈적이고 선무적인 강연이 대부분이었다.

롱은 그와 함께 입산한 다른 소년 동지들과 함께, 총이라고는 아예 만져보지도 못했을 때부터, 전투 수칙에 대한 이론적인 교육만큼은 철저히 받았다. 베트콩이라면 모름지기, 마오쩌둥의 가르침에 따라, 적이 전진하면 피해를 줄이기 위해 후퇴하고, 적이 멈추면 오히려 쫓아다니며 괴롭히고, 적이 전투를 피하려고 하면 거꾸로 집요하게 공격을 가하고, 적이 지치고 짜증스러워 후퇴하면 악착같이 추격하면서 약을 올려야 한다고 간부들은 가르쳤다.

---

*Bác Hồ, "호찌밍 아저씨"라는 뜻, 영어로는 Uncle Ho

이러한 네 가지 유격전 원칙에 보응웬지압 장군은 여섯 가지 행동 지침을 추가했으니, 허락을 받기 전에는 어떤 물건에도 손을 대지 말고, 절대로 질서에 어긋나는 행동을 하지 말고, 활동하는 지역의 풍습을 몸에 익혀 그대로 행하고, 가난한 농부들과 함께 지내며 그들의 일을 돕고, 항상 선전사업을 게을리 하지 말고, 농민들을 위한 학습 단체를 만들고는 그들의 공개 집회에 빠짐없이 참석하라고 지시했다.

1966년 후에에서 불교도들이 두 번째로 봉기하여, 정부군끼리 내전 상태에 돌입하고 반미 구호가 길거리에 등장한 다음에야, 전투 못지않게 민심이 중요하다는 사실을 깨달은 남 베트남과 미국 정부가 뒤늦게 베트콩 전략을 모방하여 혁명개발계획(RD, Revolutionary Development Program)을 추진했지만, 이미 때가 늦어버렸다. 59명으로 구성된 선전반이 마을마다 찾아가 인민을 돕는다고 수백 가지 사업을 벌여 해방전선 쪽으로 멀찌감치 기울어버린 인민의 지지를 얻으려고 했으나, 늘 그렇듯 자존심이 강한 사이공의 관료들과 신속한 실적 위주의 미국 관리들은 제대로 손발이 맞을 리가 없었다.

그뿐 아니라 RD 선전반은 주도권을 놓고 지역 관리들과 마찰을 빚기가 십상이었고, 갈팡질팡하는 정부 정책을 주민들이 미더워하지 않았는데다가, RD 계획에 따라 진주한 정부군이 밀린 세금을 모조리 받아가고 동네 닭과 돼지까지 빼앗다 잡아먹는 민폐를 끼치는 바람에, 민심을 사려는 본디 목적에서 별다른 성공을 거두지 못했다.

그런가 하면 베트콩의 세력이 미치는 불안정한 지역에서는, 해방전선 간부들이 자주 침투해 들어가서 RD 요원들에게 겁을 주어 쫓아버리기도 했다. 1966년 7개월 동안에 베트콩들이 목을 베어 제거한 혁명개발계획 요원의 수만 해도 3천15명에 이르렀다. 베트콩이 이렇게 '학살'을 널리 자행했어도 주민들이 정부군보다는 공산주의자들의 편을 들었던 까닭은, 해방전선이 숲의 전사들에게 협조하지 않고 정부를 위해 일하는 자들만을 선별하여 죽인 반면에, 미군과 정부군은 "베트콩의 숫자만큼이나 주민을 무차별적으로 죽이는 폭격"을 예고도 없이 서슴지 않고 여러 마을에 퍼부었기 때문이라고 『수

링에 빠진 베트남』에서 제임스 피커렐은 지적했다.

*

한기주는 한국전쟁 동안에, 유엔군이 어느 마을에나 들이닥치면, 부대에서 빠져나온 미군들이 집집마다 찾아들어가 여자들부터 겁탈했던 공포의 밤을 환갑의 나이가 훌쩍 넘은 지금까지도 생생하게 기억했다.

초등학교 2학년이었던 그때 그는 왜 해방군이 밤이면 밤마다 그런 나쁜 짓을 하고 돌아다니는지 좀처럼 이해가 가지 않았었다.

하지만 훗날 만들어진 어느 반공영화에서라도, 국군이나 미군이 남한 여자를 강간하는 장면이 등장했다 하면, 당장 검열과 반공법에 걸려 처벌을 받았다. 아군은 절대로 나쁜 짓을 하지 않는다는 원칙에 어긋나기 때문이었다. 그래서 어느 국산영화에서는 아군이 마을 여자를 강간하는 장면을 삽입하기 위해, 공산군이 먼저 강간을 범하는 추가 장면을 나중에 새로 찍어 집어넣기까지 했다.

전쟁 발발 당시에, 인민군은 남침을 하기에 앞서서, 민족의 통일을 위한 과업을 수행하는 과정에서 절대로 범죄적인 강간을 범해서는 안 된다고 철저한 사상 지도를 받았다는 얘기가 서울 거리에 널리 나돌았다. 한기주가 살았던 마포의 공덕시장 어른들도 분명히 그런 얘기를 했고, 어린 한기주는 공산군의 강간사건에 대한 얘기를 주변에서 들어본 적이 없었다. 비록 온갖 잔혹한 학살의 만행을 저질렀을지언정, 물고기가 활동하는 터전인 인민의 바다를 확보하려는 노력만큼은 인민군도 게을리 하지 않았던 모양이었다.

총질과 살육보다 민심이 전쟁의 향방을 훨씬 더 크게 움직였다고 여겨지는 베트남에서도, 민심은 그렇게 군인들의 작고 세심한 배려에 따라 움직였다.

*

입산하여 교육을 받는 사이에 응웬딩룽은, 전에 생각했던 것보다 훨씬 빨리, 북쪽의 승리로 전쟁이 끝나리라는 희망을 갖게 되었다. 미군과 정부군의 관계가 탐탁하지 못하다는 판단에서였다.

B-52 폭격에서처럼, 작전 정보가 자꾸 누설되는 바람에 미국은 정부군을

신뢰하지 못하여 아예 베트남 장병들이 기지에 접근하지 못하도록 막았고, 주요 작전의 자세한 내용도 가급적이면 통고하지 않았다. 미군은 노골적으로 정부군을 혐오하거나 깔보는 경향이 심해졌는가 하면, 자존심이 강한 베트남인들은 그들대로 미군 고문단의 지시를 호락호락 따르려고 하지 않았다. 그러니 남보와 미국의 협조 체제는 부실하여 힘을 못 쓸 수밖에 없었다.

민심을 잡으려던 생각도 미국은 별로 효과를 거두지 못하리라고 판단하여 곧 포기했다. 결실이 가시적으로 나타날 때까지 기다릴 만한 참을성이 부족해서였다. 마을 주변에서 작전을 펼치던 미군들은 전우들이 지뢰와 바보덫에 하반신과 목숨을 자꾸 잃는 반면, 주민들은 별로 다치는 일이 없고 보니, 마을사람들이 모두 베트콩과 내통하여 지뢰를 매설하고 바보덫을 설치한 위치를 환히 알면서도 미군에게만 가르쳐 주지 않는다는 의심을 저절로 갖게 되었다. 그런 주민들의 마음을 돌려놓기는 쉬운 일이 아니었다.

주민들은 또한 "마치 거지들에게 나눠주듯" 식량과 물자를 가져다 주며 "잘난 체하는" 미군의 "역겨운 태도"*를 못마땅하게 생각하여, 인민과 미군은 자연스럽게 적대관계가 점점 깊어지기만 했다.

병사들의 사기면에서 보더라도, 구정공세의 후유증으로 정부군의 탈영은 1968년 최고조에 달했지만, 웨스트모얼랜드도 인정했듯이, "베트콩은 병력 손실을 언제라도 보충하는데 어려움이 없어서," 정치적으로 남보는 군대만 있고 정부는 존재하지 않을 정도로 "웃기는 상태(travesty)였던 반면에, 북쪽은 목적의식이 뚜렷하고 베트콩도 헌신적"**으로 투쟁을 계속했다.

맥나마라 국방장관도 정부군은 탈영병이 급격하게 증가하여 전투 병력이 부족할 지경인 반면에, 베트콩의 병력은 숫자도 늘어나고 전의도 훨씬 강해졌으며, 베트콩이 장악한 남보 지역의 면적도 넓어져서, 도시와 시골을 베트콩이 차단시켜 남 베트남의 경제구조 자체가 붕괴의 조짐을 보인다는 보고

---

* 따옴표에 담긴 표현은 1967년 12월 2일자 미군의 「야전 활동 주간 보고서(Weekly Psyops Field Operation Report)」에서 인용했다.
** 국무성 고위 관리였던 조지 볼(George Ball)의 보고서 내용.

서를 백악관에 제출했다. 그러니 하루에 9천만 달러나 소요되는 전쟁을 무모하게 계속해서는 안 된다며 미국의 반전 여론이 더욱 비등하는 지경이었고, 아무리 코끼리가 아니라 거상(巨象, mammoth)이라고 한들, 메뚜기 떼의 집요한 도전을 더 이상 버티지 못할 터였다.

롱은 전쟁이 너무 빨리 끝나서 그가 나라를 위해 전장에서 싸울 기회를 갖지 못하게 될까 봐 오히려 조바심이 나기 시작했고, 머지않아 끝나게 될 투쟁에 어서 영웅적으로 총을 메고 나서게 될 날을 손꼽아 기다렸다. 하지만 그에게는 여전히 폭격에 주저앉은 다리를 널빤지와 돌멩이와 흙으로 재건하고, 대나무 지게로 보급품을 운반하고, 부상병을 업고 진료소까지 산을 넘어다니는 작업만 계속해서 주어질 따름이었다.

열하나 새로운 탄생

나라가 통일되고 가족과의 재회가 이루어진 다음에야 스스로 밝힌 사실이지만, 응웬딩롱의 아버지는 젊었던 시절 한때, 공산주의가 가난한 세상을 해방시켜 만인에게 자유와 평등을 가져다주리라는 순진하고도 소박한 꿈에 도취되어, 어려운 살림형편에서나마 떠이닝 시의 선동적인 사상가들에게 푼푼이 활동비를 대기도 했었다. 하지만 아버지는 성격이 워낙 용의주도하고 소심해서, 마을사람들이 눈치를 채어 혹시 나중에 무슨 화라도 돌아올까 봐 몸과 입을 어찌나 잘 단속했는지, 그가 가끔 떠이닝을 밤이면 몰래 다녀온다는 사실 자체도 이웃들은 전혀 알지 못했다. 그러다가 제네바 협정과 국토의 분단 이후, 프롤레타리아 천국을 외치던 민족주의자들이 대부분 당국에 잡혀가 고문을 당하고 죽거나 북으로 넘어간 다음, 그는 모든 허황된 꿈을 버리고 "세심거욕(洗心去慾)의 경지"로 물러나 시름시름 살아갔다.

아들 롱은 그러한 아버지와는 대조적으로, 마지못해 반쯤 건성으로 투쟁의 노선을 선택하기는 했지만, 산으로 들어갈 때까지도 사상적으로는 전혀 열렬한 마음이 아니었다. 처음에 그는 긴장된 숲생활이 무척 힘겨웠고, 두 주일도 안 되어 벌써부터 고향을 그리워하기 시작했다. 밤에 경계를 서다가 골짜기에서 물이 흐르는 소리라도 귀에 유난히 들어올 때면, 그는 나무 밑에 앉아 힘없이 담배를 피우는 아버지의 모습이 눈에 선했고, 고향의 푸르른 풍경과 동네 어귀의 야자수들이 보고 싶어졌다. 달이 휘영청 밝은 밤이면 그는 산으로 들어오기를 거부했던 리엔 누나는 요즈음 무슨 생각을 하며 살아가는지 궁금했고, 미군의 아기가 누나의 뱃속에서 얼마나 자랐는지도 궁금했다. 심지어 그는 옆집 랑의 납작하고도 퍽 단단했던 젖가슴이 자꾸만 다시 만져보고 싶어지기도 했다.

그러던 소년 롱이 얼마 후에는 어느새 부모와 고향에 대한 그리움을 철저히 떨쳐버리고, 어서 총을 메고 용감하게 싸움터로 나가기만을 애타게 손꼽아 기다리는 전사로 변신했다. 한기주는 롱이 투사로 다시 태어난 과정이 퍽 궁금했고, 그래서 물어보았다.

*

베트콩의 기본 단위는, 소대나 중대 따위의 재래식 군사조직보다는 공산주의 세계의 전형적인 세포조직에 기초를 두어서, 한 명의 간부가 이끄는 3~5인으로 이루어진 개별 집단이었다. 전투중에 부상을 당하거나 낙오한 전우를 서로 구하고 도와줘야 한다는 형제애(兄弟愛, brotherhood)의 결속감을 바탕으로 삼은 이런 단위는, 전시에 조직 구성원들 사이에서 "누가 도움을 주었고 누구는 도움을 받았다"는 의존심리에 입각하여, 서로 전투와 충성심에서 경쟁을 벌이도록 은근히 부추겼다.

간부로 선발된 자들은 공산당원이 대부분이었고, 프랑스와의 전쟁에 참전했거나 혁명에 평생을 바친 인물들이었다. 이남의 베트콩 부대에 배속된 간부들은 주로 남보 출신으로서, 1954년의 남북 분단 이후 월북했다가 다시 남파된 사람들이 많았다. 북부 태생의 과격한 공산주의자가 파견되면, 사상적 반응이 훨씬 느린 남부 출신 베트콩들의 정치적인 정서 그리고 공산주의 사

◀

응웬딩룽의 설명과는 달리, 미군에게 포로로 잡힌 사진 속의 여성은 두 주일 이상 베트콩을 따라 다니며 성적인 봉사를 했다고 진술했다. 한국군에 잡힌 여성 베트콩들도 남자들에게 '위안'을 주었다는 자백을 한 경우가 적지 않았다. 제임스 피커렐(James Pickerell)이 찍은 사진.

상을 적대시하는 주민들의 경계심에 배치되어 긴장이 조성되는 경우가 적지 않았기 때문이었다.

이렇게 구성된 개별 세포는 간부 한 사람이 이끌었지만, 그들의 본격적인 집단 사상교육을 맡았던 정치간부(political cadre)는 제2차 세계대전 당시의 독일군 친위대(Schutzstaffel, S.S.)나 소련군 인민지도위원(kommissar)과 비슷한 역할을 담당하여, 혁명전쟁의 숭고한 목적과 사명을 따로 가르쳤다.

베트콩 세포조직은 대원들의 나태함과 탈영을 감시하고 막으려는 장치로도 동원되어서, 예를 들면 동지들이 산을 내려갔을 때 마을 처녀와 '연애'를 못하게 서로 감시하는 부수적인 역할에서도 효과적이었다. 전사들로 하여금 사랑에 빠지지 않도록 청교도적인 금욕을 강요하고 단속했던 이유는, 물론 개인적인 감정보다 혁명 집단에 더 충실한 자세로 생활하도록 만들려는 목적이 우선이었겠지만, 혹시 여자를 통해 적에게 정보를 누설할까 봐 사전 예방 조처를 취하기 위해서도 그랬으리라고 한기주는 추측했다.

응웬딩롱과 함께 산으로 들어간 짜이비 마을 소년 두 명 그리고 다른 지역에서 먼저 입산한 다른 두 소년병을 지휘하던 간부 레휘떤은 낮이면 대나무 오두막에서 그리고 밤에는 지하 땅굴 속에서 그들에게 기초적인 사상교육을 시켰다.

롱은 그의 상관이었던 떤을 인품이 정직하고, 애국심이 투철하고, 부하들에게 친절하고, 도덕적으로 흠잡을 데가 없을 만큼 훌륭한 '형님' 같았다고 진술했다. 부하들의 얘기에 항상 성심껏 귀를 기울이던 떤에게서 롱은 깊고도 깊은 형제애를 느꼈다며 고개를 끄덕였다.

특권의식에 사로잡힌 남보군의 장교나 하사관들과는 달리, 떤과 다른 간부들은 파자마 차림만 병사들과 똑같았던 것이 아니라, 그물침대를 나란히 걸고 부하들과 같이 잠을 잤으며, 언제나 그들과 똑같은 음식을 먹었다. 떤이 지급받은 보급품이라고는 롱과 마찬가지로 두 벌의 검정 파자마에 속옷이 두 벌, 모기장 하나, 비옷이나 천막 대용으로 사용할 나일론 한 조각, 코끼리 창자, 작은 소금 덩어리와 약간의 조미료, 그리고 가끔 특식으로 나오는 말린 고기나 생선이 전부였다. 쌀은 한 달에 20킬로그램씩 받아서, 아침 아홉시와 오후 네시 하루에 두 차례씩만 식사를 해도 식량이 별로 오래 가지를 않았고, 그래서 간부들과 병사들은 다같이 항상 만성 영양실조 상태였다.

떤은 눈에 사명감의 살기가 서려 강인한 인상을 주기는 했지만, 다른 어느 병사보다도 조금이나마 더 건강하거나 튼튼해 보이지를 않았다. 그래도 그는 자신의 짐을 절대로 남에게 맡기지 않았고, 솔선수범으로 진두지휘하며 모든 일과 행군을 같이 하면서도, 소년병들에게 숲 속에서의 생존법을 일일이 가르쳐 주는 전투교육을 게을리 하지 않았다. 그는 소년병들에게 나라를 위해 목숨을 바치라고 강제로 요구하는 대신, "나는 민족을 구한다는 거룩한 사명에 목숨을 바치겠다"고 먼저 스스로 약속했다. 떤은 이어서, "나도 여러분처럼 고향에 남겨두고 온 사랑하는 사람들이 그립지만, 우리나라를 침략한 자들을 먼저 몰아낸 다음에나 그들을 만나기로 맹세했다. 그러니까 고향으로 빨리 돌아가고 싶으면 그만큼 더 열심히 싸워야 한다. 전쟁이 끝날 때까지는 우리들 자신의 행복보다 의무가 먼저다"라고 설명하면서, "출가하여 불가(佛家)에서 계(戒)를 받을 때처럼, 부모형제를 통일의 그날까지 버리도록 하라"고 가르쳤다.

*

동지들의 애로사항에 열심히 귀를 기울이며 도와주었다고 베트콩 전사들이 굳게 믿었던 간부들의 '맏형' 역할에서는 대원들이 마음속에 감추어둔 비밀을 알아내어 당이 원하는 방향으로 끌고 가는 일이 사실상 최우선이었다. 보호와 지도라는 명분을 앞세운 간부들이 담당했던 활동은, 자발적인 고백을 유도하여 수집한 개인 정보를 기초로 삼아, 일사불란한 단속과 통제를 도모하려는 것이 근본적인 목적이었다. 서로 속마음을 털어놓아 거리감이 없어지면 그만큼 감시가 쉬워지게 마련이었다.

베트남 전선에서 감시자 노릇을 했던 맏형들은 한국전쟁 당시에 이루어진 공산당의 인민재판 형식도 적극적으로 활용했다. 베트콩 세포조직 내에서 이루어지는 자아비판도, 형님이 먼저 자신의 잘못을 뉘우치는 솔선수범의 격식을 갖춰가며, 대원들이 덩달아 '자발적인 고백'을 하도록 유도하는 방식으로 이루어졌다. 호찌밍 자신도 지나치게 원칙만을 내세운 토지개혁 정책이 실패하자 국회에서 당당하게 자아비판을 벌였다. 이렇게 먼저 고백을 서슴지 않았던 용감한 '아버지'나 '형님'이 하위층 동지들로부터 공개적으로 비판을 받는 과정을 목격하면서, 대원들은 만인이 평등함 속에서 끈끈하게 이어지는 동지애를 더욱 돈독히 느끼고, 자신들도 마찬가지로 깨끗한 인간이 되겠다는 착각에 빠져 역시 자아비판에 들어가고는 했다. 그러나 호찌밍이 국회에서 과시한 참회 행위나 천주교의 고해성사에서와는 달리, 부하들의 경우에는 스스로 자백한 죄라고 해서 항상 용서를 받지는 못했다.

말하자면 윗사람의 고해 행위는 하부 계급의 잘못을 스스로 털어놓게 만드는 덫이나 미끼인 셈이었다.

하지만 대원들은 그들의 자아비판이 때에 따라 응분의 처벌로 이어지더라도 기꺼이 감수하도록 순교의 정신교육까지 단단히 받았다. 따라서 이런 자아 비판의 맥락도 사실은 조직적이고 능률적인 감시가 보다 솔직한 목적이었다.

*

옷에 아무런 계급장이나 천박하고 요란한 장식을 달지 않고, 너도나도 '잠옷' 차림이었던 "파자마 군대" 베트콩의 제복에서도 롱은 평등성을 느꼈노라고 말했다. 이런 허름한 옷차림은 형 노릇을 하던 간부들뿐 아니라, 베트남 국민 모두의 '아버지'로 인민의 머리에 각인된 '박호(Uncle Ho)'도 마찬가지였다.

롱이 정신교육 시간에 관람했던 모든 선전영화에서 호찌밍은, 사이공 괴뢰정권의 투실투실한 정치가나 위압적인 장군들과는 달리, 평범한 베트남 인민 차림의 병들고 나약한 모습이었다. 한기주는 궁상맞은 홀아비의 모습 그대로 인간적인 지도자로 부각된 호찌밍의 개념은 북한 공산주의 나라에서, 온갖 화려한 수식어를 주렁주렁 이어붙이는 명칭을 장황하게 동원하여 만들어낸, "김일성 장군의 신화"보다 인민들에게 훨씬 호소력이 컸으리라고 생각했다.

롱이 접했던 모든 영상물에서 호찌밍은 시골 어느 마을에서인가 땅바닥에 앉아 편지를 쓰거나, 거미 같은 몸짓으로 숲 속에서 무술 시범을 보이고 동지들과 배구를 소박하게 즐기거나, 개울에서 속옷 한 장만 아랫도리에 걸치고 원시인처럼 목욕을 하거나, 스스로 빨래한 옷을 지팡이에 깃발처럼 매달아 들고 말리면서 행군을 계속하거나, 농부와 나란히 올라서서 수차를 돌리면서, 가난과 고난에 시달리는 인민 위에 군림하지 않고 함께 일하며 싸운다는 사실을 만민에게 인식시켰다.

베트남전은 본질적으로 기계와 정신의 싸움이었으며, 미국의 막강한 무기에 맞선 베트남 메뚜기 떼를 뒷받침하던 가장 큰 힘은 호찌밍의 혼이었다. 롱은 앞뒤로 나란히 서서 함께 싸우는 동지들을 아버지와 아저씨와 형처럼 진심으로 신뢰했기 때문에, 정성을 다해서 전쟁에 임했다고 말했다. 육중한 몸집의 중무장한 미군과 맞서 초라하고 간단한 옷차림으로 싸우는 파자마 군대의 정신력에 대해서 그는 자부심을 느꼈고, 비록 농민들과 구별이 가지 않게 하여 적에게 혼란을 주고 주민들에게는 친밀감을 주려는 목적이 더 크기는 했겠지만, 베트밍 정규군처럼 빨간 별을 붙인 사냥모에 군복을 입지 않고 그냥 허름한 농부의 복장으로 투쟁한 베트콩 전사들이 사실상 구국(救國)의 최전선에 섰다고 믿었다.

＊

일본군의 무장해제를 위해서라고는 했지만 사실은 베트남 공산당을 해체시키려고 먼저 국경을 넘어왔던 장제스의 중국이 물러간 다음, 마오쩌둥의 중국은 베트콩의 무장을 위해 1962년에만 해도 9만 정 이상의 소총을 제공했다. 하지만 따지고 보면 무기보다는 조직적인 정신무장이 해방전선을 진정으로 막강한 군대로 만들었다. 그리고 정신무장을 위해 하노이가 남파한 인물들 중에는 여러 개의 가명을 쓰며 남보에서 주로 활동했고, 미군의 폭격을 피해 계속 사령부를 이동해야 했으며, 죽었다는 소문도 여러 번 났지만 1968년 구정공세에서 주도적인 역할을 맡았던 짠도(Trần Độ) 장군 같은 유능한 인물도 포함되었다.

1964년 가을에 이르러서는 베트밍 정규군 제325 사단의 1개 연대가 통째로 남하하여 지휘체계를 강화했고, 베트콩 부대들이 저마다 지휘관과 정치인민위원과 통신 전문가와 병기 기술자 및 다른 여러 기술하사관을 제대로 갖춘 조직으로 확대되었다. 응오딩지엠 정권에서 '베트콩'이라는 이름을 붙여준 인민혁명군은 곧 남부중앙국(Nam Bộ Trung Ương Cục, 南部中央局) 소속으로 편성되었지만, 물론 하노이의 보응웬지압 장군으로부터 지휘를 받았다.

그리고 그들에게 용기를 심어준 힘은 파괴력이 월등한 무기가 아니라, 호찌밍 아저씨의 말이었다. 호찌밍의 서민적 생활과 몸에 밴 소박한 천성으로 인해서, 그의 단순한 수사학은 인민의 귀에 아버지의 목소리만큼이나 편하고도 진솔하게 들렸다.

"다섯 손가락은 저마다 길이가 다르지만, 하나의 손에 함께 달려 있다"고 호찌밍이 말하면, 전사들은 그 말이 "수백만 우리 인민은 생김새가 다 꼭같지는 않아도 모두가 같은 조상의 후손이다"라는 뜻으로 쉽게 받아들였다. '민족의 재건'이라는 대의명분을 앞세우고, "가난과 문맹과 외세를 세 가지 주적으로 삼겠다"고 외치는 호찌밍의 말을 들으면, 그들은 가난과 문맹을 아저씨가 무찌르는 동안, 외적을 무찌르는 일만큼은 당연히 그들 자신의 몫이라고 믿었다.

"단결 단결 대단결, 성공 성공 대성공"처럼 지극히 단순한 구호와 표어까지도, 저항시를 짓기도 했던 호찌밍의 입을 거치면, 어느새 웅변이 되었다. "우리는 하나, 우리의 마음은 하나"라는 촌스러운 구호도, 호 아저씨의 연설에서는 "둘이라면 많아서 좋을 듯싶지만, 하나가 더 큰 힘을 발휘한다"는 명쾌하고도 이해하기 쉬운 철학이 되었다.

그래서 "모든 인민의 힘을 하나로 모아야 한다"면서 민족의 통일과 자주독립을 위해 단결하자던 그의 목소리는 전체를 결속시키는 종교적인 설득력을 발휘하기에 이르렀으며, "독립과 자유보다 소중한 것은 없다"고 베트남의 혼이 소리치면, 파자마 농민군은 "나라를 잃느니 차라리 목숨을 잃겠다"는 호찌밍의 약속을 그들 스스로 행동으로 옮겼다.

이렇게 해서 베트남에서는 적절한 양의 선동적 폭력으로 방향을 바로잡아가며, 성전을 내세운 요즈음의 이슬람 무장세력을 능가할 만큼 강력하고도 통일된 정신 세력을 애국민족적 공산주의가 이룩해 놓았다.

열둘 봉황작전

장성 출신으로 합참의장과 베트남 대사를 역임한 맥스웰 테일러는, 온 국민이 죽을 때까지 조국을 위해 싸우겠다는 각오로 정신무장을 하고, 병력 손실을 끊임없이 보충하며 드높은 사기를 유지하는 북 베트남의 능력을 "불사조처럼 생명력을 재생하는 신비스러운 힘"이라고 감탄했다.

그들은 막강한 적 미국과 싸우려면 엄청난 희생이 필요하다는 사실을 처음부터 자신들에게 주어진 운명으로 받아들였다. 1966년 이후 하노이는 해마다 10만 명 이상의 북 베트남 정규군을 남으로 내려보내 그들 가운데 적어도 50만이 전사했지만, 북에는 전쟁이 끝난 다음에도 아직 2백만 명은 더 동원할 예비 병력이 남아 있었다.

미군은 그래서 한국전쟁 당시 중공군의 인해전술을 방불케 하는 북 베트남의 끝없는 병력 증강에 직면하여, 아무리 첨단 무기로 전술적인 승리를 거둔다고 하더라도, 인간의 목숨 자체를 무기로 사용하는 적을 만나 전략적인 패배의 잠재성만 누적될 뿐, 정신적으로 기진맥진하여 군대와 국민이 다같이 전의를 상실하기에 이르렀다.

리처드 닉슨 대통령도 그의 일기에서, "진짜 문제는 적은 승리를 위해서 희생을 마다하지 않고 감수하는 반면에, 남 베트남은 패배를 피하기 위한 대가를 치르려는 각오가 되어 있지 않다는 사실"이라고 개탄했으며, 포로로 잡혀 무기를 빼앗긴 다음에도 신념이 흐트러지는 경우가 거의 없었던 베트콩을 보고 많은 미군 장교가 "그들이 우리편이었다면 얼마나 좋았을까"라고 토로했다는 일화도 전해졌다.

*

주민들에 대한 관리방법에서도 베트콩은 미군과 크게 달랐다.

베트콩이 1년에 4천 명이 넘는 베트남 관리를 살해하면서도 대다수의 인구를 구성하는 농민들의 적개심을 별로 크게 사지 않았던 까닭은, 가난한 자들에게 땅을 나눠주었던 베트밍과 같은 편이라고 인식되었던 베트콩은 "해방을 위해 남보 정권에 저항하는 사람들"이라고 이해했기 때문이었다.

베트콩이 자행하던 잔혹한 살인과 학살까지도, 훨씬 더 잔인했던 외적과 그들의 괴뢰(傀儡)들을 무찌르기 위해 불가피한 반작용이었으므로, 어느 정도까지는 정당하다고 인민의 바다는 인식했다. 전쟁에서는 적절한 정도의 살의(殺意)를 상실하면 자신이 오히려 패배하고 죽는다는 필연성 또한 베트콩과 농민들이 함께 공감하던 개념이었다.

그러나 북쪽의 전투적인 사람들보다 사상 무장이 덜 강했던 남보 농민들은 동양인 특유의 체념을 통한 생존방식에 익숙해서, 어느 한쪽으로 완전히 기울어 다른 한쪽에 악착같이 저항하기보다는, 운명의 바람에 갈대처럼 순응하며 살아갔다. 대부분의 농민들은 3모작을 하느라고 1년 내내 끝없이 일하며, 홍수와 가뭄과 질병과 해충을 이겨내야 했으므로, 이념이나 혁명에는 크게 관심이 없었고, 그래서 어느 쪽이든 농사를 덜 방해하는 편으로 갈대처럼 눕게 마련이었다.

그리고 농민들은 사이공 정부보다 베트콩이 훨씬 더 그들에게 신경을 써준다고 믿었다. 농민들이 쌀과 옥수수와 사탕과 땅콩과 감자를 기껏 심어서, 등이 휘어지도록 일해 키워 겨우 수확하고 나면, 미군과 정부군은 마을로 들이닥쳐서 그들이 거두어들인 곡식을, 숨겨놓은 비상식량까지 찾아내어, 그들이 먹으려고 가져가지도 않으면서 그냥 모조리 불태워 없애버리고는 했다. 베트콩의 손에 들어가지 못하게 한다는 핑계에서였다.

물론 베트콩도 마을로 들이닥치면 식량부터 가져갔다. 그러나 베트콩은 필요한 양만 빼앗아가고 적어도 주민들의 기본적인 생존만큼은 보장하려고 노력했다. 그래야 나중에 다시 와도 식량을 구하기가 쉬울 터여서였다. 그러다 보니 농민들은 당연히 정부군에게 등을 돌렸고, 베트콩은 바람을 타고 그들 쪽으로 쓸려와서 눕는 갈대밭으로 속속들이 파고들었다.

*

B-52 폭격기의 무차별 공격으로는 파괴만 할 따름이지, 갈대 사이에 숨은 물고기를 패배시키기가 불가능하다는 현실을 윌리엄 웨스트모얼랜드 장군은 제대로 이해하지 못했고, 인정하려고 들지도 않았다.

그래서 미군은 갈대밭으로 들어가 땅바닥을 더듬으려는 생각은 하지 않았고, 하늘 높이 떠서 지나가며 폭탄만 퍼부어 대었다.

고공(高空)에서는 갈대밭 속에서 어떤 일이 벌어지는지 잘 보이지를 않았다. 갈대밭 속에는 폭격을 피해 베트콩과 주민이 함께 숨었고, 끝없는 전쟁과 끝없는 삶의 고달픔에 지친 농부들은 정치·경제·사회적 변화를 차라리 공산주의자들에게서 기대하기로 마음을 돌리기 시작했다.

하늘에서 쏟아지던 폭탄에는 민심의 희망이 담긴 표정을 읽어내는 눈이 달려 있지를 않았다.

치밀한 심리전이 뒷받침을 하는 '혁명전쟁'에 맞서서, 속전속결을 요구하는 여론에 발목이 잡힌 채로, 웨스트모얼랜드는 야구방망이로 벼룩을 때려 잡으려는 마음으로 엄청나게 대포를 쏘아대는 구식 재래전으로만 응하다가, 결국 견디기 어려운 좌절감에 빠졌다.

사이공 정부의 대유격전(對遊擊戰) 자문을 맡았던 영국인 로버트 톰슨 경 (Sir Robert Thompson)은, 대규모 전투를 벌이기 위해 적을 광활한 들판으로 이끌어내어 궤멸시키려는 욕심을 부리느라고 자꾸만 기운을 뺄 일이 아니라, 적에 대한 농민들의 지원을 차단하는 심리전이 가장 시급한 과제라고 충고했다.

그리고는 뒤늦게나마 사이공 정권과 미군은, 베트콩 간부들을 본격적으로 제거하여 갈대밭 속에서 점점 더 깊이 얽히던 농민들과의 유대를 분쇄하기 위해, 드디어 행동을 개시했다.

봉황(鳳凰, Phượng Hoàng)작전*이 시작되었던 것이다.

*

구정공세 직후인 1968년 3월, 육군 참모총장으로 자리를 옮겨앉은 윌리엄 웨스트모얼랜드의 후임으로 사이공에 도착한 주월미군 사령관 크레이튼 에이브럼스(Creighton Abrams) 장군은, 리처드 닉슨 행정부의 마지못한 주문에 따라, 과거의 대규모 수색파괴작전(search-and-destroy)을 수정하여 소규모 단위로 바꾸었다. 그리고 중앙정보국(CIA)의 극동지역 책임자였던 윌리엄 콜비(William Egan Colby, 1920~96)가 이미 1년 전부터 구상중이던 봉황계획도 실천에 옮겼다.

콜비는 군인이며 교육자인 아버지와 독실한 천주교 신자인 어머니 밑에서

---

* 영어 명칭은 'the Phoenix Program'

성장하여 1941년 군에 입대했고, 2년 후부터 OSS(Office of Strategic Services)에서 근무를 시작하여, 리처드 닉슨 시절에는 중앙정보국장을 역임한 인물이었다. 제2차 세계대전 중에 그는 독일군 점령하의 노르웨이로 잠입해서 탕겐(Tangen) 철교를 폭파하는 등 혁혁한 첩보활동을 벌이기도 했다. 예편 후 콜럼비아 대학교 법학과를 졸업하고 법률사무소에서 일하다가, OSS가 CIA로 확대재편된 다음 콜비는 중앙정보국으로 돌아갔다. 그는 로마에서 공산주의자들이 선거에서 승리하지 못하도록 방해하는 배후공작을 담당했다.

윌리엄 콜비가 국장으로 취임한 이후, 미 의회는 CIA가 국내외에서 벌인 갖가지 정치 암살 공작을 맹렬히 비난하며 조사를 벌였는데, 이때 지나치게 많은 '흑막'을 증언에서 밝혔다는 이유로 정부 일각에서는 그를 경계인물로 취급하기 시작했으며, 좌익과 교회에 대해서 지나치게 많이 '양보'를 했다는 이유로 적을 많이 만들었던 그는, 결국 제럴드 포드 대통령 재임기간인 1976년에 조지 부시(George H. W. Bush)로 교체되었다.

그러나 결과적으로 콜비는 국가 차원의 정책으로서 미국이 자행하던 암살 활동을 공식적으로 금지시킨 공을 세운 인물이 되었다.

*

1959~62년 사이공 CIA 지국장을 역임한 윌리엄 콜비가 봉황작전을 수립하던 무렵에는, 베트콩 첩자들을 색출해 내는 사이공 행정부의 각종 정보기관은 저마다 권력과 뇌물을 챙기느라고 서로 자기들끼리 경쟁하기에 바빠 제대로 기능하지 못했다.

이들 민간 및 군사 첩보 기능들과 경찰 수사기관을 하나로 통합한 다음 미 고문단이 그들을 훈련시켜 견실한 조직으로 강화해서, 촌락 단위로 베트콩을 색출·제거하자는 것이 봉황작전의 골자였다. "군사력은 지나치게 둔감한 조직(too blunt an instrument)이어서 베트남인들로 하여금 소외감만 느끼게 할 따름"이어서, 전투부대가 아니라 이렇게 보완된 정보기관을 공작에 투입하면, 베트콩의 자금과 식량과 모병(募兵)과 은둔처를 보다 효율적으로 차단하여, 농촌지역을 평정하고 장악하기가 용이하게 되리라는 것

▲ 봉황작전 동안에 체포된 베트콩 용의자.

이 콜비가 제시한 기본 개념이었다.

농촌지역에서 베트콩 하부구조를 해체시키려는 작전에 사이공 정부와 합동으로 미군이 많은 병력과 물자를 투입하기는 이때가 처음이었다.

1966년 후에에서 봉기가 일어났을 당시에도, 남베트남과 미국 정부가 베트콩 전략을 모방하여 혁명개발계획을 추진했었지만, 이미 실패한 경험이 있었다. 이런 경험을 본보기로 삼아 봉황작전의 실행 과정에서는 여러 가지 장치를 보완했으나, 어느 정도 예상했던 대로, 개인의 영달과 승진에만 눈이 먼 무능한 자들이 서로 갈등을 일으키면서 부패와 모략이 또다시 판을 쳤다. 전두환 정권이 실행했던 삼청교육의 경우와 마찬가지로, 할당량을 배정받은 지역 관리들이 색출 권한을 개인적인 원한의 해소에 악용하는 기회로 삼기도 했고, 무고한 농민들을 잡아다 처형하는 경우도 빈번하게 발생했다.

하지만 아무리 마구잡이 소탕이었다고 해도, 봉황작전을 통해 6천 명 가량의 진짜 베트콩 간부들이 제거되어서, 하노이로서는 무척 타격이 컸다. 봉황작전이 남 베트남을 휩쓸어 대던 1970년 초에는, 베트콩 주력부대가 구정공세 동안에 이미 크게 와해되어, 남에서 활동하던 12만 5천 베트밍 병력 가운데 3분의 2가 북에서 남파된 인원이었고, 이들 가운데 간부들은 남부의 정치적인 풍토에 익숙하지 않아 애를 먹던 터였다. 그런 현실에서 남쪽 출신의 간부들이 대량으로 제거되었다는 사실은 가히 치명적인 손실이었다.

통일 이후 하노이 고위 관리들이 밝힌 바로는, 봉황이 "아주 위험한 존재" 였으며, 이때 베트콩 조직으로 침투해 들어온 봉황 요원들이 보여준 파괴력 은 남보의 공산 기지를 여럿 궤멸시킬 정도였다고 했다. 수많은 베트콩들이 이 당시에 산에서 내려와 사이공 정부에 투항하여 소탕전에서 앞장을 섰는 가 하면, 고향으로 돌아간 전사들도 적지 않았다.

사이공 주재 미국 관리들은 1969년까지 한 해 동안에 19,534명의 베트콩 간부와, 선전원들과, 세금 징수원들을 제거했고, 그 가운데 6,187명은 사살 이나 처형을 당했으며, 작전 마감인 1971년까지는 20,587명을 '정리'했다고 대단히 구체적인 검거선풍의 통계를 발표했다. 그러나 봉황작전 때문에 살 해된 무고한 베트남인의 숫자는 발표 수치의 열 배인 6만 명에 이른다는 주 장이 나중에 나왔으며, 미국의 반전운동가들은 봉황작전을 "대량학살"이라 고 맹렬히 비난했다.

콜비의 외동딸 캐더린까지도 심하게 반대했다고 알려진 봉황작전은 결국 밀라이 학살사건과 더불어 반전운동에 커다란 빌미를 제공했으며, 사이공 정권 역시 군사력보다 첩보전에 더 큰 비중을 두었던 이 정책에 대해서 불만 이 컸다. 그래서 봉황은 그야말로 사면초가에 둘러싸였고, 이번에도 사이공 과 미국을 패배로 몰고 간 세력은 역시 지리멸렬한 국론이었다.

열셋 숲에서 만난 여인들

남보를 휩쓸고 지나간 봉황작전의 격랑이 수그러질 즈음, 다시 병력을 키 우기 위해 모병을 시작한 해방인민군에 입대한 응웬딩롱은, 반 년이 지난 다 음에야 연대 작업반에서 마침내 전투병으로 직책이 바뀌었다.

그는 이제 직접 보급품을 운반하는 일 대신 새로운 작업반원들의 호송에 나서기도 했고, 떠이닝 성의 여러 마을로 심리전 공작을 위해, 제대로 무장을 하고, 동지들과 산을 내려가는 기회가 점점 많아졌다.

총을 메고 숲을 내려가는 횟수가 늘어감에 따라, 그는 점점 더 당당한 전사가 되어, 정부군의 야간매복에 걸려 첫 전투를 치렀을 때도 전혀 겁을 내지 않았다. 숲으로 정찰을 들어온 검정 베레들을 기습하여 교전을 벌이다가, 간부 레휘떤과 다른 소년병 하나가 사살되었을 때도, 그는 별로 눈물을 흘리지 않을 정도로 강인한 군인이 되어 있었다.

야금야금 산으로 점점 더 깊이 이동해 들어오는 정부군의 전초기지 탄약고를 파괴하기 위해, 3개 부대가 골짜기로 내려가서 야간전투를 벌였을 때는, 워낙 싸움이 치열했기 때문에 롱은 분명히 적을 두어 명 사살했으리라고 믿었다. 하지만 누가 그의 총에 맞았는지를 직접 확인하지 못했기 때문에였는지, 롱은 사람을 죽였다는 사실에 대해서 전혀 죄의식을 느끼지 않았다.

그리고 다음번 전투에서, 그는 총을 들고 곧장 그에게로 달려오는 적병을, 눈 하나 깜짝하지 않고 정조준하여 방아쇠를 당겼다.

그렇게 한 번 두 번 살생을 거듭하다 보니, 어느덧 사람을 죽이는 일도 전혀 두렵거나 어렵지가 않았다. 그래서 그는 이제 어느 마을로 내려가 벌목도로 촌장의 목을 치라는 명령을 받는다면, 당장 그렇게 할 마음의 준비도 이루어졌다.

그렇게 시간은 자꾸만 흘러갔다.

*

검은산에서 가까운 시골 마을 출신의 고참 전사들에게는 정보수집을 겸한 휴가를 상부에서 간혹 보내주기도 했다. 하지만 베트콩의 가족이라면 예외 없이 마을에서 항상 당국의 감시를 받는 처지였기 때문에, 휴가를 갔던 동지들이 목숨을 잃는 경우도 적지 않았다.

간부급 전사들은 고향을 다녀오기가 훨씬 어려웠다. 감시도 그만큼 더 심하게 받는데다가, 그들이 맡은 혁명사명이 크고 중요할수록, 자신을 위험에 노출시키는 모험은 그만큼 삼가야 했다. 그런 고참을 위해서는, 아랫동지들이 몰래 여자를 숲으로 데려와서 만나게 해주었다. 때로는 동지들을 통해 연락을 받은 아내가 혼자서 산기슭 부락까지 스스로 찾아오기도 했다.

그러다가 잠시라도 방심하면 가족이 꼬리를 밟혀 전사들이 죽음을 당하는 일도 많아서, 휴가는 항상 위험한 기쁨이었다. 하지만 그런 기회가 주어지기만 한다면, 롱은 목숨을 걸고라도 짜이비로 가서 아버지를 만나고, 가능하면 깡통마을로 랑을 찾아가 보고 싶기도 했다.

정말로 드문 경우였지만, 어쩌다 고향 마을로 식량조달이나 모병 따위의 혁명사업을 내려간다고 해도, 일행으로부터 혼자 떨어져 가족과 회포를 풀어도 되는 개인적인 시간은 주어지지 않았다. 가족보다는 혁명사업이 항상 먼저였기 때문이었다.

비록 말 한마디 따뜻하게 나누지는 못하더라도, 먼발치에서 부모형제의 모습이나마 눈에 담을 기회를 얻는 동지들은 그나마 퍽 다행이었다. 비무장지대를 넘어 멀리 북쪽에서 내려왔기 때문에, 호찌밍 산길을 타고 한 번 고향을 다녀오려면 몇 달씩이나 걸리는 경우라면, 귀향길은 전쟁이 끝날 때까지 아예 꿈도 못 꿀 일이었다.

처자식을 만나러 고향에 다녀오는 동지들은 연줄을 통해서 전해 받은 편지와 선물을 몇몇 동지에게 가져다주기도 했다. 그러면 다른 동지들도 모두 다 함께 고향을 다녀온 듯, 한참동안 훈훈한 기운이 숲 속에 감돌았다.

그렇게 시간은 자꾸만 흘러갔다.

*

롱이 입산한 지 거의 1년이 다 되었을 무렵에 짜이비 마을에서 또 다른 소년이 하나 숲으로 들어와 그에게 고향 소식을 몇 가지 전해 주었다.

롱의 누나 리엔은 오랫동안 종적을 감추었다가, 다낭에서 자리를 잡고 살아간다는 소식을 얼마 전 인편에 아버지한테 전해 왔다. 하지만 구체적으로 무엇을 하면서 어떻게 먹고사는지, 미군의 혼혈아를 낳았는지 어쨌는지는 밝히지 않았다고 했다. 너무나 머나먼 곳으로 가버린 누나를 롱으로서는 찾아가서 사정을 알아볼 도리가 없었고, 차라리 그렇게 아득한 거리에서 따로 살아가니까 마치 존재하지 않는 듯, 오히려 마음 편하게 잊어버리기도 쉬웠다.

아버지는 학교에 다니는 여동생 웅아가 혼자 집에 남아 열심히 돌보아 드리기는 한다지만, 담배만 많이 늘고 몸이 몹시 쇠약해졌다. 딸을 찾아 다낭으로 이사라도 가고 싶기는 해도, 아버지는 혹시 롱이 잠시 고향을 찾아오거나 아예 하산하게 될 경우를 위해, 연락이 끊어지기라도 할까 봐 차마 마을을 떠나지 못했다.

아버지와 웅아 역시 언제 만나게 될지 모를 처지이고 보니, 걱정을 해봤자 아무 소용도 없다는 생각이 들었고, 그래서 베트콩 전사 롱은 가족보다 늘 곁에서 함께 살아가는 동지들, 그리고 그들이 날마다 수행해야 하는 혁명전쟁에 마음을 잡아두기가 별로 힘들지 않았다.

옆집에 살던 랑은 집을 나가 깡통마을에서 어느 미군과 버젓하게 살림을 차려놓고, 양키 남자가 작전을 나가 혼자 지내는 동안이면 다른 군인들을 상대로 술장사를 한다고 했다. 이제는 평생 다시 한 번이라도 만나게 될지 알 길조차 없어지고, 혹시 기회가 생기더라도 그녀가 만나주기나 할지는 더더욱 알기가 어려워져서, 어느덧 랑은 서서히 상상 속의 비현실적인 존재처럼 바뀌었다.

그렇게 시간은 자꾸만 흘러갔다.

*

부하들이 한가하게 여자 얘기를 주고받으면, 레휘떤의 후임으로 북에서 새로 내려온 간부가 전혀 좋아하지 않았기 때문에, 롱은 동지들과의 잡담에서는 물론이요 어떤 자아비판에서도 랑에 관한 얘기는 절대로 입 밖에 꺼내지 않았다. 하기야 별로 할 만한 구체적인 얘기도 없었지만 말이다.

산으로 들어간 지 얼마 안되었던 처음 몇 달 동안에는, 특히 달이 밝은 밤에 숲이나 나무 위에서 홀로 야간근무를 설 때면, 롱은 가끔 랑을 생각했었다. 만일 다시 랑을 만나고 옷을 벗게 될 기회가 주어지기만 한다면, 이제는 전에보다 훨씬 남자 노릇을 잘 해줄 자신이 있으리라면서, 그는 구체적인 장면들까지도 자세히 한참씩 상상해 보고는 했다.

하지만 좀 더 시간이 흐르는 사이에 그런 음탕한 생각은 안개가 걷히듯 조금씩 조금씩 그의 머릿속에서 사라졌다. 전쟁이 끝나려면 너무나 아득하게 멀었으니, 그런 허황된 상상을 해봤자 아무 소용도 없다는 깨달음 때문이었다. 인간이란 아마도 가능성이 아예 없어져서 욕심을 포기하게 되면, 이상하게 마음이 오히려 편해지는 모양이라고 롱은 한기주에게 말했다.

랑이 아니라면 다른 여자하고라도 언제 그렇게 될 수 있을지도 그는 가끔 생각해 보았지만, 그것은 전쟁이 끝나기 전에는 좀처럼 이루어질 상황이 아니었다. 가능하지 않은 꿈은 정말로 포기하기가 쉬웠다.

그렇게 시간은 자꾸만 흘러갔다.

*

같은 세포조직에 속했기 때문에 얘기를 나눌 시간이 가장 많았던 다른 동지들과의 대화에서 롱은, 여자 얘기 대신, 여기저기서 얻어들은 전투 경험담을 주고받기가 보통이었다. 하지만 수많은 곳에서 수많은 동지들이 겪었다는 수많은 얘기들은 이상할 정도로 서로 비슷비슷하기만 했다.

수없이 되풀이하던 전투 경험담도 바닥이 나면 그들은 전에 순회 영화나 연예단의 공연에서 보았던 장면과 출연자들에 관한 잡담을 나누었다. 순회 영화의 내용은 대부분 독립과 해방을 위해 싸우는 용감한 애국투사, 베트밍 군이 프랑스군을 무찌르는 장렬한 전투, 그리고 전투중에 낙오하거나 부상을 당한 베트콩 전사들을 숲이나 외딴 마을에서 만나 극진히 보살피고 사랑으로 용기를 북돋아주는 시골 아가씨들의 순정이 기둥줄거리를 이루었다. 하지만 실제로 그런 사랑을 경험한 전사들을 롱은 그의 주변에서 만난 적이 없었다.

연예단은 젊은 남녀 십여 명, 때로는 네댓 명으로 구성되었으며, 바이올린이나 기타처럼 먼 거리를 가지고 다니기 쉬운 악기 몇 개와 간단한 그림을 그린 배경 휘장 따위를 챙겨 짊어지고는 밀림을 헤치고 걸어서 찾아오고는 했다. 그들의 노래나 연극을 보면 혁명 전쟁, 해방 영웅, 민속사극 따위의 내용이 대부분이었고, 숲 속에서 외롭게 살아가는 전사들의 고독한 투지를 꺾어놓을 만큼 말랑말랑한 사랑 얘기는 별로 없었다.

▲ 밀림지대로 위문공연을 다녔던 연예단.

롱은 연예단이 찾아올 때마다 여성 대원들이 어쩌면 하나같이 그토록 아름다울까 감탄했지만, 아마도 오랫동안 여자라고는 구경도 못하며 숲 속에서 오랜 기간을 지내다 보니 눈에 띄는 모든 여자가 그렇게 예뻐 보이는지도 모를 일이라는 생각도 들었다.

그는 연예단원들뿐 아니라 연대본부로 올라갈 기회가 생길 때마다 먼발치서 보았던 간호병이나 취사병으로 일하는 여성 요원들도 역시 모두가 터질 듯이 탐스럽게 아름답다고 느꼈다. 그리고 작업반 시절에 꾸찌 지역이나 캄보디아 국경 근처의 싸마트(Xa Mat)에 주둔한 전투부대로 가끔 며칠이나 두어 주일 파견을 나가서 만났던 여성 전투병들에 대해서도 비슷한 감정을 느끼고는 했었다.

숲으로 들어온 다음 롱은 작전에 나가거나 전투를 끝내고 돌아오는 다른 부대의 여성 동지들을 볼 때마다, 언제 그렇게 수많은 처녀들이 해방전사가 되었는지 놀라고는 했었다. 그리고 무거운 총을 질끈 메고 전투에 나갔다가 흙과 낙엽 부스러기를 뒤덮어쓰고 돌아오는 지저분한 여전사의 모습을 보면, 롱은 그들과 함께 투쟁하는 자신의 모습이 스스로 장하게 여겨지기도 했다.

그는 허름한 전투복 차림이면서도 젖가슴이 참으로 아름답게 봉긋 솟아오른 그들 가운데 아무하고라도 사랑을 하고 싶었지만, 미군을 몰아내고 전쟁을 끝내서 미제국주의의 노예가 된 사이공 꼭두각시들을 모조리 쓸어내고 민족통일을 이룰 때까지는 기다려야 했고, 그래서 그는 우선 열심히 전투에 임해야 한다는 자신의 사명을 잠시도 머리에서 놓지를 않았다.

*

여자에 대한 욕정은 참아내기가 상상하기 어려울 정도로 간단했다.

주변의 모든 동지들이 다 잘 참아냈기 때문에, 롱도 그런 개인적인 감정은 자연스럽게 덩달아 물리치고는 했다.

인간적인 욕구를 억지로 참느라고 욕구불만이 쌓이는 동지가 아무도 없고 보니, 롱 또한 그런 불만은 아예 느끼지를 않았다. 오히려 동물적인 본능의 차원을 극복하고 나니까, 여성에 대한 모든 느낌이 정신적인 낭만의 사랑으로 승화되는 기분이 들었고, 이렇게 영적인 존재로 발전한 자신이 더욱 대견스러워지기도 했다. 그리고 대견스러워진 자신을 흐뭇하게 생각하면 생각할수록, 음탕하고 추잡한 동물적인 잡념으로부터 해방되기는 그만큼 더 쉬워졌다.

그렇게 시간은 자꾸만 흘러갔다.

그리고는 그가 열일곱 살이 된 1972년 이른봄에, 숲에서 심상치 않은 분위기가 술렁이기 시작했다.

열넷 출정

빠리에서 미국과의 종전 협상이 본격적으로 진행중이었으므로 머지않아

드디어 고향으로 돌아가겠구나 하고 응웬딩롱이 은근히 꿈을 꾸기 시작하던 무렵, 평화를 앞당기기 위해서는 더 열심히 싸워야 한다는 정신교육이 숲 속에서 갑자기 강화되었다. 그러더니 1971년 11월 초에는 화물차들이 꼬리에 꼬리를 물고 호찌밍 산길을 따라 탄약과 물자를 대량으로 북에서 싣고 내려오기 시작했으며, 12월에 들어서자 "역동적인 공격을 감행하자"는 보응웬지압 장군의 글이 「띠엔퐁(Tiên Phong, 先鋒)」에 게재되었다.

이 무렵 미국은 베트남에서의 명예로운 퇴진을 위해 평화협상에서 조금이라도 유리한 위치를 차지하려고 소련과 중국을 열심히 회유했으며, 지압 장군으로서는 닉슨 대통령의 공작을 막아내고 그들 두 우방국가로부터 지원을 계속 받아내기 위해 어떤 괄목할 만한 결과를 보여줄 필요성이 절실했다.

지압 장군은 미국의 대통령 선거를 앞두고 남보 정부군을 보기좋게 대파(大破)하여 '베트남화(Vietnamization)' 정책이 아무 소용도 없는 백일몽에 지나지 않는다는 사실을 증명해서, 미국으로 하여금 손을 들고 어서 빨리 하노이의 조건을 모두 받아들이도록 보다 강력한 압박을 가해야 되겠다는 결정을 내렸다. 군사적인 성공은 모든 전쟁에서 항상 외교나 정치보다 큰 힘을 발휘했으므로, "뱀이나 마찬가지로 머리만 일단 통과하면 꼬리는 저절로 따라간다"고 지압은 당당하게 선언했다.

그리고는 새해에 들어서면서 해방인민군 5사단, 7사단, 9사단의 주력부대가 메콩 삼각주 일대로 집결한다는 소문이 들려왔다.

롱의 연대는 2월 말에 출동했는데, 대규모 이동이 적의 눈에 띄지 않게 하느라고 무기는 현지에서 지급받도록 했으며, 전혀 무장을 하지 않고 완전히 농부처럼 위장한 전사들은 소규모 단위로 저마다 다른 시기에 따로따로 산을 내려갔다. 신분을 노출시키지 않으려고 코끼리 창자까지도 몸에 두르지 않은 채로, 롱이 소속한 집단의 대원 다섯 명은 어부로 가장하여 두 대의 고깃배에 나눠 타고 밤꼬동(Vàm Cỏ Đông) 강물을 따라 독자적으로 이동했다.

*

그들은 한 주일의 여유를 가지고 동남쪽으로 내려가, 메콩 강변의 촌락 땀꿔(Tam Quý)에서 다른 병력들과 집결하여, 미토 근처에 주둔한 정부군의 기지를 공격하라는 명령을 받았다.

강을 따라 이틀 동안 내려간 그들은 낮에는 일부러 눈에 잘 띄어 의심을 받지 않으려고 당당하게 들판을 가로질러 행군하고, 밤에는 나무 밑이나 마을로 들어가 잠을 자며 집결지를 향해 행군을 계속했다.

참으로 신기한 일이었지만, 마치 누군가 미리 철저하게 사전조사를 하고 일일이 점검해서 일정표를 짜놓기라도 했는지, 그들이 가는 길은 베트콩에 동조하는 여러 촌락으로 역마(驛馬)처럼 교묘하게 연결되어, 음식과 잠자리가 항상 미리 마련되어 기다렸다. 어느 마을에서도 롱은 저항은커녕 의심하는 눈길조차 만나지 않았고, 마치 소풍을 가듯 마음이 지극히 편한 여행이었다.

*

두 주일에 걸친 전투는 피아간 사상자가 많이 나고 잇몸이 떨릴 정도로 치열하기는 했지만, 역시 처음부터 끝까지 시계의 톱니바퀴처럼 정확한 각본에 따라 순조롭게 진행되었다.

강변의 울창한 숲에서 집결한 그들은 북 베트남에서 남지나해로 내려오는 바가지배와 고기잡이배로 직송했다는 무기와 탄약을 지급받아, 매복지에서 하루를 대기한 다음, 공격을 개시했다.

롱이 소속한 대대는 1차 전투 동안, 길목을 지키며 대기하다가, 도로를 따라 도착하는 정부군 지원 병력을 기습하는 임무를 받았는데, 그들 대대에는 놀랍게도 무반동총까지 지급되었다.

비록 아군도 30여 명이 목숨을 잃었지만, 2백 명이 넘는 적을 사살한 롱의 연대는 전투가 끝나자 다시 강변으로 가서, 신속하게 무기를 반납하고는, 뿔뿔이 흩어졌다. 무기는 여러 촌락에 분산 은닉해 두었다가 다음 전투를 하러 돌아오는 경우에 사용할 계획이라고 했다.

나들이 여행을 다녀오듯 유유하게 산으로 돌아가는 길에 신분이 탄로나서 사살되거나 체포된 동지들이 없지는 않았지만, 롱은 이런 식으로 쉽게 전쟁을 한다면 해방전선이 곧 승리를 쟁취하게 되리라는 확신이 더욱 굳어졌다.

*

응웬딩롱이 메콩 강변에 위치한 도시 미토 근처에서 참가했다는 1972년 춘계공세는, 3월 30일부터 남보의 세 주요 지역에서, 역동적이면서도 유기적으로 전개된 대작전이었다.

12만 명의 북 베트남 정규군이 주도하며 수천 명의 지역 베트콩이 동원된 대규모 기습 공격이 성공적으로 이루어졌던 까닭은, 사전에 정보를 입수하고도 사이공과 미국 지휘관들이 보응웬지압 장군의 작전을 지나치게 깔보았기 때문이었다. '베트남화'라는 단어를 만들어낸 장본인이며 당시 미국의 국방장관이었던 멜빈 레어드(Melvin Laird)는, 공세가 개시되기 다섯 주일 전에 하원에서, "북 베트남군과 베트콩의 전국적인 공세를 벌이리라는 심각한 가능성(serious possibility)은 별로 보이지 않는다"고 증언했으며, 막상 공세가 시작되자 윌리엄 웨스트모얼랜드 참모총장은 "적에게는 버틸 힘이 별로 없으므로 며칠만에 흐지부지 끝날 일"이라고 장담했다.

하지만 전투는 여태까지 그 유례를 찾아보기 어려울 정도로 곳에 따라 대단히 치열했으며, 군과 민간인 모두 엄청난 사상자를 내면서 6월까지 계속되었다.

봄철 공세가 밀어닥친 첫 번째 지역은 남보의 북부였다. 가장 '역동적인 공격'이 가해진 꽝찌 성에는 소련제 야포, 로케트포, 전차로 무장한 1만5천 명의 베트밍 정규군이 투입되었다. 그들은 북쪽 라오스와 남쪽 캄보디아 국경지대에서 2개 주력부대, 그리고 비무장지대를 직접 가로질러 남하한 병력까지 합세하여, 3면 공격을 벌였다. 이 지역을 방어하던 정부군의 황싼람(Hoàng Xuân Lam) 장군은 지난해까지 라오스에서 두드러진 활동을 벌였던 베트남 정부군이 붕괴되도록 만든 장본인이었지만, 응웬반티우 대통령은 단순히 측근이라는 이유로 무능한 그에게 막중한 책임을 맡겼던 터였다.

티우는 뒤늦게 람 장군을 보다 유능한 응오꽝쭈옹(Ngô Quang Trương) 장군으로 교체했지만, 쭈옹이 지휘하던 2개 사단 가운데 하나는 별로 군기가 확립되지 못한 병력으로서, 공산군의 살육이 눈앞에 닥쳐오자 혼비백산 무

1972년 3월에 개시된 춘계 대공세에서 북 베
트남 병력이 꽝찌로 진격(위)하여, 초토화된
도시의 폐허 위에 그들의 깃발을 게양했다.

너져서 정신없이 패주하는 바람에, 성도(省都) 꽝찌가 5월 1일 공산군에게 함락되었다. 공산군은 9월까지 꽝찌를 점령하고 북부 전체를 장기간에 걸쳐 장악했지만, 병참의 어려움뿐 아니라, 정치적인 목적은 달성했다는 계산에 따라, 더 이상의 희생은 시키지 않겠다는 뜻으로 후에로의 진군은 자제했다.

두 번째 공격 대상은 한국군의 TAOR을 포함한 중부고원지대였는데, 콘툼을 방어하던 정부군은 싸움도 하지 않고 뿔뿔이 달아났으며, 빙딩 성에서 베트밍 정규군은 별다른 심각한 전투를 벌이지도 않은 채로 세 도시를 함락시켰다. 이 지역의 정부군 사령관 응웬반또안(Nguyễn Văn Toàn) 장군 역시 티우 대통령의 측근으로서, 전쟁 기간 대부분을 계피 장사로 돈을 긁어모으느라고 보냈다는 소문이 자자했다.

어느 사학가는 빙딩 성에 주둔한 한국군은 "전쟁이 끝나가고 있으니 전투를 피하라는 지시를 받고, 평상시의 무자비한 정력(usual brutal zeal)을 발휘하는 대신, 뒤로 물러앉아 느긋한 태도만 보였다(displayed complacency)"고 서술했다.[*]

춘계공세의 세 번째 대상이었던 메콩 삼각주 일대는 사이공과의 거리가 가까웠던 탓으로, 마지막 저지선을 지켜야 한다는 사이공 정부의 의지 때문에, 공방전이 훨씬 심했다. 응웬딩롱의 부대가 1차 전투를 치르고 산으로 돌아간 무렵인 4월 13일에 3천 명의 베트밍 정규군 병력은 40대의 전차를 앞세우고 빙롱(Binh Long)의 성도 안록(An Lôc)[**]을 포위했다.

피아간에 많은 사상자를 낸 안록 공방전에서 공산군은 24시간 포격을 계속했고, 티우는 그의 친위부대까지 이곳에 투입했으며, 롱의 연대 또한 나중에 이곳 전투를 지원하러 다시 산에서 내려갔다. 필사적인 방어에 돌입한 미군은 탄약과 보급품뿐 아니라 주민의 생활필수품도 헬리콥터로 안록에 공수했으며, B-52 폭격기까지 공격에 동원하는 바람에, 공산군은 끝내 도시를 함락시키려던 계획을 포기했다.

---

[*] Stanley Karnow, 『Vietnam : A Hostory』, p. 641
[**] 현재는 빙푸억(Binh Phôc)성의 빙롱 시로 이름이 바뀌었다.

열다섯 밀라이에 대한 심판

안록 공방전에 참가했던 베트콩 전사 응웬딩롱의 경험담을 듣고 한기주는 베트남전에서 농촌 지역에 점조직을 이루어놓은 '제5열'이 얼마나 막강한 힘을 발휘했는지를 새삼스럽게 확인했다.

"5열(the fifth column)"이란 본디 에스파냐 내전 당시 공화파를 몰아내기 위해 프란치스꼬 프랑꼬의 반란군이 1939년 3월 마드리드로 진군할 때, 북부군 사령관이었던 에밀리오 몰라(Emilio Mola, 1887~1937) 장군이, "우리 군대가 4열로 나아가는 동안 내부에서 다섯 번째 줄이 봉기하여 후방 공격을 가하리라"고 방송을 해서, 겁을 먹은 시민들이 반란군 편을 들어 돕게끔 유도했다는 데에서 유래한 표현이었다. 군대는 본디 네 줄로 행군을 하는데, 한 줄이 더 적지에서 조직되어 암약을 한다는 뜻이었다.

"분열시킨 다음 정복하라(divide and conquer)"는 기본적인 병법에 따라, 유언비어로 적을 교란시키기 위해 동원되는 고도로 발달된 흑색 선전술로 알려진 '5열' 전략은, 본디 전체주의 체제가 민주주의 정권으로 침투하는 과정을 의미했으며, 라틴 아메리카에서 '양키 제국주의'를 몰아낼 때, 그리고 제2차 세계대전 초기에 널리 사용되었다.

춘계공세가 이루어지던 무렵에, 이미 우위를 차지하기 시작한 베트콩이 가는 곳마다, 주민들이 식량과 은신처를 조직적으로 제공했다는 사실은 북베트남 '5열'의 활동이 그만큼 왕성했다는 뜻이었다.

웨스트모얼랜드 장군이 끝내 제대로 파악하지 못했다는 이런 "치사한 전쟁의 생리"는 밀라이에서도 활발하게 진행되었다. 미군이 잔뜩 벼르고 결전을 벌이러 마을로 쳐들어가면 적은 흔적도 없이 사라져 버렸다. 그래서 "평정이 되었다(pacified)"고 분류된 지역으로 나중에 소규모 병력이 정찰을 나가기라도 하면, 여기저기서 지뢰와 바보덫이 야금야금 전우들을 죽이거나 불구로 만들어 한없이 약을 올리고, 그렇게 끝없이 "숲에다 헛총질"만 하다가 인내심이 바닥난 지휘관은, 밀라이 마을 전체를 적으로 파악하기에 이르렸고, 급기야는 "가서 싹 쓸어버려!"라는 신경질적인 명령을 내렸던 것이다.

*

1968년 3월 16일, 미 제11 경보병 여단 찰리 중대의 어니스트 메디나(Ernest Medina) 대위는 전투 임무를 부여받았고, 적을 "소탕하라(search and destroy)"는 메디나 중대장의 명령에 따라 윌리엄 캘리는 150명의 부하를 이끌고 밀라이 촌락으로 진입했다.

'소탕(掃蕩)'이란 물론 "깡그리 청소하듯 남김없이 쓸어버리라"는 뜻이겠지만, 베트콩 대대 병력이 활동한다던 밀라이 마을에는 '신출귀몰'한다고 알려진 무장 베트콩은 단 한 명도 남아서 그들을 기다려 주지 않았다.

그동안 계속해서 지뢰와 바보덫과 저격병들에게 희생을 당하기만 하던 전우들에 대한 복수를 할 기회를 손꼽아 기다려온 그들에게는 격렬한 전투를 벌일 대상이 어디에서도 눈에 띄지 않았다. 그래서 캘리는 부하들과 함께 주민 5백 명 이상을, 무장을 하지 않은 여자들과 아이들과 노인들까지, 모조리 죽여버렸다.

말하자면 그는 5열의 마을을 말끔히 소탕한 셈이었다.

찰리 중대의 병사들은 평균 나이가 스무 살이었고, 하와이에서 훈련을 받은 최정예 부대로 알려진 그들은 베트남 복무가 이제 겨우 3개월째였다. 하지만 이미 치사한 전쟁의 쓴맛은 볼 만큼 본 다음이었다.

그들을 이끌었던 캘리 중위는 스물네 살의 젊은이로서, 신경이 예민하고 화를 잘 내는 성격인데다가, 「찰리 중대의 세상」에서 전공을 쌓아 자신의 두각을 나타내기를 원하는 전형적인 군인이었던 신임 중대장 앨 라이스 대위처럼, 상관들에게 잘 보이기 위해 열심히 노력하느라고 지나치게 용감한 군인 티를 내는 인물이어서, 부하들에게 별로 인기가 없었다.

밀라이 마을에서 별다른 적의 저항을 만나지 못해 속시원한 대결을 벌일 기회가 없었던 찰리 중대는, 대신 마을 주민들을 2미터 깊이의 구덩이로 몰아넣고는 기관총으로 쏴버렸으며, 도망을 치려는 사람들은 일일이 쫓아가서 사살했다. 구덩이에서 기어 나오는 여자아이를 발견한 캘리 중위는 구덩이

▲ 밀라이에서 죽은 사람들. 로널드 해벌리(Ronald L. Haeberle)가 찍은 사진.

로 다시 밀어넣고 발포했다. 몇몇 시체는 가슴에다 "C 중대"라는 글씨를 칼로 새겨 넣었고, 배를 가르기도 했다. 병사들은 닥치는 대로 목을 베고, 두 손을 자르고, 혓바닥도 잘라내고, 심지어는 인디언처럼 머리가죽을 벗기기까지 했다.

남들이 모두 그랬기 때문에, 그들은 다 함께 살육의 광란에 빠져버렸다. 온몸이 피투성이가 되고 피냄새에 판단력이 마비된 그들은 모든 방향감각을 상실했던 것이다.

공중에서 이런 끔찍한 광경을 목격하고 속이 뒤집힌 조종사 휴 톰슨(Hugh Thompson)은 즉시 착륙하여, 헬리콥터의 기관총 사수에게 살상행위를 계속하는 미군 병사들에게 사격을 가하라고 명령을 내리고는, 생존자들을 구출하기 시작했다. 어느 구덩이에서 톰슨은 상처를 입지 않았으면서도 핏물에 빠져 질식해 죽기 직전인 세 살짜리 아이도 구해냈다.

다른 헬리콥터들에게 협조를 요청하는 무전통신을 치면서, 격분한 그는 부대장에게 자신이 목격한 장면을 자세히 보고했다. 잠시 후에 찰리 중대는 민간인 살해를 즉시 중단하라는 명령을 받았다.

＊

밀라이 학살사건을 은폐하려는 시도가 당장 시작되었다.

밀라이 베트콩 거점을 박살냈다는 거짓말로 왜곡된 혁혁한 전투 보고서가 상부로 올라갔다. 미군 신문 〈성조지〉는 목숨을 걸고 전투에 임한 병사들의 용기를 찬양하는 기사를 대문짝만하게 실었다. 웨스트모얼랜드 장군은 찰리 중대의 눈부신 승리를 축하하는 친서까지 보냈다. 밀라이 전과를 조사한 첫 보고서에서는 작전중에 실수로 희생된 민간인이 20명뿐이라고 했다.

하지만 밀라이에서 진짜로 어떤 일이 벌어졌는지를 아는 병사들이 너무 많았다. 그리고 미국의 양심은 아직 살아 숨쉬어서, 비록 현장에 있지는 않았지만 찰리 중대에서 복무한 친구 몇 명으로부터 밀라이 얘기를 들었던 베트남 참전병 로널드 라이든아워(Ronald Ridenhour)는 밀라이 만행에 대한 진실을 편지로 자세히 써서 그가 사는 주의 하원의원 모리스 유덜(Morris Udall)에게 보냈다. 유덜 의원에게 보낸 편지는, 혹시 적극적인 반응이 없을지도 모르는 만약의 경우를 위해서, 닉슨 대통령을 위시하여 30명의 고위 관리들에게도 사본을 만들어 동시에 발송했다.

반응은 즉각적이었다. 웨스트모얼랜드는 당장 조사를 실시하라는 명령을 내렸다. 두 가지 조사가 별도로 진행되면서, 찰리 중대 병사들의 증언을 통해 밀라이의 끔찍한 진실이 널리 알려졌고, 사진병이 촬영한 현장 자료들도 공개되었다. 미케(Mỹ Khê)와 꼬뤼(Cỏ Luy) 마을 등지에서 자행된 수백 명 민간인 학살사건에 대한 진실도 새로 발굴되었다.

밀라이 사건에서는 80명의 군인이 조사를 받은 결과, 메디나 대위와 캘리 중위를 비롯하여 25명의 장병이 기소되었고, 실제로 재판을 받은 사람은 여섯 명이었다. 그리고 살인죄가 적용된 사람은 캘리 중위 혼자뿐이었다.

＊

4개월 동안 계속된 군사재판에서 배심을 맡은 여섯 명의 장교 가운데 다섯은 베트남 참전 경험자였다. 캘리는 그들에게 자신은 군인으로서 상관인 메디나 대위의 명령을 따랐을 뿐이라고 증언했다.

"나는 가서 적을 소탕하라는 명령을 받았다. 그것이 그날 나에게 주어진 임무였다. 나는 남자, 여자, 아이를 가릴 만한 처지가 아니었다. 적은 다 똑같은 적이기 때문이다."

캘리는 22명을 살해한 죄로 종신형을 받았다.

그는 겨우 사흘 동안 감옥에서 지낸 다음, 닉슨 대통령의 명령에 따라 조지아 주 포트 베닝(Fort Benning) 기지에서 가택연금을 당했다. 편안한 아파트먼트에 기거하면서, 캘리는 애완동물을 키우고, 손님들을 맞고, 스스로 요리를 해먹으면서 '복역'했다.

많은 미국인들은 그를 공산주의와 싸운 용감한 영웅이라고 믿었으며, 캘리에 대한 평결이 부당하다고 생각했다. 그를 석방시켜야 한다는 편지가 백악관으로 쇄도했고, 결국 그의 형량은 20년으로, 그리고 다시 10년으로 줄었다.

3년의 가택연금 후에 그는 석방되었다.

열여섯 이라크로 간 밀라이

"난 딘빈푸 꼴은 절대로 당하고 싶지 않다(I don't want any damn Dinbinphoo)"라고 지명조차 제대로 모르면서 화를 냈다는 존슨 대통령을 비롯하여, 미국의 군사 및 민간 지도자들은 구정공세 동안 케산에서 "제2의 디엔비엔푸"가 되풀이될까 봐 전전긍긍했었다.

그리고 양심적인 일부 미국인들은 이라크가 제2의 베트남이 되지 않을까 걱정한다는 언론보도가 심심치 않게 눈에 띈다.

전쟁은 본질적으로 되풀이되는 역사라고 한기주는 생각했다. 그리고 밀라이처럼 베트남에서 벌어졌던 야만성이 이라크에서도 지금까지 곳곳에서 반복되었고, 현재도 반복되는 중이며, 앞으로도 반복될 전망이었다. 전쟁은 생존을 위한 싸움이고, 그래서 전쟁을 행하는 자들은 타인의 파멸과 패배를 나의 승리로 삼아왔다. 전쟁에서는 타인의 아픔이 곧 나의 기쁨이요, 그래서 서로 적을 괴롭히려고 최선을 다한다. 과거에 그러했고, 현재도 그러하며, 미래에도 마찬가지이리라.

베트남에서나 마찬가지로 이라크에서 미국이 파악한 적의 정체는 제복을 걸치지 않은 '무장 세력'이고, 그래서 밀라이에서처럼 팔루자(Falluja)의 모든 민간인은 잠재성 적병(敵兵)이었다. 그렇기 때문에 당연히 미군은 팔루자와 바그다드를 비롯한 여러 곳에서 이라크의 민간인들에게도 가차없는 무차별 공격을 서슴지 않았다. 존스 홉킨스 대학교와 콜럼비아 대학교가 이라크의 어느 대학교와 함께 조사한 바로는, 제2차 이라크 전쟁에서 2004년 9월까지 '미군 폭력' 때문에 사망한 이라크인이 10만 명에 이르며, 그 가운데 14.8퍼센트는 한 살 미만의 유아였다고 밝혔다.

저항이 치열했던 팔루자에서의 희생자를 포함하면 미군의 폭격 등으로 목숨을 잃은 이라크인은 20만 명에 이르리라는 비공식 계산도 나왔다. "반드시 제거해야 할 암적인 존재"라고 미군이 정의한 팔루자를 진압하는 작전에서, 미군은 1천2백 명의 적을 사살했다고 밝혔지만, 민간인이 얼마나 희생되었는지는 전혀 언급하지 않았다.

뿐만 아니라, 미 해병 2명이 이슬람 사원 안에서 부상을 당해 쓰러진 포로를 살해하는 장면이 텔레비전으로 보도되어 양심적인 미국인들을 곤혹스럽게 만들었는가 하면, 여군 졸병이 수용소에 잡아둔 이라크 남성 포로들을 발가벗겨 무더기로 쌓아놓고는 음경을 손가락 권총으로 쏘는 시늉까지 해가면서 집단적으로 짐승처럼 학대하여, 세계 평화의 수호자임을 자처하던 미국은 세계 인권 감시단(The International Human Rights Watch)으로부터 "인권 상황을 저해하는 주범"이라는 비난을 받았다.

미국은 어쩌다가 그런 나라가 되었을까?

다른 국가들을 임의로 "악의 축(Axis of Evil)"이나 "학정의 변경지대(Outposts of Tyranny)"라고 분류하기에 바쁜 조지 부시의 미국이 이제는 스스로 악의 주축(主軸, main axis)이 되어간다는 국제적인 시각이 등장했고, 한기주의 의식도 차츰 그런 시각에 동화되는 변화를 거치기 시작했다.

＊

북폭(北爆)과 더불어 베트남에서 확전(escalation)이 시작되었을 무렵, 호찌밍은 이렇게 세계 여론에 호소했었다.

"존슨 대통령은 미국 시민들과 전세계 인민들에게 다음 질문에 대한 답을 해주기 바란다. 베트남의 주권과 독립과 통일 그리고 영토 보존을 약속한 제네바 협약을 위반한 쪽은 누구인가? 우리 베트남 군대가 미국을 침략하여 시민들을 죽였는가? 아니면 베트남이 어느 다른 나라를 침략하기라도 했는가?"

지금은 부시 대통령이 그와 비슷한 아랍-무슬림 세계의 질문에 대답할 차례라고 한기주는 믿었다. 이라크의 주권과 독립과 영토 보존을 훼손한 쪽은 누구인가? 사담 훗세인과 조지 부시 가운데 누가 더 심한 폭력을 자행했는가?

아랍세계에서 가장 영향력이 큰 알-자지라 방송＊은 왜 미국이 이라크로 왔는지를 알고 싶어서, 다국적군 사령부로 찾아가 미 육군 및 국무부 대변인 조시 러싱(Josh Rushing) 해병 중위를 만나 단도직입적인 질문을 했고, 이런 대답을 들었다.

"우리들이 이라크에 온 의도는, 남의 땅을 빼앗고, 아랍인들을 죽이고, 모스크를 점령하려는 목적을 위해서가 아닙니다."

하지만 미국은 이라크의 여러 도시를 점령했고, 아랍인들을 죽였고, 무슬림들의 신성한 모스크를 공격했다.

러싱 중위는 이런 말도 했다. "이라크에는 대량살상용 무기를 비축해 두었고, 그것을 미국인들에게 사용할 의도가 분명하다고 우리들은 믿습니다."

알-자지라 기자가 반문했다. "언제요?"

러싱 중위가 순간적으로 말귀를 알아듣지 못해서 반문했다. "언제라뇨?"

"언제 이라크가 그 무기를 사용했나요?"

＊Al Jazeera. 뉴스 보도를 주로 하는 카타르의 국영 위성 방송으로, 시청률이 3천만에서 5천만에 이르러, 영국의 BBC와 세계적인 청취율에서 선두를 다툴 정도이다.

"내 말은, 사용하려는 의도가 있었다는 의미였습니다."

"사담이 사용하겠다고 위협했다는 말인가요?"

"그렇습니다."

"언제 사용하겠다고 사담이 그랬던가요?"

러싱 중위는 그제야 질문의 내용과 목적을 제대로 파악하고 말을 바로잡았다. "우리들로서는 그런 판단을 내렸다는 뜻입니다."

그러나 미군은 사담이 숨겨 두었다는 대량살상용 무기를 끝내 찾아내지 못했고, 이라크 정권은 알 카에다와 아무런 직접적인 연관이 없다고 밝혀졌으며, 부시 행정부는 마침내 의회에서 그릇된 정보를 빌미로 삼아 이라크 침략을 자행했다는 사실을 시인했다.

젊은 해병 러싱 중위는 다른 아랍계 방송기자에게, "알-자지라가 찾아와서 지극히 공격적인(extremely combative) 질문만 했다"면서, 이런 얘기도 했다. "사담은 아랍인들에게 이 세상에서 역사상 가장 큰 위협이다. 그는 누구보다도 더 많은 무슬림을 죽였다. 이라크 국민이 이런 사실을 잘 알지 못하는 까닭은 알-자지라가 진실을 보도하지 않았기 때문이었다."

하지만 한기주가 생각하기에는 사담 훗세인의 이라크보다는 아무래도 첨단 무기로 하늘과 땅을 초토화한 조지 부시의 미국이 훨씬 더 많은 무슬림을 죽였다.

그리고 한기주가 생각하기에는 제2차 이라크 전쟁이 "공산주의의 팽창을 미리 막아 민주주의를 수호한다"던 베트남전만큼도 명분이 없었다.

*

조시 러싱 중위 이외에도 여러 다른 미국의 대변인들은 "미국이 이라크로 온 까닭은 독재자에게 시달리는 사람들을 해방시켜 주기 위해서"라는 이유를 첫째로 꼽았다.

미국은 이라크인들을 해방시키러 왔다면서 이라크인들을 죽였다. 그런가 하면 미국은 이라크를 적이라면서, 이라크를 해방시키겠다고도 했다. 그렇다면 이라크는 대충 절반이 미국의 적이고, 절반은 해방시켜줘야 할 불쌍한 우방이었다. 그리고 미국은 이라크인들 가운데 죽여야 할 절반의 적이 누구이고, 해방시켜야 할 절반의 친구는 누구인지 제대로 파악을 못하는 눈치라고 한기주는 생각했다.

조시 러싱 중위 이외에도 여러 다른 미국의 대변인들은 "미국이 이라크로 온 까닭은 이곳 사람들의 안녕과 복지를 위해서"였다고 설명했다.

그리고 미국의 침략 이후 이라크에서는 사담의 평화시절보다 더 많은 사람들이 죽었고, 미군의 점령지 바그다드는 사담 훗세인의 시대보다 "안녕과 복지"의 질이 훨씬 위험하고 나쁜 곳이 되었다.

미국인들이 이라크인들의 "안녕과 복지"를 위해 전쟁을 개시했다던 주장은 아무래도 편향된 과장이라고 한기주는 생각했다. 미국은 호메이니의 혁명과 더불어 친미 정권이 쫓겨난 이란을 견제하기 위해 무기와 자금까지 조달하면서 사담 훗세인의 세력을 키워 놓았다. 그리고 이라크가 이란을 침공하여 전쟁을 일으켜도 입을 다물고 못본 체했지만, 꼭두각시인 줄만 알았던 이라크가 나중에는 줄을 당기는 대로 말을 잘 듣지 않게 되자, 혼을 내줘야 한다는 필요성 때문에, 쿠웨이트 침공의 호재(好材)를 타고 제1차 이라크 전쟁을 일으켰다고 믿는 사람들이 세상에는 적지 않았다.

그래도 어쨌든 노먼 슈워츠코프 장군의 빛나는 승리로 전쟁이 끝났을 때 한기주는 "잘한 일"이라고 생각했었다. 조지 부시 1세가 백악관에서 승전 선언을 하는 텔레비전 방송에서, 적군의 패배를 놓고 "싱글벙글 할 생각은 없지만(I am not gloating but)"이라고 말하면서도 기쁨을 감추지 못해 싱글벙글 웃는 모습을 보고는, 한기주도 그래서 덩달아 미소를 지었다. 그것은, 대단히 많은 지구인들이 그랬겠듯이, 쿠웨이트를 침략한 사담 훗세인을 응징한 미국에 대해서 느끼는 호감 때문이었다.

그리고는 10년이 지나, 조지 부시의 아들 조지 부시가 똑같은 적 사담 훗세인과의 두 번째 이라크 전쟁을 일으켰을 때는, 사정이 크게 달랐다. 이번에는 전쟁의 목적이 침략을 당한 나라를 돕기 위해서가 아니라, 미국 내에서도 많은 사람들이 그렇게 비판하듯이, 이라크에 군사적인 교두보를 마련하

여 이스라엘과 손을 잡고 중동을 지배하면서, 이라크의 외교정책과 석유를
독점하기 위해서였다.

따라서 미국은 사담 훗세인이 세계평화에 위협이 되어서라기보다는, 수니
파와 시아파의 갈등 그리고 쿠르드족에 대한 사담의 탄압을 정치적 구실로
삼아서, 미국인들 자신의 이익을 챙기려고 침략을 단행했다고 한기주는 믿
었다. 불이익을 당하는 무력한 집단이나 소수 국가를 회유해서 꼭두각시로
만들고는 했던 공산주의 혁명의 수법을 미국이 그대로 차용한 셈이었다.

부시—럼스펠드 행정부는 결국 필요에 따라, 대량살상 무기니 미국에 대한
공격이니 해가면서, 상황을 조작하고 왜곡하여 침략의 빌미로 삼는 나라의
주체세력이 되었다. 그래서 이제는, 제2차 세계대전에서 미국이 무찔렀던 악
당 히틀러의 독일까지도, 같은 전쟁에서 미국이 독일로부터 해방시켜준 프
랑스와 더불어, 더 이상 모범국가가 아닌 미국을 세계평화의 적이라며 비난
하고 나섰다.

*

한기주는 아들 조지 부시가 이라크로 들어간 여러 가지 이유들 가운데 하
나가 정권유지를 위해서는 강력한 지도자상을 부각시켜야 한다는 정치적 계
산 때문이었다고 믿었다. 그것은 최근 미국에 대단히 밀착하는 일본 지도자
들의 정치적 전략이 되기도 했다.

9·11의 수모를 당한 다음, 미국이 아프가니스탄을 침공하여 전쟁을 일으
켰어도 오사마 빈 라덴은 무사히 도피했고, 그에 따른 책임추궁과 비난공세
가 눈앞에 다가오자, 지극히 공격적인 부시 행정부는 수세만 취하면서 가만
히 앉아 있을 처지가 아니었다. 국민의 두려움과 분노를 해소시키려면, 미국
은 누군가를 계속해서 공격해야 했다. 그것은 베트남전 이후 패배주의에 빠
졌던 미국의 패권을 부활시키기 위해서도 절대적으로 필요했던 집단심리치
료였다.

국민에게 대리만족을 주는 분풀이의 제물로 삼을 만한 대상 가운데 가장
만만하게 부시의 미국이 악역으로 골라잡은 인물이 이라크의 사담 훗세인이

었다. 아버지가 한 번 싸워서 이긴 적수라면 아들에게는 별로 부담조차 없는 상대였다.

그리고는 제2차 이라크 전쟁에서 바그다드가 함락된 직후에 조지 부시 2세가 항공모함에서 미군 장병들을 줄지워 세워놓고 승전 선언을 하는 장면을 보게 되었을 때, 한기주는 침략자 미국이 피해자 사담에게 거둔 승리에 박수를 보내고 싶은 마음이 조금도 없었다.

그날 아들 조지 부시는 "미국과 연합군이 이라크 전투에서 이겼다(The United States and Allies have prevailed in the battle of Iraq)"고 말했다. 아들 부시는 평상시에 "악의 축(Axis of Evil)"이라는 말보다 훨씬 더 그가 애용하는 어휘 '압도하다(prevail)'를 이날도 자축 연설에서 반복했으며, 이라크 '전쟁(war)'이 아니라 '전투(battle)'라는 표현을 썼다.

한기주는 이 연설의 속셈이 너무나 빤하다는 생각이 들었다. 선전포고도 하지 않고, UN(국제연합)이 동의하지도 않았는데 '연합군'을 만들어 침략을 자행하고, 그래서 시작된 불법전쟁에서 아무리 많은 학살을 저질렀다고 하더라도, 미국은 '전투'의 차원에서 행동했기 때문에 이론적으로는 '전범(war criminal)'에 해당되지 않는다는 논리였다.

이것은 분명히 힘이 지배하는 독선의 소리였다.

그리고 일방적으로 시작하여 일방적으로 종전을 선언한 아들 부시의 호언장담을 이제는 미국인들조차도 믿지 않게 되었다. 전쟁이 끝났다는 그의 선언을 믿는 사람이 전세계 어디에서도 별로 많지 않아 보인다. 훗세인의 폭정을 종식시키고 전쟁이 끝났다고 하면서도, 미국의 점령이 끝나지 않기 때문이었다.

계속되는 점령의 이유가 "평화와 재건을 위해서"라고 주장하는 부시 진영의 주장은 그래서 세상은 믿으려고 하지 않는다.

열일곱 편파(偏頗)하는 언론

이라크에서 반복되는 베트남의 여러 징후와 양상을 지켜보면서 한기주는, 아마도 역사는 흐르지 않고 제자리걸음만 하는 모양이라고 생각했다. 과거로부터 미래를 배우지 못하기 때문에 미국은 여기저기 돌아다니며 똑같은 행동을 자꾸만 되풀이하는지도 모를 일이었다.

미국인들은 그들의 군대와 CIA가 소말리아와, 보스니아와, 한국과, 베트남과, 콩고와, 칠레 그리고 다른 여러 곳에서 어떻게 행동했는지를 쉽게 잊어버리고, 그래서 이라크에서도 다시 똑같은 일이 반복되는 중이었다. 마음에 들지 않는 '적'을 닥치는 대로 권총으로 쏘아서 죽여버린 다음, 말을 타고 훌쩍 마을을 떠나버려도 아무 뒤탈없이 얘기가 끝나는 서부영화에서처럼, 총잡이의 폭력이 온 세상 어디에서나 정의로 간주되는 것은 아니리라는 가능성을 미국인들은 의심조차 해본 적이 없어서 그런 현상이 생긴다고 한기주는 믿었다.

미국을 그토록 고마워하던 한국이 불편한 SOFA로 과잉보호를 받는 미군 장병들이 기지촌에서 저지르는 갖가지 범죄행위에 반발하며 이제는 노근리를 들먹이고 잘잘못을 따지려는 까닭은, "한때 도움을 받았던 약자"라는 이유로 그냥 당하기만 했던 사람들은, 가해자인 미국처럼 그렇게 기억이 짧지가 않아서, 과거를 좀처럼 잊지 않기 때문이었다. 베트남이 노골적인 '증오의 기념비'를 한국인들에게 점점 더 열심히 공개하는 이유도 마찬가지이리라고 한기주는 믿었다.

미국은 자유와 민주주의를 수호하기 위해 베트남으로 싸우러 간다고 했으며, 한국 정부도 미국의 구호를 그대로 되풀이하며 따라갔었다. 하지만 그것은 미국의 진실이 아니었다. 그리고 지금 미국은 이라크 땅에 자유와 해방과 민주주의를 구축하기 위해서라며 총을 들이대고 쳐들어갔고, 한국 정부는 다시 그들을 부지런히 따라갔다.

미국은 이라크에서 영광스러운 미국의 '카우보이' 역사를 다시 한 번 편찬하려고 했다. 그러나 일단 승리만 거두면 모든 추악한 전쟁도 아름다운 진실과 진리로 포장되어 역사에 기록된다는 믿음은 정보통신의 발달로 인해서 언제부터인가 순간적인 착각으로 규정되었다. 꼼꼼하게 다듬어서 미화하며 역사로 정리하고 편찬하는 과정이 고속정보의 시대에는 동시성으로 인해서 은폐나 변조가 점점 어려워지기 때문이었다.

그러다 보니 세월이 흐를수록 미국의 일방주의는, 소련의 견제가 사라진 세상에서, 점점 더 많은 적성국가를 전세계에 부지런히 양식하고, 이러다가는 결국 조지 부시-도널드 럼스펠드 식의 아메리카합중국은 모든 약소국을 탄압하는 공공의 적이 되는 외길을 가게 되리라고 한기주는 생각했다.

*

전쟁의 감시자들은 미국이 세계 평화를 지키는 선량한 수호자에서 가장 강력하고 일방적인 침략 국가로 변모하는 과정을 지켜보면서, 미국의 군대가 저지르는 범죄행위를 세계 여론을 통해서 널리 알리느라고 바빠졌다.

그렇다고 해서 과거 미국의 적이었던 베트콩과 현재의 적인 무슬림 전사들이 미군보다 훨씬 인도주의적이고 도덕적이며 선량한 군대라고는 차마 어느 누구도 말하기가 어렵다. 예배가 진행중인 사원에 수류탄을 투척하고, 인간의 목을 칼로 썰어대는 장면을 텔레비전으로 홍보하고, 성직자를 사살하는 이라크의 저항 세력은 아무리 봐도 '성스러운 전쟁(聖戰)'에 임한 종교적인 모습을 보여주지는 않는다.

그러나 세상 사람들이 미국과 미군에 대해서 그토록 반발하고 못마땅해하는 까닭은, 어떤 경우에도 적보다 항상 훌륭했다고 오랫동안 믿었던 '우리 편'의 악마적 속성과 추악한 면모가 마침내 노출되자, 기독교 박애정신으로 넘치는 모범적인 군대, 천사의 군대, 존 웨인의 군대에 대한 착각의 반작용이 그만큼 컸기 때문이었다.

*

전쟁터의 추악한 미국인을 언론이 요즈음 집중적으로 강조한다는 인상을 받게 되는 까닭은 존 웨인 영화의 시절에 대조적으로, 애국심을 고취할 목적으로 전쟁과 군인의 미덕을 지나치도록 강조하느라고, 매체가 GI상(像)의 미화작업에만 편파적으로 치우쳤던 결과라고 한기주는 믿었다.

미국의 언론은, 베트남에서 전쟁이 진행되는 동안, 국가의 선전도구 노릇을 하며 과거의 진실을 애국적으로 오도했던 잘못을 뉘우치고, 여태까지 소홀했던 몫까지 들춰가면서, 전달 속도가 엄청나게 빨라진 텔레비전을 통해 명분없는 전쟁의 사악함을 속속들이 들춰내기 시작했다. 그러나 결과적으로 적을 도와주는 결과를 가져온 지나친 자아비판이 오히려 미국의 패전을 가져온 한 가지 주요 원인으로 국가와 국민이 인식하게 되자, 이번에는 일부 계층으로부터 언론이 국익에 배치하고 비애국적이라는 비판을 받는 궁지로 몰렸다.

조지 부시 1세가 제1차 이라크 전쟁을 일으켰을 때는 그래서 미국 언론은, 알 권리와 표현의 자유를 어느 정도 자제하며, 국익에 부응하자는 자성의 목소리가 높았다. 베트남 현상을 되풀이하고 싶지 않았던 언론 매체들이, 노먼 슈워츠코프 장군의 보도통제를 순순히 따르면서, 군부와 언론의 협조가 사이좋게 이상적으로 이루어졌다.

하지만 이상하게 돌출된 이런 발전과 진화의 단계는, 국익을 위한다는 목적으로 인해서 언론의 역할을 퇴행시키면서, 주객을 전도시키는 결과를 가져왔다.

비록 베트남전에서는 반전(反戰)으로 그리고 제1차 이라크 전쟁에서는 다시 국익으로, 과거에도 언론이 시대에 따라 조금쯤 한쪽으로 기우는 편향성을 보이기는 했어도, 두 전쟁에서는 미국 언론이 나름대로의 합리적인 지침과 논리를 유지했었다.

그러나 아들 조지 부시의 명을 받고 다시 이라크로 돌아간 미국을 보면, 자유와 독립성을 추구해야 하는 언론이 심리전 무기의 차원으로 몰락해 버린 듯한 징후들을 보이기 시작했다. 팔루자를 공격하기에 앞서 적의 반응이 어떻게 나타날지를 알아보기 위해, 해병 공보장교는 작전을 시작하기 며칠 전에 미리, 공격이 개시되었다는 거짓 정보를 흘려 CNN으로 하여금 오보를 내보내도록 시켰던 사건은 그런 증후군의 한 가지 두드러진 증세였다.

*

미국 정부는 제2차 이라크 전쟁을 수행하는 과정에서, 자국의 언론을 작전에 이용하는 데 그치지 않고, 적성 언론에서도 그들 자신의 기준에 따라 보도 내용을 주도하고 싶어했다. 미국편 '양심적' 보도를 적성 언론도 그대로 되뇌도록 요구하려는 욕심이 바로 그런 편파적 징후의 대표적인 한 단면이었다고 한기주는 믿었다.

이라크의 '무장 세력'이 살해한 미군의 시체를 일반 시민들이 훼손하며 길바닥에 눕혀놓고 짓밟는 장면이 텔레비전 방송에 나가자, 다국적군 홍보를 총괄하는 흑인 장군은 "미국 방송에서는 죽은 시체를 보여주지는 않는다"고 흥분해서 비난했다.

하지만 미국 언론은 이라크에 대한 공격이 시작되면서부터 줄곧, 미군이 전투에서 사살한 적병과 컴퓨터 장비로 치밀하게 계산하여 '똑똑한 폭탄(smart bomb)'으로 박살낸 목표물을 언론에서 자랑삼아 비디오 게임처럼 끝없이 보여주었다. 그것은 기계의 정확성과 폭발력을 숭배하는 예식이었지, 인명을 존중하는 태도와는 거리가 멀었다.

그보다 반 세기 앞서 한국전쟁의 보도에서도 '전과'를 자랑하기는 미국의 언론보도 또한 마찬가지였으며, 몇 년 더 과거로 거슬러 올라가 제2차 세계대전에서는 태평양 전투 현장에서 화염방사기에 타죽은 일본군의 참혹한 숯덩이 시체 따위를 미국 영화사의 생생한 뉴스보도에서 수없이 보여주었다.

다국적군이 무자비하게 폭격한 나자프의 폐허와, 성지를 파괴한 미군에게 희생된 민간인들의 시체를 즐비하게 늘어놓은 장면을 알-자지라 방송이 뉴스로 내보내자, 도널드 럼스펠드는 미국에게 불리한 그런 '거짓말' 장면으로 반미감정을 부추기는 "선전자료만 골라 보여주고, 보여주고, 또 보여주는 의도적인 습성(We know Al-Jazeera has a pattern of playing propaganda over and over and over again)"을 규탄하며 기자회견에서 험상궂게 화를 냈다.

그러면서도 미국의 모든 텔레비전 방송은 바그다드가 함락되던 당시, 시민들이 사담 홋세인의 동상을 끌어내리는 장면을 하루종일 끝도 없이 반복해서 "보여주고, 보여주고, 또 보여주는 의도적인 습성"을 보여주었다. 그리고 페르도시 광장에 세워놓은 홋세인의 동상을 사람들이 끌어내리는 장면을 알-자지라가 분석한 내용*을 보면, 철거작업에 동원된 '열광하는 시민'은 겨우 열 명밖에 되지 않았으며, 하나같이 십대 청년들이었고, 그들이 구호를 외치던 언어로 미루어 보아 모두가 쿠르드 계열의 남자들뿐이어서, "해방을 맞아 환희하는 이라크인 군중"을 대변한다고 주장하기는 여러 모로 부족했었다. 하지만 미국의 방송사들은 홋세인의 동상이 고꾸라지는 문제의 장면이, 이오지마(硫黃島) 전투에서 수리바치 정상에 성조기를 극적으로 게양하는 해병대원들의 동상처럼, 이라크 국민을 해방시키는 미국의 상징적인 영상으로 고착시키기 위해 하루종일 반복해서 보여주었다.

럼스펠드는 또한 아랍 방송들은 "폭탄이 잘못 떨어져 혹시 여자들이나 아이들이 죽으면, 마치 미군이 아녀자들만 죽인 것처럼 그들을 모두 한 곳에 가져다 찍은 장면만 골라서 보여준다. 이것은 전세계를 상대로 거짓말을 하는 셈이다"라면서 다시 화를 냈다.

하지만 아랍계 방송에서만 그들 자신에게 유리한 장면을 골라 편집해서 송출했다는 럼스펠드의 주장은 아무래도 억지가 심했다. 미국 방송에서도, 예를 들어 바그다드로 미군의 전차 행렬이 진군하는 동안, 상대편의 심각한 고통이나 공포감 또는 애꿎은 피해는 가급적 언급을 회피해 가면서, 미군이 씩씩하게 진격하고 신나게 폭격하고 거침없이 승리하는 편파적인 장면으로 거의 모든 보도시간을 채워나가고는 했다. 그렇다면 아랍계 일부에서나마 민간인 피해를 보도하는 행위란, 시각의 편향성을 보완하고 수정하는 기능을 맡기 때문에 오히려 당연한 일이며, 그것은 밀라이나 노근리 학살의 경우처럼 미국의 언론도 양심적인 일부에서나마 필수적으로 제시해야 마땅한 자료였다.

---

*EBS 국제다큐멘터리 페스티벌 우수작 「알-자지라 보도국」에서.

그런데 럼스펠드는 왜 모든 이라크인과 아랍세계가 미국인들처럼 말하고 생각하기를 기대하는지 한기주로서는 납득이 가지 않았다. 그렇다면 럼스펠드 자신은 이라크인들처럼 생각하고 행동하고 말하려는 노력을 얼마나 보여주었던가? 럼스펠드는 지금까지 아예 이라크인들은 안중에도 없는 국수주의자처럼 항상 행동했다.

그렇다면, 세계 최강국이어서 원하면 언제라도 아무 국가나 침략하여 짓밟을 만큼 막강한 군사력을 갖춘 미국이, 이라크가 보유한 대량살상 무기를 사담 훗세인이 오사마 빈 라덴에게 넘겨주어 미국을 공격하리라는 거짓말을 늘어놓으면서, 유엔과 유럽이 말리는데도 못 들은 체하며, 아무런 적대행위조차 하지 않던 나라를 선전포고도 없이 침략해서는, 마치 두 손을 묶어놓은 듯 전혀 저항을 하지 않고 공화국 수비대조차 사라져버린 도시를 온갖 최첨단 폭탄으로 두들겨대는 상황을 지켜보면서, 그런 일을 당하는 쪽에서도 미군의 폭력을 쌍수를 들어 환영하는 내용의 보도만 하기를 럼스펠드가 기대했다는 말일까?

*

카타르(Qatar)의 도하(Doha)에 위치한 다국적군 보도본부(Coalition Media Center)에서 두 번째 이라크 전쟁 초기에 근무했던 미군 공보장교들은, 흑인 준장에서 여군 중위에 이르기까지, 조지 부시-도널드 럼스펠드 식의 화법을 일사불란하게 구사했다.

그들은 "지극히 공격적인" 질문만 일삼는 아랍 방송들이 사담 훗세인 쪽으로 편향되었다고 지적했다. 하지만 미국 방송들이 부시 쪽으로 편향되었다는 지적은 아무도 하지 않았다.

그들은 "민간인 희생에 관한 보도가 몇몇 매체를 통해서 접수되기는 하지만," 베트남에서 옛날에 베트콩들이 그랬듯이, "무장 세력이 민간인 뒤에 숨고, 임산부 뒤에 폭탄이 숨겨져 있기 때문"이라는 논리를 앞세우며, 민간인 살상이 "사담 훗세인 정권이 내렸던 결정들 때문에 발생했다"고 설명했다. 사담 훗세인이 '나쁜 놈(bad guy)'*이니까, 그를 제거하기 위해서라면 이라크 민간인을 아무리 많이 죽여도 그것이 곧 정의의 실현을 위해 필요한 한 과정이라는 주장이었다.

그들은 미군 폭격을 맞아 피를 흘리는 바스라의 아랍인들, 그리고 사살된 미군 포로들의 모습에 대해, "미국의 보도는 저런 피투성이 장면은 내보내지 않는다"고 했다. 그렇다면 군복을 입은 존 웨인이 영웅적으로 죽어가는 장면처럼 말끔한 장면만 보여주라는 얘기인데, 전쟁에서는 수많은 사람들이 피를 흘리는 야만적인 진실이 엄연히 존재한다. 그런데도 미국은 미군이 아니라 아랍인이 죽는 장면만, 그것도 민간인은 안 되고 '무장 세력'이 죽는 장면만 보도하라고 아랍계 방송에게 요구했다.

그런가 하면 조지 부시는 미군 병사들이 무장 세력에게 포로로 붙잡혔다는 소식을 접한 다음, "아군이 잡은 포로를 인도주의적으로 대하듯이(Just as we're treating the prisoners we captured humanely)" 적도 미군들을 인간적으로 대해 주기를 바란다고 요구했다. 하지만 미군이 아랍인 포로들을 수용소에서 얼마나 인간적으로 대우했는지는 얼마 후 내부 고발을 통해 밝혀졌고, 적에 대한 미국식 인도주의는 베트남전의 봉황작전 과정에서도 크게 논란의 대상이 되었었다.

이렇듯 적의 목소리에 대한 미국의 입장은 확고부동한 일관성을 유지했으며, 영국군 공보장교도 "그런 야비한 성격(such gross nature)의 방송은 삼가기 바란다"고 알-자지라에게 경고했다.

아랍 방송들이 균형을 잃고 편파적이라고 지적하면서, "이곳 언론인들은 도대체 객관성이 무엇인지 알기나 하느냐(Are they capable of being objective)?"는 미국인 여기자의 지적에, 알-자지라의 여국장 조운 터커(Joan Tucker)는 "이 전쟁에 대해서 완전히 객관적인 입장(position)을 보이는 미국 언론인이 한 명이라도 있느냐?"고 반문했다.

적성 언론의 선동행위가 "신경에 거슬린다"고 럼스펠드가 또다시 화를 내

---

* 다국적군 사령부의 미 육군 및 국무부 대변인 조시 러싱 해병 중위가 연합방송국(Transnational Broadcast) 소속 압둘라 슐라이퍼 기자에게 썼던 표현이다.

"포로를 인도주의적으로 대한다"는 미군은 베트남에서 적군의 시체를 이렇게 장갑차에 끌고 다니기도 했다. 1966년 헤이그 보도사진전에 입상한 이 사진을 찍은 사와다 교이찌는 「폭탄을 피하려고 안전한 곳으로 도망치는 가족」으로 퓰리처상을, 그리고 사후에는 로버트 카파상을 받았다.

면서도, 미군은 바그다드 작전 상황에 대해서는 작전상 비밀이라며 보도통제를 하는 한편, 공보장교들은 제시카 린치를 앞세운 선무공작에만 열심이었다. 그리고 럼스펠드 국방장관과 부시 대통령의 갖가지 연설을 들어보면, 어휘 선택에서부터 웅변술에 이르기까지 전형적인 선동의 수사학이 넘쳐날 따름인데, "오사마 빈 마덴의 대변인"이요 "사담 홋세인 쪽으로 편향된" 알-자지라의 시각만 탓하는 미국 정부를 보면, 역시 남의 잘못만 잘 보이는 모양이라고 한기주는 생각했다.

조지 부시 가문이 구사하는 언어가 얼마나 폭력적이고 원시적인지는 별로 꼼꼼히 살펴보지 않더라도 쉽게 피부로 느껴졌다. 예를 들어 CIA 출신의 아버지 조지 부시는 이라크를 침공하기 직전에 기자회견을 하면서, 사담 홋세인을 '깡패(thug)'라고 불렀다. 아들 조지 부시 또한, 오사마 빈 라덴이나 북한의 김정일을 위시하여, 미국의 마음에 들지 않는 국가의 통치자에 대해서, 그런 명칭을 조금도 서슴지 않고 사용했다.

그리고 이라크를 침공하기 직전에 아들 부시는, "나를 돕거나 아니면 나와 맞서거나, 양자택일 이외에는 다른 선택의 여지가 없다"고 벤-허(Judah Ben-Hur)에게 요구했던 메살라(Messala)와 마찬가지로, 전세계를 향해 "미국과 같은 편에 서지 않으면 적으로 간주하겠다"고 당당하게 그리고 공공연히 천명했다. 과학과 경제의 발전까지도 전쟁행위를 핵으로 삼아 이루어지는 미국은, 약자를 도와주고 보호하는 맏형 역할을 중단하고, 그들의 명분없는 전쟁에 동참하지 않는 국가들이 "말을 안 들으면 두들겨패겠다(or else)"는 식의 협박을 하는 단계로 들어선 것이다.

이렇게 해서 이라크 전쟁을 전후하여, 자폐적(autistic) 세계관을 고수하며 메살라식 편가르기를 강요한 미국 때문에 세계는 세 개의 진영으로 갈라졌다. 유럽에서는 영국, 중동에서는 이스라엘, 아시아에서는 일본과 횡으로 '선의 축(the Axis of Good)'을 형성하려는 미국이 구축한 연합전선이 그 첫 번째 진영이었다. 두 번째 진영은 확대판 베트남이 되어버린 무슬림들의 세계였다. 그리고 제3 진영은 미국의 눈치를 살피며 진로를 조심스럽게 짚어 나가야 될 국가들이었다.

미국은 수많은 약소국가 위에 군림하는 폭력주의자(terrorist)요 공포의 대상으로서의 모습을 갖추었으며, 만일 제2 또는 제3 진영에서 어느 나라가 이런 행동양식을 참작하여 조지 부시를 '깡패(thug)'라는 말로 섣불리 정의한다면, 미국은 그것이 '편파적인 시각'이라고 당장 반박하리라는 것은 이제 의심할 여지가 남지 않았다.

미국의 모습은 그렇게 많이 달라졌다.

*

어니 파일 이후 새로운 형태의 문학적 현장 저널리즘이 계속해서 발전하기는 했지만, 두 차례 세계대전과 한국전쟁에서까지만 해도 대다수의 종군기자가 소박한 전황보도에만 열심이었다. 그리고는 심층보도가 자꾸 전문화하면서 특파원들이 전쟁의 진실과 죄악상 그리고 인간상을 점점 더 깊이 분석하고 파헤치는 양심의 선구자로 서서히 변모해갔다.

그리고 미국의 군부는 베트남에서부터 심상치 않은 시각을 갖추게 된 그들을 어니 파일처럼 "전우(buddy)"라고는 더 이상 생각하지 않게 되었다. 윌리엄 웨스트모얼랜드 장군이 CBS-TV의 「60분(Sixty Minutes)」을 "편집으로 조작한 고의적인 왜곡"이라며 명예훼손으로 제소한 사건에서 잘 나타나듯이, 베트남전에서는 언론을 반전 세력과 연합한 내부의 적으로 군부가 간주하기에 이르렀다. 그러다가 아들 부시 행정부에 접어든 다음에는, 비판적 언론이라면 피아(彼我)를 가릴 필요도 없이 공격을 가하고 거침없이 사살해도 되는 적으로 여긴다는 인상을 줄 정도가 되어버렸다.

　　이라크의 전쟁을 취재하던 종군기자들은 아랍 무장세력과 다국적군 양쪽으로부터 공격을 받아 수없이 죽어갔다. 2002년에 25명, 2003년에 64명, 그리고 2004년에는 1백 명이 넘는 특파원이 이라크에서 목숨을 잃었다.

　　BBC 기자가 미·영 연합군 전차부대의 미사일 공격을 받아 죽었고, 아브그라이브 교도소에서는 미군 헬리콥터의 오인 사격으로 로이터 촬영기자가 방송을 하던 중에 죽어 최후의 순간이 생생한 기록으로 남았다.

　　그리고는 '실수'가 아니었다는 의혹을 자아내는 사건들도 발생했다.

　　바그다드 공격 당시 미군은 2백 명이 근무중이던 알-자지라 지국 건물과 아부다비 방송 건물을 미사일로 공격했다. 알-자지라의 타렉 아유브 기자는 이때, 제1차 이라크 전쟁 당시 CNN의 피터 아네트 기자가 그랬듯이, 건물 밖 현장에서 바그다드 폭격을 생방송으로 진행하다가 목숨을 잃었다.

　　미군이 알-자지라 방송국을 폭격한 이유는 "해당 건물 근처에서 수상한 움직임(소요사태)이 있었다는 보고" 때문이었다는 보도자료를 냈다.

　　알-자지라 건물을 미군이 오폭(誤爆)한 우발적인 사건과는 직접적인 관련이 없어 보이는 사태의 진전이기는 하지만, 아랍 방송의 '편파적'인 시각을 지극히 못마땅해하던 미국이 알-자지라를 매각처분하라는 압력을 계속하는 바람에 카타르 정부로부터 "골치가 아프다"는 소리가 나왔다고 〈더 뉴욕 타임스〉가 2005년 초에 보도했다. 상대방의 발언권을 박탈하려는 나라라면 미국은 이제 더 이상 언론의 자유를 보장하는 민주국가이기를 포기한 셈이라고 한기주는 생각했다.

종군기자들의 수난은 여기에서 그치지를 않았다. 일본인 기자 두 명은 무장세력의 공격을 받고 목숨을 잃었으며, 미군을 돕기 위해 3천 명의 병력을 파견한 이탈리아에서 온 기자 한 사람은 반란군에게 잡혀가 끔찍한 참수를 당하기도 했다.

그리고 알-자지라 때문에 카타르에서 "골치가 아프다"는 말이 나왔다는 무렵인 2005년 2월에는, 미국의 이라크 침략과 이탈리아군 파병에 대해서 비판적이던 이탈리아의 좌파 신문 〈선언(Il Manifesto)〉의 여기자 줄리아나 스그레나가 무장단체에 납치를 당했다. 이탈리아군 정보부 해외공작 책임자인 니꼴라 깔리빠리는 납치범들과 한 달간의 줄다리기 협상 끝에 스그레나 기자를 구출했다. 하지만 구사일생으로 살아난 스그레나를 본국으로 보내주기 위해 바그다드 공항으로 이동중이던 일행은 미군의 총격을 받았고, 깔리빠리 공작대장은 현장에서 목숨을 잃었다. 부상자도 3명이나 생겼다.

이 사건을 놓고 이탈리아 언론과 미군 당국은 서로 상반되는 '편파적' 발표만 계속했고, 그래서 미군들의 공격이 의도적이었느냐 아니냐를 한기주로 서는 알 길이 없었다.

열여덟 군악대 나팔수

한기주는 2층 침대 위칸에 누워, 불을 꺼서 컴컴한 천장을 멍하니 올려다보면서, 힘찬 쇠바퀴 소리에 귀를 기울였다.

덜커덕 덜컥, 덜커덕 덜컥, 덜커덕 덜컥······.

건너편 침대에서는 위칸을 차지한 보띠엡후엉이 한 시간 전 두세 차례 하품을 하고 나서 자리에 눕자마자 잠이 들어, 지금은 가끔 나지막이 코를 골았다. 아래칸에서는 창 쪽으로 머리를 두고 벽에 바싹 달라붙어 모로 누운

응웬딩롱이 죽은 사람처럼 숨소리조차 내지를 않아, 아직 잠이 들었는지 확인할 길이 없었다. 기나긴 통역에 지쳤음직한 구형석은 한기주의 아래칸에 엎드려, 나중에 어디엔가 써먹을 자료라도 정리하는 듯 수첩에 한참 무엇을 적어넣은 눈치이더니, 조금 전부터 잠든 듯 조용해졌다.

베트남인들과 얘기를 나누던 동안에는 한기주의 귀에 들려오지 않았던 단조로운 쇠바퀴 소리가 지금은 북쪽으로 북쪽으로 달려가며 온 세상을 가득 채우고 우렁차게 울렸다.

덜커덕 덜컥, 덜커덕 덜컥, 덜커덕 덜컥…….

기차는 탄화(Thanh Hóa)를 얼마 전에 지났고, 시간은 자정이 조금 넘었다.

그리고 응웬딩롱의 목소리가 잠잠해진 지금, 혼자 아직 잠이 들지 못한 그는, 전쟁이 끝난 다음 고향으로 돌아간 롱이 지금까지 어떻게 살아왔는지에 관한 얘기는 왜 그렇게 간단히 마무리를 지었을까 생각해 보았다. 롱과 여동생은 리엔 누나를 찾아보겠다며 아버지와 함께 다낭으로 이사를 갔지만, 롱은 누나의 행방은커녕 생사조차 아직도 모른다고 했다. 그러면서도 롱이 별로 걱정조차 하지 않는 눈치를 보니, 그가 사실대로 모든 얘기를 다 하지는 않았으리라고 한기주는 생각했다. 혹시 랑이나 마찬가지로, 리엔 역시 미군들을 상대하는 무슨 일을 하다가, 어디서 만만한 남자를 하나 만나서, 국제결혼을 하고 아메리카로 따라 건너갔는지도 모를 일이었다. 한국에서도 전후에 수많은 여자들이 그랬듯이.

아니면 평화에 관해서는 전쟁만큼 극적인 내용의 얘기가 별로 없기 때문이었을까? 평화는 전쟁만큼 얘깃거리가 되지 못하니까.

*

전쟁에서 승리한 베트남인 두 명이 아직 제나라에서 통일조차 이룩하지 못한 패전국 한국인 한 사람을 앞에 앉혀놓고, 그토록 기나긴 회고를 하면서도 의기양양한 무용담을 별로 늘어놓지도 않고, 눈에 띌 만큼 잘난 체하지도 않았다는 사실이 한기주에게는 아까부터 이상하게 마음에 걸렸었다. 과거에 적병이었던 한기주를 깔보거나 업수이 여기지 않던 그들의 이완된 태도가 한기주로 하여금 저녁 내내 의기소침한 죄의식을 느끼게 했고, 그래서 그에게 왜소하게 위축되는 기분이 들도록 만들었는지도 모르겠다는 막연한 추측까지 그의 머리를 스쳤다.

그 위축감은 승리자의 담담함 앞에서 느끼는 단순한 열등감이 아니라, 거짓말을 하다가 들켰을 때의 창피한 가책으로 인해서 증폭된 죄의식이었다.

그것은 이미 까마득한 옛날, 1973년 3월 20일, 서울운동장에서 거행된 주월한국군 이세호 사령관과 마지막 귀국 병력을 위한 환영식에 대해서, 대한민국의 신문들이 보도한 내용을 읽어보고 한기주가 느꼈던 낯간지러움으로부터 이어진 오랜 인식이었다.

1973년 3월 20일과 이튿날, 한국의 조석간 신문들은 앞다투어 "맹호부대의 개선"을 크게 보도했다. 하지만 '개선(凱旋)'이라면 "싸움에 이기고 돌아오는 것"을 의미한다고 우리말사전은 정의한다. 그렇지만, 전세계 사람들이 다 알 듯이, 미국은 베트남에서 수치스러운 패전의 고배를 맛보았는데, 미군과 같은 편에 서서, 그들보다 10분의 1밖에 안 되는 병력으로 싸운 한국군이 어떻게 개선을 했다는 말인가? 그리고 한국군이 개선했다면, 베트남은 왜 그후 겨우 2년 만에 공산화가 되었을까?

한국의 모든 언론이 헬리콥터로 사이공에서 필사적인 탈출을 하는 미국과 베트남 사람들의 모습을 보여주면서, "베트남 패망"에 관한 보도를 그토록 요란하게 쏟아냈는데, 미국과 남보가 패배한 전쟁에서 어떻게 한국군만 혼자서 느닷없이 개선을 했던가? 한기주의 생각에 그것은 개선이 아니라 '패주(敗走)'라고 해야 차라리 어울릴 만한 귀향이었다.

비록 군대식 논리가 "장렬한 전사"나 "옥쇄"라는 말로 패배를 종교적 순교처럼 미화하는 데 아무리 익숙하더라도, 한국은 결코 베트남전의 승전국은 아니었다. 진주만이 공격을 당하는 장면을 미국 정부는 국민의 사기 저하를 우려하여 아무리 13개월 동안 상영을 금지했더라도, 외신 보도를 통해서 전세계에 알려진 패배를 국민에게 숨기려고 한국인들끼리만 승리했다고 주장하는 개선 기념식에 대해서 언론이 군악대의 나팔수 노릇을 해서는 안 되는 일이었다.

공산군에 쫓기며 후에에서 다
낭으로 가는 피난 행렬(위), 냐
짱이 함락되기 직전 사이공으
로 철수하는 마지막 헬리콥터
에 악착같이 올라타려고 친구
의 손에 매달린 베트남인을 주
먹으로 때리는 미국인(가운
데), 그리고 망망대해를 표류
하는 해상 난민(아래) ─ 이것
은 "개선"한 전쟁의 마지막 모
습은 결코 아니었다.

세상사람들이 아무리 군대 얘기는 당연히 과장하게 마련이니까 그까짓 패배를 승리라고 주장하면 좀 어떠냐고 하더라도, 그리고 21세기로 넘어온 다음인 2004년 11월에 29개 언론사의 경제부장들을 만난 자리에서 노무현 대통령이 "전투 지휘관은 아무리 불리해도 불리하다는 말을 해서는 안 된다"고 무슨 지혜로운 명언이라도 되는 듯 주장했더라도, 한기주는 승리자에 대한 정신적 예우를 갖추지 못할 정도로 패장이 뻔뻔스러워서는 옳지 못하다고 생각했다.

한국군이 개선했다던 언론보도는 편파성을 넘어선 억지의 차원에서 울리는 나팔소리였다. 일본과 중국이 역사를 왜곡한다고 시끄럽게 탓하면서, 왜 한국인들은 그토록 널리 알려진 빤한 사실까지 거꾸로 해석하려고 하는지 한기주로서는 이해하기가 힘들었다. 그렇다면 직접 확인이 가능하지 않는 군사적 사실들은 과연 얼마나 믿어야 하는지 알 길이 없어서였다.

*

대한민국에서 해마다 열리는 연두기자회견(年頭記者會見)의 모양새를 보면, 행정수반과 언론이 자리를 같이 하고, 앞으로 일년 동안의 국정을 놓고 허심탄회하게 한쪽이 질문을 하면 다른 한쪽이 대답을 하는 형식을 취한다. 하지만 한기주가 기자로 활동하던 시절에는, 질문 내용을 특정 기자들에게 미리 배분해 주고, 대통령의 모든 대답은 외신기자들을 위해 미리 영어로 번역까지 해놓은 다음에 회견을 시작하고는 했다. 한기주는 사실상 그런 번역작업에 직접 참여하기도 했었다.

입에 맞는 얘기만 골라 줄거리를 엮어서 전체 국민의 견해처럼 꾸미는 언론, 그것은 군악대 나팔소리를 방불케 하는 행사여서, 이른바 '선별적 여론'의 전형적인 표본이었다.

그렇게 듣기 좋은 질문만 골라서 하고, 듣기 좋은 소리만 골라서 말해주고, 나쁜 소리도 좋은 내용으로 변조해서 듣는 언론 전통에 지나치게 익숙해지다 보니까, 어쩌다 외국 텔레비전이나 영화에서 한국인상(韓國人像)을 조금이라도 부정적으로 그렸다 하면, 패전을 개선이라고 착각하는 국내 언론부터 발끈해서, 외국 언론을 비난하는 사명에 맹렬히 앞장을 서고는 했다. 두 사람이 싸울 때 한 사람이 열 대를 때리면 적어도 한 방은 자신도 맞게 마련이지만, 한국 언론은 그런 계산이 서툴러서인지, 따이한은 베트남에서 승승장구 이기고 개선하기만 하지, 패배를 알지 못했다.

이러한 전통적인 언론보도는 이라크에서도 계속되어, 3개월 동안 자이툰 부대에 상주하며 취재를 했다는 어느 위성 텔레비전 방송 기자는, 따이한들이 베트남에서 그랬듯이, "아이들에게 축구공을 나눠주고, 환자들을 무료로 치료해 주고, 아르빌 주민들의 생활을 업그레이드시켜" 준 결과로 "'우리에겐 산밖에 친구가 없다'던 쿠르드족 속담이 지금은 '산과 한국군밖에 없다'로 바뀌었다"는 나팔수 소식을 전했다.

그렇다면 과연 쿠르드족은 이라크의 주체이기나 한가?

정말로 한국인의 위상이 이라크 전역에서 그토록 대단한 차원에 이르렀을까?

그리고 어느 일간지 기자는, 최근에 호이안 지역에서 월맹군 장교 출신이라던 쩐반부아를 취재한 기사에서, 부아가 한국의 텔레비전극 「대장금」을 즐겨본다면서 퍽 자랑스러워하는 내용의 글을 썼다. 이른바 '한류'를 다루는 기사였는데, "한국군은 부대원 가운데 한 명만 죽어도 마을을 쑥대밭으로 만들 정도로 무섭고 용맹했어"라는 부아의 말을 인용해 놓기도 했다.

한기주는 기자가 혹시 "무섭고 용맹했어"라는 월맹군 출신의 말을 칭찬으로 착각하고 인용하지는 않았을까 하는 의심이 들었다. 베트남인 부아가 사용한 '용맹'이라는 어휘가 정확히 무슨 단어였는지 확실치가 않아서였다.

*

따이한(大韓)이 베트남에서 현지인들로부터 크게 사랑을 받는 용감한 군대였다고 한결같이 주장하던 국내 언론보도와는 달리, 한기주는 한국군을 찬양하는 외신 보도나 외국 문헌을 아직 어디에서도 접했던 적이 없었다. 「대장금」을 즐겨본다는 베트남인이 "한국군은 용맹했어"라고 말했을 때도, '용맹'은 '용감하다(brave)'거나 '당당하다(gallant)'는 찬양의 뜻보다 "야수

(brute)와 같다"는 뜻의 '사납다(brutal)'거나 '흉포하다(fierce)'거나 '잔인하다 (ferocious)'는 부정적인 의미에 가까우리라고 그는 생각했다. 그가 만난 모든 외국인은 그런 식으로 한국군을 인식하고 표현했기 때문이었다.

『베트콩 회고록』에서 한국군을 언급한 대목*도 예외가 아니었다.

> 가장 맹렬한 항의 시위는 아직** 국내에 남은 외국 병력, 특히 한국군을 겨냥한 것이었는데, 한국군의 두드러진 잔인성(special brutality)은 중부지역 에서 수많은 민간인의 죽음을 초래했다. 지역 주민들의 분노를 동원하여, 우리 공작원들은 한국군 부대 주변에서 대규모 시위를 벌여 국제사회(특히 미국)의 관심을 이 문제에 집중시키려고 노력했다.

그리고 「대장금」을 즐겨보는 베트남인이 "한국군은 부대원 가운데 한 명 만 죽어도 마을을 쑥대밭으로 만들었다"고 한 말이 얼마나 보편적으로 그리 고 부정적인 면에서 외국인들에게 널리 퍼진 소문이었는지는 일본에서 출판 된 『베트남 전쟁의 기록(ベトナム戰爭の記錄, Documents of the Vietnam War, 1988, 大月書店)』에 기고한 이바라끼 대학(茨城大學) 요시자와 미나미(吉澤 南) 교수의 글에서도 확인이 가능하다.

> 베트남전에서 한국군이 저지른 학살행위에 대해서는 국제 여론과 언론에 서 여러 모로 문제가 되어왔기 때문에, 이에 대해서도 질문을 했는데, (한국 베트남 참전병들의) 대답은 부정파와 긍정파가 확연하게 둘로 갈라졌다.
> F씨는 이렇게 말했다. "전우가 죽은 지역에서는 몰살을 시켰다. 베트콩 포 로도 죽이고, 아이들도 모조리 죽였다. 아이의 목을 베어 옆구리에 차기도 했다. (옆에 있던 사람들이 그런 얘기는 외국인에게 하지 않는 편이 좋겠다고 하자

---

*202쪽.
**1970년.

잠시 주춤했지만, F씨는 말을 이었다.) 여자는 젖통을 칼로 도려냈다. 하얀 젖 가슴이 붉은 피로 물들었다. 몰살해야 할 이유는 분명했다. 즐거운 얘기를 나누며 같이 저녁을 먹었던 전우가 매복을 나갔다가 당했다. 팔다리가 모두 잘린 채 구덩이 속에서 시체로 발견되었다.

＊

따이한의 흉포함에 관한 소문이 세계적으로 그토록 널리 퍼져나간 근본적인 이유를 한기주는 무용담에 대한 한국인들의 고질적인 착각에서 찾아야 한다고 믿었다. 요시자와 미나미 교수가 만난 'F씨'가, 영웅적인 자랑거리라도 되는 줄 잘못 알고 일본인 앞에서 언급했던, "유방 도려내기" 일화만 하더라도, 광주항쟁 때 계엄군이 자행했다고 널리 소문이 퍼졌던 자극적인 내용과 일치했다.

한기주는 1980년 당시에, 군인들이 횟칼이라도 미리 준비해 가지고 다녔다면 몰라도, 그 무딘 총검으로 어떻게 여자의 가슴살을 베어냈다는 말인지 전혀 이해가 가지 않았는데, 이렇게 '무용담'에서는 여기저기서 들려오는 확인이 불가능한 일화들이 자주 끼어들고는 했다. 그리고 이런 현상은 남에게서 전해들은 소문을 마치 자신의 체험인 양 극화하려는 병적인 영웅심리에서 비롯된다고 한기주는 믿었다.

이렇게 야만적인 범죄행위를 마치 사나이(macho)의 상징적인 행동이라고 생각하는 정서라면, 무식하고 무례한(rude) 행동이 마치 사나이답고 씩씩한(tough) 매력이라고 혼동하는 부류의 남자들에게서 흔히 발견되고는 했다. 그것은 짝사랑하는 여자를 납치하고는 그것이 지극한 사랑의 표현이라고 우기거나, 텔레비전에서 산낙지를 먹어대는 지저분하고 끔찍한 장면을 멋지다고 자꾸만 시청자에게 보여주는 수준의 감각이었다.

무용담이란 흔히 젊음의 어리석음에 기초를 둔 행동을 미화하는 화법으로서, 미군이나 일본군이나 한국군을 가릴 바 없이 가혹한 기합과 매질과 똥먹이기를 영웅서사시적 미담으로 여기거나, 유방 도려내기처럼 선정적인 음담패설을 곁들이는 경우도 적지 않았다.

예를 들면 한기주가 베트남에서 복무하던 무렵에는, 여자 베트콩과 남자 베트콩 포로에게 붐붐을 시키는 따위의 비슷비슷한 얘기들이 여럿 나돌았다. 붐붐을 하라니까 남자는 어색하고 거북해서 머뭇거리는데, 오히려 여자는 가랑이를 벌리고 사타구니를 가리키며 생긋 웃고는, 남자 포로더러 어서 하라고 손짓하며 재촉한다는 식으로 줄거리가 전개되고는 했다. 그리고는 남녀 포로가 막상 붐붐을 시작하면, 한참 둘러서서 구경을 하다가, 포로들이 성적인 절정에 이를 무렵에 대검으로 두 사람을 한꺼번에 찍어 죽였다는 식의 극적인 마무리가 그런 이야기에서는 일반적이었다.

소대장이나 중대장이 절대로 그냥 내버려두지 않았을 행동임에도 불구하고, 포로들을 클레이모어에 앉혀놓고 터뜨려 죽였다던 일화는, 포로들에게 붐붐을 시켰다는 소문과 더불어, 한기주로서는 유방을 도려낸 대검만큼이나 납득이 가지 않는 '실화'였다. 전쟁에서는 무식한 자들의 용기가 영웅을 만든다는 논리가 아무리 흔하다고는 하더라도, 한기주 자신이 숲에서 만난 장병들로 미루어 판단하자면, 평균치 군인들의 도덕성이 그런 수준밖에 안 된다고 하기는 어려운 일이었다.

이렇게 변태적으로 뒤틀린 무용담은, 군신 만들기나 옛날얘기의 번식과정에서나 마찬가지로, 자꾸 보완되거나 새로운 가지를 치면서, 어디선가 들은 내용을 여기저기 끼워넣는 표절행위가 자주 나타나고, 경쟁적으로 과장을 거듭하다 보면 점점 더 끔찍한 괴담으로 발전하기가 보통이었다. 한기주가 전쟁터에서 가장 자주 들었던 그런 주제의 변주는 베트콩을 죽인 다음 귀를 잘라서, 'F씨'가 아이의 목을 베어 그렇게 했다고 자랑했듯이, 훈장처럼 줄줄이 꿰어 허리에 차고 다녔다는 내용이었다.

너무나 자주 들어본 내용인데다가, 일본인들이 만들었다는 '귀무덤[耳塚]'도 역사교과서에 언급되었던 터라, 한기주도 곶감처럼 귀를 철사줄에 꿰어서 허리에 차고 다녔다는 소문을 어느 정도 사실이리라는 생각을 했다. 그렇다고는 하지만, 귀를 잘라내면 피가 뚝뚝 떨어질 텐데, 도대체 얼마나 야만적인 병사들이 그런 짓을 했을지 참으로 믿어지지가 않았고, 방금 죽인 인간의 귀를 썰어대는 기분은 또 어떨지도 퍽 궁금했었다.

그러나 이라크에서 그는 인간의 목을 썰어대는 야만성을 '선동적인' 알-자지라 화면을 통해 목격하게 되었고, 그래서 한기주는 전쟁에서라면 살인이 제1의 미덕이요 만행이 본질이기 때문에, 인간이 짐승보다 더 타락하고 잔혹해지는 가능성을 차라리 믿기로 했다.

열아홉 시체를 헤아리는 방법

덜커덕 덜컥, 덜커덕 덜컥…….

기차바퀴 소리가 최면술사의 회중시계처럼 단조롭고도 집요하게 계속되었다.

덜커덕 덜컥, 덜커덕 덜컥…….

바퀴소리가 한 번 울릴 때마다 그는 하노이에 그만큼 가까워졌고, 덜커덕 덜컥, 덜커덕 덜컥, 바퀴소리는 어서 빨리 그를 하노이로 데려가려는 듯 정신없이 숨차게 달렸다.

덜커덕 덜컥, 덜커덕 덜컥…….

3분의 1세기 전에 전쟁을 경험하는 동안 그에게는 '적지(敵地)'의 대표적인 상징으로 그토록 귀에 익었던 이름 하노이 — 이제서야 난생처음 찾아가는 하노이에 곧 도착하리라는 야릇한 긴장감에 한기주는 정신이 점점 말짱해지기만 했다.

덜커덕 덜컥 덜커덕 덜컥 반복되는 소리가 얼마 남지 않은 여행을 곧 마무리지으려는 듯 조금 작아지면서 음향을 가다듬었고, 그리고는 덜컥 덜커덕 덜컥 덜커덕 덜컥 덜커덕 쇠바퀴의 박자가 어느새 슬그머니 엇갈려 바뀌었다.

덜컥 덜커덕, 덜컥 덜커덕…….

얼마동안 더 덜컥 덜커덕 덜컥 덜커덕 달려가는 동안 그는 어두운 천장을 응시하면서, 어릴 적부터 귀에 익었던 기차바퀴 소리가 또 어디 다른 곳에서 들어본 소리와 참으로 비슷하다는 생각이 들었다. 그리고는 쇳소리가 다시 바뀌었다.

킬러 캄퍼니, 킬러 캄퍼니, 킬러 캄퍼니……

"킬러 캄퍼니"를 읊조리는 공포의 장단이 아득히 먼 곳에서, 킬러 캄퍼니 킬러 캄퍼니, 촌스러운 원근법 구도의 그림에서처럼, 저 멀리 기찻길이 하나의 점으로 만나는 지평선 끝에서부터, 킬러 캄퍼니 킬러 캄퍼니, 입체영화의 화면에서 객석으로 질주하며 튀어나오는 무서운 열차처럼, 킬러 캄퍼니 킬러 캄퍼니 킬러 캄퍼니, 쇠바퀴 소리가 철로를 타고 그를 향해 전속력으로 굴러왔다.

'킬러 캄퍼니'는 전두환 군사독재 시절에까지도 파월장병들의 입을 통해 서울 장안에 널리 알려졌던 한국군 부대의 이름이었다. F씨의 무용담에서처럼 킬러 캄퍼니는 "가는 곳마다 온 마을을 싹 쓸어버려서 쥐새끼들에게는 공포의 대상이었다"며 '용맹한 한국군'을 주인공으로 삼았던 대표적인 전설이었다.

킬러 캄퍼니 킬러 캄퍼니 킬러 캄퍼니…… 그들은 이름까지도 우리말로 '살인중대'가 아니라 영어로 '킬러 캄퍼니'라고 자칭함으로써 더욱 멋을 부렸다.

그것은 밀라이를 화려하고 웅장하게 채색한 전설이었다.

그리고 한국군 맹호부대(Tiger Division)와 영어로 이름이 같은 미군 '호랑이부대(Tiger Forces)' 또한, 밀라이와 르완다와 보스니아 그리고 세계 각처 다른 여러 곳에서 자행된 잔학행위를 원작으로 삼아, 멋지고 신나는 존 웨인 영화처럼 각색한 전설의 주인공이었다.

*

평화시대를 살아가는 사람들로서는 킬러 캄퍼니와 호랑이부대와 밀라이를 탄생시킨 전시의 사고방식과 행동양식과 심리행태를 이해하고 평가하려면 무리가 생긴다고 한기주는 믿었다. 더구나 "베트남에 가면 바나나와 깡통

맥주를 실컷 먹고 마시게 된다"는 '사치' 생활이 '돈벌이 베트남 참전'의 동기로 크게 작용했을 정도로 한국인들이 가난했던 시절의 현실을 DVD와 휴대전화의 편리함에 입각해서 함부로 분석했다가는 역시대착오(逆時代錯誤)를 일으킬 수밖에 없었다.

그래서 한기주는, 어쩌면 팔이 안으로 굽는 동지의식 때문이었는지는 몰라도, 킬러 캄퍼니와 허리춤에 꿰어찬 베트콩들의 귀와 어떤 다른 전설적인 만행도 모든 전쟁의 '불가피한 사실'로 받아들이고 싶었다. 어떤 전쟁을 치른 어느 누구도 양민 학살을 재미 삼아서 심심풀이로 하지는 않았다. 전투 현장에서는 제한된 시간에 본능적으로 판단하여, 나 자신의 안전을 우선 도모하기 위해, 적으로 간주되는 상대방을 먼저 총으로 쏴서 죽여야 한다는 생존의 원칙이 지배했다.

베트남에서는 미군과 한국군이 양민과 적을 식별하는 신분 확인의 체계가 따로 없었다. 그래서 그들은 나름대로의 편리한 기준을 만들어 자신들의 행동지침으로 삼았다. 그것이 인간의 생명을 얼마나 경시하는 짓인지의 여부는 따질 겨를조차 없었다.

전선(前線)이나 점령의 대상이 따로 없는 전쟁에서라면, "적을 싹 쓸어 없애기(attriting)"가 주요 목표이고, "시체 계산법(body count)"이 전과(戰果)를 나타내는 지표 노릇을 했다. 대부분의 관계자들은 이런 통계숫자가 전혀 믿을 만한 자료가 아니라는 사실에 동의한다. 전투의 엄청난 파괴적 본질로 인해서 적의 전사자 수를 정확하게 계산해내기가 힘들어진다. 시체만 가지고 죽은 베트콩과 비전투원을 구별하기는 불가능하고, 치열한 전투 현장에서 미국의 "통계담당자(statistician)"들은 그런 면에서 별로 진지한 노력을 기울이지도 않았다. "죽은 자가 베트남인이면, 베트콩으로 계산한다는 것이 숲에서의 원칙이었다"고 필립 캐푸토는 회고했다. 명령 계통에서는 전체적으로 유리한 통계를 제시해야 한다는 압력을 심하게 받았고, 모든 단계에서 부풀리기가 이루어져서, 워싱턴에 다다를 즈음에는 30퍼센트까지 통계가 늘어나기도 해서, 현실과는 거리가 너무나 멀어졌다.[*]

이왕 죽었으니 양민까지도 적으로 계산하여 승전보를 보다 유리하게 장식하자는 시체 계산법이 미국만의 전유물은 아니었으리라고 한기주는 생각했다. 그것은 전쟁에서 이루어지는 수많은 보편적 현상의 한 가지 양상에 지나지 않았다.

한국군이 무자비했다고 국제 여론이 늘 말해 왔지만, 그러한 악명 또한 전쟁의 수많은 얼굴에 담긴 한 가지 표정에 지나지 않았다. 역사적으로 그리고 궁극적으로 사람(적)을 잘 죽이는 군대가 항상 용감하고 우수한 전쟁집단(war machine)이라는 칭송을 들었다. 전쟁은 예로부터 죽여서 굴복시키는 살인 시합이었다.

야만적인 학살을 행한 영웅에게는 국가에서 훈장(勳章)을 달아주었다. 그래서 적군을 3분의 2나 죽여가면서 중국 통일의 위업을 이룬 진시황은 위대한 인물이 되었고, 파괴는 곧 힘이라는 원시적인 방정식에 따라, 우리나라 학생운동과 노동운동에서도 가장 파괴적인 지도자들이 혁명적 영웅으로 섬김을 받기도 했다.

*

킬러 캄퍼니 킬러 캄퍼니 박자를 맞추던 바퀴소리에 귀를 기울이며 한기주는 어두운 천장을 응시했고, 나는 지금까지 베트남의 과거와 현재를 보았고, 그러니 이제 하노이에 도착하면 미래를 좀 봤으면 좋겠다는 생각을 했고, 그랬더니 킬러 캄퍼니 킬러 캄퍼니 소리는 슬그머니 덜컥 덜커덕 덜컥 덜커덕 쇳소리로 돌아왔다.

과거는 무엇이고, 현재는 무엇이며, 미래는 무엇인가?

과거와 현재와 미래의 진실은 서로 어떻게 이어지고 어떻게 작용하는가?

덜컥 덜커덕 덜컥 덜커덕 바퀴소리는 다시 덜커덕 덜컥, 덜커덕 덜컥 제소리를 찾았고, 한기주는 하노이에서 시작될 새로운 하루를 위해 휴식의 잠을 좀 자 두려고 눈을 감았다.

---

* 조지 헤링George C. Herring의 『기나긴 전쟁(*America's Longest War*)』, pps. 153~4

덜커덕 덜컥, 덜커덕 덜컥 기차의 바퀴소리는 계속되었고, 한기주는 생각했다. 오이디푸스 왕은 진리를 추구하여 결국 무엇을 얻었던가?

덜커덕 덜컥 덜커덕 덜컥……

제6부
하노이(Hà Nội, 河內)

참전국이 아니어서 북 베트남 출입이 가능했던 일본의 특파원들은
전시의 하노이 분위기를 잘 보여주는 사진 자료를 많이 남겼다.
우사미 시게루는 하노이 공원에서 사격훈련을 받는 젊은이들(아래)을,
이시야마 아끼오는 폭격을 피해 길거리 맨홀로 들어간 시민들(위 왼쪽)을,
그리고 고니시 히사야는 학교에서 공부를 하다 방공호로 피신한 아이들의 모습을 사진에 담았다.

하나 호 쭈띡 영묘에서

날씨가 을씨년스러운 일요일 아침, 넓고 넓은 바딩(Ba Dinh) 광장은 텅 비었지만, 호찌밍 쭈띡(Chủtich, 主席)의 영묘(靈廟, mausoleum)로부터 프랑스 식민지풍 붉은 기와를 얹은 노란 건물을 향해 길게 뻗어나간 길을 따라, 전국각지에서 무리를 지어 올라온 북남 베트남인 참배객들과 외국인 단체 관광객들이 무척 길게 줄을 지어 늘어섰다. 허름하지만 말끔한 옷차림의 인민들은, 할아버지가 손자의 손을 잡고, 젊은 여자들과 늙은 여자들과 아이들이 앞뒤로 늘어서고, 국방색 모자에 붉은 배지를 단 청년들은 엄숙한 표정을 지은 채로, 하얀 제복의 경비병들이 지키는 철책을 지나, 아주 천천히 석조(石造) 무덤을 향해 나아갔다.

회색 화강암 영묘를 향해 줄지어 움직이는 그들에게 이상희 연출이 마이크를 내밀고 갖가지 질문을 해보았지만, 베트남 사람들은 "위대한 지도자" 호 주석이 "안 계셨다면 가난을 벗어나지 못했을 터"이며, "영웅의 민족으로 태어나서 기쁘다"는 등, 밤을 새워 암기한 교리문답식으로, 말끔하게 재단된 정답만 되풀이했다.

말을 하는 대신 구호를 읊는 베트남의 공산주의자들.

▲ 조국과 자연만을 사랑했다고 알려진 호찌밍이 그가 레닌 천(川)이라고 이름을 붙인 북부 베트남의 어느 개울가에서 담배를 피우며 맨발로 낚시를 한다. 그는 평생 이런 소박한 모습으로 살아서, 사후에도 '호찌밍 아저씨'로서 민중의 사랑을 받는다.

흙으로 쌓아올린 둥그런 봉분의 개념에 익숙한 한기주의 눈에는, 지나치게 각이 지고 네모난 돌을 차곡차곡 쌓아서 지은 호찌밍의 영묘가 참으로 차가워 보였다.

내부에서는 촬영이 금지되어서, 박기홍 차장과 이상희 연출은 영묘로 들어가는 한기주 뒷모습만 찍어두기로 합의했고, 그래서 한기주는 참배객들에 섞여 줄지어 어두컴컴한 무덤 안으로 들어섰다.

아무런 장식을 하지 않은 벽과 희미한 조명을 받은 계단을 따라 침묵하는 사람들이 느릿느릿 경건하게 같은 방향으로 나아갔다. 참배 행렬이 나아가는 속도가 너무 느려 한기주는, 두어 발짝 걷다가 멈춰 서고는 하면서, 한가한 상념에 빠졌고, 러시아의 레닌과 베트남의 호찌밍 그리고 북한의 김일성을 사람들이 미라(mirra)로 만들어놓고 싶어했던 이유가 무엇이었을까 궁금해졌다.

통일의 꿈을 이룩하지 못하고 세상을 떠난 호찌밍은 그의 유해를 전국 각지에 뿌려 달라는 마지막 말을 남겼지만, 보응웬지압을 비롯한 후계자들은 호쭈띡(主席)의 시신을 영구 보존하고 진열하기 위해 이 영묘를 지어놓았다.

그들은 왜 그래야만 했을까? 아직 마무리짓지 못한 과업을 완수하기 위한 수단으로써, 집단적인 동기유발을 위해서, 그들은 이런 종교적인 숭배의 성전을 만들었을까?

유학생 구형석은 처음 베트남으로 왔을 때 호찌밍의 동상을 찾아보기 힘들다는 사실이 하노이에서 가장 인상적이었다고 그랬다. 물론 하노이 여러 공원이나 길거리에서는 인민들이 만든 박호(Bác Hồ) 인형과 갖가지 호 쭈띡 기념품을 팔기는 했다. 하지만 북한 방방곡곡 길거리와 건물과 절벽 눈길이 가는 곳마다 틀어박힌 식상한 혁명구호나 평양에 넘쳐나는 김일성 주석의 조형물과는 너무나 대조적으로, 호찌밍 주물숭배의 흔적이 별로 눈에 띄지 않는 베트남 공산주의 사회가, 훨씬 진보한 심리전의 국가라고 구형석은 믿었다.

그런 나라임에도 불구하고 호찌밍 영묘가 필요했던 까닭은, "죽은 자를 숭앙하던 사람들의 집단적 기억을 재활용함으로써, 동일한 정체성을 상기시켜 권력의 정통성을 확보하고, 권력의 기반을 지속시켜 다지기 위한 작업"이라는 독일 역사학자 올라프 라더의 설명 때문이었는지도 모르는 일이었다.

고대인들이야 종교적인 내세관 때문에 그랬다고 하지만, 20세기 혁명의 후계자들이 '위대한 지도자'의 내장을 긁어내고 방부제를 뿌려 하나의 상징물로서 전시하는 행위란, 자연의 순리를 거역할 뿐 아니라, 인간의 존엄성까지도 상업화하는 오만이라고 한기주는 믿었다.

호찌밍은 자신의 육신이 그런 화학 처리를 거치게 되기를 조금도 바라지 않았을 텐데……

하얀 옷차림에 꽃가루처럼 새하얀 백발, 그리고 하얗게 분장해 놓은 모습으로 곱게 눈을 감고 유리관 속에 누운 호찌밍의 모습은 정성껏 다듬은 한 폭의 세밀화(細密畵)였다. 그리고 한기주는 호찌밍의 미라를 보고 그를 종달새 소리를 내며 우는 할아버지라고 생각했다. 왜 그런 경박한 상상을 했느냐고 누가 물으면 선뜻 둘러댈 설명이 없기는 했지만, 아마도 평생 병약했던 호 쭈띡의 하얀 모습이 지금은 드디어 지극히 평화로운 표정을 지었기 때문에 그런 돌발적인 상상을 했던 모양이다.

어쩌면 호찌밍 그는 지금 지나치게 평화로운 표정이었고, 그의 얼굴에 담긴 평화는 차갑게 냉동된 평화였으며, 그래서 살았을 때의 모습과는 너무나 달랐다. 문학적 혁명구호를 외치던 연약한 종달새이기는 했지만, 살았을 적 호찌밍의 본디 모습은 모험에 대한 욕심이 많아 항상 뜨겁게 끝없이 분출하던 낭만과 열정의 화신이어서, 아름답게 플라스틱 마네킹처럼 다듬어 유리관에 넣어서 진열하기에는 어울리지 않는 사람이라고 한기주는 자꾸 못마땅해졌다.

행동하는 지성인답게 평생 수많은 극적(劇的) 이름을 염주처럼 꿰어가며 살았던 호찌밍은, 1890년 베트남 중부지방의 시골 마을에서 태어났을 때의 첫 이름까지도, 응웬씽꿍(Nguyễn Sinh Cung)*과 응웬탓탄(Nguyễn That Thanh)** 두 가지로 알려져 있다.

그의 아버지 응웬씽삭(Sac)은 첩의 자식으로서, 농삿일이나 하며 평생을 보냈어야 마땅할 신분이었지만, 공부를 열심히 해서 궁중관리가 되었다. 하지만 삭은 타고난 방랑벽 때문에, 아내와 세 아이를 버리고 후에의 대궐을 떠나, 한의사와 순회 훈장 노릇을 하면서 평생 전국을 떠돌아다녔다. 꿍은 아버지의 이런 방랑벽을 고스란히 물려받아서, 가족과는 연락조차 별로 하지 않고 수십 년 동안 혼자 해외로 떠돌아다니며 젊은 시절을 보냈다.

---

* 미국 사학자 Sidney Karnow의 주장.
** 『대영백과사전(*Encyclopaedia Britannica*)』의 주장.

저 멀리 보랏빛 산에서부터 쪽빛 바다까지 푸르른 논이 펼쳐진 그림 같은 마을에서 어린 시절을 보낸 꿍은, 열아홉 살에 남부로 내려가 처음 정식 교육을 받고는, 시골 마을에서 몇 달 동안 선생 노릇을 하다가, 1911년 사이공에서 프랑스 화물선의 화부(火夫)로 일자리를 얻어 배를 타고, 봄베이(뭄바이)와 르 아브르 등지를 떠돌며 3년을 바다에서 보냈다. 이 무렵에 그는 이름을 "셋째 아이"라는 뜻의 반바(Văn Ba)로 바꾸었다.

1913년 그는 다른 프랑스 선박에서 일자리를 얻어 보스턴과 샌프란시스코를 거쳐 브루클린에 잠시 정착하여 노동자 생활을 했다. 그는 이 무렵 서양의 산업발달과 중국인 이민자들의 삶에서 깊은 인상을 받았고, 1945년 베트남의 독립을 선언하는 연설에서 "만인은 평등하게 태어났으며, 삶과 자유와 행복을 추구할 권리를 신으로부터 부여받았다"라는 구절을 미국 독립선언서로부터 그대로 차용하게 된다.

미국에서 1년 가량을 지낸 다음 런던으로 건너가 우아한 칼튼 호텔 주방에서 요리사로 근무하던 무렵 그의 이름은 응웬딱탄(Nguyễn Tac Thanh)이었다. 여기에서 정치에 관심을 갖기 시작한 그는 에이레 민족주의자들, 페이비언회* 사회주의자들, 중국과 인도의 노동계 인사들과 교류하며, 외국어 공부에도 많은 시간을 들여 프랑스어는 물론이요, 영어와 러시아어 그리고 적어도 3개 지방의 중국어 방언을 익혔다.

*

제1차 세계대전 기간 동안 노동자와 군인으로 동원된 10만 명의 베트남인이 프랑스로 유입되자, 이 기회를 놓치지 않으려고 그는 빠리로 들어가서 본격적인 진로를 모색하기 시작했다.

몽마르뜨르 뒤쪽 막다른 골목 싸구려 여관에서 초라한 방을 하나 얻어 기거하며, 그는 "친구들과 가족들에게 추억거리를"이라는 선전문을 명함에 찍

---

* Fabian Society. 경제학자이며 정치가인 시드니 웹(Sidney Webb)과 극작가 조지 버나드 쇼(George Bernard Shaw) 등이 1884년에 설립한 영국의 사회주의 단체로서, 혁명이 아니라 점진적인 개혁을 통해 사회주의를 실현해야 한다고 주장했다. 호찌밍은 점진 개혁을 훗날 그의 통치 철학으로 삼았다.

어 가지고 다니며, 한때 우리나라에서 'DP사진점'이라고 알려졌던 직업을 가지고 근근이 살아갔다. 그러면서도 그는 윌리엄 셰익스피어, 에밀 졸라, 빅또르 위고 같은 작가들의 수많은 작품을 탐독하며, 문학과 연극 활동에 열성을 보였다. 다방면으로 왕성하게 활동했던 호찌밍은 이 무렵에 기 응꽈(Guy N'Qua)라는 국적불명의 가명을 사용했다.

빠리 시절에 그는 유럽 문화에 심취했지만, 끝내 유럽의 사상, 특히 프랑스의 정신에 지배를 당하지는 않았다. 그는 언젠가 때가 오면 프랑스와 싸우기 위한 지식을 얻기 위해 프랑스를 공부한 셈이었다. 그리고는 노골적으로 투쟁적인 "애국자 응웬(Nguyên Ài Quôc, 阮愛國)"이라는 이름을 택한 다음, 6년 동안의 사상적 암약(暗躍)에 들어갔다.

프랑스에서 여러 사회주의자들*과 적극적으로 유대를 맺어오던 아이꿕은, 1920년을 전후해서 정치적으로 두각을 나타내기 시작하여, 프랑스 공산당 발기인들 가운데 한 사람이 되었고, 러시아와 유럽의 공산주의 사상에 우드로우 윌슨(Woodrow Wilson)의 민족자결권 사상을 접목시키면서, 자신이 나

▲ 1920년 "애국자 응웬"은 서른 살의 나이로 프랑스 공산당 발기인들 가운데 한 사람이 되었다.

아갈 길과 사명을 확고하게 인식하기 시작했다. "나에게 처음 영감을 불어넣은 것은 공산주의가 아니라 애국심이었다"라고 아이쿽(愛國)은 훗날 자신의 기본적인 자세와 시각을 설명하기도 했다.

아이쿽은 은밀한 정치 활동과 더불어 윤회와 영혼의 부활에도 깊은 관심을 보였으며, 포부르 토론회(Club du Faubourg)에서 최면술과 죽음에 관한 논쟁에도 열심히 참여했다. 그는 포부르에서 베트남의 부패한 꼭두각시 황제를 거침없이 풍자한 희곡 『죽룡(竹龍)』을 무대에 올리기도 했는데, 예술성보다는 정치적인 발언에 치중했던 이 작품은 한 차례밖에 공연하지 못했다.

＊

아이쿽은 빠리 시절에 「프랑스 식민주의에 대한 심판(Le Procés de la colonisation Française)」과 식민지 노예들이 핍박받는 참상을 고발한 「흑인종(La Race noire)」 따위의 소책자를 비롯하여 많은 논쟁적인 글을 발표했고, 프랑스의 공산주의 일간지 〈뤼마니떼(L'Humanité)〉에 자주 기고했으며, 아시아와 아프리카의 민족주의자들이 발간하는 〈르 빠리아〉＊의 편집을 맡아 왕성한 활동을 계속했다.

그가 이런 매체들을 통해서 발표한 글은 베트남으로 흘러들어가 지하에서 널리 유포되어 읽혔고, 식민주의자들에 대항하는 확실한 길은 오직 혁명이라는 레닌의 사상을 많은 베트남인들이 처음으로 접하게 되었다.

1920년 초부터 이러한 정치적인 활동 때문에 프랑스 경찰은 아이쿽의 움직임을 감시하기 시작했다.

1924년 그는 이름을 린(Linh)이라고 다시 바꾸고는, 모스크바로 활동 근거지를 옮겨, 스탈린과 트로츠키와 다른 소비에트 지도자들을 만났다. 그러나 얼마 전에 사망한 레닌의 후계자 자리를 놓고 암투가 치열하게 진행되는 가운데, 베트남의 민족주의는 아직 조직이나 추진력이 부족하다는 판단을 한 볼셰비키 쪽에서 베트남에 대해 별로 관심을 보여주지 않는 바람에 크게 실

＊ *Le Paria*, "사회에서 소외당한 사람들"이라는 뜻.

망했다. 하지만 소련에서 그는 동양노동자대학교를 다니며 아시아의 반정부 운동의 실태를 공부하고, "혁명은 유리한 조건하에서만 시작하라"는 레닌의 기본 지침을 터득했다. 그리고 그는 본격적인 혁명을 시작하기 전에 20년이나 기다리는 인내심을 보였다.

모스크바에서 지내는 동안 그는 말로만 선동하는 차원에서 나아가, 실제로 조직을 만드는 방법을 익히고, 1924년 중국 광둥(廣東)으로 들어가 활동을 개시했다. 당시에는 민족주의자 장제스 총통이 일본과 싸우기 위해 중국 공산당과 손을 잡은 시절이었으며, 그러기 위해서 장 총통은 소련인 미하일 보로딘(Mikhail Borodin)을 고문(顧問)으로 두었다. 보로딘은 나중에 앙드레 말로*의 소설 『인간의 조건』에도 등장하는 유명한 인물인데, 호찌밍은 리투이(Lý Thủy)라는 가명을 쓰면서 보로딘의 통역관으로 일하기도 했다.

먹고살기가 힘들어서 리투이는 이 무렵 담배와 신문도 팔았으며, 루 로스타(Lou Rosta)라는 이름으로 소비에트 통신사를 위해 가끔 기사를 쓰기도 했고, 광둥에서 외국인들과 접촉할 때는 왕(王, Wang)이라는 이름의 중국인 행세를 했다. 그는 또한 '왕'과 같은 베트남 이름 브엉(Vương)이라는 필명으로 중국어 지방 신문에도 기고했으며, 때로는 닐로브스키(Nilovski)라는 러시아 이름까지 가명으로 달고 다녔다.

수많은 이름으로 벌인 호찌밍의 007 행각은 이때부터 점점 더 진지한 본 궤도로 올라섰다.

*

루 로스타, 왕, 브엉 그리고 닐로브스키라는 여러 이름으로 행세하던 무렵

---

* [Georges] André Malraux, 1901~76. 프랑스 제5 공화국의 문화상을 지낸 행동주의 소설가로, 23살 때 고고학 연구를 위해 인도차이나로 가서 1923~7년 빠리와 사이공을 오가며 혁명주의자들의 안남(安南) 독립운동을 도왔고, 1924년 중국으로 들어가 쿠오민탕(國民黨)과 인연을 맺었다. 1926년 귀국한 이후 젊은 중국인과 프랑스인이 주고받는 편지의 형식을 취한 운명론적 소설 『서구의 유혹(La Tentation de l'Occident)』을 발표했고, 광둥혁명을 배경으로 삼은 『정복자(Les Conquérants, 1928)』를 썼으며, 상하이혁명을 취재해서 집필한 『인간의 조건(La Condition humaine, 1933, 영어 제목 Man's Fate 또는 Storm over Shanghai, 1948)』으로 공꾸르상을 받았다.

에 호찌밍은 중국 남부의 베트남 학생들을 규합하여 탕니엔깍망동찌호이 (Thanh Niên Cách Mạng Đồng Chí Hội), 즉 청년혁명동지회를 조직했다.

전형적인 공산당 지침에 따라 그는 학생들에게 신분이 노출되지 않도록 작은 세포조직을 만들고는 특정 대상을 위한 소책자를 발간하도록 했다. 그는 "이론은 이해하기가 힘들어서 농민들이 분명한 사실만 믿으려고 하니까, 항상 구체적으로 설명하라"고 요구했으며, 근검과 친절과 인내를 생활신조로 삼아야 한다고 가르쳤다.

그러나 1927년 장제스가 갑자기 태도를 돌변하여 공산주의자들을 소탕하기 시작하자, 그는 모스크바로 피신했다가, 두엉(Đường)이라는 가명으로 몰래 빠리로 잠입했다. 그로부터 다시 1년 후에 그는 불교계에서 사상적 기반을 마련하기 위해, 머리를 밀고 승려로 변장한 모습으로 베트남 저항 세력의 중심지가 된 방콕에 나타났다.

그리고는 베트남 망명자들이 대규모 공동체를 이룬 시암* 북동부로 이동하여, 학교를 개설하고 신문을 발간하던 당시에, 그가 사용했던 가명은 응웬라이(Nguyễn Lai), 남손(Năm Sơn), 그리고 타우친(Thau Chin)이었다. '타우친'은 시암어로 "친 영감"이라는 뜻이며, 그는 이 무렵 이미 태국어를 유창하게 했다.

둘 빛을 가져다주는 사람

인구 전체의 70퍼센트가 문맹자였던 베트남 민족은 호찌밍이 사상운동을 개시한 1920년대부터 조금씩 그들의 집단적 운명에 대한 깨우침을 얻기 시작했고, 이러한 의식화 움직임은 식민 통치자들의 노동력 착취에 대한 분노

** Siam. 태국의 옛 이름.

로 인해서 불이 붙었다. 프랑스 정부와 빠리의 은행들은 앵도신(Indochine, 印度支那) 금융회사를 설립하고 쌀, 고무, 광업, 건설 따위의 분야에서 현지 기업인들과 결탁하여 노동력 착취를 일삼았는데, 당시의 현실이 어찌나 열악했던지, 예를 들면, 지금은 세계적인 자동차 타이어 생산업체가 된 미슐랭(Michelin) 회사의 고무농장에서는, 1917~44년에 4만5천 노동자들 가운데 1만 2천 명이 말라리아와 이질 및 영양실조로 목숨을 잃었다.

그리고 프랑스의 압정에 저항하려는 충동적이고 조급한 민족주의자들이 첫 번째 목표로 삼았던 인물은 베트남인 앞잡이들을 통해서 노동자들을 끌어모아 값싼 임금을 주고 노예처럼 부려먹은 르네 바쟁(René Bazin)*이었다. 장제스의 쿠오민탕이 조직했으며 가장 폭력적인 집단이었던 베트남 퀵전당(Quốc Dân Đảng, 國民黨)에서는 공작원에게 지령을 내려 1929년 하노이에서 그의 정부(情婦)를 집으로 찾아가 만나고 나오는 바쟁을 암살했다. 당장 보복이 뒤따랐고, 베트남 국민당의 주동자와 동조자 수십 명이 체포되었다.

이듬해에는 통킹 지역의 수비대에서 투쟁적인 민족주의자들로부터 사주를 받은 베트남인 병사들이 군사반란을 일으켜 프랑스군 장교들을 살해했다. 즉각 도착한 프랑스군은 반란자들을 즉결처분하고, 국민당 지도자 십여 명을 단두대로 보냈다. 반란에 가담했거나 동조한 빨치산들이 은신했다고 여겨지는 마을은 프랑스 항공기들이 출격하여 폭격을 가했고, 외인부대가 출동하여 해당 지역의 주민들을 마구 사살했다.

보복에 대한 보복이 꼬리를 물어, 다른 지역 여러 곳에서도 반란이 일어났다. 베트남 전쟁의 전주곡 노릇을 한 이 사태를 두고, 훗날 수상 자리에 오르게 될 달라디에(Edouard Daladier)는 프랑스 의회에서, "프랑스 통치에 의의를 제기한 첫 무장 봉기"였다고 증언했다.

1930년대로 접어들자 경제불황과 더불어, 쌀과 고무 가격이 폭락하고 생산량이 감소하자, 일자리를 잃은 노동자들이 파업을 일으키며 사회불안이

---

* 소설가 르네 바쟁은 동명이인이다.

가속화했다. 굶주린 농민들이 여러 곳에서 봉기하여 약탈에 돌입했고, 어떤 곳에서는 마을 공회당을 접수했으며, 호찌밍이 태어난 응혜안 성에서는 소비에트(soviet, 勞農評議會)까지 설립되었다.

지금까지 갖가지 가명 뒤에 몸을 숨긴 채로 낮게 엎드려 기회를 기다려 온 호찌밍은 경쟁을 벌이던 3개 공산주의 집단을 하나의 당으로 결속시킬 기회가 마침내 찾아왔다고 판단했다. 1929년 6월 방콕에서 홍콩으로 간 그는 영국 경찰의 눈길을 피해 축구 경기가 벌어지는 운동장으로 각 분파의 지도자들을 불러모아 단결을 호소했다.

이렇게 해서 창립된 인도차이나 공산당은 베트남의 독립과 프롤레타리아 정부의 수립을 요구했다.

*

인도차이나 공산당이 결성된 직후에, 호찌밍은 정기적인 사전검색에 걸려 홍콩 경찰에 체포되지만, 영국인 변호사의 도움으로 인신보호령에 따라 석방되었다. 그리고는 영국인 의사에게서 폐결핵 진단을 받아 영국의 요양소로 출발하지만, 홍콩 경찰의 끈질긴 추적을 받게 되어 싱가포르에서 '불법 출국'을 이유로 붙잡혀 홍콩으로 다시 송환되었다.

그러나 형무소 병원에서 그는 직원을 회유하여 자신의 사망신고를 올리게 하고는 기회를 틈타 중국으로 탈출했다. 그가 사망했다는 기사가 소련과 다른 여러 나라의 신문에 실렸고, 프랑스 당국은 호찌밍이 홍콩 감옥에서 사망했다고 '호찌밍 사건'을 공식적으로 종결했다.

1930년대에 그는 소련과 중국을 오가며 갖가지 전설을 남겼고, 화물선을 탈 기회를 얻어 아시아와 아프리카와 지중해의 여러 항구를 떠돌아 다녔다. 그는 대장정 끝에 마오쩌둥이 거점을 확보한 옌안에도 나타났다. 나이가 50에 가까웠던 그는 폐결핵과 이질과 말라리아에 끊임없이 시달리면서도 이렇듯 방황을 계속했고, 그러는 동안 그의 머릿속에는 오직 한 가지 생각—그의 조국 베트남에 대한 생각뿐이었다.

1941년 초에 중국인 기자로 변장한 그는 걷기도 하고 배를 타기도 하면서 중국 남부로 내려가, 국경을 넘어 30년 만에 베트남으로 몰래 돌아왔다. 동지 한 사람이 낯선 북부 석회암 지대의 빡보(Pắc Bó) 마을 근처에서 그가 기거할 만한 동굴을 찾아냈다. 이곳에서 그는 팜반동(Phạm Văn Đồng)*과 보응웬지압을 만났다. 그들은 그를 '아저씨'라고 불렀다.

호 아저씨는 그들에게 때가 왔다고 말했다. 그는 농민과 노동자, 상인과 군인은 물론이요, 나이와 신분을 가리지 말고 온갖 계층의 사람들을 규합하여, 일본군과 프랑스군을 물리치기 위한 투쟁 전선을 형성하라고 지시했다. 베트남의 민족주의 정서에 호소하며 공산주의자들이 이끌게 될 새로운 집단의 이름은 베트남독립동밍(Việt Vam Độc Lâp Đồng Minh, 越南獨立同盟)이었고, 이 조직은 얼마 후에 베트밍(越盟)이라는 약칭으로 불리게 되었다.

그리고 '베트밍'의 명칭에서 돌림자를 찾아내어 그는 자신의 전투명(戰鬪名)을 호찌밍(胡志明)이라고 정했다.

그것은 "빛을 가져다주는 사람"이라는 뜻이었다.

*

호찌밍의 전용 비행기는 명칭이 'BH195'였다. '195'는 그의 생일인 5월 19일을 뜻하고, 'BH'는 그가 가장 듣고 싶어하던 자신에 대한 호칭 "호 아저씨(Bác Hồ)"의 머릿글자였다.

호찌밍은 베트밍을 탄생시키기 위해 빡보의 동굴에서 팜반동과 보응웬지압을 만나서도 그들에게 그를 '아저씨'라고 부르게 했으며, 어디를 가서 젊은이들과 대화를 나눌 기회가 생길 때마다 자신을 '박호'라고 호칭해 주도록 요청했다. 이것은 위계에 대한 거부감을 없애고, 민족해방전선에서도 만인의 단결을 도모하는 효과를 가져왔던, 지극히 간단하고도 효과적인 심리전 무기였다.

다분히 비공식적인 이러한 공식 명칭 이외에도 끊임없이 호찌밍이 만들어

---

* 하노이에서 학생시절 민족주의 정치활동을 하다가 중국으로 도망중에 호찌밍을 만나 함께 인도차이나 공산당을 만들었으며, 1950년부터 호 쭈띡 정부에서 수상으로 일했다. 그는 통일 이후까지도 수상직을 계속해서 유지했다.

낸 자신의 가명 중에는, "애국자" 응웬아이꿕과 더불어 "프랑스 사람들을 미워하는 응웬"이라는 뜻의 응웬오팝(Nguyễn Ô Pháp)처럼 지나치게 노골적이어서 꽤 유치한 경우도 없지 않았다.

호찌밍은 공산주의 지하운동을 하는 동안 신분을 숨기기 위해서 여러 가지 가명이 필요했겠지만, 1954년 국가 주석이 된 다음에도 짠룩(Trần Luc), 뚜옛란(Tuyết Lan), 레탄롱(Lê Thanh Long), 그리고 "베트남 시민"이라는 뜻의 단비엣(Dân Việt, 民越)이라는 가명으로 여기저기 글을 기고하고는 했다.

그가 지나칠 정도로 많은 가명을 수집했던 문학적 취향은, 그림도 그리고 시도 썼던 특이하고도 이채로운 지도자 인간형의 한 가지 화려한 양상이었다고 하겠는데, 이런 소박함의 화려함은 "단결 단결 대단결, 성공 성공 대성공"이나 "단결 단결 대단결, 승리 승리 대승리"라던가, "외세와의 전쟁, 배고픔과의 전쟁, 무지와의 전쟁" 그리고 "승리가 가까우면 어려움이 그만큼 더 많아진다"에서처럼, 그가 왕성하게 펼쳤던 '평이한 구호만들기'에서도 강하게 드러났다.

한국전쟁을 전후하여 우리나라에서는, 치밀하고 논리적인 공산주의 이론을 빗대어 "말이 많으면 공산당"이요, "말을 잘 하면 공산당"이라는 유행어가 생겨나기도 했다. 하지만 호찌밍은 가식적이고 위선적인 수사학보다 솔직함이 훨씬 믿음을 준다는 사실을 알았고, 그래서 어려운 이론을 쉽게 풀어 널리 전파함으로써 인민과의 괴리감을 해소했다.

골치 아픈 이론을 주입시키기보다는 선동적 웅변이 훨씬 효과적인 설득의 수단임을 알았던 사람들로는 호찌밍 이전에도 고대 그리스와 로마의 정치가들이 있었고, 윈스턴 처칠과 샤를 드골도 방송 연설을 선동적 설득의 수단으로 삼았으며, 아돌프 히틀러는 자신의 연설을 스스로 안무하며 손동작까지 연습했었다.

이렇게 문학적 설득 능력이 발달한 호찌밍의 상상력을 행동으로 보완한 인물이 바로 보응웬지압 장군이었다.

베트남 대사를 지낸 맥스웰 테일러는 불가해할 정도로 끝없는 희생을 마다하지 않고 싸우는 보응웬지압의 군대에 대해 『검과 보습(*Swords and Plowshares*)』에서 이렇게 술회했다.

"1965년까지도 우리는 호찌밍과 지압 장군 이외에는 하노이 지도자들에 대해서 거의 아는 바가 없었고, 그들의 개인적 및 집단적 의지(intentions)에 대해서는 사실상 전혀 알지 못하는 상태였다. 그래서 우리들은 그들이 그보다 10년 전 북한군이나 중공군이 보여주었던 바와 비슷하게 행동하리라고 가정했다. 희망이 없는 목적을 추구하기 위해 치르는 대가가 엄청나다는 사실을 깨달으면 그들이 우리의 뜻을 고분고분 따르리라는 계산이었다. 그러나 북 베트남은 손실을 감수하는 차원에서 믿어지지 않을 정도의 강인함을 과시했고, 서양의 계산법에 따르자면 그것은 엄청나게 손해를 보는 짓이었다."*

북 베트남에 대한 미국의 이런 이해부족은 호찌밍이라는 인물 자체에 대한 착각에서 비롯되었다. 어느 약소국가를 놓고 열강이 각축을 벌일 때는, 그 국가의 권력을 장악하도록 어떤 특정 인물을 가장 확실하게 도와주어 성공하게 되면, 괴뢰 정권을 통해 사실상 식민지로 만들기가 쉽다는 계산이 상식이지만, 베트남 혁명을 혼자만의 작품으로 완성시킨 호찌밍에게는 이런 객관적 원칙이 적용되지 않았다.

1945년 9월 2일 프랑스로부터의 독립을 선언할 때 호찌밍은 토머스 제퍼슨의 명언을 그대로 인용했을 뿐 아니라, 오후에 하노이에서 열린 행사에서는 미국 전투기들이 축하 비행을 했고, 미군 장교들이 보응웬지압 장군과 나란히 사열대에 섰으며, 베트남 악대가 미국의 국가를 연주해 주었다.

그러다가 1950년부터 미국이 프랑스 편을 들기 시작하자 호찌밍은 단호하게 미국에 등을 돌렸다. 그런가 하면 호찌밍은 프랑스 문화를 그토록 숭상했음에도 불구하고, 빠리 평화회담에서 베트남의 민주적인 개혁을 거부한 프

---

* 400쪽.

◀ 호찌밍은 프랑스로부터의 독립을 선언하는
연설문에서 미국의 독립선언서를 '표절'했다.

랑스 정부에 반발하여 공산당과 합류했다.

그는 훗날 소련과 중공의 도움을 받으면서도, 독립과 통일을 위해서는 가
장 강력한 수단이리라고 판단해서 비록 공산주의로 기울기는 했어도, 민족
주의자로서의 기본적인 정체성을 끝까지 버리지 않았다. 온화하고 차분한
성격으로 수많은 사람들을 매혹시켰으면서도 지극히 잔혹한 방법으로 평생
의 혁명과업을 이루어 나가는 이율배반적인 면을 보였던 호찌밍은 정치와
사상에서 변덕스러운 기회주의자처럼 여겨지기도 했지만, 사실은 근본적인
목적의 수행을 위해서는 마지막까지 철저한 일관성을 유지했다.

응웬싱꿍, 응웬탓탄, 반바, 응웬딱탄, 기 응꽈, 응웬아이퓍, 린, 리투이, 루 로
스타, 왕, 브엉, 닐로브스키, 두엉, 응웬라이, 남손, 타우친, 응웬오팝, 짠륵, 뚜
옛란, 레탄롱, 그리고 단비엣 — 이렇게 수많은 이름을 곡예라도 부리듯이 바꿔
가며 파란만장한 삶을 살았어도 호찌밍은 외곬에 인생을 바쳐, 오직 하나의 목
적을 위해 평생을 쏟아부은 혁명가였다. 꿈도 하나요, 욕심도 하나요, 인생도
하나였던 그는 자신의 내면부터 통일시키는 데 성공한 보기드문 인물이었다.

셋 자아비판을 하는 토지개혁

월요일에서 수요일까지는 통일 이후 베트남의 정치와 경제를 취재할 계획이어서, KBS 일행은 아침식사를 끝내고는 곧장 내년도 예산안을 심의중인 국회의사당부터 찾아갔다. 계단식 대학 강의실처럼 생긴 본회의장에는 의원 498명이 거의 전원 참석했는데, 그들 가운데 27퍼센트가 여성이었으며, 비당원도 51명이나 된다고 응우엣이 자랑했다. 장성급 현역 군인도 몇 명 눈에 띄었다.

회의장 연단에는 황금빛 호찌밍 흉상을 높이 올려놓았고, 현관에는 호찌밍의 어록을 현판으로 만들어 전시했다.

"우리는 정권을 가진 당이다. 따라서 모든 당원과 간부는 청렴결백하고, 도덕적이어야 하며, 우리 당을 깨끗하게 유지하게끔 모범을 보여야 한다……"

명월이 응우엣은 이왕 자랑을 시작한 김에, 언젠가 수상이 추천한 장관 네 명을 국회가 거부하자 민주화 발전의 속도가 놀랄 만큼 빨라졌다며 인민들이 자부심을 느꼈다는 일화를 소개했다.

공산화를 이룩하고, 이제는 민주화로 가는 나라—그것은 민주주의에 굴복하는 공산주의의 부끄러운 패배가 아니라, 이념을 넘었다고 당당하게 발전을 자랑하는 얘기였다.

*

KBS 촬영반이 회의장 안으로 들어간 다음, 한기주는 의원 휴게실에서 커피를 마시며 벽에 설치된 폐쇄회로 텔레비전을 통해 발언석에서 차분하게 연설을 하는 상임위원을 지켜보았다.

연단 위에는 뒤쪽으로 긴 탁자 앞에 네 명의 다른 상임위원이 나란히 줄지어 앉았고, 원색의 조화(造花) 꽃꽂이 사이에 네 개의 마이크가 가지런히 박힌 발언석에서 연설중인 50대 남자는, 말끔한 파란 양복에 푸르스름한 셔츠를 받쳐입고, 안경테가 차가웠으며, 훤칠한 이마가 얼굴의 위쪽 절반을 차지했다.

한기주는 1956년 8월 호찌밍이 자아비판을 하던 날, 바로 저 자리에 섰으려니 상상해 보았다. 잘 통제된 베트남의 갖가지 홍보물에서는 박호가 만인에게서 항상 사랑만을 받았다고 선전하지만, "빛을 가져다주는 사람"에게도 궤도수정이 필요할 정도로 심각한 정치적 위기가 닥쳤다. 만인의 앞에서 자신의 실수를 인정하지 않으면 안 되었을 정도로.

주석의 자리에 오른 호찌밍은 새로운 세상을 만들기 위한 공산개혁에 착수했는데, 문학적 미사여구로 그때까지 줄기차게 서술해 온 과업의 본질이 사실은 총체적인 강탈행위였던 탓으로, 현실에서는 공포통치의 폭력이 북부 베트남을 휩쓸게 되었다. 한 사람의 이상과 정의는, 특히 독선과 적개심만 불타는 건강하지 못한 사회에서라면, 다수의 타인에게 독소가 될 잠재성을 지니게 마련이었다.

베트남인이라고 해서 모든 사람이 호찌밍처럼 검약한 독신생활을 최고의 미덕으로 삼으며 좋아하지는 않았다. 호찌밍은 예외적인 존재였고, 인민은 평범한 다수였다.

그를 막아설 세력이 없을 정도로 막강한 영향력과 인기를 북 베트남에서 독점했던 민족주의자 호찌밍은 본디, 급격한 혁명이 아니라 점진적인 개혁으로, 새로운 세상을 만들려는 작업을 시작했다. 그는 인민에게 부담스러운 세금들을 없애려고 했다. 그는 인민의 도덕성을 해치는 매춘과 마약과 도박 그리고 심지어는 술을 그의 나라에서 추방하려고 했다. 그러면서도 그는 '중산층'이 설 자리를 남겨둬야 한다고 믿었으며, 실제로 지방 행정 기관들에 그런 지시를 내려보냈지만, 예하 베트밍 집단들은 여러 마을에서 관리들을 납치해다 마구잡이 '인민재판'을 거쳐 살해하고, 시달리던 사람들을 해방시켜 정의를 실현한다면서 닥치는 대로 감옥에서 풀어준 범죄자들이 시골 지역에서 온갖 행패를 부리게 되자, 무질서한 혼돈의 세상이 질펀하게 벌어졌다.

그토록 오랫동안 기다렸던 지상낙원의 모습은 인민이 상상했던 바와는 무척 거리가 멀었다.

호찌밍이 해방된 인민에게 빛이 아니라 암흑을 가져다준 가장 심각한 시행착오는 토지개혁에서 드러났다.

1955년에 태동한 농지개혁 심사부가 실적 예상치를 지정하고 나서부터, 당 간부들은 그들에게 주어진 '할당량'을 채우느라고 혈안이 되었다. 그들은 농촌 인구 1백 명 가운데 한 명에 해당하는 '지주'를 찾아내어 재판에 회부해야 했다. 그러나 너도나도 가난하기 짝이 없는 북 베트남 농촌의 실정으로 인해서, 인민의 적으로 간주될 만큼 부유한 지주는 사실상 찾아보기 힘들었다.

그래도 당의 지침은 거역해서는 안 되었다. 한 마을에서 두 명의 지주밖에는 색출하지 못한 어떤 간부는 여섯 명을 더 잡아들이라는 명령을 받는 상황까지 벌어졌다.

농민들은 법정으로 끌려가지 않기 위해 서로 이웃을 음해하기 시작했고, 없는 죄도 덮어씌우기에 바빴다. 이웃들보다 조금만 밭이 더 많아도 안심할 처지가 아니었다. 일단 간부들로부터 고발을 당하면 처벌은 피할 길이 없었고, 농지개혁 계획 과정에서만도 수천 명이 처형되었다. 이런 와중에서 어떤 간부들은 고발을 당한 자들의 재산을 차지하고, 처벌을 면하게 해준다며 '지주'의 친척들에게서도 집과 전답을 가로챘다.

동시에 진행된 '과거사 청산' 과정에서도 프랑스인들 밑에서 일했다고 조금이라도 의심을 받는 사람들은 모두 반역자로 분류되었고, 지금까지 베트밍에 비협조적이었던 사람들도 화를 면하지 못했다. 베트밍 쪽에서는 물론 이때 죄없이 처형된 인원이 얼마인지를 지금까지도 밝힌 적이 없었다. 하지만 강제노동수용소로 끌려간 사람들이 수천 명에 이르렀고, 민심이 흉흉해진 시골에서는 베트밍 정권에 대한 비난이 마침내 쏟아져 나오기 시작했다.

처음으로 그의 정치적 생명이 위협을 받게 되었음을 깨닫고, 호찌밍은 결국 직접 국회로 나가 "부당한 처사가 저질러졌음"을 공식적으로 인정하면서 인민들의 용서를 구했고, 지주와 부농으로 잘못 분류된 사람들에 대해서는 재심사를 하겠다고 약속했다. 공산당에서도 충성스러운 베트밍 퇴역 장병들까지도 부당한 재판의 결과로 처형을 당했다며 과잉처벌을 시인했다.

생존자 수천 명이 석방되어 고향으로 돌아갔지만, 인민들은 용서하고 잊을 처지가 아니었다. 긴장상태가 계속되는 가운데 피해자들은 그들을 박해한 간부들에게 보복을 시작했다. 몇몇 지방에서는 농민들이 당의 시책에 복종하기를 정면으로 거부했다. 하노이 정부에서 간행하는 신문 〈인민(Nhân Dân)〉이 "형제들은 더 이상 마음놓고 이웃집을 찾아가지 못하고, 인민들은 거리에서 만나도 서로 섣불리 인사를 나누지 못한다"고 개탄할 정도로 나라 전체가 의심과 불안에 휩싸였다.

1956년 11월 2일 호찌밍의 출신지이며 반골정신으로 이름난 응혜안(Nghê An)에서 마침내 봉기가 일어났고, 군인들이 진압과정에서 소총 개머리판으로 농민들을 공격했다는 사실이 알려지자 폭력사태가 성(省) 전체로 번져나갔다. 호찌밍은 1개 사단 병력을 파견하여 폭동 진압에 나섰다.

이 충돌에서 목숨을 잃었거나 고향에서 추방된 농민의 수는 6천 명에 이르렀지만, 소련의 통치에 항거하는 헝가리 봉기에 전세계의 이목이 쏠려 있던 무렵이어서, 베트남의 유혈사태는 바깥세상에 널리 알려지지 않았다.

*

응혜안에서 봉기가 일어나고 호찌밍이 국회에서 '자아비판'을 벌였던 1956년, "빛을 가져다주는 사람"은 중국에서 같은 해 일어났던 문화혁명과 비슷한 지식인 탄압을 대대적으로 벌여 또 다른 악수(惡手)를 두었다.

대부분의 전체주의 국가에서도 마찬가지이지만, 대한민국을 비롯한 세계 각처의 역대 군사독재 치하에서는, 똑똑하고 곧은 말을 많이 하는 사람이라면 어느 사회에서나 눈에 박힌 가시와 같은 존재였고, 호락호락 다루기 힘든 지식인들은 정권 유지에 걸림돌이 되는 가장 골치 아픈 집단이었다. 프랑스에서만 하더라도 극좌파 학생들이 시작한 5월 혁명(Révolution de Mai)으로 인해서 드골 정권의 기초가 흔들려, 결과적으로 미떼랑 사회당 정권의 출범을 가져왔고, 대한민국에서는 학생들을 중심으로 한 젊은 지식인들의 항쟁이 수십 년에 걸쳐 세 명의 독재자를 물리치고 민주화를 가져오기도 했다.

따라서 공산 베트남과 같은 전체주의 정권에게는, 국가 주도의 조작된 자아비판이 아니라 부담스러운 양심적 비판의 목소리를 걸핏하면 높이는 지식층이 신경에 거슬리게 마련이었고, 지성은 곧 도전의 잠재력이었다. 이렇듯 지성은 과거 역사에서도 우선적인 제거 대상으로 간주되어, 지식인의 배출을 조금이라도 막기 위해 진시황과 아돌프 히틀러는 분서까지도 서슴지 않았다.

모든 권력의 속성은 타인의 권력을 빼앗기 전까지는 상대방을 타도하려하고, 일단 잡고 나면 버티려는 상정(常情)을 나타낸다고 한기주는 생각했다. 기득권층을 미워하다 자신이 기득권을 손에 넣고 나면, 새로운 저항을 벌이려는 반대파를 새로운 기득권층이 압살하기 시작하고, 그래서 권력의 변증법이 지속되었다. 고용인 시절에는 노동자의 권리를 찾기 위해 폭력까지 서슴지 않다가, 꿈꾸던 창업을 이루어 고용주가 되고 나면, 의무를 소홀히 하면서 권리만 찾으려는 아랫사람들을 너도나도 미워하기 시작하는 세상이기 때문이었다.

과거의 역할과 입장이 뒤바뀌어 이제는 저항을 억눌러야 하는 처지가 된 호찌밍은, 봉기한 농민들을 전에 프랑스인들이 그랬듯이 군대로 탄압했으며, 장-뿔 싸르트르의 동창생이며 베트남 최고의 지성이었던 철학자 짠둑타오(Trần Đức Thảo) 같은 정신적인 지도자들은 하노이 자택에서 거의 10년 동안 격리생활을 당하여, 친척이나 친구 누구라도 그에게 말을 걸려고 했다가는 당장 경찰에 체포되어 끌려가고는 했다.

"빛을 가져다주는 사람"은 그러니까 대한민국의 어떤 독재자보다도 지식인들을 훨씬 더 탄압했었다.

그리고 그것은 모두 핍박받던 사람들의 낙원을 이룩하려는 사명의 이름으로 이루어진 행위였다.

넷 혁명과 진화

아시아에서 이루어진 공산화의 일반적인 과정을 살펴보면, 중국은 소련이나 마찬가지로 일단 혁명에서는 성공했지만, 프롤레타리아 낙원의 건설이라는 현실적인 과업은 별로 쉽지가 않았다.

마오쩌둥이 내세운 "영원히 계속되는 혁명"은, 짧은 기간 동안 신속하게 획기적인 변화를 발생시키는 '혁명'의 기본적인 의미를 적용하기 어려워서, 차라리 '진화'나 '진보'에 가까운 개념이었다. 그러므로, 진화 과정에다 혁명의 역학을 대입시키다 보니 아무래도 무리가 생기게 마련이었고, 따라서 마오쩌둥은 세월이 어느 정도 흐른 다음에, 재평가 과정을 거쳐 실패한 혁명가로 분류되기 시작했다.

새로운 권력의 창출이란 개혁의 흉내만 내다가 기껏 제자리로 돌아가서 끝나는 현상의 반복일 따름인 경우가 대부분이고, 그래서 이념적인 이론만 믿고 공산주의의 이상을 실현하려는 실험에 착수했다가, 이렇게 현실에서 시행착오를 일으킨 한 세대의 지도자들이, 이제는 피델 카스트로만 남겨놓고 모두 절반의 성공을 이룬 다음, 역사의 뒷전으로 밀려났다.

호찌밍은 예외였다.

그는 본디 사회주의 건설보다 민족의 독립과 통일을 지상의 과제로 삼았고, 그 꿈을 실현했기 때문에 베트남의 영웅이 되었다. 따라서 그는 공산국가를 건립하느라고 우발적으로 저질렀던 중대한 과오에 대해서까지도 인민으로부터 쉽게 용서를 받았다.

베트남과 국경을 접한 캄보디아의 폴 포트는 대조적인 종말을 맞았다. 베트남에서 전쟁이 진행되는 동안 캄보디아를 통치하던 왕족 정치가 노로돔 시아누크 공(公)은 전쟁에 휘말려 "앙코르 와트(Angkor Wat)만 남겨놓고" 나라가 멸망하여 사라질까 봐 노심초사하며, 베트밍군과 베트콩에게 국경지대에 활동할 근거지를 내주면서 미국에게는 같은 지역을 폭격하도록 허락하는 교묘한 줄타기 외교를 계속했다.

그러나 그는 베트남이나 미국에게가 아니라, 1970년 3월 유럽을 여행하는 동안, 국방장관 론 놀(Lon Nol) 장군에게 나라를 빼앗겼다. 그리고는 다시 론 놀의 친미 캄보디아 정권은 1975년 4월 17일, 북 베트남이 통일을 눈앞에 두고 사이공으로 밀고 내려가던 무렵, 본디 베트남 간부들이 조직하고 훈련을 시켰던 공산 반군 '붉은 크메르(Khmer Rouge)'에게 무너졌다.

크메르 루지의 지도자 살로트 사르(Saloth Sar)는 하급 관리의 아들 출신으로, 빠리에서 유학하던 시절에, 레닌이 "유치한 좌익사상"이라고 코웃음을 쳤던 그런 차원의 '농지 이상향(agrarian utopia)'이라는 어리숙한 환상에 사로잡혔다. 꿈을 안고 귀국한 다음에 그는 폴 포트(Pol Pot)라는 전투명을 채택하고 공산주의 운동의 선봉장이 되었다.

극우파였던 론 놀 장군이 캄보디아 영토 내에서 미군이 작전을 수행하도록 허락하자, 이에 반발하여 갑자기 활성화한 좌익에 업히면서 크메르 루지는 급격히 세를 확장했고, 마침내 정권을 잡은 폴 포트는 자신의 이상향을 실제로 만드는 실험에 착수했다.

*

폴 포트의 군대가 거주인들을 몰아내어 프놈펜과 다른 여러 도시를 비워 버리기 시작하자, 처음에 사람들은 전쟁 동안 인구가 도회지로 밀집하여 경제적인 부담이 심했기 때문에 이를 해소하기 위해 피난민을 소개시키는 조처라고 생각했었다.

하지만 공산 정권이 인구의 25퍼센트에 이르는 2백만 명을 무작정 죽여 없애는 작업에 착수했다는 사실이 곧 밝혀졌다.

어디에서도 정착이 허락되지 않고 끝없이 떠돌기만 하는 강행군을 거치는 사이에, 대부분의 사람들은 굶주리고 지치고 병들어 길에서 죽어갔으며, 나머지 도시인들은 수용소에 집어넣고 중노동을 시켜 다시 죽음으로 내몰았다.

무수한 중류층 사람들은 안경을 썼다거나 외국어를 할 줄 안다는 단순한 이유로 "기생충 지식인"이라고 분류되어 조직적으로 처형을 당했다.

학교와 공공 건물은 전기 고문과 물 고문 등의 시설을 갖추어서, 1977년 첫 6개월간에, 예를 들어 프놈펜의 뚤 슬렝(Tuol Sleng) 고등학교에서는 하루에 평균 1백 명이 죽어 나갔다.

남편과 아내와 자식들이 함께 처형되는 경우도 허다했고, 희생자들은 처형 이전과 이후를 사진으로 촬영해서, 이상향 건설과정의 역사를 편찬할 자료로 수집해 두기도 했다.

공산 정권은 그들의 통치와 더불어 "퇴폐적인 온갖 문화와 사회악을 말끔히 제거한 새로운 공동체"의 원년(元年)이 시작되었다고 선포했다.

그렇게 끝없는 공포의 통치가 계속되던 중 폴 포트를 몰아낸 세력은, 자본주의 국가나 자유를 구가하는 양심의 진영이 아니라, 참으로 역설적인 애기지만, 호찌밍의 공산 베트남이었다. 중국의 사주를 받은 캄보디아가 그들의 옛 영토인 메콩 삼각주를 되찾기 위해 쳐들어 올까 봐 우려한 베트남에서 선제 공격을 가했던 것이다.

가진 자와 지식인을 모조리 죽여 없애고 과거를 몽땅 지워버린 다음, 농민들의 이상향을 만들어 새로운 세상의 원년으로 삼겠다고 꿈꾸었던 폴 포트는, 1998년 누구에게인가 독살되었다고 알려졌다.

*

어느 졸부의 집을 찾아갔을 때, 하나도 빠짐없이 값비싸고 고급인 외제 물건을 거실에 가득 진열해 놓았음에도 불구하고, 사람들이 때로는 시각적인 불편함을 느껴야만 하는 까닭은, 그런 실내장식이 함께 모여 눈으로 구경하기 위한 공간을 만들어 놓기만 했을 뿐, 사람이 그 속에서 편안하게 살아갈 만한 공간은 되지 못하기 때문이리라고 한기주는 생각했다.

온통 새롭고 화려한 공간이 이렇게, 유리로 지어놓은 방처럼, 거북하고 아슬아슬한 기분이 들기만 하는 까닭은, 방안에 진열된 하나하나의 사물이 저마다 따로 존재할 때는 두드러지게 훌륭하겠지만, 그들이 모여 이룩한 집합이 서로 조화를 이루는 아무런 정체성을 내보이지 못하고, 그래서 때문은 전통의 아름다움과 누적된 역사의 힘을 갖추지 않았기 때문이리라. 바로 그런 이유로 해서, 새로 사들인 값비싼 식기들만 늘어놓고 식사를 할 때보다는,

뚝배기에 나무 젓가락과 헌 숟가락이 훨씬 음식맛을 돋우기 마련이었다.

국가경영도 마찬가지여서, 캄보디아의 이상향 건설과, 베트남의 토지개혁과, 중국의 문화혁명이나 하방정책, 그리고 북한의 대대적인 숙청을 통해서 조급하게 이룩한 혁명은 역사와 전통을 존중하는 다른 유럽 국가들의 점진적인 발전보다 별로 아름답거나 효과적이지를 못하다고 한기주는 생각했다. 모든 궁극적인 성공은 시행착오와 실패를 거치며 완성되는 까닭에, 급진적이고 전폭적인 혁명이 아니라 점진적인 궤도수정에 의해서 진화가 이루어졌어야 할 일이었다.

혁명은 기득권자들의 저항 못지않게 인간 환경을 구성하는 사물들의 관성적인 저항을 좀처럼 이겨내지 못한다. 혁명은 하나의 변증법적 단계일 따름이어서, 완성의 합(合)을 이루려는 욕심은 착각이기가 쉬웠다. 혁명의 불길이 환경을 모두 태워버린 파괴의 전화 속에서 이룩하는 새 출발은, 곰곰이 따지고 보면, 한참 뒷걸음질을 치고 나서 다시 시작하는 셈이고, 그래서 새로운 형태의 원상복귀를 하느라고 시간과 정력을 소진하고 나서, 막상 본격적인 혁명을 시작하려면 혁명 주체는, 겨우 출발점에 이르러서 보면, 이미 기득권층이 되어 부패하기 시작한다.

혁명은 전쟁의 한 가지 형태이고, 전쟁은 누가 뭐라고 해도, 역사적으로 보면 건설보다 파괴를 도모하는 활동이었다. 파괴는 건설의 아버지라는 역설은 모든 역설과 마찬가지인 억지여서, 총체적인 파괴는 어떤 파괴라도 꾸준하게 계속되는 건설만큼 건설적일 가능성은 희박하게 마련이었다.

공산주의 원년을 만들기도 따라서 쉬운 과업은 아니었겠고, 아직도 프롤레타리아의 낙원이 지상에 완성되지 못한 첨단 정보시대에 이르러서는, 혁명의 개념 자체가 촌스러운 시대착오로 굳어지기 시작했다.

베트남에서도 그랬고, 중국과 한국에서도 마찬가지였지만, 좌우 이념은 결국 경제구조의 차이를 빌미로, 어떤 개인이나 소수 집단의 정권장악을 위한 하나의 수단으로 거듭하여 동원되었을 따름이었다.

계급타파라는 이상적인 도전의 실현도 역시 논리상의 무리여서, 멍청한 다수와 똑똑한 소수가 따로 존재하는 한 일반 계급에 대한 특정 계급의 지배는 불가피하다고 한기주는 믿었다.

어떤 형태의 계급이건 간에 권력구조에서는 나름대로의 계급과 위계가 모든 시대와 지역에 편재하기 때문에, 계급은 재구성될 따름이지, 질서를 기본으로 삼는 사회에서라면 완전히 타파하기가 불가능하고, 그래서 한기주는 북한의 지도층과 인민 역시 평등하다고는 믿지 않았다.

평등은 사회적인 특권을 없애는 일이라지만, 사회주의 세계에도 지배층은 따로 존재하며, 소외된 대표적인 계층이라고 공산주의가 정의한 노동자와 농민을 위한 집단에서도 새로운 권력층이 생성되고, 서울에서는 교회에서조차도 밥그릇을 놓고 다투는 노동조합이 생겨나는가 하면, 미국의 소외계층을 위해 태어난 부두노조나 운송노조 역시 권력화하여 부패의 전통을 만들어냈다.

아시아에서 진행된 공산주의 혁명은 파괴의 충격을 힘으로 삼았고, 파괴는 인간의 의욕을 꺾어 놓는다고 한기주는 믿었다. 급진적인 개혁은 혁명이요, 혁명은 질서의 파괴를 전제로 하며, 파괴는 다수가 싫어하는 폭력이었다. 정치와 경제가 결탁하려는 속성이 활성화된 세상에서는 경제귀족을 통제하거나 견제할 장치를 아무도 마련해 놓으려 하지 않고, 그래서 재분배의 불균형을 해소하고 경제적인 정의를 실현할 다른 합리적인 방법이 없으니까, 공산주의 혁명은 점진적인 조화를 추구하는 대신 가진 자의 재산을 폭력으로 빼앗아 없는 자들에게 나눠주는 로빈 후드와 활빈당 식으로 질서를 재구성했다. 이것은 한국의 교육평준화처럼 결과적으로 가난이라는 열등함을 지향하는 재분배의 형식이었다.

빼앗길 재물과 특권이 없는 사람들은 기득권의 소중함을 경험한 적이 없어서 기존질서의 가치를 제대로 알지 못하고, 자신의 무능함은 미덕이 아니라는 진실도 때로는 알지 못하며, 욕심과 부패의 속성으로부터 자유롭지 못한 인간의 본성을 고려하자면, 혁명 주체는 새로운 형태의 독점권을 장악함으로써, 타인으로부터 빼앗은 재산을 씨앗으로 삼아 새로운 귀족이 되었다.

그리하여 베트남에서는 당이 독점하여 분배한 특권으로 혁명 지도자들과 그들의 자손은 새로운 상대적인 유산자층을 자연스럽게 이루었다.

다섯 어느 표본 정치가의 하루

통일 베트남의 표본적인 정치가를 한 사람 추천해 달라는 KBS의 요청에 따라 외무부가 소개한 국회의원 담칵니엠(Đàm khắc Niêm)은 공산당원이 아니었다. 당원이 아니면서도 인민을 대변하는 인물이 되었다면, "공산국가의 민주화"를 상징하는 표본적인 인물로 민주국가의 방송에 소개하기가 적절하리라고 응우엣의 사무실에서는 판단한 모양이었다.

그러나 한기주는 염색한 머리에 금테 안경을 쓴 담칵니엠의 첫인상부터가 사실은 별로 마음에 들지 않았다. 니엠은 여드름 자국처럼 거칠게 얽은 피부에 조금쯤 험상궂은 얼굴이 별로 지성적이지를 않았으며, 여의도의 황금 배지 대신 빨간 베트남 깃발 배지를 가슴에 달았을 뿐, 오직 정치만을 직업으로 삼으며 잔뼈가 굵은 한국의 여느 5~60대 국회의원이나 마찬가지로 부정직하고 오만해 보여서였다. 방송을 위해 공식적인 대화를 나누는 상대에 대해서 선입견이나 편견을 가져서는 안 된다고 스스로 조심했지만, 한기주가 받은 첫인상은 좀처럼 지워지지를 않고 점점 더 굳어지기만 했다.

몇 시간 동안 그를 열심히 지켜봤어도, 이름조차 알지 못하는 불특정 대다수 모든 사람에게 거짓 표정을 지어야 하는 생활에 익숙한 정치꾼의 야심만만한 체취에서는, 인민을 위한 헌신의 냄새가 별로 나지 않았다. 만나는 사람에게마다 지나치게 친절하고 쾌활하게 손을 내밀면서, 시간을 잘 맞춰 요령껏 짓고는 하던 그의 미소가 전혀 진심이라는 인상을 주지 못했기 때문이었다.

니엠 의원이 젊어서 처음 사업에 발을 들여놓아 성공했다는 택시회사를
위시하여, 건어물 수출회사와 포장회사를 둘러보기 위해 KBS 일행과 함께
하노이 시내를 이리저리 돌아다니며, 한기주는 "문어발 기업"과 "정경유착"
이라는 한국적 풍토가 자꾸만 고집스러운 부표(浮漂)처럼 머리에 떠올랐다.
그리고 호찌밍의 혁명에서 국회의원의 사업으로 이어진 과정이 어떠했을지
를 상상해 보려니까, 거듭해서 되풀이된다는 역사가 미리 보여주는 미래에
대한 불안감이 자꾸만 머리를 들었다.

공산당원이 아닌 부자가 베트남 국회로 간 이유는 무엇이었던가?

*

마지막으로 찾아간 니엠 의원의 기업체는 하노이 외곽 도로변 벌판에서
한참 증축공사가 진행중인 하떠이(Hà Tay) 철강회사였다.

한기주는 공사현장에서 오가는 베트남인들을 둘러보았다.

소쿠리에 석탄을 담아 이고 가는 후줄근한 아주머니 노동자들, 바지 자락
에 시멘트 가루를 허옇게 묻힌 채로 지루하게 삽질을 하는 더벅머리 청년 노
동자들, 외바퀴수레에 자갈을 힘겹게 실어 나르는 늙은 남자 노동자들, 작업
모를 쓰고 말없이 철골을 조립하는 다른 젊은 노동자들, 그리고 그들 한가운
데 서서 경직된 자세의 현장감독으로부터 보고를 받는 재벌 국회의원 — 이곳
은 분명히 신흥 부르주아의 천국이었지, 프롤레타리아의 천국은 아니었다.

국회 휴게실에서 휴식시간에 한기주와 가졌던 대담중에 니엠 의원은 이렇
게 말했었다. "우리의 목표는 국가 경제에 도움이 되는 중요한 법률을 제정
하는 일입니다." 그리고 철강회사 공사 현장에서 그는 다시 이렇게 포부를
밝혔다.

"내가 기업인이기 때문에, 사업을 하는데 편리하고 합리적인 체제를 만들
어 나가고 싶습니다." 그리고 그는 정치를 이런 경제적인 시각으로 해석하기
도 했다. "살 때와 팔 때는 임자가 따로 있게 마련입니다. 그래서 개인적인
관계에서도 믿음이 중요하죠."

국회의원의 사업 현장 취재를 끝내고 하노이로 돌아오면서 한기주는 생각

했다. 인민을 대변하는 국회의원의 경제철학은 호찌밍 아저씨가 생각했던 혁명 가족의 사상과 인식으로부터 참으로 멀리 흘러왔다고.

*

사업과 국회 활동말고도, 여느 한국 정치꾼이나 마찬가지로, 명함 돌리며 얼굴 알리기에 상당한 시간을 할애하여 여기저기 행사장을 찾아다니기에 바쁜 담카니엠 의원의 일상적인 모습을 그림으로 담기 위해, 한기주 일행은 오후에 음침하고 눅눅한 대형 중국식당에서 열린 결혼식에도 따라갔었다. 선거철을 의식해서 표가 모이는 자리마다 잠깐씩 들러 돈봉투와 함께 얼굴을 내미는 풍습은 하노이에서도 여전했고, 정치인과 나란히 서서 사진을 찍어 자신을 홍보하는 중산층 사람들의 사회전략 또한 하노이라고 해서 다를 바가 없었다.

저녁에는 한기주 일행이 투숙한 대우호텔 수영장에서 유명 여배우가 결혼식을 올린다며, 제복을 걸친 직원들이 오후 내내 빨간 융단을 깔고 준비가 분주하더니, 야간 조명이 들어오고 노천 피로연이 시작될 무렵에 니엠 의원은 이곳에도 모습을 나타냈다. 하얀 서양 케이크를 하얀 플라스틱 칼로 함께 자르는 하얀 예복 차림의 신부와 짧은 머리에 건방진 수염을 기른 검정 양복 차림의 신랑은 물론이요, 수영장을 빙 둘러 늘어놓은 식탁에서 샴페인과 서양 요리를 누리는 하객들은 모두가 분명히 부르주아 부유층이었으며, 혁명의 일선에서 싸웠던 노동자나 농민의 모습은 보이지 않았다.

이러한 하노이 야간 풍경을 이룩하기 위해 과거의 하노이 사람들은 어떤 고난을 겪었던가?

지금의 하노이 인구는 호치민 시의 절반인 3백만 명이라는데, 그보다 많은 4백만 명의 베트남인이 전쟁에서 목숨을 잃었다. 혹시 결혼을 했더라도 병과 건강 때문에 성생활조차 제대로 못했으리라고 여겨지는 호찌밍이, 평생 독신으로 검약하게 살며 이룩한 혁명의 열매를, 나중에 대신 누리는 21세기의 국회의원에 대해서, 한기주가 자꾸만 못마땅한 기분을 느껴야만 했던 까닭은, 북 베트남과 일본 사람들이 기록으로 남긴 사진 자료에서 그가 보았던,

참혹한 과거의 진실을 풍요가 꽃피기 시작하는 현재의 기쁨이 모독한다고 판단했기 때문이었다.

과거에 그들이 겪었던 고통을 생각하면, 이런 풍요와 행복을 누릴 자격이 베트남인들에게 충분하다고 누군가 말하겠지만, 아무리 사회주의 원칙을 끝까지 버리지 않은 이곳 사회라고 하더라도, 목숨을 바쳐가며 투쟁한 사람들과 지금 수영장에 모인 사람들은 다른 하노이인들이며, 그래서 애써 투쟁한 자와 누리는 자의 분배가 결코 공평하지는 않다고 한기주는 믿었다.

전후방도 없이 적과 아군이 마구 뒤섞여 싸우던 남보의 전쟁과는 달리, 하노이 사람들이 겪은 전쟁은, 쫓아 올라가기가 불가능한 고공(高空)에서 미국의 B-52 대형 폭격기들이 투하하는 폭탄을 지상의 하노이 시민들이 올려다보며 땅에서 소총과 대공포 그리고 유도탄으로 물리쳐야 했던 상(上)과 하(下)의 전쟁이었다.

그 무렵 하노이는 지옥의 도시였다.

*

북 베트남을 석기시대로 되돌려 놓겠다고 호언하며 성탄절 대폭격을 퍼부었을 때, 미국은 파괴의 목표가 민간인이 아니고 오직 군수산업 시설에 국한되었다고 끈질기게 선전했다. 그리고 그들이 공격하고 파괴한 '방위산업체'는 변두리의 자전거 공장은 물론이요, 하노이 중심가 역시 포함되었다.

적십자를 지붕에 그려놓은 병원도 폭격을 맞아 환자와 의사 28명이 사망했다. 주택이 밀집된 지역에서는 아홉 살 난 계집아이도 폭탄에 맞아 죽었다. 이렇게 12일간 계속된 "군수산업 시설 폭격"에서는 날마다 2백여 명의 민간인이 목숨을 잃었고, 스웨덴 수상은 닉슨 대통령이 하노이에 퍼부은 성탄절 선물을 "나찌의 대학살과 맞먹는 잔혹행위"라고 비난했다.

호찌밍 정부는 미국이 성탄절 폭격을 자행한 목적을 훤히 읽어냈다. 닉슨의 미국은 한없이 계속되는 투쟁에 대해 하노이인들이 염증을 느껴 어서 빨리 전쟁을 끝내라고 성화를 부리게 되기를 바랐다. 그래야 공산 대표단이 빨리 평화협상에 서둘러 다시 나오리라는 계산이었다.

▲ '성탄절 폭격'을 하다가 하노이 근교에 추락한 B-52의 잔해에 의기양양하게 올라선 베트밍 병사들.

그러나 해방과 통일을 원하는 베트남 사람들은 명분없는 전쟁을 치러내야 하는 미국 사람들처럼 쉽게 '염증'을 느끼지 않았다. 기나긴 투쟁 끝에 드디어 최후의 승리가 가까웠는데, 이제 와서 물러설 호찌밍도 아니었다. 그래서 하노이는 조금도 꺾이지 않는 인내심으로 폭격에서 살아남기 위해, 총인구의 두 배나 되는 개인 방공호를 파놓았고, 길거리 하수구의 작업용 구멍(manhole)도 모두 방공호로 활용했으며, 도시와 농촌의 초등학교에는 교실에서 빨리 뛰어가 숨을 만한 곳에다 아이들을 위한 교통호를 마련했다.

한기주는 하노이 아이들의 전쟁시대가 쉽게 상상이 갔다. 한국전쟁 당시 소사의 외할머니 집으로 피난을 가서 살던 시절에 그는 바로 그런 시대를 경험했다. 소사남국민학교 운동장 한쪽 구석에 파놓았던 방공호로 다른 아이들과 함께 손을 잡고 질서정연하게 대피하는 공습 훈련을 그는 얼마나 자주 했었던가. 폭탄이 터지면 두 눈과 귓구멍을 손가락으로 꼭 눌러 고막과 시력을 보호해야 한다던 여선생의 가르침을 꼬박꼬박 성실하게 지키면서.

그리고 북쪽 베트남 사람들은, 지금으로부터 30년 전 과거에, 또 어떤 삶을 살았던가? 하노이의 길거리에서는, 여기저기 세워놓은 입간판과 폭격으로 무너진 담벼락에서, "아메리카와 싸워서 조국을 지키자!"거나, "닉슨아, 너 때문에 흘린 우리들의 피를 돌려달라!"거나, "미국의 침략을 타도하자!"는 구호를 외쳐 댔었고, 추락한 폭격기에서 포로로 사로잡은 미군 조종사를 총으로 겨누는 여군 전사의 모습을 보여주는 벽화와, 도시 주변에서 수집하여 예술품처럼 전시한 폭탄의 행렬이 시민들에게 항전 의식을 끊임없이 고취했다.

전시 북부의 총인구는 2천4백만이었고, 그들 가운데 90퍼센트가 농민이었으며, 미국으로부터 북 베트남을 지키기 위해 싸우던 정규군 병력은 58만이었다. 무장한 민병대는 정규군의 세 배에 가까운 1백10만에 이르렀으며, 하노이의 남녀 민병대원들은 공원에서 목총(木銃)으로 사격훈련을 게을리 하지 않았다.

농촌에서도 인민은 논둑에 총을 세워놓고 일했으며, 공장 민병대 역시 매주일 일정한 시간의 훈련을 받았다. 미군의 폭격을 피해 북부 민간인들은 도시로부터 소개되어 전국 각처의 시골로 흩어져 나갔으며, 산업과 저장 시설은 동굴이나 지하로 숨어들었다. 폭격이 심한 지역에서는 주민들이 많은 시간을 땅속에서 두더지처럼 생활해야 했고, 북부에 파놓은 땅굴의 전체 길이는 무려 5만 킬로미터에 달했노라고 하노이 당국은 주장했다.

그러나 그들은 무작정 숨기만 한 것은 아니어서, 부녀자로 이루어진 9만 명의 노동대는 폭탄이 떨어진 곳이라면 어디에나 몇 시간 안에 돌과 자갈을 수레에 싣고 도착하여, 구덩이를 모두 메워 도로가 원활하게 소통되도록 전력을 다해서 일했다. 철근 콘크리트로 건축한 다리들이 폭격으로 무너지면, 대나무와 쪽배로 엮은 다리를 만들어 야간에 사용하고는, 낮이면 항공관측을 피해 물 속에 가라앉혀 두었다. 화물차들은 야자수 가지와 바나나 잎으로 위장하고, 전조등을 켜지 않은 채로 하얀 표시를 해놓은 도로를 따라 밤에만 운행했다.

베트남인들의 저항은 서양의 논리적인 시각에서라면 아무리 봐도 승산이 없는 전쟁이었지만, 베트남인들은 절대적인 역경 속에서 잇몸으로 전쟁을 했고, 결국 그들의 신념은 코끼리에게서 승리를 거두었다.

여섯 도상(途上)에서

아침마다 객실에 배달되는 베트남 영자신문에서, 시장경제 체제로의 전환에 성공한 모범적인 본보기라고 소개한 탕롱음료회사를 찾아가 취재하자는 연출자의 제안에, 한기주는 오전에 그곳으로 가서 팜방간 사장을 만났다. 1천 7백여 곳의 민영화 대상 기업체 가운데 베트남에서 탕롱처럼 성공한 사례는 70개 회사에 지나지 않는다며 사장은, "새시대에는 이윤을 남겨야만 살아남는다"는 낡고도 새로운 구호를 되뇌었고, 자신이 운영하는 회사가 대견스러워서인지 시종일관 싱글벙글 자랑스러운 얼굴이었다.

낡은 격납고 같은 공장 안을 둘러보니, 벽에는 선풍기 이외에 아무런 장식을 하지 않은데다가, 시설까지 빈약하여 몹시 썰렁해 보였다. 넉넉하게 자리를 차지한 구식 기계들이 빙글빙글 돌아가며 포도주 병에다 뚜껑을 덮고, 딱지를 붙이고, 궤도를 따라 줄지어 약진했으며, 화물차 한 대가 꽁무니를 대고 기다리는 출구 근처에서 제복과 모자를 갖춘 젊은이들이 완제품 술병들을 차곡차곡 골판지 상자에 채워 넣었다. 사장이 권해서 포도주 한 잔을 마셔본 한기주는 대학시절 최초로 생산된 한국 위스키 오스카의 조악한 맛이 생각났다.

시설도 원시적이고 술맛도 신통치 않았지만, 탕롱은 임시 노동자를 고용하여 인건비를 줄여서 이윤을 창출한다고 말했다. 머나먼 훗날의 비정규직 갈등이 베트남에서 싹이 트려고 했다.

*

다음에 찾아간 건설회사 비나코넥스(Vinaconex)는 32년의 역사를 자랑하는 중견 국영 기업체였다. 1995년부터 민영화를 추진하는 과정에서 5천 명의 인원을 1천7백 명으로 줄였고, 금년에도 건축 현장에서 2백50명을 추가로 정리할 계획이었다. 말끔한 4층 건물의 마당에는 승합차 3대를 세워놓았고, 현관을 지나 2층으로 올라가니, 옹색한 사무실에서 기다리던 팜두이칸 사장은 포도주 회사의 팜방간 사장처럼 즐거운 표정이 아니었다.

"새로운 시대에는 국영기업 시절에처럼 그렇게 많은 직원을 다 쓸 수는 없다"고 말하면서 사장은 자신이 단행한 '구조조정'에 대해서 죄의식을 느끼는 듯한 눈치였다. 칸 사장의 말을 곰곰이 새겨들으면, 전에는 필요 없는 사람들도 회사에서 잔뜩 먹여살렸다는 뜻이었다. '방만하다'는 선입견이 당연하게 여겨지는 대한민국의 국영 기업체들. 비능률적인 낭비를 조장하는 체제라면 기업에 부담이 가게 마련이고, 현실화를 위해서는 무능한 자들을 여태까지 너그럽게 돌봐주던 자선(慈善) 체제를 지양하여 부족한 경쟁력을 되살려야 했다.

잡힌 발목을 뿌리쳐야 기업은 시장경제에서 싸워 이겨 살아남게 되고, 그러다 보니 개혁정책은 인민을 먹여살리겠다는 혁명 약속을 지키지 못하고 포기해 버려야 하는 부담을 안게 되었다. 그러나 2층 사장실 옆에 나란히 붙은 감사부 사무실에서 갖가지 설계도와 서류와 장부와 공책을 책상에 늘어놓고 앉은 똑똑한 소수의 사무직 사람들은 정년을 채울 때까지 버티며 자리를 지키는 데 별 어려움이 없으리라고 한기주는 생각했다.

*

1976년 7월에 수립된 베트남 사회주의 공화국은, 미국이 주도한 서방세계의 제재와 봉쇄에 따른 원조의 단절로 인해서, 오랫동안 전쟁 후유증에 시달렸다. 그뿐 아니라, 승리의 영광에 도취되어 자만심에 빠지면서, 캄보디아 크메르 루지 정권을 공격하고 중국과도 국경분쟁을 계속하느라고 좌충우돌 적을 만들기에만 바빴고, 점점 더 고립의 울타리 안에서 위축되며 퇴화를 거듭했다.

그러다가 통일 10년 동안 승전의 단맛이 사라지고, 전쟁과 혁명에서 공을 세운 사람들에 대한 포상의 재분배도 끝나고, 인민의 의식화 작업도 마무리를 지었지만, 무산자들의 낙원은 아직도 도래하지 않았다. 그래서 1986년 12월 제6차 공산당 전당대회에서는 국가 차원의 자아비판이 이루어졌다. 호찌민의 수족 노릇을 했던 혁명 1세대 팜반동, 레둑토*, 쯔엉찡**이 정치 1선에서 물러났고, 당의 지도 노선과 방법을 바꿔야 한다는 성토에 이어, 다양한 매체를 통해 수집된 온갖 제안을 추려서 베트남은 제1차 도이머이 개혁기간을 거쳤다.

그러나 1990년 말 소련과 동유럽의 붕괴로 인해 베트남은 뜻밖의 새로운 어려움에 봉착했고, 1991년 6월 제7차 전당대회에서는 대대적인 개혁에 박차를 가하기로 결의했다. 그런 결과로, 캄보디아와 중국과도 국교를 정상화하며, 고립을 탈피하는 적극적인 외교정책에 돌입한 베트남은 사회주의 체제를 고수하면서도 사유재산권을 인정하기로 결정했다.

그리고 다시 10년이 지난 지금, 베트남은 미국과 태국에 이어 세계 3위의 쌀 수출국이 되었고, 붕타우 대륙붕 유전에서는 1년에 2천만 톤의 원유를 생산하고, 호치민 시에서 하노이에 이르기까지 어디를 가나 도시에서는 고층 건물들이 여기저기 솟아오르는 중이었다.

그렇게 베트남은 재혁명의 도상에서 슬그머니 사회주의를 벗어났다.

*

아침에 두 번째로 찾아간 건설회사에서 해고를 당한 노동자 2백 명 가량이 함께 모여 산다는 변두리 동네를 찾아갔더니, 뒷골목 어귀 콘크리트 전봇대에는 큼직한 부적처럼 누가 빨간 글씨로 기쁨이 곱절로 오라면서 쌍희 희

---

* Lê Đức Thọ, 1912년 북 베트남 태생으로, 인도차이나 공산당 창립자들 가운데 한 사람이며, 남부에서의 반란활동을 주도했다. 평화회담에서 상대역이었던 헨리 키신저와 함께 노벨평화상 수상자가 되었지만, 수상을 거부했다.
** Trường Chinh, 1908년 교사의 아들로 태어나 인도차이나 공산당 창립자들 가운데 한 사람이 되었다. 마오쩌둥의 대장정에 크게 감명을 받아서, 당쑤언쿠(Đặng Xuân Khu)였던 본명을 쯔엉찡(長征)이라는 전투명으로 바꾸었다. 북 베트남 토지개혁에서 저지른 과오 때문에 1955년에 좌천되었지만, 다시 정계로 복귀하여 이론가로 계속 활동했다.

▲ 제2차 도이머이 시대는 베트남 경제가 본격적으로 성장하는 시발점이 되었다.
사진은 1992년 어느 작은 시골마을의 시장.

(囍)자를 써 붙여 놓았지만, 한국 방송국에서 취재를 나온다는 소문을 듣고 구경 삼아 옹기종기 골목으로 몰려나온 여자들의 추레한 옷차림과 우중충한 표정을 보니, 외톨이 기쁠 희(喜)만큼도 즐거워 보이지를 않았다.

'달동네'는 어디나 다 비슷한 모양이어서, 풍요롭지 못한 길바닥은 쌍희 골목에서도 질퍽하고 지저분했다. 물자가 워낙 부족해서인지, 외환위기 직후의 한국 뒷골목들처럼, 먹거나 쓰고 남아서 버린 쓰레기도 별로 눈에 띄지를 않았다. 거무죽죽 얼룩진 담벼락을 따라 집집마다 구석구석 부지런히 빨래를 널어놓았으며, 머리를 아무렇게나 빗어 넘긴 젊은 여자들과 중년 여자들이 원숭이처럼 아기를 옆구리에 얹어 안고, 한국인 일행을 이리저리 기웃거렸다.

한기주가 만나 얘기를 나누기로 선정된 해고 근로자 호아(Hoa, 華)는 쪽방 집에서 고양이를 데리고 혼자 살았는데, 방 한가운데 커튼을 내려 반쪽은 침실로 쓰고 나머지 반쪽은 거실과 창고와 부엌 노릇을 해서, 자전거까지 문간에 들여놓았다. 꽃장판에 때가 앉은 침실에는 절반의 공간을 차지한 나무침대와 달력과 작은 플라스틱 옷장과 전기밥솥이 전재산이었고, 왜소한 몸집에 나이 50을 넘긴 뻐드렁니 호아는 맨발이었는데, 어디에 감춰 두기라도 했는지 신발이 방과 마당 어디에서도 눈에 띄지 않았다.

호아는 회사가 기계를 들여오면서 콘크리트를 섞는 일을 못하게 되어, 요즈음에는 드문 삯바느질로 푼돈벌이를 가끔 한다고 했다. 개혁개방과 기계문명과 산업발달과 그녀의 생존에 대해서 호아는 이렇게 선문답적인 설명을 했다.

"기계가 많아진 건 좋고, 내 일자리 없어진 건 안 좋아요."

벌써 몇 달째 거의 일감이 없어 "쉬면서 기다린다"는 다른 여자들도 기계를 탓하기는 마찬가지였다. 그들은 모두, 일자리가 없어져 그들 자신은 살기가 훨씬 어려워졌어도, 나라가 발전해서 기쁘다는 말도 잊지 않았다. 구호를 통해 몸에 밴 공산주의자들의 조심성.

그리고 그들은 국가의 실업보조금이 끊어져서 앞길이 막막하다는 하소연도 했다. 전체적인 경제구조가 국가 보조금에 크게 의존하던 사회주의 모형을 개혁하는 것은 제1차 도이머이 정책의 첫 번째 과제였다. 그러나 정신없이 발전하고 전진하는 현실만큼 인간의 적응력이 빨리 DNA에 입력이 되지를 않았고, 그래서 근력(筋力, muscle power)이 유일한 자산인 사람들은 단순노동이 지배하던 대가족 농경시대의 습성을 좀처럼 벗어나지 못했다.

*

쌍희 희(囍)를 어귀 전봇대에 붙여놓은 골목에서 취재를 끝내고, 경제정책 전반에 관해서 빤한 질문을 하고 빤한 대답을 들으러, 쭈옹미호이 베트남 부주석을 면담하기 위해 하노이 시내로 차를 타고 돌아가는 길에, 한기주는 어지럽고 가난한 바깥 풍경을 멍하니 내다보면서 호아와 그녀의 이웃들을 생각했고, 그리고 후에의 황성 뒤뜰에서 복구공사를 하던 두 명의 인부도 생각났다. 한없이 똑같은 일을 하염없이 계속하는 사람들.

그렇게 날이면 날마다 똑같은 일을 하며 살아가는 사람들의 삶에는 혁명의 충격이 웬만해서는 미치지 않는다고 한기주는 생각했다. 쌍희 골목 사람들의 삶은 혁명 이전이나 지금이나 별로 달라진 바가 없었다. 노동자는 그냥 노동만 할 따름이었고, 혁명과 전쟁이 휩쓸고 지나간 다음에도, 소수의 노동 권력층말고는, 그들은 그냥 똑같이 단순한 노동만을 계속했다. 그리고 어디에서 하는 노동이건 그것은 결코 낙원이 아니었다.

혁명은 소련과 중국에서, 그리고 쿠바와 북한에서 그랬듯이, 베트남에서도 가난하고 힘없는 모든 사람을 먹여살리겠다고 체제를 정비했지만, 스스로 나서서 다른 일자리를 찾을 만큼 상상력과 경쟁력이 없는 사람들을 국가가 모두 거두어 먹여살리기에는 허약한 산업과 경제로서는 힘이 겨웠으며, 그래서 도이머이 시대를 시작하면서, 새로운 개혁은 혁명으로 구해 주마고 약속했던 사람들을 포기하면서 다시 버렸다.

일곱 전쟁 산업화와 신상품

구형석이 다니는 하노이 국가대학(Đại Học Quốc Gia Hà Nội) 한쪽에 별장처럼 외따로 빨간 지붕을 얹어 지은 아담하고 말끔한 2층 건물 앞에는 "Hanoi School of Business"라고 영어로 적은 까만 대리석 간판이 버티고 서서 기다렸다. 두툼한 외투 차림으로 교정에서 발걸음을 서두르는 단발머리 여학생들의 모습이 매끄러운 돌 표면에 거울처럼 되비쳐 보였다.

현관으로 들어서자마자 눈에 띄는 큼직한 게시판에는 신문과 잡지에서 오려낸 기사들이 다닥다닥 붙어 유혹의 깃발처럼 다투어 눈길을 끌었다. 깃발 하나는 이렇게 나부꼈다.

"Học MBA, có ngay việc làm tốt(MBA를 하면 더 좋은 직장을 얻는다).”

하노이가 지금 어디로 향해서 가려고 하는지를 잘 보여주는 기사의 제목도 눈에 띄었다.

"Cần 10 năm để có mặt tại Wall Street(10년 안에 월 스트리트로 진출한다).”

한기주는 어제 오후에 만난 쭈옹미호이 부주석이 그에게 들려주었던 판에 박힌 대답이 생각났다.

"국제사회에서는 유아독존 혼자서는 살아가지 못합니다. 서로 상호의존하는 체제가 필요하다는 것이 우리의 관점입니다. 따라서 세계 여러 국가와 경제무역관계를 원활하게 유지할 생각입니다."

그래서 베트남은 과거의 적국 아메리카합중국에서도 자본주의 체제의 보루인 월 스트리트로 진격하게 될 10년 후의 영광을 꿈꾸었다.

그리고 어느 영문 잡지에서 오려낸 기사는 "From Cadre to Manager(간부에서 경영자로)"라고 제목을 붙이고는, 베트밍군 제복에서 빠져나온 남자가 경영인의 양복으로 기어올라가는 삽화를 기사의 한가운데 끼워 넣기까지 했다. 전쟁에서 할 바를 다하고는 이제 평화의 역군으로 승천하는 변신.

2층으로 올라가는 계단을 따라 벽에는 사각모에 검정 졸업복을 걸친 미국인 남자들과 여자들의 얼굴 사진을 그림틀에 넣어 열 개쯤 내걸었다. 미국기업체의 지원금으로 지었다는 경영대학원에서 과거에 강의를 맡았던 유명한 미국 교수들이라고 안내를 맡은 베트남 여성이 설명했다.

여직원은 이곳의 모든 강의가 영어로 이루어진다는 설명도 덧붙였다.

한기주가 들어가 본 교실에서도 하노이의 젊은이들이 영어로 미국의 자본주의를 열심히 공부했다. 그곳에서는 B-52 폭격기와 고엽제와 50만 대군으로 베트남을 제압하려다 실패한 미국이, 경제봉쇄로 굴복시켜 지배하려던 전후의 시도조차 포기하고, 이제는 새로운 형태의 정복을 실험하는 모양이었다.

*

미국 하와이 대학교에서 하노이의 경제대학원으로 파견된 여교수 대니엘 셜리(Danielle Shirley)는 미국인들이 베트남인들에게 영어로 자본주의를 가르치는 목적이 "베트남에 대한 미국의 경제적인 이해관계(American financial interests in Vietnam)"를 위해서라고 한기주와의 대담에서 밝혔다. 베트남에서는 앞으로 여러 미국 기업이 활동하게 될 텐데, "그들의 사업활동을 돕기 위해서, 교육을 잘 받은 노동력(educated work force)이 필요하게 될 것"이니까,

이렇게 미리 훈련을 시켜 둔다는 설명이었다.

바로 이런 "경제적인 이해관계"를 염두에 두고 미국은 베트남에 대한 무역금지조치를 1994년 2월에 풀어주었고, 1995년 7월에는 국교정상화를 위해 하노이에 대사관을 설치했다.

그리고 셜리 교수는 이런 얘기도 했다.

"하지만 내 생각에는 그보다 좀더 깊은 이유가 작용합니다. 미국은 아시아-태평양 지역에서 오랫동안 지도적인 역할(leadership role)을 맡아왔습니다. 하지만 불행하게도 베트남하고는 늘 우호적인 관계만 지속해 오지는 않았고(not always on positive notes), 그래서 약간 개선할 부분이 남아 있습니다(we have a little catching up to do)."

이 말을 하면서 셜리 교수는 환한 미소를 지었다.

한기주는 미국이 베트남에서 곧 확보하게 될 "지도적인 역할"과 "경제적인 이해관계"가 이라크를 침공할 때도 부시 행정부의 기본적인 동기로 작용했다고 믿었다.

미국의 '지도적인 역할'은, 냉전이 끝난 다음 클린턴 행정부까지만 하더라도, 월터 리프맨이 정의한 국제경찰로서의 틀을 크게 벗어나지 않았다. 모범적인 국제연합(UN) 노릇을 도맡았던 시절에는, 평화를 지키는 보안관 노릇을 하느라고 루즈벨트 대통령과 밴 플리트 장군 같은 미국의 정치 지도자들이 아들을 전쟁터에서 잃기까지 했다. 그러다가 군사력에서 유일한 경쟁국이었던 소련이 힘을 잃은 다음 혼자 패권을 거머쥔 미국은, 힘없는 여러 나라의 호감을 사기 위해 눈치를 살펴야 할 상대가 없어지자, 선량하고 의로운 임금이 되는 길을 버리고 세계를 혼자 다스리려는 폭군의 길로 들어서겠다고 작정한 듯싶었다.

한기주는 참된 의미에서의 제1차 세계대전은 유럽의 5대 강국인 영국·네덜란드·에스파냐·프랑스·포르투갈이 벌였던 식민지 쟁탈전이었고, 제2차 세계대전은 히틀러의 독일에 이어 스탈린의 소련이 추구했던 팽창주의의 시대였으며, 현재 벌어지는 제3차 세계대전은 '다국적군'으로 가장하여 전세계에 식민지를 확보하려는 아메리카합중국 군대의 독주와 그에 저항하는 이슬람 군소 세력 연합 간에 벌어지는 분쟁이라고 믿었다.

제3차 대전에서는, 막강한 군사력으로 아무 나라든지 닥치는 대로 쳐들어가는 부시 미국의 폭력적 패권주의에 맞서, 제국에게 독립과 자유를 빼앗기지 않으려는 나약한 국가들이 산발적으로 저항하는 형태를 갖춰가는데, 한 기주가 보기에 그것은 베트남전의 변형된 반복일 따름이었다.

*

종교 및 정치적 자유를 찾아 목숨을 걸고 대서양을 건너 신대륙으로 가서 건설한 자유의 나라였노라고 아무리 앵글로-색슨 백색 인종이 주장하더라도, 미국은 이스라엘이나 마찬가지로 기원부터가 남의 땅을 빼앗아 그곳에다 세운 국가였다.

세계 각국의 인권침해를 고발할 자격을 갖추었을 만큼 최고로 양심적인 국가라고 아무리 자처하더라도, 미국은 산업혁명 시대의 영국이나 마찬가지로 미성년자의 노동력 착취가 극심했었으며, 세계에서 가장 대규모로 노예제도를 실시한 민족이었다.

세계의 빈곤 타파에 협조하라는 국제연합의 요구에 불응하며 가장 열심히 무기를 개발하여 방위산업으로 강국이 된 나라, 그들 자신은 이산화탄소를 세계에서 가장 많이 발생시켰으면서도 타국의 개간과 개발을 맹렬히 비난하는 한편, 지구온난화를 막기 위해 석유를 다른 연료로 대체하려고 노력하자는 교토 의정서(the Kyoto Protocol)의 비준을 자국의 경제발전에 걸림돌이 된다는 이유로 거부했는가 하면, 인도네시아 쓰나미 구호 지원에 인색하다는 국제 여론의 질타를 받는 대통령이 다스리는 나라, 소련과 지척인 독일에는 그들의 군사 기지를 버젓하게 두었으면서도 소련이 쿠바에 미사일 기지를 만든다고 핵전쟁 직전까지 세계를 위기로 몰고 갔던 나라, 모든 대륙에 그들의 괴뢰 정권을 만들기 위해 끊임없이 공작을 벌여온 나라, 밤거리에 마음놓고 나가 돌아다니지 못할 정도로 폭력이 난무하는 나라, 이름하여 ― 아메리카합중국이다.

그런 미국이 비록 잘못을 가끔 저지르더라도, 세상 사람들은 변함없이 미국을 지상의 낙원이라고 동경했으며, 그래서 미국을 좋은 나라라고 했으며, 원조물자를 한없이 보내는 그들의 도움을 언제나 갈망했으며, 오랫동안 미국인들을 구세주로 섬겼다. 민주주의를 가장 잘 발달시켜 인권을 신장한 미국은 군사독재자들의 폭력정치에 시달리는 제3 세계의 모든 사람들에게 선망의 대상이었고, 나쁜 이웃나라에게 침략을 당한 약소국이나 가뭄과 기근 같은 자연재해에 시달리는 빈곤국에게는 산타클로스와 같은 존재였다. 그래서, 거대한 제국의 경영에는 어느 정도의 실수나 불법적 계략이 필수적인 '옥의 티'라는 이해에 따라, "큰 일을 하다 보면 뭐 그런 사소한 잘못을 범하는 것이 오히려 인간적이지"라는 식으로, 우방에서는 미국이 발생시키는 희생과 고통을 감수하면서 당연한 부담으로 자연스럽게 결손처리를 해왔다.

지구촌의 맏형 노릇을 도맡아 하던 인도주의적인 역할보다는 세계 지배를 위한 노골적이고도 공격적인 패권주의를 선택한 부시 공화당 행정부의 출현과 더불어, 미국에 대한 이런 우호적인 시각이 전세계적으로 달라지기 시작했다. 아들 조지 부시의 미국이 그리스 문화를 집어삼킨 로마제국과 비슷한 모습을 보이기 때문이었다.

어느 정도 넉넉하게 먹고살 만한 처지인데도 끝없이 재물과 부동산을 탐하는 사람처럼, 미국은 소련이 주저앉으며 세계에서 최강대국이 된 다음에는, 진주만 공격 이전까지 추구했던 프랭클린 D. 루즈벨트 대통령의 고립주의 (isolationism)와는 대조적으로, 지배 면적에 대한 욕심을 점점 더 키워나갔다. 비록 크고 작은 잘못을 저지르더라도 공과(功過)의 대차대조표를 만들어 따지면 그래도 모범국가였던 아메리카합중국은, 그렇게 해서 식민지 전쟁의 시대로 되돌아갔고, 여태까지 열심히 뒤에서 그리고 옆에서 도와주던 약소국들을 이제는 위에서 군림하며 지배하기 위해 칠레와 콩고, 베트남과 한국, 그리고 최근에는 우크라이나로부터 아프가니스탄과 이라크에 이르기까지, 그들의 비시(Vichy) 정부를 건설하는 데 많은 노력과 자금을 투자했다.

그러다 보니 알렉산드로스나 카이사르의 제국보다 훨씬 더 넓은 유일한 제국을 건설하려는 아메리카를, 제1차 식민지 세계대전을 주도했던 유럽의 몰락한 강대국들이 경계하고 반발하며 등을 돌리기 시작했고, 아메리카 제국을 견제하고 막아낼 마땅한 저지력이 사라지자 영국을 제외한 옛 우방들은 폭군의 독주에 대한 불안감을 느껴 뒷걸음질을 쳤으며, 최첨단 폭력에 짓밟히는 약소국들은 어떤 강대국의 지배도 받고 싶지 않다는 새로운 인식에 따라, 여태까지 미국이 저질렀던 '사소한' 잘못들을 합산하여 '악의 주축'이라는 새로운 개념을 만들었다.

그리고 일부에서는 과거의 미국을 굴복시킨 유일한 국가인 베트남으로부터 교훈을 찾아, 유격전 전략을 취하기 시작했다.

적어도 한기주의 눈에는 그렇게 보였다.

*

베트남에서 한국군의 작전을 종군할 때면 한기주는, 만일의 경우 자신의 생명을 지키기 위해, 몇 개의 비상용 전투식량과 30여 발의 실탄과 칼빈을 휴대하고 산으로 들어갔다. 그러나 막상 교전이 벌어지면 그는 전투병도 아니요, 교전중인 병력과 같은 중대 소속도 아니고, 취재를 들어온 '손님'이었기 때문에, 무기를 사용하지 않고 지휘관 근처 가장 안전한 곳에 몸을 숨기고는 구경만 했었다.

그럴 때면 그는 이미 장전해서 두 손으로 움켜쥐고 있던 총을 쏘아보고 싶은 이상한 공격적 충동을 느끼고는 했다. 인간은 왜 총을 잡으면 어디에라도 좋으니까 아무 대상한테나 쏘고 싶어질까? DNA에 저장된 원시인의 사냥본능 때문일까? 한기주에게는 이런 전쟁의 야수적인 생리가 참으로 풀어서 설명하기 힘든 하나의 수수께끼였다. 총성과 전우의 피는 용기를 넘어서 만용을 부리도록 전쟁터의 남자들을 자극하고, 그래서 냉정한 판단력을 상실한 젊은이들은 전우를 위해서라면 자신의 목숨을 버리는 어리석음을 서슴지 않고, 그렇게 애국심은 이성을 잃어버리는 한순간의 충격에서 격발되는 경우가 많았다.

3백 년도 안 되는 미국의 역사는 그러한 총성의 충격으로 점철되었다. 건국 이전의 개척시대부터 북 아메리카 대륙에서는 스스로 자신의 생명을 지킨다는 정당방위의 환상적인 개념이 법의 기본 정신으로 간주되었다. 그래서 미국은 정당방위를 위한 총기 휴대의 권리를 헌법이 보장하고, 힘없는 시민이 폭군에 도전하기 위해서는 무기를 사용하는 자유를 인정받아야 한다고 만인이 믿는다. 그러나 역설적으로, 총기를 휴대한 무장강도들이 겁나서, 로스앤젤레스는 밤에 혼자 나들이를 나가 길거리에서 마음놓고 걸어다녀도 될 만큼 안전과 평화를 보장하는 자유로운 천국이 아니라, 아예 목숨까지 위협받는 공포의 도시가 되어버렸다.

가장 강력한 정치적 영향력을 보유한 집단들 가운데 하나가 NRA(National Rifle Association, 全國銃器協會)인 미국은 "우선 쏘고, 질문은 나중에 한다 (Shoot first, ask later)"는 빗나간 원칙까지 포함된 서부의 법칙(the Code of the West)에 따라, 결투를 초법적인 심판의 기능으로 받아들였다. 이것은 물론 19세기 유럽과 제정 러시아의 풍습을 그대로 답습한 장치이지만, 정당방위라는 환상적인 개념은 이미 여기에서부터 착각이었다.

칼과 총을 잘 쓰는 사람이 항상 가장 의로운 영웅은 아니기 때문이었다.

칼과 총이 상징하는 군사력은, 자주국방이나 정당방위의 명분이 무엇이거나 간에, 파괴하는 폭력이 그 본질이라고 한기주는 믿었다. 스탈린의 소련이 제국을 세우려 했던 까닭은 히틀러의 독일이 일으킨 전쟁 때문에 1천만 명이나 목숨을 잃어야 했던 쓰라린 과거를 되풀이하지 않기 위해서였지만, '소비에트 연방'으로 군림하던 시절의 러시아는 결코 백성을 보호하고 보살피는 의로운 집단은 아니었다.

그리고 베트남에서 벌인 식민지 착취 행위 때문에 루즈벨트가 샤를 드골의 프랑스를 그토록 혐오했음에도 불구하고, 미국은 소련의 팽창주의를 막기 위해서라는 명분을 앞세워 베트남에서 프랑스를 도왔고, 결국은 베트남에 대한 욕심과 전쟁을 프랑스로부터 그대로 물려받았다.

그것은 법을 지키는 경찰이나 보안관이 악덕의 상징으로 타락하는 과정을 보여주는 한 가지 현상이라고 한기주는 생각했다.

*

작전 종군중에 교전이 벌어졌을 때, 전투에 가담하고 싶다는 충동을 한기주가 느꼈던 심리는, 누구라도 총을 손에 들면 쏘고 싶어지며, 칼이나 권력을 손에 쥐면 신장된 자신의 파괴력을 실험하고 확인하기 위해 휘둘러보고 싶어지는, 공통된 그런 욕구에서 기인했으리라고 그는 믿었다.

석기시대의 돌도끼에서 시작하여, 중세의 창과 대포를 거쳐, 현대의 온갖 최신식 무기를 만들어 손에 들게 된 인간은, 자신이 새롭게 갖춘 기계적 파괴력이 천부적 속성으로서 자신이 타고난 속성이요 본질이라고 착각해 가면서, 정복을 위해 그 힘을 타인에게 행사했다. 그러는 사이에 위력이 증명된 전쟁 수행 도구는 상품화되었고, 전쟁 자체는 산업으로 발전했다.

1929년에 미국에서 시작되어 1930년대에 서양 전체로 번져나간 대공황(the Great Depression)은, 제2차 세계대전으로 군수방위산업이 활성화되면서 미국에 호황이 찾아와 해소되었고, 패전의 고통에 시달리던 일본은 한국에서 전쟁이 나자 재빨리 부활하여 '경제 동물'이 되었으며, 한국은 베트남전으로 국가 경제를 세운 경험을 바탕으로 해서, 다시 이라크로 진출하여 돈벌이를 하려는 경제군단을 형성했다.

전쟁이 대형 산업으로 성장하면서 온갖 무기는 값비싼 상품으로 생산되었다. 생산품은 다량으로 소비해야 산업이 활성화하고, 사람들과 집단들은 그래서 최첨단 무기를 만들면 그것을 사용하고 실험할 대상이 필요했다. 한국군이 베트남전에서 얻는 이득이 경제 성장말고도 실전 체험과 무기 현대화라고 파병 당시에 당당하게 정부에서 밝히기도 했지만, 전쟁 산업과 상품은 전투력이나 마찬가지로 실전에서 성능과 잠재력을 증명하고 기능을 보완해야 발전을 계속한다.

과학의 힘을 빌려 다량으로 살인을 수행하는 무기를 소련과 더불어 가장 많이 생산하던 미국*은 '똑똑한 폭탄'을 위시한 갖가지 상품을, 자국민의 인

---

* 2004년 현재 국방비의 규모를 보면, 국방예산 지출 총액 2위에서 22위까지의 모든 국가를 합친 액수보다도 미국의 국방비가 훨씬 더 많다.

명피해를 거의 발생시키지 않아도 되도록, 그들의 땅이 아닌 다른 곳에서 실험할 절호의 기회를 제1차 이라크 전쟁에서 우연히 찾기도 했었다.

바그다드 공습 현장에서 소형 위성접시로 현시간(現時間) 보도를 해서 세계적인 인물이 된 CNN 소속 피터 아네트 기자가 지구촌에 보여준 중계 화면은 마치 무기판매상이 만든 광고영화를 방불케 했고, 한국에서도 불꽃놀이 축제를 소개하듯 미국에서 생산한 온갖 무기의 정밀한 성능과 파괴력을 텔레비전 방송을 통해 열심히 선전했었다.

하지만 그런 똑똑한 폭탄에 맞아 죽은 사람들의 모습을 소개한 화면은 그로부터 10년이 지난 다음에야 널리 공개되었다. 세계에서 가장 대량 살상 무기를 많이 보유한 미국이 이라크가 대량 살상 무기를 보유했다는 가짜 정보를 유포하면서 침공하여 일으킨 전쟁에서, 그런 무기의 파괴적인 성능과 위력은 알-자지라 방송을 통해 처음으로 확인이 가능했다. 그리고 기계에 의해서 파괴된 인간의 모습을 보도한 아랍 방송에 대해서 럼스펠드 국방장관은 "워싱턴 DC에서도 작년에 2백 명이 훨씬 넘는 사람이 사망했지만, 그런 내용의 기사는 한 줄도 쓰지 않는 언론이, 왜 이라크에서 2백 명의 희생자가 났다는 사실은 1면에 보도하는가?"라며 화를 냈다.

럼스펠드는 근시(近視)이거나 색맹인 모양이다.

*

바그다드의 불꽃놀이 속에서 죽어간 수많은 사람들의 현실은 전쟁의 현장에 직접 가서 보지 않으면 알지 못한다. 단 한 명을 살생하는 도구인 칼이나 창과 같은 원시적인 무기로 전쟁을 할 때는, 내가 찌른 사람이 영화에서처럼 그렇게 빨리 죽지 않고, 피를 흘리며 오랫동안 괴로워하는 참혹한 모습을—내가 저지른 행위의 결과로서 직접 생생하게 목격해야 하기 때문에, 전쟁에 대한 가책과 인간적인 고뇌가 뒤따랐고, 적어도 그만큼은 인간이 전쟁에 대해서 윤리적인 인식과 책임감을 잃지 않았다.

그러나 바그다드에서처럼 원거리에서, 레이더와 컴퓨터와 위성으로 똑똑한 폭탄들이 폭발하는 불꽃만 확인하는 것으로 전과(戰果)를 계산하면, 점점 더 발달하는 무기의 힘으로 훨씬 더 많은 살상을 저지르면서도, 죽어가는 상대방이 아예 눈에 보이지를 않기 때문에, 상대방의 고통에 대해서 무감각하고 무관심해진다.

그래서 인간은 현대전에서는 아무런 양심의 가책도 느끼지 않으며 더욱 잔혹해지고, 이제는 신무기를 악마적 폭력이 아니라 신기한 장난감으로 여기고, 전쟁을 인류의 비극이 아니라 영화나 비디오 게임의 소재로만 파악하는 세상이 도래했다.

여덟 지압 장군을 찾아서

금요일 아침 여덟시에 호텔 식당에서 아침식사를 하던 한기주 일행을 활기찬 몸짓으로 찾아온 응웬밍응우엣이, 조금쯤 흥분한 어조로, 보응웬지압 대장이 오늘은 한결 건강 상태가 좋아졌다면서, 오후 두시에 드디어 그들을 만나겠다는 연락이 왔노라고 전했다.

베트남의 경제정책과 미래 전망에 관해 이미 쭈옹미호이 부주석과 인터뷰한 내용도 녹화를 떠놓은 다음이어서, 이상희 연출은 자꾸만 약속을 뒤로 미루던 지압 장군을 만나지 못한다고 해도 별로 문제가 되지 않으리라고 반쯤 포기했어서인지, 명월이의 들뜬 표정을 보고도 별로 덩달아 흥분하지는 않았다.

하지만 한기주는 달랐다.

그는 이번 여행에서 지압 장군과의 만남이 가장 중요한 경험이 되리라고 이미 한국을 떠나기 전부터 작정했었다. 호찌밍은 오래전에 세상을 떠났으므로 만날 길이 없는 터에, 지압 대장이나마 생존해 있어서 한기주는 자신이 참전했던 전쟁을 반대쪽 시각으로 설명하는 얘기를 듣게 된다면, 그의 삶에서 무엇인가 커다란 하나의 숙제를 마무리짓게 되리라는 기분이 들었기 때문이었다.

보응웬지압.

그것은 스물다섯 젊은 나이의 병사였을 때부터 한기주의 귀에 익었던 적장의 이름이었고, 여기저기 그가 신문에 쓴 글에서 무척이나 자주 언급했던 지극히 추상적인 마왕(魔王, Lucifer)의 개념이 아니었던가.

구형석도 퍽 흥분한 눈치였다. 앞으로 몇 년 더 살지 못할 만큼 나이가 많은 노장군(老將軍)을 직접 만나게 된 기회가 베트남으로 유학을 온 그에게는 퍽이나 소중한 경험이어서였다.

그들은 전쟁중에 하이퐁(Hải Phòng) 항구와 하노이를 연결하는 중요한 군사도로였다가 이제는 수출을 위한 산업의 대동맥 노릇을 하는 한길을 촬영하려던 오후의 계획을 일단 취소하고는, 이미 취재를 위한 시간 약속이 되어 교장과 직원들이 벌써부터 그들을 기다리던 자동차 정비 학교로 갔다.

*

점심을 먹으면서, 만남의 시간이 자꾸만 다가옴에 따라, 지압 장군에 대한 한기주의 관심과 호기심이 점점 더 탄력을 받기 시작했다. 식사가 끝나고 곧장 장군의 관저로 찾아가면, 역사적인 인물이 그의 앞에 앉아 살아서 숨쉬는 순간을 경험하게 될 터였다. 책에서 활자로 읽는 내용이라면 죽은 역사겠지만, 두 시간 후에는 역사의 기록이 현실적인 존재가 되어 그를 맞으리라.

한기주는 지압 대장의 모습을 상상해 보았고, 그러는 사이에 '적장(敵將)'의 개념에 살이 붙어 조금씩 조금씩 실체가 되었다. 글로 기록된 박제품은 조금씩 조금씩 생명을 얻어, 상상 속에서 세포가 맹렬하게 분열하여, 그가 기억하는 몇 장면 사진 속의 모습에 부피가 생겨나고는, 피가 순환하기 시작하고…….

그는 지압 장군을 여러 전사(戰史)에서 흑백사진으로밖에는 본 적이 없었다. 사진 속의 젊은 시절 지압은 군복이 아니라 거의 언제나 양복 차림이었고, 가로와 세로가 비슷하게 네모진 얼굴이 주는 인상 때문이었는지는 몰라도, 잔인한 군인과는 거리가 먼 지주나 의사 같은 부르주아 계급의 풍족한 인상을 주었다. 두 사람의 키가 얼마나 되는지는 모르겠지만, 호리호리하고

▲ 지압 장군은 프랑스와의 전쟁이 본격적인 궤도에 들어서던 1951년 베트밍 군대를 사열할 때도
양복 차림이었다.

껑충한 호찌밍과 작달막한 지압이 나란히 서서 찍은 사진을 보면, 한기주는
고바우 김성환이 옛날 학원 잡지에 연재했던 「꺼꾸리와 장다리」의 두 주인공
이 생각나기도 했다.

　식사를 끝내고 자리에서 일어나며 한기주는 지금의 보응웬지압 대장은 어
떤 모습의 노인이 되었을까 궁금해졌다.

　노인을 만나러 가는 설렘.

*

　보응웬지압은 베트남 중부 17도선 바로 위쪽에 위치한 빈곤지역인 꽝빙
(Quảng Bình) 성에서 1912년에 태어났다. 가난한 농부였던 아버지는, 많은
베트남인들이 그랬듯이, 자식을 출세시키겠다는 일념으로 없는 돈을 긁어모
아 지압을 후에로 보내서, 응오딩지엠의 아버지 응오딩카(Ngô Đinh Kha)가
운영하던 사립학교에 넣었다. 당시에 가택연금 상태로 살아가던 원로 민족
주의자 판보이짜우(Phan Boi Châu)는 이 학교에서 강의는 하지 못했어도 가
끔 학생들과 비공식적으로 대화를 나누고는 했는데, 지압은 그에게서 정치

적인 사상을 흡수하기 시작했으며, 같은 무렵 해외에서 지하로 반입되던 호
찌밍의 소책자들을 탐독하면서 민족주의적 사회주의에 탐닉했다.

열네 살에 지압은 항의 시위에 참가했다가 경찰에 체포되어 '전과 기록'을
남기며 일찌감치 혁명가의 기질을 보여주었다. 그러나 그는 후에에서라면
그의 야망을 불태울 만큼 넓은 활동무대를 찾지 못하리라는 생각에, 하노이
로 가서 프랑스 사립학교*를 졸업하고, 하노이 대학교에서 법학을 공부했다.
그는 프랑스어와 베트남어로 여러 민족주의 신문에 글을 쓰면서, 생계를 해
결하기 위해 지방 사립학교에서 역사 선생 노릇도 했다. 이미 이때부터 군인
의 길을 마음에 두었던 그는 교실에서 나뽈레옹의 전투를 강의할 때는 마치
자신이 나뽈레옹이 되기라도 한 듯 도취한 상태로 열강을 했다고 전해진다.

그리고는 스물아홉 살이 되던 해에 그의 "인생을 망쳐놓은" 뼈아픈 사건이
발생했다. 역시 민족주의자 투사였던 지압의 아내가 아기와 함께 프랑스 감
옥에서 사망했으며, 폭력행위를 저질렀다고 체포된 처제는 같은 시기에 사
이공에서 단두대로 끌려가 참수를 당했다.

얼마 후 1940년대 초에 접어들자, 보응웬지압은 호찌밍에게서 베트밍을
조직하라는 지시에 따라, 북부 베트남에서 촌장들을 포섭하고 유격대 집단
들을 훈련시키는 혁명사업에 돌입했다. 그는 밀림이 울창한 산악과 외진 계
곡을 타고 무기와 공작원들을 이동시키기가 용이하도록 중국 국경 인접 지
역을 활동무대로 삼았으며, 몽과 타이 그리고 토(Tho) 같은 현지 부족들에게
자치권을 약속해 주면서 혁명에 함께 참여하도록 회유했다.

1944년 12월 22일 그가 조직한 본격적인 첫 '부대'는 겨우 34명으로 구성
된 무장선전대(武裝宣傳隊)였다. 실력을 과시하여 베트밍에 대한 지지를 인
민들로부터 확보하기 위해 그는 이 소규모 부대로 외딴 프랑스 수비대를 기
습하여 무기와 탄약을 확보해 나갔다.

이런 식으로 조금씩 병력을 강화하면서 그는 점점 더 큰 목표물을 공격하

---

* Lycée Albert Sarrault

▲ 지압 장군이 창설한 무장선전대는 병력이 34명에 불과했지만,
지압은 그들을 이끌고 프랑스 수비대를 기습하여 무기와 탄약을 확보해 나갔다.

여, 몇 달 후에는 북부의 이곳저곳 마을에서 베트밍의 황금별 깃발이 휘날리
게 되었다.

*

1945년 일본이 연합군에 항복한 다음, 중국이 마오쩌둥의 손에 넘어가고,
한반도에서는 북한 공산주의자들이 남침하여 전쟁이 벌어지고, 호찌밍도 중
국과 소련의 공산주의와 손을 잡게 되자, 미국의 통치자들은 세계를 공산화
하려는 스탈린의 야심이 노골화하면서 아시아를 통째로 잃으리라는 위기감
에 빠져 적극적으로 프랑스를 지원하기 시작했으며, 미국과 베트남의 전쟁
은 그래서 디엔비엔푸 이전부터 이미 시작된 셈이었다.

1946년 호찌밍이 베트남의 완전한 독립을 보장받지 못한 채 프랑스에서
협상에 실패한 다음 하노이로 돌아오자, 프랑스군 사령관 에띠엔 발뤼
(Etienne Valluy)는 그를 몰아내기 위한 쿠데타를 일으키라고 휘하 장교들에
게 비밀 지령을 내려보냈다. 지압은 프랑스군과의 불가피한 결전을 위해 그

의 군대를 정비하는 대대적인 작업에 착수했다. 북부 각처에서, 특히 하이퐁 항구 주변의 강과 해상에서, 서로 다른 지역을 장악한 프랑스군과 베트밍군의 충돌이 점점 빈번해졌다.

그러다가 11월 20일 아침에, 프랑스 경비선이 중국 밀수업자들을 나포하는 과정에서, 베트밍 민병대가 끼어들어 프랑스군 경비병 세 명을 체포하는 사건이 발생했다. 흥분한 프랑스군이 베트밍을 공격하여, 오후에 전차를 몰고 하이퐁 시내로 진격했으며, 지압의 군대는 박격포로 반격했다. 치열한 시가전이 전개되었고, 프랑스군은 폭격과 함포사격까지 동원했다.

한 달에 걸친 전투가 계속되다가, 12월 17일 베트밍 민병대가 하노이에서 세 명의 프랑스 군인을 처형하자, 격분한 발뤼 사령관은 하이퐁 상륙작전을 전개한 다음, 치안유지를 위해 베트밍은 무장해제를 하고, 하노이 전역을 프랑스군에게 인계하라고 호찌밍에게 요구했다. 지압은 하노이로 진격할 준비를 갖추고 3만 명의 군대를 3개 외곽지대에 포진시켰다.

당시의 자세한 상황은 지금까지도 확실하게 알려지지 않았지만, 12월 19일 저녁에 베트밍 민병대가 하노이 발전소를 장악하고, 프랑스인들의 집으로 침입하여 납치와 살인을 개시함으로써 선제 공격을 가했다고 전해진다. 하지만 베트밍의 공격에 대한 첩보를 미리 손에 넣은 프랑스군의 반격으로 지압은 기대했던 만큼의 전과를 거두지 못했으며, 도시는 화염에 휩싸이고, 길거리에는 시체가 즐비했다. 프랑스 총독의 저택 뒤쪽 허름한 단층집에서 열병에 시달리며 누워 지내던 호찌밍은 프랑스군이 그를 잡으러 들이닥치기 직전에야 겨우 도망쳤다.

저녁 9시에 지압은 실질적인 선전포고를 했다. "나는 북부, 중부, 남부의 모든 병사들에게 함께 봉기하여, 전투에 임하고, 침략군을 물리쳐, 나라를 구하도록 명한다. 저항은 힘들고 오래 계속되겠지만, 우리들의 목적은 의롭고, 틀림없이 우리는 승리를 거둘 것이다."

하노이에서 남서쪽으로 10킬로미터 떨어진 하동(Hà Đông)으로 거처를 옮긴 호찌밍도 지압 장군과 같은 주제를 되풀이하여, 베트남인들에게 무기를 들고 모두 나서도록 독려했으며, 서방국가들에게는 프랑스를 견제해 달라는 헛된 호소를 계속했다.

지압의 군대는 하노이로 서둘러 진격해서 베트밍 정규군과 합류했고, 전투는 12월 말까지 이어졌다.

*

1946년 11월 하이퐁에서 시가전이 벌어졌을 때, 시내 한복판 오페라극장에서는 베트남 극단 소속의 배우들이 보병총*을 들고 거리로 나와서 프랑스군과 싸웠다.

1946년 12월 하노이에서 치열한 시가전이 벌어졌을 때, 지압의 군대는 프랑스 보병총, 미국 사냥총 레밍톤(Remington), 영국제 브렌(Bren) 자동소총, 일제 장총뿐 아니라, 창과 칼과 벌목도까지 들고 나와서 싸웠다. 그들은 또한 19세기 베트남의 민족주의자 영웅의 이름을 딴 판딩퐁(Phan Đinh Phùng) 수류탄도 손으로 만들어서 사용했다.

온갖 고물 무기로 그들은 프랑스의 탱크와 야포와 기관포에 대항하여 싸웠지만, 사기는 하늘을 찌를 듯했고, 당시의 분위기를 하노이 시장이었던 짠두이헝(Trăn Đuy Hùng)은 이렇게 회고했다.

> 우리들은 캄티엔(Khâm Thiên) 거리에서 기찻길을 가운데 두고 프랑스군 부대와 대치했다. 우리들은 침목(枕木)으로 장애물을 설치하고 그 위에다 침대와 옷장과 의자와 식탁 따위를 닥치는 대로 잔뜩 쌓아올렸다. 전차(戰車)는 단 한 대도 통과할 수가 없었다. 우리편 청년 몇몇은 프랑스군에게서 노획한 견장을 어깨에 달았다. 사람들은 공격을 개시할 때면 혁명의 노래를 불렀다. 우리들은 사기가 충천했고, 아주 낭만적이었다.
>
> 우리들은 아군의 주력 부대가 도시에서 빠져나갈 때까지 프랑스군의 공격을 분산시키라는 명령을 받았다. 우리들은 프랑스군이 장악한 홍강(紅江,

---

* 알렉상드르 뒤마의 역사소설 『삼총사(*Les Trois Mousquetaires*, 1844)』에 등장하는 구식 장총.

Sông Hông)의 롱비엔(Long Biên) 다리 밑을 통과하여 겨우 탈출했다. 우리들은 가지고 있던 모든 폭죽을 터뜨렸다. 시끄러운 소리가 가라앉은 다음에야 프랑스군은 공격을 개시했지만, 그 사이에 이미 안전하게 시골로 도망친 우리들은 길고도 긴 전쟁을 시작했다.

아홉 "더러운 전쟁"

1946년이 다 갔어도 하노이 탈환에 실패한 베트밍군은 소규모 빨치산 작전을 펼쳐서, 밤에 나타나 프랑스군의 전초기지들을 공격하고는 낮이면 그들이 장악한 지역의 마을이나 산으로 숨어들어 자취를 감추었다.

시골에서는 농군의 징병이 계속되어서, 벌목도와 낫으로 무장한 농민들은 70명 단위의 소대를 조직했는데, 1개 소대가 보유한 무기는 보병총 두 자루 정도였다. 그들은 땅굴을 뚫고 울타리를 쌓아 촌락을 요새화하고는, 대꼬챙이를 박은 함정을 마을 주변을 빙 둘러가면서 파놓고는 풀로 위장했다. 첩자로 활동할 마을 여자들도 포섭했다.

프랑스군은 이런 적성(敵性) 마을로 쳐들어가 쌀과 물소를 빼앗고, 집에는 불을 질렀다. 하지만 그들이 소탕을 끝내고 돌아가면 그날로 베트밍이 돌아왔다. 베트밍은 적과 싸워 마을을 지킬 힘은 없었지만, 프랑스군도 마을에서 버틸 힘이 없었다.

베트밍은 하노이 북방 100킬로미터 지점의 비엣박(Việt Bắc)의 밀림 속에 거점을 마련하고는 벌집처럼 사방에 땅굴을 파놓았다. 우기에는 어찌나 비가 많이 오는지 좀처럼 안개가 걷히지를 않아 공습조차 하기 힘든 이 지역을, 1947년에 프랑스군이 포위하고 공정대를 투입했지만, 호찌밍은 위장한 동굴 속으로 도망쳐 겨우 목숨을 구했다. 프랑스군의 발뤼 사령관은 1만5천의 병력을 가지고서는 밀림 속에 뿔뿔이 흩어져 숨은 6만 명의 적을 섬멸하기가 불가능하다는 현실적인 판단을 내렸다.

지압의 병력은 이제 소규모 반란군이 아니라 제대로 훈련을 받은 군대의 틀을 갖추었다. 지압은 1949~50년 사이에 지방 유격대를 4배나 증강하여, 장교와 하사관이 지휘하는 1백17개의 베트밍 정규군 대대로 키웠다. 하지만 인구가 많은 지역을 대부분 프랑스군이 장악했기 때문에 지압의 징병 능력이 한계에 부딪혀 베트밍군은 30만을 넘지 못한 반면에, 프랑스군은 10만의 프랑스인 병사, 외인부대, 아프리카 식민지군에다, 베트남인 병력만도 30만에 이르렀다.

그러나 1949년부터 중국 공산군이 자동화기와 박격포와 곡사포 그리고 화물차를 제공하기 시작하면서부터 지압의 군사력이 장비와 병기 면에서 신속하게 강화되었다. 이런 군수물자는 대부분 장제스의 군대로부터 노획한 미국산이었고, 전쟁에 사용하라고 소련이 북한으로 보냈던 장비가 유입된 경우도 적지 않았다.

중국은 군사고문단을 베트밍 부대에 파견했으며, 베트밍군은 국경을 넘어가 중국에서 훈련을 받고 오기도 했다. 지압은 대대 규모의 병력들을 빠른 시일 내에 연대급으로 보강했으며, 포병과 공병을 갖춘 6개 사단도 편성했다.

보응웬지압은 이제 본격적인 전쟁을 치르기 위한 준비가 이루어졌다고 믿었다.

*

보응웬지압은 1949년 고립된 프랑스군 수비대들을 산발적으로 공격하여, 스스로 쳐놓은 철조망 안에서 그들이 마음놓고 섣불리 나오지 못하도록 사실상 가둬둠으로써, 시골 지역을 베트밍이 실질적으로 장악하게 만드는 작전을 시작했고, 병력이 증강됨에 따라 점점 더 큰 수비대를 차례로 공격해 나갔다.

1950년 9월 우기가 끝나자 그는, 북동쪽 중국 국경을 따라 준령과 계곡을 타고 뻗어나간 제4번 도로변에 위치한 요새들을 무력화하는 작전을 시작했다. 북부에서는 프랑스군의 유일한 보급로였던 이 도로는 베트밍의 기습이 위낙 심해서 "기쁨이 없는 길(Rue sans Joie)"이라고 프랑스 군인들이 별명을 붙여놓은 지역이었다.

지압은 일단 중간에 위치한 동케(Đông Khê)부터 접수한 다음, 한 달 후에는 4번 도로에서 북쪽 끝에 위치한 까오방(Cao Bằng)을 공격하여 함락시켰다. 북방 도로의 남쪽 끝 랑손(Lang Son)에 주둔한 프랑스군은 까오방이 적의 손에 떨어졌다는 소식을 듣고 지레 겁을 먹어 덩달아 패주했으며, 지압은 랑손에서 별다른 전투나 희생도 없이 야포와 박격포, 8천 정의 소총, 그리고 1천 톤이 넘는 탄약을 노획했다.

충격을 받은 빠리 정부는 인도차이나의 고위 장교들과 정치인들을 해임하고, 프랑스에서 가장 우수한 군인 가운데 한 사람인 장 드 라트르(Jean de Lattre de Tassigny) 대장을 신임 사령관으로 보냈다. 드 라트르는 세련되고 매력적이지만 과대망상증에 가까울 정도로 자존심이 강한 인물로서, 지압은 그의 부임 소식을 듣고는 "이제야 제대로 된 상대를 만나게 되었다"고 호언했다.

신중한 판단력이 부족하다는 비판을 받을 만큼 가끔 무모한 행동을 저지르고는 하던 지압 장군은, 이렇게 자만심에 빠진 나머지, 또다시 무리한 도박을 감행했다. 사람이 별로 살지 않는 중국 국경 지대를 아무리 많이 장악해 봤자 베트밍의 정치적인 위상이 별로 높아지지 않으리라는 계산에 따라, 보응웬지압 장군은 하노이와 사이공에 인접한 지역을 정복할 필요성을 느꼈다. 더구나 거대해진 그의 병력을 먹여살리려면, 북쪽의 홍강이나 남쪽의 메콩강 삼각주 같은 곡창지대를 손에 넣어야 했다. 그래서 그는 우선 홍강 지역을 공략할 계획을 세웠고, 1951년에는 "호찌밍 주석이 하노이에서 구정을 지내게 되리라"고 장담했다.

드 라트르 대장은 이런 전략을 미리 예측하고, 홍강 일대 수백 곳에 장애물을 설치했으며, 비행장도 새로 닦아 두었다. 1월에 베트밍군 2개 사단 2만 병력이 산에서 내려와 하노이 북서쪽 빙엔(Vinh Yên)을 공격하자, 수적으로 열세인 프랑스군이 처음에는 밀렸지만, 지원 병력과 함께 도착하여 직접 전투에 참가한 드 라트르는 모든 항공기를 동원하여 베트밍군을 맹폭했다. 사홀간의 치열한 전투 끝에 지압은 6천 명의 전사자와 8천의 부상자를 내고는 물러갔다.

3월 말에 지압 장군이 2차로 시도한 공격의 대상은 프랑스군의 보급물자가 들어오는 하이퐁 항구였지만, 하이퐁 북쪽 마오케(Mao Khé)에 대한 1차 공격에서 실패하여 다시 드 라트르에게서 패배의 쓴맛을 보았다. 프랑스군이 수로와 하구를 이용하여 해군 함포와 함정을 얼마나 신속하게 투입할 수 있는지를 지압이 제대로 파악하지 못했던 결과였다.

그래도 포기하지 않고 5월에 지압은 다시 하노이 남동쪽 다이 강(Sông Đáy)에서 공격을 감행하지만, 이번에는 비가 억수로 쏟아져 보급품 수송에 문제가 생긴데다가, 현지 천주교도들이 조직한 민병대로부터 강력한 저항을 받아 역시 패배하고 말았다.

이 전투에서는 하노이 남동쪽 남딩(Nam Định)을 사수하라는 명령을 받았던 드 라트르 사령관의 아들 베르나르(Bernard)가 전사했다.

베트밍군과 프랑스군은 3주일간의 전투로 다같이 기진맥진했으며, 지압은 결국 그의 군대를 철수시켰다.

*

드 라트르와의 대결에서 3전3패의 고배(苦杯)를 면치 못했던 보응웬지압 장군은, 훗날 미국과 두 번째 베트남전을 치르면서도 케산 전투를 비롯하여 구정공세 기간 동안 각처에서 무모한 전술을 구사하여 엄청난 인명피해를 초래했다는 이유로, 정규전에서는 별로 대단한 전략가가 아니라는 비판을 받기도 했다. 하지만 1951년의 세 전투에서 그가 시기상조임에도 불구하고 공격을 감행했던 까닭은, 중국의 마오쩌둥이 외교부 대표이며 군사고문 자격으로 베트밍에 파견했던 중국 장군이 유격전을 정규전으로 확대하라고 부추겼기 때문이었다고 한다.

그러나, 비록 무모한 면을 단점으로 지닌 인물이기는 해도, 지압 장군은 중공군이 한국전쟁에 크게 성공한 인해전술을 디엔비엔푸에서 거부하고 나름대로 작전을 수정하여 최후의 승리를 거둠으로써, 그가 "더러운 전쟁"의 명

장임을 세계와 역사에 널리 알렸다.

아들까지 잃어가며 승기(勝機)를 잡은 프랑스군 사령관 드 라트르 대장은, 공세를 강화함으로써 국면전환을 꾀하기 위해 1951년 9월 20일 워싱턴으로 날아가, 동남아에서 공산주의 확산을 저지하는 데 있어서 인도차이나가 차지하는 지정학적인 중요성을 설명하면서 미국의 지원을 요청하여 수송기와 차량 따위의 장비를 받아내기는 했지만, 그런 정도의 물자 지원은 베트밍을 제압하기에는 별로 크게 도움이 되지를 않았다.

그래서 베트남과 프랑스의 전쟁은 2년 동안 교착상태에 빠졌고, 1969년 열세에 몰린 미국의 닉슨 행정부가 '베트남화(Vietnamization)'로 탈출구를 모색했듯이, 민족주의를 내세우는 베트밍에 맞불을 놓기 위해 1952년에 프랑스는 그들 휘하의 베트남인 병력을 증강하는 '황색화(黃色化, jaunissement)' 정책을 채택했다. 그러는 사이 6년 동안의 전쟁에서 프랑스측의 사상자는 9만 명에 이르렀고, 전쟁 경비도 마샬정책(Marshall Plan)에 따른 미국의 원조보다 두 배나 더 많이 소모되었다.

그러다 보니 프랑스 의회는 베트남을 "창문이 없는 집"이라고 정의했으며, 여론은 "더러운 전쟁(la sale guerre)"이라는 명칭을 만들어냈다. 제1차 베트남전에서 프랑스가 겪은 갖가지 뼈아픈 경험이 고스란히 제2차 베트남전을 떠맡은 미군에게로 전해졌는데, "더러운 전쟁(the dirty war)"이라는 표현도 마찬가지였다.

열 디엔비엔

베트남 주둔 프랑스군 사령관으로 부임하여 1년도 안 되는 사이에 아들이 전사하고 자신도 암으로 사망한 장 드 라트르 대장의 후임으로 파견된 라울 살랑(Raoul Salan)을 하노이 남서쪽의 요충지 화빙(Hòa Bình)에서 격퇴하여 다시 주도권을 잡은 베트밍군의 보응웬지압 장군은 보다 큰 공격 목표를 찾기 위해 라오스로 눈을 돌렸다. 라오스에서라면 그동안 지압이 유대를 맺어 온 산족들로부터 도움을 기대할 수가 있었으며, 프랑스군의 진지(陣地)도 여기저기 산만하게 흩어져 취약점을 많이 드러낸 곳이었다.

1952년 10월 3개 사단을 라오스 쪽으로 이동시키던 중에 지압은 국경지대에서 프랑스를 지원하던 라오스 부대가 철수해 버린 어느 초라한 마을을 점령했다. 폭이 10킬로미터에 길이가 15킬로미터쯤 되는 계곡에 위치한 이 마을에 사는 타이(Ta'i)족은 쌀농사를 짓고, 몽족이 산에서 가져온 아편을 사고 팔아서 먹고살았다. 타이족은 이곳을 멍탄(Muong Thanh)이라 불렀고, 베트남 지명은 디엔비엔이었다.

지압은 1953년 4월에 라오스로 들어가, 선사시대의 유물이 산재해서 '항아리의 들판(the Plain of Jars)'이라는 이름이 붙은 고원지대로 진입하여, 그곳에 위치한 프랑스 요새들을 우회해서 루앙 프라방(Luang Prabang, 베트남명 Luông Pha Băng)의 성도(省都)에 이르렀다. 그리고는 장마가 와서 오도가도 못하고 발이 묶일까 봐 걱정이 된 지압은 일단 서둘러 병력을 철수시켰다.

별다른 저항을 받지 않고 지압이 라오스의 심장부로 진입했다가 무사히 철수했다는 사실에 놀란 프랑스 정부는 그들의 또 다른 식민지로 전쟁이 확대되는 불상사를 막기 위해, 라오스로 들어가는 길목에 위치한 디엔비엔을 베트밍의 손에 넘겨줘서는 안 되겠다는 결론을 내리고는, 1953년 5월에 베트남 주둔군의 사령관을 앙리 나바르(Henri Navarre) 대장으로 교체했다. 냉정하고 내성적이어서 어느 프랑스 작가가 "몸과 마음이 고양이 같다"고 묘사한 나바르는, 지압의 확전 시도를 확인하고, "이제야 터널의 끝에서 보이는 빛처럼 상황을 분명히 알게 되었다"는 낙관적인 견해를 내놓았는데, 이 말("light at the end of the tunnel)"은 구정공세 직전에, 지압과의 대결에서의 승리를 낙관하며, 미군 사령관 윌리엄 웨스트모얼랜드 장군이 그대로 되풀이한 '예언'이기도 했다.

냉방이 잘 된 사이공 사무실에 앉아 지도를 보면서 작전을 지휘하던 나바르는, 유격전을 벌이던 베트밍을 숲에서 끌어내어 정규전에서 섬멸하기 위해 적을 유인하려는 생각으로, 주요 도로가 여럿 교차하는 디엔비엔을 탈환할 계획을 수립하면서, 그곳을 장악하고 지키는 병력은 5개 대대 정도면 넉넉하리라고 생각했다. 그러나 부사령관 르네 꼬뉘(René Cogny) 중장은 생각이 달랐다. 법학과 정치학 학위를 보유한 지성인이었으며 직언으로도 유명했던 꼬뉘는 디엔비엔이 "처절한 살육의 현장"이 될지도 모른다고 경고했다.

나바르는 전차가 공격을 주도하리라고 예상해서, 기갑 장교인 크리스띠앙 페르디낭(Christian Marie Ferdinand de La Croix de Castries) 대령을 디엔비엔 수비를 담당할 지휘관으로 임명했다. 십자군전쟁 때부터 군인 가문이었던 집안 출신의 성분에 걸맞게, 그는 용감한 특공대 기질이 강했고, 대담무쌍한 조종사였으며, 여자 관계가 복잡하고 노름빚도 많았다. 그의 부관 샤를 삐로트(Charles Piroth) 중령 역시 퍽 특이한 군인이었다. 포술(砲術) 전문가이며 외팔이였던 삐로트 중령은 "베트밍 놈들, 포를 겨우 세 발쯤 쏘고 나면 모두 죽어 없어지리라"고 호언장담했다.

디엔비엔을 방어하던 프랑스군의 3개 포대(砲隊) 가운데 두 곳을 베트밍이 쓸어버리고 난 이틀 후인 1954년 3월 15일, "완전히 명예를 잃었다"면서 삐로트는 수류탄으로 자폭했다.

*

디엔비엔의 결전(決戰)을 촉발한 가장 두드러진 요인은 한국에서 맺어진 휴전협정이었다.

한국전쟁이 끝나자 인도차이나의 분쟁도 종식시켜야 한다는 인식이 강대국들 사이에 확산되었고, 1953년 3월 스탈린이 사망한 다음에 등장한 새로운 소련 지도층은 범세계적인 긴장완화를 원했으며, 한국에서 휴전이 이루어진지 여드레 만인 8월 4일 아시아 지역의 분쟁을 종식시키기 위한 회담을 제의했다. 스탈린이 심어놓은 공격적인 소련의 인상을 불식시키고 '평화공존'을 모색하기 위한 시도였다.

프랑스인들도 전쟁에 대한 염증에 시달렸으므로 어서 평화협상이 이루어

▲ 베트남 주둔군 사령관 앙리 나바르 대장
   (오른쪽)과 부사령관 르네 꼬뉘 중장(왼
   쪽)은 지압 장군의 라오스 진입에 긴장
   하여 디엔비엔을 사수하기로 결정했다.

디엔비엔 수비를 담당했던 사령관 크리스
띠앙 페르디낭 대령. 초기에 기지 일부가 지
압의 포격에 유린당하자 그의 부관은 자존
심이 상해서 수류탄으로 자폭했다.

지기를 바랐다. 그러나 프랑스에게 배반을 당했던 호찌밍은 그의 협상 조건을 프랑스가 모두 들어줄 만한 상황에 이를 때까지 전쟁을 계속할 각오였으며, 한국에서의 전쟁을 끝내고 숨을 돌릴 여유가 생긴 중국이 한 달에 2만 톤의 식량과 4만 톤의 장비를 매달 베트남으로 내려보내기 시작하자, 호찌밍은 점점 더 개선되는 여건에 힘입어 정치적인 자신감을 얻게 되었다.

그러면서도 베트밍, 협상에 임하라는 압력이 사방에서 가해지는 가운데, 프랑스나 마찬가지로 시한이 가까워온다는 절박한 인식을 갖게 되었고, 제네바 회담에서 미국측 대표였던 월터 스미드(Walter Bedell Smith)가 남긴 명언*은 보응웬지압으로 하여금 본보기로 제시할 결정적인 승리를 모색하게 만들었다.

지압 장군이 최후의 결전장으로 선택한 곳이 바로 디엔비엔이었다.

나바르는 디엔비엔이 베트밍군을 유인해내는 '미끼'라고 생각했지만, 원하는 장소에서 원하는 시간에 싸우고 싶었던 지압으로서는 그곳이 프랑스군 스스로 파고 들어간 함정이나 마찬가지라고 판단했다. 그는 프랑스 공수부대가 투입되기를 기다리며 디엔비엔을 거의 비워놓다시피 하고는, 디엔비엔이 함정이라는 인상을 주지 않기 위해 북 베트남 각지에서 동시다발적인 공작과 작전을 벌여 프랑스군의 집중력을 교란했다. 1968년 구정공세에서도 되풀이된 전략이었지만, 여러 곳에서 전투를 벌여 프랑스군이 한 지역에서 다른 지역으로 지원을 나가지 못하도록 분리하고 묶어두기 위해서였다.

베트밍 공작원들은 여러 도시에서 프랑스 앞잡이 노릇을 하는 관리들을 암살하고, 하이퐁에서 내륙으로 들어가는 보급 차량들을 끊임없이 공격했다. 베트밍 정규군은 중부 해안 지역에서 전투를 벌이는 한편, 일부 병력은 라오스로 들어가 남부 여러 마을을 위협했다. 그러면서도, 구정공세 동안의 케산 기지처럼, 항공기로만 접근이 가능하도록 디엔비엔을 드나드는 모든 육로를 차단하면서, 지압의 병력은 해발 5~6백 미터 높이에서 계곡을 굽어

---

* "전투에서의 패배를 협상에서 승리로 바꾸기는 불가능하다(You don't win at the conference table what you've lost on the battlefield)."

보는 산에 포진하고는, 노르망디 상륙작전이나 인천 상륙작전과 더불어 현대 전쟁사에서 가장 유명한 전투가 될 디엔비엔에서의 대결을 차근차근 준비해 나갔다.

＊

1953년 11월 공수부대원 3천 명이 디엔비엔 계곡에 투입되어, 거점을 확보하고는 철조망을 두르고 참호를 파서 요새를 건설한 다음, 항공기와 중화기의 지원을 받으며 프랑스 정규군 12개 대대 1만2천 병력이 골짜기로 들어갔다.

지압은 적을 기만하기 위해 일단 라오스로 치고 들어갔다가, 슬금슬금 뒷걸음질을 쳐 나와서 디엔비엔 요새를 포위했고, 33개 보병 대대와 6개 포병 연대 그리고 1개 공병 연대를 이 지역으로 집결시켰다.

산을 넘고 밀림을 지나 1백 킬로미터가 넘는 거리를 이동해야 했던 일부 병력은 폭격을 피하기 위해 밤에만 행군하고 낮에는 잠을 잤으며, 식량이 모자라면 산길에서 죽순이나 풀을 뜯어먹기도 했다. 그들은 개미 떼처럼 산을 넘어와 포위망을 좁혀 들어가기 시작했다.

이듬해 1월까지 산발적인 교전이 이루어지기는 했지만, 수적인 열세에도 불구하고 프랑스군은 그대로 머물러 버티기로 결정했다. 대대적인 병력을 지압이 얼마나 신속하게 이동시킬 수 있는지를 제대로 파악하지 못한 나바르는, 전투가 점점 본격화하는 사이에 병력차가 5대 1로 늘어났어도, 다른 지역에서 지원 병력을 차출하여 디엔비엔으로 보내려는 생각은 하지 못했다.

전면적인 공격은 3월 13일에 개시되었다.

요새를 외곽에서 방어하기 위해 전초기지로 북쪽 능선 위에 배치한 가브리엘과 베아트리체 포대는 24시간도 안 되어 무너졌다. 요새를 공격하는 적 보병 주력부대를 막아내기 위해 능선에 배치한 프랑스군 포병대는 제 기능을 전혀 발휘하지 못했다. 한가운데 위치한 프랑스군 진지를 공격하는 베트밍군 주력을 쓸어버리려고 능선에 배치한 포대는 베트밍군이 중앙으로 진출하기에 앞서서 곡사포로 포대부터 파괴하는 바람에 작전상 차질을 가져왔다.

1953년 11월 20일 프랑스 공수부대원 3천 명이 디엔비엔 계곡에 투입되었고 호찌밍(가운데)과 보응웬지압(왼쪽 끝)은 작전회의를 연 다음 병력을 집결시키기 시작했다. 장비와 무기는 부교를 건너 산을 넘어 전투 위치에 차근차근 배치했다.

나바르는 지압의 개미군단이 야포를 끌고 험악한 산을 넘어오리라는 가능성도 예상치 못했었다. 밧줄로 묶어서 끌고 산을 넘기에는 너무 크거나 무거운 장비는 분해해서 조각조각 병사들이 짊어지고 넘어와 재조립했다. 베트밍 병력은 위장을 하고 숲 속에 흩어져 숨어서 폭격기에 대공포로 맞서는 한편, 훗날 케산 기지에서 그랬듯이, 활주로를 곡사포로 파괴하고 이착륙을 시도하는 수송기를 격추시켜 프랑스군의 보급 수단도 성공적으로 차단했다.

지압은 남쪽 능선의 이사벨 포대는 그대로 남겨두었다. 이사벨은 아래쪽 계곡에서 벌어질 요새 공방전에 화력이 미치지 못할 정도로 먼 위치에 있었을 뿐 아니라, 그곳을 수비하는 병력을 묶어두어 공방전에 합세하지 못하도록 하기 위해서였다.

*

나바르는 지압이 1951년 홍강 전투에서처럼 무모한 공격을 감행하리라고 예상했었다. 그리고 사실상 중국 고문단은 한국전쟁에서 성공을 거둔 '인해전술'을 기본 전술로 채택하자고 지압 장군에게 제안했다고 전해진다. 지압은 중국측의 제안을 받아들여 대규모 공격을 처음에는 얼마동안 시도하기도 했다.

그러다가 지압은 작전을 바꾸었다. 협상을 눈앞에 두고 그는 함부로 모험을 할 입장이 아니었다. 더구나 베트밍군은 요새의 공방전에는 익숙하지 않았다.

지압은 공격을 중단하고 포병을 후방에 배치한 다음, '목조르기'에 돌입했다. 요새를 포위한 베트밍 병사들은 사방에서 땅굴을 파기 시작했다. 그들은 한 사람이 하루에 몇 미터씩, 몇백 킬로미터에 달하는 굴을 파 나아가며, 지하에서 포위망을 좁혀나갔다. 3개월에 걸쳐 굴을 파며 적진을 포위하고 집결한 전방의 병력이 5만에 이르렀고, 2만 명의 보충 병력이 뒤에서 대기했다.

3월 13일 오후에 베트밍군의 총공격이 시작되자 미국에서는 항공 지원을 고려했지만, 한국전쟁에서처럼 90퍼센트의 전비(戰費)를 혼자서 부담하고 싶지 않았던 아이젠하워는 전면적인 개입을 꺼렸으며, 프랑스군이 처한 위기에 어떻게 대처해야 좋을지 미국인들은 쉽게 결론을 내리지 못했다. 표식이 없는 비행기를 출격시키려는 1회성 처방의 가능성도 따져보았지만, 별다른 묘책은 나오지 않았다.

영국, 프랑스, 오스트레일리아, 뉴질랜드, 필리핀, 태국과 함께 '다국적군(coalition)'을 구성하자는 깃발정책도 대두되었지만, 시간은 자꾸 흘러갔으며, 55일에 걸친 격렬한 전투 끝에, 1954년 5월 7일, 5천 명이 전사하고 1만 명이 포로로 잡힌 프랑스군의 디엔비엔 사령부에는 베트밍의 황금별 붉은 깃발이 게양되었다.

이튿날부터 개최된 제네바 회담에서 프랑스는 하노이로부터 철수할 뜻을 밝혔고, 16도선 이남의 '이해관계'에만 신경을 썼으며, 미국은 회담에서 별로 성의를 보이지 않다가, 분단 이후 남북 총선거를 방해하고는, 응오딩지엠을 앞세워 또 다른 전쟁의 수렁으로 빠져 들어가기 시작했다.

열하나 짧은 만남

보응웬지압 장군의 관저는 역사(歷史)처럼 고색이 창연했다.

빛바랜 노란 건물은 우람한 고목들 속에서 거무죽죽했다. 건평은 두 층을 합쳐야 50평 정도였고, 정원도 따로 없었다.

응웬밍응우엣의 안내로 일행이 들어선 문간방 침침한 응접실에는 조명이나 난방도 별로 신통치 않았고, 책장이 한쪽 벽을 가득 채웠으며, 장군의 검붉은 흉상 옆에는 커다란 화분에 핀 양란(洋蘭)의 보랏빛이 추워 보였다.

책장 맞은편 벽에는 큼직한 유화 그림이 세 폭 걸렸다. 저고리를 어깨에 걸친 채로 평상에 앉아 책을 읽는 호찌밍, 노동복 차림의 또 다른 호찌밍 초상화, 그리고 네 개의 훈장을 가슴에 달고 호찌밍과 나란히 선 지압 장군.

5분쯤 후에 두 명의 젊은 사복 보좌관을 대동하고 컴컴한 복도를 통해 거실로 들어선 지압 장군은 키가 150센티미터를 넘지 않았다.

프랑스 군은 재래식 교통호 속에서 버티어 보려고 했지만(위) 땅굴을 파고 좁혀오는 포위망을 견디지 못해 초토화되었으며(가운데), 5월 7일 결국 항복했다. 프랑스군 포로는 1만 명에 달했다.

장군은 정말로 작았다.

장군은 백발이 눈부셨으며, 눈썹은 희끗희끗했다.

한기주가 기억하던 사진 속에서보다 훨씬 작아진 그의 얼굴에서는, 몇 군데 검버섯이 앉은 야윈 모습으로 90을 넘긴 나이를 보여주었지만, 이상하게도 주름살은 보이지 않았다.

평생을 서양의 침략에 맞서 싸운 공을 기려 죽을 때까지 현역 대장으로 '복무'하도록 되어 있었기 때문에, 장군은 군복 차림이었다. 녹청색 군복의 옷깃에는 붉은 깃발을 달았고, 양쪽 어깨의 황금빛 견장에는 네 개씩 유난히 큼직한 별들이 가득 빛났다.

간단한 인사소개가 끝난 다음 장군은 등나무 의자에 자리를 잡고 앉았다.

한국과 베트남의 수교 10주년을 '쑥멍(축하)'한 그는 "지속적인 교류를 통해 남북한이 평화적인 통일을 이루도록 기원"했다.

인터뷰가 시작되었다.

*

어차피 새로운 사실을 캐내기 위한 취재가 아니어서, 색다른 무슨 말을 지압 장군으로부터 듣게 되리라고는 아무도 기대하지 않았고, 판에 박힌 질문에 역시 판에 박힌 대답이 이어졌으며, 옆에 앉은 구형석의 통역을 통해 한기주가 들은 얘기는 이미 역사를 통해 훤히 알려진 내용들이었다.

"독립과 자유보다 귀중한 것은 없다"라는 말을 비롯하여, 호찌밍의 갖가지 구호 역시 지압 장군의 차분한 목소리와 나지막한 구형석의 목소리를 거쳐 간헐적으로 흘러나왔다.

20분 가량 지압 장군은 조용하고 절제된 어조로 개인적이면서도 지극히 객관적인 회고를 계속했고, 그러더니 그는 조금씩 흥분하기 시작했다.

아주 조금씩 그의 목소리가 커지는가 싶더니, 말도 점점 빨라졌다.

그러자 한기주는 깨달았다.

지압 장군은 혼자서 연주하는 관현악이었다.

중국 국경 근처에서, 레닌이라고 이름을 붙인 강과 칼 마르크스라고 명명한 산 사이에 위치한 동굴 사령부에서, 호찌밍이 베트밍을 조직하고 프랑스를 몰아낼 계획을 설명하던 모습을 서술할 때는, 장군의 목소리가 전음(顫音, trill)이 되어 아주 잠깐 떨리는 듯싶더니, 독립선언을 하던 날이 되자 그의 연둣빛 목소리가 가득 넘치는 응접실에 봄날처럼 화사한 기운이 감돌았다. 단 한 대의 비행기나 전차도 없이 디엔비엔에서 승리를 거둔 다음 호찌밍 주석에게 승전보를 알린 그에게, "아직 기뻐할 때가 아니다. 전쟁은 끝나지 않았다. 미국이 남았으니까"라고 호찌밍이 앞날을 예언했다는 대목에 이르자, 지압 장군은 웅변을 하듯 검지손가락을 쳐들어 보이기까지 했다.

면담이 한 시간으로 접어들 무렵에는, 기나긴 베트남의 전쟁사가 방 안에 안개처럼 가득 스며서, 성탄절 북폭을 얘기하며 끓어오르는 분노가 장군의 눈초리에서 번득였고, 호찌밍 전투를 마무리지으면서 그의 군대가 사이공에 입성하던 "찬란한 승리의 봄날"에 이르러서는 천둥소리가 노랫새들의 합창으로 가라앉으며, 나긋한 그의 목소리는 사뭇 감상적이기까지 했다.

한기주는 지금 지압 장군이 머릿속에서 베트남 전쟁의 역사를 총정리하면서, 아시아에 격랑이 몰아친 하나의 시대를 마감하고 자신의 삶 또한 종합한다는 생각이 들었다.

식민지 사냥꾼들과의 끝없는 투쟁을 위해 산으로 들어가서 죽어간 무수한 젊은이들을 생각하며 장군은 잠시 천장을 올려다보았고, 지나간 과거는 모두 아름답다지만 그에게는 사라진 모든 시간이 고난과 시련이었기 때문에, 장군은 지금 슬퍼하는지도 모르겠다고 한기주는 섣부른 추측을 해보았다.

*

취재를 위해 어떤 사람을 만나러 가면, 출판물이나 영상물 또는 신문사 조사부의 자료를 통해 대화를 나누게 될 대상이 어떤 인물인지 연구와 공부를 미리 하고 가는 경우라고 하더라도, 내용과 상황에 따라 즉흥적인 질문이 자꾸 튀어나오게 마련이었다. 독자들에게 전해줄 새롭고 흥미있는 내용들을 무엇인가 알아내는 일이 기자의 본분이기 때문이었다. 그래서 면담이 이루어지는 동안, 짧은 질문과 짧은 대답이 계속해서 오가고, 때로는 취재의 방향이 자꾸 달라지기도 했다.

지압 장군과의 대화는 달랐다.

워낙 확고하게 과거로 굳어버린 커다란 사건들만을 화제로 삼다 보니, 디엔비엔이나 구정공세에 관한 짧은 질문을 하나 던져도 장군은 워낙 할 말이 많아서 대답이 길어졌고, 그래서 한기주와 장군의 만남은 어느새 인터뷰가 아니라 일방적인 회고담의 형태로 바뀌어갔다. 더구나 그가 잘 알지 못하는 언어로 대화를 나누다 보니, 한기주는 어디쯤에서 상대방의 얘기를 자르고 들어가 대화의 흐름에서 방향을 바꾸거나 바로잡아 줘야 할지 알 길이 없었다. 그래서 한기주가 다음 질문을 하기 위해서는, 장군이 하던 얘기를 일단 다 끝내기를 기다려야 하는 처지였다.

이렇게 이상한 대화의 형태를 취하게 된 까닭은 구형석의 통역 방식도 조금쯤은 영향을 끼친 셈이었다. 처음에는 제대로 동시통역을 하던 구형석은, 위대한 인물을 직접 만났다는 흥분감 때문인지 장군의 얘기에 자신이 점점 압도되고 휩쓸려 들어가는 눈치를 보였다. 그래서 그는 어느덧 통역보다는 장군의 회고담을 듣는 쪽에 더 열심이어서, 통역하는 내용이 점점 짧아지고 소홀해지기 시작했다. 그렇게 한 시간이 넘고 나서는, 남의 말을 계속해서 되풀이하기가 지루하여 지치기도 했겠지만, 나중에는 통역이 아니라 개요(槪要)를 전달하는 차원으로 바뀌었다.

그러다 보니 한기주는 장군의 목소리에서 감정과 분위기만 짐작하며, 상대방이 무슨 얘기를 하는지 알지도 못하면서, 그냥 멀거니 앉아 있는 시간이 자꾸 길어지는 기분이 들었다.

그러는 사이에 한기주는 엉뚱한 잡념이 머리에 떠오르고는 했다.

한기주는 등나무 의자에 앉아 열심히 과거를 회고하는 장군과의 대화 형태가 어쩐지 빗나가고 있다는 기분과 더불어, 보응웬지압 장군 자신이 참으로 시대착오적인 인물이라는 느낌이 들기 시작했다.

장군이 지금 위대한 지도자라고 묘사하는 호찌밍도 현재의 시점에서 보면 시대착오적인 인물이기는 마찬가지였다. 사회주의 혁명과 프롤레타리아 영웅들의 시대는 지나갔다. 참혹한 만행과 엄청난 고통이 일상이었던 전쟁을 평화의 시대와 세대는 이해하지 못하고, 그래서 이제는 호찌밍 산길에서 여섯 달 동안 강행군을 하는 대신, 젊은이들은 하노이 시내에서 스쿠터를 달리며, 민족과 국가의 자유가 아니라 개인의 물질적 자유를 구가하고 싶어했다.

호찌밍과 보응웬지압은 과거시대의 화석이었다.

호찌밍이라는 인물의 존재를 연장한 선상(線上)에 위치한 지압 장군은 하나의 분신(分身)으로서 평생을 살았고, 지금도 그런 형태로 존재할 따름이지, 호찌밍으로부터 독립된 개체라고는 여겨지지를 않았다. 명장 휘하에 약졸이 없다는 표현이 아름다운 수사학이었던 시절에는, 이순신처럼 지도자를 위해 자신을 철저히 맹목적으로 희생하고 헌신하는 군인이 영웅이었고, 그래서 과거에는 지압 장군과 같은 인물이 존경받는 위대한 영웅이었지만, 이제는 자신의 실속을 차리지 못하고 윗사람을 그토록 철저히 신봉하는 사람은 어리석다고 분류하는 시대가 되었다.

카스트로와 카다피가 산 채로 화석이 되었듯이, 지압 장군 또한 지금 화석이 되어 한기주 앞에 앉아 기나긴 과거를 술회하게 된 까닭은, 민족주의라는 개념 자체가 반세기에 걸쳐 시대착오로 굳어진 화석이 되었기 때문이다. 잡다한 인종의 '도가니(melting pot)'인 미국에서라면 자연스럽게 발생할 만한 개념이지만, 디팍 초프라(Deepak Chopra)는 민족주의가 세계화시대의 통합과 발전을 저해하는 요소이며, 세계 각처에서 분쟁의 요인으로 작용한다고 말했다. 물론 그것은 제국주의적 세계화를 섬기는 가치관의 시각이고, 베트남이 프랑스나 미국의 땅이 되어 부유하고 세계적인 첨단국가로 발전했다고 치더라도, 베트남인들이 지금보다 조금이라도 더 행복하게 살아가리라고는 지압 장군과 호찌밍은 분명히 믿지 않았고, 한기주 역시 초프라의 주장은 받아들이고 싶지 않았다.

어쩌면 한기주 자신도 이미 화석이 되었는지도 모를 일이었다. 수많은 언어가 영어 인터넷에 휩쓸려 사라지고, 첨단기술과 통신체계의 발달로 세계가 점점 더 비만한 하나의 덩어리가 되어가는 세상이니까 모든 민족과 국가

▲ 지압 장군과의 면담을 끝내고. 지압 장군의 왼쪽에 앉은 여성이 응웬밍응우엣이고,
뒤에 선 젊은이는 통역 및 안내를 맡았던 구형석(본명 구본석)이다.

가 정체성을 버려야 가장 빨리 발전을 이룩한다고 믿는 사람들에게 그는 쉽
게 동의하고 싶지 않았다.

지압 장군의 과거는 그래서 필요했고, 그런 과거를 고스란히 지켜냈기 때
문에, 이제는 그가 시대착오의 화석으로서 역사로부터 당당하게 퇴장해도
되는 시간이 왔다고 한기주는 생각했다.

*

지압 장군을 만난 다음날, 토요일 오전에는, 어제 갑자기 계획이 바뀌어 포
기했던 하노이–하이퐁 산업도로를 연출자와 촬영반만 나가서 찍었다. 그들
은 돌아오는 길에 자질구레한 삽화 몇 토막도 추가로 촬영했다.

오후에는 저마다 귀국을 위해 방에서 짐을 꾸리며 휴식을 취했다. 그리고는
자정 비행기를 타기 위해 공항으로 나가기 전에, KBS 일행은 그동안 안내를
맡았던 응웬밍응우엣과 구형석을 호텔 식당으로 불러 '최후의 만찬'을 가졌
다. 호텔 사장이 선물한 샴페인으로 "일이 잘 끝났다"고 다 함께 자축한 다음,

수고가 많았다고 서로 돌아가며 듣기 좋은 소리와 술잔을 한참 주고받았다.

그러다가 어제 오후에 만난 지압 장군에 관한 얘기가 나왔다.

잠시 분위기를 살피던 박기홍 차장이, "헌데 하나 궁금한 게 있다"면서 한기주를 빤히 쳐다보았다.

한기주는 "뭐가 궁금하냐"고 물었다.

박 차장은 어제 지압 장군과의 인터뷰를 끝내고 자리에서 일어나면서, 왜 거수경례를 했느냐고 물었다.

한기주는 지압 장군이 군인이니까 그냥 그래야 옳을 듯싶어서 경례를 했다고 대답했다.

"하지만 한 선생님은 군인이 아니잖느냐"고 박 차장이 되물었다.

그제야 한기주는 갑자기 자신이 취했던 행동의 동기가 스스로 궁금해졌다. 왜 그랬을까?

한기주로서는 지극히 당연한 일이다 싶어서 그랬을 따름인데, 박 차장은 적장에게 경의를 표한 그의 행위가 반역죄라도 된다고 생각해서 이렇게 따지려는 것일까?

그러나 베트남은 이제 적이 아니었고, 전쟁중에도 공산주의 세력이라는 이유말고는 애초부터 대한민국의 적은 아니었다. 그러니까 지압의 계급이 현역 대장인 반면에, 한기주는 기껏해야 예비역 병장에 지나지 않았으니, 그런 정도의 예우는 어느 모로 봐도 죄가 아니었다.

따지고 보면 지압 장군은 호찌밍과 더불어 베트남 역사의 한 토막을 시작하고 완성한 인물이었으며, 한기주는 젊은 시절의 제한된 시간 동안 그 역사 토막에 끼어들어 기생하면서, 가장 깊은 정신적인 성장을 이루었던 한 해를 보낸 열외자(列外者)에 불과한 존재였다.

한기주가 지압에게 군대식 작별인사를 했던 까닭은 어쩌면 화석이 되어 무대로부터 퇴장해야 하는 위대한 배우에 대한 슬픔을 표현하고 싶어서였는지도 모를 일이었다. 한기주 역시 나이 예순을 넘기고 이미 화석이 되어가는 과정을 시작했다. 그러니 너무나 많은 삶이 순간적으로 부질없이 끝나고는 하던 전쟁과 죽음의 터전에서 평생을 보낸 장군에게, 굳어가는 화석으로서의 마지막 연민과 동지의식(camaraderie)을 느꼈던 모양이었다.

전쟁과 죽음으로 길고도 길게 이어져 온 자신의 삶을 되새기고 반추하던 장군의 모습을 등나무 의자에 마주앉아 지켜보면서, 한기주는 사람들이 죽음에 가까울수록 주변 사람들에게 그만큼 밀착하는 유대감을 강하게 느끼고, 같은 상황과 대상에게서 두 사람이 동시에 죽음을 느낄 때는 더욱 그러하다는 생각이 문득 들었다. 그래서인지 한기주는 전쟁을 끝내고 고향으로 돌아간 이후, 베트남에서 가깝게 지낸 몇몇 사람들처럼 진심으로 헌신적인 애정을 어느 누구에게서도 느꼈던 적이 없었고, 그래서 '전우(戰友)'라는 호칭이 인간관계의 한 극점(極點)이라고 믿었다.

한기주는 지압 장군과 전우라고 느꼈다. 어떤 한 전쟁의 옳고 그름을 떠나, 그리고 그 전쟁에서 누가 이겼는지를 따지기에 앞서서, 그들 두 사람은, 비록 다른 편에 서 있기는 했어도, 같은 시간과 같은 장소에서 같은 죽음을 접했고, 그래서 그들은 전우라는 극점에 도달했다.

한기주는 이런 느낌을 박 차장에게 설명해 줄 수가 없었다. 그래서 그는 "그냥 군대식으로 경례를 해주고 싶었을 뿐"이라며 얼버무렸다.

열둘 이한국과 연수생

"나라가 가난하니까 공항도 후지구나."

한국행 비행기 안에서 옆 좌석에 앉은 남자가, 창문으로 밑을 내려다보면서, 그의 옆에 나란히 앉은 동행에게 말했다. 그들은 보아 하니 베트남에서 돈벌이를 하는 한국인이었고, 두 사람 다 나이가 서른다섯쯤 되어 보였다. 하노이 공항이 "후지다"고 생각한 사람은 이륙하기 전 대합실에서 비행기를 기다리다가, 박 차장의 카메라에 적힌 'KBS'라는 글자를 보고는 반갑다며 명함을 내밀고 자기소개를 했었다. 자세히 살펴보지도 않았지만, 한기주는 그의 명함에 이렇게 적혀 있으리라고 생각했다 ─ 코리아닷컴 CEO 이한국.

한기주가 창으로 밑을 내려다보니, 젊은 사업가 이한국의 말 그대로였다. 서서히 가라앉으며 멀어지던 땅은 베트남의 과거처럼 모두가 검고 어두운 공간이었으며, 그들이 방금 이륙한 활주로를 표시한 불빛만 두 줄로 늘어섰을 뿐, 공항 건물조차 윤곽을 알아보기 힘들었다. 이 시간에 떠나는 비행기가 한국행 한 편뿐이었는지, 대합실도 퍽 한산했었다.

대한항공 여객기는 몇 시간 후에 이곳보다 훨씬 불빛이 환한 인천공항에 도착할 예정이었다. 전깃불의 밝기로 따지면 대한민국은 분명히 베트남보다 훨씬 선진국이요, 경제대국이었다. 하지만 민족과 영토의 통일에서는 대한민국이 베트남보다 30년도 더 넘는 후진국이었다.

한기주는 국가의 성공을 돈으로만 계산하는 코리아닷컴의 이한국 사장에게 왜 인천공항이 하노이 공항보다 크고 밝은지를 설명해주고 싶었다. 대한민국이 이곳에 와서 갖가지 방법으로 돈을 벌어 경제적인 번영을 이룩하는 동안, 베트남은 엄청난 피를 흘리며 독립과 통일을 이룩하기 위해, 수십 년 동안 전쟁을 하느라고 물질적인 발전을 못했기 때문이라고.

*

원시시대처럼 어두운 하노이가 점점 더 멀리 가라앉았고, 한기주는 이곳을 석기시대로 되돌려 놓겠다며 폭탄을 퍼부어대었던 미국인들이, 이라크를 건설하러 가서, 지금 그곳을 얼마나 파괴하고 있을지를 생각해 보았다.

우리들의 후손이 다시는 전쟁의 아픔을 겪지 않게 하기 위해 이번 전쟁에서는 꼭 승리를 거두어야 하고, 그래서 우리들은 전쟁을 하러 간다 ─ 미국인들은 제1차 세계대전이 터졌을 때 그런 말을 했다. 그리고 그들은 똑같은 말을 하며 제2차 세계대전으로 몰려갔다. 그리고 그들은 똑같은 말을 하며 한국전쟁에도 왔다. 그리고 그들은 똑같은 말을 하며 베트남에도 왔다. 그리고 그들은 세계에서 폭력을 종식시키고 평화로운 세상을 만들겠다며 아프가니스탄과 이라크를 점령했고, 아직도 새로운 표적을 찾느라고 북한과 이란을 기웃거린다.

미국인들만이 그런 말을 한 것도 아니었다. 끌로드 오땅-라라(Claude Autant-Lara)의 영화 「글로리아(Gloria, 1977)」에서는 어느 퇴역 군인이 제1차 세계대전이 발발했다는 소식을 접한 직후, 정원에서 전쟁놀이를 하는 어린아이들을 창문으로 내다보면서 이렇게 말했다. "내가 스무 살에 전쟁터로 갈 때도 사람들이 똑같은 얘기를 했었지. 우리 자손들이 싸우지 않게 하기 위해서 이 전쟁을 해야 한다고. 우린 오직 평화를 위해서 싸우며, 이것이 마지막 전쟁이자 최후의 희생이 될 것이라고."

하지만 세상은 아직도 전쟁중이고, 전쟁은 하지 않아야 끝나지, 어떤 명분을 위해서라도 새로 시작하는 전쟁은 결코 마지막 전쟁이 아니었다. 마지막 전쟁은 아직 일어나지 않은 전쟁이다.

지압 장군은 그가 맡았던 전쟁을 끝내고, 그의 역사 한 자락 끝을 이불처럼 덮고, 지금쯤 저 아래 석기시대의 어둠 속 자그마한 그의 관저에서 잠이 들었으리라고 한기주는 생각했다. 그는 지압 장군을 다시는 볼 기회가 없으리라고 생각했다. 어쩌면 베트남도…….

한기주는 창문덮개를 내리고 의자에 머리를 기대고는 잠을 청했다. 반쯤 눈을 감고 보니, 그의 앞이나 주변에 둘러앉은 모든 한국인의 이름이 이한국이리라는 생각이 들었다. 정장이거나 작업복이거나를 가리지 않고, 그들은 모두가 베트남으로 돈벌이를 하러 다니는 사람들처럼 보였다. 분명히 그들 중에는 관광객도 몇 명쯤 끼어 있겠고.

그리고 저만큼 앞쪽에는 푸르스름한 산업연수생 제복을 걸친 한 무리의 베트남 젊은이들이 눈에 띄었다. 돈을 벌러 한국으로 가는 베트남인들은 벌써부터 시달려서인지, 지치고 피곤한 모습이었다.

_끝

지은이 · **안정효**

1941년 서울에서 태어나 1965년 서강대학교 영문과를 졸업했다.

1964년 〈코리아 헤럴드〉 문화부 기자를 시작으로 〈코리아 타임스〉, 〈주간여성〉 기자,
한국 브리태니커 회사 편집부장, 〈코리아 타임스〉 문화체육부장을 거쳤다.

1975년부터 현재까지 150여 권의 책을 번역하였으며, 1983년 〈실천문학〉에 장편 「하얀
전쟁」으로 등단했다.

『가을바다 사람들』『학포장터의 두 거지』『은마는 오지 않는다』
『동생의 연구』『미늘』『헐리우드 키드의 생애』『나비 소리를 내는 여자』
『낭만과 남편의 편지』『태풍의 소리』『하늘에서의 명상』『착각』『미늘의 끝』
"20세기의 영화 시리즈"(『전설의 시대』『신화와 역사의 건널목』『정복의 길』
『지성과 야만』『밀림과 오지의 모험』『동양의 빛과 그림자』『영화 삼국지』)를 발표했으며,
「악부전」으로 김유정 문학상(동서문학사 제정)을 수상했다.

그의 소설은 영어, 독일어, 일본어, 덴마크어로도 번역되었다.

지압 장군을 찾아서

ⓒ 안정효 2005

초판 1쇄 발행 · 2005년 8월 2일

지은이 · 안정효
펴낸이 · 이정원

펴낸곳 · 도서출판 들녘
등록일자 · 1987년 12월 12일
등록번호 · 10-156

주소 · 서울시 마포구 서교동 394-14 명성빌딩 2층
전화 · 마케팅 02-323-7849 편집 02-323-7366
팩시밀리 · 02-338-9640
홈페이지 · www.ddd21.co.kr

　ISBN 89-7527-492-6 (03810)